Première édition avril 2020
Dépôt légal décembre 2020
© Cherry Publishing
71-75 Shelton Street, Covent Garden, Londres, UK.

ISBN 9781801160247

La Dernière Muse

Tome 1 : Rip

Elle Catt

Cherry Publishing

Pour recevoir gratuitement le premier tome de *Sculpt Me*, la saga phénomène de Koko Nhan, et toutes nos parutions, inscrivez-vous à notre Newsletter !

https://mailchi.mp/cherry-publishing/newsletter

Retrouvez-nous sur Instagram :

https://www.instagram.com/ellecatt_auteur/
https://www.instagram.com/cherrypublishing/

À ma sœur, partie trop jeune, trop tôt, qui, j'en suis sûre, aurait aimé lire ce livre.

Prologue

Lorsque j'ouvre la fenêtre, une sensation de liberté m'envahit. J'en ai des picotements partout sur le corps. Je laisse un instant la fraîcheur de la nuit me caresser le visage. Putain, que ça fait du bien !

Avec un mélange d'excitation et de crainte, j'enjambe la fenêtre de ma chambre et me retrouve sur l'immense toit plat de la maison de mes parents. Merde, je n'ai jamais fait ça de ma vie !

Si ma mère savait... Elle qui ne m'a jamais autorisée à sortir et encore moins après 22 heures, elle ferait une attaque si elle me voyait là.

J'aperçois le cabriolet de Robin garé devant la clôture et mon cœur s'emballe aussi sec. Mon Dieu, Robin est en bas de chez moi. Le Robin. Celui que toutes les filles du lycée s'arrachent.

Je bénis secrètement Stella de m'avoir invitée à sortir avec sa bande ce soir. Et même si j'enfreins toutes les règles de la maison, je sais que jamais je ne regretterai cette folie.

Ignorant les frissons qui parcourent ma peau, je me faufile discrètement sur le toit et saute avec agilité sur le muret en contrebas. Toutes ces années de danse servent au moins à quelque chose. Je me retrouve rapidement sur la pelouse et me plie en deux pour quitter la cour sans me faire remarquer.

Arrivée devant la voiture, je rajuste mes vêtements pour les défroisser. Robin est devant moi, appuyé contre la portière de la voiture, les bras croisés. Il me regarde avec un air malicieux. Il est beau. Magnifique même, avec ses cheveux sombres, sa peau mate et ses yeux noirs comme l'ébène. Cela ne m'étonne pas que toutes

9

les filles craquent pour lui. Car en plus d'être canon, il est intelligent et gentil.

Plus tard, il sera chirurgien, comme son père et le mien. Il a un avenir prometteur et se destine à une belle carrière.

Robin est le fils d'un confrère de mon père, celui qui a dîné à la maison et que j'ai épié en cachette toute une soirée parce que ma mère m'avait interdit de sortir de ma chambre. Il est le genre de garçon qu'elle encense, passant tous les tests avec brio : une famille respectable et riche, un avenir tout tracé, une éducation exemplaire... Un garçon bien comme il faut, comme elle dit. La perfection.

Je crois que je suis un peu amoureuse de lui. Alors quand Stella m'a proposé de sortir avec sa bande de potes, je me suis interdit de refuser. À cause de Robin, ou grâce à lui.

Et là, à cet instant, pour la première fois de ma vie, je désobéis à ma mère. Pire, j'enfreins la règle numéro 1 : « tu ne mentiras point ». Je vais avoir dix-huit ans et j'ai décidé de braver l'interdit. Ce soir, Robin m'emmène à la fête de la musique.

Des papillons s'envolent dans mon ventre lorsque je m'approche de lui. Je vois ses yeux glisser sur moi et une lueur d'intérêt passer dans ses prunelles sombres. Cette soirée est exceptionnelle et j'ai essayé de faire des efforts pour m'arranger. J'ai laissé mes cheveux libres, je me suis légèrement maquillée et j'ai revêtu la seule jupe de mon dressing qui est un peu plus courte que les autres.

– Eh, Kataline, tu es très... jolie.

Je sens rougir quand son regard descend sur mon corps. Instinctivement, je referme les pans de mon gilet en montant dans son cabriolet. Il y a quelque chose dans ses yeux qui m'intrigue. Une lueur succincte faite de désir mêlée à autre chose que je ne parviens pas à identifier. Ça ne dure que quelques secondes, alors je passe à autre chose.

10

***

Lorsqu'on arrive au concert privé d'un groupe universitaire en vogue, on retrouve le reste de la bande, les amis de Robin et de Stella.

Ce concert est un moment magique pour moi qui ne suis jamais sortie. C'est comme une parenthèse dans mon quotidien morne et sans fantaisie. Je ris comme jamais. Et j'ose même boire un peu de bière. Quelle agréable sensation de se sentir comme une jeune fille normale ! J'ai l'impression d'avoir enfin une vie. Une vraie, avec ce petit brin de folie qui la rend merveilleuse.

Lorsque le concert se termine, j'ai la voix éraillée à force de rire et je n'ai vraiment pas envie de rentrer. Je voudrais que cette soirée ne finisse jamais. Pendant la représentation, Robin s'est rapproché de moi. Je l'ai même laissé faire lorsqu'il m'a pris la main. Et maintenant, j'en veux plus. Je ne sais pas pourquoi, mais j'ai le sentiment qu'il faut que je profite de ces moments comme si c'était la dernière fois qu'il m'était donné de m'amuser.

Alors quand l'un des amis de Robin, Miguel, un jeune d'origine portoricaine, nous propose de l'accompagner à une soirée, je n'hésite pas une seconde. Si je me fais prendre en rentrant, je sais que je ne regretterai pas d'avoir profité au maximum.

– Tu es certaine de vouloir venir, Kataline ? Parce que je peux te déposer chez toi, si tu veux...

Le regard de Robin passe rapidement de Miguel à moi. Il a l'air partagé entre être avec son ami et respecter ses obligations envers moi. Je n'ai ni la volonté ni l'envie de mettre un terme à cette soirée. Alors, c'est avec détermination que je lui réponds.

– Va pour la prolongation. J'ai envie de m'amuser ce soir.

11

Un sourire entendu avec Miguel et nous voilà partis.

On se retrouve tout naturellement dans une méga fête de fraternité, où l'alcool coule à flots et les filles dansent sur les tables. Je n'ai jamais vu autant de jeunes s'amuser à part dans les films que j'ai regardés en douce sur mon ordinateur.

Je ne sais plus où donner de la tête entre les couples qui se dévorent la bouche, ceux qui font des jeux d'alcool et les autres qui s'éclatent sur le dancefloor improvisé en plein milieu du salon.

Miguel et Robin parlent beaucoup ensemble de leur passé. Apparemment, Miguel vient seulement de rentrer de l'étranger alors, ils doivent avoir beaucoup à se dire. J'écoute vaguement leur conversation, préférant observer les scènes qui se déroulent sous mes yeux. J'ai envie d'emplir ma mémoire des images de cette soirée. Peut-être la seule que je ne ferai jamais. Il y a même une fille sympa qui m'attrape par la main pour me faire danser. Je me laisse aller. Je n'ai jamais fait ça auparavant. Lâcher prise... Ça me fait un bien fou.

Par moments, je sens les regards de Miguel et Robin sur moi et j'ai l'impression qu'ils parlent de moi. C'est nouveau comme sensation. Moi qui passe toujours inaperçue, j'attire leur attention et, quelque part, ça me flatte qu'un mec comme Robin s'intéresse à moi. Il me lance des œillades en coin de plus en plus souvent et finit par ne plus se cacher lorsque je surprends son regard. Peut-être que je lui plais... un peu ?

Pourtant, je me trouve tout sauf sexy avec ma jupe plissée à mi-mollet et mon chemisier à manches courtes. Rien à voir avec les mannequins dévergondées qui défilent sous nos yeux depuis le début de la soirée. Mais peut-être que c'est mon côté bien élevé qui plaît à Robin ? Ma mère en serait verte de dégoût...

La nuit avance et les verres vides se multiplient sur notre table. Les membres de la bande sont maintenant partis et je me retrouve seule avec Miguel et Robin qui ont apparemment entrepris d'arroser généreusement leurs retrouvailles. Je finis sur le canapé à attendre que le temps passe et à les regarder descendre les verres un par un. Je commence à me demander s'ils seront capables de me ramener.

Au bout d'un moment, je commence franchement à m'ennuyer, refusant régulièrement les verres qu'on me propose. La fête se résume finalement à drogue, musique névrosée, alcool et sexe. Rien de bien marrant ! Si bien que je finis par demander à Robin de me raccompagner. Avec un coup d'œil rapide à Miguel, il accepte sans rechigner. Naturellement, Miguel nous suit, et nous sortons de la fraternité dans la nuit éclairée par la pleine lune.

Dans la voiture, personne ne dit un mot. Je suis déçue. J'avais imaginé une autre fin pour cette soirée. Un moment romantique avec Robin, sous le clair de lune. Peut-être même un baiser. Mais là, je n'ai qu'une hâte, c'est que le coupé se gare devant ma maison.

Je devrais me sentir rassurée de rentrer. Mais bizarrement, plus on roule, plus je me sens mal à l'aise. Miguel est installé à l'arrière et Robin lui lance régulièrement des œillades dans le rétroviseur. Un silence de mort règne dans l'habitacle et je sens bien que quelque chose se trame. Je me tortille sur mon siège, pressée de retrouver l'environnement familier de mon quartier.

Je comprends que ça tourne mal au moment où Robin bifurque brusquement sur la droite et gare la voiture à l'orée d'un bois. La peur m'envahit comme une traînée de poudre. J'ouvre instinctivement la portière et sors précipitamment. Sans prêter attention à la terreur qui me serre l'estomac, je m'éloigne à reculons. Mais je m'arrête net lorsque Robin sort à son tour et se met à me parler d'une voix que je ne reconnais pas.

13

– Tu vas où, chérie ? Viens par là... N'aie pas peur.

Il y a une lueur dans ses yeux qui fait froid dans le dos. Quelque chose de dément qui le rend terrifiant. Miguel me lance un sourire carnassier en s'approchant. Là, je commence vraiment à paniquer. Au fond de moi, je sais ce qu'ils ont l'intention de faire. Je sais qu'ils veulent me faire du mal. Mais je n'arrive pas à réaliser ce qui se passe et je suis incapable de bouger ou même de crier. Je suis complètement hypnotisée par la folie meurtrière que je vois luire dans leurs prunelles sombres.

Ce n'est qu'une fois que Miguel ouvre la bouche que je reprends mes esprits.

– On te laisse vingt secondes d'avance, poupée...

Je reste indécise pendant un instant, comme si mon cerveau refusait d'admettre ce qui est en train de se passer.

– Vite. Le compteur est lancé. Un...

C'est comme un déclic. Sans un cri, la peur au ventre, je fais volte-face et m'enfuis. Aussi loin que mes jambes peuvent me porter. Je cours. À en perdre haleine. Sans savoir où je vais. Avec le désarroi de la proie fuyant son prédateur.

J'entends le décompte des secondes et les rires démoniaques qui me poursuivent à mesure que je m'enfonce dans les bois.

– Cours autant que tu peux, chérie. La chasse est ouverte et on adore traquer nos proies... Douze.

Je continue de m'enfoncer dans le bois, sans me soucier des branches qui me lacèrent les bras et les jambes. Je sais que c'est ma seule chance de survie. M'éloigner le plus possible de cette voix diabolique qui décompte mon sursis.

– ... Vingt !

Mon cœur manque un battement et je sens des larmes de dépit rouler sur mes joues. J'entends des bruits derrière moi. Des pas qui

14

se rapprochent. J'essaie de m'en éloigner le plus possible et au bout de ce qui me semble être une éternité, je me retrouve devant une petite cabane en priant le ciel qu'elle soit habitée... Quelle erreur !

Je frappe, je cogne de toutes mes forces sur la porte en bois pour que quelqu'un m'ouvre et vienne à mon secours. Mais la cabane est vide. Je tremble de tout mon être et je commence à sangloter. Le désespoir m'assaille comme une main invisible qui m'enserre la gorge et m'étouffe.

Non, ça ne peut pas être vrai...

Je me fige lorsqu'une branche craque juste derrière moi. Mon sang se glace dans mes veines. Lentement, je me retourne et me retrouve en face d'eux. Mes bourreaux.

Je n'oublierai jamais leur sourire sadique lorsqu'ils comprennent qu'ils ont gagné. Que je suis à leur merci et qu'ils ont gagné. Sur toute la ligne. Lorsque Miguel prend la parole, sa voix est emplie de haine.

– Saleté de muse vierge, si prude, si innocente... Tu penses qu'on va te laisser intacte avant de te vendre ?

C'est Robin qui frappe le premier. Un grand coup de pied dans le ventre qui me plie en deux. Je sais que je suis plus faible qu'eux. Que face à leur force, je n'ai aucune chance. Et pourtant, je me défends. Comme une forcenée. Je réussis même à griffer Miguel si profondément au visage qu'il en gardera la cicatrice toute sa misérable vie.

– Salope, tu vas payer pour ça !

Et encore une fois, il a raison. Je paye. Ils s'acharnent sur moi pendant de longues minutes. Ils me frappent sur tout le corps. Sans discontinuer, et à tour de rôle. Les coups pleuvent tellement que je n'ai plus la force de riposter ou même d'esquiver. Je sens mes côtes se briser lorsque Miguel me donne un coup de genou dans le thorax.

Mon corps n'est plus que douleur. J'ai des hématomes et des plaies partout. À la fin, la souffrance est si intense que je manque de m'évanouir.

Robin intervient alors, arrêtant mon calvaire.

– Arrête, Miguel. Elle va tomber dans les pommes...

À cet instant, je pense naïvement que c'est terminé. Qu'ils ont passé leurs nerfs sur moi et qu'ils vont enfin me laisser tranquille.

Encore une erreur...

– Merde, c'est pas normal, dit Robin d'une voix essoufflée. Elle aurait dû réagir.

Miguel me fixe avec mépris. ·

– Ouais, je crois que t'as raison. C'en est pas une. C'est pas grave. On va en profiter quand même. On aura pas fait tout ça pour rien.

Je ne comprends rien à ce qu'il raconte. Tout ce que je vois, ce sont ses yeux injectés de sang et son visage qui prend une expression si féroce qu'il a l'air possédé. Il défait son pantalon devant mes yeux horrifiés.

– Vas-y, Rob, tiens-la.

Robin obéit. Et là, j'ai envie de mourir...

Miguel se couche sur moi et pendant que Robin me tient, il commence à embrasser mes lèvres avec avidité. Je serre des dents, mais il me mord jusqu'au sang et je ne peux faire autrement que lui laisser l'accès. Sa langue envahit ma bouche avec rudesse et je n'ai plus la force de lutter.

Puis, il arrache mon chemisier et ma jupe me retrouvant ainsi en sous-vêtements, à sa merci.

– Putain, mais elle est vraiment bonne en plus... J'aurais jamais imaginé que sous ses fringues merdiques se trouvait un tel trésor...

Il arrache ma culotte, une lueur démente dans les yeux. Un goût de bile envahit ma bouche lorsqu'il commence à entrer en moi. La

16

douleur que j'ai ressentie lorsqu'ils m'ont frappée n'est rien comparée à celle qui me vrille maintenant le ventre.

Les larmes coulent sur mes joues alors que Miguel me prend ce que j'ai de plus cher. Ma pureté et mon innocence. Il me viole pendant que Robin me maintient au sol, profitant du spectacle avec un rictus démoniaque.

Je me sens humiliée, blessée au plus profond de mon corps et de mon âme. Et pourtant, tout le temps que dure mon calvaire, je me force à regarder Miguel à travers mes larmes. Je veux ancrer son visage dans ma mémoire, ses yeux alors qu'il me brutalise de la plus vile des façons. Ces images me hanteront jusqu'à la fin de mes jours.

Quand Miguel en a assez de moi, il se redresse sans même me regarder. Et là, je croise le regard de Robin. Je sais ce qu'il veut faire et ça me fait mal. Ça me fait mal de me dire que j'avais confiance en lui. Que j'étais prête à lui confier mon cœur. Et de le voir me trahir de la plus méprisable des façons.

Avec un regard froid, Robin s'avance au-dessus de moi et tend la main pour caresser ma poitrine sans me quitter des yeux.

Il prend une voix douce qui contraste avec la dureté de son regard. Sa main passe sur ma joue d'un geste presque tendre.

– À quoi tu t'attendais en sortant ce soir, Kataline ? Tu pensais vraiment que je m'intéressais à toi ? Qu'on sortirait ensemble comme tous les autres abrutis ? Non mais regarde-toi... Avec tes vêtements de vieille, tu ne ressembles à rien. Si on n'avait pas eu des doutes sur ta nature, je ne t'aurais même pas regardée... C'est dommage, parce que tu es plutôt canon en fait. Peut-être même plus belle que les muses qu'on connaît.

Je ne comprends rien à ce qu'il raconte et je n'ai pas la force de lui répondre, alors je me contente de le regarder avec toute la haine que je peux.

17

Robin lâche un petit rire méprisant.

– Je parie que tu ne comprends rien à ce qui se passe, pas vrai ? C'est pas grave. Ce sont des choses qui nous dépassent.

Miguel intervient et donne une tape sur la tête de son complice.

– Ta gueule, Robin. Ce n'est pas l'heure des explications. Faut qu'on finisse le boulot. On peut pas risquer qu'elle l'ouvre...

Je sais ce que ça veut dire. Ils ne me laisseront pas partir d'ici sans avoir fini leur sale besogne. Peut-être même qu'ils vont finir par me tuer. Ils ne prendront pas le risque de me voir tout raconter à la police. Et finalement, ça m'est égal. Parce que je ne crois pas pouvoir vivre après ce qu'ils m'ont fait.

Impassible, je regarde Miguel sortir un couteau de sa poche de veste et s'avancer vers moi avec un regard meurtrier. Je respire un grand coup lorsque sa main se lève pour frapper.

Mais au moment où je ferme les yeux en attendant le coup fatal, un grondement retentit. Une ombre gigantesque apparaît dans l'embrasure de la porte. Je ne sais pas ce que c'est, mais immédiatement, je me sens comme apaisée. Une vague de chaleur vient m'effleurer doucement et me procure un soulagement libérateur.

Mes muscles se relâchent et la douleur s'estompe. Je me sens vidée de toutes mes forces, alors je me laisse aller et mon corps capitule enfin. Juste avant de sombrer dans le néant, j'entends la voix de Miguel, transformée par la peur.

– Putain, merde, un maudit...

1

Quatre ans plus tard

Si vous m'aviez dit qu'une modification d'emploi du temps pouvait changer toute une vie, je vous aurais ri au nez. Et pourtant...

9h30. Il est temps d'aller au prochain cours. Je prends mes affaires et les fourre rapidement dans mon sac. Je dois me rendre en salle de TP et c'est à l'autre bout du bâtiment.

Pfffff.

Si j'avais su que cette année serait si compliquée, j'aurais réfléchi à deux fois.

Je me lève un peu trop rapidement de ma chaise et fais tomber ma besace qui se vide sous les tables.

Oh non, ce n'est pas vrai ! Fais un peu attention, espèce d'idiote !

Je me plie en deux pour regrouper mes feuilles de dessin lorsque ma voisine de table se penche pour m'aider. Elle a un petit sourire moqueur qui a le don de m'énerver, mais je me retiens de lui faire une remarque. C'est déjà sympa de m'aider. Et puis, ça fait longtemps que je n'ai pas suscité la crainte chez une fille de mon âge, alors je prends sur moi.

– Kataline, c'est bien ça ?

– Kat, si tu veux bien.

La sécheresse de ma voix la fait reculer et je regrette aussitôt mon excès d'humeur. Mince, je vais encore tout foutre en l'air.

Mais je n'y peux rien, j'ai horreur qu'on prononce mon prénom en entier. Il me rappelle trop mes origines. Déjà que j'ai un nom à particule, alors si je n'écourte pas mon prénom, ça donne un côté pompeux que je déteste. La fille me tend le reste de mes affaires avec un sourire hésitant. Elle a l'air sympa cette nana. Je prends mes croquis en évitant son regard.

– Merci, c'est gentil.

– De rien.

Je ne sais pas quoi ajouter de plus et, voyant ma gêne, elle m'adresse un petit hochement de tête.

– Bon, ben, à la semaine prochaine alors ?

– Ouais, c'est ça.

Je me précipite vers la sortie, mais au moment où je sors de l'amphithéâtre, elle me hèle.

– Eh, Kat. L'atelier de dessin est de l'autre côté.

Merde !

Je m'arrête dans mon élan et fais demi-tour, en lui adressant un petit signe de remerciement. Je cours presque pour arriver à l'heure à mon prochain cours.

Je cours. Encore et toujours. J'ai l'impression que je ne fais que ça depuis que j'ai intégré cette école de fous. Pourtant, c'est entièrement de ma faute. Si je ne m'étais pas décidée à suivre un cursus double cette année, je n'en serais pas là.

Eh oui, je sais, je suis une dingue. Je me suis mis en tête de suivre deux formations complètement différentes. Ça remplit mes journées, ça m'évite de trop réfléchir et surtout ça ne laisse aucune place aux relations sociales. Et puis, comme ça, je me partage entre mes deux passions : les sciences et l'art.

Du coup, j'ai augmenté mon nombre d'heures de cours de trente pour cent. Plus le travail en autonomie à la maison pour rattraper ce que je ne peux pas suivre en présentiel. De la pure folie. Et comme si ça ne suffisait pas, je n'ai intégré cette nouvelle université qu'à la rentrée.

Ça fait maintenant plus de six semaines que je suis dans cette école et je suis tellement surchargée par mon planning que je n'ai pas eu le temps de faire connaissance avec qui que ce soit. La belle affaire !

Je réalise avec amertume que je ne connais même pas le nom de la fille qui m'a aidée tout à l'heure. C'est pathétique. Pourtant, quand je revois son visage sympathique, je me dis qu'elle pourrait très bien devenir une amie. Ça fait tellement longtemps que je n'ai pas eu d'amie...

Je rentre précipitamment dans l'atelier de dessin et m'approche du professeur qui trône devant son bureau.

– Bonjour, monsieur, je suis Kataline du Verneuil. Mme Martin a dû vous prévenir que j'intégrais votre cours aujourd'hui.

Il m'adresse un vague regard et me désigne le fond de la salle, en secouant les mains en l'air.

– Ah oui. Ben alors, qu'attendez-vous ? Installez-vous quelque part, on a déjà commencé.

OK... Merci de l'accueil, Ducon !

La salle est grande et pourtant il n'y a plus qu'une seule place vacante. Je m'installe devant une table à dessin, en évitant de croiser les regards curieux que je sens sur moi. Je glisse mes affaires sous la table et enfile rapidement une blouse de travail. Le prof a déjà repris ses explications. Il continue le programme là où il l'avait laissé, comme si je n'avais pas interrompu son cours.

Punaise, mais qu'est-ce qui m'a pris de rajouter cette option en plein milieu du trimestre ?

Monsieur "Ducon" – ce sera son surnom de l'année – nous demande de nous munir de plusieurs outils en vue du TP. Après

21

m'être servie dans l'armoire des consommables, je retourne à ma place. C'est alors que je remarque le garçon qui occupe la même table que moi et que je n'avais pas envisagé jusqu'à présent. Il me fixe avec un demi-sourire, comme si j'étais l'événement qui venait égayer sa journée. Gênée, je baisse les yeux.

– Salut.

Sa voix rauque me fait sursauter. Je lui lance un regard en coin et vois son visage avenant qui m'encourage à lui répondre, même si je n'en ai pas vraiment envie.

– Salut.

Ses yeux me fixent avec intérêt.

– On ne s'est pas déjà vu quelque part ?

Je ne réponds pas et il me scrute avec l'air de chercher dans ses souvenirs. Puis, son sourire s'élargit.

– OK... alors, tu es nouvelle dans ce cours ?

Punaise, il insiste en plus.

J'affiche une mine renfrognée qui, j'espère, calmera ses ardeurs.

– C'est ça. T'es nouvelle. C'est pour ça que tout le monde te regarde comme une extraterrestre. Alors, tu viens d'où ?

Merde. Je suis tombée sur un lourd. Je soupire. Suis-je vraiment obligée de lui répondre ?

Kat, ma vieille, tu as décidé de t'intégrer à la société... alors oui, tu réponds !

Ma conscience me remet d'équerre et je lui tire la langue intérieurement avant de me tourner vers mon voisin.

– Columbia.

Le mec semble impressionné, avec toutefois un petit air intrigué.

– Ah, c'est ça l'accent.

Il mime l'intonation de ma voix et son imitation m'arrache un sourire malgré moi. J'ai effectivement passé les dix dernières années aux États-Unis. Et même si je suis revenue en France il y a plus de dix mois, j'ai gardé un léger accent américain dont j'ai du mal à me séparer.

– Et qu'est-ce qui t'a poussée à quitter une des meilleures universités du monde pour venir ici ?

Mon cœur se serre et une sensation de stress bien connue m'envahit. Je respire lentement pour me calmer. Même s'il m'inspire de la sympathie, je récite les arguments habituels comme une automate.

– J'ai décidé de reprendre des études d'art. Et il n'y a que dans cette université que je peux me présenter directement en dernière année.

– Ouah. Impressionnant. Tu as réussi à convaincre le jury de sélection ?

Je fais la moue.

– Oui, enfin, je n'ai aucun mérite dans la mesure où j'ai déjà étudié la plupart des matières dans ma précédente... université. Je suivais des cours à distance.

Le prof nous interrompt dans notre échange.

– Eh, les artistes, ce serait bien de vous concentrer sur votre boulot au lieu de bavasser comme des pies. Thomas, faites passer le programme.

Putain, il m'énerve ce prof !

Le Thomas en question nous distribue les sujets des travaux que nous devons réaliser en binôme et présenter à la fin du cours. Et afin de nous éviter le difficile choix du partenaire, monsieur Ducon décide de constituer les duos tels qu'ils sont placés dans la salle. Ce qui fait que je me retrouve avec... Merde ! Je ne sais même pas son nom !

– Maxime. Maxime Saveli.

Il me tend la main et je ne peux que la saisir. Une main assez fine, mais à la poigne ferme et assurée. Je frissonne lorsque nos doigts se rencontrent.

– Kataline du Verneuil. Kat suffira.

Il lève un sourcil, mais ne fait aucun commentaire. Finalement, il m'a l'air assez sympathique ce mec. D'habitude, lorsque je donne mon nom, je suis tout de suite harcelée de questions et cataloguée dans la classe des « aristos bobo ». Ce qui me gonfle au plus haut point. Et encore, je ne donne pas mon patronyme en entier, de peur de faire fuir les gens. Kataline Anastasia Suchet du Verneuil. Rien que ça ! Qui peut supporter un nom pareil ?

– Enchanté, Kat. Je suis ravi d'être ton partenaire pour ce devoir.

Je fais la moue. Mais quelque part, je suis soulagée. Ça aurait pu être pire. Je n'aime pas trop les exercices à deux. Avec les événements qui se sont passés dans ma vie dernièrement, je suis devenue une vraie solitaire, maîtresse dans l'art de me camoufler dans la foule. C'est d'ailleurs pour ça que j'ai choisi ce cursus. Au moins, quand je bosse dans un atelier, personne ne vient m'ennuyer. En plus de ça, je suis une vraie perfectionniste doublée d'une acharnée de boulot. Je me donne à fond dans tout ce que je fais. Je ne tolère aucune erreur et j'ai la fâcheuse tendance à exiger la même qualité de travail de la part des autres que celle que je m'impose. Ce qui est impossible vu mon degré d'exigence.

L'idée même de réaliser un projet partagé me donne des sueurs. J'espère que Maxime a un niveau suffisant pour nous éviter les heures sup.

Et puis ça sera mon premier test de sociabilité...

Nous nous lançons sans plus attendre dans le travail. Nous devons réaliser un tableau à quatre mains, à partir d'une carte postale. La nôtre représente un paysage de bord de mer du plus mauvais goût. Tour à tour, chacun fait part de ses idées et nous avons l'agréable surprise d'avoir le même point de vue. Pas question de faire du réalisme à partir de cette horreur. Nous allons donc miser sur l'abstrait.

Cool !

Après avoir posé sur papier mes derniers coups de crayon, j'attends patiemment que Maxime me montre son croquis. J'en profite pour le reluquer du coin de l'œil. Il est beau. Avec ses cheveux blonds en bataille, sa peau mate et ses yeux clairs. Une beauté franche et rafraîchissante.

Mais depuis quand tu t'intéresses au physique des garçons, ma vieille ?

Ma conscience me ramène sur le droit chemin et je tourne vivement la tête, avec le sentiment d'être prise en faute. Maxime me jette un œil par-dessus sa table à dessin et m'interpelle.

— Tu es une rapide, dis donc.

Je plisse les yeux devant le double sens que prennent ses paroles. Est-ce qu'il parle du devoir ou du fait qu'il m'a surprise en train de le reluquer ? Je décide de le rabrouer pour masquer ma gêne.

— Ce n'est pas ton cas, apparemment.

— Effectivement, je préfère prendre mon temps. J'aime être sûr que ce que je fais est bien fait.

Il me provoque volontairement et je dois avouer que ce petit jeu au second degré m'amuse. Eh bien, pour une personne qui se veut asociale, tu es plutôt avenante !

— Rapide. Cela ne veut pas dire laxiste. J'aime les choses bien faites moi aussi. Je te conseille de t'en souvenir.

Maxime reste scotché par ma remarque. Il me fixe, bouche bée.

Mon audace m'étonne moi-même. C'est tellement rare que j'arrive à plaisanter. Surtout avec un représentant du sexe opposé. Et bizarrement, ça fait du bien de retrouver cette forme d'insouciance qui m'a fait défaut une bonne partie de mon existence. Si ma mère me voyait blaguer avec un mec que je connais depuis moins d'une heure, elle serait folle. Mon cœur se crispe à cette pensée.

– Tu permets que je regarde ?

Mon voisin de table m'arrache mon calepin pour regarder mon dessin.

– Eh...

– Pas mal du tout... Ceci dit, là, j'aurais un peu plus accentué le trait.

C'est bien la première fois que quelqu'un fait une remarque sur mes choix artistiques. Je plisse les yeux avec méfiance et m'empare de son bloc d'un air sceptique.

Mais en examinant son croquis, je dois avouer que ses idées sont plus que pertinentes. Après plusieurs échanges de point de vue, nous finissons par tomber d'accord et nous lançons dans le dessin à quatre mains demandé par le prof. Et bien évidemment, lorsque nous exposons notre œuvre au reste du groupe, le prof ne peut que nous féliciter pour notre travail.

– Vous voyez. C'est exactement ça que j'attends de vous. De la créativité, de l'audace et un soupçon de folie.

Il vient de nous insulter là, non ?

Je fais les yeux ronds à Max qui se cache pour pouffer, alors que le prof poursuit.

– Bien, alors maintenant, va falloir vous y mettre, les petits, si vous ne voulez pas rester sur le quai des loosers. Il n'y a pas beaucoup de places dans le prochain peloton et elles sont chères ! Il faudra bûcher dur. Et en parlant de ça, voici vos projets trimestriels.

26

Il nous donne un sujet à travailler pendant les heures d'autonomie. Et comme pour le cours d'aujourd'hui, nous devrons le présenter en binôme.

– On garde les mêmes équipes.

– Cool, dit Maxime en m'adressant un clin d'œil.

Je me prends à l'observer de nouveau. Il est vraiment beau gosse avec son grand sourire qui illumine son visage avenant. Ses mâchoires carrées soulignent son côté un peu sauvage et sa bouche pleine fait apparaître deux fossettes lorsqu'il sourit. Avec ses cheveux courts, savamment décoiffés, il a une allure de surfeur.

Kelly Slater !

J'y suis. Il ressemble à Kelly Slater lorsqu'il a gagné sa première Coupe du Monde de surf en 1994.

Je ne peux m'empêcher de sourire en pensant à la tête que ferait Kim si elle savait ça. Elle est fan ! En tout cas, on ne peut pas dire qu'il ait l'allure des autres garçons que l'on trouve habituellement dans ces sections d'art. Il est loin de l'artiste bohème qui se laisse aller. Bien au contraire.

– Quelque chose te tracasse, Kat ?

Je rougis, prise en faute.

Merde, ça fait deux fois en moins de deux heures que je me fais prendre en pleine séance de matage !

– Non, non, rien. Je me demandais juste comment nous organiser pour mener ce projet à bien. Parce que pendant les heures d'autonomie, ben moi, j'ai mon cours de chimie.

Il réfléchit un instant en me fixant avec intérêt.

– Écoute, on va faire ça à un autre moment. J'ai un créneau vendredi soir, après 18h. On pourrait peut-être se caler pour travailler sur l'organisation ?

Wow, wow... doucement... Ça implique beaucoup de choses ça !

27

Putain, dans quoi tu t'es fourrée, ma vieille ?

J'hésite. En plus, le vendredi soir n'est pas idéal pour moi. Je commence à ranger mes affaires tout en réfléchissant à la manière d'esquiver.

– On pourrait en discuter. Tu as un cours maintenant ?

– Oui, il faut que j'aille à l'amphithéâtre.

La sonnerie retentit.

Merde, je vais encore être en retard ! Je me lève en remplissant mon sac.

– Si tu veux, on se retrouve pour déjeuner...

Je fais la moue, en regardant vers la sortie. Mais la seconde sonnerie précipite ma décision.

– OK, on se retrouve ici à midi. J'ai une heure de pause et après j'enchaîne sur un cours de gestion de projets.

– Moi, je n'ai rien avant quinze heures. On discutera de vendredi soir ?

Avec un soupir, je finis par céder et décide de déroger à ma règle principale. Ne me demandez pas pourquoi !

– OK.

Et je file en courant dans le couloir, sans me retourner.

2

Vipères et Musclor

Nous nous retrouvons comme convenu à midi et je décèle une expression de soulagement dans les yeux de Maxime lorsqu'il me voit approcher.

– C'est cool...

Il reste là, mal à l'aise comme un ado à son premier rendez-vous. Je devrais l'envoyer balader pour ne pas le laisser espérer quoi que ce soit, mais bizarrement, je me sens bien en sa présence et je n'ai pas envie de le blesser. C'est comme si quelque chose chez lui m'apaisait. Mais je n'arrive pas à savoir ce que c'est.

– Tu veux qu'on aille manger quelque part ?

Sa question me sort de ma réflexion. De toute façon, je n'aurai pas la réponse, alors...

– OK. Allons déjeuner.

Au moment où nous sortons dans le couloir, une bande de filles surexcitées se jette littéralement sur nous. Le genre de filles qu'on ne voit que dans les séries américaines pour ados. La plus grande et la plus jolie saute au cou de Maxime avec une familiarité presque gênante.

– Eh, Max, ça fait longtemps, chéri.

Il se renfrogne et reste immobile alors que la grande perche s'enroule autour de lui comme une liane. Elle est brune avec de longs cheveux lisses et des yeux verts en amande. On dirait des yeux de chat. Son jean moulant semble beaucoup trop serré pour elle et son décolleté est tellement plongeant que sa poitrine menace de s'en échapper à chaque mouvement. Les deux filles qui l'accompagnent ne sont guère mieux loties avec leur minijupe et leur top en dentelle. Sans compter leur maquillage outrancier qui les fait ressembler à des actrices de films pornos. Si j'osais, je leur demanderais bien comment elles ont fait pour s'enfuir de leur bordel.

Quel gâchis ! Je suis persuadée qu'elles n'ont franchement pas besoin de toutes ces fioritures pour attirer les regards.

En tout cas, je me demande bien ce qu'elles fichent dans cette école.

– Meg, s'il te plaît...

Les deux acolytes ricanent comme des bécasses alors que la Meg en question attrape Maxime par le cou et lui passe la main dans les cheveux.

– Allez, ne fais pas ton rabat-joie, Maxou chéri. Décidément, tu ne seras jamais comme ton frère... Lui, c'est un mec, un vrai.

Elle regarde Maxime de haut en bas en lui passant la main sur le torse, comme pour évaluer la marchandise. Sa moue de déception est éloquente. Pourtant, on ne peut pas dire que Maxime manque de charme. Bon, avec son jean beige et sa chemise blanche, il a plus un look de Dandy que celui d'un Dieu du Stade, mais il y a quelque chose dans son attitude qui est attirant. Une sorte d'aura rassurante et bienveillante qui vous met en confiance immédiatement.

Non mais écoute-toi, Kat !

– OK, je kiffe grave ton frère, Max, alors je ne suis pas objective, ajoute la liane avec un sourire sans équivoque. La blonde intervient.

– En même temps, qui est capable de résister à un mec aussi canon ?

Et la rousse renchérit.

– C'est clair. Mégane a raison. Personne ne peut surpasser Rip. Au lit, c'est un vrai Dieu !

Elle ricane en frôlant sa poitrine. Non mais elle se croit dans une scène classée x, celle-là ?

La brune, celle qui s'appelle Mégane, semble soudain s'apercevoir de mon existence.

– Tiens, c'est quoi ça ? Une nouvelle ?

« Ça », elle te dit bien des choses, pétasse !

Une fois n'est pas coutume, je suis totalement en phase avec ma conscience.

Maxime se dégage d'un mouvement d'épaules et m'attrape par le bras, comme pour me mettre à l'abri.

– Laisse tomber, Meg.

Je sens le regard plein d'animosité des trois filles qui me détaillent des pieds à la tête. On dirait qu'elles évaluent la concurrence. Particulièrement Mégane, qui me scrute le sourcil levé, comme si j'étais une rivale. Mais son visage se détend en voyant ma jupe longue et mon chemisier dont le col est boutonné jusqu'en haut.

Elle plisse le nez et, jugeant sans doute qu'elle ne risque rien de moi, reporte son attention sur ses amies.

– Allez, venez, les filles, ce n'est pas grand-chose finalement.

Je sens la moutarde me monter au nez, mais je me morigène. Ici, personne n'a peur de moi, alors autant éviter d'attirer l'attention. Je serre les lèvres.

– Au fait, rends-moi service, Maxou chéri, dis à ton frère que ça tient toujours pour vendredi...

Elle lui adresse un clin d'œil malicieux avant de faire volte-face, suivie par ses acolytes.

31

En guise de réponse, Maxime lève la main d'un geste désolé. J'ai l'impression que cet échange l'a autant gêné que moi.

– Désolé. Tu viens de faire connaissance avec Mégane, Lucie et Cindy. Ce sont... des amies de mon frère.

– Elles m'ont l'air plutôt sympathiques, ces nanas... pour des vipères !

Je mime le sifflement d'un serpent.

– Ouais, et tant qu'à avoir des reptiles, je préférerais nettement un sac ou une ceinture...

Sa remarque me fait pouffer.

– Rip, c'est ton frère ?

– Ouais.

Son ton est légèrement amer.

– Drôle de nom.

Il se tourne vers moi et m'examine d'un air presque étonné, avant de préciser :

– C'est un surnom, en fait. Tu as faim ? Je connais une super cafèt' à deux pas d'ici...

Virage à trois cent soixante. Il change de sujet et de comportement en moins de deux secondes ! J'espère qu'il n'est pas bipolaire ! Je ne supporte pas les changements d'humeur.

Maxime me fixe avec un large sourire en attendant ma réponse.

– Allez. C'est moi qui t'invite.

Bon, ben...

– Si tu veux, Maxou !

***

La cafétéria est immense, mais bondée à cette heure-ci. On a du mal à se trouver une petite table haute et deux tabourets pour déguster nos wraps végétariens.

32

– C'est sympa de m'inviter, Maxime, mais je n'aime pas être redevable. La prochaine fois, c'est moi qui régale.

Son sourire s'élargit. Je viens de lui promettre un second déjeuner, idiote que je suis !

Tout le long du repas, Max échange plusieurs poignées de mains et des signes de tête avec tout le monde. C'est dingue. Ce mec semble connu comme le loup blanc.

Moi, je ne connais personne. À part lui.

– Dis donc, tu es célèbre, on dirait. À côté, je dois passer pour une sauvage.

Il me sourit avec un regard d'excuse.

– Ouais, célèbre. On peut dire ça.

– Ça ne te dérange pas ? Parce que franchement, moi ça me ferait flipper. À moins que...

Il fronce les sourcils.

– Quoi ?

– Laisse-moi deviner. Tu es déjà un artiste de renommée mondiale qui vient chercher de nouvelles idées dans des cours collectifs...

Il éclate de rire.

– Tu es bien loin de la vérité.

– Alors quoi ? C'est quoi qui fait que tout le monde veuille te serrer la main comme ça ?

– Bof. Disons que je fais partie d'un groupe de personnes assez populaires par ici. Le genre qui attire les foules. C'est pour ça que les gens me connaissent. Pas parce que je suis brillant ou quoi que ce soit, mais parce que je suis devenu le « lien possible » avec mon illustre entourage. Celui qui les fera approcher ceux qu'ils cherchent à atteindre. Mais revenons à toi. Tu es restée longtemps aux États-Unis ?

– Plus de huit ans. Mes parents sont partis s'installer à New York et j'ai fini mon secondaire au lycée français. Après j'ai fait une prépa et je suis entrée à Columbia.

Le regard de Maxime en dit long sur son admiration.

– Je suis absolument bluffé par les gens qui arrivent à quitter leurs racines du jour au lendemain.

– Oh, en ce qui nous concerne, c'était planifié depuis longtemps. Mon père est professeur en médecine, spécialisé dans les pathologies rares, et ma mère est professeur de musique et de chant. Ça faisait un bail qu'un confrère de mon père voulait le débaucher. Il a fini par le convaincre et maintenant il est chercheur à l'Université de Columbia.

– Putain, rien que ça !

– Ouais. Rien que ça.

Parler de mon père m'a toujours mise mal à l'aise. Non pas que je ne sois pas fière de lui. Loin de là. Il est brillant. Excellent dans son domaine. C'est un chercheur réputé, reconnu par ses pairs, qui a sauvé de nombreux patients. C'est prestigieux, admirable. Mais c'est là que le rêve s'arrête. Parce que sauver des gens, ça vous bouffe une vie.

Le Professeur Du Verneuil a participé à de nombreux travaux de recherche permettant d'améliorer les soins de certaines pathologies rares. Il a pratiqué des actes chirurgicaux très délicats qui ont fait avancer les techniques opératoires et certains traitements, et il a reçu les honneurs pour son travail. Et pourtant, cette réussite m'a pesé, me pèse encore. Parce que mon père a été absent de ma vie à quatre-vingts pour cent.

Oui, je sais, c'est égoïste. Mais c'est comme ça.

Le soir, lorsque j'étais enfant, je me souviens avoir lutté de nombreuses nuits pour le voir avant qu'il ne rentre. En vain.

34

Lorsqu'il passait la porte d'entrée, cela faisait bien longtemps que je m'étais endormie. Et les week-ends, c'était pire. Il y avait les urgences. À chaque fois qu'on organisait une sortie, il fallait annuler à la dernière minute parce que son bipeur n'arrêtait pas de sonner.

C'est simple, il ne m'a pas vue grandir.

Parfois, je mettais mon réveil une demi-heure plus tôt pour le voir avant qu'il ne parte au boulot. C'est triste d'en arriver là.

Du coup, c'est ma mère qui m'a élevée. Son travail à elle était beaucoup plus souple et la laissait libre d'organiser son temps. Ancienne virtuose de piano et de chant lyrique, elle donnait des cours particuliers à des artistes. À l'époque, elle n'avait que des clients amateurs et elle avait tout le temps de s'occuper de mon éducation.

C'est ce qu'elle a fait d'ailleurs.

Mon éducation... Pas facile comme tâche parce que j'étais une petite fille très perturbée. J'avais des réactions imprévisibles et je piquais souvent des crises, sans raison. À la moindre contrariété, je pouvais me rouler par terre et devenir incontrôlable. J'avais une sensibilité exacerbée et c'était très difficile pour ma mère de me canaliser. J'ai très peu de souvenirs de ma petite enfance, seulement des flashs qui viennent quelquefois perturber mes rêves.

La solution pour ma mère a été de me cadrer. Et quand je dis cadre... Elle m'a donné une éducation très religieuse, hyper stricte. J'ai donc été élevée avec des principes d'un temps révolu depuis longtemps. Ç'a été bénéfique pendant quelques années, mais à l'adolescence, je me suis vite rendu compte que ma mère m'enfermait dans des dogmes dépassés qu'elle finissait par placer au-dessus de tout. Mon bonheur et mon épanouissement compris.

Autant dire que l'amour maternel, je ne connais pas.

Elle attachait une telle importance à me maintenir dans le cadre, qu'elle en oubliait que j'étais une enfant qui avait besoin de la tendresse de sa mère.

La seule liberté qu'elle me laissait, c'était de laisser parler mon inspiration dans toute sorte d'art. Ce fut ma thérapie. Chaque fois que je faisais une crise, elle m'enfermait dans une pièce avec pinceaux ou musique. Peindre mes états d'âme, mes rêves, mes angoisses, danser jusqu'à ne plus pouvoir respirer, chanter à m'en briser la voix, tout ça me permettait de canaliser mon trop-plein d'émotions. Ma mère a cultivé ce côté artistique, comme si elle avait planifié tout ça. Finalement, rien n'était dû au hasard.

Avec elle, mon destin était tout tracé. Elle avait imaginé une belle ligne droite, bien lisse et sans défaut, qu'elle dessinait à grand coup de tradition et de principes. Malheureusement, j'ai transformé la ligne en un gigantesque gribouillis.

Parfois, l'être humain est surprenant et tout ce que vous avez prévu, planifié, organisé peut être chamboulé par une simple pulsion, un moment d'égarement où la folie surpasse la raison, où l'irréel devance le réel. Quelques secondes peuvent changer toute une vie.

En pensant à tout ça, j'ai un pincement au cœur.

– Oh, oh, Kat ? Tu es là ?

Maxime me fait sursauter en me sortant de ma rêverie.

– Je te demandais, où est-ce que tu vis ? Paris même ou la banlieue ?

Il est assis en face de moi et son intérêt pour ma personne se lit sur son visage.

– Paris, dans le 18ème.

Il lève un sourcil étonné. Il est vrai que c'est un quartier assez prisé et coûteux... Je ressens le besoin de me justifier. Je n'aime pas que les gens se fassent des idées fausses à mon égard. C'est pourquoi je cache généralement le milieu aisé d'où je viens.

– Je vis chez ma tante. Et toi ?

– Moi j'habite dans la maison de famille. À Vincennes.

Et moi qui pensais qu'il me prendrait pour une bourgeoise privilégiée !

– Je vis avec mon frère, Rosa et...

– Rosa ?

– Notre employée de maison. Elle est comme un membre de la famille. Et elle est adorable.

Son ton est empli de tendresse, mais j'y décèle aussi une petite pointe d'amertume.

– Pas de parents ?

Je regrette aussitôt mon manque de tact, mais Maxime me répond, sans la moindre gêne.

– Pas de parents.

J'en déduis que lui et son frère sont orphelins. C'est triste.

– Et ton frère, il est étudiant aussi ?

Il manque de s'étouffer.

– Rip ?

C'est à ce moment-là qu'un mec immense vient nous interrompre et assène une grande tape sur l'épaule de Maxime, qui laisse tomber son sandwich.

– Merde, Parker ! Fais gaffe. Elle est toute neuve cette chemise.

Il s'assombrit et essuie rapidement la sauce qui a coulé sur ses doigts en maugréant. Mais le grand gaillard qui vient de lui taper dans le dos ne s'excuse même pas. Il s'installe à califourchon sur une chaise et continue de manger ses frites comme si de rien n'était, un large sourire aux lèvres.

– Alors, Max ? Ça gaze ?

Il se tourne vers moi en ricanant. Je reste impassible alors qu'il cherche à se justifier.

– Masque à gaz ...

Ah ! Ah ! Très drôle !

Voyant qu'il ne fait rire personne, il poursuit.

– Je savais que je te trouverais ici, mec... Et ça, c'est qui ? Ta nouvelle cible ?

Le colosse m'observe avec gourmandise comme s'il n'avait jamais vu de fille de toute son existence. C'est d'une vulgarité ! Ce doit être le genre de mec à se foutre de la beauté de la fille, pourvu qu'elle se couche sans contester. Beurk ! Dommage parce qu'il est d'une beauté à couper le souffle, lui aussi.

Mince, je commence à croire que cette école est peuplée de gens riches et canons !

– Parker, je te présente Kat. Kat, voici Parker. Le meilleur ami de mon frère.

– Salut, poupée.

Le fameux Parker me tend une main écorchée que je refuse de prendre. Je ne comprends même pas comment Maxime arrive à ne pas le rembarrer. Je bous de l'intérieur, mais ma bonne éducation m'empêche de le remettre à sa place. Je me contente donc de lui répondre d'une voix sèche.

– Salut.

Il me fixe quelques secondes avec un demi-sourire, puis il reporte son attention sur Maxime.

– Intéressant. Alors, tu sais ce qu'il faut pour la petite soirée de Rip ? Il m'a demandé de m'occuper du ravitaillement...

Maxime semble blasé. Il lève les yeux au ciel avant de répondre.

– Comme d'habitude, je suppose. À partir du moment où il y a de l'alcool, ça devrait aller. Tu t'y connais mieux que moi dans ce domaine, prends ce que tu veux.

– Mouais, t'as raison. D'ailleurs, j'ai une idée. On va faire mexicain cette fois-ci. Mezcal, Téquila et Despé pour les filles.

Je lève les sourcils. Bel exemple de sexisme. Pourquoi une fille préférerait une bière plutôt que de l'alcool fort ? Bon, il faut dire que ce Parker n'a pas l'air d'un érudit. Avec son Perfecto et sa carrure, on dirait plutôt un biker, genre pas très futé.

Et voilà que je me lance dans les stéréotypes, moi aussi !

– Tu viens avec nous pour le match ?

Maxime lui adresse un regard noir.

– Non, pas cette fois. J'ai des trucs à faire vendredi soir.

Parker fait la grimace et me lance un regard évocateur. Il a compris que les « trucs à faire » me concernaient directement.

– Mouais, je comprends. Mais tu sais que Rip n'aimera pas ça.

Il mord dans une frite en me fixant d'un air aguicheur, le sourire aux lèvres. Ce mec est tellement sûr de son pouvoir de séduction qu'il doit penser que toutes les filles vont tomber en pâmoison devant lui. S'il continue, je vais finir par ne plus pouvoir me retenir de lui rentrer dedans. Et au diable les principes !

Mais avant que je ne réagisse, il se tourne de nouveau vers Maxime.

– Tu vas rater quelque chose, mec. Mais bon, si t'as mieux à faire... Remarque, je te comprends. Je suis aussi intrigué que toi. Et puis, tu es libre de tes choix après tout...

Il m'adresse un clin d'œil des plus pervers.

– Et tes choix à toi, Parker ?

Parker se fige une demi-seconde, puis sa bouche s'étire sur un immense sourire.

— Je sais ce que je fais, mec. Et puis ton frère a besoin de moi.

Maxime fait la moue.

— Non, c'est faux. Rip n'a besoin de personne !

— T'inquiète, je gère.

Parker se lève et ébouriffe les cheveux déjà en bataille de Maxime.

— Allez, mon pote, on se voit ce week-end pour la répet'... et lâche l'affaire. Ça va bien se passer...

Il lui adresse une petite tape amicale dans le dos avant de s'éloigner, non sans m'avoir adressé de loin un baiser salace qui me fait hausser les sourcils.

Bon, je n'ai rien compris à l'échange qui vient de se dérouler, mais ce que je sais, c'est que ce type m'horripile !

Je suis des yeux sa silhouette de biker alors qu'il rejoint un groupe de filles surexcitées par son arrivée. Mon Dieu, ce qu'elles sont cruches ! Rien que de les regarder, j'en ai des nausées.

— Il est gentil Musclor. Il nous a laissé ses ordures pleines d'huile.

J'attrape le cornet de frites tièdes du bout des doigts et le glisse dans mon sac en papier avec une grimace de dégoût.

Maxime se détend d'un coup et éclate de rire.

— Musclor ! Ça lui va comme un gant. Je la note celle-là. Je lui ressortirai la prochaine fois qu'il viendra me saouler.

Son visage affiche alors une sorte de bienveillance qui m'étonne, étant donné les échanges qu'ils ont eus. Devant mon expression perplexe, il se sent le besoin de se justifier.

— Parker n'est pas celui qu'il a l'air d'être, tu sais. C'est un vrai gentil et, en plus, c'est un génie. Bon, je dois avouer que ses passe-temps ne sont pas très intellos. Et que ses fréquentations laissent à désirer, mais...

— Tu parles de ton frère ?

Oups, je n'aurais pas dû poser la question. Maxime se renfrogne d'un coup et se ferme comme une huître. Alors, je décide de changer de sujet.

– OK, laisse tomber. Si on commençait à parler de notre projet ?

Le reste de la journée se déroule sans autre rebondissement. Mes cours m'accaparent et l'après-midi file à toute vitesse. Une fois la dernière séance de biologie passée, je file en direction du métro. La station n'est pas très loin et j'arrive à temps pour prendre celui de 19h10. J'arriverai tout juste pour voir Jess avant qu'elle ne reparte bosser.

Jessica, c'est ma tante. Celle qui m'héberge depuis presque un an et avec qui j'ai tissé des liens si forts qu'elle a pris plus de place dans ma vie que mes propres parents.

Et dire qu'avant, je n'avais fait que la croiser à quelques fêtes de famille.

Sans elle, aujourd'hui, je ne sais pas où j'en serais. Mes pensées m'amènent un an en arrière.

À mon retour en France, j'étais au bord de l'explosion. Je ne savais plus où j'en étais, à quoi je servais ni ce que je voulais faire. Je devenais parano et j'avais l'impression que tout le monde savait qui j'étais et ce que j'avais fait. Je cherchais dans le regard des autres la crainte que je lisais dans les yeux des gens de mon ancienne vie. C'était insupportable. Mais heureusement, Jess était là et elle m'a libérée.

Depuis toujours, j'étais coincée dans les carcans éducatifs de ma mère, qui avait entrepris de partir en campagne contre mes pulsions. Sa meilleure arme dans ce combat était son éducation, stricte et dure. La danse, le chant, la peinture. Toutes ces matières n'étaient destinées qu'à canaliser mon côté obscur. Elle combattait ma folie avec sa discipline de fer. Et moi, je me battais contre moi-même.

41

Quand j'y repense, s'il n'y avait pas eu l'événement qui a bouleversé ma vie, je serais toujours là-bas, à suivre le mouvement que ma mère avait initié pour moi.

Une boule grossit dans mon ventre à mesure que les souvenirs remontent à la surface.

Mon pouls s'accélère et une chaleur malfaisante et familière monte dans ma poitrine. Il faut que je pense à autre chose, sinon je vais finir par ne plus rien contrôler. C'est pas le moment que je pique une crise dans les couloirs du métro. J'applique à la lettre les conseils d'Ashley, ma psy, et j'arrive peu à peu à faire baisser l'angoisse et à repousser les pensées malsaines.

L'arrivée à ma station est salvatrice. Je me faufile jusqu'à la porte et je suis le flot empressé des voyageurs, en laissant la crise derrière moi. Après avoir traversé deux rues, j'arrive enfin à l'atelier, soulagée de me sentir en sécurité à la maison.

– Kat, c'est toi ?

Ma tante m'interpelle au moment où je pose mes ballerines.

– Oui, Jess, je viens d'arriver.

Elle déboule en trombe dans le hall d'entrée. Sa vue m'arrache un soupir de soulagement. C'est dingue l'effet que cette femme a sur moi. Par sa seule présence, je me sens apaisée. Pourtant, son allure n'a rien de rassurant.

Elle est ce qu'on peut appeler une marginale.

Ma tante est tatoueuse. Et son corps tout entier témoigne de la passion qu'elle éprouve pour son art. Elle a la peau recouverte de tatouages colorés. Une véritable suicide girl ! Parce qu'en plus d'être grande et super bien foutue, elle a un visage magnifique, qui lui vaut d'être prisée par les agences de mannequins spécialisées. Elle peut se targuer d'avoir fait les plus belles couvertures des magazines de tatouages.

42

Son travail est reconnu dans le milieu pour être d'une finesse incomparable. Ce qui lui attire une clientèle principalement féminine, même si elle compte quelques personnalités masculines du show-biz parmi ses meilleurs clients. Bon, certains mecs viennent uniquement pour la reluquer, mais en général, elle les envoie gentiment promener.

Avec les revenus de ses shootings photo, elle gagne bien sa vie. Elle a même réussi à se payer ce loft dans son quartier préféré sans toucher au patrimoine familial. Elle habite à deux pas de son salon. Ink'Ladies.

Jess s'approche de moi et me serre dans ses bras.

– Comment tu vas, beauté ?

Sans attendre ma réponse, elle poursuit.

– Je suis à la bourre. Désolée, mais je ne vais pas avoir le temps de discuter avec toi, chérie. Kiss Love vient voir son dessin ce soir et je n'ai pas intérêt à être en retard. Je te dirai comment ça se passe.

Mon cœur se serre d'appréhension. Je la regarde s'activer et enfiler sa veste en cuir à la hâte. On dirait une rock star avec son slim noir, son corset et ses bottes cloutées. Elle affectionne particulièrement ce style, qui accentue encore son côté « bad girl ». Et pourtant, cette fille est une crème. La plus douce et la plus gentille qui soit sur terre.

– Ça va aller ? demande-t-elle, une main sur la poignée.

C'est tout elle ça. Elle sait qu'elle n'a pas le choix, mais elle éprouve encore des remords à me laisser seule.

– T'inquiète, je vais m'en sortir. Je suis une grande fille, tu sais.

Elle lâche la porte et revient vers moi pour me serrer dans ses bras.

– Tu as mon numéro, hein ?

– Oui, oui. Vas-y, tu vas être en retard.

– Je ne rentrerai pas trop tard... Promis.

Elle m'envoie un baiser de la main et sort précipitamment de l'appartement. Je sais pertinemment que lorsqu'elle repassera cette porte, je dormirai à poings fermés.

Une fois la porte fermée à clé, j'entre dans le loft d'un pas feutré. L'énorme verrière qui fait office de séjour me paraît bien grande pour une personne seule. La décoration de cet atelier réhabilité ressemble parfaitement à sa propriétaire. Tout est fait de métal, de bois et d'œuvres d'art. On se croirait dans une galerie. Mais même si la beauté du lieu est indéniable, je lui préfère l'intimité de mon petit salon privé.

Jessica m'a réservé un espace entier au premier étage. Une chambre, un dressing, une salle de douche et un salon doté d'une kitchenette. Je ne pouvais pas rêver mieux. C'est la solution idéale qui nous permet de cohabiter sans empiéter sur nos vies respectives, même si la plupart du temps, on dîne ensemble. Sauf le mercredi, comme aujourd'hui où Jess fait des nocturnes au salon.

Fripouille, le Maine coon de Jessica, vient se frotter contre mes jambes en ronronnant et m'accompagne à l'étage.

Après avoir relu mes cours de la journée, fait mon rapport sur le pointillisme et révisé mon prochain devoir de chimie, je prends une douche rapide. J'enfile un débardeur, un vieux bas de survêtement et mes chaussettes en pilou. J'adore ces vêtements usés qui me font me sentir comme dans un cocon.

Je jette un œil à l'horloge. 22h45. Jess ne sera pas de retour avant au moins deux heures, alors je décide de squatter mon canapé. Un plateau garni de trucs à grignoter dans les mains, je m'installe confortablement sur les coussins en alcantara.

Voilà à quoi ressemble ma vie depuis que je me suis installée chez Jess. De longues soirées en solo devant ma télé, mon écran

44

d'ordinateur ou ma table à dessin. Ça peut paraître triste, mais ça me convient parfaitement. J'ai besoin de me reconstruire avant d'aborder le monde.

Je passe le reste de la soirée enroulée dans une couverture, à ricaner toute seule devant Ally McBeal. Lorsque la porte d'entrée s'ouvre, je me réveille en sursaut, toujours dans la même position.

3

Première soirée

Vendredi.

La sonnerie stridente de mon réveil me lacère les tympans. Il faut vraiment que je change de mélodie. C'est inhumain de se réveiller avec ce vacarme. Surtout quand on a passé la nuit à essayer de dormir. Ce doit être la perspective de passer la soirée avec Maxime qui m'a empêchée de trouver le sommeil. J'ai l'impression que je viens seulement de fermer les yeux tellement j'ai la tête en vrac. La journée promet d'être longue.

Je me lève péniblement et me traîne jusqu'à la salle de bain. Waouh, génial ! Mon reflet dans le miroir fait peur. J'ai des cernes si grands autour des yeux qu'on dirait un panda. Je file sous la douche en maugréant et en espérant que l'eau chaude fera son œuvre.

Lorsque je descends dans la cuisine du rez-de-chaussée, j'ai toujours un nœud dans l'estomac. Jess est déjà debout en train de préparer des pancakes. Je m'arrête un instant pour humer la bonne odeur de crêpe.

Hum ! Finalement, mon nœud se transforme en fringale.

Ma tante se tourne vers moi et reste en suspens, la poêle à la main. Ses yeux passent de ma tête à mes pieds et sa bouche s'ouvre sur un « oh » muet.

– Mon Dieu, ma chérie ! Mais qu'est-ce que c'est que ça ?

Léger vent de panique ! Je jette rapidement un œil à mes vêtements neufs, achetés en ligne et reçus la veille. Ma jupe longue

46

et fluide tombe parfaitement jusqu'à mes chevilles et ma blouse blanche est bien boutonnée jusqu'en haut. Je ne vois pas où est le problème.

– Quoi ?

– Mais on dirait la doublure de Marie Ingalls !

Je me mords la lèvre inférieure, vexée. Mes yeux passent de son ensemble mini short et t-shirt des Doors, à ma tenue qui semble sortir d'un autre temps. Force est de constater qu'il y a un léger problème. C'est comme si on avait inversé les rôles. J'ai plus l'air de la vieille tante que de la jeune et jolie nièce. Jess, elle, n'a dormi que quelques heures et elle est fraîche comme une rose de printemps. C'est injuste. La vie n'est qu'une grande injustice !

Jess pose sa poêle fumante et s'approche de moi.

– Viens par là.

Elle glisse ma chemise à l'intérieur de ma jupe et défait les premiers boutons pour faire apparaître mon top en lycra. Puis elle se recule pour regarder le résultat. Je n'ose pas bouger, peu habituée à ce que l'on m'arrange de la sorte.

– Mouais, il manque un petit quelque chose. Attends-moi là.

Comme si j'allais disparaître d'un coup de baguette !

Jessica revient trente secondes plus tard et m'enserre la taille dans une large ceinture en cuir noir.

– Ahhh, c'est déjà beaucoup mieux.

Elle relève mes cheveux et les attache en un chignon flou. Je me laisse faire, le cœur palpitant alors que ma tante examine mon visage d'un œil expert.

– Tu devrais penser à te maquiller un peu ! Tu as l'air malade comme ça. Et avec ces lunettes, on ne voit plus tes beaux yeux.

Je soupire alors qu'elle continue son inspection.

– Écoute, Jess, je sais que tu adores côtoyer les danseuses burlesques du quartier. Pour autant, je ne vois pas pourquoi je devrais leur ressembler.

– Tu as des cils super longs, une couleur d'yeux magnifique. Je suis certaine qu'avec un peu de mascara, du fard à paupières et une touche de gloss, tu serais à tomber. Je pourrais demander à Élisa de venir te coacher.

– Nan, nan... c'est hors de question. J'aurais l'impression d'être déguisée.

Elle me scrute l'air pensif.

– Et ben, ce ne serait pas un mal. Tu sais qu'on ose vachement plus de choses quand on est maquillée ? Tu n'as jamais assisté à une soirée déguisée ?

Moi, une soirée déguisée ? Elle plaisante ! La seule soirée à laquelle j'ai assisté s'est terminée en film d'horreur.

Je secoue la tête par la négative, ce qui la fait soupirer de plus belle.

– Mon Dieu, je vais finir par croire que ma sœur voulait faire de toi une nonne !

Je pouffe. Elle ne croit pas si bien dire... Quand je vois tout ce qui oppose ma mère et ma tante, je me demande parfois si elles sont réellement demi-sœurs. Il faut dire que leur différence d'âge doit y être pour beaucoup. Elles ont dix-huit ans d'écart, ce qui fait que je n'ai que dix ans de moins que ma tante. Ma mère et sa sœur sont issues d'une noble lignée slave par leur père. Ma grand-mère maternelle était aussi descendante d'une riche famille bourgeoise. Mais la mère de Jess était une simple modiste, beaucoup plus jeune que son mari. Une femme modeste, qui est un jour tombée amoureuse de son client, fanatique de chapeaux. C'est certainement

48

pour cette raison que ma mère n'a jamais vraiment fréquenté sa demi-sœur.

À force de la côtoyer, je me rends compte que je suis plus proche de Jess et de ses idées marginales, que de ma mère et sa rigidité.

Je décide de changer de sujet.

– Alors, comment Kiss a trouvé le dessin ?

Ses yeux pétillent d'excitation.

– Elle a adoré. Franchement, Kat, tu devrais réfléchir sérieusement à ma proposition. Tes idées sont hyper originales et ton coup de crayon ferait pâlir d'envie plus d'un de mes collègues. Je suis sûre que tu ferais un tabac dans le milieu.

Une bouffée de fierté m'envahit. Je suis contente de savoir que mon travail a plu à la cliente de Jess et surtout qu'elle-même l'apprécie.

Il y a à peine huit mois en arrière, je n'aurais jamais imaginé pouvoir faire ça. C'est Jess qui m'a donné l'envie de m'essayer à cet art. C'est arrivé comme ça, un soir où j'étais avec elle dans son salon de tatouage.

J'avais pour habitude de tenir l'accueil de sa boutique trois soirs par semaine et le week-end. C'était le deal que je lui avais proposé lorsqu'elle avait refusé que je paye un loyer.

Ce mercredi-là, Jess terminait une carpe koï pour le bassiste d'un groupe de rock. La voir s'affairer au-dessus de sa planche à dessin, à passer des couleurs, les estomper, retravailler les détails, tout ça m'a fascinée.

Elle dessinait à main levée, reproduisant parfaitement l'image qui sortait tout droit de son imagination. C'était incroyable. Les nuances de couleurs faisaient briller les écailles de la carpe si bien qu'on l'imaginait presque onduler sous l'eau.

En voyant mon intérêt pour son œuvre, Jess m'a donné un bloc et des crayons.

– Ça te dirait d'en faire un ? Avec ton talent, ça ne devrait pas être compliqué...

Je suis restée immobile un moment, mais je dois avouer que l'idée m'intéressait. Jess m'a proposé de faire un essai avec un motif gothique pour l'une de ses clientes.

Il ne m'était jamais arrivé de dessiner ou peindre sur commande. Encore moins pour quelqu'un. Tout ce que je faisais habituellement sortait directement de ma tête. Jamais de contrainte, jamais de directive, seulement l'image que j'avais à l'esprit. Là, il fallait peindre pour une autre personne. C'était nouveau.

Au début, je me suis sentie un peu bête devant la feuille blanche. Je ne savais pas trop quoi faire et l'idée d'un tatouage de ce genre ne m'inspirait pas plus que ça. J'ai commencé à dessiner des traits au crayon noir. Mais rien de transcendant. Alors, voyant mon hésitation, Jess m'a donné un conseil : « mets-toi dans la peau de ta cliente et imagine ce que tu aimerais si tu étais à sa place ». J'ai regardé quelques photos de la cliente en question, une jolie chanteuse aux cheveux noir corbeau striés de mèches blanches, puis j'ai fermé les yeux et ai imaginé cette fille en plein concert ! Ce fut comme une révélation. Je me suis lancée et j'ai tracé le motif que j'aurais aimé voir gravé sur ma peau, si j'étais cette chanteuse-là. Un corbeau surplombant de petits crânes.

J'étais assez gênée lorsque je l'ai montré à Jess. Mais quand j'ai vu sa réaction, je crois que rien ne m'a jamais rendue aussi fière.

– Je le savais, Kat ! C'est magnifique !

Elle a insisté pour le montrer à sa cliente, qui l'a choisi parmi trois autres propositions. Depuis, en plus de tenir l'accueil, je dessine des modèles de tatouages pour certains de ses clients.

Ç'a été une sorte de thérapie. Au début, mes œuvres étaient très sombres, des trucs assez morbides et glauques. Je n'arrivais pas à faire autre chose. Et ça marchait plutôt bien vu la clientèle de Jess. Je dois dire que ça me fait encore tout drôle de savoir que nombre de bikers et autres bad boys portent mes dessins à même la peau.

Peu à peu, j'ai pris de l'assurance et mes dessins ont évolué vers des trucs plus sobres, même si c'est dans le « gore » que je montre tout mon potentiel.

Finalement, on se complète bien avec Jess, parce qu'on a des styles totalement différents. Elle est plus baroque et dentelle et moi, je fais des choses plus trash. De savoir qu'il y a des personnes qui aiment ce que je fais, c'est une récompense en soi. S'ils voyaient l'allure qu'a celle qui a dessiné leur tatouage...

Je jette un œil sur ma montre.

– Oups ! Je vais être en retard.

Je me lève précipitamment et file prendre mon sac, un pancake encore chaud à la main. Au moment de tourner la poignée, Jessica m'interpelle.

– Tu viens au salon ce soir ?

Mince, j'ai complètement oublié de lui dire que je ne serais pas là. C'est tellement peu banal comme situation que je n'arrive toujours pas à croire que ça m'arrive. Ma vie prendrait-elle une tournure enfin normale ?

– Désolée, mais je vais te faire faux bond ce soir, Jess. J'ai un devoir à préparer et Maxime m'a proposé de bosser chez lui.

Cette année, avec tout le boulot que je vais avoir, j'espère que je pourrai continuer à proposer mes services à Jess. Ma tante lève un sourcil interrogateur et attend que je lui donne plus d'informations.

– Il est avec moi en TP et c'est mon binôme pour le projet trimestriel.

– Oh... Bien. C'est super. Je suis contente que tu aies enfin fait connaissance avec des jeunes de ta promo.

– Mouais. C'est un mec sympa. Bon, j'y vais. Ne m'attends pas.

– Prends tout ton temps, ma chérie...

En refermant la porte, j'imagine parfaitement le sourire plein de sous-entendus qui illumine son visage.

***

La journée se déroule sans que je croise Maxime. Le vendredi est toujours très chargé pour moi et je n'ai qu'une demi-heure pour déjeuner le midi. Les cours s'enchaînent sans me laisser le temps de le chercher.

Ce n'est que lorsque je sors de ma salle de cours en fin d'après-midi que je l'aperçois en train de discuter avec un groupe de garçons. Je fais la moue. Ce n'est pas mon genre de taper l'incruste..., surtout quand je ne connais pas la moitié des gens.

Merde, quelle cruche ! Je n'ai même pas pensé à lui demander son adresse pour ce soir.

J'hésite et m'apprête à faire demi-tour lorsque Maxime se tourne soudain vers moi et m'interpelle.

– Eh, Kat !

Le cœur battant, j'applique un sourire figé sur mes lèvres.

Je murmure un bref salut, alors que mes joues trahissent ma gêne. Je m'avance néanmoins vers Maxime. Il faut bien que j'arrive à lui parler si on doit se retrouver pour travailler ce soir. Je redresse la tête en me morigénant intérieurement.

– C'est toujours OK pour ce soir ?

Je sens sur moi le regard particulièrement appuyé des garçons qui l'accompagnent. Surtout celui d'un type de taille moyenne, avec un visage anguleux et des petits yeux perçants. Il a le physique d'un top model, lui aussi, avec de longs cheveux noirs comme l'ébène. Pourtant, il a un air antipathique qui, à mes yeux, lui enlève une bonne partie de son charme.

Max glisse les mains dans ses poches.

– Bien sûr ! Y a un problème ?

Le type antipathique lève un sourcil interrogateur en direction de Maxime. On dirait que l'idée ne lui plaît pas. Je lui lance un rapide regard noir.

Non mais de quoi je me mêle ?

Maxime ne semble pas voir sa réaction et attend que je lui réponde.

– Euh, oui, mais... Tu ne m'as pas donné ton adresse.

– Ah, c'est vrai. File-moi ton numéro et je vais t'envoyer un texto.

Je prends le téléphone qu'il me tend et entre mon numéro dans ses contacts. Mes mains tremblent légèrement alors que je pianote sur son clavier.

Putain, c'est la première fois que je file mon numéro à quelqu'un.

– On se dit à quelle heure ?

– 20h30, ça te va ?

– C'est parf...

– Max, tu comptes faire les présentations ?

Le type antipathique me coupe littéralement la parole, sans le moindre scrupule.

Maxime lève les yeux au ciel. On dirait que ça le dérange autant que moi que ce mec s'impose de la sorte.

– Kataline, voici Royce. Royce, Kataline. Une fille de ma promo avec qui...

– Enchanté, Kataline.

Il recommence à couper la parole. Non mais c'est quoi son problème à ce con ? Il se prend pour qui ? J'ai envie de le remettre à sa place, mais je m'abstiens, comme toujours.

– Kat. Seulement Kat.

Il me tend la main avec un sourire en coin et je la prends à contrecœur. Il a la peau froide. Ça ne m'étonne pas ! Royce me détaille des pieds à la tête et ça me met mal à l'aise.

– Ravie de te connaître, Kat. Tu es de la partie ce soir ?

C'est Maxime qui répond à ma place.

– Non, Royce. Elle vient chez moi pour bosser. On a des trucs à faire, des projets à travailler, et tout. Tu sais, tout ce qu'il y a de plus normal !

Oh, Max devient sarcastique ? Je m'en réjouis. Et à voir la tête que fait le type, je constate que sa remarque fait mouche.

– Tu es tellement prévisible, mon pauvre Maxime. Mais bon, je comprends. Ça en vaut peut-être la peine... On se croisera sûrement ce soir, Kat.

Le ton avec lequel il prononce mon prénom ne me plaît pas du tout.

– Oui, sans doute.

– À plus tard, Fly.

Il fait volte-face, laissant voir le début d'un tatouage à la base de sa nuque et s'éloigne avec les autres qui semblent le suivre comme des toutous.

– Fly ?

– Oui, c'est le surnom que mon connard de frère et ses potes me donnent pour m'énerver.

Ouh là, je sens une vraie rancœur dans le ton de sa voix. En même temps, je comprends qu'il n'apprécie pas de se faire traiter comme ça. Il y avait une sorte de mépris dans le regard de Royce qui m'importune fortement à moi aussi.

– Laisse tomber, Kat, ils sont nazes. Bon alors, on se dit 20h30 ?

Son visage reprend son masque enjoué habituel. Je le préfère nettement comme ça.

Non mais qu'est-ce que je dis, moi ?

Je secoue la tête pour empêcher ma petite voix intérieure de se moquer.

– Euh. Oui, oui. Pas de problème. Je viendrai pour 20h30. À plus tard.

Je lui fais un petit signe de la main et m'éloigne, le cœur battant.

***

À 19h45, je suis fin prête pour partir. J'ai mangé un morceau vite fait et enfilé une nouvelle jupe plissée qui m'arrive aux chevilles, un gilet long qui cache mes formes et des derbies pour le trajet. Il me faut environ une demi-heure de métro et un quart d'heure de marche pour arriver jusque chez Maxime. Par curiosité et aussi pour éviter de me perdre, j'ai recherché son adresse sur Google Earth. Je n'ai vu qu'un grand portail en fer et un toit immense. Ça ne va pas m'aider.

Je me sens nerveuse. Ça fait longtemps que je ne suis pas allée chez quelqu'un. Et encore moins chez un mec de mon âge. Mais bon, il faut que je me calme. Ce n'est pas un rendez-vous galant et même si je ne connais pas encore beaucoup Maxime, il m'inspire une certaine confiance.

Et depuis quand tu fais confiance aux hommes, toi ?

Je donne un coup de pied bien placé à ma petite voix pour la faire taire. Elle ne va pas commencer à insinuer n'importe quoi à mon esprit. Ça fait des mois que j'essaie de me convaincre que tout le monde n'est pas foncièrement mauvais, elle ne va pas tout foutre en l'air. Et puis, c'est uniquement une séance de travail. Et on ne sera pas seuls, non ?

Alors pourquoi mon cœur bat-il la chamade ?

Je jette un coup d'œil dans le miroir de l'entrée et décide de me faire un chignon effet coiffé-décoiffé. Mes cheveux sont longs jusqu'à la taille. Ils sont tellement souples que j'ai du mal à les discipliner avec mon élastique. Leur couleur, un châtain moyen avec quelques reflets roux, fait ressortir mes yeux.

Mes yeux... la fierté de ma mère. Cette couleur improbable entre le vert et le mordoré et ce point sombre, à côté de chaque pupille, semblable à un grain de beauté. C'est la marque de fabrique de la branche slave de la famille. Le contraste avec le tour brun qui encercle mon iris est très étrange. Ma tante dit que ce sont des yeux de chat.

Elle, elle a hérité des yeux noirs de sa mère. Elle est tellement dépitée quand elle me voit cacher les miens derrière des lunettes aux contours épais. Moi je trouve que c'est très bien ainsi. Pas la peine de se faire remarquer quand on ne cherche qu'à se fondre dans la masse.

Il est temps de partir. Je saisis mon sac besace et prends la direction du métro.

***

Une fois dans la rue indiquée par Maxime, je relis deux fois le SMS pour être sûre de ne pas me tromper. J'ai atterri dans une avenue bordée d'immenses propriétés toutes plus luxueuses les unes que les autres.

Punaise, je vois que ses parents avaient bien mené leur carrière... Il est presque écrit « soumis à l'impôt sur les grandes fortunes » sur chaque mur, ici !

J'arrive devant le portail noir que j'ai identifié sur internet. C'est bien ici qu'il habite. Avec un soupir d'encouragement, je sonne. Presque aussitôt, la voix de Maxime résonne dans l'interphone.

– C'est toi, Kat ! Génial que tu sois venue.

Il en doutait ?

Le portail s'ouvre dans un cliquetis et je découvre avec émerveillement une magnifique demeure de caractère qui s'élève fièrement au centre d'un parc paysager. Je me sens toute petite d'un coup.

Je monte les escaliers menant à une grande porte d'entrée en fer forgé. Maxime sort précipitamment pour m'accueillir. Il arbore le sourire d'un enfant devant un cadeau de Noël.

– Viens, entre.

On pénètre dans un vaste hall et tandis qu'il m'aide à enlever mon manteau, j'en profite pour admirer les lieux. Cette fois, c'est sûr, il est millionnaire. Cette baraque doit valoir une fortune. Elle est décorée avec goût dans un style qui allie modernité et tradition. Un somptueux mélange.

– Viens, c'est par ici.

J'ai l'impression que Maxime est pressé qu'on se mette au travail. Il n'a pas l'air de vouloir me faire visiter. Dommage ! Il m'entraîne vers un gigantesque escalier en marbre noir.

– Ma chambre est à l'étage.

Nous arrivons sur une grande mezzanine aménagée en salon, qui dessert une bonne dizaine de pièces. Maxime se dirige vers celle du fond à gauche.

Lorsque Maxime ouvre la porte de sa chambre, je ne peux m'empêcher de siffler en admirant les lieux. Une chambre.... Il aurait mieux fait de dire un appartement. L'immense pièce dans laquelle nous entrons est munie d'un bureau, d'un canapé et d'une TV 4K.

Je réprime un sifflement.

– Ta chambre ? Mais tu n'as même pas de lit.

Maxime prend un air gêné.

– Il est dans la pièce d'à côté.

– Avec salle de bain privative, j'imagine ?

Je me moque de lui, mais il ne semble pas s'en offusquer et hoche la tête en faisant la moue.

– Mouais.

– Tu n'as pas à être gêné, Max. C'est cool.

Il sourit.

– Viens, on va s'installer ici. Tu veux boire quelque chose ?

Il ouvre un petit réfrigérateur que je n'avais pas remarqué à côté du canapé.

– Non, merci. On a du boulot. On trinquera après, quand on fêtera la fin du projet.

– Une mordue de travail, hein ?

À son tour de me railler. Je lui adresse un petit sourire et sors mes blocs de ma besace.

Ça fait maintenant trois heures qu'on travaille sans se rendre compte du temps qui passe. La séance qui ne devait être que la phase zéro de notre projet, celle qui permet d'élaborer le plan d'action, le rétroplanning et le calage de l'organisation, est devenue une véritable réunion de travail. On s'est littéralement laissé emporter par notre passion commune pour l'art.

Ce n'est que lorsqu'un brouhaha envahit le rez-de-chaussée qu'on se rend compte de l'heure avancée.

58

— Merde, déjà ? Il est quelle heure ?

Maxime semble contrarié d'un coup. Il se lève nerveusement et essuie ses mains sur son pantalon, comme si elles étaient devenues moites.

Je jette un coup d'œil à ma montre.

— Oh là, il est presque minuit. Mince, j'ai raté le dernier train.

Maxime rassemble en hâte mes affaires. Il a l'air complètement paniqué. Je tente de le rassurer.

— Laisse tomber. C'est trop tard pour le RER. Pas la peine de se presser.

Il passe sa main dans ses cheveux sans me répondre. Mais qu'est-ce qui lui prend ?

— Eh, c'est pas grave !

Maxime s'arrête net et me regarde comme s'il prenait conscience de ma présence. Le bruit en bas s'amplifie et bientôt une musique punk rock résonne dans toute la maison.

— Merde ! Merde ! Merde ! Viens, je vais te ramener chez toi.

Je me lève et enfile rapidement mon manteau avec le sentiment étrange que quelque chose va se produire. L'inquiétude apparente de Max a fini par me gagner. Je décide de formuler la question que je n'ai pas osé poser jusqu'à présent.

— Qu'est-ce qui se passe ?

— Mon frère, grommelle Max d'une voix pleine d'amertume.

Il attrape une veste et me prend par la main pour me faire sortir. La mezzanine est envahie. Non, c'est toute la maison qui grouille désormais de jeunes qui crient pour parler plus fort que la musique. J'ai l'impression de me retrouver propulsée dans une soirée étudiante. En moins de cinq minutes, ils ont investi tous les recoins du premier étage.

Et apparemment, c'est une soirée plus trash qu'habillée. Il y a des punks partout, tatoués, percés, avec des crêtes colorées ou des coupes improbables comme cette fille avec sa coloration « rainbow hair » et ses cheveux rasés d'un côté et longs de l'autre. J'ai l'impression de revenir au temps des Sex Pistols. Certains se trémoussent au rythme d'un rock sauvage et écorché qui s'échappe d'une enceinte géante que je n'avais pas remarquée en arrivant. D'autres se pelotent dans les recoins sombres à l'abri des regards. J'aperçois quelques bouteilles d'alcool qui tournent et une forte odeur de cannabis a envahi l'espace.

Je plisse le nez en apercevant un mec au crâne rasé qui avale le ver que l'on trouve dans les bouteilles de Mezcal.

Pouah ! C'est dégueu...

On traverse le couloir et j'ai l'impression que tout le monde a les yeux fixés sur nous. Finalement, au milieu de tous ces gens bizarres, c'est moi, LA marginale. Je sens les regards sur moi et j'enfonce ma tête dans mes épaules pour tenter de passer inaperçue. Un sentiment bien connu m'envahit et je me retrouve quatre ans en arrière, à une certaine soirée que j'aimerais oublier.

Je m'efforce de suivre Maxime dans les escaliers, en bloquant le fil de mes pensées.

Arrivé au rez-de-chaussée, mon binôme me fait traverser la maison jusqu'à une verrière qui fait office de salon. Des fauteuils et des canapés design sont installés tout autour d'un bar en forme de gros cylindre lumineux. Tout est dans les tons blancs, noirs et gris perle.

C'est dingue, on se croirait presque dans une boîte de nuit. Le contraste avec le style de musique et les occupants des pièces est saisissant.

Maxime m'entraîne derrière lui et avance subrepticement, comme s'il voulait qu'on échappe à l'attention des autres. On se faufile à travers les sièges lorsque quelqu'un nous interpelle dans un coin de la pièce, où la musique est nettement moins forte.

– Eh, Max ! Ne me dis pas que tu as réussi à emmener une meuf chez toi ?

Maxime s'arrête net en poussant un soupir.

Je reconnais immédiatement la voix de Parker, le beau colosse aux cheveux blonds et au perfecto. Il est vautré sur un canapé, dans une alcôve, une fille à chaque bras, et bizarrement ça ne m'étonne même pas. Enfin, je ferais mieux de dire poupée pour parler de ces deux « Barbies » maquillées à outrance qui portent des tenues plus que douteuses, faites de cuir et de dentelle. L'une d'elles a entrepris de battre le record de suçon à ce que je vois. Elle est littéralement pendue au cou de Parker. Quant à l'autre, elle est affublée d'une tignasse bleu turquoise et me toise d'un air condescendant, une main caressant la cuisse de son voisin.

Mes yeux croisent ceux du colosse et, aussitôt, il se redresse, bousculant au passage la blonde suceuse de sang qui me lance un regard méchant.

– Eh, mais c'est notre nouvelle amie Kat ! Ça devient vraiment intéressant...

La blonde me détaille de haut en bas et un sourire moqueur étire sa bouche.

– Eh, mais tu l'as pêchée où celle-là ? T'as vu ces fringues ?

Son acolyte renchérit.

– La vache ! Mais c'est quoi cette jupe et ces Derbies démodées ! Ma pauvre chérie, si j'ai un conseil à te donner, arrête de piquer les sapes de ta grand-mère !

Et moi, je n'ai aucun conseil à te demander, connasse !

61

Bien joué, ma conscience ! Bon, ça fait quand même deux fois que je me prends la même remarque aujourd'hui. Et je dois avouer que ce n'est pas agréable du tout.

Je garde les lèvres pincées de peur que les mots ne dépassent ma pensée. Ce n'est pas le moment de me laisser aller et de faire un esclandre. Je me concentre sur ma respiration en fredonnant dans ma tête. Il ne faut pas que je laisse la colère prendre le dessus. J'ai passé plus deux ans à me racheter une conduite, je ne vais pas tout foutre en l'air pour deux pauvres idiotes !

Parker continue de me reluquer sans vergogne, une lueur presque vicieuse dans les yeux. C'est dingue, ça ! Il a des nanas canon à moitié nues à portée de mains et il ne peut pas s'empêcher de mater la seule fille de l'assistance qui a l'air d'un sac insipide, coincée dans son éternelle jupe longue. Il doit être fétichiste des jupes longues ou un truc dans le genre !

À moins que ce ne soit pour énerver Maxime...

Les deux filles continuent de se moquer de moi sans retenue et je serre des dents pour éviter le flot de paroles acerbes de sortir de ma bouche.

Maxime me tire la main.

– Viens, Kat, on s'arrache avant que ça dégénère.

Je ne sais pas s'il parle de moi ou de lui en disant ça.

Il me tire sur le bras pour m'entraîner plus loin, mais bizarrement je n'arrive plus à bouger. Je sens comme un picotement sur ma peau. La même sensation que l'on éprouve lorsqu'on se sent observé. Je tourne la tête vers le fond de la pièce et je le vois.

Celui qui m'observe.

Il est tapi dans l'ombre. Je ne distingue que sa silhouette sombre, négligemment appuyée contre le mur. Un jean noir, des boots en cuir, un t-shirt griffé... rien d'autre. Il a les bras croisés sur sa poitrine et avec le jeu des ombres et des lumières, je n'arrive pas à voir son visage. Et pourtant, je sens sur moi la pression de son regard, comme si son aura m'envahissait tout entière.

– Tu n'es pas venu ce soir.

Mon cœur manque un battement.

Oh mon Dieu, cette voix ! Un timbre grave, légèrement cassé. J'en ai des frissons partout. Maxime retire sa main de la mienne, comme si elle l'avait brûlé et la glisse nonchalamment dans sa poche. La tension monte d'un cran et l'atmosphère se refroidit dans la pièce. Tout le monde est aux aguets comme dans l'attente de ce qui va suivre.

– J'avais des trucs à faire. Désolé.

Le fait qu'il s'excuse témoigne de son embarras. On dirait qu'il se sent coupable de quelque chose.

– Avec elle ? demande la voix.

Il y a un tel mépris dans son ton. À l'évidence, ça paraît invraisemblable que Maxime ait passé du temps avec moi. Génial !

Le fait que l'inconnu s'exprime comme si je n'étais pas là m'exaspère.

Je lève un sourcil interrogateur en regardant dans sa direction. Bizarrement, je me sens l'étrange envie de le remettre à sa place devant tout le monde. Je fais la moue et me rapproche de Maxime.

– Tu me déçois, Maxime. D'habitude, tu as meilleur goût.

Maxime secoue la tête.

– On était là pour bosser. On n'a juste pas vu l'heure.

Je crois rêver. C'est de moi dont on parle, là ? Non seulement le mec de l'ombre me fait clairement comprendre que je ne suis pas à son goût, mais en plus on dirait que Maxime a honte d'être surpris en ma compagnie.

– Si tu as envie de perdre ton temps avec des filles insipides, c'est toi que ça regarde, Fly. Mais ce soir, tu devais être là. Tu savais que tu ne devais pas esquiver... Et cette nana n'est pas une excuse.

J'hallucine ! Il vient bien de me traiter de « fille insipide » là, non ? Je remonte mes lunettes sur mon nez d'un mouvement rageur. Le sang afflue dans mes tempes à mesure que la colère se propage le long de mon épine dorsale. Les mots sifflent entre mes dents serrées sans que je ne puisse les contenir.

– Et toi, je parie que tu préfères passer ton temps avec des pétasses sans cervelle pour qu'elles ne se rendent pas compte que t'es qu'un gros connard.

Aussitôt, je me mords la lèvre, regrettant de m'être laissée emporter. Mais qu'est-ce qui me prend, bordel ?

Je sens plus que je ne vois Maxime tourner la tête vers moi d'un air surpris. Je prie en silence pour qu'il soit le seul à avoir entendu. Mais je n'ai pas le temps de vérifier. Parce que le « gros connard » que je viens d'insulter s'avance maintenant vers moi d'un pas lent, mais déterminé. La salle se fige et les têtes se tournent vers nous. J'entends même quelqu'un pousser un petit sifflement.

Mon cœur s'arrête de battre lorsque je découvre celui qui vient de me faire oublier deux ans de thérapie.

Des cheveux noirs taillés en une sorte de crête ébouriffée, un visage anguleux et une mâchoire volontaire. Et des yeux surprenants, magnifiques. D'un gris très clair, presque translucide, qui vous transperce de part en part et qui contraste avec la couleur de sa tignasse hirsute.

À mesure qu'il s'approche, j'aperçois un piercing qui se balance sur son arcade et un autre qui orne le coin de sa lèvre inférieure. Sa bouche est juste magnifique.

Instinctivement, mes yeux suivent les tatouages qui courent de ses phalanges à ses avant-bras avant de se perdre dans ses manches de t-shirt.

Lorsqu'il se retrouve face à moi, je me rends compte que son visage présente des marques de coups. Il a la lèvre supérieure fendue, une coupure au niveau du front et un méchant hématome sur la pommette. À voir sa peau tuméfiée, ces blessures doivent être récentes. À mon avis, ce mec vient juste de se prendre une belle raclée.

Mes yeux croisent les siens, froids et méprisants. Je ne peux m'empêcher de frissonner devant ce regard de glace. Tout en lui respire le danger. Comme s'il se promenait avec une pancarte où il serait écrit « je vais vous détruire ». Mon sixième sens me hurle de m'enfuir loin de ce type, mais je suis incapable de bouger.

Tout le monde s'est tu, comme s'il attendait une sentence.

L'inconnu s'approche de moi, très près, trop près, avec l'air d'avoir envie de me tuer. Un muscle tressaille méchamment sur sa joue alors même qu'il semble m'évaluer comme il le ferait avec un adversaire. Il lève brusquement un sourcil puis le fronce, comme si quelque chose le surprenait. Je baisse les yeux, incapable de soutenir plus longtemps son regard perçant.

– Tu as dit quelque chose, Derbies ?

Je sens son souffle chaud sur mon visage et je n'ose lever la tête. Mon ventre se crispe lorsque les effluves de son parfum envahissent mes narines. Il sent le musc, le cuir et la cigarette. Un cocktail enivrant d'une sensualité irrésistible.

Avec effort, je lève les yeux vers lui. Malgré mon mètre soixante-dix, je dois pencher la tête en arrière pour le regarder. Je fixe bêtement le piercing au coin de sa bouche et je me prends à imaginer quel effet ça ferait de passer la langue dessus.

Non mais, Kat, t'es dingue ou quoi ?

Je secoue négativement la tête, en serrant ma besace sur ma poitrine comme pour me protéger de cette proximité dérangeante. Ça ne me ressemble pas d'avoir ce genre de pensées et de me sentir si vulnérable. Sentant mon malaise, Maxime vient à mon secours.

– Laisse tomber, mec.

Il lui pose une main sur l'épaule comme pour le calmer. Mais l'inconnu continue de me fixer, sans prêter attention à Maxime. Il plisse les yeux, comme s'il cherchait à lire en moi et que quelque chose l'en empêchait.

– Et elle s'appelle Kataline !

Oh non... Kat. Seulement Kat !

Le type de l'ombre s'approche un peu plus, jusqu'à frôler ma joue. Il inspire profondément.

Non mais je rêve ou il me renifle ?

Je retiens ma respiration malgré moi, comme si j'attendais un verdict qui ne tombe pas. Puis, après quelques secondes qui me semblent une éternité, je sens son souffle sur mon cou pendant qu'il me susurre.

– Kataline.

Il répète mon prénom avec sa voix rocailleuse et ça sonne comme une musique érotique à mes oreilles. Mon ventre se serre et je maudis intérieurement mon corps de réagir aussi violemment. Quel traître !

L'inconnu se redresse et ses yeux se posent sur mes lèvres que je mords pour éviter qu'elles ne se mettent à trembler. Le coin de sa bouche se relève sur un sourire moqueur.

Et avec un petit rire dédaigneux, il se tourne vers Maxime et ne m'accorde pas plus d'attention.

L'atmosphère se détend d'un coup et les conversations reprennent normalement, plongeant la pièce dans un brouhaha rassurant.

Pff ! Pauvre type !

La colère bout à l'intérieur de moi. Je suis certaine qu'il sait exactement l'effet qu'il provoque sur la gent féminine et qu'il en joue impunément. Je m'en veux d'être si réceptive à son charme de brute sexy.

– Intéressant, Max… vraiment intéressant.

Non mais qu'est-ce qu'ils ont tous à dire ça ?

Maxime lâche un soupir, comme s'il était soulagé et change brusquement de sujet.

– Ouais, faudra qu'on en discute. Mais Putain, Rip, t'as morflé ce soir.

Rip... C'est donc lui.

–T'inquiète pas pour ça, c'est rien. Mais la prochaine fois que tu me plantes, j'irai te chercher moi-même. Ça aurait pu mal tourner ce soir...

Max n'a pas l'air intimidé. Juste désolé.

– Promis, je viendrai la prochaine fois... Qu'est-ce que ça a donné ?

Rip attrape une bière, la décapsule avec les dents et la tend à son frère, en lui adressant un sourire carnassier.

– À ton avis ?

À ce moment-là, Parker se redresse en levant sa canette, bousculant au passage la blondasse qui continue de le coller comme une sangsue.

– Une cinquante-trois, Mec ! Il lui a fallu une minute et cinquante-trois secondes !

Maxime écarquille les yeux en émettant un petit sifflement admiratif. Il attrape la bière et la claque contre celle de son frère.

67

Son comportement a encore fait un virage à trois cent soixante. Il a maintenant l'air ravi.

– Yeah, mec ! T'es génial ! J'étais sûr que tu allais assurer ! C'est Royce qui doit être heureux !

Au moment où il prononce son nom, le Royce en question entre dans l'alcôve et saute sur le canapé le plus proche avec une souplesse presque surnaturelle.

– Ouaip ! C'était cool, Rip. Tu refais ça la prochaine fois et je te promets qu'on va te baiser les pieds !

Il attrape une canette de bière et la vide d'une traite. Une petite brunette le rejoint et il la prend aussitôt par le cou pour lui mordiller le lobe de l'oreille. J'ai l'impression d'être dans une mauvaise série B où tous les acteurs sont canon et nagent dans la luxure. C'est une manie chez eux de s'exhiber comme ça en public ?

Parker s'esclaffe.

– Je parie qu'il préférerait qu'on le baise tout court. Hein, Rip ? Tu ne serais pas contre une nuit torride avec des petits canons ?

Je lève les yeux au ciel. Ça ne m'étonnerait guère qu'il nie, en effet...

– À ton avis ?

Avec un sourire ravageur, Rip se glisse dans un fauteuil en velours sombre. Il jette un œil vers moi et ses yeux s'étrécissent. Il me sonde d'un air étrange, comme s'il cherchait à lire en moi. Je frissonne devant sa froideur et je reporte mon attention sur mes mains, toujours agrippées à mon sac. J'enrage intérieurement. Ça fait deux fois qu'il me fait baisser les yeux en moins de dix minutes.

– Tiens, en parlant de bombe !

Un mélange de patchouli et de vanille bon marché très désagréable envahit l'atmosphère alors que trois filles font leur entrée.

Pourquoi ne suis-je pas étonnée de voir Mégane et ses deux acolytes traverser la pièce ?

Sûres d'elles, elles s'avancent dans l'alcôve en tordant outrageusement leur postérieur. Avec leurs minishorts et leurs tops à bretelles on dirait des strip-teaseuses sorties tout droit d'un clip de Booba. Les yeux de Mégane se mettent à briller lorsqu'elle aperçoit Rip, assis sur le fauteuil en cuir.

Sans aucune pudeur, elle s'installe à califourchon sur ses cuisses et lui attrape la nuque pour glisser sa langue dans sa bouche. Direct !

J'ai des haut-le-cœur rien qu'à les regarder. Et le pire, c'est que Rip lui rend son baiser avec fougue, faisant fi de tous les gens qui les scrutent sans aucune gêne. Comme s'ils étaient seuls au monde, il attrape les fesses de Mégane et la plaque violemment sur son entrejambe. Ses doigts s'enfoncent dans sa chair alors qu'il la maintient sur lui avec une possessivité manifeste. La brune gémit et se tortille sur lui.

J'ai la gorge qui devient sèche et mes lèvres s'ouvrent malgré moi. Ce type est....

La voix de Lucie me fait sursauter.

– Une bombe sexuelle...

Elle s'approche de moi, pose son index sous mon menton pour me fermer la bouche et me souffle à l'oreille.

– Arrête de baver. Ce mec n'est pas pour toi, ma belle.

Je rougis, honteuse d'avoir été prise en flagrant délit de voyeurisme. Mais je me rends vite compte que je ne suis pas la seule à les observer.

– Eh, Rip, laisses-en pour plus tard... tu vas finir par me faire bander si tu continues.

La remarque de Parker fait ricaner tout le monde. Moi, j'étouffe un hoquet, choquée. Rip repousse doucement Mégane qui finit par

69

se détacher de sa bouche en poussant un soupir de frustration. Elle s'écarte et passe les bras autour du cou de son petit ami, sans descendre de ses genoux.

– Tu as encore assuré ce soir, chéri. Il faut qu'on aille fêter ça !

À peine a-t-elle prononcé ces mots que Royce sort une liasse de billets de la poche intérieure de son blouson et l'agite au nez de sa copine qui louche dessus.

– Ouais, pourquoi on n'irait pas au White ? C'est moi qui invite...

Aussitôt dit...

Toutes les personnes présentes dans l'alcôve se lèvent à l'unisson, alors que Parker scande, les mains en porte-voix.

– Éteignez tout. On s'arrache !

Des râles de protestation s'élèvent de toute part, mais, comme un seul homme, les gens sortent de la maison, aussi facilement qu'ils sont rentrés. Bien évidemment, la petite invitation de Royce ne concerne pas tout le monde. En tout cas, pas moi qui suis insignifiante pour ce genre de personnes.

Et pourtant, aussi étonnant que ça puisse paraître, au moment de partir, il me fait un petit signe du menton.

– J'imagine que vous ne venez pas avec nous, vous deux ?

Maxime pose sa bière intacte sur une petite table et je sursaute lorsqu'il me reprend la main.

– Non, non, je dois ramenez Kat chez elle.

Sofia ricane.

– Ouh là, tu as dépassé le couvre-feu, bébé ?

– De toute façon, avec ces fringues, ils ne la laisseront jamais entrer.

Je lance un regard assassin à Lucie. Ils se sont passé le mot pour s'en prendre à moi ou quoi ? Rip saisit Mégane par la taille et la soulève comme une plume pour la déposer sur l'accoudoir du fauteuil. Il se lève, attrape son perfecto et se dirige à son tour vers la sortie, Mégane sur les talons.

Je n'arrive pas à détacher mon regard de son corps athlétique. Il avance d'une démarche féline, comme un prédateur, et je peux aisément deviner ses muscles se contracter sous son t-shirt alors qu'il enfile son blouson. Je sens mes joues s'empourprer et une douce chaleur se répandre dans mon ventre. Au moment où il passe près de nous, Rip s'arrête et se penche vers moi.

– Fais de beaux rêves, Derbies...

Il m'adresse un sourire en coin pour bien me faire comprendre qu'il a bien vu que je le reluquais. En clair, il se fout de moi. Mégane éclate d'un rire mauvais et c'est la dernière chose que j'entends avant que le silence retombe sur la maison. Je me retrouve de nouveau seule avec Maxime qui a repris son masque gêné. On dirait un chien battu.

Je me rends compte que je n'ai pas bougé depuis que je suis entrée dans cette pièce. Ça doit bien faire une demi-heure que je suis debout, là, avec mon sac plaqué contre mon torse.

Finalement, ça ne m'étonne pas que les autres se moquent de moi. On dirait vraiment une nunuche comme ça. Coincée...

Je sens la colère monter à mesure que je repense à ce qui vient de se passer. Rip m'a affublée d'un nouveau surnom que je déteste. C'est pas un surnom d'ailleurs, c'est un moyen supplémentaire de se moquer de moi ! Comme s'il n'y en avait pas déjà assez. Je serre les poings.

C'est le type le plus arrogant, le plus antipathique que je n'ai jamais rencontré. Et le premier qui arrive à me faire sortir de mes gonds depuis...

– Je suis désolé, Kat. Ils sont...

71

Le pauvre Maxime ne sait plus quoi faire pour s'excuser. En voyant sa tête dépitée, ma colère retombe un peu. Je ne veux pas qu'il se sente coupable de leur connerie. Je soupire un grand coup et plaque un sourire de convenance sur mes lèvres, comme je sais si bien le faire.

— C'est rien. Oublie. On y va ?

4

Une fille sexy

Nous optons pour le petit troquet au coin de la rue, le Wizz, dont le nom rend hommage à la chanson de Serge Gainsbourg, Comic Strip. C'est le rendez-vous des artistes et, à cette heure-ci, il grouille déjà de musiciens, peintres et autres sculpteurs en tout genre. On arrive quand même à dégoter une petite table haute et trois tabourets dans le fond la salle.

J'aime bien ce bar. La déco y est complètement surréaliste. Les murs sont tapissés de croquis colorés que les clients ont apposés au gré de leur inspiration du moment. Jess y a d'ailleurs dessiné une magnifique tête de mort mexicaine, juste au-dessus du bar.

Les meubles sont faits d'objets de récupération détournés et tout est dépareillé. Il y a toujours de la musique rock en bruit de fond et une petite scène qui permet aux groupes du coin de s'y produire de temps en temps. Ici, comme dans beaucoup de lieux, mon allure détonne, mais bizarrement je me sens à l'aise. Personne ne juge. Les artistes sont des marginaux, alors j'imagine qu'ils pensent que moi et mon look le sommes aussi.

– Bon, c'est moi qui rince ce soir, les filles, dit Kris en s'asseyant.

– J'espère bien, rétorque Jess. C'est toi qui as proposé !

Toujours à se chamailler ces deux-là ! Mais pour une fois, Kris ne répond pas et referme la carte qu'il était en train d'examiner.

– Moi je vais prendre une Delirium. Et vous, qu'est-ce qui vous tente ?

– Une Celtika pour moi, répond Jess.

– Et un coca zéro pour moi !

Kris et Jessica lèvent les yeux au ciel en même temps.

– Putain, chérie, on est là pour fêter mon tatouage, là... C'est une binouze ou rien.

Habituellement, je prends un soda ou de l'eau. Mais devant la tête de Kris, j'ai envie de lui faire plaisir. Et c'est quand même moi qui ai dessiné le modèle, non ?

– OK. Mais il va falloir m'aider. Je n'y connais rien en alcool moi.

– Prends une bière fruitée, me conseille Jess. C'est moins amer et ça passera mieux.

Je baisse les yeux sur la carte et en découvre une à la pêche qui ne devrait pas être trop mauvaise.

– Une Pêche Mel Bush ? dis-je en hésitant.

Kris et Jess échangent un regard entendu.

– Va pour la Mel Bush, ma belle !

Kris se lève pour aller passer commande au bar. Je profite de son absence pour questionner ma tante.

– Alors, vous l'avez mis où finalement ce tattoo ?

Elle m'adresse un sourire coquin.

– Ahhh, tu es bien curieuse, dis donc. Sur l'aine. C'est pas bien méchant, hein ?

Elle pose son menton sur ses mains et poursuit, des étoiles plein les yeux.

– Il a dit que ta pin-up me ressemblait. C'est mignon, non ?

Je le sais puisque c'est moi qui l'ai dessinée et que j'ai effectivement imaginé ma tante lorsque j'ai tracé le visage. En tout cas, son sourire en dit long sur sa manière de prendre le compliment de Kris.

– Et c'est la ressemblance qui te plaît ou le fait que tu sois gravée sur sa peau juste à côté de son... machin ?

Jess sourit béatement.

– Je ne sais pas. Un peu des deux probablement.

Je m'en doutais. Elle en pince vraiment pour lui.

Kris revient les mains chargées de bières. J'attrape la mienne et la claque brièvement sur celle de Kris.

– À la tienne, tombeur !

On trinque et j'avale une gorgée du liquide doux-amer. Hum. Ce n'est pas trop mauvais finalement.

***

J'en suis à ma troisième bouteille et je me sens un peu pompette. Zut, je crois que j'ai mal géré là. Le côté fruité du breuvage m'a fait oublier qu'il contenait de l'alcool. J'ai pris ça pour du sirop et maintenant, j'ai le deuxième effet « Kiss Cool » qui commence.

Je rigole pour un rien. Et me voir rire comme une idiote fait rire mes deux acolytes. C'est malin !

– Franchement, Jess, c'est pas raisonnable. Tu aurais dû me dire que cette bière faisait plus de huit degrés... Je tiens pas l'alcool.

Je pouffe.

– C'est ça qui est cool, Kat ! Au moins pour une fois tu te détends ! La seule chose que tu risques, c'est une petite gueule de bois demain matin et peut-être un léger mal de crâne. Mais on s'en fiche, parce que c'est le week-end, non ?

Mouais, c'est ça !

Mon sourire idiot s'efface soudain lorsque la porte du bar s'ouvre.

Rip entre dans la pièce, suivi de près par Parker et Royce.

75

Il est encore plus canon que dans mon souvenir, avec ses cheveux noirs savamment ébouriffés et ses yeux presque transparents. J'ai du mal à ne pas le quitter du regard.

Mon sang se glace et je m'enfonce dans mon tabouret, en me forçant à baisser la tête sur mes mains.

Mon Dieu, faites qu'ils ne me voient pas... Je risque un œil vers le trio. Trop tard. Parker désigne déjà notre table du doigt et se dirige vers nous d'un pas décidé, suivi de près par Royce. Mince, mais pourquoi viennent-ils vers nous ? À leur arrivée, Jess et Kris se lèvent d'un même mouvement. Parker attrape ma tante par l'épaule.

– Eh, Jess. Comment va, poupée ?

Oups, je suis sciée. Il connaît ma tante ?

– Hey, les gars ! Contente de vous voir.

Alors là, j'hallucine carrément. Je baisse la tête un peu plus en me cachant derrière ma canette de bière, espérant qu'ils ne s'apercevront pas de ma présence. Heureusement, Jess et Kris me cachent aux yeux des nouveaux arrivants.

Royce embrasse ma tante à son tour, comme s'ils étaient de vieux potes.

– Jess, ma belle, ça fait une plombe qu'on s'est pas vu.

Rip apparaît alors derrière son pote et échange un check avec Kris.

– Salut, frère ! Content de te voir.

Sa voix rauque me donne des frissons.

– Salut, mon pote. Alors quand est-ce que tu viens me rendre une petite visite au salon ?

Jessica intervient.

– Tut tut. Ne réponds pas, Rip, et viens me faire un câlin, beau gosse.

Elle l'attrape par le cou et ils s'étreignent chaleureusement. Rip lance un regard amusé à Kris.

– Tu sais bien que je suis fidèle, mec ! Quand je suis satisfait, je n'ai aucune raison de changer.

Jess se gonfle de fierté.

– Exactement. Et en l'occurrence, Rip est MON client et il est TRÈS satisfait. D'ailleurs, pour ton prochain projet...

À ce moment-là, Parker se dresse sur la pointe des pieds et regarde par-dessus l'épaule de Kris.

– Derbies ?

Oh Putain, nonnnn !

J'aimerais glisser sous la table pour disparaître. Mais malheureusement, c'est impossible. Je dois affronter le regard mi-surpris mi-moqueur de Rip.

Reprenant son ton enjoué, ma tante passe un bras autour de mes épaules.

– Voici Kat, mon petit génie du crayon.

Les visages de Parker, Rip et Royce affichent clairement leur incrédulité.

– Non, sérieusement ?

La remarque de Rip me dégrise d'un coup et la colère monte en moi comme une fusée au moment du lancement. Je hais ce type et encore plus maintenant qu'il vient envahir mon cocon protecteur dans lequel je me reconstruis lentement.

Je lui adresse mon regard le plus meurtrier, mais ça n'a le don que de le faire sourire. Il croise les bras et m'adresse ce rictus de la bouche qui me fait perdre mes moyens.

– Content de te voir aussi, dit-il de sa voix rauque.

Parker éclate de rire.

– Putain, Derbies, toi ici ? Non mais sérieux, tu t'es perdue ?

77

Ben quoi ? J'ai pas le droit de sortir boire une bière ?

Ça m'énerve ce genre de réflexions à deux balles. Ils ne me connaissent pas et se permettent de me juger.

Bon, objectivement, me voir là avec ma jupe aux genoux, mon gilet en laine bouillie et accompagnée de deux tatoueurs couverts d'encre doit leur paraître plus que bizarre. Mais ce n'est pas une raison pour se foutre de moi. Devant ma tante en plus.

Je pince les lèvres pour contenir mon envie de leur brailler dessus. Mais l'alcool aidant, les mots sortent de ma bouche, sans que je ne puisse les contrôler.

– Et toi, Parker, t'es toujours aussi con ?

Mince, je n'ai pas pour habitude d'être grossière ouvertement. En général, je garde le langage fleuri pour mon for intérieur.

Jess écarquille les yeux et Kris pousse un petit sifflement.

– Ah ah, tu l'as bien cherché, mec !

Le beau Parker se renfrogne, mais ne répond pas. Rip s'assied sur le tabouret de Kris et se tourne vers ma tante.

– Alors, c'est quoi ton plan, Jess ?

Merde. Il ne compte pas s'installer là pour discuter ? Si ?

– Tu viens au salon, je te montre les croquis et, si ça te plaît, on peut commencer le boulot dans une semaine.

Rip semble réfléchir. Mais au lieu de répondre à Jess, il pose ses bras sur la table et se penche vers moi.

– Et si c'était ton génie qui me montrait ce qu'elle vaut ?

Jess se dandine d'un pied sur l'autre, comme si elle était mal à l'aise. Aurait-elle peur que je lui fasse perdre son client ?

Kris s'avance en bombant le torse et répond à la place de ma tante.

– Explique à Kat ce que tu veux et elle le fera. Elle est très douée pour ça.

78

Rip lève un sourcil et répond à Kris, sans cesser de me scruter avec son sourire satanique.

– Tu es sûr qu'elle fera TOUT ce que je veux ?

Je n'aime pas vraiment le double sens de ses paroles et je me retiens de l'envoyer balader.

– Je t'assure que ce qu'elle fait, c'est de la balle, intervient Kris. Sinon, je n'aurais jamais accepté qu'elle me dessine mon dernier tattoo. Mais pour ce qui est de faire TOUT ce que tu veux, cela restera dans les limites de la décence, bien entendu... Interdiction d'aller plus loin.

Rip plisse une nouvelle fois les yeux et Royce fait une moue admirative. Qu'un tatoueur réputé comme Kris accepte d'arborer une de mes œuvres est forcément un gage de qualité.

– Je sentais bien qu'elle avait un truc, cette nana.

Le commentaire de Royce augmente encore mon malaise. Non mais c'est pas un peu fini de parler de moi comme si je n'étais pas là ? Et d'ailleurs, on ne me demande pas mon avis sur ce projet débile ?

Je grimace en secouant la tête.

– Je ne crois pas que ce soit une bonne idée, Jess. Je suis sûre que Rip connaît de bien meilleurs dessinateurs que moi...

– Non, ça me va. Si elle te fait bosser, c'est que tu dois avoir le niveau. J'ai confiance en Jess.

Sous-entendu, il n'a pas confiance en moi.

Mon Dieu, dans quoi est-ce que je m'embarque ? Ai-je au moins le droit de refuser ? Je jette un coup d'œil vers ma tante et sa mine inquiète me confirme qu'il y a un truc qui la chagrine. Mais elle finit pourtant par acquiescer.

– OK, c'est entendu. Tu viens quand tu veux au salon, Rip. Tu me bipes et je m'arrangerai pour te recevoir avec Kat.

Ben, dis donc. C'est un client privilégié ou quoi ? D'habitude, c'est plutôt elle qui impose ses conditions. Alors là, pourquoi autant de concessions ?

***

Lorsque nous nous retrouvons de nouveau seuls à notre table, je ne peux m'empêcher de questionner ma tante.

– Depuis quand tu le connais ?

Elle arrête de siroter sa bière et me lance un regard prudent.

– Qui ça ? Rip ?

Je hoche la tête.

– Il est venu la première fois au salon il y a environ cinq ans. Avec Kris, on a fait plusieurs de ses tattoos. Il nous a même fait bosser sur des affiches et pochettes de disque. Ne me demande pas pourquoi il ne veut que des tatoueurs pour dessiner ces trucs, je n'en sais fichtrement rien. C'est certainement notre côté sombre qu'il recherche... Bref, on se fait un peu la guerre pour l'avoir dans notre portefeuille... Il est coté comme client et c'est une valeur sûre. Et toi, tu le connais d'où ?

Je me sens obligée de répondre.

– C'est le frère de mon binôme de projet, Maxime.

Elle me fixe un instant avec de petits yeux de fouine.

– Oh. Ça veut dire que tu ne sais pas vraiment qui il est, pas vrai ?

Je secoue la tête. Non. Et je n'ai guère envie de le savoir, d'ailleurs.

Menteuse !

– C'est le chanteur-guitariste des Cursed... J'imagine que tu ne connais pas ce groupe, non plus ?

Hein ? Comment tu as deviné ?

– Maudits.

Oh Putain. Maintenant j'y suis. On voit leur logo partout sur les affiches de concert. Il y a même des t-shirts et des sweats qui arborent les deux ailes déchirées qui forment leur logo.

Et ce n'est pas le groupe dont m'a parlé Maxime ? Celui de la fameuse répet' ?

– Ce mec est un virtuose, intervient alors Kris. Le meilleur guitariste que je connaisse. Il a la musique dans le sang et il est bourré de talents. Pas que dans la musique d'ailleurs.

Je comprends mieux maintenant. C'est pour ça que tout le monde lui court après. Les musiciens ont toujours attiré les groupies.

Je me prends à le chercher des yeux. Il est assis à quelques tables de nous et déjà, une petite cour s'est formée autour de lui. Des filles surtout, qui cherchent par tous les moyens à attirer son attention. Ça m'exaspère et je détourne aussitôt les yeux en réprimant un soupir.

– Attention, Kat. Ce mec est dangereux. Un vrai dur, si tu vois ce que je veux dire, reprend Kris qui a surpris mon regard.

Je hausse les épaules.

– Sérieusement. Il n'est pas fréquentable pour une fille comme toi.

Une fille comme moi... Je m'apprête à répliquer, mais son front plissé d'inquiétude me stoppe net. J'ai rarement vu Kris aussi sérieux. Si lui trouve Rip dangereux, alors je n'ose même pas imaginer ce dont il est capable.

– Eh, ce n'est pas moi qui ai décidé de travailler pour lui...

– Je sais, intervient Kat, mais finalement, c'est peut-être pas si mal que tu bosses pour lui.

Elle semble mal à l'aise et lance un regard contrarié à Kris.

– C'est la meilleure carte de visite que tu peux avoir. Dès qu'il a un nouveau projet qui sort de chez toi, les clients affluent..., dit-il pour la rassurer. Et puis, on se méfie moins de ce qu'on a sous les yeux, n'est-ce pas ?

– Ouais, t'as raison. Ça vaut le coup de tenter.

Elle lève une nouvelle canette et la fait s'entrechoquer avec celle de Kris. Bizarre cet échange...

Je me lève. Avec toutes ces bières, il faut vraiment que j'aille aux toilettes.

***

Enfermée dans la cabine, j'entends des filles qui gloussent devant les lavabos.

– Oh Putain, les meufs. Je crois que je vais mourir ! Rip... assis à la table juste à côté de la nôtre !

Elle dit ça d'un ton ! On dirait qu'elle va avoir un orgasme rien qu'en prononçant son nom.

Comme si tu savais ce que c'était !

Je tire la langue à ma conscience et tente de me concentrer sur la conversation.

– Mon Dieu, ce mec est tellement sexy. Je crois que s'il sortait avec moi, je serais prête à tout ! Même à faire ça à plusieurs ! Il paraît qu'il adore ça...

Oh non ! Beurk ! Elles n'ont aucune pudeur.

Les filles ricanent de plus belle. Ce qu'elles peuvent être bêtes. Ce doit être leurs hormones en ébullition qui les rendent si puériles. J'ai envie de sortir pour leur hurler de redescendre de leur nuage. Les mecs comme Rip ne sortent pas avec des filles, ils les sautent et les jettent quand ils ont fini de s'en servir. Comme de vieux Kleenex usagés !

– Il donne bientôt un concert avec son groupe. Il faut absolument que je nous trouve des places.

– T'as qu'à demander à Mégane.

En entendant ce prénom, je tends l'oreille avec une curiosité malsaine.

– Tu crois ?

– Ben ouais. Ils sont inséparables en ce moment.

– Je ne sais pas comment elle fait. Tout le monde sait que Rip n'est pas l'homme d'une seule femme...

– Ouais, ben, c'est tant mieux. Ça nous laisse toutes nos chances !

Elles gloussent de nouveau et je choisis ce moment-là pour sortir des toilettes. Aussitôt, elles arrêtent de rire. Leurs regards glissent sur moi, mes vêtements, et reviennent sur mon visage avec une expression moqueuse.

À côté de leurs tenues en cuir, mon look semble tout droit sorti de l'armoire de ma grand-mère. Je leur lance un regard noir et elles finissent par sortir en se moquant de moi. L'habitude me permet au moins de les ignorer.

Je me lave les mains et me passe de l'eau sur le visage pour me rafraîchir. Puis je sors retrouver ma tante et son pseudo-mec. Toute ma bonne humeur du début de soirée s'est envolée.

Je me faufile dans le couloir sombre pour rejoindre la grande salle lorsque je sens une main saisir mon poignet. Je sursaute. Un courant électrique vient de me traverser de part en part. Je retire vivement mon bras et fais volte-face pour me retrouver en face de... Rip.

Il fronce brièvement les sourcils puis ses yeux se font insolents alors qu'ils se posent sur moi.

– Derbies ? Décidément, on est fait pour se rencontrer...

Je me fige et m'apprête à l'envoyer balader, mais il ne m'en laisse pas le temps.

– Alors ? Raconte-moi comment une fille comme toi arrive à se retrouver dans un endroit pareil avec deux as du tatouage ?

Une fille comme moi ? Va te faire foutre !

– Ça ne te regarde pas...

Je n'ai rien trouvé de mieux à dire. Et ça le fait forcément éclater de rire. Mais presque instantanément, son sourire s'efface et il redevient sérieux. Il s'appuie contre le mur du couloir en face de moi et me fixe avec ses yeux plissés, les bras croisés sur la poitrine. Et moi, au lieu de partir, je reste là à le regarder, incapable de bouger.

– Tu m'intrigues, Derbies. Vraiment.

– Ne m'appelle pas comme ça.

Il hausse un sourcil.

– Tu préfères Kataline ?

Un frisson parcourt mon échine et je me maudis intérieurement de réagir si violemment. Je prends ma voix la plus froide pour lui répondre.

– Kat, ça suffira.

– Je préfère Kataline.

Je soupire bruyamment. Pourquoi ce mec m'énerve-t-il autant ?

– Dis-moi, Kataline – il appuie sur chaque syllabe d'un air provocateur. Comment en es-tu arrivée à travailler avec Jess ? C'est une des meilleures artistes du milieu. Elle fait partie du monde de la nuit, alors que toi...

Je lève les yeux au ciel et croise à mon tour les bras sur ma poitrine.

– C'est ma tante.

– Ah, je comprends mieux... Les mystères de la génétique.

Évidemment. Il ne lui viendrait pas à l'idée que je puisse avoir un lien de parenté avec Jess. Elle est belle et sexy, et moi... Sans compter qu'il doit me prendre pour une pistonnée !

– Si tu te fais du souci pour ton dessin, tu n'as qu'à venir voir au salon. Et après, tu jugeras.

Mais pourquoi est-ce que j'ai dit ça ? Comme si son opinion avait une quelconque importance.

Ses yeux s'étrécissent à mesure qu'il m'observe. Puis il se redresse et s'approche dangereusement.

– Désolé si je t'ai blessée...

Je recule instinctivement. Je ne vais pas lui donner le plaisir de voir mon trouble.

– Non. Il m'en faut plus.

Son parfum arrive à mes narines. Le même mélange de tabac, cuir et musc. C'est tellement viril et sensuel que ça agit sur moi comme un aphrodisiaque. Des papillons s'envolent dans mon ventre. Il faut vraiment que je m'éclipse. Et vite.

– Excuse-moi, mais je dois les rejoindre, maintenant.

Encore une fois, j'esquive au lieu d'affronter.

Bravo, Kat. Belle preuve de courage et de confiance en soi.

Merci la conscience. Merci de ton soutien, vraiment !

– Attends, j'ai encore une question. Tu as l'intention de sortir avec Max ?

Il me fixe avec un air on ne peut plus sérieux. Je manque de m'étouffer. S'il croit que je vais lui répondre.

– Et en quoi est-ce que ça te regarde ?

– Max est mon frère.

– Et ça te donne le droit de t'immiscer dans ses histoires de cœur ?

– Alors, tu admets que tu aimerais sortir avec lui ?

– Je ne te répondrai pas.

Je sens le rouge me monter aux joues. Ce n'est pas bon signe. Il faut vraiment que je parte. Je me détourne pour partir, mais aussitôt Rip m'en empêche. Avec une rapidité étonnante, il me fait reculer jusqu'à ce que je touche le mur derrière moi et pose ses mains de part et d'autre de ma tête pour m'empêcher de passer.

– Juste au cas où, sache que tu n'es vraiment pas son genre de fille, et qu'il vaut mieux pour toi que tu t'éloignes de lui.

En disant ça, son regard glisse sur moi, comme pour me jauger.

Je mords ma lèvre inférieure qui s'est mise à trembler de rage. Non seulement il me fait passer un interrogatoire, mais en plus il m'insulte ! Il rive ses yeux aux miens et je vois pour la première fois une étrange lueur que je ne parviens pas à identifier. Il fronce les sourcils, comme si lui-même sentait que quelque chose venait de changer. Il inspire profondément et ses narines frémissent.

Au moment où il ouvre la bouche, un groupe de filles se jette sur nous en nous bousculant.

L'une d'elles, une petite blonde très pulpeuse et très décolletée, s'approche de Rip et tire sur son top, au risque de faire sortir la marchandise.

– Rip, s'il te plaît, un autographe...

On dirait qu'elle est complètement bourrée.

Rip me libère sans me quitter des yeux. Puis il se tourne vers Blondie qui lui tend un marqueur noir, en penchant la tête sur le côté. Elle arbore un sourire béat qui lui donne vraiment l'air d'une potiche.

Non mais je rêve ou elle lui demande de lui signer la poitrine ?

Sans aucune gêne, Rip prend le feutre et commence à griffonner le sein de la fille, dont les joues deviennent cramoisies de plaisir. Il tourne la tête vers moi, l'air moqueur.

– Tu vois, Derbies. Ça, c'est une fille sexy !

Il rebouche le stylo, un sourire aux lèvres, et m'adresse un clin d'œil provocateur. C'en est trop. Je fais demi-tour et m'éloigne d'un pas rapide, son rire résonnant dans mes oreilles.

5

Alors ? Heureuse ?

Putain de mal de crâne...

Je sais, je suis vulgaire de bon matin, mais j'ai mal à m'en taper la tête contre les murs.

Je cherche à tâtons mon réveil.

10h30...

Il est encore tôt. Et en même temps, super tard.

Je me frotte les tempes en espérant que ce simple geste atténuera les aiguilles qui viennent se planter dans mon cerveau à intervalles réguliers.

Des images de la soirée me reviennent en mémoire et je retombe mollement sur mon oreiller.

– Oh non, mais qu'est-ce qui m'a pris ?

J'ai fait un pari débile avec Jess et j'ai perdu. Maintenant, je dois aller faire les boutiques avec elle et Marjolaine, sa meilleure amie. Quelle folie !

Et tout le mérite en revient à Rip et ses provocations. Je le déteste !

Après l'épisode des toilettes, j'étais tellement en colère que je me suis vengée sur la bière. J'ai vidé encore deux autres canettes jusqu'à ce que mon cerveau soit assez embrumé pour oublier ma colère. J'avoue que sur le coup ça m'a fait un bien fou. Cette euphorie enveloppante qui nous plonge dans un cocon duveteux où tout est sublimé.

J'ai beaucoup ri. De tout, de rien. Des conneries de Kris et des mimiques de Jess. J'ai ri à m'en décrocher la mâchoire. Et plusieurs fois, j'ai surpris le regard de Rip sur moi. C'était tellement grisant de voir que ma bonne humeur semblait le ... quoi ? Perturber ? Il se tortillait sur son fauteuil en me lançant des œillades à la fois intriguées et assassines, ignorant les greluches qui se pendaient à son cou.

Je me sentais comme dans une bataille silencieuse d'où je sortais victorieuse !

Mais lorsqu'une de ses groupies a fourré sa langue dans sa bouche et qu'il a continué à me regarder droit dans les yeux, j'ai vu rouge.

J'ai eu la soudaine envie de le provoquer.

Après quelques secondes à bouillir intérieurement, j'ai fini par lâcher ce qui me passait par la tête, en le fixant droit dans les yeux.

– Jess j'ai envie de faire un truc débile...

J'ai lancé un regard circulaire sur la foule et l'idée la plus saugrenue a explosé dans mon cerveau alcoolisé.

– Je vais vous prouver que je suis capable de plaire moi aussi. Je vous parie que je peux accoster un mec.

Jess a levé les yeux au ciel, estomaquée par ce que je venais d'annoncer.

– Euh, tu es sûre Kat ?

J'ai terminé ma bière d'une traite et l'ai posé bruyamment sur la table.

– Ouaip, on ne peut plus sûre. Et je vais même vous laisser choisir ma victime. Allez-y, désignez n'importe qui.

Kris a fini par éclater de rire.

– Non mais t'es sérieuse là ?

– Tu n'es pas obligée de faire ça, tu sais...

Ma tante semblait beaucoup moins enjouée par mon excès d'audace. Pourtant, elle n'a pas empêché Kris de montrer un jeune de mon âge qui était tranquillement en train de siroter un verre au bar.

– Lui, là-bas. Il a l'air cool.

Ok. Allons-y mon coco.

Je me suis levée et me suis rassise aussi sec. La tête me tournait et j'avais du mal à tenir sur mes jambes. Mais j'étais déterminée et je me suis agrippée à la table pour me maintenir debout. C'était comme si j'avais quelque chose à prouver, à moi-même, aux autres... à Rip.

Sans plus réfléchir, je me suis lancée vers ma victime.

– Eh Kat !

J'ai fait volte-face.

– Quoi ?

– C'est quoi le pari ?

Ah oui. Le pari...

Je n'avais vraiment pas la tête à réfléchir à l'objet du pari. J'étais obnubilée par ce défi avec moi-même.

– Tout ce que vous voudrez...

Mon Dieu quelle idiote d'avoir proposé ça !

Si j'avais su.

Surtout que je n'ai jamais pu atteindre le garçon en question. Arrivée au milieu de la salle, j'ai senti sur moi le regard brûlant de Rip. Il me fixait avec un petit sourire en coin, comme s'il savait exactement ce que je m'apprêtais à faire.

C'était bizarre. Et encore plus étrange lorsque son regard a glissé lentement sur ma silhouette, comme s'il voulait me faire comprendre que je ne faisais pas le poids.

Ma confiance en a pris un coup, pourtant, je ne me suis pas démontée. J'ai continué à progresser vers le jeune homme qui était loin de se douter de ce qui se tramait.

Et là, brusquement, tout a basculé. Mon plan a volé en éclat lorsque Mégane a fait son entrée et est allée droit sur le gars.

Son arrivée m'a stoppée net dans mon élan. Mon sang a quitté mes joues lorsque j'ai l'ai vue s'installer à côté du type dans sa petite robe noire moulante et décolleté. Le pauvre gars. J'ai cru que ses yeux allaient sortir de ses orbites.

Et moi qui étais là, avec mes fringues ringardes et incapable de faire un pas de plus. J'étais complètement désemparée.

Ce n'est qu'en entendant l'éclat de rire de Rip que je suis sortie de mon immobilisme. Morte de honte, je me suis précipitée vers notre table, complètement dégrisée.

– Ben je crois bien que t'as perdu, Kat...

Oh oui, j'ai perdu...

Merde ! Merde ! Merde !

Je m'extrais de mon lit avec un soupir.

Avec un peu de chance, ils auront oublié...

***

Je me traîne jusqu'à la cuisine. Jess est déjà debout et s'active autour du mixeur.

Mince, cette meuf n'arrêtera jamais de me scotcher ! Elle est toujours la première à se lever, peu importe l'heure à laquelle elle se couche. Et le pire c'est qu'elle est toujours fraîche comme une rose !

Je maudis Mère Nature qui a oublié d'inscrire cette propriété sur ma carte génétique.

91

En me voyant, elle me tend immédiatement un verre de jus de fruits frais et deux gélules d'ibuprofène.

– Bien dormi ?

Je grogne et j'avale le jus de fruits et les cachets d'une traite.

– Apparemment non.

Je m'assieds en face d'elle et l'observe faire ses toasts en silence.

– Tu n'es pas très causante, ce matin. Pourtant, tu nous as bien fait marrer hier soir. T'étais assez drôle, je dois dire. Et cette histoire de pari, mon Dieu mais qu'est-ce qui t'a pris ?

Merde, elle n'a pas oublié !

Je lui adresse un regard noir. Pas la peine de me rappeler mon comportement puéril de la veille. Mais Jess se moque bien de ma mauvaise humeur.

– Quand j'ai vu l'autre pimbêche se jeter sur ce pauvre mec, j'ai cru que j'allais faire une attaque. Non mais t'as vu sa tronche ? On aurait dit qu'il avait vu la Vierge.

La comparaison m'arrache un sourire. Elle a gagné.

– Ahh je te préfère nettement mieux comme ça ! Bon alors, on s'y met quand ?

Mon sourire s'efface aussitôt.

– Oh non. Tu crois vraiment que je suis obligée de...

– Tut tut, un pari est un pari. Et là, tu as perdu ma belle. Tu crois que Kris va te laisser t'en tirer aussi facilement ? Et moi, je suis persuadée que ça te fera un bien fou.

Je fais la moue. Ça ne me plaît fichtrement pas, mais je dois bien avouer ma défaite. Ma tante m'adresse un regard moqueur.

– Je vais m'éclater à te relooker ma Chérie.

Elle frappe dans ses mains comme une ado. Mon Dieu, je n'ai aucune idée de ce qui m'attend... Je pose mon front sur la table. Et le relève aussi sec lorsque Jess pose bruyamment la poêle sur le plan de travail.

– Tu as faim ?

Mon ventre se met à gargouiller dangereusement et je porte la main à ma bouche. Toutes ces odeurs de bouffe m'écœurent. Je passe ma paume sur mon visage en grimaçant.

– Tu sais ce que je pense, Chérie ?

Je lève vers ma tante des yeux de Cocker.

– Je pense qu'un bon bain te ferait le plus grand bien.

Oh oui... un bain. Ça fait des mois que je ne me suis pas prélassée dans une baignoire. Ma salle d'eau n'a qu'une grande douche. Alors quand Jess me propose d'aller me prélasser dans sa salle de bain, je ne peux pas dire non. Impossible.

– Si tu n'étais pas ma tante, je te roulerais une pelle, Jess !

Jessica me regarde avec étonnement, puis elle se met à ricaner.

– Alors toi, tu me tues ! Tu sais que t'es trop drôle en fait, Kat ? Sous ton air sérieux et bien élevé.

Je lui adresse un sourire blasé et garde la tête entre mes mains. Mon Dieu, si elle savait...

Je termine mon jus de fruits et m'empresse de monter récupérer mes affaires.

– Fais-toi plaisir Chérie. Et prends ton temps surtout...la salle de bain est toute à toi !

***

L'eau chaude, la mousse à la bonne odeur de Monoï... Hummm c'est trop bon.

Je sens mes muscles se relâcher un à un et je sombre dans une torpeur bienfaisante qui me libère de mes tensions.

93

J'essaie de ne penser à rien pour en profiter un maximum. Hélas, rapidement, le visage de Rip apparait derrière mes yeux fermés. Pourquoi revient-il systématiquement me hanter lorsque je ferme les paupières ? Rien ne devrait me faire penser à lui à cet instant, non ?

Bon, il est canon, je dois bien l'avouer. C'est même le mec le plus beau et le plus sexy que je n'ai jamais vu. Mais il est aussi prétentieux, moqueur, méprisant... Tout ce que je déteste. Et en plus de ça, j'ai l'impression qu'il se fait un malin plaisir à me tourmenter.

Il y a chez lui quelque chose qui me met vraiment mal à l'aise. Comme si mon inconscient me poussait à m'en méfier comme de la peste. Oui. C'est ça. Ce mec représente tout ce que je dois fuir. Il me pousse dans mes limites. Il me fait bouillir et, en sa présence, je ressens des choses que je dois à tout prix éviter. J'ai honte d'avouer qu'il ne lui en faut pas beaucoup pour parvenir à me faire perdre mes moyens. Et pourtant, j'ai bien conscience qu'il est l'inverse de ce dont j'ai besoin.

Alors pourquoi est-il toujours dans ma tête ? Est-ce que je deviens masochiste ? Ou alors je suis formatée pour être attirée par ce genre de personnage ? Des hommes dangereux qui me font du mal...

C'est vrai que Rip est dangereux. Avec sa beauté arrogante et son air de vouloir défier le monde entier. On dirait qu'il n'a peur de rien et qu'il se moque du danger.

Tout le contraire de son frère. L'un est sombre et ténébreux et a l'air tout droit sorti des bas-fonds de la ville. L'autre est blond, avec un physique de surfeur et ce côté réservé et bienveillant qui inspire la sympathie et la confiance.

C'est dingue comment certaines personnes de la même famille peuvent être si différentes. Quand je vois ma mère et sa sœur. Rip et Max.

Ils sont vraiment à l'opposé l'un de l'autre. Le blanc et le noir. Le Yin et le Yang.

Je repense à ce que Rip m'a dit la vieille. Est-ce que je pourrais sortir avec un garçon comme Maxime ? Est-ce que j'en ai envie ?

Il est beau, gentil. Et nous avons beaucoup de points en commun. Rien à voir avec son frère. Alors pourquoi est-ce que c'est avec Rip que mes sens s'affolent ?

Je grogne de rage et enfonce ma tête dans l'eau mousseuse pour me remettre les idées en place. Pourquoi me torturer avec ça ? Je ne devrais même pas me poser toutes ces questions.

J'entends encore ma psy me donner ses conseils.

« Vous devez vous reconstruire, Kataline. Concentrez-vous sur votre objectif et laissez le temps faire son œuvre. Mettez de côté les relations avec le sexe opposé pour le moment. Préservez-vous. Pansez vos plaies. Lorsque le moment sera venu d'envisager une nouvelle histoire, vous le saurez... »

Et là, je me sens loin d'être prête. J'ai des choses à régler avec moi-même avant d'envisager un avenir sentimental. Et même si je l'envisageais, je suis certaine qu'aucun des deux frères Saveli ne voudrait d'une fille comme moi. S'ils connaissaient ne serait-ce qu'une partie de mon histoire, ils s'enfuiraient en courant.

Et puis, de toute façon, il n'y a aucun risque. Rip m'a clairement fait comprendre que je ne lui plaisais pas et que j'étais tout sauf sexy. Et franchement quand je pense à mes tenues trop larges et trop vieillottes, je sais qu'il n'a pas tort. Dehors, je suis la fille sur laquelle personne ne se retourne. Celle qu'on ignore ou qu'on oublie facilement. Pas de celles qu'on invite à sortir en tout cas. Comme Mégane et ses acolytes. Mais bon, c'est bien là mon objectif, non ?

Alors pourquoi je n'arrive pas à digérer l'insulte de Rip ? J'ai comme une envie de prouver à ce mec impossible qu'il se trompe

95

sur mon compte. Ça me donne la boule au ventre. Parce qu'au fond, je ne suis pas celle que je parais. Bien au contraire. À l'intérieur, je boue.

Ma psy avait diagnostiqué un trouble psychotique bref dû à un fort traumatisme. Quand je pense que ça fait maintenant presque quatre ans, je trouve que le qualificatif bref est loin d'être adapté. Mon problème est bien plus profond que ça. Et même si je suis en permanence sous contrôle, à tout moment, je peux basculer. Je dois me maîtriser en permanence au risque de partir en vrille ...

Mais est-ce qu'afficher mon autre moi serait bénéfique ? Franchement, je ne suis pas sûre.

Pourtant, c'est en ruminant les paroles de Rip que j'ai fait ce maudit pari avec Jess.

Mon Dieu, aurai-je le courage de la laisser me relooker ? Oserai-je assumer de changer mon image et de me dévoiler aux yeux du monde ? Aux yeux de Maxime et de Rip ?

La poisse !

Lorsque je sors enfin de la baignoire, l'eau est presque froide. Je me sèche vigoureusement et au moment de m'habiller, je croise l'image que me renvoie le miroir. Pour la première fois depuis longtemps, je m'arrête pour m'observer.

Je n'ai pas pour habitude de me regarder nue. J'évite même de le faire depuis de nombreuses années. Mais là, je me prends à examiner mon reflet attentivement. Sans barrière. J'étudie mes formes d'un œil critique. Et mon reflet me revient en pleine face.

Je scrute mon visage. Sans mes grosses lunettes, mes yeux paraissent plus grands et les petits éclats mordorés de mes iris noisette sont encore plus visibles. L'ourlet de ma bouche est sensuel et mes pommettes sont hautes et rebondies. Mon nez est droit et légèrement retroussé. J'ai l'impression que je ressemble de plus en plus à ma mère, tout en ayant la peau mate de mon père.

Mon regard descend le long de mon corps.

Il est svelte et musclé. En grande partie grâce aux nombreuses heures de danse que j'ai pratiquées de force toute mon enfance.

Ma taille est fine, ma poitrine, quoiqu'un peu menue, est ferme et galbée et mes jambes sont longues et fines.

Un corps parfait, disait ma mère avec une pointe d'amertume.

« Un corps à damner les hommes ».

Je frémis au souvenir de son regard inquiet lorsqu'elle m'observait à la sortie de la douche.

C'est une des raisons pour lesquelles je me cache depuis des années derrière des vêtements trop amples et trop ringards. Ne pas être un objet de tentation, l'incarnation diabolique de la pécheresse qui vient détourner les bons chrétiens du droit chemin.

Et malgré tout, les précautions de ma mère ont lamentablement échoué. Ce corps, j'en ai fait les frais.

Une petite alarme retentit dans ma tête. Je ferme les yeux un instant pour ralentir les battements de mon cœur. Ce n'est ni le moment ni le lieu pour flancher.

Je me passe de l'eau sur le visage et m'appuie sur le rebord du meuble miroir pour reprendre une respiration normale.

– Putain Kat !

Je sursaute et attrape instinctivement une serviette pour cacher mon corps nu.

Kris est sur le seuil de la porte, le visage livide, la bouche grande ouverte et les yeux prêts à sortir de leurs orbites.

Je sens mes joues s'enflammer. Oh non, la honte ! J'ai l'impression que ma mère avec ses fichus présages n'était pas tellement à côté de la plaque. En voici une preuve indéniable !

Aussitôt, la culpabilité m'envahit.

– Pardon Kris, je suis vraiment désolée...

Il ravale péniblement sa salive et passe sa main dans ses cheveux.

– Non non c'est moi...Putain, Kat, tu es... tu es...

– Une bombe à retardement, réplique Jessica, en faisant son entrée dans la salle de bain. Ferme la bouche Kris, tu vas te décrocher la mâchoire.

C'est normal que tout le monde déboule dans la salle de bain alors que je suis à poil ?

– Ouais, c'est exactement ça, répond Kris en reprenant des couleurs. Une bombe qui s'obstine à s'emballer dans du vieux papier Kraft !

Je drape la serviette autour de moi et enfile mes lunettes à la hâte, rouge de honte. Il n'y a pas moyen d'avoir un peu d'intimité ici ?

– Je suis vraiment désolée, je répète.

– Dégage Kris, tu vois bien que tu la mets mal à l'aise.

Il est toujours dans l'encadrement de la porte, torse nu, avec un pantalon de survêtement. Malgré moi, mes yeux descendent une fraction de seconde vers son nouveau tatouage, juste au niveau du V dessiné en bas de son ventre, puis remontent vers son visage qui est toujours stupéfait.

Les secondes s'éternisent et malgré l'intervention de ma tante, il ne semble pas vouloir bouger. Elle lui lance une serviette en travers de la figure, en levant les yeux au ciel.

– Allez. Oust ! insiste-t-elle. Dehors !

Kris réagit enfin et sort de la pièce en maugréant contre les filles qui sont inconscientes de leur sex-appeal.

– C'est bon Kat, détends-toi, il est parti.

Je respire enfin. Mais mes jambes flageolent malgré moi. Cet événement ne va pas arranger mes problèmes existentiels ! C'est une nouvelle preuve que ma mère avait raison. Et je viens de me la prendre en pleine face.

– Il a dormi ici ? je demande ayant enfin retrouvé ma voix.

– Mmm. Il était tard alors...

Jessica essaye de se justifier mais je ne suis pas dupe.

– Tu aurais dû me prévenir. J'aurais fermé la porte.

– Laisse tomber... Il va s'en remettre. Et puis, ce n'est pas comme s'il t'avait vue nue...

Elle éclate de rire, moi pas.

Merde ! Je n'oserai plus jamais le regarder dans les yeux.

6

Séance de relooking

Après avoir congédié Kris et mangé un morceau, Jessica m'emmène dans sa boutique préférée : celle de sa meilleure amie Marjolaine. Au secours ! Dans quelle galère je me suis fourrée !

Ma tante m'entraîne vers une grande rousse au look aussi tapageur que le sien.

– Marjo, je te présente Kat, ma nièce. Kat, voici ma pote Marjolaine. Experte en relooking.

– Hello, Kat. Alors, c'est toi le défi du jour ?

Elle sourit. Cette fille est canon. Mon Dieu, j'ai l'impression d'être le vilain petit canard ici.

– Bon, on va faire à ma façon, OK, Kat ? On te choisit des fringues, tu vas à la cabine les essayer et APRÈS seulement on décide si on les prend ou non.

Je lâche malgré moi un soupir à fendre l'âme, ce qui a le don de lui faire lever les yeux au ciel. Je sens que l'exercice va être compliqué.

Jusqu'à présent, j'ai toujours choisi mes vêtements sans même les essayer. C'était plutôt facile puisque je me contentais de prendre des trucs sombres, amples et confortables.

Ma tante me lance un regard assassin.

– N'essaye même pas de dire non, tu n'as pas le choix !

Je lève les mains en signe d'abandon.

– OK, OK... on fait comme tu veux. Mais à une condition : que ça reste soft et que ça couvre toutes les parties de mon corps qui doivent l'être. Je ne veux rien de provocant ni de trop dénudé.

– Eh, fais-nous confiance, chérie ! Tu es ma nièce, on ne va pas t'habiller comme si on allait te vendre aux enchères !

Je secoue la tête en réprimant un sourire et son regard s'illumine. Aussitôt, elles se mettent à virevolter dans les rayons, attrapant les vêtements qui passent à leur portée. Des tonnes de vêtements ! Je me contente de les suivre, sans grande conviction, malgré l'angoisse qui monte au fur et à mesure qu'elles chargent le panier.

Au bout de seulement quinze minutes, le caddie est plein de jeans, de jupes, de chemises, de t-shirts et même des robes. J'en ai des frissons rien que de penser que je vais devoir essayer tout ça.

Malheureusement pour moi, Jess est d'une intransigeance redoutable. Je dois TOUT essayer.

Et voilà qu'à présent, je me retrouve à faire un défilé de mode dans la cabine d'essayage. Avec pour public et jury, une tante au regard pointilleux qui ne laisse passer aucune faute de goût, et sa copine, experte en matière de relooking. À chaque fois que j'écarte le rideau, je sais d'emblée si ça me va ou non. C'est écrit sur leur visage.

– C'est dingue, avec un corps pareil, c'est facile, dit Marjolaine, en me regardant me tortiller pour essayer de regarder mon postérieur dans la glace. Tout te va...

Je dois bien l'admettre. Même ce jean huilé colle à mes formes en parfaite harmonie. Je soupire. Il y a encore des étapes à passer avant de craquer pour ce slim.

– Ouais, mais on va y aller doucement, intervient Jess en me tendant un autre pantalon un peu moins collant.

Et pourtant, à ma plus grande surprise, la séance de relooking finit presque par m'amuser. À force d'essayer des vêtements, je m'habitue à déambuler dans la grande cabine. J'ai l'impression d'être Julia Roberts dans Pretty Woman. Les filles ont sélectionné des fringues pas trop bling-bling, mais modernes et jeunes. J'en viens à me persuader que j'ai eu raison de m'en remettre à elles. C'est tellement plus simple de ne pas avoir à faire de choix. Toutes les fringues qu'elles retiennent me plaisent assez. Même cette petite robe noire cintrée qui souligne la finesse de ma taille et la rondeur de ma poitrine.

Merde ! La petite robe noire ! Maman, si tu me voyais là-dedans...

À cette pensée, je ne peux m'empêcher de tirer sur le tissu pour ajuster mon décolleté. L'image que me renvoie le miroir m'arrête net. Cette robe me va comme un gant. C'est comme si elle avait été faite pour moi. J'imagine la tête de Rip s'il me voyait dans cette tenue ! Ça lui clouerait le bec à ce naze ! Pas sexy, hein ?

Mais qu'est-ce qui me prend de penser à lui ?

– Bon Dieu, chérie. Tu vas les tuer là-dedans.

Jess vient d'ouvrir le rideau, ne me voyant pas sortir. Ses yeux sont pleins d'admiration.

– Quoi ? Qui ?

– Les mecs, pardi ! Tu es canon comme ça ! Obligé, on la prend !

Je blêmis et me dépêche d'enlever la robe, comme si elle devenait trop étouffante. On va y aller doucement, hein ?

À la fin de la séance, on a mis de côté une trentaine de pièces, jeans, chemisiers, t-shirts, tops, pulls, gilets et même trois robes, dont la fameuse petite robe noire. Et cerise sur le gâteau, Jess m'a même convaincue de prendre un short !

– Avec des collants épais et opaques, il sera tout à fait convenable.

Mouais... On verra !

Maintenant, la question est « est-ce que je vais oser porter tout ça » ?

Nous nous dirigeons vers la caisse et Jess en profite pour me questionner, l'air de rien.

– Alors, ma belle, tu n'as pas écarté une seule pièce... Serais-tu contente de devenir une autre fille ?

Je reste muette. Qu'est-ce que je peux bien répondre ?

« Sache qu'il aime les filles sexy... »

Les paroles de Rip résonnent dans mes oreilles. Je chasse cette pensée d'un hochement de tête.

– Je me dis qu'il est temps de changer, c'est tout. Ma psy penserait sûrement que c'est bon pour moi...

Et pirouette, cacahuète !

Ma tante me fixe un instant d'un air sceptique, puis, elle saisit un blouson en cuir sur un présentoir et l'ajoute au tas de vêtements déjà bien épais.

– Tiens, ça ira avec ta robe noire. C'est moi qui offre.

Après être sorties du magasin et avoir chaleureusement remercié Marjo, ma tante et moi restons un moment à flâner dans les allées du centre commercial. J'ai dépensé une partie de mes économies aujourd'hui et quand je pense aux vêtements que j'ai achetés, je me demande si c'était une bonne idée.

Ça en vaut la peine. C'est plus qu'un investissement, c'est une thérapie !

– Au fait, Kat, est-ce que tu as appelé ton père ?

La question de ma tante me fait froncer les sourcils.

– On a prévu un Skype en fin de journée...

103

– Tu te sens comment ?

Je fais la moue. Les rapports avec mes parents ont beaucoup évolué ces dernières années. Toute la vie qu'on m'avait construite depuis mon enfance a été balayée d'une traite. Et ma plus grande désillusion a été ma mère. Et s'il n'y avait pas eu... l'incident, je n'aurais jamais compris l'ampleur de son emprise. Même si ma psy m'affirme le contraire, je n'aurais jamais osé aller à l'encontre de ses principes.

Depuis toute petite, elle m'a enfermée dans des carcans stricts où la féminité même constitue un péché. Elle m'a éduquée en affirmant que je n'avais de place que dans l'ombre. Que j'étais un objet de tentation pour la luxure et que je devais m'effacer constamment jusqu'à paraître invisible. Je n'ai jamais su pourquoi elle tenait tellement à me cacher aux yeux du monde. Et je ne le sais toujours pas.

Elle n'était pas maternelle. Jamais de câlin, jamais de bisous.

Pour autant, je pense qu'elle m'aimait et son attitude ultra protectrice devait être sa manière à elle de le montrer. C'est ce qu'affirme ma psy en tout cas. C'est l'amour de ma mère qui l'a poussée à me surprotéger.

Lorsque j'ai grandi et que mon corps de femme s'est formé, son attitude est devenue encore plus stricte. Un corps comme le mien devenait un véritable danger. Elle m'a obligée à me camoufler pour éviter de susciter l'envie ou le désir.

Et moi, je me sentais mal dans ce corps que ma mère détestait.

Alors, je me renfermais dans ma coquille en me cachant dans des vêtements trop grands et trop moches pour attirer les regards. Elle m'interdisait de sortir, d'aller aux fêtes de mes amies, d'être jolie. Je maudissais ce reflet qui rendait ma mère si dure. Si bien que j'ai fini par éviter les miroirs.

Ma mère n'aimait pas l'apparence de sa fille. Pourquoi l'aurais-je aimée, moi ?

Et le pire, c'est que je trouvais ça normal. Elle disait qu'elle me protégeait contre la perversité des autres, la dangerosité des hommes. Comme si tous les représentants de la gent masculine étaient des pervers en puissance.

Seul mon père avait grâce à ses yeux. Elle l'a toujours encensé. C'est pour cette raison qu'elle m'a encouragée à poursuivre mes études. Pour que je suive ses traces... Certainement aussi parce que me concentrer sur mon avenir professionnel m'éviterait de penser à mon avenir personnel.

La relation que j'ai avec mon père est plus saine, même si je lui en veux un peu aujourd'hui d'avoir laissé ma mère diriger ma vie. Avec ses nombreuses absences, il ne s'est jamais vraiment rendu compte du mal qu'elle me faisait. Il pensait que mon isolement était dû à l'adolescence et après, que je faisais passer mes études avant tout le reste. Ce n'était pas faux, d'ailleurs. Mais me plonger dans mes cours était seulement un bon moyen pour éviter toute relation sociale en dehors de ma présence à l'école.

Je me souviens encore du jour où mon père a invité l'un de ses confrères à la maison, accompagné de son fils qui revenait de deux ans d'études à l'étranger. Elle m'a cloîtrée dans ma chambre toute la soirée. Interdiction de sortir. Je me rappelle avoir épié la salle à manger, les joues en feu parce que je bravais un interdit.

C'était la première fois que je voyais Robin...

L'arrivée au loft arrête le fil de mes pensées. Le stress monte.

Je range rapidement mes achats dans le dressing, en prenant soin de ne pas ôter les étiquettes et je ferme les portes en me demandant si j'arriverai à reléguer ma collection de jupes longues aux oubliettes. Pas sûr...

La sonnerie de Skype retentit. Comme toujours, mon père est d'une ponctualité remarquable.

Je me précipite devant mon écran d'ordinateur avec l'appréhension habituelle qui précède nos communications. Le visage familier apparaît et je soupire de soulagement.

Il a maigri on dirait.

– Bonjour, papa.

– Bonjour, ma chérie. Alors, comment est-ce que tu vas ?

Je sens derrière sa question toute son inquiétude. Il a tellement peur que je pète les plombs encore une fois.

– Bien.

– Et tes cours, pas trop intenses ?

– Je me suis inscrite sur toutes les options que je souhaitais, alors, c'est bien chargé.

– Tu ne crois pas que tu aurais dû y aller doucement ?

– Nan, c'est cool, je t'assure.

Mon père marque un silence. Il a l'air sceptique.

– Bon. Et toi alors ? En dehors de tes études, comment tu te sens ?

Ah. Voilà la vraie question. Je souris brièvement.

– Ça va... Jess est super et je commence à faire connaissance avec quelques personnes de ma promo. Je vais peut-être me faire des « amis », qui sait ?

J'ai un nouveau pincement au cœur en repensant à ceux que je n'ai pas eus à New York.

– C'est bien. Je suis content.

Je décide de changer de conversation.

– Et toi, le boulot ? Comment ça va ?

– Toujours pareil. La nouvelle promo est très prometteuse. Il y a d'excellents éléments et je pense qu'on obtiendra cette année encore le prix du meilleur étudiant de l'État...

Un long silence s'installe et alourdit l'atmosphère. C'est terrible. On ne se contacte qu'une fois par mois et on ne sait pas quoi se dire... La question fatidique me brûle les lèvres, mais je n'arrive pas à aller jusqu'au bout.

– Et...

– Elle n'est pas revenue, Kat. J'ai très peu de nouvelles. Je sais juste qu'elle a de nouveaux stagiaires. C'est Martin qui me l'a dit.

Je pince les lèvres et prie pour que mon père ne distingue pas mes yeux qui brillent derrière l'écran. Je sais que c'est idiot et qu'avec tout le mal qu'elle m'a fait, je devrais la détester. Mais elle reste ma mère. Et je culpabilise qu'elle ait quitté la maison à cause de moi.

Si seulement on ne s'était pas fait autant de mal...

Mon père n'ignore rien de nos différends, mais jamais il n'a reproché quoi que ce soit, ni à l'une ni à l'autre. Il se contente de patienter, et continue de me soutenir avec un amour inconditionnel. Et je l'en aime d'autant plus.

Je l'entends soupirer.

– Tu crois qu'un jour elle reviendra et qu'on arrivera à se parler ?

– Je l'espère, ma chérie. Je l'espère...

***

À 19h précises, je passe la porte de la maison de Max.

Il porte des vêtements décontractés et sa carrure paraît encore plus imposante avec son jean et son Teddy. Il m'accueille avec un large sourire et deux pizzas géantes.

– Pile à l'heure, Kat. Je viens juste d'arriver avec notre dîner.

– Hum, ça sent bon.

– Poulet-ananas et chèvre-miel.

– J'adore.

107

Son sourire s'élargit. Il m'entraîne dans la cuisine où une petite femme d'origine hispanique astique les plaques de cuisson.

– Kat, voici Rosa. Rosa, je te présente Kat. Tu sais, je t'ai parlé d'elle.

La petite femme pince les lèvres et me fixe avec un regard perçant. Je déglutis. Elle n'a pas l'air commode.

– Alors, c'est vous Kat.

Ouh là ! Quel accueil ! Je décide de prendre mon ton le plus aimable.

– Enchantée, madame.

Elle continue de me scruter sans mot dire. Puis, son visage s'éclaire d'un coup et elle me tend la main, un large sourire aux lèvres.

– Bienvenue, jeune fille. Je suis ravie que Maxime travaille avec vous. Il a bien besoin de quelqu'un qui partage sa passion dans cette maison.

J'écarquille des yeux ronds. Ben dis donc, beau virage à 360.

Je sens Maxime se détendre à mes côtés. Lui aussi n'en menait pas large. Je rends son sourire à Rosa.

– Je vais tâcher de le surveiller, je vous promets.

– Il reste encore un peu de ton cocktail, Rosa ? intervient Max.

– Oui. Regarde, j'en ai mis deux bouteilles dans le frigo.

Maxime attrape deux verres et une bouteille et me laisse prendre les cartons de pizza.

– Tu sais à quelle heure ton frère doit partir ce soir ? Il a passé la journée enfermé dans sa chambre...

Elle fronce les sourcils en disant cela.

– Non, aucune idée. Mais je peux aller le sonner, si tu veux.

– Non, laisse. Je m'en occupe. Vous feriez mieux d'aller travailler, maintenant.

Quelle autorité ! Max m'entraîne vers ses appartements – j'aime bien dire ça, ça fait classe. Au moment où nous traversons le couloir de l'étage, des bruits attirent notre attention. Je m'arrête pour écouter d'où ils viennent.

Non mais je rêve !

Ce ne sont pas des bruits, ce sont des gémissements de femme. Ou plutôt des couinements, à entendre les sons aigus qui passent à travers la porte de droite. Mes joues deviennent cramoisies au moment où je comprends ce qui se passe derrière les murs.

Maxime s'arrête à côté de moi.

– Putain, il abuse...

Il a l'air aussi gêné que moi. Les couinements deviennent des cris.

– Oh mon Dieu, Rip ! Ne t'arrête pas ! Oh oui...

La femme hurle de plaisir, sans se soucier le moins du monde si quelqu'un entend ses cris. Un long râle retentit. Puis, après plusieurs secondes, le silence revient enfin. Max se tourne vers moi, les joues rouges de honte.

– Désolé que tu aies eu à subir ça, Kat. Je ne pensais pas que...

Je suis terriblement gênée aussi et j'ai l'impression d'être une voyeuse.

– Laisse tomber, Max. Ce n'est pas ta faute.

Le pauvre Maxime est encore victime des incivilités de son frère. Il a l'air tellement embarrassé que je décide de tourner ça à la rigolade pour détendre l'atmosphère.

– Et après tout, ils ont l'air de bien s'amuser, non ?

Maxime rit, soulagé que je prenne la situation avec humour.

– Ouais. En tout cas, celle-là a plus de voix que les autres. Viens, faut qu'on se mette au boulot. Je voulais te montrer ce que j'ai trouvé sur le Net.

7

Grain de raison

Deux pizzas et dix pages de rapport plus tard, je commence à fatiguer. Il est déjà 23h et ma journée a été bien remplie. Sans compter que je sors à peine d'une gueule de bois et d'une virée shopping, choses auxquelles je ne suis pas habituée.

Heureusement, mon mal de tête a disparu. Le cocktail de Rosa a été un véritable traitement antidouleur. D'ailleurs, je reprendrais bien une petite lichette de ce breuvage magique.

– Il y a encore du cocktail, Maxime ?

Il est complètement absorbé par un article du magazine Art'y.

– Hummm. Non, je ne crois pas.

Je prends la bouteille vide et l'agite sous son nez, pour qu'il le lève de l'écran.

– Merde ! Tu veux que j'aille chercher une autre bouteille ?

Je vois bien qu'il préférerait continuer à dévorer son article.

– Laisse tomber, je m'en occupe.

Il reporte son attention sur l'écran et répond sans même tourner la tête.

– Génial ! Tu te rappelles où c'est ?

– Je devrais me débrouiller...

Lorsque je passe à côté de la porte en haut de l'escalier, je ne peux m'empêcher de repenser à ce que nous avons entendu quelques heures plus tôt. Je rougis rien que d'imaginer ce qui pouvait se passer dans la pièce d'à côté. La réputation de Rip a l'air bien fondée.

Apparemment, ses exploits sexuels ne sont pas une simple rumeur. Des frissons me parcourent l'échine en l'imaginant à l'œuvre.

Mon Dieu, mais pense à autre chose, Kataline !

Pour une fois, j'écoute ma conscience et me dépêche de descendre en évitant de faire du bruit. Il manquerait plus que je tombe sur lui.

Arrivée dans la cuisine, je m'attends à voir Rosa, mais la pièce est vide. Elle est partie et a laissé un plateau-repas pour deux personnes, rempli de tapas et de morceaux de fruits. Ça a l'air bon. Tellement appétissant que je ne peux m'empêcher de voler un grain de raisin en passant.

– Voleuse !

Je reconnaîtrais cette voix entre mille. Prise en faute, je sursaute et repose vivement le grain de raisin dans la petite coupe de fruits.

– Désolée, je ne...

Je me retourne pour me retrouver face à Rip, qui me fixe d'un air presque amusé, appuyé contre le chambranle de la porte. Mon cœur manque un battement. La beauté de ce mec est inhumaine.

Il est torse nu, simplement vêtu d'un jean troué qui tombe à la perfection sur ses hanches étroites. Ses bras musclés sont croisés sur sa poitrine. Je ne peux empêcher mes yeux de parcourir son corps taillé dans le roc. Ses abdominaux sont parfaitement dessinés et forment ce fameux V qui plonge vers son bas-ventre et qui me donne des sueurs froides. Je me prends à suivre les nombreux tatouages qui ornent sa peau et qui magnifient à la perfection son corps d'athlète. Mes yeux tombent sur le piercing qui orne son téton droit.

À sa vue, j'ai la gorge sèche et le cœur qui avoisine avec les deux cents pulsations minute.

Je fais mine de ne pas être troublée par la vision de son corps d'Adonis. D'être insensible à son sourire en coin et à ses yeux dont la couleur improbable m'hypnotise littéralement.

Il passe sa main dans ses cheveux en bataille qui témoignent de ses récentes activités. Ça me ramène les pieds sur terre. Sans répondre, j'ouvre la porte du réfrigérateur.

– Fais-toi plaisir, Kataline. Prends tout ce qui te fait envie...

Il écarte les bras comme pour me signifier que sa proposition va bien au-delà d'un simple fruit. Je suspends mon geste au-dessus de la bouteille de cocktail. Il se fout de moi, là, non ? Je le fixe d'un air que je veux froid et dédaigneux.

– On ne se connaît même pas.

– C'est là que tu te trompes, poupée.

Poupée ? Il vient de m'appeler « poupée » ?

La moutarde me monte au nez. J'inspire profondément pour ne pas m'emporter devant son manque de respect, mais je ne peux m'empêcher de lui faire ravaler ses paroles.

– Je t'interdis de m'appeler comme ça. Je ne suis pas une de tes poufiasses.

Ignorant la dureté de mon ton, il s'approche de moi et referme la porte du réfrigérateur d'un geste brusque qui me fait sursauter. Mon sang quitte mes joues et je recule machinalement, jusqu'à ce que mon dos bute sur le plan de travail. Je lève un sourcil surpris. Mais Rip continue d'avancer, dangereusement, tel un prédateur devant une proie sans défense. Il pénètre dans mon espace vital et me domine de toute sa hauteur virile. Son parfum irrésistible absorbe mon oxygène au point que je commence à haleter. Mon cœur bat la chamade et mes mains se crispent sur le plan de travail derrière moi. Je reste immobile, incapable du moindre geste. Incapable même de parler.

112

Ses yeux hypnotisent les miens et je sombre dans le bleu gris de ses iris. Une étrange lueur argentée les traverse et de longs frissons parcourent mon échine alors qu'il pose ses mains de part et d'autre de mon corps. Il penche la tête vers moi et mon cœur cesse de battre. Son aura m'envahit tout entière et fait frissonner les parties les plus intimes de mon être. Je ne me reconnais plus. Comment fait-il pour faire de moi cette marionnette sans volonté ?

Comme la dernière fois, il avance la tête pour humer le parfum dans mon cou. Je ferme momentanément les yeux lorsque son haleine vient chatouiller ma peau, juste sous l'oreille.

– Tu n'aimes pas ce mot, poupée ? Tu préfères peut-être autre chose ?

Encore cette voix rauque qui me laboure les entrailles. Il se redresse et revient capturer mon regard.

– Comment aimes-tu qu'on t'appelle, Kataline ?

Il a prononcé sa phrase lentement, d'une voix de velours. Et c'est comme s'il faisait l'amour à mon prénom. J'ouvre la bouche pour reprendre mon souffle et je vois ses yeux descendre sur mes lèvres. Est-ce qu'il va... ?

Mais brusquement, contre toute attente, il recule, me laissant vide de toute énergie. Avec un petit rire méprisant, il attrape le grain de raisin que je viens de reposer et le fait glisser lentement entre ses lèvres sensuelles, avant de croquer dedans en prenant son temps, sans me quitter des yeux. Je suis hypnotisée par son geste, incapable de réfléchir correctement.

– Toutes les filles aiment qu'on les appelle par des petits noms, n'est-ce pas ?

Son ton est si méprisant qu'il me fait l'effet d'une douche glacée. Je mords ma lèvre inférieure, furieuse contre moi-même de ne pas être plus forte face à son charisme ravageur. Je déglutis.

– Je ne suis pas toutes les filles.

Il retourne se poster vers la porte.

– Non, c'est vrai. Tu es différente... tu cherches plus à te cacher qu'à te montrer. Mais au fond, tu veux la même chose, non ?

Il commence furieusement à m'énerver avec sa condescendance et son air de tout savoir sur moi. Je croise les bras sur ma poitrine et relève le menton, d'un geste provocateur.

– Vas-y, je suis impatiente de connaître ta théorie.

– Tu veux trouver celui qui t'emmènera bien plus haut que le septième ciel et qui te fera crier jusqu'à en perdre la raison... Celui qui te fera atteindre le sommet du plaisir.

J'en reste béate de stupéfaction. Totalement estomaquée.

Non mais quel connard ! Arrogant et prétentieux !

Qu'est-ce qu'il imagine ? Que toutes les filles attendent qu'il les plaque au mur pour les faire hurler de plaisir ?

Le souvenir des cris de la femme vient heurter mes oreilles.

Arrête de te mentir à toi-même, Kat... Tu en crèves d'envie !

Ma conscience me provoque et je lui claque violemment la porte au nez.

– Tu ne sais rien de moi, pauvre type ! sifflé-je entre mes dents.

À ce moment-là, deux bras fins et dénudés viennent s'enrouler autour du torse de Rip. Lucie plaque sa bouche sur son cou. Sans la moindre gêne, elle lui donne un petit coup de langue et finit par lui mordre le lobe de l'oreille.

– Rip... reviens te coucher. C'est tout froid quand t'es pas là. Et je suis affamée...

Lucie ! Je rêve ou quoi ? Ce n'est pas la copine de Mégane, celle-là même qui fourrait sa langue dans la bouche de Rip pas plus tard qu'une semaine auparavant ? Écœurée, je détourne la tête, mais pas assez vite pour éviter le regard blasé de Rip.

Lucie s'aperçoit enfin de ma présence.

– Oh...

– Oui, on a de la visite. Derbies s'est perdue dans la cuisine. Et elle nous a volé du raisin !

– Ce n'est pas vrai, je l'ai reposé...

Ma remarque puérile le fait sourire. Je secoue la tête, rouvre le frigo avec rage et attrape la bouteille de cocktail pour sortir au plus vite de cette pièce. Mais au moment où je m'approche d'eux, la voix de Lucie me retient.

– Petite voleuse... C'est pas bien de prendre ce qui ne t'appartient pas.

Là, c'en est trop ! Je tourne la tête vers elle et lui adresse mon plus mauvais sourire.

– Dis-moi, Lucie, ce n'est pas le mec de ta copine à qui tu viens de lécher l'oreille ?

Elle éclate de rire. Quoi ? J'ai dit une connerie ?

– Pauvre Kat... si pure, si innocente. Je vais t'apprendre quelque chose, ma belle. On vit dans un monde cruel. Ici, c'est chacun pour soi. T'es pas chez les Bisounours. Alors, ta belle mentalité de catho arriérée, tu peux te la carrer là où je pense.

Je ferme les yeux et inspire à fond pour me retenir de lui sauter dessus. Mais lorsque je les rouvre, je vois à sa tête que je n'ai pas besoin de parler. La crainte apparaît sur son visage, et aussitôt, le voile rouge qui brouillait ma vue se dissipe comme une brume matinale. Lucie recule et se rapproche de Rip, qui me fixe avec un air plus qu'intéressé.

Il faut que je quitte cette pièce avant que ça n'aille plus loin. Je passe devant le couple sans plus lui accorder d'attention. Mais arrivée devant l'escalier, Lucie m'interpelle de nouveau d'une voix moins assurée.

– Eh, Kat. Un mot et tu auras affaire à moi.

Comme si j'en avais quelque chose à foutre de leurs histoires pourries ! Sans même me retourner, je lève la bouteille en signe d'assentiment. Je ne vais pas me rabaisser à lui répondre à cette garce.

Je file dans les escaliers en fredonnant ma chanson fétiche.

***

De retour dans la chambre de Max, celui-ci me lance un regard inquiet.

– Ça va, Kat ? Tu as l'air toute chamboulée.

Je soupire.

– J'ai croisé ton frère et sa nouvelle copine...

Il se tourne vers moi, mais ne répond pas.

– C'était Lucie.

– Oh, je vois...

– Il est toujours comme ça ? Arrogant, égocentrique, abject, égoïste...

Maxime semble désolé, une fois de plus. Et moi, je suis excédée.

– Tu te rends compte ? Il sort avec Mégane et il ne se gêne pas pour coucher avec sa meilleure amie en même temps...

Bon, je sais que je ne porte pas ces filles dans mon cœur, mais j'ai du mal à cautionner qu'on joue impunément avec les sentiments des autres. On dirait qu'il n'en a rien à foutre de faire du mal.

– Rip n'a pas de sentiment. Pour personne. Ce qu'il veut, il le prend. Et il n'a pas pour habitude de demander l'autorisation. Peu importe les conséquences. Il est comme ça et rien ne le changera...

– Ouais, ben, moi, j'appelle ça un salaud !

– Eh bien, Kat. Je ne pensais pas qu'il pourrait te mettre autant en colère.

Merde, il a raison.

Je regarde mes mains. Mes poings sont serrés à m'en enfoncer les ongles dans les paumes. Je respire un grand coup pour faire baisser la tension qui m'anime. Je n'ai pas envie que ce mec ait raison de mon self-control.

Après quelques secondes de respiration abdominale, je finis par sourire à Max.

– Tu as raison. Il ne mérite pas que je m'emporte comme ça. Après tout, il fait ce qu'il veut. C'est juste que son comportement a heurté mes valeurs. Franchement, je ne sais pas comment tu fais pour le supporter.

Max baisse un peu la tête et regarde ses mains.

– Tu sais, Rip mène une vie différente de la nôtre. Et parfois, c'est difficile, même si ce n'est pas l'impression qu'il donne... Il a besoin de lâcher prise de temps en temps. De se défaire de la pression. Et c'est comme ça qu'il y parvient. Sexe, drogue et rock'n'roll. Ce sont ses choix et je les respecte, même si je ne suis pas toujours d'accord avec sa façon de faire.

Ouais, une vie difficile... ça n'excuse pas tout !

Une question traverse mon esprit.

– C'est quoi son vrai prénom ?

Maxime me lance un regard surpris. Il semble hésiter une seconde, puis se ravise.

– Raphaël.

C'est étrange comme ce prénom ne lui sied pas du tout. Il est doux, chaleureux... c'est le prénom d'un archange. Tout le contraire de lui.

– Et pourquoi ce surnom ? Rip ?

117

Maxime m'adresse un regard énigmatique, perdu dans le vague.

– Rest In Peace.

J'ouvre des yeux grands comme des soucoupes. Et Max me répond d'un ton froid.

– Logique pour un mec qui flirte avec la mort...

8

Rest in peace

De retour à la maison, je ressasse ma conversation avec Maxime. Tout ce que j'ai appris ce soir sur Rip défile en boucle dans ma tête. Je n'aurais jamais imaginé ça.

Son surnom, c'est Parker qui lui a donné lorsqu'il lui a offert une plaque funéraire avec les mots « Rest in Peace » gravés sur marbre blanc.

« À l'époque, Rip avait tout juste 17 ans. Il faisait des courses de moto sauvages sur des terrains vagues. Pour gagner de l'argent, mais aussi pour le fun et l'esprit de compétition. Il était le meilleur. Mais il était dangereux. Il repoussait sans cesse les limites, jusqu'à ce que ça tourne mal. »

Maxime s'est arrêté pour reprendre son souffle. Il avait les yeux hagards, comme s'il revivait l'événement. Il a repris son récit, la voix pleine d'émotions.

« Le plus souvent, c'était moi qui organisais les défis. Et ce soir-là, j'ai eu une idée complètement folle. J'ai proposé à Rip de se mesurer à son meilleur ami, David. Ils étaient aussi fous et dangereux l'un que l'autre. Mais surtout, ils étaient tous les deux accros à la même fille. Alors j'ai organisé ce pari débile pour les départager : atteindre la vitesse la plus rapide sur une courte distance. Rip voulait gagner à tout prix et prouver qu'il était le meilleur... Parce que celui qui gagnait le défi gagnait le cœur de la fille.

119

Il y avait un monde fou dans l'arène. Tu parles, voir les deux meilleurs pilotes clandestins se mesurer l'un à l'autre pour une fille. C'était l'événement de la saison. Rip a dépassé les 260 kilomètres-heure juste avant la ligne d'arrivée. Record jamais égalé sur une si courte distance. Quand j'y repense, c'était complètement inconscient. Quand il a freiné après avoir passé la ligne, il s'est passé un truc. Sa moto a glissé et il s'est écrasé contre un mur de béton de deux mètres d'épaisseur. Quand je me suis précipité vers lui, il était déjà dans le coma.

Je l'ai emmené à l'hôpital et ils l'ont mis directement en service de réanimation parce que ses fonctions vitales étaient touchées. Et là, son cœur a lâché. Il s'est tout simplement arrêté de battre. Son décès a été déclaré à 23h42. »

Maxime a fait une pause, le regard figé sur ses mains, le souffle court. Quand il a posé ses yeux sur moi, il semblait encore sous le choc de l'événement. Comme s'il le revivait en direct.

« Lorsqu'ils sont venus nous annoncer la nouvelle, j'étais dans la salle d'attente avec Royce et Parker. Ça m'a anéanti. L'idée de perdre mon frère était intolérable. C'était comme si je perdais une part de moi-même. »

Il s'est arrêté de nouveau et son expression s'est fait torturée.

« Alors, j'ai prié... Je ne suis pourtant pas croyant, mais j'ai prié aussi fort que j'ai pu. J'aurais donné n'importe quoi pour qu'il vive... J'aurais vendu mon âme, la sienne et celle des autres pour qu'on me rende mon frère. Il était tout ce que j'avais. »

Il m'a fixée et j'ai perçu une immense détresse dans son regard.

« Mon vœu a été exaucé. À 00h36 exactement, Rip s'est réveillé sans que les médecins puissent nous donner la moindre explication. C'est un miraculé, un survivant. »

Je suis restée sans voix et après avoir digéré les informations, la seule question qui m'est venu à l'esprit a été :

« Et la fille ? »

Maxime a laissé échapper un petit rire amer.

« Molly ? Il ne l'a jamais revue. »

***

Le lendemain, j'ai la mine déconfite. Mes rêves ont été peuplés de motos, de cuir, de grains de raisin et de mecs canon aux yeux gris-bleu.

Du coup, je suis d'une humeur massacrante.

Et malheureusement pour moi, je n'ai personne à qui cracher mon venin. Jess est partie pour 2 jours avec Kris à une convention de tatouage dans le centre de la France. Elle ne rentrera pas avant le lendemain soir.

Je n'ai plus qu'à en profiter pour travailler, en espérant que ça me changera les idées.

Après deux bonnes heures de recherches sur le net, mes pensées divaguent vers une autre préoccupation beaucoup moins professionnelle, sans que je ne m'en rende compte. Mes doigts frôlent le clavier et finissent par taper distraitement « Cursed » dans la barre de recherche Google.

Passé les sites de traduction, je tombe sur une page regroupant de nombreuses vidéos, sur lesquelles je reconnais plusieurs fois Rip. J'hésite. Puis, finalement, je clique sur le premier lien.

Aussitôt, un son punk rock emplit la pièce. Waouh ! C'est puissant et plein de testostérone. Je me laisse envahir par le rythme, en battant la mesure avec mes doigts. Jusqu'à ce que la voix de Rip me percute de plein fouet. Mon ventre se crispe instantanément.

Ce mec a une voix littéralement orgasmique. J'ai honte de l'avouer, mais je pourrais exploser rien qu'en l'écoutant. Je ferme les yeux et me laisse transporter par son timbre si particulier, légèrement éraillé et tellement sensuel. Il chante en anglais et son accent est irrésistible.

Mes yeux caressent l'écran. Il est vraiment canon. Je ne peux pas le nier. Sur cette vidéo amateur, il est en débardeur et jean, la guitare à la main et il se donne tellement qu'on a l'impression qu'il est habité. Et à chaque fois qu'il chante, il lance à la foule un regard plein de passion contenue. Comme s'il faisait l'amour à toutes les filles présentes dans la salle.

Une fois la première chanson terminée, je clique sur la suivante. Et encore la suivante. Puis une quatrième. Je n'arrive plus à m'arrêter. Sa voix devient une drogue dont je n'ai pas envie de me passer.

Dans la dixième vidéo, je découvre une mélodie beaucoup plus lente, plus langoureuse et d'une sensualité démesurée. C'est presque un slow. Je ferme les yeux pour m'imprégner des paroles et me laisse envahir par la voix rauque de Rip.

La chanson parle d'un homme, prêt à mourir d'amour pour la femme qu'il aime. Puis c'est la trahison, l'abandon et la souffrance. C'est tellement triste que j'en ai les larmes aux yeux. C'est comme si la douleur de Rip venait s'incruster sous ma peau et s'échappait de mes pores dans une myriade de frissons.

Lorsque la chanson se termine, j'ouvre des yeux embués et mon regard tombe sur le bandeau en bas de la vidéo.

« Want to die ».

« Writen by Rip »

Il a écrit cette chanson pour Molly... J'en suis persuadée.

Plus de 250 000 vues, 143 721 likes pour cette seule chanson. Les Cursed ont beaucoup de fans, on dirait. Et vu les commentaires, ce sont principalement des femmes. D'ailleurs, elles n'hésitent pas à s'offrir ouvertement et à donner leur numéro de téléphone.

« Quelle conne cette fille de t'avoir abandonné. Moi, je ne te laisserai jamais, Rip. Appelle-moi. »

« Je peux te consoler. Viens chez moi. »

« Je mouille ma petite culotte rien qu'en entendant le son de ta voix. »

« Baise-moi, Rip. »

Je rabats brusquement l'écran de mon portable. Je ne sais pas pourquoi, mais ça m'énerve de lire tout ça. Toutes ces filles qui ne le connaissent pas et qui sont prêtes à n'importe quoi pour attirer son attention.

Je soupire.

Il faut vraiment que tu passes à autre chose, ma vieille !

Et pourtant, je sais au fond de moi que je n'y parviendrai pas. Rip est dans mes pensées. Constamment. Et ce, malgré les mises en garde de son frère. J'entends encore nettement les recommandations de Maxime la veille.

« Rip est un quelqu'un de dangereux, Kat. C'est mon frère et je l'aime, mais je dois t'avertir. Tu dois rester loin de lui. Il est imprévisible et s'est forgé une carapace faite de rancœur et de ressentiment. Il est devenu une véritable machine, dépourvue d'émotions. Il profite des gens et prend ce qu'ils ont à offrir sans aucun remords, sans aucune réserve. Et peu importe s'il fait du mal. Il a souffert, et aujourd'hui il se nourrit de la souffrance des autres... »

Waouh ! Quel portrait !

123

« Depuis l'accident, il est entré dans une spirale d'autodestruction sans fin. Ce qui lui plaît, c'est jouer avec la mort, et relever des défis. Toujours plus fort, toujours plus loin. Telle est sa devise. Il a besoin de se défouler et, pour ça, il doit sans cesse repousser ses limites. Un jour, ça va finir par le tuer. Et j'ai peur qu'il entraîne beaucoup de monde dans sa descente infernale. »

Maxime a eu l'air de vraiment se faire du souci en disant cela. Et je le comprends. Rip est complètement malade.

En tout cas, une chose est sûre, il est hors de question que j'aie le moindre rapport avec ce type. Il me fait peur. Pas seulement parce qu'il est fou et suicidaire, mais aussi parce que mes réactions en sa présence sont imprévisibles.

Son tatouage, il ira se le faire dessiner par quelqu'un d'autre !

9

Revirement de situation

De retour à l'université, j'ai pris de bonnes résolutions. Bon, je ne me suis toujours pas décidée à mettre mes nouvelles fringues, mais je suis déterminée à jeter Rip et sa bande aux oubliettes. Ils ne viendront pas gâcher ma dernière année d'études.

Je suis ici pour un but bien précis. Je dois reprendre une vie normale pour enterrer mon passé et repartir sur de bonnes bases. Et ces bases passent par l'obtention de mon diplôme et par conséquent de mon indépendance.

Je vais me concentrer sur mes projets et ne pas me laisser détourner de mon objectif. Et il est hors de question que je lui dessine quoi que ce soit à ce type !

J'ai laissé un message en ce sens à Jess. Je sais qu'elle va être déçue, mais je ne changerai pas d'avis.

Bizarrement, je me sens le cœur plus léger depuis que j'ai pris cette décision. C'est donc l'esprit libéré que je me dirige vers la salle de sciences physiques. La fille qui m'avait aidée à ranger mes affaires est seule à une table et je décide de m'installer à ses côtés. Voilà une bonne initiative ! Il est grand temps de passer à autre chose et de rencontrer d'autres personnes.

– Salut.

– Oh, salut, Kat... j'ai bien compris que tu préférais Kat à Kataline, n'est-ce pas ?

– Oui, oui, c'est tout à fait ça.

Je me sens un peu idiote, là. Parce que je ne connais même pas son prénom.

– Euh... je suis désolée, mais...

– Moi, c'est Justine. Ju pour les intimes.

Elle me tend une petite main toute froide.

– OK. Bien... c'est cool.

C'est malin, maintenant je ne sais pas quoi lui dire. Elle me fixe avec un air enjoué, comme si elle attendait quelque chose de moi. Et mon malaise s'éternise.

– Je peux te poser une question, Kat ?

– Oui, bien sûr.

– Tu connais bien Maxime Saveli, n'est-ce pas ?

– Euh... non, on ne peut pas dire ça. On a un cours en commun et on a un projet à faire ensemble, mais sinon, ça s'arrête là.

Pourquoi est-ce que je n'ai pas envie de lui dire la vérité ? Que Max et moi, c'est un peu plus qu'une simple relation de travail, et qu'il se pourrait même qu'on devienne amis ?

– Ah... Et son frère ?

Et voilà ! Rip. Encore Rip. Toujours Rip. On dirait bien que mon projet de le faire passer aux oubliettes est plus difficile que je ne pensais.

– Je ne l'apprécie pas particulièrement, alors, tu vois, plus je l'évite...

– Oh. Dommage. Parce qu'il y a un concert privé des Cursed au Wizz dans quinze jours et je n'ai pas réussi à dégoter une place. Je pourrais demander à mes frères, mais je leur serais redevable, et je n'ai pas envie de l'être. Alors je me disais que peut-être...

– Je peux voir avec Max, si tu veux...

– Oh, tu pourrais, tu crois ?

Je souris niaisement.

– Oui, ça ne sera pas très compliqué de lui demander. Après, je ne te promets rien...

– Génial ! J'ai trop hâte de les voir sur scène. Ils sont déments en live. D'ailleurs, euh, ça te dirait de venir avec moi ?

C'est dingue ce qu'on peut être innocent parfois, au point de vouloir passer une soirée entière avec une parfaite inconnue. Pourtant, devant son visage qui inspire confiance et sympathie, je me sens incapable de refuser.

– Si tu veux.

Et voilà que je m'embarque dans de nouvelles relations sociales ! Quelle performance !

Durant le cours, j'en apprends un peu plus sur cette fille enjouée qui aime par-dessus tout la nature et qui se destine à devenir une grande militante écologiste.

Elle vient d'une famille modeste de banlieue et est la troisième d'une fratrie de huit enfants ! Qui aujourd'hui est capable d'élever huit enfants ?

Ses parents sont commerçants dans le marché bio. Ce qui me paraît relativement normal avec les idéaux de leur fille. Et pourtant, lorsqu'elle m'explique qu'elle aimerait mettre la science au service de la protection de la nature et de la préservation des espèces, j'ai du mal à y croire. Mais elle semble tellement convaincue, tellement motivée que je ne peux pas faire autrement que de la suivre dans sa vision d'un monde futuriste où croissance et écologie vivraient en harmonie.

J'imagine même que je pourrais facilement devenir amie avec elle. Vers la fin du cours, elle m'interpelle.

– Alors, tu le trouves comment ?

– Qui ça ?

– Max.

– Eh bien, il est super gentil. Et j'aime bien ce qu'il fait.

– Je ne parlais pas de ça.

– Oh...

Je ne sais pas quoi répondre. Je n'ai pas envie de répondre tout court. Du coup, c'est elle qui enchaîne.

– Moi, je le trouve craquant ! On dirait qu'il vient tout droit d'une pub Ripcurl ! Il ne lui manque plus que le surf !

– Oui, je suppose.

– Arrête, rien que de le regarder, j'en bave. Et en plus, j'adore les artistes...

Elle me fixe avec des yeux exorbités et la langue pendante. Elle est si drôle que je ne peux m'empêcher de pouffer.

– Tu crois qu'il va à Hossegor cet été ?

Je secoue la tête.

– Arrête de fantasmer, Justine, et reviens sur terre. Ce mec a certainement des tas de filles qui se jettent à ses pieds.

– Ouais, tu as raison. J'ai aucune chance. C'est comme son frère d'ailleurs. Lui, je l'appelle le collectionneur. Je pense que sa... machine a vu plus de filles que Rocco Sifredi en personne !

– Sa machine ?

J'éclate d'un rire franc, ce qui me vaut un regard noir de la part de la prof. Je me renfonce dans ma chaise en essayant de me faire plus discrète.

Oups, je viens de me faire remarquer et pas dans le bon sens. Pourtant, bizarrement, je me sens un brin euphorique. J'ai tellement peu l'habitude de me lâcher ces derniers temps. Heureusement, la sonnerie qui annonce la fin du cours retentit. Il est déjà midi. Je n'ai pas vu le temps passer.

– Ça te dirait qu'on aille faire un tour en ville ensemble un de ces quatre ?

– Oui, pourquoi pas...

– Mercredi. Je termine à 16h30 et il me semble que dans ton planning, tu es dispo. Ça pourrait le faire ?

Ouais... C'est le seul jour où je ne finis pas trop tard. Mais bon, je fais l'effort de ne pas la décevoir. C'est pour mon bien !

– OK. Va pour mercredi alors. On se retrouve devant l'entrée principale.

– Super !

On ramasse nos affaires et on s'apprête à sortir lorsqu'un brouhaha dans le couloir attire notre attention.

Un attroupement nous empêche de quitter la pièce. Après cinq bonnes minutes d'attente, Justine commence à perdre patience et se faufile en jouant des coudes.

– Ce serait possible de nous laisser sortir de la salle, là ? Mais qu'est-ce qui se passe à la fin ?

Je me redresse sur la pointe des pieds pour apercevoir la raison de tout ce remue-ménage. Et là, je le vois.

Il dépasse tout le monde d'une tête et détonne avec son allure de mauvais garçon. Rip, entouré par des dizaines de filles qui veulent toutes l'approcher, le toucher, ou lui faire signer un autographe.

Mon cœur fait des bonds.

Merde ! Merde ! Merde !

Je tente d'esquiver discrètement, mais mes yeux croisent les siens. Son visage s'assombrit.

– Eh, Derbies ! C'est toi que je cherche.

Je ferme les paupières en soupirant.

Re merde ! Mon Dieu, mais pourquoi tant de haine ?

Je sens tous les regards se tourner vers moi d'un seul mouvement. Certains envieux, certains haineux, d'autres encore incrédules, comme s'il était impossible qu'un mec comme Rip puisse m'accorder ne serait-ce qu'un regard.

Il s'approche en se frayant un passage. Puis il se tourne vers la foule.

– Désolé, mais j'ai besoin de parler avec mon... amie Derbies, ici présente.

Il me désigne d'un geste théâtral qui me donne envie de me cacher dans un trou de souris.

Les groupies se dispersent, avec des soupirs ou des petits rires moqueurs. J'entends même un mec dire « eh ben, Rip, tu fais dans le genre coincé, maintenant ? ».

Connard !

Rip s'approche et son regard glisse sur moi.

– Hum, je vois que tu n'as pas suivi mes conseils... Dommage.

Je croise les bras sur ma poitrine et lui adresse un regard noir.

– Qu'est-ce que tu veux ?

– Eh doucement, tigresse. Je suis juste venu parler boulot !

Sans m'attarder sur le choix avisé du qualificatif « tigresse », je fais volte-face et commence à m'éloigner.

– Je suis désolée, mais je ne dessinerai pas pour toi, Rip ! J'ai changé d'avis. Et je t'interdis de dire à tout le monde qu'on est... amis !

Il me rattrape en deux enjambées et me retient par le bras. Une décharge électrique me transperce la peau et je retire vivement ma main.

– Tu plaisantes, j'espère ?

Sa voix est devenue sèche et venimeuse. J'ai l'impression qu'il tient vraiment à ce que je lui fasse son croquis.

— Et pourquoi voudrais-tu absolument que ce soit moi qui le fasse ce dessin ? Jess est merveilleusement douée pour ça. Tu n'as qu'à le lui confier.

Il me regarde d'un air dur.

— C'est justement parce que c'est elle qui m'a donné ton nom que je veux que ce soit toi qui le fasses. Tu t'es engagée, et elle aussi. Tu ne peux pas revenir dessus.

— Je n'ai rien signé, je te rappelle.

— Tu n'as donc pas de parole ?

Je me mords les lèvres. Si, j'ai une parole. Et je déteste être obligée de la renier à cause de lui. Voyant que je ne réponds pas, il lève un sourcil.

— Qu'est-ce que tu crains, Derbies ? Tu as peur de te retrouver seule avec moi ?

Je sens mes joues rougir. Même mon corps me trahit. J'ai encore les mises en garde de Maxime en mémoire et j'ai du mal à ne pas me montrer méfiante.

Avec un sourire froid, Rip change brusquement de tactique.

— De toute façon, si tu reviens sur notre accord, Jess peut me rayer de la liste de ses clients.

Putain ! Il me fait du chantage maintenant ! Normal, il sait pertinemment que je ne ferai jamais ça à ma tante.

— J'ai promis de venir voir ton boulot et de te confier le projet si ce que tu fais me convient. Alors, on va faire exactement comme c'était prévu.

J'inspire profondément. J'ai besoin de me calmer.

— Tu as vraiment décidé de pourrir ma journée, c'est ça ? Pourquoi ? Pourquoi est-ce que tu t'en prends à moi ? Tu n'as pas assez de pétasses qui te tournent autour pour t'amuser ?

Son visage s'éclaire d'un sourire charmeur. Ce sourire carnassier et enjôleur qui me fait chavirer.

– Trop facile. Je préfère la difficulté. Tu sais bien que j'adore les défis. Ça pimente mes journées... et mes nuits.

Putain, j'aurais dû m'en douter ! Il sait que je ne suis pas comme les autres, à me pâmer devant lui et à tomber dans ses bras au moindre geste.

– Je ne suis pas un défi, Rip. Alors, laisse tomber. D'ailleurs, pour te le prouver, je vais accepter ta proposition. Je suis d'accord pour te montrer mon travail, comme c'était prévu.

Un éclair passe dans ses prunelles d'acier. Il a l'air intrigué et un brin déçu. Il glisse ses mains dans ses poches, d'un geste nonchalant.

– OK. Alors tu viens chez moi demain soir avec tes croquis. On regarde ce que tu fais et si ça me plaît, je t'explique mon projet.

J'aurais nettement préféré faire ça dans un lieu neutre, mais je sens que si je vais encore à l'encontre de ce qu'il propose, il va trouver ça excitant.

– OK. 19h30, ça me va. Mais je mets une condition.

– Je t'écoute.

– Si le projet ne m'inspire pas, je décline.

Il me tend sa main en guise d'accord.

Je la prends et le regrette à l'instant même où des frissons me parcourent tout le corps.

***

Dès le départ de Rip, Justine me saute littéralement dessus. Mince, je l'avais complètement zappée, la pauvre.

– Alors, tu lui as demandé ?

Je suis tellement abasourdie par ce qui vient de se passer que je ne comprends pas de quoi elle parle.

132

– Quoi ?

– Ben, les places...

Merde, les places !

– Non, ça m'est complètement sorti de la tête.

Tu parles !

J'enchaîne sans relever le bruit désagréable que fait la petite voix qui ricane dans ma tête.

– Mais si tu veux, je demanderai demain.

Justine m'adresse un regard incrédule.

– Je suis peut-être curieuse, mais... c'était quoi ce projet dont Rip parlait ?

Curieuse, oui, c'est bien le mot. Je grimace. Bon, je lui dis... ? Je ne lui dis pas... ?

Je lui dis !

– Je dessine des tatouages pour ma tante qui a un salon. C'est mon job étudiant en quelque sorte. Et je dois en faire un pour Rip... Enfin, si ce que je fais lui convient, bien évidemment. Monsieur veut vérifier à qui il a affaire avant de prendre sa décision !

Justine reste et me fixe avec un air stoïque. Puis son regard s'éclaire d'un coup.

– Oh mon Dieu ! Mais c'est dément ! Tu vas dessiner un truc qui sera incrusté dans la peau de Rip ! Non mais tu te rends compte ? C'est comme s'il te confiait une partie de son corps pour y graver quelque chose qui vient directement de ton âme... Oh, c'est trop « cute ».

Non, je ne veux pas m'en rendre compte. Bordel, c'est déjà assez difficile sans rajouter en plus une pseudo-complicité symbiotique qui n'existera jamais !

– En tout cas, tu vas pouvoir le voir à poil... Quelle chance !

Je blêmis.

– Quoi ? Mais qu'est-ce que tu veux dire ?

– Ben, en fonction de l'endroit où il veut faire son tatouage. Il faudra bien qu'il te montre...

Merde ! Je n'avais pas pensé à ça. J'ai besoin de savoir où il envisage de faire ce tattoo avant de le dessiner. Pourvu qu'il ait prévu de le faire sur une zone décente...

10

Intime confrontation

Le lendemain, c'est sans grande conviction que je regroupe mes croquis dans ma pochette à dessins. Toute la journée, j'ai ressassé des plans pour éviter la confrontation. Mais impossible. Je ne peux pas risquer que Jessica perde son client. Et celui-ci en particulier.

D'ailleurs, elle est plus que soulagée lorsque je lui annonce que je suis revenue sur ma décision.

– Oh Putain, Kat, tu m'as fichu la trouille ! Je ne voyais pas comment j'allais convaincre Rip de venir au salon. Je suis sûre qu'il m'aurait envoyée balader. Il est dur en affaire, tu sais. Et si je le perds, je perds aussi une bonne partie de ma clientèle.

– Il est si coté que ça ?

Ma tante me regarde comme si j'avais dit l'énormité du siècle.

– Tu ne peux même pas imaginer le nombre de nanas qui veulent que je leur fasse des répliques des tattoos de Rip ! Elles sont prêtes à payer plusieurs centaines d'euros pour avoir un truc en commun avec lui !

C'est incroyable. Moi qui pensais que le tatouage était quelque chose de strictement personnel.

– En tout cas, lorsque je l'ai eu au téléphone après notre soirée au Wizz, il a insisté pour que ce soit toi et toi seule qui dessine pour lui.

Je suis sceptique. Pourquoi est-ce qu'il veut absolument que je lui montre mes croquis s'il a déjà pris sa décision ?

135

Ma pochette sous le bras, je sonne d'une main hésitante à la porte de la grande maison de Vincennes. C'est Rosa qui ouvre, pour mon plus grand soulagement.

Pendant le trajet, j'ai échafaudé un plan. Je dépose vite fait ma pochette et je repars aussitôt. Après tout, Rip n'a pas dit que je devais être présente lorsqu'il regardera mon travail. On pourra toujours échanger après par SMS ou Messenger.

Belle preuve de lâcheté ! Mais je m'en moque. Moins j'ai affaire à Rip, mieux je me porte. Alors si je peux éviter de le croiser, ça m'arrange.

« Tu as peur de te retrouver avec moi ? »

Les paroles de Rip me reviennent aux oreilles. Mince, il a peut-être raison finalement.

– Entrez, mademoiselle Du Verneuil. Monsieur Saveli a insisté pour que je vous accompagne dans ses appartements.

Merde ! On dirait bien que Rosa ne veut pas que je parte, elle non plus.

– Mais...

– Il n'y a pas de « mais ». J'ai des consignes alors je tiens à les respecter...Venez avec moi, s'il vous plaît.

Sa voix est sans appel, alors je la suis d'un air renfrogné. Manquerait plus qu'elle se fasse engueuler à cause de moi. J'enrage intérieurement après Rip ! Il ne perd rien pour attendre.

Elle m'entraîne jusqu'à l'étage où un bruit de guitare électrique nous accueille. Rosa m'accompagne alors vers une porte capitonnée, au fond du couloir.

– Allez-y, entrez. Raphaël ne devrait pas en avoir pour très longtemps.

Je tourne la poignée avec hésitation et me retrouve dans une petite pièce vitrée, avec tout un équipement digne des plus grands

136

studios d'enregistrement. Aux commandes, Royce, avec un casque sur les oreilles.

À mon entrée, il me fait signe de rester dans un coin et de me taire d'un geste sans équivoque. Qu'est-ce qu'il est aimable celui-là !

Mais je m'en moque. Mon attention est attirée par autre chose. De l'autre côté de la vitre, il y a Rip.

Il est en sueur, sa guitare à la main et il se défonce sur un rif à couper le souffle. On a l'impression qu'il ne fait qu'un avec son instrument. Ses doigts virevoltent sur les cordes avec une habileté déconcertante et finissent par m'hypnotiser complètement.

Waouh. Ce mec est un véritable virtuose.

Mes doigts se crispent sur ma pochette lorsqu'il redresse la tête et que ses yeux plongent dans les miens. Il m'adresse un sourire en coin, comme s'il était content que je sois là. Et moi, je reste figée sur place, incapable du moindre mouvement. Son débardeur laisse voir les nombreux tatouages qui jouent sur ses muscles et je n'arrive pas à détacher mes yeux de son corps ruisselant. J'ai l'impression de manquer d'air.

Rip continue de jouer, sans me quitter des yeux. Son regard se fait plus sombre lorsqu'il entame un air moins brutal, mais qui paraît bizarrement plus passionné. Il s'avance vers le micro et commence à chanter.

Waouh. Sa voix est magique. Encore plus envoûtante en vrai. Les paroles racontent l'histoire d'un couple et la difficulté des relations humaines. Elles parlent de l'amour destructeur d'un homme et d'une femme, qui les malmène et finit par les détruire. C'est puissant, lourd de sens et extrêmement sensuel à la fois.

Pendant tout le morceau, Rip me garde prisonnière de ses iris hypnotiques. Jusqu'à la fin.

Je ne sais pas combien de temps ça a duré, mais j'ai l'impression que j'aurais pu rester comme ça pendant des heures, à regarder sa bouche effleurer sensuellement le micro. Si la chanson n'avait pas pris fin, je serais certainement morte à force de retenir ma respiration.

Je me sens littéralement vidée. Vidée, mais aussi étrangement bien. C'est comme si j'avais fait dix bornes en courant et que l'endorphine faisait effet.

– Super, mec, on garde !

La voix de Royce me fait sursauter. Il repose le casque en coupant le micro puis il se tourne vers moi et m'adresse un regard suspicieux. Je garde ma grande pochette contre moi, comme pour faire rempart, et lui adresse un signe de tête.

– Salut.

– Alors comme ça tu es une artiste ? demande-t-il en désignant ma pochette du menton.

Je hoche la tête.

– Il paraît.

Royce m'adresse un petit rire sardonique que j'ai immédiatement envie de faire disparaître à coup de gifles.

– Un conseil, tiens-toi à distance des Saveli, chérie. Ou tu vas vite brûler tes jolies ailes.

Je hausse les épaules et son regard s'assombrit.

– Les petites filles sages ne jouent pas avec les démons.

Une lueur étrange traverse ses pupilles. J'ai envie de rétorquer que je suis loin d'être celle que je parais, mais je n'ai pas le temps de répondre parce que Rip entre dans le studio.

– Salut, Derbies.

– Si tu veux qu'on bosse ensemble, Rip, arrête de m'appeler par ce surnom à la con !

Et voilà, à peine entré dans la pièce, et il me fait déjà sortir de mes gonds !

– OK. Je t'appellerai Kataline, alors, dit-il avec encore plus de provocation.

Il se fout encore de moi. Encore une fois. Je prends mon ton le plus sec.

– Kat, ça suffira.

Il se renfrogne, mais cède.

– Va pour Kat alors... Même si je préfère nettement Kataline. Tu as apporté tes croquis ?

Je lui montre ma pochette.

– Bien. On va regarder tout ça, alors. Royce, je te dis à demain, mec ?

Royce tape la main que lui présente Rip, avec un air fermé.

– Ouais, je m'arrache. T'oublie pas pour le boss. Il lui faut une réponse au plus tard demain matin. Vendredi sera vite là, alors il faut qu'on ait le temps de tout organiser.

– T'inquiète. Je gère. Il aura sa réponse dans les temps.

Royce se lève, et me lance un regard froid et pénétrant, à m'en faire frémir. Décidément, il n'a pas l'air de m'apprécier beaucoup ! Je soutiens son regard, sans ciller. Avant de sortir, il s'arrête un instant devant moi, comme s'il voulait me dire quelque chose. Mais au dernier moment, il se ravise et quitte la pièce sans plus m'envisager. Il m'énerve ce type !

Une fois qu'il est sorti, Rip se tourne vers moi et prend un air presque jovial qui ne lui ressemble pas.

– Bon, on y va, Derb... Kat ?

Oh, monsieur fait des efforts... il y a du progrès.

Je le suis et nous passons la porte juste à côté du studio. Je me rappelle que c'est de cette pièce que venaient les cris de Lucie et ce souvenir me fait frissonner de dégoût. À ma grande surprise, nous pénétrons dans un immense salon, avec un canapé d'angle noir rempli de coussins blancs et un écran géant fixé au mur. Des rideaux opaques assombrissent la pièce, mais je distingue une autre porte sur le mur de gauche.

Rip jette un œil en arrière pour voir si je le suis.

– Tu n'as qu'à installer tes affaires sur le bureau.

Il m'entraîne vers un grand plateau en teck jonché de papiers, qui trône dans le fond de la pièce.

J'en profite pour admirer les affiches de cinéma, quelques photos et les guitares électriques, accrochées au mur. Il y en a une dizaine, de toutes marques. Gibson, Fender, PRS, Jackson... et deux basses.

Ouah, que de belles pièces !

Rip ramasse un t-shirt sur l'un des deux fauteuils crapauds qui font face au bureau.

– Tu m'autorises à prendre une douche ? Les enregistrements sont assez... intenses.

Mes yeux glissent sur ses bras luisants de sueur. Avec ses tatouages, ça donne un côté tellement sensuel que j'ai du mal à détourner le regard.

Je déglutis péniblement et je constate à son air moqueur qu'il a parfaitement conscience de l'effet qu'il produit sur moi. Je me racle la gorge avant de répondre.

– Pas de problème, je vais attendre.

– Bien. Mets-toi à l'aise, j'en ai pour cinq minutes.

Il m'adresse un petit clin d'œil et file dans la pièce attenante que j'imagine être sa chambre. Il doit avoir aussi une salle de bain. Je respire un bon coup. Ce que je peux être tendue en sa présence...

Je profite de ce moment de solitude pour ouvrir les rideaux et explorer la pièce. Elle est grande et lumineuse comme ça. Poussée

140

par la curiosité, je me dirige vers les photos qui sont épinglées sur le mur.

Ce sont principalement des photos de concerts, mais il y a aussi d'autres clichés, où l'on voit Rip en compagnie des meilleurs guitaristes mondiaux : Jimmy Page, David Gilmour, Keith Richards ou encore Slash.

Ouah la vache ! Rien que ça !

Sur les photos, Rip a l'air aux anges. Il tient fièrement sa guitare et les stars lui donnent une accolade comme s'ils le connaissaient depuis toujours.

Il y a quelque chose d'assez bizarre dans ces clichés, mais je n'arrive pas à dire quoi.

C'est étrange de pénétrer dans son intimité comme ça. Étrange et en même temps, ça me met mal à l'aise. Je me dirige vers le bureau et commence à faire un peu de place pour étaler mes dessins.

Sur les dizaines de feuilles de papier qui s'amoncellent, des paroles de chanson et des partitions sont griffonnées... J'en prends une au hasard.

La musique, je connais bien. J'ai baigné dedans toute mon enfance. Ma mère m'a enseigné le piano, la danse et le chant. Mon œil est aguerri dans ce domaine et je me rends compte immédiatement de la qualité du travail que j'ai dans les mains.

Un bruissement derrière moi me fait sursauter et je lâche immédiatement la feuille que je tenais.

– La curiosité est un vilain défaut.

Je me sens rougir jusqu'aux oreilles. Avec un mouvement sec, j'ouvre en grand ma pochette.

– Il n'y avait plus de place...

Cette justification puérile me vaut un petit rire moqueur. Je me retourne pour le remettre à sa place et m'arrête net.

141

Rip est simplement vêtu de son jean taille basse. Celui qui est déchiré. Il a les cheveux mouillés et tente de les sécher avec une serviette, en me regardant d'un œil brillant.

Mon Dieu, ça ne devrait pas être autorisé d'être aussi sexy ! Les battements de mon cœur accélèrent, et ça me met en rogne de voir que je suis aussi sensible à son charme.

Ses cheveux humides retombent en mèches fines sur son front et j'ai terriblement envie de passer la main dedans.

Putain, respire, Kat, reprends-toi !

Arrête ! Tu adores le mater à moitié nu... ça te rend toute chose, avoue !

Je fais un doigt d'honneur mental à la petite voix qui me provoque.

– Tu ne pourrais pas t'habiller, s'il te plaît ?

– Pourquoi, tu n'as jamais vu de mec à poil ?

Je lui lance un regard noir sans répondre et je m'assieds sur le fauteuil de bureau pour faire le tri dans mes croquis. Il s'approche et regarde par-dessus mon épaule. Le parfum enivrant de son gel douche mêlé à son odeur à lui emplit mes narines. Je m'empêche de respirer et de penser à la chaleur qui émane de son corps et qui envahit mon espace.

– Hum. Jess n'avait pas menti. Tu es douée.

– Merci...

Il prend une feuille sur laquelle est dessiné un dragon dans le style réaliste.

– Joli coup de crayon... mais dis-moi, est-ce que tu fais aussi des choses moins traditionnelles ? Genre art contemporain ?

Je cherche parmi mes dessins et lui présente une œuvre représentant un œil imbriqué dans une horloge en spirale. On dirait presque un tableau sorti tout droit de l'univers de Tim Burton.

142

– Ouais, c'est ça. C'est ça que je veux. Quelque chose d'abstrait.

Sa phrase attise mon intérêt. J'aime vraiment ce style qui fait appel à l'inspiration de l'artiste. Il permet de travailler l'œuvre comme une pièce centrale et distincte, tout en respectant une certaine harmonie avec les formes du corps et les éventuels autres tatouages.

– Explique-moi ton projet.

Rip prend une chaise et s'assied en face de moi à califourchon.

– La mort... Je veux une faucheuse dans le style post-moderne. Quelque chose d'atypique. Effrayant et beau à la fois. Morbide et surréaliste. Un truc un peu barré... avec ce visage-là.

Il me tend la photo d'une belle fille blonde, dont les cheveux flottent au vent. Elle a l'air de dater un peu, parce qu'elle a jauni sur les bords et elle est déchirée sur un côté, comme si on l'avait volontairement coupée.

Je penche la tête, perplexe, et fixe le magnifique visage de la fille qui me sourit sur le cliché.

– Et tu le voudrais où ce tatouage ?

Il désigne le côté de son ventre avec son index.

– Sur le flanc.

Je déglutis en regardant son doigt se mouvoir sur sa peau.

– Hum. OK. Et la taille ?

Il descend vers la ceinture de son jean, déjà très bas et de l'autre main désigne un point sous son pectoral droit.

– C'est une grande pièce... C'est très douloureux ici, non ?

Il lève un sourcil.

– Oui, et alors ?

– Je sais pas. Je disais ça comme ça...

Il se met à ricaner.

143

– Tu t'inquiètes de savoir si je vais avoir mal ? Je te demande de me faire un dessin, pas de te soucier de ma santé... Et puis, j'en ai déjà un de l'autre côté. Je sais ce que ça fait.

Je lui prends la feuille des mains et la repose sur le tas de croquis avec la photo.

– OK. Mais je tiens à te prévenir que je prends toujours en compte l'endroit du tatouage avant de dessiner. Que ça te plaise ou non, je ferai pareil que d'habitude.

– Alors, tu vas le faire ?

Je lui adresse un regard en biais. Il a l'air on ne peut plus sérieux.

– Si tu veux me le confier, oui.

– Carrément.

Je ne pensais pas que j'accepterais si facilement et que lui aussi d'ailleurs. Mon professionnalisme prend le dessus.

– Bien, alors il faudrait que je fasse quelques clichés de... l'endroit. Pour en tenir compte dans les proportions. Et je dois aussi regarder tes autres tatouages pour que l'ensemble reste harmonieux.

Il se lève et met ses bras en croix.

– Je suis tout à toi.

– Bien.

Je suis dans la merde !

Je me lève à mon tour et m'approche de lui prudemment. Son odeur vient de nouveau chatouiller mes narines. Il sent terriblement bon.

Mon Dieu, si je commence à penser à ça, je ne vais jamais y arriver.

J'inspire et fais le tour de son corps pour observer les dessins qui ornent son dos.

Il y en a beaucoup. Des écritures verticales sur l'omoplate gauche dans une langue que je ne parviens pas à déchiffrer. Des petites barres qui forment une sorte de compteur. Une horloge ancienne qui se désagrège et perd ses chiffres romains sous l'épaule droite. Des engrenages. Un arbre mort dans le bas de son dos et un crâne posé dans une main aux ongles acérés.

Au centre de sa nuque, il y a aussi un papillon sphinx. Et juste entre ses omoplates, deux sortes d'encoches, qui ressemblent à des décors de moulures baroques.

Je poursuis mon exploration en me demandant si tous ces dessins ont réellement une signification pour lui, ou s'ils sont liés à des événements de sa vie.

Je le contourne pour me retrouver face à lui. Mon cœur bat trop vite et j'évite de lever les yeux pour continuer mon exploration.

Sur le côté gauche de son torse, il a un corbeau qui vient planter ses serres dans son cœur. Les ailes de l'oiseau s'étendent jusque sur son épaule et le tatouage est parsemé de taches rouge sombre. Au-dessous, encore des écritures indéchiffrables qui descendent jusqu'à sa hanche.

Ses tatouages sont magnifiques.

J'attrape son poignet pour examiner un squelette embrassant une Calavera aux yeux clos sur son biceps droit. Sur l'intérieur de son avant-bras, un démon sur un trône de crânes me regarde en souriant d'un air mauvais. Je termine par sa main entourée de ronces et de boutons de rose. Sur ses phalanges, des lettres affichent le mot HALF.

J'attrape sa main gauche et répète l'opération. Sur ce bras-là, il y a une moto en perspective, une guitare électrique, un hibou et sur le dos de sa main un tombeau, sur lequel on peut lire « R.I.P. ».

Tous les dessins sont reliés entre eux, comme s'il s'agissait d'une seule et immense pièce, qui occupe presque tout le haut de son corps. Et on dirait que cette pièce raconte une histoire. Son histoire.

145

Je remonte sa main vers mon visage pour lire les lettres tatouées sur ses doigts : DEAD.

HALF DEAD. À moitié mort...

Mes yeux quittent les écritures pour se poser sur son visage. Et là, l'intensité de son regard me fige sur place. Aussitôt, je relâche sa main.

J'étais tellement absorbée par ses tatouages que je n'ai pas vu qu'il me fixait avec attention.

Ses pupilles sont dilatées et il a une expression que je ne lui avais encore jamais vue.

J'ouvre la bouche sous le coup de la surprise.

Sans prévenir, Rip m'attrape le menton pour me relever la tête. À ma plus grande surprise, je le laisse faire, incapable de bouger, ni même de respirer. Lentement, il retire mes lunettes et les pose sur le bureau.

Ses mains attrapent mon visage et viennent chatouiller ma nuque, laissant derrière elles une traînée brûlante. Je déglutis lorsque ses doigts dessinent le contour de mes pommettes et glissent sur mes mâchoires.

La tension monte encore d'un cran lorsqu'il passe lentement un pouce sur ma lèvre inférieure. Il se met à respirer plus fort. Mes paupières frémissent et mon cœur fait un bond si fort dans ma poitrine que j'ai l'impression qu'il va exploser. Ses yeux fixent ma bouche, comme s'ils ne pouvaient s'en détacher.

– Et merde...

Sans que je ne puisse réagir, Rip fond sur moi avec un grondement rauque.

Ses lèvres s'emparent des miennes avec une sensualité qui éveille en moi des sensations jusqu'alors inconnues. La chaleur de sa bouche contraste avec la froideur de son piercing.

146

Je tente de me dégager, mais il me maintient fermement, m'empêchant de m'enfuir de son emprise. La chaleur de son corps, la douceur de ses lèvres et la virilité qui émane de lui ont raison de ma volonté. Je capitule et me laisse aller à son étreinte.

Sa langue joue avec mes lèvres qui finissent par s'ouvrir pour lui laisser le passage jusqu'à la mienne. Le monde s'arrête de tourner. C'est comme s'il avait allumé un brasier trop longtemps éteint.

Instinctivement, je m'agrippe à ses bras et je l'entends grogner à mon contact. Il me presse un peu plus contre lui et glisse ses mains le long de mon corps, à travers ma jupe trop longue et mon gilet trop large. Puis il attrape mes cheveux d'une main ferme et me tire doucement la tête en arrière pour approfondir encore son baiser.

Avec un grognement, Rip m'entraîne contre le mur et je me laisse envahir par la sensation de sa bouche sur la mienne, de son corps contre le mien. Je commence à manquer d'air et mon ventre se crispe lorsque je sens son désir contre moi. C'est comme une douleur qui s'installe au creux de mon corps, un besoin urgent d'assouvir une soif qui me dévore de l'intérieur. Un râle monte dans ma gorge quand sa bouche fiévreuse descend le long de ma mâchoire.

– Kataline...

Sa voix empreinte de désir me fait l'effet d'une douche froide et me ramène brusquement à la réalité. Mon Dieu, mais qu'est-ce que je suis en train de faire ?

Avec un éclair de lucidité, je m'écarte et le repousse avec toute la force dont je suis capable. J'ouvre des yeux horrifiés lorsque ma main se lève pour le frapper. Mais rapide comme l'éclair, Rip m'attrape le poignet avant qu'elle ne vienne s'écraser sur sa joue.

Il écarquille les yeux pendant une fraction de seconde, surpris par mon geste. Mais au lieu de s'emporter ou même de se défendre, il m'attire contre lui sans ménagement. Je me retrouve de nouveau

147

plaquée contre son torse, avec son odeur irrésistible qui vient envahir mes narines. Rip plante alors des yeux froids dans les miens, des yeux à vous figer sur place.

Je tente de me dégager d'un mouvement d'épaule, et le menace.

– Ne refais plus jamais ça, Rip ! Jamais ! Ou sinon...

Ma vaine tentative de me libérer le fait sourire d'un air ironique. Et ça m'énerve encore plus.

– Ou sinon quoi, ma belle ? Tu vas me frapper ? Pourtant, il m'a semblé que tu appréciais notre échange tout autant que moi.

Il a raison, je dois l'admettre. Et ça me rend folle. Je suis furieuse. Contre lui. Contre moi. Contre mon corps qui s'avance instinctivement vers lui, comme s'il était aimanté. Comment ai-je pu me laisser emporter ainsi ?

Rip finit par me lâcher avec mépris et s'appuie nonchalamment sur le mur derrière lui, les bras croisés. Il a repris un air calme et posé. Comme si rien ne s'était passé. Pourtant, le petit muscle qui tressaute sur sa joue révèle sa colère. Ses yeux sont glacials.

– Tu... tu...

Merde, je ne sais pas quoi dire. Encore une bonne occasion de me tourner en ridicule.

En serrant les poings, je regroupe rapidement mes dessins dans ma pochette et enfile mes lunettes d'une main fébrile. J'entends Rip ricaner.

– Tu es épatante, Kataline... tu le sais ça ? Épatante et délicieuse.

Je tourne vivement la tête vers lui et il décide de pousser la provocation en passant lentement sa langue sur ses lèvres, d'un mouvement lascif. Je maudis mon corps de frissonner devant cette vision érotique.

Avec un soupir de rage, je passe devant lui et me dirige vers la sortie.

148

– Je te jure, Rip, si tu oses recommencer ça, je te laisse tomber !

Je quitte la pièce sans un regard en arrière. Pour toute réponse, j'entends son rire moqueur derrière moi qui me poursuit jusqu'à la maison.

11

Rendez-vous chez Ink'Ladies

– Alors, Kat ? Comment ça s'est passé hier soir ?

Je sens dans la voix de Jess toute son inquiétude. Je grogne.

– C'est bon, je vais le faire son dessin.

– Sérieux ?

– Oui.

– Oh, merci, t'es géniale, ma chérie. Alors, raconte. Qu'est-ce qu'il a choisi ?

Je pose ma tête dans le creux de ma main et tourne machinalement mon café avec ma petite cuillère.

– Une faucheuse.

Jess écarte les bras.

– Juste une... faucheuse ?

Elle a l'air déçue.

– Art nouveau.

Son visage s'éclaire et elle se précipite en face de moi.

– Génial. J'adore. Je n'en ai pas fait beaucoup, alors c'est cool.

Moi non plus... d'ailleurs, je ne vois même pas à quoi ce dessin pourrait ressembler. Bizarrement, je suis complètement en panne d'inspiration. Depuis qu'il m'a embrassée, je ne pense plus qu'à ça. À son odeur, à la douceur de ses lèvres contrastant avec la froideur de son piercing, au goût de sa langue sur la mienne, à la fougue avec laquelle il s'est jeté sur moi lorsque j'ai cédé... et à laquelle j'ai répondu comme une junkie en manque.

150

Jamais on ne m'avait embrassée comme ça.

Avoue que tu as aimé ça, hein ?

Encore ma conscience qui ramène sa fraise. Je lui envoie un coup de pioche à travers la figure avec mépris.

Putain, Kat, réagis !

Eh ben, non. Impossible. Je suis obnubilée par ce souvenir qui me laisse un goût amer et sucré à la fois. J'en tremble encore de colère et de désir en même temps.

Pourquoi est-ce que je suis comme ça avec ce mec ? Jamais je n'aurais autorisé quiconque à faire le dixième de ce que je lui ai laissé faire. Pire, je lui ai rendu son baiser, bordel ! Et si je ne m'étais pas reprise, Dieu seul sait où cela se serait terminé !

Dans son lit, pardi ! Tu baves devant son corps d'Apollon comme le loup de Tex Avery !

Maudite voix ! Je lui assène une méga droite pour la faire taire.

J'évite les représentants du sexe opposé depuis maintenant quatre ans et il suffit que Rip débarque dans ma vie pour tout chambouler. Je devrais être dégoûtée par son contact. Au lieu de ça, je me retrouve toute tremblante dans ses bras à miauler comme une chatte en chaleur. Est-ce pour cette raison qu'il m'énerve autant ? Parce qu'il m'attire comme un aimant ? Pourquoi ce mec me rend si vulnérable ?

Je suis complètement perdue. Et c'est pour ça que je n'arrive pas à tracer le moindre trait. Je ne sais même pas pour quand il le veut ce croquis. Je suis partie comme une voleuse et on n'a pas eu le temps de terminer la négociation.

Quelle poisse !

– Tu le revois quand alors ?

Je suis sûre que Jess a senti quelque chose. Elle a toujours eu du nez pour ces trucs-là.

151

Je pousse un soupir à fendre l'âme.

– Il faut que je l'appelle pour qu'on cale une date.

– Pas la peine.

Je hausse un sourcil.

– Il doit passer au salon en fin d'après-midi. Tu n'as qu'à venir.

Je la regarde avec des yeux étonnés.

– Comme ça, tu pourras fixer ton rendez-vous.

– Ah... ben, OK, je passerai.

Finalement, ça me rassure de savoir que Jess sera là la prochaine fois que je le verrai.

– Bien. Et maintenant, dis-moi pourquoi je ne t'ai pas encore vue avec tes nouvelles fringues ?

**

À 8h10, je m'apprête à sortir de l'appartement lorsque la sonnette retentit.

C'est Maxime.

– Salut, Max, qu'est-ce qui t'amène ?

Il reste sur le pas de la porte et m'observe avec des yeux ronds. Ça doit être un choc pour lui. Je maudis Jess en silence.

Elle m'a obligée à porter un de mes nouveaux jeans, avec un t-shirt à manches longues, près du corps, bien trop près à mon goût. Enfin, c'est vrai, quoi ! Si je le compare avec les pulls et gilets que j'ai l'habitude de mettre, il est carrément moulant ce t-shirt !

Je me sens mal à l'aise parce que j'ai l'impression d'être exposée, comme dans une vitrine. D'après ma tante et son mec, mes formes n'ont rien à envier aux anges de Victoria's Secret et je devrais être fière de les montrer. Tu parles ! J'entends encore Jess me sermonner.

« C'est dingue d'avoir un corps pareil et de se sentir si mal dedans ! »

– Euhh, Kat, tu es sûre que tu vas bien ?

Je soupire en levant les yeux au ciel et lui tourne le dos.

– Laisse tomber, Max, je vais me changer...

– Non, tu plaisantes ? Non, non, tu ne vas pas te changer, tu es... très bien comme ça. Et on va être en retard.

Je lui lance un œil en coin. Il est rouge comme un coquelicot.

– Alors, arrête de me reluquer comme si tu avais vu un extraterrestre.

– C'est vrai que sans tes jupes longues et tout, tu es... différente. Mais t'inquiète, je vais m'habituer.

Ben tiens !

Il déglutit.

Jess arrive à ce moment-là et m'attrape par le cou.

– Salut. Elle est canon comme ça notre petite Kat, non ?

Oh mon Dieu, mais ça va s'arrêter quand ?

– Très jolie.

Je fais la moue. Vite qu'on change de sujet.

– Merci. Bon, on ne va pas rester deux heures là-dessus. Pourquoi tu es là, Max ?

– Ben oui, renchérit Jess. Pourquoi tu es là, toi ?

Il secoue la tête, comme pour remettre ses idées en place. Il doit prendre Jess pour une folle.

– J'ai pensé que ce serait sympa de passer prendre Kat pour aller à la fac. Et après les cours, on pourrait peut-être faire un tour au centre de ressources pour avancer sur notre projet.

Jess répond à ma place.

– Ah non, désolée, mais ce soir, elle passe au salon pour...

Je la coupe.

– Travailler. Je vais au salon pour travailler.

– Oh. OK, ce n'est pas grave.

Il a l'air déçu. C'est vrai que ma réponse ressemble à un alibi bidon, comme ça... Et je ne veux pas le contrarier. Il est tellement gentil avec moi.

– Tu veux venir ? demande alors Jess.

– Au salon ?

– Ben oui, patate ! répond-elle en se moquant.

– Jess...

Ma tante me fait honte, des fois.

– Oui, ça peut se faire... Mais tu travailles dans quoi exactement, Kat ?

C'est le moment de vérité, ma vieille !

– Je dessine des tatouages pour Jess. Et elle a un client qui a un projet dont je vais faire le dessin.

– Cool. Ça doit être sympa...

– C'est ton frère, intervient de nouveau ma tante.

– Quoi ?

– Le client... c'est ton frère.

Maxime se renfrogne aussitôt et serre les poings.

– OK, je viens.

***

À la fin des cours, nous allons directement chez Ink'Ladies. Maxime a boudé toute la journée et je suspecte que le rendez-vous de ce soir y est pour beaucoup. Et là encore, alors que nous sommes sur le trajet, il se contente de répondre à mes questions du bout des lèvres.

Lorsque nous entrons dans le salon, mon cœur manque un battement en découvrant Rip, installé confortablement dans l'un des fauteuils de l'entrée. Il est en train de lire un magazine, une tasse de café fumant dans la main.

Putain de gravure de mode avec ses cheveux décoiffés !

Il est absorbé par sa lecture, comme le démontre le pincement de sa bouche qui forme une petite ride au coin de ses lèvres magnifiques.

Tu aimerais bien la faire disparaître d'un coup de langue, n'est-ce pas ?

Je m'improvise star du Vovinam Viet Vo Dao pour faire taire cette saleté de voix et m'oblige à rester impassible.

La machine à tatouer tourne et la musique bat son plein. Jess est en train de bosser.

La porte claque derrière moi et Rip lève un œil vers nous. Il se renfrogne en voyant son frère. Puis sa lèvre se lève en un petit sourire moqueur lorsqu'il pose les yeux sur moi. Je sais que lui aussi repense au baiser que nous avons échangé et ça me met en rogne.

– Salut, Rip.

Je me force à adopter un ton neutre, histoire de lui prouver que ce qui s'est passé la veille ne signifie rien pour moi et que je suis passée à autre chose. Pourtant, à l'intérieur, tout mon corps me rappelle l'intensité de ce moment d'égarement. Je frissonne malgré moi.

– Ah, enfin ! J'ai failli attendre.

Il se lève et s'avance vers nous. Son regard se fixe sur mes lèvres et je sens le rouge me monter aux joues. Pourvu que Maxime ne le remarque pas. Heureusement, Rip ne fait pas de commentaire et s'adresse à son frère d'un ton moqueur.

– Tu es venu te faire tatouer, Fly ?

155

Je ne peux m'empêcher d'intervenir devant le ton sarcastique de Rip.

– Et pourquoi pas ? Le tatouage n'est pas réservé à une certaine catégorie de personnes. Je connais des gens très bien qui le font. C'est une question de personnalité. Moi, personnellement, c'est plus le côté artistique qui m'attire.

Rip lève un sourcil et se rassoit nonchalamment dans le fauteuil, en prenant sa tasse fumante.

– Si tu le dis, Derbies.

Il fait exprès de m'appeler par cet affreux surnom. Il sait que ça m'énerve. Du coup, je préfère ne pas lui laisser l'opportunité de se moquer encore de moi et je décide de l'ignorer.

À ce moment-là, Jess sort de la cabine de tatouage avec... Mégane !

– Eh, Kat, c'est cool que tu sois venue.

Ma tante me serre chaleureusement dans ses bras.

– Je disais tout à l'heure à Rip que tu passerais certainement pour caler les derniers détails de la commande. Je commençais à m'inquiéter de ne pas te voir venir.

Je hoche la tête pour la rassurer.

Mégane, vêtue simplement d'un microshort, d'un collant opaque et d'un top ultra décolleté, se penche vers Rip pour lui montrer son nouveau tattoo, un papillon sur le sein droit.

– Regarde, Rip chéri. Comment tu le trouves ?

Elle s'assied sur l'accoudoir et tire sur son t-shirt déjà échancré, nous offrant une vue plongeante sur son soutien-gorge en dentelle rose. Ce qu'elle peut être vulgaire !

Cela dit, ce ne doit pas être l'avis des hommes présents dans la pièce qui ne se privent pas de ce spectacle affriolant, pour le plus grand plaisir de la fille qui se trémousse de plus belle.

– C'est mignon, dit Rip en caressant les contours du tatouage brillant de pommade.

Pathétique.

Quel enfoiré ! Se taper la meilleure copine de sa meuf et m'avoir embrassée la veille ne semblent lui poser aucun problème de conscience. C'est affligeant !

Je croise les bras sur ma poitrine pour m'empêcher de lui hurler dessus tout ce que je pense de lui.

Jess m'adresse un clin d'œil.

– Bon, faut qu'on cale les derniers points et qu'on se fixe un rendez-vous. Mets-toi à l'aise, Kat, tu vas crever de chaud avec ton manteau.

Sans réfléchir, je lui obéis et fais volte-face pour accrocher ma doudoune au portemanteau.

Rip pousse un juron et j'entends sa tasse claquer sur sa soucoupe.

Je me retourne et m'aperçois avec horreur que tous les regards sont fixés sur moi.

Quelque chose cloche ? Je baisse les yeux.

Putain ! Ce n'est pas moi qu'ils regardent, mais plutôt mon postérieur, moulé dans mon nouveau jean. Mes vêtements ne laissent rien deviner de mes formes et j'ai l'impression que ça a quelque peu perturbé l'assistance.

Je rougis de plus belle et tire sur mon haut pour tenter de cacher mes fesses. Je savais bien que je devais garder ce Putain de manteau sur mon dos.

Jess m'adresse un petit sourire satisfait.

– Tu as changé quelque chose, on dirait, Kat ?

La voix de Mégane est amère comme de la ciguë. Je ne lui réponds pas et me contente de la regarder avec un sourire mièvre. Mais celui-ci disparaît lorsque je croise le regard de Rip qui glisse le long de mon corps comme s'il en appréciait chaque centimètre. Il passe sa langue sur sa lèvre inférieure et la mord en me fixant droit dans les yeux.

Je réprime mon envie de lui faire un doigt d'honneur. Mais Mégane se charge de me venger en lui donnant un coup de coude dans les côtes.

Jamais plus je ne remettrai ce maudit jean !

Je me dépêche de m'asseoir au bureau d'accueil pour me donner une contenance. Heureusement, Jess sort son agenda et tout le monde reporte son attention sur elle.

– Bien, voyons voir. Qu'est-ce que tu dirais de samedi prochain, Rip ?

Samedi prochain ? Elle est folle ?

Rip réfléchit quelques secondes puis hoche la tête.

– J'ai un truc la veille, mais ça me va... Kat ?

Je sursaute.

Je n'ai pas envie de donner une bonne raison à Mégane et Rip de me décrédibiliser. Alors je mens en prenant soin d'adopter un ton détaché pour cacher ma panique.

– C'est parfait pour moi.

Rip se lève et vient se poster devant moi, les mains sur le bureau.

– Tu as déjà commencé quelque chose ? Tu me montres ?

Merde ! Je suis sûre qu'il se doute de quelque chose.

– Non, elle n'a pas eu le temps. On était souvent ensemble... ces derniers temps.

Max est venu à ma rescousse et je l'aurais bien embrassé pour cette intervention. En tout bien tout honneur, bien entendu ! Mais lorsque je vois le regard que Rip lui lance, je me dis que ce ne serait pas une bonne idée.

Il y a comme de la rivalité entre les deux frères et j'ai la désagréable impression que j'en suis la cause.

– Alors, tu devrais la lâcher un peu pour qu'elle puisse bosser. Je la paye pour ça !

Quelle mesquinerie !

– En l'occurrence, c'est Jess que tu rétribues, Rip. Et ne t'inquiète pas, je vais m'y mettre. J'ai juste besoin de prendre du recul pour pouvoir avancer. J'ai eu quelques mésaventures très désagréables ces derniers temps, qui ont perturbé mon inspiration...

Et vlan ! Prends ça dans les dents, Don Juan !

Ma pique fait mouche. Rip plisse dangereusement les yeux et pince les lèvres. Il sait parfaitement à quel événement je fais allusion. Je soutiens son regard, malgré les battements accélérés de mon cœur qui tambourine dans ma poitrine.

J'ai bien conscience que ce que je fais est aussi mesquin que lui, mais je ne supporte pas de le voir là avec sa greluche, alors que la veille, il me dévorait les lèvres comme s'il n'avait pas mangé depuis des siècles.

Rip reprend de sa superbe et me poignarde en pleine poitrine.

– Tu as raison. Mieux vaut te consacrer à ton art. C'est la seule chose que tu fais bien, non ? Pour le reste, laisse faire les experts.

Ah ben, tu l'as bien cherchée celle-là !

Pour le cas où je n'aurais pas bien saisi, il attrape Mégane par la nuque et fourre sa langue dans sa bouche sans aucune pudeur.

Aussitôt, la brune s'enroule autour de Rip en gémissant, comme s'ils étaient seuls au monde. Je baisse les yeux et serre les poings de rage. J'ai envie de lui arracher sa poufiasse des mains et de lui en coller une bonne dans la tronche !

Leur baiser est si long que Maxime finit par toussoter, mal à l'aise. Jess fronce les sourcils en me jetant un regard intrigué et reprend rapidement la parole.

– J'ai l'impression que vous avez mieux à faire, les jeunes. Sauvez-vous. J'ai noté pour samedi.

Mégane adresse à ma tante un petit rire de gorge. Elle a les joues rouges et les yeux qui pétillent.

– Oups, désolée, Jessica. Rip a le don de me faire tout oublier... Mais au fait, combien est-ce que je te dois ?

Jess lance un regard interrogateur à Rip.

– C'est sur ma note.

Ben voyons. Quel hypocrite !

Mégane saute sur place.

– Oh, t'es un amour, Rip...

Elle s'approche de lui et lui murmure quelque chose à l'oreille qui le fait rire. Puis, ils se lèvent en chœur et elle glisse sa main dans la poche arrière du jean de Rip, alors qu'il l'entraîne vers la sortie.

Sans se retourner, il nous salue de la main.

– On se voit samedi, Jess.

Même si ça me retourne l'estomac, je ne peux m'empêcher d'intervenir.

– Et pour les croquis, comment on fait ?

Il s'arrête sur le seuil et tourne la tête, juste assez pour m'asséner un regard à tomber.

– Tu sais comment me joindre...

12

Jouer avec le feu

Le mercredi suivant, je n'ai toujours pas commencé le dessin. À chaque fois que je pose mon crayon sur le papier, l'image de Rip apparaît devant mes yeux et je n'arrive à rien.

Ça y est, t'es accro ! Un pauvre petit baiser et te voilà en pâmoison...

Gong Bu a la voix qui explose sous le coup de l'impact. Tiens, je ne me savais pas devenue maître en Kung Fu.

Bon OK. Je dois avouer que mon Moi intérieur a raison. Ça m'énerve que Rip me mette dans des états pareils. Et pourtant, je ne peux pas nier qu'il y a quelque chose. Mais le plus difficile, c'est que je n'arrive pas à définir ce que j'éprouve. Rip me met hors de moi. Et il m'attire en même temps.

Mon pouls qui s'accélère, mes jambes qui flageolent... à chaque fois que je suis avec lui, c'est la même chose. Et je sais pertinemment que s'il lui prenait l'envie de m'embrasser encore, je lui rendrais à nouveau son baiser. Avec la même fougue que la première fois, voire plus.

Pourtant, je m'arracherais la langue plutôt que de l'avouer ouvertement. C'est dingue.

Je soupire.

Ne devrais-je pas être dégoûtée des hommes ? Ne devrais-je pas les fuir comme la peste ? Mais, non, là, avec Rip, j'ai l'impression de ne plus être maîtresse de mes émotions. Mon corps, ce traître, a pris les commandes. Et il fait l'inverse de ce que mon cerveau lui dicte. Ce que je ressens en présence de Rip est nouveau, plein de contradictions, et tellement fort que je me sens complètement impuissante. Ça me fait peur de ne pas maîtriser ce qui se passe.

Et Max dans tout ça ?

Max... On est sur la même longueur d'onde et je crois qu'il m'apprécie plus qu'il ne le devrait. Je le vois dans ses yeux quand il me regarde. Il est mignon et a certainement toutes les qualités pour plaire à une fille. Pourtant... pourtant, il manque quelque chose. La petite étincelle qui enflamme le brasier.

Je soupire de plus belle.

Moi qui me suis juré d'éloigner tout représentant du sexe opposé de moi et de mon cœur... Me voilà tiraillée entre mes pulsions et ma raison.

– Qu'est-ce qui t'arrive, Kat ?

Je me tourne vers Justine. Oups, grillée !

– Rien. Je réfléchis.

Elle m'adresse un regard compatissant.

– Un mec ?

Je ricane.

– Comment tu as deviné ?

– Alors j'ai un remède infaillible. Faire les boutiques !

– Moi, j'en ai un autre. Une bonne douche froide, une série décalée et un paquet de popcorn.

Elle éclate de rire.

– Ah oui, c'est une autre solution.

Elle redevient sérieuse.

– Bon. C'est grave, docteur ?

Je secoue la tête.

– Non, laisse tomber. Rien de sérieux.

Il est temps de changer de sujet.

– Alors, où est-ce que tu comptes m'embarquer cet après-midi ?

– Chez Jerry.

J'ouvre des yeux ronds.

– Jerry, le bar de motards ? Je croyais que tu voulais faire les boutiques...

Je connais ce troquet. Un des préférés de ma tante. Justine lève fièrement la tête.

– Changement de programme. Je dois aller chercher des places pour mes frères.

Elle se penche vers moi pour chuchoter.

– Il y a des duels vendredi soir...

J'avoue ne pas comprendre. Voyant mon désarroi, elle poursuit en grimaçant.

– Rooo. Tu devrais sortir plus souvent. Un combat clandestin. Aux arènes.

Mes sourcils se lèvent. J'ai déjà entendu parler de cette histoire de combat de rue, mais je ne m'y suis jamais intéressé. C'est illégal et dangereux.

– Et tu y vas, toi, dans ces trucs-là ?

– Ouais, mais toujours avec Marco et Mat. Ils ne me laisseraient jamais y aller seule. Les mecs qui vont là-dedans sont de vrais tueurs... Tu n'imagines même pas le nombre de nanas qui va voir ce genre de spectacle. De la testostérone en barre !

– Et vous n'avez pas peur de vous faire arrêter ?

– Les arènes sont surveillées. Ça ne craint rien.

***

Après déjeuner, Justine m'entraîne donc dans la rue des Halles, à la recherche de ses places de spectacle clandestin.

En voyant la devanture du bar, je me félicite d'avoir écouté Jess et d'avoir enfilé mon nouveau jean brut, ma chemise Guess et ma veste en cuir. Avec ce look, au moins, je me fonds vraiment dans le décor. Finalement, je vais peut-être passer plus inaperçue habillée comme ça...

Malheureusement, lorsque nous entrons dans la pièce, je me rends compte de mon erreur. Dès que nous avons passé la porte, plusieurs têtes se tournent sur notre passage. Mais sans y prêter attention, Justine se dirige vers le bar et se penche vers le serveur pour lui murmurer quelque chose à l'oreille. Mal à l'aise, je tourne la tête de tous côtés et capte plusieurs regards masculins sur moi. Mince, j'aurais au moins dû attacher mes cheveux et mettre un bonnet.

Justine revient vers moi, un sourire aux lèvres.

– Viens avec moi, c'est dans l'arrière-salle que ça se passe.

Elle m'attrape par la main et m'entraîne vers le fond de la pièce. Les regards nous suivent et mon cœur se serre. Ça n'a rien de rassurant tout ça.

Nous passons une porte cachée par un lourd rideau en velours rouge sombre, et nous atterrissons dans une pièce enfumée dans laquelle trônent plusieurs billards.

Je tousse. Je croyais qu'il était interdit de fumer dans les lieux publics !

– Tiens, il est là...

Je ne sais pas de qui elle parle, mais elle a l'air sûre d'elle.

– Attends-moi là, j'en ai pour une minute.

Je la suis des yeux alors qu'elle s'avance jusqu'à une table au fond de la salle.

Quatre mecs sont en train de jouer au poker et j'écarquille des yeux en voyant les liasses de billets qui trônent sur la table. Ils ont l'air concentrés sur leur jeu et semblent ne pas voir Justine arriver vers eux.

Celui qui est dos à elle pose ses cartes et annonce d'une voix assurée :

– Quinte Flush Royale, les mecs ! Envoyez les biftons !

Les trois autres lâchent leurs cartes en jurant.

– Putain, Royce ! Ça se fait pas ! Y en a marre... tu gagnes tout le temps !

Royce ?

– Et ouais, les mecs ! C'est la vie... Qu'est-ce que tu fous là, Justine ?

Justine tousse en manquant de s'étouffer. Comment a-t-il fait pour la voir ? Il a les yeux dans le dos ? Ma nouvelle amie se dandine d'un pied sur l'autre en s'approchant de lui.

– Désolée de te déranger, Royce, mais Mat m'a envoyée récupérer les places pour vendredi soir. Il m'a dit que tu étais prévenu...

Royce se tourne vers elle et la fixe un instant les sourcils froncés. On dirait qu'il hésite à l'envoyer balader.

– Tu parles ! Je vais lui en toucher deux mots à ton frangin. Il est taré de t'envoyer ici.

Justine se fait toute petite.

– Il avait des trucs à terminer... pour la moto de Xav'. Et c'est moi qui ai proposé.

Royce plisse ses petits yeux de fouine, comme s'il ne croyait pas une minute en son explication. Puis, il se lève et fouille dans la poche de sa veste en cuir. Il sort des petits cartons verts et les tend à Justine, qui lui donne en retour un petit rouleau de billets.

165

– C'est bon, sors de là maintenant. T'es pas venue seule, j'espère ?

Son ton protecteur me ferait presque sourire. Il se renfrogne, comme s'il était inquiet.

– Non, je suis avec une copine de promo...

Elle me désigne du menton et lorsqu'il tourne la tête vers moi, je vois la surprise se peindre sur le visage de Royce. Mais il ne fait pas de commentaire et se contente d'un petit hochement de tête à mon attention. Puis il extirpe un billet du rouleau que vient de lui donner Justine.

– Tiens, vous n'avez qu'à boire un coup dans la salle d'à côté en attendant que je termine.

– Mais...

– Il faut que je voie ton frère, alors autant que je vous ramène en même temps. Et pas la peine de refuser, tu n'as pas le choix !

Il a parlé d'un ton sec et malgré la colère qui se dessine sur les traits de Justine, elle ne réplique pas. Avec un mouvement brusque, elle fait volte-face et se dirige vers moi d'un pas décidé. Ses lèvres pincées et ses poings serrés m'indiquent qu'elle n'a pas franchement apprécié de recevoir des ordres.

– M'énerve ce mec à se prendre pour ma nounou ! Viens, Kat, on va boire un verre à côté.

Je la suis sans entrain. Je ne suis pas vraiment enchantée de siroter un soda dans un bar rempli de bikers qui, pour la plupart, ont l'air tout droit sortis de prison.

Heureusement, on se trouve une petite table haute un peu à l'écart.

– Tu connais Royce ?

Justine lève les yeux au ciel.

– Ouais. C'est un pote de mes frères, Marco et Mat. Ils se connaissent depuis toujours et bourlinguent pas mal ensemble. Je ne sais pas exactement ce qu'ils trafiquent, mais ce ne doit pas être bien net, les connaissant.

– Il a l'air... protecteur avec toi.

Elle fait la moue.

– Clair ! Parfois, il croit que je suis toujours la fillette qui venait les espionner quand ils réparaient leur moto. Il ne voit pas que j'ai grandi et que j'ai plus besoin de chaperon ? Mais, et toi ? Comment tu le connais ?

– Il était chez Max l'autre jour, quand on bossait sur notre projet.

– Max ?

– Enfin, il était plutôt avec Rip, en fait.

– Tu m'étonnes !

Tiens, qu'est-ce qu'elle veut dire par là ?

– Pourquoi est-ce que tu dis ça ?

– Rip est son poulain et son meilleur ami. Royce est son manager dans tout ce qu'il fait. Et je peux te dire qu'il lui rapporte un sacré paquet de fric.

Le serveur nous apporte un soda avec des pailles, mais au moment de payer, il repousse le billet que lui tend Justine.

– Non, non, c'est déjà réglé. Par le type au bar... Il a dit que c'était pour, je cite, le "joli petit cul de la fille à la crinière".

Cramoisie, je tourne la tête et vois un immense gars accoudé au comptoir avec une bière à la main. Il lève son verre dans notre direction. Justine étouffe un cri étranglé.

– Non, mais t'y crois pas toi ? Tu te fais draguer par un freefighter !

– Un quoi ?

Justine frappe dans ses mains, les yeux pétillants. Elle est littéralement euphorique.

– Un freefighter. Un des mecs qui fait des combats de rue. Mes frangins sont fans de ce sport, alors je connais tous les boxeurs.

Je lance un regard discret vers le type qui continue de reluquer dans notre direction. Il est vraiment très grand et il a l'air sacrément baraqué. Avec sa coupe de cheveux blonds en épis et sa mâchoire carrée, on dirait un commandant soviétique.

Je sirote mon soda comme si de rien n'était, en essayant de calmer la colère qui me hérisse les poils. Mais je sens comme un malaise quand il me regarde.

– Tu le connais.... Alors, c'est quoi son nom ?

– C'est Mirko Waner. Son surnom dans le milieu c'est le Nettoyeur. Parce qu'il nettoie tout sur son passage. C'est un des mecs qui combat vendredi soir... Ça va être mortel.

– Eh ben, je plains celui qui tombera en face de lui...

– Ouaip !

C'est étrange, mais j'ai envie d'en savoir un peu plus sur ces combats clandestins.

– Et comment ça se passe ces combats au juste ?

– La règle, ben, c'est qu'il n'y en a pas. Tous les coups sont permis et tous les styles aussi. Boxe, arts martiaux, Jiu-jitsu, lutte... Bref, tout ce que tu veux, mais sans arme. Le but c'est de mettre ton adversaire à terre et de le faire capituler.

– Impressionnant. Ça fait longtemps que tu y vas ?

– La première fois que j'ai accompagné mes frères, j'étais trop jeune pour ce genre de choses. J'ai trouvé ça vraiment difficile à regarder. Des mecs qui se défoncent la tronche à mains nues, c'est violent quand même. Mais depuis, j'ai appris à apprécier.

– J'ai du mal à comprendre qu'on puisse faire ça uniquement pour de l'argent... Ils doivent être un peu sadiques sur les bords pour aimer faire souffrir les autres sans raison.

– Sadiques et masochistes. En même temps, je trouve ça super sexy. Ces mecs sont des machines à tuer et moi, ça me rend toute chose de savoir qu'ils peuvent éclater n'importe qui d'un seul coup de poing.

J'éclate de rire.

– Ahhh, l'attirance des filles pour les bad boys... un fantasme avéré !

Justine fait la grimace.

– En tout cas, tu devrais venir. Il y a une ambiance de dingue dans les arènes.

Franchement, c'est un concept qui ne m'attire pas du tout, mais je garde pour moi mon opinion.

– C'est illégal... Ils ne se font jamais embarquer par les flics ?

Justine hausse les épaules.

– Ils sont plus ou moins au courant, je crois. Mais ils laissent couler...

– Et ça se passe où exactement ?

– Secret défense. En général, ils ont lieu dans des entrepôts ou des hangars, ça dépend. Mais on connaît le lieu exact au dernier moment... Un jour, je t'emmènerai.

– Ouais, ben, en attendant ce fameux jour, je vais aller faire un tour aux toilettes.

Je me lève et me dirige vers le fond de la salle. Mais au moment où je m'apprête à traverser la porte, je sens une main empoigner mes fesses et une autre glisser sur ma taille. Une forte odeur d'alcool m'envahit les narines alors qu'on me susurre à l'oreille.

– Eh, Crinière, où est-ce que tu t'en vas comme ça ? Tu me cherches pour me remercier ?

Je me fige, abasourdie. Le type du bar est en train de palper mon derrière et de remonter son autre main vers ma poitrine.

169

Mon sang ne fait qu'un tour. En un quart de seconde, mon passé resurgit et fait monter en moi tout un tas d'émotions trop contenues jusque-là. La peur, la douleur, le désespoir, la résignation... la haine, la fureur... l'envie de tuer.

Je me dégage de son étreinte avec vivacité et, poussée par mes pulsions, lève la main sur le mec en question. Je lui donne une gifle magistrale et m'apprête à recommencer lorsqu'il attrape mon poignet et me tord le bras pour le plaquer dans mon dos. Son torse vient s'écraser contre ma poitrine et je vois dans ses yeux injectés de sang la lueur mauvaise que j'ai provoquée en me rebiffant. Un mélange de colère et de désir. Je crois que j'ai attisé son envie plus qu'autre chose.

– Putain, j'aime quand on me résiste, Crinière. C'est encore meilleur après...

Ma rage est décuplée, me débattant pour me dégager. En vain. Il est beaucoup plus fort que moi. Je grogne de frustration.

Merde, j'ai envie de lui crever les yeux à ce pervers !

– Lâche-la, Mirko. Cette fille est avec moi.

La voix de Royce m'apparaît lointaine, mais aussitôt je sens le type relâcher son étreinte, même s'il ne me libère pas complètement. De sa main libre, il caresse mes cheveux.

– Dommage. J'ai besoin d'exercice pour me détendre avant vendredi. Et elle ferait parfaitement l'affaire pour m'aider à me défaire de toute cette tension.

Pour illustrer ses paroles, il rajuste son pantalon, juste au niveau de l'entrejambe. Un goût de bile remonte dans ma gorge et ma vue se brouille. Ces signes, je les connais bien. Il faut à tout prix que je me calme. Je tente de contrôler ma respiration et redouble d'efforts pour ne pas lui sauter à la gorge.

170

Mirko me libère et je m'écarte le plus possible de lui. J'ai les jambes qui flageolent et le pouls qui s'affole. Il faut que je me concentre sur autre chose si je ne veux pas que ça dégénère. Je ferme les yeux un court instant pour reprendre le contrôle de mes émotions et commence à fredonner une chanson entre mes lèvres serrées.

Mirko me lance un regard torve qui me répugne encore plus. Royce s'approche de moi en le bousculant.

– Est-ce que ça va, Kat ?

Je hoche la tête, encore incapable de prononcer d'autres paroles que celles de « Mad World ». Ils doivent me prendre pour une folle. Royce se tourne vers le colosse.

– Donne-moi le numéro de ta chambre. Je vais voir si je peux t'envoyer des filles pour ce soir.

Le visage de Mirko se détend en un sourire libidineux.

– Ah, merci mon ami. Tu sais comment prendre soin de tes invités. Tu connais mes goûts : une longue crinière et une bonne paire de seins. Le genre tigresse que je vais me faire un plaisir de dompter...

C'est à ce moment-là que je remarque son accent slave. Il m'adresse un regard carnassier, comme s'il allait me dévorer. Je ferme les paupières, aussi fort que je peux pour oublier l'expression perverse de son visage et continue de fredonner. J'arrive à la fin de la chanson et la tension n'est pas vraiment redescendue.

– À bientôt, jolie crinière...

Le rire moqueur de Mirko finit par s'éloigner. Il doit être parti. Royce pose une main réconfortante sur mon épaule. Je rouvre les yeux.

– C'est bon, Kat. Tu es en sécurité. Oublie ce qui vient de se passer et respire lentement.

171

Le Royce que je connais a disparu et a fait place à un homme protecteur et attentionné. Il me murmure des paroles apaisantes pour que je me calme. Et ça agit comme un baume. Mon pouls reprend un rythme normal et mes mains cessent de trembler. J'arrête de chanter.

– Merci, Royce.

Je lui en suis vraiment reconnaissante d'être intervenu. Sans lui, je ne sais pas ce qui se serait passé.

– De rien. Ces types sont incontrôlables et avec le nombre de coups qu'ils reçoivent à la tête, leur cerveau finit par déconner. Mirko est un vrai malade. Il a une fâcheuse tendance à s'en prendre à plus faible que lui, les femmes en particulier.

C'est le genre de type que j'exècre au plus haut point.

– Allez, viens, on va chercher Justine et je vous raccompagne.

Ni Royce ni moi ne parlons de ce qui vient de se passer.

13

Inspiration

Dans la voiture qui nous ramène chez ma nouvelle amie, je rumine à mesure que je ressasse l'incident. Je crois que si Royce n'était pas intervenu, j'aurais pété les plombs et Dieu seul sait comment cette histoire se serait terminée.

En tout cas, une chose est sûre, c'est que je n'aurais jamais imaginé que Royce puisse avoir une attitude si chevaleresque. En particulier à mon égard.

Il s'est comporté en vrai gentleman et, du coup, l'opinion que je m'étais faite de lui est complètement différente. Je ne sais plus quoi penser.

Il a beaucoup plus d'empathie qu'il n'en a l'air. Je lui en suis profondément reconnaissante de m'avoir secourue.

En revanche, cet épisode m'a également démontré une chose. C'est que je pensais à tort pouvoir me contrôler en pareille situation. Apparemment, ce n'est pas le cas. Il s'en est fallu de peu pour que je parte en vrille.

Une fois arrivés devant la maison de Justine, Royce stoppe la voiture et se tourne vers nous.

– Vous devriez éviter de venir dans ce genre d'endroit, les filles. Il y a plein de types pas nets qui fréquentent ces bars miteux.

– Tu parles pour toi, Royce ?

Justine le provoque et je vois aux yeux sombres de Royce que sa remarque le touche. Mais presque instantanément, une petite lueur traverse ses pupilles. Tiens, Justine a l'air de lui faire plus d'effet qu'il n'y paraît.

– Exactement ! Et je te conseille d'éviter les mecs comme moi.

Justine se renfrogne légèrement, malgré le sourire qu'elle s'obstine à conserver.

– J'ai déjà assez de mes frères pour jouer les papas poules, Royce. Je n'ai pas besoin que tu en rajoutes.

Elle descend de la voiture et, une fois dehors, se baisse à hauteur de la vitre et lui donne un baiser sur la joue.

– Merci pour les places !

Royce marmonne un « de rien » gêné et reporte son attention sur le volant.

Avant de descendre, je lui souffle à l'oreille.

– Merci encore pour ton intervention, Royce.

– Mouais. Rip m'aurait étripé si je n'avais rien fait...

J'écarquille les yeux, mais il ne m'en dit pas plus. Alors je quitte le véhicule, en me demandant ce qu'il a bien voulu dire par là.

***

De retour à la maison, je décide de prendre une bonne douche pour me laver du souvenir des mains de Mirko sur moi et de l'odeur de tabac. Je reste une bonne demi-heure à me savonner jusqu'à ce que j'entende Jess crier à travers la porte.

– Putain, Kat, tu vas vider le chauffe-eau.

Je lève les yeux au ciel en coupant les robinets. Si elle savait ce qui s'est passé aujourd'hui, elle serait folle.

Ma tante connaît tout de mon histoire. Elle sait ce qui m'est arrivé aux États-Unis. Il valait mieux pour nous deux qu'elle soit au courant de tout et qu'elle soit prévenue qu'à tout moment, tout peut basculer. Lorsque je me suis installée chez elle, je lui ai tout raconté. J'ai voulu lui expliquer de ma bouche ce qui s'était passé. Ça m'a fait mal de ressasser ces événements et, en même temps, ça m'a soulagée de pouvoir confier ces choses à une autre personne que ma psy.

Jessica n'est pas la fille la plus sociale qui existe, mais elle a compris que c'était important pour moi de tout lui dire. Elle n'a pas commenté ni posé de questions. Elle m'a seulement écoutée. Et c'est ce que j'attendais d'elle.

Depuis, on n'a plus abordé le sujet.

Après le dîner, je m'installe devant mon bureau et, sans réfléchir, je commence à griffonner sur mon bloc. Mes doigts courent sur le papier, sans que je maîtrise quoi que ce soit. Mon esprit est ailleurs. Occupé par les événements qui ont changé ma vie. Je ne devrais pas laisser les souvenirs envahir ma tête comme ça. Et pourtant, là, à cet instant, je me retrouve quatre ans en arrière.

Cette nuit où toute ma vie a basculé. Cette nuit où une simple soirée s'est transformée en film d'horreur.

J'ai tout perdu ce jour-là. Mon innocence, ma pureté, ma fierté... et ma mère.

Après mon calvaire dans la cabane, je me suis réveillée dans un lit d'hôpital. Je ne savais même pas comment j'avais atterri là, je n'avais aucun souvenir depuis mon évanouissement. Mais mon corps me rappelait le douloureux épisode que je venais de vivre. Les coups, la douleur, le viol et l'humiliation. Tout est revenu comme un coup de massue dans mon esprit.

Je suis restée prostrée par terre, en position fœtale. J'ai pleuré toutes les larmes que je pouvais en pensant vainement qu'elles arriveraient à nettoyer la douleur et à laver mon corps de ses blessures. Je ne pouvais plus bouger tellement j'avais mal. Je n'étais que douleur. Et c'est mon âme qui souffrait le plus. Je voulais mourir. Mourir pour ne plus être assaillie par les images de mon supplice. Mourir pour libérer mon corps et mon esprit de ce que Robin et Miguel m'avaient fait.

Lorsque le médecin de garde est entré dans la chambre, j'étais recroquevillée dans un coin, les yeux hagards et dans un état second. Et quand il s'est approché de moi, je me suis jetée sur lui comme une furie, malgré mes côtes cassées et la douleur qui me vrillait les membres. Il n'y était pour rien dans ce qui m'était arrivé, mais je l'ai frappé. Tout simplement parce qu'il était un homme. Un homme qui pouvait faire subir ce genre de choses à une femme si l'envie lui en prenait. Il représentait un danger.

Je me suis ruée dessus avec fureur. Un voile rouge a envahi mes yeux puis ce fut le trou noir. Je ne me rappelle pas ce qui s'est passé exactement, mais le pauvre homme a dû être placé en réanimation. Je m'en suis voulu terriblement d'avoir fait ça. Même si j'ai tout oublié, je regrette de m'être conduite comme ceux qui m'ont martyrisée.

J'ai été prise en charge par une cellule psychologique spécialisée dans les cas graves et je suis restée trois jours sans pouvoir prononcer le moindre mot. Lorsque j'ai enfin pu parler, j'ai tout déballé d'une traite.

Il y a eu une enquête. La police a interrogé Miguel et Robin, mais bien évidemment, ils avaient un alibi en béton et leur propre version des faits. Selon eux, j'avais quitté la soirée parce que j'étais jalouse que Robin parle avec d'autres filles. Et eux, ils étaient restés. Les filles en question étaient là pour en témoigner. Elles ont affirmé avoir passé la nuit entière avec eux.

Putain de menteuses !

Mais ce qui m'a fait le plus mal, c'est de revoir Robin et le regard méprisant qu'il a posé sur moi.

Lui et Miguel ont été disculpés et l'enquête n'a jamais abouti. La police a conclu l'affaire en supposant que j'avais été violée par des mecs de passage. Des mecs qui n'ont jamais été retrouvés. C'était tellement plus simple que d'accuser le fils d'un chirurgien réputé, bon chrétien et accessoirement le meilleur ami du gouverneur de l'État.

Après ça, ma mère a quitté la maison, prétextant qu'elle devait s'isoler pour se remettre de cette tragédie. Elle m'a ignorée, refusant de me voir comme si j'étais une pestiférée. J'attendais du soutien de sa part, mais à la place, je n'ai eu que de l'indifférence. Pourtant, elle m'a aidée, à sa façon. Grâce à elle, je me suis forgé une carapace indestructible, dans laquelle je me suis repliée pour digérer ma haine.

J'ai passé six semaines enfermée dans ma chambre, sans voir personne, me contentant de manger, boire et dormir. Je restais dans le noir, à ruminer les événements tragiques de ma vie, refusant même de parler à mon père qui a dû endurer ce calvaire...

Des idées de vengeance ont commencé à germer dans mon esprit. Je voulais que Robin et Miguel payent. Je n'avais rien fait pour susciter leur haine et pour qu'ils s'acharnent sur moi comme ils l'avaient fait. Je trouvais ça injuste, cruel et lâche.

C'est à ce moment-là que les vraies crises ont débuté. Des accès de colère, n'importe quand, pour n'importe quoi. Quelquefois, ça arrivait lorsque je faisais des cauchemars. À d'autres moments, c'était en croisant mon reflet dans le miroir. Je ne supportais plus de me voir. À chaque fois, c'était la même chose. Un voile rouge devant les yeux, puis le trou noir. Et après, il ne restait plus grand-chose d'intact dans la pièce. On a dû changer plusieurs fois les meubles et refaire les peintures.

Lorsque je revenais à moi, c'était horrible. Je ne me souvenais plus de rien et je ne pouvais que constater les dégâts. Mon père n'a jamais assisté à mes crises, et c'est tant mieux parce que je n'ose même pas imaginer ce qui lui serait arrivé s'il avait été là.

Il m'a fait consulter une psychiatre réputée pour gérer des cas difficiles. La première fois que j'ai rencontré Ashley, la psy en question, elle a diagnostiqué une phase post-traumatique brève, en m'affirmant que ça ne durerait pas longtemps. Mais elle avait tort. Ça s'est accentué, jusqu'à ce qu'un jour, je commette l'irréparable.

Un matin, trois mois, jour pour jour après l'incident, j'ai reçu une lettre. Mon père me l'a glissée sous la porte de ma chambre, sans l'ouvrir.

C'était un mot tout simple, avec des lettres découpées dans des journaux. « Putain de muse vierge ».

Juste ça. Ces simples mots ont suffi pour que je pète un câble. Je me suis levée avec l'idée qu'il était temps. Il était temps de demander réparation, de me confronter à mes bourreaux, de me venger. Je me suis préparée pour aller à la fac. Avec un calme olympien, j'ai préparé mes affaires et je suis allée déjeuner. Comme avant.

Mon père m'a regardée faire sans agir, perplexe, et j'ai vu dans son regard une lueur craintive que je n'avais jamais vue. Il devait savoir que quelque chose se tramait. Quelque chose de mauvais. Mais malheureusement, il était loin de se douter de ce qui allait se passer.

Ce jour-là, il a commis l'erreur de me laisser partir de la maison.

***

Je suis arrivée à l'université en mode automatique. J'avais l'impression d'assister à un mauvais film d'horreur. J'étais la spectatrice et je me regardais déambuler dans les couloirs de l'école, à la recherche de mon bourreau. Sans réfléchir, je me suis dirigée

178

vers le cours de médecine. Lorsque j'ai ouvert la porte de la salle, j'ai cherché Robin du regard. Et je l'ai vu, en train de blaguer avec une étudiante, tranquillement, comme s'il n'avait jamais tabassé et violé une fille trois mois auparavant. Je me suis avancée vers lui, ignorant les regards inquiets qui s'étaient posés sur moi. Le silence est tombé.

J'ai pris un tabouret et je me suis installée en face de lui, de l'autre côté du bureau, en le fixant droit dans les yeux. Je revoyais dans ma tête son visage lorsqu'il abusait de moi. Son expression sadique lorsqu'il me frappait sans la moindre hésitation.

Je me souviens encore du goût de bile qui a envahi ma gorge en voyant son air de parfait gentleman de bonne famille. Quelle horreur !

– Kataline, qu'est-ce que tu fais ici ? Tu ne devrais pas être enfermée dans un hôpital psychiatrique ?

Entendre sa voix m'a donné encore plus envie de vomir, mais je me suis forcée à rester impassible. Je serrais dans mes mains les coupe-papiers que j'avais volés dans le bureau de mon père avant de quitter la maison.

Je ne l'ai pas quitté des yeux. Je voulais savoir s'il serait capable de me regarder en face après ce qu'il m'avait fait. Un instant, j'ai vu la lâcheté se peindre sur son visage. La panique envahir ses pupilles. Puis cette lueur hautaine et méprisante, qui caractérise tous ceux qui se croient au-dessus des autres parce qu'ils ont un statut.

Robin a fait une erreur. Il s'est levé brusquement, faisant tomber sa chaise. Puis, posant ses mains sur la table pour s'avancer vers moi, il m'a craché au visage.

– Sors d'ici, Kataline. Dégage, espèce de malade mentale ! Va te faire soigner !

J'ai eu envie de le tuer. Mais je n'étais pas encore assez folle pour le faire.

Alors, je lui ai adressé mon plus beau sourire. Il me croyait folle ? Il avait raison. J'étais folle. Folle de rage et assoiffée de vengeance.

Cette fois-ci, c'était différent. Le voile rouge est apparu, mais je suis restée consciente. Avec une rapidité qui m'a surprise moi-même, j'ai sorti les coupe-papiers de mes poches de manteau et, devant les yeux médusés des étudiants, je les ai plantés dans les mains de Robin, jusqu'à ce que la lame atteigne le bois de la table dans un bruit sourd.

Robin a hurlé, les yeux exorbités par la surprise et la douleur, et moi, j'ai éclaté de rire. Je l'ai fixé droit dans les yeux, sans cesser de rire, alors que tout le monde criait. Lentement, j'ai tourné les lames dans le dos de ses mains. J'entends encore le bruit des tissus qui se déchirent, les os qui craquent. C'était un véritable soulagement pour moi de le voir souffrir. Je me suis mise à pleurer en même temps que je riais, comme une hystérique.

J'ai senti des bras m'encercler pour me dégager de lui. J'allais me faire arrêter, c'était certain. Mais je m'en moquais. Je continuais à m'esclaffer devant le visage cramoisi de mon bourreau qui chialait comme un enfant.

J'ai été emmenée directement au poste de police et ma psy a dû faire un rapport médical pour m'éviter la prison. J'ai passé un an et demi dans un centre spécialisé dans le traitement des démences psychiques. Mais je m'en foutais. J'avais assouvi ma vengeance. Enfin une partie.

Robin a dû subir une opération. Mais il a perdu l'usage de ses mains à soixante pour cent. Il ne pourra jamais exercer la chirurgie. J'ai ruiné sa carrière et sa vie comme il a anéanti la mienne.

***

Les larmes s'échappent de mes yeux lorsque je reprends mes esprits. Elles glissent sur mes joues et viennent s'écraser sur la feuille de papier.

Je reprends lentement conscience et regarde à travers mes cils mouillés le croquis que je viens de réaliser. Il est magnifique. C'est celui-là que je montrerai à Rip.

14

Bienvenue aux arènes

« Slt. J'ai ton croquis.

Quand est-ce qu'on se voit ?

Kat. »

Je fixe l'écran de mon téléphone en attendant la réponse au SMS que je viens d'envoyer. J'ai préféré écrire à Rip plutôt que de l'appeler. Je lui en veux encore de ce qu'il a fait et c'est mieux que je mette de la distance entre nous.

La réponse arrive après quelques secondes seulement.

« Slt. Dès que tu peux.

Hâte de voir ça ! »

Je souris faiblement. J'ai un peu peur de la réaction qu'il aura en voyant mon dessin. C'est toujours une phase délicate pour moi, ce moment où mon travail passe en jugement. Encore plus quand c'est Rip qui joue le rôle du jury.

Mon portable vibre de nouveau.

« Demain soir. Avant le show. »

Le show ? Est-ce qu'il parle des combats clandestins pour lesquels Justine a acheté des places ?

« ??? »

La réponse ne se fait pas attendre.

« Les duels. Aux arènes. »

Et merde ! Finalement, je ne vais pas avoir le choix d'aller à cet événement, on dirait. Mais les jours sont comptés et s'il n'aime pas mon croquis, ça va me prendre du temps pour en refaire un.

« Ouais, et je fais comment pour avoir des places ? Je ne sais même pas où c'est. »

« Je vais prévenir Royce et il te fera entrer. Pour le lieu, demande à ton amie Justine. Elle sait. »

« OK. »

Royce a dû lui raconter pour Justine et moi. Quelques secondes passent et mon téléphone vibre de nouveau.

« Et ne viens pas seule. »

Il me donne des ordres maintenant ! Quoi qu'il en soit, avec ce qui s'est passé récemment, je ne vais pas me risquer à aller toute seule dans un endroit rempli de tarés bourrés aux stéroïdes. Sans lui répondre, je compose le numéro de Justine.

– Allô, Kat ? Tout va bien ?

– Dis-moi, Justine, tu m'as bien proposé de m'emmener aux arènes demain soir, non ?

***

Le lendemain, je passe la journée à imaginer ma prochaine rencontre avec Rip. Si bien que je ne suis pas vraiment attentive à mes cours et Maxime remarque tout de suite que quelque chose me tracasse.

– Qu'est-ce qui se passe, Kat ? Je te trouve bizarre cette semaine.

Je ne lui ai pas parlé de la soirée qui m'attend, ni de mon aventure avec Mirko Waner et encore moins du baiser de Rip. Évidemment, ce ne sont pas des choses que j'ai envie de partager avec Max. Je veux le préserver de tout ce qu'il y a de négatif en moi. Il est

183

tellement gentil, tellement attentionné. Et puis, j'ai peur qu'il se fasse du souci.

Menteuse ! Dis plutôt que tu n'as pas envie de lui avouer que tu vas rejoindre son sexy de frère et que tu craques pour lui.

J'écrase cette connasse de voix avec un marteau de cinq tonnes. Je refuse de lui donner raison. Je crains simplement que ces événements n'inquiètent Maxime plus que de raison. En tout cas, là, à voir la ride qui lui barre le front, il a clairement besoin que je le rassure.

– C'est un peu tendu en ce moment avec tous les TD. J'ai beaucoup de boulot et je commence à fatiguer. T'inquiète pas pour moi, ça va aller...

J'ai appris à mentir avec le temps, mais là, j'avoue avoir du mal à faire en sorte qu'il gobe mon plan foireux. Il arbore une expression perplexe comme s'il ne croyait pas un traître mot de ce que je lui raconte. Je baisse la tête pour qu'il ne voie pas mon visage qui a pris une teinte rosée.

Putain, reprends-toi, Kat ! T'es mauvaise là... vraiment mauvaise !

Pourtant, s'il ne croit pas un traître mot de ce que je lui dis, Maxime ne le montre pas. Il m'adresse même un petit sourire aussi faux que mon air innocent.

– Les vacances approchent. Tu vas pouvoir te reposer un peu.

Je hoche la tête, honteuse de ce que je m'apprête à lui annoncer.

– Au fait, Max... je ne vais pas pouvoir venir ce soir pour le projet... j'ai... des obligations.

Il se renfrogne définitivement et ne m'adresse plus la parole jusqu'à la fin du cours.

Le soir, après un repas frugal, je me prépare pour rejoindre Justine chez elle. J'enfile rapidement un jean noir avec une grosse

184

ceinture, un top en lycra et un chemisier blanc fluide que je boutonne jusqu'en haut. J'ai encore dû me résoudre à laisser les jupes au placard. Ce n'est vraiment pas indiqué pour aller à un spectacle pareil.

J'applique un peu de baume à lèvres, je passe un rapide coup de brosse dans mes cheveux, j'ajuste mes lunettes sur mon nez et je respire un bon coup. Je suis prête.

La boule que j'ai dans le ventre ne m'a pas quittée depuis que je suis sortie de l'université.

J'ai du mal à croire que je vais me rendre aux arènes pour voir un combat clandestin. Heureusement que les frères de Justine viennent avec nous. Ça me rassure un peu. Au moins, avec ces gaillards, on ne va pas venir nous chercher des ennuis.

Les frères de Justine, Marc et Mathieu, sont ses aînés de deux et trois ans. Ce sont de vrais géants et ils se ressemblent tellement qu'on dirait des jumeaux. Ils sont taillés comme des catcheurs et pourtant ce sont de vrais nounours. J'ai fait leur connaissance le soir où Royce nous a ramenées chez Justine. Je n'ai jamais rencontré de mecs aussi protecteurs envers leur sœur. Ils sont adorables, même s'ils ont parfois tendance à la prendre pour une fillette.

Je jette un dernier coup d'œil dans le miroir pour vérifier que mon look n'est pas trop voyant. Finalement, je commence à m'habituer aux jeans. C'est plutôt agréable à porter et je ne me sens ni trop vulgaire ni trop provocante. Basique, en quelque sorte. Je pense qu'Ashley serait fière de moi si elle me voyait.

Il est 21h30, j'enfile mes bottines, ma doudoune, mon écharpe et mon bonnet, et me voilà partie rejoindre Justine pour le spectacle.

– Salut, Kat. Alors, tu es prête pour le grand show ? Une première ! Tu vas voir, c'est géant !

Marco, l'aîné des frères de Justine, m'accueille avec un grand sourire. Mat sort à son tour de la maison et m'embrasse sur les deux joues d'un geste on ne peut plus naturel. C'est dingue, ça fait deux jours que je les ai rencontrés et c'est comme si on se connaissait depuis toujours.

– Eh eh. C'est ton baptême ! Des muscles et de la testostérone à revendre. Prépare-toi, ma belle, tu risques de mouiller ta petite culotte !

Outrée, je lui donne un coup dans le bras et il fait mine d'avoir mal.

Dit comme ça, ça ne me donne vraiment pas envie d'y aller à ce duel. Je ne suis pas fan de violence gratuite. Enfin, même s'ils sont payés pour se mettre la tronche au carré.

– Eh, laissez ma copine, les gars.

Justine pousse ses frères pour me donner une accolade. Elle est super sexy avec sa minijupe en cuir et ses cuissardes. J'ai vraiment l'air banal à côté d'elle. Mais ça me va bien. Au moins, c'est elle qui attirera les regards, cette fois.

– Kat ne va pas là-bas pour voir les battles, mais pour affaires.

J'ai l'impression que Justine a du mal à tenir sa langue. Heureusement, ses frères sont moins curieux qu'elle.

– Eh ben, ce serait dommage de ne pas en profiter par la même occasion. Toutes les filles sont raides dingues des freefighters ! Allez, grouillez-vous, les demoiselles, ou on va être en retard.

Le seul combattant que je connais est Mirko Waner, alors pour le côté « raide dingue », on repassera !

Mat nous entraîne vers sa Mustang GT Premium bleu rutilant.

Pas mal !

Je me glisse à l'arrière avec Justine et nous passons le trajet à écouter Mat et Marco parler de leurs passions communes : les motos, les gonzesses et les combats. Pendant une bonne partie du trajet, ils font leurs pronostics. Je n'y comprends pas grand-chose, mais ils ont l'air de s'y connaître et ils semblent gagner pas mal d'argent avec les paris. En tout cas, c'est leur trip et ça se sent.

J'écoute d'une oreille distraite et préfère me concentrer sur la lumière blafarde des lampadaires qui défilent sous mes yeux. Ça me berce et me permet de penser à autre chose qu'au stress qui grandit dans ma poitrine.

J'appréhende de me retrouver dans ce genre de manifestation clandestine et totalement illégale. À moins que ce ne soit la perspective de revoir Rip qui me met dans cet état ?

En tout cas, payer pour voir des mecs bourrés de stéroïdes se taper dessus, franchement, je trouve ça complètement immoral ! Qu'ils se battent pour une cause, des idéaux, j'admets, mais là, c'est juste une question d'ego et de pognon.

Nous nous dirigeons vers l'extra centre et, après quelques kilomètres, nous quittons le périphérique pour nous enfoncer dans la banlieue. Au bout de seulement vingt minutes de trajet, nous arrivons vers un vaste terrain avec un entrepôt entouré d'un parking déjà plein. Des agents cynophiles surveillent l'accès et nous devons présenter un laissez-passer pour entrer. C'est drôlement bien sécurisé et organisé leur truc.

Lorsque je descends de voiture, je mesure l'importance de l'événement. Mon cœur bat la chamade et la boule dans mon estomac gonfle comme un ballon de baudruche.

Un nombre impressionnant de personnes se dirige vers les portes avec enthousiasme. Si seulement je pouvais leur en piquer un peu...

On suit le mouvement naturel des spectateurs. Je suis surprise de constater que la foule est très hétéroclite. Ça va de la fille super sexy qui joue à la pom-pom girl, au bad-boy tatoué et tout de cuir vêtu. Il

187

y a même des mecs en costard qui ont l'air de sortir tout droit du « Parrain ».

Je me demande bien comment on va trouver Royce dans tout ce monde.

Je m'apprête à poser la question lorsque le téléphone de Mat se met à sonner. À peine quelques secondes plus tard, il se tourne vers moi et Justine.

– Royce vous attend à l'entrée des artistes, les filles. C'est juste sur le côté, là.

Il nous désigne une petite pancarte mobile indiquant : Accès réservé.

Mon cœur s'emballe et la boule manque de m'étrangler. J'inspire bruyamment en essayant d'oublier mon appréhension. Justine me lance un regard rassurant et je la suis vers la porte, surveillée par un agent de sécurité en treillis.

Je chuchote à l'attention de mon amie.

– Pourquoi on doit passer par là pour voir Rip ?

Justine pouffe, mais au moment où elle ouvre la bouche pour répondre, le gardien nous interpelle.

– Qu'est-ce que vous venez faire par ici, les filles ? L'entrée principale c'est de l'autre côté.

Ben dis donc, c'est drôlement contrôlé. Je ne vois toujours pas pourquoi on doit passer par une porte de service. Est-ce que Rip participe à l'organisation du spectacle ?

Justine prend les choses en main.

– On doit retrouver Royce ici.

Aussitôt, le visage du malabar se détend.

– Attendez là, je vais voir s'il est dispo.

– C'est bon, Stéph, laisse-les passer.

Royce apparaît derrière le colosse et fronce les sourcils en observant Justine. Puis il reporte rapidement son attention sur moi.

– Tu viens pour le projet de Rip ?

Je hoche la tête sans prononcer un mot.

– Fais vite. Je veux qu'il reste concentré.

Je lève les yeux au ciel. Je ne vois pas en quoi je pourrais déconcentrer son pote. Je viens juste lui montrer un dessin.

Au moment où je passe devant le gardien, celui-ci m'interpelle.

– Blouson, sac... Tout doit rester à la porte, ma jolie.

– Donne-les-moi, intervient Justine. Je les garde si tu veux.

J'attrape mon bloc dans mon sac et lui tends mes affaires. Tout d'un coup, je me sens vulnérable, sans mon gros manteau pour cacher ma tenue.

Royce glisse les yeux sur moi d'un air critique, mais il ne fait pas de commentaire et m'entraîne dans un long couloir qui mène vers plusieurs portes. Sur l'une d'elles, est écrit Rest In Peace en lettres dorées.

Interloquée, je jette un œil en arrière vers Justine qui est restée à l'entrée. Mais je n'ai pas le temps de voir son expression. Royce ouvre la porte et me pousse à l'intérieur avant de refermer non sans m'avoir avertie d'une voix sèche.

– T'as cinq minutes, Derbies !

Je pénètre dans une petite salle aménagée. C'est assez sommaire, mais ça ressemble étrangement aux loges de spectacle : deux chaises, un portique avec plusieurs vêtements, un miroir éclairé par de grosses ampoules, un fauteuil. Il y a même un lit de fortune.

Et sur ce lit... Rip. Assis, droit comme un i, les mains posées sur les genoux, les yeux fermés.

Il est vêtu d'un peignoir en satin noir, identique à ceux que portent les boxeurs. Il est immobile et je n'ose pas faire un geste de peur de le perturber. On dirait qu'il médite ou un truc dans le genre.

Mon sang ne fait qu'un tour alors que la vérité éclate dans ma tête comme une grenade.

Oh merde ! Quelle idiote ! Rip est un freefighter !

Il ne médite pas. Il se concentre avant le match...

Mon Dieu. Est-ce qu'il va vraiment se battre contre quelqu'un devant tout ce monde ?

Mais non, il est habillé comme ça pour te faire un strip-tease, perverse !

La petite voix pète littéralement les plombs. Je lui rabats le caquet avec un uppercut digne de Mohammed Ali.

Brusquement, Rip ouvre les paupières et plonge ses yeux dans les miens. Je sursaute. Il y a comme un grain de folie dans son regard. Une sorte de détermination morbide qui brille au centre de sa pupille telle une petite flamme. Ça le rend terriblement intimidant. Et attirant.

Je recule. Mais son regard se radoucit en me voyant.

– Kataline ? Tu es venue ?

Mais non, c'est pas moi, c'est mon double !

Une lueur d'intérêt traverse ses prunelles d'argent, à mesure que ses yeux détaillent ma tenue.

Je hoche la tête et cherche machinalement le croquis dans ma pochette pour détourner son attention. Je lui tends la feuille d'une main tremblante. Je n'ai toujours pas réussi à ouvrir la bouche.

Rip regarde le dessin avec grand intérêt. Ses doigts passent lentement sur les traits du visage de mon personnage et ses lèvres s'étirent dans un demi-sourire satisfait.

– Tu n'as que celui-là ? demande-t-il d'une voix rauque.

190

Je hoche la tête, étonnée par sa question. Pourvu qu'il l'aime...

– Je le savais...

Mon sang quitte mes joues. Je lève un sourcil.

– Quoi ?

– Je savais que tu arriverais à capter ce que je voulais et à reproduire la photo à la perfection. Belle et dangereuse à la fois, sombre et étincelante, mortelle et tellement vivante. C'est parfait !

Je soupire de soulagement. Je ne sais pas si j'aurais supporté de devoir refaire le croquis étant donné les circonstances dans lesquelles je l'ai dessiné.

– Il faudra qu'on rediscute de certains petits détails, mais dans l'ensemble, c'est ça que je veux. Beau boulot.

Il me tend le papier et je le fourre dans ma pochette.

C'était rapide, finalement. Pourtant, au lieu de partir, je reste là à l'observer. Et au bout de quelques secondes, je finis par lui demander ce qui me brûle les lèvres.

– Alors comme ça, tu fais des combats ?

– Ouais.

– En plus de la musique ?

– Ouais.

Je secoue la tête. Il n'est pas très causant sur le sujet.

– Je vais vraiment finir par croire que tu es cinglé...

– Tu devrais en être persuadée, Kataline.

Il continue de m'appeler par mon prénom entier. Il m'énerve ! Et pourtant le son de sa voix quand sa langue déroule les syllabes est tellement sensuel... Je laisse échapper un soupir.

– Et pourquoi ? Je veux dire, qu'est-ce que ça t'apporte ?

– Est-ce que je te demande pourquoi tu choisissais de t'habiller comme une nonne alors que tu es tellement sexy comme ça ? Ça, c'est ta vraie personnalité et pourtant tu t'obstinais à la cacher...

191

Je reste stupéfaite. Pourquoi dit-il ça ?

Il se lève et s'approche de moi, sans me lâcher des yeux, me faisant reculer jusqu'à ce que mon dos rencontre la porte. Rip lève la main et enroule son doigt autour d'une de mes mèches de cheveux.

– Ton apparence est à l'opposé de ce que tu es vraiment. À l'intérieur. Je le sens. Je l'ai senti dès que je t'ai vue. Je l'ai senti lorsque je t'ai embrassée l'autre soir. Tu as un feu qui brûle, là...

Il pointe mon cœur avec l'index de sa main libre.

– ... et je meurs d'envie de le faire exploser au grand jour.

J'ouvre la bouche pour le contredire, mais aucun son ne sort. Il est qui pour me dire ça ? Il croit qu'en seulement quelques jours, il connaît tout de moi ? Et pourtant, il est si près de la vérité. Mais je ne peux me résoudre à l'avouer.

Il a lu en toi comme dans un livre ouvert, ma poulette !

Merde ! J'ai envie de lui exploser la tronche à cette satanée voix !

Mais je me contente de relever la tête d'un geste fier. Je ne vais pas lui montrer que ses paroles me touchent plus qu'elles ne devraient. Je m'attends à ce qu'il se moque encore de moi, mais il n'en fait rien. Son regard s'assombrit et ses doigts descendent sur mon cou, aussi légers qu'une plume. C'est comme une brûlure insoutenable qui suit leur passage. À ce simple contact, mon cœur s'emballe. Je retiens ma respiration dans l'attente de ce qui va suivre. Rip penche lentement la tête vers moi, tout près, jusqu'à ce que nos visages ne soient plus qu'à quelques centimètres.

– Je sais que tu en meurs d'envie autant que moi, Kataline. Cette force qui nous pousse l'un vers l'autre... C'est inéluctable. Et c'est trop puissant pour qu'on puisse lutter...

Incapable de répondre, je déglutis péniblement et mordille ma lèvre inférieure. Répondant à mon appel muet, Rip approche encore sa bouche de la mienne sans la toucher vraiment et sans me quitter des yeux.

Je reste captive de ses iris d'argent pendant que sa langue dessine les contours de ma bouche. C'est d'un érotisme extrême et je serre instinctivement les jambes pour calmer les pulsations dans mon ventre. Mon cœur est sur le point d'exploser. Lorsqu'il écarte mes lèvres et que sa langue vient à la rencontre de la mienne, l'émotion est tellement puissante que je ferme les yeux.

Moi qui lui avais interdit de m'embrasser de nouveau, je me retrouve à gémir comme un chaton. La passion balaye mes résolutions d'un coup. Je m'agrippe à ses bras aux muscles d'acier, m'abandonnant totalement à son baiser profond. Ce baiser qui fait monter en moi le même désir fulgurant que la dernière fois. Un désir qui me traverse de part en part et qui me rend incapable de la moindre pensée cohérente.

C'est comme si je l'attendais depuis toujours. Comme s'il me libérait de mes doutes et de mes craintes. Nos lèvres et nos langues se reconnaissent et entament une danse torride dans laquelle je vais finir par me perdre.

Comment fait-il ? Comment parvient-il à raviver un sentiment que je croyais anéanti pour toujours ?

Rip me plaque contre lui et son genou vient s'insérer parfaitement entre mes jambes. Le tissu fin de son peignoir ne cache rien de son corps ferme. J'entends une plainte rauque sortir de ma gorge, alors que je lui rends son baiser avec fougue.

Encouragé par mon cri, il remonte ses mains sur ma taille et me serre un peu plus contre lui. Je commence à perdre pied et à suffoquer. Je brûle de l'intérieur et mon ventre se crispe alors que je sens contre moi la preuve de son désir.

Est-ce qu'on peut jouir d'un simple baiser ? Mon Dieu, à voir mon état, j'ai bien peur que oui.

Les mains de Rip descendent sur mes fesses, moulées dans mon jean. Il s'écarte légèrement de moi pour prendre une grande inspiration.

– Putain, j'adore ces nouvelles fringues...

Sans me laisser le temps de répondre, il s'empare de nouveau de ma bouche et, d'un geste brusque, il me soulève à la puissance des bras. Ce mec a une force surhumaine.

Instinctivement, je viens enrouler mes jambes autour de sa taille pour ne pas tomber. Je suis complètement déconnectée de la réalité et me laisse emporter par un tourbillon de sensations qui anéantit mon raisonnement. Je commence à trembler et un petit cri aigu sort de ma bouche sans que je puisse le maîtriser.

Rip colle mon dos à la porte et se met à bouger contre moi. Sur un point sensible...

Le feu... le feu dont il parle m'embrase. À l'intérieur. J'attrape ses cheveux pour le rapprocher encore de moi et me fondre dans son étreinte passionnée.

Je ne suis plus moi. Je ne suis pas la personne qui se frotte sensuellement contre sa virilité à en perdre la tête. Je me perds dans ce flot continu de sensations qui est en train de m'anéantir.

Une douce ferveur envahit mes reins et menace de m'engloutir. Je sens que je vais basculer dans le néant. J'étouffe un cri dans sa bouche. La chaleur monte... mes yeux se voilent de rouge. Je vais...

Un coup frappé à la porte me ramène brusquement à la réalité.

Rip se fige et la tension retombe d'un coup. Sans me lâcher, il me fait glisser contre lui et je redescends sur terre en gardant les yeux fermés, de peur de croiser son regard. Je tente de reprendre mon souffle, tremblante de désir et de frustration.

194

Rip m'applique un baiser rapide sur la bouche et je finis par ouvrir les paupières.

Son regard est fixé sur mon visage, comme s'il cherchait à sonder ce que je pense. Il a l'air étonné. Contrarié même. Est-ce qu'il appréhende ma réaction ? Est-ce qu'il regrette ?

Moi, étrangement, je ne regrette pas ce qui vient de se passer. J'en avais envie. Je ne peux pas le nier. Mais maintenant, je ne sais pas comment agir. C'est tellement contradictoire avec ma réaction de l'autre jour... et avec la manière dont je devrais normalement réagir.

Rip passe doucement le dos de sa main sur ma mâchoire et son pouce dessine le tracé de ma lèvre inférieure.

Un second coup à la porte finit de rompre la magie.

– Eh, mec, c'est l'heure du tirage au sort.

C'est Royce qui s'impatiente.

– Ouais. J'arrive.

Rip laisse tomber sa main, comme à regret.

– Tu devrais y aller, bébé.

Des papillons s'envolent dans mon ventre.

Je hoche la tête sans répondre, vidée de toute énergie. Il faut que je m'enfuie de là avant de réaliser vraiment ce qui vient de se passer.

Le feu aux joues, j'ouvre la porte pour me retrouver nez à nez avec Mirko Waner qui passe à ce moment-là dans le couloir. Il est accompagné de deux filles qu'on pourrait facilement comparer à des prostituées vu leur accoutrement. Bizarrement, les deux ont des cheveux très longs, de la même couleur que les miens.

Le regard de Mirko s'éclaire d'une lueur mauvaise en me voyant.

– Eh, Crinière... toi ici ? Je vais finir par croire que tu me suis.

Aussitôt, je sens la colère monter en moi.

– Dans tes rêves, espèce de...

Mais il ignore mon intervention et poursuit.

– Je suis content que tu sois là. Tu vas enfin voir ce que c'est qu'un mec, un vrai...

Il lance un regard méprisant par-dessus mon épaule, comme si ce message subliminal était adressé à Rip.

Puis, sans plus de commentaire, il me fait un clin d'œil et s'éloigne avec ses deux poufiasses pendues à ses bras.

Je sens Rip se tendre dans mon dos. Au ton de sa voix, je perçois son agacement.

– Tu le connais ?

C'est Royce qui répond à ma place.

– Elle a fait connaissance avec Mirko l'autre jour au bar... ou plutôt, devrais-je dire ses fesses ont fait connaissance avec les mains de Mirko.

J'étouffe un juron et lui lance un regard outré. Non mais il est malade de dire ça ?

Je me tourne vers Rip et je vois à sa mâchoire crispée qu'il contient sa colère. Même si ça ne le regarde en rien, j'éprouve le besoin de me justifier.

– C'est qu'un pauvre type qui se croit irrésistible et tout permis.

Rip serre les poings et je vois ses jointures blanchir sous la pression.

– Il t'a touchée ?

Voyant que je ne réponds pas, il se tourne vers son ami.

– Royce ?

– Il a cru qu'il pourrait peloter Derbies comme ça, sans demander la permission. Mais je suis arrivé à temps. Du coup, j'ai dû lui trouver des sosies pour le calmer un peu... si tu vois ce que je veux dire.

Il fait un mouvement explicite avec le bassin, puis il se tourne vers moi.

– Tu lui as tapé dans l'œil, Derbies ! La faute à ton jean moulant...

Son regard descend sur mes cuisses.

– Royce...

Le ton menaçant de Rip lui fait relever les yeux.

– Je ne sais pas ce qu'il serait advenu d'elle et de son postérieur si je n'étais pas intervenu.

Je lui lance un regard noir.

– Je sais me défendre toute seule. Si tu n'étais pas intervenu, je l'aurais étripé !

– C'est vrai que j'ai cru que tu allais lui sauter à la gorge pour lui crever les yeux. Tu es une vraie violente, en fait !

– Tu n'as même pas idée, Royce.

Mon ton calme, mais déterminé semble faire mouche. Royce me regarde en fronçant les sourcils, comme si des ailes avaient poussé dans mon dos. Le regard de Rip, lui, reste dur.

– C'est l'heure, Royce... On y va.

Il passe devant moi, sans plus me regarder, mais je vois dans ses yeux une lueur meurtrière qui me fait froid dans le dos.

15

Duel

Je reste à regarder Rip s'éloigner, sans bouger. Royce se tourne vers moi avant de le rejoindre en courant. Il a un petit sourire satisfait qui ne me dit rien qui vaille. En passant devant un mec affublé d'un bomber, il le hèle en me désignant.

– Accompagne Kat dans les tribunes privées, Jo. Justine t'attend là-bas, ajoute-t-il à mon intention.

Mince. Moi qui ne voulais pas assister à ces fichus combats, voilà que je n'ai plus le choix.

Sans enthousiasme, je suis le fameux Jo qui me dirige vers la salle principale. C'est un immense entrepôt, très haut de plafond, au centre duquel est aménagé un ring, entouré de grillage. Tout autour, la foule se presse pour regarder. Des échafaudages ont été montés et servent de tribunes aux plus téméraires. Sur un des côtés, une petite estrade a été installée. J'aperçois Justine avec sa copine Samantha. Elles avaient dû se donner rendez-vous ici ce soir. Mat et Marco sont là aussi. Ce doit être ça le « carré VIP ».

La foule semble s'impatienter et scande des slogans en tapant des mains. Sans y prêter plus d'attention, je me faufile tant bien que mal derrière Jo pour atteindre l'estrade. Je profite du trajet pour me passer une lingette humide sur le visage, histoire de me redonner une mine convenable. Après le baiser échangé avec Rip, j'imagine facilement mes lèvres gonflées et mes joues rosies par le plaisir.

Lorsque Justine m'aperçoit, elle fronce les sourcils et fait signe à ses frères de venir m'aider à grimper. Finalement, je suis contente de l'avoir mis ce jean.

– Ça va, Kat ? Tu es rouge et tu as l'air toute chamboulée.

Je secoue la tête en me cachant derrière mes cheveux. Puis, je me tourne vers Jo, qui est resté en bas.

– Merci, Jo.

Il me fait un petit signe et s'éloigne. Justine me tend mon sac et ma doudoune en me fixant avec un petit air amusé.

– Tout est OK alors ?

J'enfile en hâte mon blouson.

– Tu aurais pu me dire que Rip était un freefighter !

Qu'est-ce que j'aurais bien pu lui répondre d'autre ? Que je tremble encore de mon étreinte avec lui ? Que je ne me reconnais pas et que je ne sais plus où j'en suis ?

– Désolée, mais je pensais que tu savais...

Je lui adresse un petit sourire pour lui montrer que je ne lui en veux pas.

– Laisse tomber, ce n'est pas bien grave.

Elle m'attrape par le bras, et sautille sur place.

– Tu vas voir, c'est le meilleur !

Un présentateur en costume à paillettes fait diversion en entrant sur le ring, accompagné des huit combattants de la soirée. Parmi eux, il y a Mirko, avec son sourire confiant et son allure de commandant soviétique, et Rip, impassible malgré le muscle qui tressaute dangereusement sur sa mâchoire.

Il est toujours en colère. Je le sens.

Dès qu'il monte sur scène, son regard sonde la foule, comme s'il cherchait quelque chose. Au bout de seulement quelques secondes, il s'arrête sur moi. Je me fige. Il m'a trouvée et ne me quitte plus.

199

Machinalement, je passe ma langue sur mes lèvres en repensant au baiser passionné que nous avons partagé. Je frissonne encore au souvenir de notre étreinte tout en me maudissant intérieurement.

Tout le temps que dure le discours d'ouverture du présentateur, Rip garde ses yeux rivés aux miens. Des yeux durs et brûlants à la fois, auxquels je ne parviens pas à me soustraire. La chaleur monte en moi comme si ce simple regard suffisait à me faire perdre la tête.

– Putain, Kat, tu lui as fait quelque chose ? Il te lâche pas des yeux...

J'ignore la question de Justine et me contente de regarder le ring. Je n'entends même pas ce que dit l'animateur, mais à un moment, Rip se penche vers lui pour lui murmurer quelque chose à l'oreille. Après quelques échanges à voix basse, le visage du présentateur s'illumine. Il semble être aux anges. Les yeux de Rip reviennent rapidement sur moi. Alors, le couperet tombe.

– Mesdames et Messieurs. Nous avons un petit changement de programme puisque ce soir, nous avons un défi ! Eh oui, messiers, dames, un défi lancé par le grand Rest in Peace au Nettoyeur !

La foule se tait un court instant, avant de partir en délire.

Je ne comprends rien à tout ça, mais ça ne me dit rien qui vaille. Justine, Samantha, Marco et Mat sont surexcités par la nouvelle, tout comme l'ensemble des spectateurs qui se mettent à taper du pied sur les tribunes.

– Qu'est-ce que ça veut dire ?

Justine se tourne vers moi.

– Rip a défié Mirko. Ils vont se battre ensemble sans tirage au sort. Et là, c'est KO obligatoire ! Ça va être sanglant !

Ses yeux pétillent d'excitation. Les miens sont horrifiés. J'espère que Rip ne fait pas ça à cause de moi.

Bien sûr que si...

200

Justine se tourne vers moi, avec un air taquin.

– Je me demande pourquoi il a décidé de le défier ? Tu as une idée, Kat ?

Je ne réponds pas et reporte mon attention vers l'arène, les yeux exorbités par la nouvelle. Les combattants quittent le ring et partent chacun vers leur coach.

Royce semble satisfait. Il m'adresse un regard entendu, comme si tout ceci était déjà calculé. Mais je détourne la tête lorsque Justine me donne des coups de coude.

– Regarde ça, ils entrent en scène.

Le présentateur accueille Rip et Mirko sur le ring. L'un est sombre et concentré, l'autre parade comme s'il était persuadé de sa victoire.

– Et nous voilà au premier combat de ce soir, messieurs, dames. Et quel combat !

Il attrape le poignet de Mirko et le tient en l'air.

– Tout droit venu d'Europe de l'Est, invaincu depuis qu'il est arrivé il y a un an des États-Unis. Surnommé le Nettoyeur par ses fans, le grand Mirko Waner.

Des sifflets se font entendre dans le hangar. Mirko n'a pas l'air très apprécié par ici. Le présentateur prend alors la main de Rip et répète l'opération. Ce dernier semble toujours aussi concentré.

– Champion en titre depuis plusieurs années, avec des records de mises KO, notre star locale, Rest in Peace !

Les spectateurs applaudissent à tout rompre, Justine et ses frères compris.

– Rip est un tueur... C'est le meilleur de sa catégorie, me glisse Mat dans l'oreille.

– Alleeeezzz, Rip ! T'es le meilleur !

201

Justine et Samantha s'égosillent à côté de moi. Dans un état second, je reste figée à regarder le ring sans vraiment le voir.

Les deux freefighters se dirigent vers les angles opposés du carré et ôtent leur peignoir. Je n'arrive pas à détacher mes yeux de Rip. Royce lui entoure les mains dans des bandes de boxe et lui masse les épaules quelques secondes.

Puis, Rip se dirige vers le centre du ring, en frappant ses poings l'un contre l'autre.

Il est juste parfait avec son corps taillé dans le roc. Sans pouvoir m'en empêcher, j'admire ses bras puissants, ses abdos d'acier sublimés par ses tatouages, jusqu'au v qui apparaît au-dessus de sa ceinture. Mes jambes se transforment en coton.

Justine me sort de ma contemplation en me sautant sur le bras.

– Putain, regarde-moi ce corps !

Pas la peine de me dire de qui elle parle...

– Je te jure, Kat, si je pouvais, je lècherais chaque partie de l'anatomie de ce mec comme une glace à la fraise !

– Justine !

Je suis outrée par sa grivoiserie.

– Eh ben quoi ? Ne me dis pas qu'il ne te fait aucun effet ? Toutes les nanas en sont folles.

– C'est clair, renchérit Samantha. Moi je pourrais me damner rien que pour une nuit de baise avec lui ! Il paraît que c'est un vrai Dieu...

Encore une groupie ! Je lève les yeux au ciel. Ces gonzesses sont complètement folles !

Folles ? Quelle hypocrisie de la part de celle qui s'agrippait à lui comme une nymphomane en manque il y a moins de vingt minutes ?

Ta gueule la voix !

Bon, OK... Ça ne sert à rien de nier. C'est vrai qu'il me fait de l'effet ce mec ! Beaucoup d'effet, même. Je ne pensais même pas pouvoir ressentir ça un jour...

Je secoue la tête et reporte mon attention sur l'arène.

Mirko a rejoint Rip. Lui aussi est torse nu, mais sa carrure n'a rien à voir avec le physique d'Adonis de Rip. Il est plus lourd et plus trapu, avec un cou de taureau. Mon cœur se serre. Le combat va être serré et je ne sais pas si je serai capable de le regarder jusqu'au bout.

Un coup de clochette sonne le début du match et l'arbitre-animateur quitte aussitôt le ring, laissant le champ libre aux deux adversaires.

Mirko frappe ses poings sur son torse et, sans plus attendre, se jette sur Rip qui esquive son assaut d'un mouvement fluide sur le côté. Il sautille avec légèreté en tournant autour de son adversaire comme un prédateur.

Ses yeux ne le lâchent pas et reflètent tant de haine que c'en est terrifiant.

Mirko repart à l'attaque, sans plus de succès. Rip est trop rapide. Pourtant, il ne tente même pas de le frapper, comme s'il évaluait le potentiel de son rival. Le manège se poursuit, comme le jeu du chat et de la souris.

Mais au bout de cinq minutes, faites d'offensives et d'esquives, le public commence à siffler. Il s'impatiente.

– Mais qu'est-ce qu'ils foutent, Putain, soupire Justine.

Je suis surprise par sa réaction. Pourtant, toute la foule a l'air de partager sa déception. Ils sont venus pour voir du spectacle. On leur a promis un duel jusqu'au KO et celui-ci a plus l'allure d'une danse de salon que d'un combat de rue.

Mat et Marco huent leur mécontentement.

– Putain, Rip, défonce-le ce naz !

203

– Allez, mec, fous-moi ce type à terre !

Derrière nous, on commence à entendre des supporters scander le nom de Rest in Peace, en tapant des pieds. Puis toute la salle se met à l'encourager d'une même voix. Mon cœur bat au rythme des coups. La tension monte et commence à me gagner.

Ça y est, je stresse. Et je n'aime pas ça du tout.

Cette attente du dénouement va finir par avoir raison de mes nerfs. Je décide de quitter momentanément la salle pour faire redescendre la pression.

– Je vais aux toilettes, chuchoté-je à Justine.

Elle hoche la tête en signe d'assentiment, sans même me regarder, et garde son attention sur le ring.

Je descends de l'estrade et me dirige vers la sortie. Au moment de longer le grillage qui entoure le ring, je ne peux m'empêcher de jeter un œil sur le combat.

Grosse erreur !

Je croise le regard de Rip.

Je me fige sur place sous la force de ses prunelles emplies de colère. C'est ce moment précis que choisit Mirko pour se jeter sur lui.

Voyant que cette fois-ci, il va l'atteindre, je me mets à crier.

– Rip, attention !

Rip réagit un quart de seconde trop tard, absorbé par ma présence. Le poing de Mirko vient s'écraser sur sa mâchoire avec une force impressionnante. Le sang gicle alors qu'il se retrouve projeté dans un coin du ring.

Je porte mes mains à ma bouche et un goût de ferraille envahit mes papilles, comme si c'était moi qui avais pris le coup. Je me jette sur la barrière et attrape fermement le grillage, rongée par l'inquiétude.

Mirko se lance sur Rip de tout son poids, mais ce dernier arrive à l'éviter au dernier moment. Il fait le tour du ring et revient vers moi. Il passe sa main sur sa lèvre pour essuyer rapidement le sang et m'adresse un clin d'œil.

– Tu t'inquiètes pour moi, bébé ?

Je reste pétrifiée alors que je sens sur moi le regard curieux des spectateurs. Mais déjà Rip se tourne vers son adversaire et, avec une lueur assassine dans les yeux, se rue sur lui. Alors, les coups se mettent à pleuvoir. Rip frappe. Il frappe sans s'arrêter, encore et toujours. Il frappe. Fort... Et avec toute la hargne qui l'habite. On dirait un tigre qui s'acharne sur sa proie. Et moi, je sens l'adrénaline monter à mesure que Rip donne ses coups. Comme si j'étais avec lui sur le ring...

Mirko tente plusieurs fois de riposter, mais à chaque fois, Rip est plus rapide, plus violent. On dirait une boule de nerfs. Le Nettoyeur n'a d'autre chance que de placer ses poings en position de défense et attendre que la tempête s'apaise. Mais il n'arrive pas à parer tous les coups que Rip lui assène à la vitesse de l'éclair.

Le combat s'éternise, n'en finit plus, et bientôt, je ne supporte plus de regarder le visage de Mirko se transformer en véritable bouillie. Un de ses yeux a doublé de volume et il n'arrive plus à l'ouvrir. Sa lèvre inférieure tombe dangereusement vers le bas, presque sectionnée. Son nez est écrasé et semble cassé. Son arcade sourcilière a éclaté. Il n'est plus qu'une masse recroquevillée sur elle-même qui attend l'issue fatale qui la délivrera de son sort.

Le public hurle, excité par cet acharnement bestial.

Putain, mais pourquoi personne n'arrête le combat ?

Rip ne donne aucun signe de faiblesse. Son corps luisant de sueur se déplace à une vitesse vertigineuse. Je ne sais pas s'il va parvenir à s'arrêter. Il est devenu une véritable machine de guerre. Une machine à tuer.

Au bout de ce qui me semble une éternité, Mirko s'effondre enfin et tombe à genoux. Il n'en peut plus, pourtant, il reste conscient.

Alors, Rip lui attrape les cheveux et, malgré ses cent-dix kilos, le traîne sur le ring pour l'amener devant moi. Il s'agenouille à ma hauteur et maintient la tête de Mirko levée pour qu'il puisse me voir de son seul œil valide.

Un goût de bile remonte dans ma gorge.

Le silence se fait dans la salle et Rip se penche vers l'oreille de Mirko. Sa voix est pleine de colère quand il prend la parole.

– Regarde, mec. Regarde bien cette nana. Tu te souviens d'elle, hein ? C'est la fille que tu as touchée sans demander la permission...

Il sourit d'un air diabolique alors que Mirko tente d'ouvrir son autre œil bleu et tuméfié.

– Grosse erreur... cette fille est intouchable, t'entends ? Et maintenant, c'est elle qui va décider de ton sort...

Rip m'adresse un regard sombre et déterminé. Il me demande à moi s'il doit le mettre KO ! Une boule grossit dans mon ventre à mesure que la panique m'envahit. Je n'ai pas envie. Non, je n'ai pas envie de décider de ce qui va se passer et d'en assumer la responsabilité.

– *Dis-le, Kataline !*

Ai-je vraiment rêvé cette voix rauque qui résonne dans ma tête ?

Le cœur battant, je m'apprête à répondre par la négative, mais à ce moment précis, Mirko me regarde droit dans les yeux. Avec un sourire pervers, il se lèche les lèvres en signe de provocation et m'adresse un sourire sadique et sanglant.

– Je vais te baiser, Crinière...

206

J'écarquille les yeux alors que la colère m'envahit comme une traînée de poudre. Je ressens ses mains sur mon corps, son haleine pleine d'alcool dans mon cou... et j'en ai la nausée. Des flashs envahissent mon esprit quelques secondes, et je fais un bond de quatre ans en arrière. Mon corps se tend et, avec une impassibilité qui me fait presque peur, je m'adresse à Rip d'une voix froide, dénuée de toute émotion.

– Achève-le !

Je n'oublierai jamais le sourire dément que Rip m'adresse à ce moment-là. Comme s'il était satisfait de pouvoir me venger.

Il lève le poing, sans me quitter des yeux, et l'abat sur la joue de Mirko avec une force presque inhumaine. Je vois la tête du Nettoyeur dodeliner dangereusement alors que le sang gicle jusque vers moi. Puis elle retombe lourdement sur le sol dans un bruit mat.

Comme au ralenti, la main de Rip s'ouvre pour laisser échapper les mèches de cheveux qu'il a arrachées du crâne de Mirko.

Mes yeux sont restés rivés à ceux de Rip. Le temps s'est arrêté et le monde a disparu autour de nous. Je n'arrive pas à détacher mon regard du sien, comme si nous étions liés par un fil invisible et indestructible. Je n'entends pas le présentateur qui annonce d'une voix enjouée la victoire de Rip. Pas plus que je ne fais attention aux cris de la foule qui l'acclame.

Ce n'est que lorsque je sens Justine m'attraper par le bras que je réagis et me laisse emporter à l'extérieur.

16

Blue Bird

– Putain, Kat, c'était dément ! Quel combat ! Et en plus, on dirait bien qu'il a fait ça pour toi ! Pour te venger de ce que l'autre enflure t'a fait au bar. Tu te rends compte ? J'y crois pas...

Je n'arrive même pas à placer un mot. Justine s'est transformée en moulin à paroles et on ne peut plus l'arrêter. Et comme si ça ne suffisait pas, Samantha prend le relais.

– Non, mais t'as vu le regard qu'il t'a lancé quand il a explosé la tête de l'autre pignouf ? Ce mec en pince pour toi, c'est clair.

Oh non, Putain ! Non, non, non. Je ne veux surtout pas qu'on s'imagine des choses entre Rip et moi.

Les images de notre baiser me reviennent en mémoire et mes joues s'enflamment. Je sens encore ses mains glisser sur mon corps et des frissons me parcourent l'échine au souvenir du désir que j'ai ressenti à ce moment-là. C'est dingue de constater que le corps peut trahir l'esprit avec autant d'aisance.

Il faut que je démente la rumeur immédiatement avant que ça ne prenne plus d'ampleur.

– Je t'arrête tout de suite, Sam. Rip n'en pince pas pour moi... C'est un sale type, coureur de jupons qui saute sur tout ce qui a une paire de seins. Il représente tout ce que je déteste...

Justine intervient dans mon sens.

– Rip est le plus grand collectionneur de filles de la planète. Et le pire c'est qu'il a tendance à les consommer en même temps.

Samantha l'ignore et me donne un coup de coude.

– Tu préfères Max, c'est ça ?

Oh non, mais qu'est-ce que j'ai fait pour mériter ça ?

– Max non plus ! C'est juste mon partenaire pour ce foutu projet... et un ami.

– Oh, alors, tu ne serais pas fâchée si je tentais ma chance avec l'un ou l'autre ?

Je m'arrête et la regarde droit dans les yeux.

– Pas le moins du monde. Tu peux même coucher avec les deux en même temps si ça te chante, Sam.

Menteuse !

Mais quand est-ce qu'elle va fermer sa gueule la voix ? Je lui claque le beignet assez violemment pour être sûre de ne plus l'entendre pendant un temps.

– Cool... alors on va pouvoir tester mes techniques de drague dès ce soir... Il paraît qu'ils vont tous au Blue Bird après les matchs.

– Pauvre Sam, intervient Justine. Tu vas finir épinglée sur le tableau de chasse.

J'étouffe un soupir d'exaspération.

– Ouais, ben ce sera sans moi, les filles. J'ai des croquis à faire pour une cliente de Jess et des cours à réviser.

Sans oublier le tattoo de Rip.

Mat m'enlace par-derrière et me lance un regard enjôleur.

– Allez, Kat, c'est pas d'aller boire un verre qui va t'empêcher de bosser demain. Promis, on rentrera pas tard... Il y aura plein de monde. Ça va être cool.

Il y aura surtout Rip...

Je fais la moue et tire mentalement la langue à la petite voix. Le coup du beignet ne l'a pas ralentie apparemment... Bon, si je décide de rentrer, j'oblige tout le monde à me raccompagner. Ils vont perdre un temps fou et je ne peux pas leur faire ça. Ils sont tellement gentils avec moi. La culpabilité finit par me faire céder.

– Bon, OK. Mais pas longtemps alors.

Mat m'embrasse bruyamment sur la joue.

– Super, t'es géniale !

Dans la voiture qui nous emmène, je ne peux m'empêcher de ressasser les événements.

Merde, quelle soirée !

J'avais interdit à Rip de m'embrasser de nouveau, et bien évidemment, il est passé outre mon interdiction. Pourtant, je ne peux pas nier le plaisir que j'ai ressenti en l'embrassant. Je suis encore toute tremblante des émotions que j'ai ressenties ce soir. Le désir avec Rip, puis la colère avec Mirko.

Je revois encore son visage déformé par les coups. Beurk, c'était horrible et je ne sais pas si je parviendrai à oublier ses yeux exorbités et son faciès ensanglanté.

Malgré tout, ce qui me perturbe le plus, c'est l'émotion que j'ai ressentie au moment où le poing de Rip s'est abattu sur la mâchoire de son adversaire. Un mélange de soulagement et de satisfaction morbide. Je n'avais jamais ressenti ça. À part quand... Mon Dieu. Oui, c'est bien ça. À part quand j'ai planté mes coupe-papiers dans les mains de Robin !

Je devrais me sentir coupable. Et pourtant, je ne ressens rien. Aucune compassion.

Tu es vraiment une mauvaise personne, Kataline du Verneuil !

Il faudrait que je parle de ça à Ashley. Je suis certaine qu'elle aurait des choses à m'apprendre sur le sadisme. Zut ! Je n'ai pas envie de me transformer en psychopathe, avide de la souffrance des autres.

210

Vingt minutes plus tard, la voiture de Mat s'arrête sur le parking d'une... boîte de nuit !

Merde ! Non !!! Je croyais que le Blue Bird était un bar. Si j'avais su...

Un bâtiment entièrement noir nous fait face, avec en guise d'entrée un portique qui sert de perchoir à un énorme oiseau bleu.

Devant ma mine stupéfaite, Justine me prend par le bras.

– Tu ne t'attendais pas à ça, hein ?

Non, c'est le moins que l'on puisse dire.

– Tu es sûre que c'est une bonne idée ? Il doit y avoir un monde fou là-dedans !

– T'inquiète pas. Tu n'as qu'à bien garder ton portable avec toi. Comme ça, si tu te paumes, tu me bipes et je vibre.

Elle me désigne son poignet sur lequel est attachée sa montre connectée.

– Je n'ai même pas la tenue adéquate pour ce genre d'endroit...

Mon alibi bidon la fait marrer. Aussitôt, elle sort une petite trousse à maquillage de son sac à main.

– Viens là. On va arranger ça.

Je fronce les sourcils, mais étrangement, je la laisse prendre les choses en main.

Elle m'applique du mascara avec soin, un fard à paupières sombre et un soupçon de gloss. Puis elle dépose un voile de poudre sur mon visage et un zeste de parfum derrière mes oreilles.

C'est la première fois que je me fais maquiller. Et je dois avouer que ce n'est pas si désagréable.

Justine attrape mes cheveux et les rassemble en un chignon lâche, coiffé-décoiffé, avec quelques mèches qui retombent sur mon front et ma nuque. Enfin, elle défait les boutons de mon chemisier pour laisser entrevoir mon top et fait un gros nœud avec les deux pans de devant.

Puis, elle me regarde en fronçant les sourcils pour me jauger. Au bout de quelques secondes, elle se penche et hèle Mat par la fenêtre.

– Eh, frérot, tu veux bien me filer mon sac qui est dans le coffre ?

Mat lui tend un cabas griffé, et elle en sort une paire d'escarpins rouge laqué, magnifiques.

J'écarquille les yeux.

– Ne me dis pas que tu avais pensé à tout ! Tu savais qu'on viendrait là ?

– Avec les garçons, on ne sait jamais à quoi s'attendre. On sort toujours après les combats. Alors, je suis prévoyante.

Sa réponse m'énerve et je ne peux m'empêcher de lui faire remarquer.

– Sympa, tu aurais pu prévenir...

Elle réplique du tac au tac.

– Si je t'avais prévenue, tu ne serais pas venue. Tu fais du 38 ?

Je fais la moue et finis par hocher la tête. Elle a raison. Si j'avais su, je me serais défilée.

– Allez, tu vas voir, ça va être cool. On entre, on boit un verre, les mecs discutent, un petit tour sur la piste, et hop, on rentre... c'est pas plus compliqué que ça.

– Si tu le dis.

J'ai encore du mal à faire confiance aux autres et cette virée improvisée me rappelle de mauvais souvenirs. Pour autant, je n'imagine pas Justine et ses frères avoir de mauvaises intentions.

J'enfile rapidement les chaussures en soupirant pendant que Justine rajuste sa tenue. Puis nous sortons de la voiture pour rejoindre les garçons qui nous attendent en fumant. Ma nouvelle amie s'écarte légèrement de moi pour admirer le travail.

– Allez, Kat, ne sois pas timide, tu es superbe !

Elle m'adresse un clin d'œil et me pousse vers les gars.

Quand Mat et Marco m'aperçoivent, ils arrêtent leur conversation. Mat me regarde bouche bée et en perd sa cigarette. Quant à Marco, il me reluque sans vergogne, en poussant un petit sifflement. Tout ça me met terriblement mal à l'aise.

– Bordel, Kat, t'es canon !

Marco me lance un regard de braise, mais son frère le bouscule et s'approche de moi avec un air gourmand.

– Ta première danse est pour moi, jolie Kat. J'ai trop envie de rendre Sam jalouse ce soir.

Tiens ! Est-ce que Samantha en pince pour le beau Mathieu ? Et vice versa ?

– Tu es magnifique quand tu ne t'habilles pas avec tes vieux trucs... Franchement, tu devrais te maquiller plus souvent.

– Elle risque surtout de déclencher une émeute sur la piste ce soir ! répond Justine en retouchant son rouge à lèvres dans le rétroviseur extérieur de la Mustang.

– En tout cas, si tu as besoin d'un garde du corps ou d'un alibi anti-mecs collants, fais-moi signe, ma belle.

Je souris en rougissant.

– Merci, vous êtes gentils. Et promis, Mat, je te réserve une danse.

– Allez, il est temps d'y aller, mesdemoiselles.

Nous nous dirigeons vers le perchoir de l'oiseau et, après une bonne dizaine de minutes à faire la queue, nous finissons par entrer dans la discothèque.

C'est une immense salle avec plein de lumières bleutées au centre de laquelle trône une cabine de DJ ronde comme un ovni. La déco ressemble à un paysage de science-fiction avec tous ces néons bleus.

On a l'impression de changer de monde et de se retrouver parachuté dans le décor d'Avatar.

À peine entrés, Mat et Marco nous entraînent vers le bar au fond de la salle pour commander des boissons.

– Salut, Mélissa, lance Mat à la serveuse qui lui adresse un sourire chaleureux.

Le personnel de l'établissement ressemble aux Na'vi du film de James Cameron. Ils sont tous moulés dans des combinaisons d'un bleu profond, avec des liserés phosphorescents. Les filles portent de longues tresses portées haut sur le crâne.

– Oh, le beau Mat. Ça faisait longtemps qu'on ne t'avait pas vu ici...

– Je suis un mec super occupé, que veux-tu. Tu nous mets une bouteille et cinq verres, s'il te plaît ?

– Comme d'habitude ?

– Ouais. On va se mettre au carré VIP.

– Ça marche. Je vous apporte vos consos...

La serveuse lui adresse un clin d'œil et Mat nous invite à le suivre vers le fond de l'immense salle. Nous longeons la piste et je constate que la boîte est déjà quasiment pleine.

Je ne suis sortie qu'une fois de toute ma vie, alors les discothèques, c'est un univers que je ne connais pas. La musique est assourdissante et malgré le fait que c'est le début de soirée le DJ met déjà une ambiance de dingue. La piste est pleine de danseurs déjantés qui se démènent comme des malades.

Je suis contente que Mat et Marco nous entraînent à l'écart, dans un coin un peu plus tranquille. Il est trop tôt et je suis trop sobre pour me mettre à danser.

Nous arrivons vers une zone balisée par des cordes où deux videurs filtrent les entrées. En voyant Mat et Marco, le plus balèze

214

des deux, un black qui fait bien deux mètres, nous adresse un petit signe de tête. Mat lui attrape le bras et lui donne une accolade.

– Eh, Yass, comment tu vas, mon ami ?

– Bien, Mat, et toi, mon frère ?

– Un miel... On a eu tout bon ce soir. Tu vas t'empocher un petit pactole, mon gars.

Le grand black sourit de toutes ses dents immaculées.

– Yeah, mec ! Je suis déjà au courant. Ils sont là. Mais je savais que je pouvais te faire confiance...

– T'as raison, Yass. Je suis le meilleur en prono ! Bon, maintenant, on va pouvoir fêter ça comme il se doit. Il te reste un coin pour nous ?

– Ouais... Il y a une table de libre au fond à gauche, tu verras.

– Merci, Yass. On se voit plus tard ?

– Pas de problème. Bonsoir, mesdemoiselles.

Le videur nous ouvre le passage et nous montons quelques marches pour arriver sur une sorte de plate-forme avec de gros fauteuils colorés en forme de cocons. Nous nous dirigeons vers la table que Yass nous a indiquée sous les regards envieux des clients. Ouah, j'ai l'impression d'être une privilégiée.

– Ben, dis donc, tes frères ont l'air chez eux ici... chuchoté-je à Justine.

Elle lève les yeux au ciel en soupirant.

– Tu parles. C'est leur deuxième maison. Enfin, après les arènes et leur garage.

Je ricane, mais brusquement, mon rire s'éteint lorsque mes yeux tombent sur une table un peu à l'écart. Je me fige en voyant Rip et sa bande, avachis sur les canapés en forme d'œufs.

Je m'oblige à détourner les yeux et à fixer le dos de Justine, en faisant mine de ne pas les avoir vus.

Mais dès que nous traversons l'estrade, je sens sur moi le regard de Rip. Ça me brûle comme si on me lacérait au fer rouge. Comme la première fois que je l'ai rencontré, je le sens jusque dans ma nuque et je frissonne sous la chaleur de cette sensation.

Je m'assieds sur un fauteuil à côté de Justine, en essayant de focaliser mon attention sur la décoration de l'espace privé. Mais malgré toute la bonne volonté du monde, je ne résiste pas à la curiosité et risque un regard vers la table du fond.

À peine ai-je levé la tête que ses yeux capturent les miens. Je suis foutue.

Rip est vêtu d'un jean sombre et d'une chemise noire largement ouverte sur son torse musclé. Il n'a vraiment pas l'air d'un mec qui vient de mener un combat quelques heures auparavant, si ce n'est sa lèvre légèrement gonflée et tuméfiée. Je ne peux m'empêcher d'admirer les muscles qui saillent sous sa chemise. J'ai envie de passer ma main dessus et de sentir la chaleur de sa peau sous mes doigts.

En me voyant le reluquer, il lève un sourcil et un sourire apparaît au coin de sa bouche. Je m'apprête à y répondre lorsque Mégane se penche vers lui pour lui susurrer quelque chose à l'oreille.

Putain, je ne l'avais même pas calculée celle-là ! Comment ai-je pu ne pas la voir ? Elle porte une mini robe noire avec des liserés verts phosphorescents qui luisent à la lumière des néons, comme les uniformes du personnel de la boîte. Le tissu moulé sur son corps ne laisse rien deviner de ses formes.

À mon grand désarroi, Rip ne la repousse pas. Loin de là. Sans me lâcher du regard, il l'attrape par la taille et la serre contre lui, en m'adressant un sourire provocateur.

Mon sang quitte mes joues. Il fait quoi là ?

Non mais tu t'attendais à quoi, pauvre nouille ? Tu croyais que parce qu'il t'a embrassée il allait laisser tomber ses autres pouffes ?

Mawashi-Geri a la petite voix qui s'explose la tronche contre un mur de béton. Plutôt mourir que d'admettre qu'elle a raison.

La colère me monte au nez et je détourne les yeux d'un geste rageur. Ravalant ma frustration, je me tourne vers Mat en lui adressant mon plus beau sourire. Si ce connard de Rip pense qu'il va foutre ma soirée en l'air, il se fout le doigt dans l'œil. Je décide que la meilleure façon de lui faire comprendre que je n'en ai rien à faire de lui est de l'ignorer.

Manque de chance, le rire cristallin de Mégane vient heurter mes oreilles. Je me mords la lèvre et me concentre sur ce que me dit Mat au sujet de sa nouvelle peinture de moto.

Mais cette fois, c'est le timbre de Rip qui attire mon attention.

Merde, c'en est trop !

Je jette un coup d'œil rapide vers la table voisine juste à temps pour voir Rip murmurer quelque chose à Mégane. Elle éclate de rire et me regarde d'un air moqueur. J'ai la désagréable impression qu'ils se foutent de moi. Puis, Rip l'attrape par la taille et la tourne vers lui pour s'emparer de sa bouche avec avidité. Alors même qu'il l'embrasse, il a le culot d'ouvrir les yeux et de me regarder avec provocation.

Putain !

Mon sang quitte mes joues.

Je me retiens de me lever pour lui coller une gifle et lui crever les yeux. Mais plus encore, j'ai envie de me mettre des claques d'avoir cru un instant qu'il pourrait être attiré par moi... même un peu.

Quelle conne !

Je me mords la lèvre sans pouvoir détacher mes yeux du spectacle. La voix de Mat me parvient, mais je ne comprends rien à ce qu'il me raconte. Mes mains tordent la lanière de mon sac et mes mâchoires sont tellement serrées que mes dents commencent à me faire mal.

C'est Justine qui finit par détourner mon attention en posant sa main sur mon bras. Elle se penche vers moi et me chuchote à l'oreille.

– Laisse tomber, Kat. Je suis fan de ce mec, mais je te jure, il ne vaut pas la peine que tu te rendes malade pour lui.

Surprise d'être prise en flagrant délit, je me tourne vers elle d'un air étonné.

– Tu vaux mille fois mieux que toutes ces pétasses qu'il se tape. Laisse tomber.

Je lui adresse un sourire de remerciement. Je ne peux pas nier, ce serait lui mentir.

– Merci, Justine. C'était tout ce que j'avais besoin d'entendre.

Et je décide de suivre son conseil. C'est décidé. Ce soir, je vais effacer Rip de mon cerveau.

17

Shot de téquila

La serveuse du bar arrive à ce moment-là pour nous apporter la commande. La vache !

Mat a pris un magnum de Téquila ... pour nous cinq – Samantha nous ayant rejoints. Il croit vraiment que nous allons boire tout ça ?

Je lance un regard paniqué vers Justine.

– Allez, Kat, on est là pour s'amuser. Laisse-toi aller et arrête de cogiter.

Mes yeux se dirigent d'eux-mêmes vers la tablée d'à côté. L'alcool coule à flots. Sofia m'a tout l'air de vouloir battre le record de fast-drinking ce soir. Elle ingurgite son verre en une seule traite et hurle comme une hystérique en tendant sa coupe à Royce qui s'empresse de la remplir de champagne. Les autres l'applaudissent comme si elle venait de réaliser un exploit. Quelle bande de nazes !

Au moment où elle s'aperçoit que je les regarde, Mégane m'adresse un petit sourire malicieux et lève sa coupe vers moi, en signe de salutation, avant de s'agripper au cou de Rip d'un geste possessif.

Sans ciller, j'attrape un petit verre étrange avec une tête de mort dessus et le tends à Mat.

– Tu veux un peu de jus d'orange, Kat ?

Sa question me sort de ma rêverie et je le fixe avec un air surpris. Pourquoi aurais-je besoin d'un jus d'orange ? Ils me prennent vraiment pour une nunuche, c'est dingue ! Il est grand temps de casser cette image.

– Euh, non, merci.

Ah ouais, c'est comme ça ? Tu te dévergondes, ma vieille ! T'as qu'à faire un shot tant que tu y es !

Pour une fois, je suis bien d'accord avec la petite voix. J'attrape la bouteille de Téquila et me verse une bonne rasade. Je dépose ensuite du sel sur le dos de ma main et prends une rondelle de citron. J'ai vu ça sur YouTube et j'ai envie d'essayer. Puis, devant les yeux écarquillés de mes amis, je lèche le sel, vide d'une traite mon verre de Téquila et mords dans le citron.

Ma gorge s'enflamme à cause de l'alcool et l'acidité de l'agrume me fait monter les larmes aux yeux. Je me retiens de ne pas tousser comme une malade. J'ai l'impression d'avoir avalé une poignée d'aiguilles. Beurk !

– Putain, Kat, il y a vraiment des moments où tu me scies les pattes !

Mes nouveaux amis me regardent comme si je venais d'une autre planète. Puis, Justine lève son verre et se met à crier.

– Youhou, Kataline du Verneuil, je t'adore ! T'es complètement dingue ! Presque aussi dingue que moi !

Aussitôt, elle lève son verre et le vide d'une traite.

J'éclate de rire alors que la brûlure de l'alcool s'estompe peu à peu et qu'une douce chaleur se fait sentir sur mes joues. Finalement, je sens que je vais bien m'amuser ce soir.

***

Au bout d'une heure, je me sens légèrement euphorique. Je n'irais pas jusqu'à dire que je suis pompette, mais je suis d'humeur joyeuse. Enfin, ce qui est sûr, c'est que je n'ai plus du tout envie de rentrer à la maison.

Pourtant, après trois shots de Téquila, je décide de repasser un peu à l'eau pour ne pas perdre le contrôle. Je sais les ravages que fait l'alcool. Pour autant, j'ai envie de m'amuser aussi avec mes nouveaux amis. Putain, j'ai des amis ! C'est dingue !

Samantha, Justine, Mat et Marco sont vraiment géniaux et ça fait longtemps que je n'ai pas ri autant. Ils sont drôles et pleins de vie. Je me sens bien avec eux. En confiance. Un peu comme avec une famille.

– Allez, Sam, maintenant, dis-moi sur quel mec tu vas jeter ton dévolu ?

– Tu es sourde ou tu as la mémoire d'une huître, ma pauvre Justine ? Je te l'ai déjà dit tout à l'heure, je vais tester mes pouvoirs de séduction sur les frères Saveli ce soir ! J'adore les mecs sexy !

Elle pince du bec et se redresse, toute fière d'elle. Justine pouffe en lui donnant un coup de coude.

– Tu crois que tu seras assez endurante pour ça ? Il paraît qu'ils sont vraiment doués pour le sport en chambre...

– Non mais tu me prends pour qui, ma poulette ? Ce n'est pas pour rien que je me tape tous ces kilomètres en courant et que je vais à la salle de sport trois fois par semaine !

Elle rajuste son décolleté et rentre le ventre, avec une grimace qui en dit long sur ses intentions.

– Si tu le dis...

Marco intervient en se penchant vers nous.

– Eh bien, moi, ce que je propose, c'est qu'on pimente un peu ce jeu. On va faire un pari. Si tu arrives à repartir avec l'un d'eux, alors je t'offre la meilleure soirée de ta vie... Resto trois étoiles et club privé. Si tu perds, tu sors avec moi...

Samantha fait la moue et moi je ne peux m'empêcher de pouffer.

– Ah, t'es un malin, toi ! En gros, dans tous les cas, tu gagnes une soirée avec Sam.

Marco écarte les bras d'un geste innocent.

– Moi ? Mais pas du tout. Je fais ça juste pour le fun.

– OK, j'en suis, l'interrompt Samantha, une lueur de défi dans les yeux.

Eh bien, la soirée risque d'être mouvementée à présent. J'attends avec impatience de voir la réaction des deux mecs sexy en question...

Machinalement, je jette un œil sur la table voisine. Mégane est encore accrochée à Rip comme une sangsue, et pourtant, je le surprends en train de regarder dans notre direction.

Il n'a pas l'air gêné le moins du monde d'être surpris en flagrant délit et il m'adresse même un petit signe avec son verre.

Je lui lance un regard noir et détourne la tête. Bon sang, ce qu'il m'énerve ! On dirait qu'il cherche à me provoquer. Mais pourquoi ? Je n'ai rien fait à part... succomber à son charme diabolique ! Qu'est-ce que je m'en veux ! Il doit me prendre pour une de ces pétasses qui cèdent au moindre de ses sourires.

Non, moi, je ne suis pas de ces filles-là !

Hypocrite !

J'attrape mon verre d'un geste rageur.

– Finalement, je crois que je vais reprendre une Téquila, dis-je en tendant mon verre à Mat.

Mais au lieu de me servir, Mat pose mon verre sur la table et m'attrape le poignet.

– Non, non. Toi, ma jolie, tu vas venir danser avec moi. Chose promise...

Sans me laisser le temps de réagir, il me lève littéralement de mon siège pour m'entraîner sur la piste.

Merde ! Je n'avais pas du tout anticipé ça.

Nous sortons du carré VIP pour nous diriger vers la piste où des couples ondulent au rythme d'un slow langoureux.

Oh non, pas ça !

Mat m'attrape brusquement par la taille et me plaque contre lui d'un mouvement brusque qui me fait ouvrir la bouche. Je me raidis.

– Eh, détends-toi, ma belle. C'est juste une danse, rien d'autre...

Je l'espère bien. Malheureusement, la dernière fois que j'ai dansé avec un mec, c'était avec Robin et je n'ai pas vraiment classé ce souvenir dans la catégorie "super détente". J'essaie toutefois de relâcher un peu la tension qui m'habite, sans y parvenir vraiment. Mat le sent et il se met à me parler doucement à l'oreille. Il me raconte n'importe quoi, des choses stupides et des blagues débiles. Et après deux ou trois boutades, je commence à apprécier la danse.

Finalement, je réussis à me laisser aller au troisième couplet. Ça fait un bien fou de se retrouver dans des bras solides sur lesquels on peut se reposer. Ne penser à rien d'autre qu'à se laisser porter par la musique de Zayn et Sia. Complètement apaisée, je finis par poser ma tête sur l'épaule de Mat, qui me serre un peu plus contre lui. À la fin de la danse, je lui en suis reconnaissante et je me hisse vers son oreille.

– Merci, Mat.

En réponse, il m'embrasse chastement sur la joue avec un sourire. Sa main glisse sur mon bras et attrape la mienne. Aussitôt, la voix de Rihanna envahit la boîte de nuit sur un fond de musique rythmée. Interdite, je fixe Mat qui me regarde avec un sourire lumineux.

– Ne me dis pas que tu as peur de danser sur ce genre de musique, Kat ? Ou alors, tu es nulle, c'est ça ?

Je pose mes mains sur son torse pour le repousser gentiment.

– Tu rêves, mon vieux ! La danse fait partie de ma vie !

Les filles nous rejoignent à ce moment-là. Justine m'attrape le bras et m'entraîne dans son sillage vers de gros cubes colorés qui servent d'estrade.

– Alors, montre-nous comment tu grooves, ma belle !

Après une bonne demi-heure passée à me trémousser au milieu de dizaines d'autres déchaînés, je descends de la scène, épuisée, mais ravie. Ma chemise commence à me coller à la peau, mais je n'ose pas l'enlever, alors je la détache simplement.

– Ouah, j'ai jamais fait ça de ma vie ! Ça faisait longtemps que je ne m'étais pas défoulée comme ça !

J'imagine la tête de ma psy si elle me voyait en ce moment. Je crois même qu'elle serait fière de moi. Danser au milieu d'une foule de clubbeurs... c'était impensable il y a encore peu de temps. Je crois que mes nouveaux amis ont une sacrée bonne influence sur moi.

– Alors ? Tu vois que tu as bien fait de venir, me dit Mat en m'attrapant par le cou.

Je me fige instantanément et m'écarte de lui. Il ne faudrait pas que ces gestes familiers deviennent une habitude.

– Lâche-la, frérot. Tu vois bien que tu n'es pas son genre.

Loin de se vexer, Mat hausse les épaules en signe de démission.

– J'aurais essayé au moins...

Nous nous accoudons au bar alors que le son de David Guetta envahit l'espace. Je ne peux m'empêcher de me déhancher en rythme, en sirotant mon verre de Téquila – ouais, je sais, j'avais dit fini... promis, après je passe en mode sans alcool...

Justine se penche vers moi.

– En tout cas, une chose est sûre, c'est que tu es la reine du dancefloor, Kat ! Regarde tous ces mecs qui te tournent autour...

Sam renchérit.

– Je suis jalouse. On dirait un pot de miel dans une ruche ! Et moi, non seulement je passe inaperçue, mais en plus je vais perdre mon pari !

Oups, je n'avais pas remarqué. Effectivement, plusieurs mecs me reluquent comme si j'étais une marchandise sur un étal de marché. Je me renfrogne et commence à regretter d'avoir laissé Justine m'affubler de la sorte. Il faut vraiment que je fasse attention à ne pas trop attirer l'attention. On sait comment ça peut finir...

Mat se rapproche et m'enlace par-derrière.

– Si tu veux, je peux jouer le rôle du mec-alibi ?

Je lui adresse une moue sceptique et me dégage d'un mouvement d'épaules.

– Non, merci, Mat. Je peux me débrouiller toute seule.

Samantha lève les yeux au ciel.

– Ahhh, les mecs et les nouvelles... on dirait que vous êtes excités d'avoir de la viande fraîche. Mince, on n'est pas de la bidoche !

J'éclate de rire.

– Et toi, Sam ? Tu en es où dans ton défi ?

Elle se tourne vers le carré VIP.

– Ben, Rip n'est pas loin, mais sa pétasse le laisse pas respirer, alors...

Justine la coupe.

– Rip ? Tu plaisantes ? C'est trop facile. Il saute sur tout ce qui a un cul et des nichons ! Et toi, tu as les deux...

Je m'étouffe dans mon verre.

– Ouais, c'est pas faux. OK, alors, on va corser le truc. Pourquoi ce ne serait pas Max ma première cible ?

Justine tape dans la main de Samantha.

– OK, tope-là ! Ça, c'est un vrai challenge !

– Ah ouais ?

Justine lève les yeux au ciel.

– Ouais. Max aime beaucoup, mais alors beaucoup notre amie Kat ici présente.

Samantha et les autres me lancent un regard empreint de curiosité et je ressens tout de suite le besoin de démentir.

– N'importe quoi ! C'est juste mon part...

– ... partenaire de projet, me coupe Justine en se moquant. Non mais tu as de la merde dans les yeux, ma parole ? Ce type est littéralement en admiration devant toi, Kat.

Je secoue la tête, mais ne réponds pas. J'espère vraiment qu'elle se trompe et que ce n'est qu'une interprétation de sa part. Ça me gênerait que Max se fasse de fausses idées.

Pff, arrête de faire ta mijaurée. Tu sais très bien qu'elle a raison !

Et un coup de talon de 12 dans le derrière de la petite voix ! Ça lui apprendra !

– Les deux frères Saveli ont un faible pour notre amie ! C'est dingue...

Ouais, c'est ça. C'est complètement dingue. Pourtant, à voir Rip avec Mégane, j'ai quelques doutes.

– Oh, j'adore cette chanson, s'écrie Justine en m'attrapant par le bras. Viens danser, Kat, je suis sûre que tu vas déchirer là-dessus.

Je la laisse m'entraîner vers les clubbeurs sur la piste bondée, alors que la musique de Martin Garrix explose dans la salle.

L'effet de mon dernier verre d'alcool se fait sentir au bout de quelques minutes seulement et me donne l'impression de vivre l'instant comme si j'étais une spectatrice. Pourtant, c'est bien moi qui me trémousse, les yeux fermés et les bras levés, sur la voix de Bebe Rexha. Je plane dans un monde de volupté et me laisse porter par le rythme du son électro. La musique bourdonne à mes oreilles et je sais que si j'ouvre les yeux maintenant, je risque de mettre fin à ce moment de pure délectation. J'ai la tête qui tourne légèrement et je me sens comme dans du coton.

Jusqu'à ce que deux mains se posent sur mes hanches...

Je me fige, tétanisée.

Lorsque les mains commencent à remonter sur ma taille, c'est comme un électrochoc. Je sors de ma léthargie et j'ouvre les yeux. Je me retourne vivement avec la ferme intention d'en découdre, mais je découvre avec stupéfaction que le mec qui me colle n'est autre que Parker. Il me fixe avec un large sourire et une lueur provocatrice dans les yeux. Son regard descend pour apprécier mes formes.

Merde !

Le voir me reluquer sans vergogne me révolte encore plus. Je m'écarte de lui en le maintenant à distance, les paumes plaquées sur son torse. Mais il ne me lâche pas pour autant et continue à danser.

– Si tu crois que tu peux me toucher comme ça, tu te fous le doigt dans l'œil, Parker ! Qu'est-ce que tu t'imagines ?

Son sourire s'élargit dangereusement.

– Oh, mais je n'imagine rien, ma belle. Je constate.

Ses yeux descendent sur ma poitrine et sa bouche se tord en une moue malicieuse.

– Tu as changé, Derbies. J'adore la manière dont tu t'habilles maintenant. Et te voir danser est un appel au v...

Je le coupe en lui collant ma main sur la bouche. S'il prononce ce mot, je vais péter un câble. Ma vue commence déjà à se brouiller.

– Plus un mot, Parker ! Ou je ne réponds plus de rien.

Il me fixe avec un air bizarre, mais ne dit rien. Instinctivement, je recule et commence à reboutonner ma chemise.

Je maudis Justine de m'avoir déguisée comme ça

– Eh, c'est toi le fameux Parker ? Fais-moi danser, beau gosse.

Tiens, quand on parle du loup. Elle arrive juste à temps pour me sauver la mise en attrapant Parker par le bras pour l'attirer vers elle. Elle a dû remarquer qu'il y avait un malaise. Aussitôt, mon pseudo-cavalier l'attrape par la taille et la fait tournoyer.

J'adresse un clin d'œil de remerciement à mon amie. Il est temps de m'éclipser.

– Je vais aux toilettes. J'ai besoin de me rafraîchir.

Justine m'adresse un petit signe de la main et je m'éloigne d'eux, d'une démarche peu assurée, mais soulagée. J'ai trop abusé de l'alcool ce soir. J'ai des remords de m'être ainsi laissée aller. C'est nul. Et mon échange avec Parker n'a rien arrangé. Maintenant, j'ai l'impression d'être dans un bateau perdu en pleine tempête au beau milieu du triangle des Bermudes. J'ai le cœur au bord des lèvres, et rien que d'imaginer un verre de plus, ça me rend malade.

Je me dirige vers les toilettes pour me désaltérer, en espérant que ça me remettra les idées en place et le cerveau d'aplomb.

18

Prise au piège

L'espace sanitaire est à la mesure de la boîte de nuit. Immense et moderne. Il y a dix cabines de toilettes qui pourraient facilement accueillir trois personnes. Et pourtant, il y a une file d'attente interminable.

Après plusieurs minutes à patienter, c'est enfin mon tour. Je rêve d'eau fraîche qui coule sur mon visage. Mais au moment où je pénètre dans la petite pièce, quelqu'un me pousse violemment à l'intérieur.

Surprise, je fais volte-face pour protester lorsque je me retrouve face à Rip. Il ferme la porte derrière lui et tourne le verrou, ignorant la fille qui lui fait remarquer que ce ne sont pas des toilettes mixtes. Mon sang quitte mes joues.

Je suis prise au piège.

Le visage de Rip est fermé et un petit muscle, que je commence à connaître, tressaille nerveusement sur sa mâchoire. Il est énervé. C'est mauvais signe. Ses yeux lancent des éclairs et j'ai bien peur que sa colère ne soit dirigée contre moi.

Qu'est-ce qui lui prend ? N'est-ce pas moi qui devrais être en rogne contre lui ?

J'ouvre la bouche pour lui ordonner de sortir, mais il est plus rapide que moi.

– Dis-moi, Derbies, tu as l'intention d'allumer tous les mecs de la boîte ou c'est seulement réservé à ceux de mon entourage ?

229

Ah ben ça, c'est fort !

J'écarquille des yeux. Il est malade ou quoi ?

– Je ne vois pas de quoi tu parles.

– Tu es là à te trémousser...

Il me lance un regard méprisant.

– Ça t'excite de brancher les hommes, c'est ça ? Tu aimes les allumer...

Là, c'en est trop. La colère monte en moi comme une traînée de poudre.

– Tu plaisantes, j'espère ? Ce n'est pas toi qui m'embrassais il n'y a pas deux heures et qui maintenant passe ton temps la langue dans la bouche de ta copine ? Et sous mon nez en plus ? Non mais tu ne manques pas de culot.

– Arrête. Tu sais très bien quel genre de mec je suis. Et ça ne t'a posé aucun problème que je t'embrasse, il me semble. Tu as même apprécié, non ? Tu en redemandais...

Il m'adresse un sourire carnassier, mais ses yeux, eux, ne rient pas.

Son regard glisse sur moi sans la moindre pudeur et je perçois une lueur de colère dans ses iris gris. Si ses yeux pouvaient tuer, je crois que je serais déjà morte.

– Regarde-toi. Comment veux-tu que les hommes ne se jettent pas sur toi comme des affamés ?

Mais qu'est-ce qu'ils ont tous, Putain ? Je suis en jean et chemisier. La seule fantaisie de ma tenue c'est ma paire de talons hauts. Rien à voir avec la majorité des filles, qui ont moins de tissu sur le corps qu'à la plage. J'ai envie de le lui dire, mais aucun son ne sort de ma bouche.

– Qu'est-ce qui cloche chez toi, Kataline ? Tu es si... différente. Je n'arrive pas à lire en toi. Et pourtant tu m'attires comme un aimant.

J'ouvre la bouche, estomaquée par ses propos que je ne comprends pas. Son regard s'assombrit encore et son expression se teinte d'amertume.

– Tu es tellement en mal d'amour que tu es prête à laisser le premier connard te toucher comme n'importe quelle...

C'en est trop !

– Je t'interdis de m'insulter. Tu es qui pour me dire ce que je dois faire ?

Excédée, je me jette sur lui, la main tendue pour le faire taire. La gentille Kat a disparu. Elle fait place à sa sœur jumelle maléfique. La méchante.

– Espèce de malade. J'ai le droit...

Je n'ai pas le temps de terminer ma phrase. Il m'attrape les poignets avant que mes mains ne s'abattent sur lui. Mais contrairement à ce que je pensais, il ne me repousse pas. Au contraire. Avec un geste brusque, il me plaque contre lui. Si fort que ma poitrine s'écrase contre la sienne, m'arrachant un gémissement de stupeur. Sa voix se fait rauque et son corps se fige à mon contact.

– Non. Tu n'as pas le droit.

Son visage s'approche dangereusement du mien. Ses pupilles se dilatent alors qu'il se penche vers moi, me faisant frissonner.

– Personne d'autre que moi ne peut te toucher. Tu es à moi, Kataline.

Il se rapproche encore et ses lèvres effleurent mes cheveux.

– À moi seul. Et je ne partage pas ce qui est à moi.

Il me mord le lobe de l'oreille et le contact de ses dents sur ma peau m'envoie des milliers de décharges électriques dans tout le corps.

Comment ce simple contact peut-il avoir autant d'effet sur moi ? On dirait qu'il est directement connecté à mes terminaisons nerveuses. Mon corps, ce traître, réagit à son emprise comme un automate. Aussitôt, toute volonté me quitte. Je suis à sa merci et je sais déjà que, quoi qu'il fasse, je serai incapable de lui résister.

Rip se redresse et plonge ses yeux dans les miens. Une lueur argentée traverse ses pupilles et son expression devient étrangement torturée.

– Qui es-tu, Kataline Anastasia Suchet du Verneuil ? Qui es-tu pour me faire cet effet-là ?

Sa voix rauque me donne des frissons. Je reste immobile, le souffle court, attendant la suite avec un mélange d'appréhension et d'impatience.

Il relâche mes poignets et reste devant moi, sans bouger, les yeux fixés sur mes lèvres. Puis il m'emprisonne de nouveau de ses iris argentés. Pendant de longues minutes, nous nous dévisageons l'un l'autre, nous mesurant du regard. Je crois qu'aucun de nous n'est en mesure d'expliquer ce qui se passe. Cette attirance mutuelle que nous ne comprenons pas, mais contre laquelle on ne peut pas lutter. Nous ne nous touchons pas, mais la distance qui nous sépare est si ténue que je peux sentir la chaleur de son corps. Seul le bruit de nos souffles se fait entendre et l'atmosphère se charge d'électricité.

Être si proche l'un de l'autre et ne pas se toucher autrement qu'avec les yeux. Ça a quelque chose de terriblement érotique.

Mais bientôt, l'attente devient insoutenable.

Rip continue de m'observer avec une lueur étrange, faite de désir contenu et d'incrédulité. Il s'approche encore de moi en évitant toutefois de me toucher et il me défie du regard.

– Vas-y, Kataline. Tu en meurs d'envie...

Je devrais le repousser. M'enfuir. Mais là, je ne peux qu'obéir à cette voix qui me rend folle. Alors, lentement, sans réfléchir, je me hisse sur la pointe des pieds pour poser mes lèvres sur les siennes, le cœur battant.

C'est comme un besoin vital de sentir sa bouche sur la mienne, son corps tendu contre le mien. Je ne peux pas résister.

Je sens que Rip se fige et arrête de respirer. Poussée par un regain d'audace, je mordille sa lèvre inférieure.

Et là, c'est comme si j'avais déclenché un séisme.

Avec un grondement sourd, presque bestial, Rip m'attrape par les cheveux et me renverse la tête en arrière alors que son autre main glisse sous mes fesses pour me soulever comme si je n'étais qu'une vulgaire plume. Instinctivement, j'enserre sa taille de mes cuisses et me plaque contre lui en m'agrippant à ses larges épaules.

Sa langue envahit ma bouche et vient s'enrouler à la mienne avec une avidité féroce. Nos dents s'entrechoquent et la violence de notre étreinte n'en est que plus excitante.

Qu'est-ce qui m'arrive ? Je ne me reconnais plus. Je perds littéralement le contrôle et il y a comme un trou béant à l'intérieur de moi qui ne demande qu'à être comblé. Une sorte de manque insoutenable qui me rend vulnérable et tremblante de désir.

Putain, j'ai tellement envie de lui, qu'à cet instant, il peut faire de moi ce qu'il veut.

Avec un gémissement plaintif, j'attrape sa nuque pour le rapprocher encore de moi. Rip m'entraîne avec lui et me dépose sur le bord du lavabo. Sa bouche quitte la mienne et je suffoque pour reprendre mon souffle alors que sa langue dessine un sillon brûlant le long de ma gorge. Ses mains remontent sur ma taille, provoquant des millions de décharges électriques dans mes reins.

Sans même que je m'en aperçoive, il tire sur ma chemise, faisant voler les boutons dans la pièce. Mais je m'en moque. Seules comptent ses mains qui courent sur ma peau brûlante. Puis il me redresse pour me remettre debout et, bientôt, mon top et mon soutien-gorge rejoignent mon chemisier sur le sol.

Rip s'écarte pour m'observer. Son regard est sombre, empreint d'un désir profond que je n'ai encore jamais vu. Une lueur d'admiration passe dans ses yeux et il murmure, comme pour lui-même.

– Magnifique...

Je me sens rougir et tente aussitôt de cacher mes formes, mais Rip m'attrape les poignets et m'écarte les bras. Sans cesser de me regarder, il caresse ma poitrine de ses doigts experts et m'arrache un gémissement en venant reprendre possession de ma bouche.

Cette fois, son baiser est moins brutal et beaucoup plus sensuel. Il prend son temps, goûtant mes lèvres et ma langue comme si j'étais un mets délicat et précieux. C'est une véritable torture.

Lorsque sa bouche descend sous mon oreille, je bascule la tête en arrière, subjuguée par le flot de sensations qui enflamme mon corps. Et quand ses lèvres atteignent ma poitrine, j'étouffe un cri.

Ses mains continuent de découvrir les parcelles de mon corps, créant à chaque passage des myriades de frissons. Il me remet debout et avant que je n'aie compris ce qui se passe, je me retrouve en petite culotte.

C'est terrible. Je perds toute notion du temps et de l'espace. Seule m'importe cette bouche qui me donne du plaisir. Je m'agrippe à ses cheveux et me rapproche encore de lui. J'en veux plus, tellement plus...

– Rip...

Mon râle le fait s'arrêter et je le sens sourire contre ma peau. Il se redresse et me fixe avec un regard sensuel qui me fait fondre. Saisissant sa chemise, je l'attire vers moi pour l'embrasser.

Mais contre toute attente, il s'arrête à quelques millimètres de ma bouche. Interdite, je me mords la lèvre inférieure. Il fixe ma bouche quelques secondes, mais au lieu de m'embrasser, il glisse ses pouces sous ma culotte et s'agenouille devant moi. Il fait lentement descendre le bout de tissu le long de mes jambes, accompagnant son geste de baisers. Mon cœur s'arrête.

Instinctivement, je serre les cuisses et place mes mains devant moi.

– Non, Kataline. Ne te cache pas de moi. Jamais.

Joignant le geste à la parole, il se relève en prenant mes poignets pour écarter mes mains. Une fois debout, il me retourne face au miroir.

– Regarde. Regarde comme tu es belle.

Ses mains caressent mes épaules, ma poitrine, ma taille fine, et glissent sur mon ventre. Je les suis des yeux, hypnotisée par leur mouvement qui provoque une myriade de frissons sur ma peau.

– Tu as envie que je te touche, n'est-ce pas, Kataline ? Tu en as autant envie que moi...

Je ne sais que répondre, incapable de le quitter des yeux.

Il poursuit d'une voix sourde.

– Je le sens...

Il pose sa main entre mes cuisses.

– Juste là.

Une décharge électrique me traverse de part en part, manquant de me faire défaillir. Le sang afflue sur mes joues et un petit cri s'échappe de mes lèvres.

Sans en tenir compte, Rip explore mon intimité sans me quitter des yeux et lorsqu'il atteint le point culminant de mon désir, une sensation inconnue déferle en moi comme un raz de marée. Mes yeux s'écarquillent et ma bouche s'ouvre sur un « o » muet.

Mon Dieu...

Rip prend mon menton de son autre main pour me tourner la tête vers lui. Son baiser est intense, profond et enivrant. Je gémis dans sa bouche alors qu'il ne cesse de me tourmenter. Ses lèvres quittent les miennes et suivent la ligne de ma mâchoire.

Je commence à haleter alors qu'une vague de chaleur monte dans mon ventre. Mes jambes deviennent cotonneuses et sans Rip pour me soutenir, je me serais déjà effondrée par terre.

Je me cambre et laisse ma tête basculer en arrière. Ma vue devient floue et je perds la notion du temps. Rip attrape ma mâchoire et m'oblige à regarder le miroir.

– Je t'interdis de fermer les yeux. Regarde-moi. Je veux te voir quand tu vas décoller...

Ses mots me font basculer. Ma vue se voile de rouge et je crie sous le coup de l'orgasme qui me frappe de plein fouet.

– C'est ça, bébé... Laisse-toi aller.

Mon corps tremble sous la violence des spasmes qui n'en finissent plus. Je me laisse aller contre le torse de Rip, qui m'accompagne jusqu'à ce que la pression redescende. Pendant tout ce temps, il n'a pas cessé de me regarder.

Il me faut plusieurs minutes pour me calmer pendant lesquelles Rip m'embrasse la nuque et me caresse doucement le ventre. Lorsque je reprends enfin mes esprits, son regard est indéchiffrable.

Il me relâche et m'applique un baiser léger sur l'épaule.

– Merci, bébé.

Puis, sans prononcer d'autre mot, il fait volte-face et sort de la pièce, me laissant seule et abasourdie.

Sans la chaleur de son corps, je me mets à grelotter. Instinctivement, je croise les bras sur ma poitrine. Puis, après quelques secondes où je ne parviens même pas à réfléchir, je m'affale sur le lavabo, la tête entre les mains.

Mon cerveau reprend une activité normale et je commence à réaliser ce qui vient de se passer.

Je ne comprends pas. Ni pourquoi je l'ai laissé faire. Ni pourquoi Rip est parti comme ça, sans rien dire.

Merde ! Qu'est-ce que j'ai fait ?

19

Histoire d'une culotte

Il me faut dix bonnes minutes et de nombreux coups frappés à la porte pour que je sorte de ma léthargie.

Comme un automate, je me relève et commence à enfiler mes habits froissés, abasourdie. Mon soutien-gorge est mouillé parce qu'il est tombé dans le lavabo et ma chemise n'a plus que deux boutons sur le devant de la poitrine. Elle ressemble à un morceau de chiffon, mais je m'évertue à la lisser sur mon buste.

Mon Dieu, c'est la cata !

Je renonce à la défroisser et la noue comme je peux au niveau de la taille. Il faudra faire avec.

Je me baisse pour prendre mes autres vêtements et là, impossible de mettre la main sur ma culotte.

Merde ! Merde ! Merde !

Je cherche partout, en vain. Elle a disparu...

Ne me dites pas que...

Et si... il te l'a piquée !

Dans un accès de rage, je tape du poing sur le plan du lavabo.

– Espèce de connard !

La colère et le dépit me donneraient presque la nausée et je suis au bord des larmes. Je secoue la tête pour me remettre les idées en place.

Non ! Non, je ne vais pas me laisser gagner par la panique.

Sans plus me poser de question, j'enfile mon jean à la hâte, les mains tremblantes. Mais lorsque je me redresse, je me prends mon reflet dans le miroir en pleine face.

J'ai les joues rouges, les cheveux en bataille et les yeux hagards.

Putain, ressaisis-toi, Kat !

Je tente de me redonner une allure décente en essayant de dompter mes mèches rebelles. En vain. Je décide de défaire mon chignon et de passer rapidement mes doigts dans mes cheveux pour les discipliner. Je rajuste ma tenue et fais un rapide état des lieux.

Mes mains tremblent et mon cœur tambourine dans ma poitrine comme un cheval au galop. Je lève la tête vers le miroir, et j'aperçois, le temps d'un quart de seconde, la silhouette de Rip derrière moi. Je me revois quelques instants auparavant, la tête en arrière, posée sur son épaule, pendant qu'il me touchait...

C'est à cet instant que je prends vraiment conscience de ce qui s'est passé.

Je m'appuie sur le lavabo pour ne pas vaciller. Comment ai-je pu ? Comment ai-je pu le laisser me toucher ? Et comment puis-je encore me regarder en face alors que je réalise que j'y ai pris du plaisir ?

Je me maudis intérieurement. J'ai agi comme une idiote et j'ai l'impression de m'être encore fait avoir. Comme à l'époque...

Je fixe mon reflet quelques secondes sans vraiment le voir alors que les images de mon martyre défilent dans ma tête à toute vitesse. Ma vue se brouille et mon regard se voile de rouge.

Mon Dieu, non. Pas ça.

Je serre les poings et me force à répéter mon mantra musical pour me calmer. Au bout de quelques secondes, le voile disparaît et je reprends le contrôle. Je respire un grand coup et me passe de l'eau fraîche sur le visage.

Je me redresse et m'appuie quelques secondes contre le mur. Je ne me sens pas encore d'attaque pour affronter l'extérieur.

J'ai l'esprit comme un champ de ruine, empli de confusion, de colère et de remords. Je m'en veux terriblement d'avoir succombé une fois de plus. J'ai laissé Rip faire de moi ce dont il avait envie. Je devrais être dégoûtée de l'avoir laissé me toucher. J'aurais dû l'empêcher...

Mais au lieu de cela, je l'ai laissé faire de moi ce qu'il voulait. Il m'a donné mon premier orgasme... Le premier.

Quelle idiote !

Comment ai-je pu perdre le contrôle ? Et comment ai-je pu prendre autant de plaisir avec un type que j'exècre ? Je ne pensais même pas pouvoir ressentir ça un jour. J'ignorais que je pourrais éprouver autre chose que de la répugnance pour un homme. Mon Dieu si on m'avait dit que ce serait si... intense.

Quand je pense qu'il m'a laissée en plan, juste après. Je n'ose même pas imaginer comment tout cela se serait fini s'il était resté.

Entre tes cuisses, ma belle !

L'incrédulité laisse place à la colère et j'envoie direct valdinguer ma conscience avec un chokeslam digne d'un champion de catch. Pourtant, elle a raison.

Je sens encore l'empreinte des mains de Rip sur moi, la brûlure laissée par sa bouche sur ma peau, ses doigts habiles à l'endroit le plus sensible de mon corps. Je me mords les lèvres à cette pensée.

Merde ! Ce mec me rend complètement dingue. Il balaye tous mes principes, toutes mes résolutions d'un revers de main à chaque fois qu'il est près de moi. Il arrive à annihiler des années de travail à ériger des murs de protection autour de moi.

Il m'énerve autant qu'il m'excite. Et ça, je ne peux pas le supporter. J'ai l'impression d'être un pantin qui obéit à ses moindres désirs. C'est comme si j'étais accrochée à des ficelles et qu'il s'amusait à les tirer dans tous les sens. Et le pire, c'est que je suis persuadée qu'il est tout à fait conscient du pouvoir qu'il a sur moi et qu'il en abuse.

Quand je pense que sa copine était dans la salle juste à côté pendant qu'il me...

Re merde !

Il faut que ça s'arrête. Je dois mettre un terme à tout ce cirque. Il en va de ma santé mentale !

Mais pour l'heure, je dois me calmer et tenter de récupérer ce qui m'appartient.

Je respire un bon coup et parviens à afficher un masque impassible sur mon visage. Personne ne doit rien soupçonner.

Avec un regain de détermination, je sors enfin des toilettes, les joues rosies par l'adrénaline.

Putain, je n'ai même pas de culotte sous mon jean !

***

À peine ai-je passé la porte que je tombe sur Sofia qui m'examine de haut en bas avec un air moqueur.

– Eh ben, Derbies, qu'est-ce qui t'arrive ? Tu as vu le loup ? Tu es toute rouge...

Ses yeux descendent sur mon chemisier.

–... et toute débraillée !

Je l'ignore tout en espérant qu'elle n'a pas vu Rip sortir de là avant moi. C'est encore la meilleure chose à faire.

Je retourne d'un pas décidé vers le carré VIP. La soirée est terminée pour moi. Je dois trouver Justine ou ses frères pour qu'ils me ramènent chez moi. Un coup d'œil dans le fond de la salle m'apprend qu'ils ne sont pas revenus de la piste.

Je dois absolument les trouver. Mais avant, je dois récupérer ma culotte auprès de Rip.

Au moment où je m'apprête à faire demi-tour, Royce m'interpelle.

– Eh, Kat ! Viens par là, ma belle.

Il est littéralement vautré sur une banquette, sa copine, la petite brunette de l'autre fois, pendue à son cou. Je me dirige vers lui, bien décidée à abréger l'échange.

– Qu'est-ce que tu veux, Royce ?

Il m'adresse un sourire moqueur et tapote la banquette à côté de lui.

– Viens t'asseoir. Tu veux boire quelque chose ?

Je fais la grimace.

– Non, merci. Je crois que j'ai eu ma dose.

– OK, comme tu veux.

Il jette un œil sur ma tenue et fronce les sourcils. Une question idiote me traverse l'esprit : est-ce qu'on peut voir à travers un jean ? Je tire maladroitement sur ma chemise en espérant que ça la fasse s'agrandir.

– Ça va ?

Instinctivement, je croise les doigts sur ma poitrine, et prends une pose défensive. Je n'ai aucune envie qu'il devine ce qui s'est passé. Pourtant, j'ai l'impression qu'il sait quelque chose. J'espère que Rip n'a rien dit.

– Ça va, Royce. Mais dis-moi, que me vaut ce soudain intérêt pour ma personne ? Je croyais que tu ne me supportais pas.

Il lève un sourcil étonné.

242

– Oh là, tout de suite les grands mots. Il est vrai que tu m'intrigues, Kat, et que j'ai du mal à te cerner. Mais je ne te déteste pas. Même si je reste méfiant.

Intelligent de sa part de ne pas nier. Pour autant, il ne m'est pas plus sympathique.

– Dis-moi, tu t'amuses bien ce soir ?

Je me raidis, sur mes gardes.

– Qu'est-ce que tu veux dire ?

– Je ne sais pas... Tu bois, tu danses. Tu te déhanches plutôt pas mal, d'ailleurs...

Il passe son index sur ma cuisse d'un geste déplacé. Je recule immédiatement avec la sensation d'une brûlure à travers le tissu de mon pantalon.

Non mais je rêve ou il me drague ?

Je jette un regard outré vers sa copine, mais elle ne réagit même pas et me fixe d'un air dénué d'intérêt. Elle doit avoir l'habitude que son mec drague une autre fille sous ses yeux.

– Vous êtes bien tous les mêmes. Dès qu'une fille danse, vous pensez que le terrain est ouvert et qu'elle acceptera tout et n'importe quoi !

Royce me lance un regard appréciateur et une étrange lueur traverse ses iris.

– Disons que ça évoque des choses quand tu bouges comme ça... Finalement, Mirko avait vu juste. Tu vaux peut-être le coup qu'on s'intéresse à toi.

Royce est cash et même si j'apprécie sa franchise, ses propos me blessent plus qu'ils ne me flattent. Je décide de calmer ses ardeurs, mais à ma façon. Lentement, je me penche vers lui, pose mes deux mains sur ses cuisses et lui murmure d'une voix coupante, en leur regardant droit dans les yeux.

243

– Laisse tomber, Royce, tu perds ton temps...

Puis, sans lui laisser le temps de réagir, je me relève et lui lance un regard froid.

– Maintenant, si tu veux bien, j'ai à faire...

– Tu cherches Rip, peut-être ?

La surprise me fait ouvrir la bouche, mais aucun son ne sort. J'ai envie de lui enlever son petit sourire moqueur de sa jolie gueule de démon.

– Je me trompe ?

Inutile de nier. Je secoue la tête, et Royce réitère son invitation.

– Viens, assieds-toi là. Je vais te dire où il est.

Curieuse, je m'exécute, en laissant suffisamment d'espace entre nous pour ne pas que ses jambes me touchent. Royce se tourne vers moi, délaissant complètement sa copine qui se cramponne à lui comme une pauvre naufragée.

– Ahhh, jolie Kataline. Tu es pleine de surprises. Une vraie énigme.

Je ne vois pas ce qu'il sous-entend par là, et ça ne m'intéresse pas. Tout ce que je veux, c'est trouver Rip pour lui dire ma façon de penser et récupérer mon sous-vêtement. Je relève la tête d'un geste de défi.

– Alors ? Où est ton copain ?

Royce ignore mon intervention et avant que je ne puisse réagir, il attrape ma main.

Une légère vague de chaleur m'envahit.

– Putain, mais comment est-ce possible ? dit-il en me fixant avec des yeux ronds.

Je me dégage d'un vif mouvement d'épaule et me redresse.

– Ça va pas ? Qu'est-ce qui te prend ?

Royce s'enfonce dans le canapé avec nonchalance, en continuant de me fixer comme si j'étais une bête de foire.

– Décidément, tu es épatante, ma chère Kat. Finalement, je vais finir par t'apprécier.

La moutarde me monte au nez. J'en ai marre de ces énigmes, et je lui fais savoir.

– Royce, j'en ai ma claque de tes sous-entendus débiles. Je cherche Rip. Alors, soit tu sais où il est et tu me le dis, soit je n'ai rien à faire avec toi.

Il écarte les bras en signe de démission.

– Eh, calme-toi, ma belle. Il est parti ton cher Rip. Avec sa meuf ! Ils étaient pressés de se retrouver seuls, si tu vois ce que je veux dire.

Je me mords la lèvre de colère. Royce sait pertinemment que ses paroles vont m'énerver, et je suis certaine qu'il fait exprès de me pousser à bout. Manque de bol, je n'ai pas envie de lui donner satisfaction.

Je feins de ne pas prendre à cœur ses dires.

– Merci de l'info. C'est pas grave, il n'y a pas d'urgence. Je le verrai une autre fois.

Je fais volte-face, histoire de cacher mes joues rouges de colère. Mais lorsque je commence à partir, Royce ne manque pas de m'interpeller.

– Fais gaffe, Kat. À force de t'approcher du feu, tu vas finir par te brûler.

Je secoue la tête et m'éloigne, sans répondre. Ma colère revient à la charge.

***

Je fais le tour de la boîte de nuit et tombe enfin sur Justine, qui se trémousse sur la piste centrale.

Je tente de lui faire signe, mais elle est trop absorbée par son déhanché pour me voir. Je vais devoir y aller et ça ne m'enchante pas.

Je m'arrête net lorsque je vois Rip, non loin d'elle.

Merde ! Royce m'a menti.

Il bouge lentement au rythme de « Shape of You », de Ed Sheeran. Mégane la sangsue ondule autour de lui. J'ai l'impression de regarder un clip de R'n'B à voir sa copine se frotter contre lui comme une chienne en chaleur. Pourtant, bizarrement, j'ai le sentiment qu'il n'est pas totalement à ce qu'il fait.

Il a la tête baissée, une main dans la poche et l'autre qui tient son verre.

À sa vue, ma colère redouble. J'ai envie de le frapper et de lui crier de me rendre ce qui m'appartient. Mais impossible. Ce serait avouer devant tout le monde qu'il s'est passé quelque chose entre nous. Du coup, je serre les poings et les dents et m'avance vers mon amie.

Ne pas le regarder, ne pas le regarder...

Pour une fois, je suis d'accord avec ma petite voix. L'ignorance est le plus grand des mépris.

J'attrape le bras de Justine qui pousse un cri de frayeur.

– Putain, Kat. Tu m'as fait une de ces peurs. Où étais-tu passée ?

Je lance un coup d'œil rapide vers Rip. Il me fixe avec un air moqueur et j'ai envie de lui effacer son Putain de sourire avec mon poing. Mais je me contente de répondre d'un ton morne.

– J'étais coincée dans les toilettes... mais j'ai réussi à m'en sortir.

Malgré la distance qui nous sépare et le volume de la sono, Rip a dû entendre parce que son sourire s'élargit sur ses lèvres. Je me force à l'ignorer et me tourne vers Justine.

– Je suis désolée, Justine, mais il faut absolument que je rentre. Maintenant.

Elle me prend les deux mains et m'oblige à bouger avec elle.

– Oh, allez, Kat. On s'amusait bien, non ? Encore une ou deux chansons et on y va, d'ac' ?

Devant son enthousiasme et son minois de petite poupée, j'hésite. Mais lorsque mes yeux croisent de nouveau ceux de Rip, ma décision est prise. Il lève son verre dans ma direction avec un air plein de sous-entendus, le vide d'une traite et le pose sur le plateau d'une serveuse qui passe à proximité. Mégane se frotte toujours contre lui, sans remarquer qu'il l'ignore complètement.

C'est pathétique !

– Désolée, Ju. Mais il faut vraiment que j'y aille.

Je lance à Rip un regard assassin. J'ai envie de lui hurler qu'il est un gros connard et ma main me démange dangereusement. Au lieu de ça, je joue la carte de la prudence. Je serre les poings et lui tourne le dos.

Je me retrouve alors face à Maxime, qui s'approche de moi les bras ouverts et le sourire avenant. Il est habillé tout en noir, et j'ai failli ne pas le reconnaître.

Sans réfléchir, je me jette sur lui et il m'enlace pour me rendre mon câlin. La dernière fois que j'ai vu Max, il était fâché. Je me rends compte que je suis contente de voir qu'il ne m'en veut plus.

– Eh, Kat, ça fait plaisir de te voir là...

Sa voix et son étreinte me réconfortent et sa présence m'apaise. Cette journée n'a été qu'une succession de moments difficiles et trop intenses. Et ça devient très dur à supporter. J'ai les nerfs en pelote et je risque de péter un câble à tout moment.

Je me laisse aller contre le torse de Max et il me berce quelques secondes au rythme de la musique, en me caressant les cheveux. Il sent bon le musc. Lorsque je lève les yeux vers lui, il m'adresse un sourire doux et franc. Ça me fait un bien fou.

Avec lui, tout est plus simple. C'est un mec honnête et droit. Quelqu'un sur qui on peut compter. Tout l'inverse de son frère. En sa présence, je me sens apaisée.

– Je suis désolée pour ce soir... J'aurais dû te prévenir que je sortais avec Justine. Et puis, je n'avais aucune idée qu'on terminerait ici.

Il fait la moue. Mes explications sont vraiment foireuses, mais sa gentillesse l'empêche de me le faire remarquer.

– C'est rien, je comprends. C'est bien que tu sortes et que tu t'occupes de toi.

Je hoche la tête sans conviction. Toute la pression retombe d'un coup sur mes épaules. Maintenant, je me sens vidée, fatiguée de cette soirée. Max me fixe d'un air inquiet.

– Tu veux rentrer chez toi ? demande-t-il, toujours aussi prévenant.

Nouveau hochement de tête.

– Allez, viens là...

Maxime me prend la main et m'entraîne à sa suite pour m'emmener en dehors de la piste. Je me sens soulagée à l'idée de quitter enfin cet endroit. Mais lorsque nous passons près de Rip, celui-ci m'attrape le bras et me stoppe dans mon élan.

– Tu vas où ?

Il a les sourcils froncés et me toise d'un œil noir. Sa voix est légèrement pâteuse comme s'il était ivre.

248

– Je rentre. Mais qu'est-ce que ça peut te faire, à toi ?

Une lueur de colère passe dans ses yeux comme un éclair et il resserre la pression de ses doigts sur mon poignet. Non mais pour qui il se prend ? Je sens la tension monter d'un cran. Avant que je ne puisse me libérer de l'emprise de Rip, Mégane pose sa main sur son épaule. Elle aussi a l'air surprise que moi par la réaction de son petit ami.

– Qu'est-ce qui te prend, chéri ? Pourquoi tu t'occupes d'elle ?

Il se dégage violemment d'un mouvement d'épaule et Mégane recule, bouche bée. Maxime intervient pour calmer le jeu.

– Laisse tomber, Rip...

Son frère l'assassine littéralement des yeux et s'avance vers lui dangereusement, sans me lâcher pour autant. Mais Max ne se laisse pas impressionner. Il lui pose la main sur le torse pour le calmer.

– Kat veut rentrer, alors je vais simplement la raccompagner chez elle, OK ?

Une tension palpable monte alors que les deux frères se mesurent du regard. Les secondes s'éternisent et je sens que Rip est au bord de l'explosion. La voix de Max se fait alors plus douce.

– Rip, s'il te plaît. Il faut que tu te contrôles. Lâche-la, avant que ça ne dégénère.

Rip reporte son attention sur moi et son expression change, comme s'il découvrait que j'étais là, juste à côté de lui. Il semble hésiter. Je soutiens son regard avec détermination et tente de retirer ma main. Mais, il me prend au dépourvu lorsqu'il me lâche le poignet et enroule ses doigts dans une mèche de mes cheveux.

Mais c'est quoi ce plan, encore ?

Son attitude me scotche une fois de plus. Il est si imprévisible que je me retrouve de nouveau incapable de la moindre réaction. Aussitôt, Maxime me place derrière lui, comme pour me protéger.

Le regard de Rip se fait plus froid et sa main retombe mollement le long de son corps. Je masse mon poignet, là où les doigts de Rip m'ont laissé une sensation de brûlure.

– OK, Fly. C'est peut-être mieux comme ça... De toute façon, c'est pas ma came. J'aime pas les vierges !

Je secoue la tête, incrédule.

Mais alors que j'assimile ses paroles, mon sang se met à bouillir dans mes veines et ma vue se voile de rouge. Sans réfléchir, je me jette sur Rip et lui assène un coup de poing magistral dans la mâchoire. La violence du choc est telle qu'il vacille en arrière. Cela fait trop longtemps que je contiens ma colère et là, j'ai mis toute ma force dans mon geste.

– Espèce de connard !

Sans tenir compte de la douleur fulgurante qui me broie les os de la main, je me rue de nouveau sur ma cible avec fureur. Mais au moment où je vais l'atteindre, deux bras puissants m'encerclent la taille pour me retenir. Au même moment, je vois Royce se poster devant Rip pour faire barrage de son corps.

Ce dernier passe sa main sur sa lèvre inférieure dont la blessure s'est rouverte sous l'impact de mes doigts. Ses yeux lancent des éclairs argentés et pendant un quart de seconde, j'ai l'impression qu'il va tout démolir. Ce qui serait probable vu ses aptitudes au combat et la violence dont il peut faire preuve.

– Kat, arrête, calme-toi, murmure Maxime à mon oreille, tout en continuant à me maintenir.

Bientôt, nous sommes encerclés par les curieux et les vigiles, dont le pote de Mat.

– Mais elle est complètement barrée cette nana ! hurle Mégane, qui a retrouvé sa voix. Sortez-la d'ici. Rip, tu vas bien, mon cœur ?

Ce dernier l'écarte sans ménagement et, contre toute attente, éclate d'un rire tonitruant qui prend tout le monde au dépourvu. Yass, l'ami de Mat, intervient.

– Désolé, les jeunes, je ne peux pas vous laisser faire n'importe quoi ici. Si vous voulez vous battre, c'est dehors...

Maxime s'interpose de nouveau.

– Non, non, c'est bon. On allait s'en aller.

J'ai toujours les yeux rivés à ceux de Rip et son petit air amusé continue de me mettre hors de moi. Avec une lenteur calculée, il passe son pouce sur sa lèvre et le suce pour lécher son sang en me fixant.

Décidément, ce type est un grand malade ! Il recommence à me provoquer au risque de se reprendre un coup de poing. À croire qu'il est masochiste.

Je lève les yeux au ciel en secouant la tête de dépit. La colère retombe. Maxime relâche son étreinte et finit par me libérer. Sans un mot, je passe devant Rip en m'efforçant de ne pas le regarder. Mais lorsque je me crois enfin à l'abri, il me hèle.

– Eh, Kataline !

Je me retourne, furieuse qu'il utilise une fois de plus mon prénom en entier malgré mes mises en garde. Je m'apprête à l'envoyer promener lorsque je le vois tirer un petit morceau de tissu rose pâle de sa poche.

– Merci pour le cadeau...

Mon Dieu, c'est un bout de ma culotte qui dépasse de la poche de son jean ! Mon cœur manque un battement et je reste bloquée sur son sourire sadique et son regard provocant.

Ce type va finir par me tuer !

Il pouffe, enfonce la culotte dans sa poche et attrape Mégane pour se remettre à danser comme s'il ne s'était rien passé.

20

Descente sur terre

Je respire enfin lorsque je me retrouve à l'extérieur avec Maxime. Je ne rêve que d'une chose : me glisser dans mon lit et oublier cette soirée merdique.

J'ai les oreilles qui bourdonnent à cause de la musique trop forte, la tête qui tourne à cause de la fatigue et l'alcool, et la main en vrac à cause du coup que j'ai donné à Rip.

Je n'en reviens pas de ce qui s'est passé ! Comment ai-je pu partir en vrille comme ça ?

Je me mets à frissonner sous le coup de la pression qui redescend. Maxime s'en aperçoit et me couvre les épaules avec sa veste. Il me conduit en silence jusqu'à sa voiture, une Jaguar grise à la coupe sportive. Il ouvre la porte passager et m'invite à monter.

– Allez, princesse, monte dans le carrosse.

Sa remarque, bien que peu originale, m'arrache un sourire. C'est vrai que je ne l'imaginais pas dans ce genre de voiture tape-à-l'œil. Et il a le don de rendre les situations difficiles plus supportables. Avec lui, tout est plus facile et léger.

Une fois monté dans la voiture, il attrape une petite bouteille d'eau et sort des compresses de sa boîte à gants. Il me tend un petit carré de gaze qu'il a préalablement imbibé.

–Tiens, mets ça sur ta main, ça va te soulager.

La fraîcheur du tissu apaise la sensation de brûlure qui élance mes articulations. Je le remercie d'un mouvement de tête.

Nous roulons quelques minutes en silence. Je me laisse aller contre l'appui-tête et fixe mon attention sur les lampadaires de la ville qui défilent derrière la vitre. La fatigue se fait sentir, pourtant, je garde les yeux rivés au paysage sans vraiment le voir. La musique de Norah Jones passe en sourdine et accentue l'ambiance morose qui s'est installée dans l'habitacle.

Au bout d'un moment, Max finit par me demander :

– Ça va ?

Je tourne la tête vers lui. Il a l'air réellement inquiet.

– Oui, ne t'en fais pas. La soirée a été mouvementée... Mais je pense que ça ira mieux demain.

– Mon frère peut se montrer vraiment insupportable parfois. Je suis désolé qu'il s'en prenne à toi comme ça.

Le pauvre, il s'excuse pour des choses dont il n'est pas responsable. C'est tellement gentil !

– T'inquiète, Max. Ce n'est pas comme si je donnais de l'importance à ce que Rip peut dire ou penser...

Menteuse ! Hypocrite !

J'ignore la petite voix et reporte mon attention sur ma main.

– Je savais ton habileté à la peinture, mais je n'avais pas encore fait connaissance avec ta droite... Magistrale, je dois dire.

Je souris à la remarque de Maxime, mais au fond de moi, je me sens honteuse de m'être laissée emporter.

– Je suis désolée, mais il m'a vraiment mise hors de moi. D'habitude, je sais me contenir.

– Oui, c'est sa meilleure qualité. Faire péter les plombs aux plus patients d'entre nous. Je me demandais d'ailleurs combien de temps tu tiendrais. Et puis, parfois, ça fait du bien de se laisser aller.

– Il ne m'intimide pas, tu sais. J'ai eu affaire à bien pire...

Merde, j'en ai trop dit là.

253

Heureusement, Maxime ne pose pas de question, même si son regard se teint de curiosité. Il soupire et reporte son attention sur la route.

– Rip n'est pas un mec facile et quand il a une idée derrière la tête, il ne lâche rien. J'ignore ce qui le pousse à faire une fixette sur toi et à vouloir te provoquer comme ça, mais je te conseille de l'éviter le plus possible. C'est mon frère et je l'aime comme tel. Mais parfois, il est complètement ingérable et peut devenir dangereux.

C'est la deuxième fois qu'il me met en garde contre le comportement de Rip. J'imagine qu'il sait de quoi il parle. Un frisson me parcourt l'échine, mais je ne veux pas montrer mon désarroi à Max.

– Je sais me défendre, Maxime. Mais si ça peut te rassurer, j'éviterai à l'avenir de trop le côtoyer. Du moins, quand je serai toute seule.

Ça, pour le coup, c'est la stricte vérité. Le seul moyen pour moi de me protéger sera d'éviter Rip au maximum. Et d'oublier cette fichue soirée !

***

Lorsque la Jaguar s'arrête devant l'appart de Jess, il est plus de 3 heures du matin. Waouh, une première ! Je n'ai jamais veillé aussi tard.

J'étouffe un bâillement au moment où Maxime coupe le moteur et se tourne vers moi.

– Tu fais quelque chose demain ?

– Hum, pas que je sache... Jess revient de sa convention dans l'après-midi et j'ai des révisions à terminer, mais ça ne devrait pas me prendre longtemps.

254

Son visage s'éclaire.

– Ça te dirait de me retrouver dans mon atelier ? Je bosse sur un projet abstrait au couteau...

Tout à coup, je suis complètement réveillée.

– Pourquoi pas ! À quelle heure ? Et où ?

Maxime sourit devant mon enthousiasme soudain.

– Au sous-sol, chez moi. Vers 16h30 ?

– OK. J'y serai.

J'ouvre la portière pour sortir, mais au dernier moment, je me ravise. Je me penche vers Max et dépose un baiser chaste sur sa joue.

– Merci, Maxime.

Je le sens frémir et lorsque je m'écarte, il me retient. Ses yeux brillent d'une lueur nouvelle. Je me fige en le voyant s'approcher.

Non, il ne va pas...

Mais une lueur étrange passe dans ses iris, et il semble se raviser au dernier moment.

– Je veux que tu me promettes de faire attention, Kat. Vraiment.

Sa voix rauque démontre son inquiétude. Pendant une longue minute, il me fixe, cherchant je ne sais quoi dans mon regard. Je déglutis, mal à l'aise.

Puis, son visage se détend et il me libère.

– Prends soin de toi, princesse. Bonne nuit.

– Bonne nuit, Max.

J'attrape mon sac et sors de la voiture en vitesse. Lorsque le coupé s'éloigne, je reste un moment à le regarder disparaître au coin de la rue.

Merde ! Quelle soirée !

***

255

Lorsque je me couche, je reste de longues minutes les yeux ouverts à regarder le plafond et à tenter d'analyser ce qui s'est passé. J'ai du mal à me reconnaître lorsque je fais le point sur la soirée. D'abord le combat. Incroyable. La force avec laquelle Rip a démonté Mirko.

Puis la boîte de nuit. Mon comportement de ce soir est complètement dingue. À l'opposé de ce que je suis habituellement. J'ai bu, j'ai ri, j'ai dansé... Et puis il y a eu Rip. Rip et mon orgasme. Rip et mon pétage de plombs.

Merde !

Ça ne me ressemble pas cette fille qui se laisse peloter dans les toilettes d'une boîte de nuit et qui, peu de temps après, se jette sur le même mec pour lui coller une droite digne d'une boxeuse professionnelle ! Quoique... sur ce dernier point, j'ai déjà fait pire.

« Avec ce que tu as vécu, il est normal que tu aies des accès de violence incontrôlés parfois, Kataline... » Voici un bel exemple de perte de contrôle qui plairait à ma psy. Et pourtant j'essaye de me maîtriser autant que possible.

Les images de ce qui s'est passé me reviennent en mémoire et je ne peux m'empêcher de les comparer à ce que j'ai vécu avec Miguel et Robin... Je devrais être écœurée que Rip me touche et j'aurais dû avoir envie de le massacrer pour m'avoir embrassée.

Malgré les années, le traumatisme est encore très présent dans mon esprit. Et pourtant, dès qu'il s'agit de lui, mon corps et mon esprit réagissent différemment. C'est comme s'il avait une clé magique qui ouvrait la porte de mon jardin intime. Et le pire, c'est que je n'arrive pas à lui résister.

Dès qu'il me touche, je perds tous mes moyens. J'aimerais pouvoir me rebeller et le repousser, mais je n'en ai pas la force. Il me fait ressentir des choses que je n'avais jamais ressenties et que je

256

ne croyais pas pouvoir ressentir un jour. Je pensais que j'étais brisée par ce que j'ai vécu. Et pourtant, avec Rip, je me sens renaître, redécouvrir des sensations jusque-là enfouies. C'est vraiment déstabilisant.

Je me rappelle ses mains expertes sur mon corps et je suis parcourue de frissons. Quand je pense qu'il n'a fallu que quelques caresses pour que je bascule. Je revois encore son regard assombri fixé sur moi, ses doigts glissant sur ma peau et sa voix qui m'obligeait à le regarder droit dans les yeux alors que je m'envolais vers des sommets jusqu'alors inconnus. Mon ventre se serre instinctivement.

Combien de filles a-t-il fait basculer de la sorte ? Certainement des centaines. Mégane en première ligne.

Je pince les lèvres, amère.

Je vois l'ombre du démon vert de la jalousie danser derrière toi !

La petite voix me taquine, et je suis incapable de la rabrouer. Elle a raison. Je ne peux pas le nier.

Je soupire.

Quand je pense qu'il m'a insultée devant tout le monde.

« C'est pas ma came ! J'aime pas les vierges ! »

Connard !

Son comportement odieux, le plaisir qu'il a pris à me provoquer, à m'humilier devant tout le monde, ma culotte dans sa poche de jean... Dire que c'est ça plus que le fait qu'il m'ait touchée qui m'a fait sortir de mes gonds...

Quel salaud !

Avec le recul, je ne regrette pas. Ça m'a fait un bien fou d'écraser mon poing sur sa gueule d'ange...

Ce type m'horripile autant qu'il m'attire. J'ai conscience que c'est un jeu dangereux, que je risque de perdre beaucoup. Mais je sais surtout que, quoi que je fasse, je vais avoir du mal à l'éviter...

**

Le lendemain, j'émerge au moment où Jess passe le pas de la porte, les bras chargés de cartons.

– Eh, Kat ! Mais qu'est-ce qui se passe ? Tu es malade ?

Un coup d'œil dans le miroir de l'entrée illustre parfaitement ses propos. J'ai une tête horrible. Je suis toute pâle, avec des énormes cernes sous les yeux. On dirait un mort-vivant sorti tout droit de Walking Dead.

Je glisse mes mains dans les poches de mon bas de pyjama.

– Non. Mais je me suis couchée tard...

Jess pose ses cartons par terre et entreprend de me passer au crible.

– Eh, mais dis donc ! Tu en profites quand je ne suis pas là ? Mais c'est mal ça !

Je secoue la tête.

– Euh, je te rappelle que je suis majeure et vaccinée, chère tante !

– Euh, je te rappelle aussi que je dois veiller sur toi, chère nièce !

L'arrivée fracassante de Kris qui se vautre dans le paillasson met fin à notre échange. On se regarde en pouffant !

– Putain, les filles, vous moquez pas ! Ça fait un mal de chien !

Jess se précipite vers lui pour l'aider à se relever.

– Pauvre chou. Dis à maman où tu t'es fait mal...

258

Il lui lance un regard noir et se dirige vers la cuisine pour prendre une bière.

– C'est à cette heure-là que tu te lèves, toi ? ajoute-t-il à mon intention.

– Non mais je rêve ! J'ai l'impression d'être avec deux mères poules, là ! Je vous en pose des questions, moi ?

Ils me regardent, bouche bée, alors que je passe devant eux pour me diriger dans la salle de bain de Jess pour prendre un bain. Je referme la porte derrière moi, un large sourire aux lèvres. Je crois que je leur en ai bouché un coin, là.

Malheureusement, je ne parviens pas à échapper à l'interrogatoire tant redouté. Ils ont attendu patiemment dans la cuisine, jusqu'à ce que la faim m'oblige à venir à eux.

Jess m'a tendu un véritable guet-apens avec ses pancakes au miel.

– Alors, vas-y. Raconte-nous ta soirée.

Je m'exécute en soupirant et en omettant volontairement certains passages de ladite soirée : le combat clandestin et mes confrontations avec Rip. Du coup, mon récit paraît beaucoup moins excitant que la réalité.

– C'est tout ? me demande Kris avec une moue dubitative.

Ça doit se voir sur mon visage que je n'ai pas tout dit, parce que lui comme Jess me fixent avec un air suspicieux.

– Et ça, c'est quoi ?

Ma tante désigne ma main de la pointe de son couteau.

Merde, j'avais oublié ce détail...

– Euh... j'ai glissé et je me suis mal réceptionnée sur un mur en crépi.

C'est tout ce que j'avais en stock à ce moment-là ! Heureusement, ils n'insistent pas et ma tante change de sujet.

– Au fait, tu as avancé sur le projet de Rip ?

Comme par hasard, il arrive dans la conversation, celui-là !

– J'ai terminé. Je lui ai montré ce que j'avais fait et, a priori, ça a l'air de lui plaire. On doit se revoir normalement pour fignoler deux trois trucs.

Ma tante et son « presque » boyfriend écarquillent des yeux.

– Quoi ? Non, mais c'est génial, ma belle ! Rip est super exigeant d'habitude. Je dois toujours lui montrer des tonnes de croquis avant qu'il fasse son choix.

Elle m'attrape par le cou et me plaque un gros baiser sur la joue qui me laisse une grande trace de rouge à lèvres.

– Hum, tu sais que je te kiffe toi ! Fais voir à quoi ça ressemble.

Je lève les yeux au ciel en me frottant le visage et attrape ma pochette que j'ai laissée sur la console de l'entrée. Lorsque je lui tends mon croquis, Kris s'approche pour regarder.

Ils fixent le dessin un moment, puis Jess se tourne vers moi, un immense sourire aux lèvres.

– C'est juste magnifique, Kat. J'adore !

Kris, lui, fronce les sourcils.

– C'est bizarre, mais elle me dit quelque chose.

– Normal, Rip m'a donné une photo pour que je m'en inspire pour le visage.

Ah oui, merde ! La photo. J'ai oublié de la lui rendre. Pas grave. Je la donnerai à Max ce soir.

***

Arrivé 16h, je trépigne presque d'impatience. Je dois rejoindre Maxime pour l'atelier "peinture abstraite au couteau". J'ai hâte de voir son travail et surtout, j'ai hâte de participer...

– Jess, c'est bientôt l'heure, je vais devoir y aller !

Je rigole en entendant un gros boum derrière la porte de sa chambre. Ma tante est enfermée depuis au moins une heure avec son sex friend. On dirait que j'ai dérangé leurs plans à tous les deux. Kris ouvre la porte, pas gêné le moins du monde de rattacher le bouton de son pantalon devant moi. Il n'est vraiment pas pudique pour un sou, celui-là !

– Tu me laisses deux minutes et je t'emmène, dit-il en filant dans la salle de bain.

Je secoue la tête, en retenant mal un fou rire. Ma tante sort à son tour, les mains dans les cheveux en tentant de les discipliner.

– Je suis vraiment désolée de vous embêter, Jess... Si j'avais pu faire autrement.

– Laisse tomber. Tu n'y es pour rien s'ils ont décidé de faire grève.

Il n'y a pas de RER durant tout le week-end et Kris a gentiment proposé de m'emmener chez Maxime. Il ressort de la salle de bain au bout de quelques minutes, les cheveux encore mouillés.

– Bon, t'es prête ?

Au même moment, je vois ses yeux s'agrandir lorsqu'ils tombent sur ma jupe longue et mon long gilet en laine bouillie. Eh oui, j'ai repris mes vieilles habitudes. Je pense que je vais éviter les nouvelles tenues pour le moment. Ça ne m'a pas réussi jusque-là. Kris lève les yeux au ciel en poussant un soupir.

– Quel gâchis !

21

Atelier peinture

Kris me dépose devant la grande bâtisse des frères Saveli et avant que je ne descende de la voiture, il me retient par le bras.

– Sérieux, Kat. Fais attention à toi. Je ne plaisante pas lorsque je te dis que Rip est un mec pas fréquentable pour une fille comme toi. Ne t'approche pas de lui.

Décidément, c'est une manie de me mettre en garde contre Rip. Mais bon, le peu que j'en ai vu me fait dire qu'ils n'ont pas tort. Je souris devant la mine inquiète de Kris.

– Ne t'inquiète pas pour moi, Kris. Je connais ce genre de type et, crois-moi, je vais tout faire pour l'éviter. D'ailleurs, ce n'est pas Rip que je suis venue voir. Mais Maxime... Rien à voir.

Il hoche la tête d'un air peu convaincu.

– Mouais... Mais fais gaffe quand même.

Je me penche vers lui pour l'embrasser sur la joue, comme je le ferais avec un grand frère.

– Promis.

Lorsque je pénètre dans la cour de la propriété, je remarque aussitôt une superbe moto noire, rutilante, que je n'avais jamais vue. Et pas n'importe laquelle. C'est une Kawasaki H2R, l'une des plus rapides au monde. Mon père est fan de belle mécanique, alors j'ai quelques connaissances en la matière.

Je me demande qui peut bien avoir ce genre d'engin.

Lorsque je sonne à la porte, c'est Rosa qui m'accueille, un grand sourire aux lèvres.

– Ravie de vous voir, mademoiselle du Verneuil. Vous venez voir Maxime, je présume ?

Je lui rends son sourire. J'apprécie beaucoup cette femme, avec ses belles manières et sa gentillesse.

– Bonjour, Rosa. Oui, Max m'a proposé de venir le voir à son atelier. J'ai d'ailleurs emporté de quoi m'amuser aussi.

Je lui montre le sac d'accessoires que j'ai apporté avec moi.

– Suivez-moi. Je vais vous accompagner.

Elle m'entraîne dans un couloir jusqu'à l'arrière de la maison et je la suis docilement lorsqu'un mur attire mon regard. Il est couvert de plusieurs photos. Et ce qui m'interpelle, c'est que je les ai déjà vues dans la chambre de Rip. Ce sont des clichés de lui, accompagné des mêmes guitaristes célèbres. Sauf que ces photos-là sont en noir et blanc.

Mais ce qui attise ma curiosité, c'est que les musiciens paraissent beaucoup plus jeunes alors que Rip semble avoir le même âge qu'aujourd'hui. Je m'arrête quelques secondes pour les examiner.

– Un problème ?

La voix de Rosa me fait sursauter. Je détourne les yeux des clichés.

– Non, non. Rien.

Elle me fait signe de la suivre, le visage impassible. Il faudra que je revienne ici pour voir ces photos plus en détail.

Passé une petite porte, nous continuons dans un escalier en pierre qui nous emmène au sous-sol. Bizarre pour un atelier... Ça risque de manquer de lumière.

Mon scepticisme est de courte durée lorsqu'elle ouvre une grande porte vitrée qui donne sur un immense atelier fait de bois et d'acier

263

qui s'étend sous un puits de lumière. C'est magnifique. Avec des toiles de toutes tailles qui traînent un peu partout, des chevalets et des tubes de peinture à n'en plus finir. Un véritable paradis pour artiste peintre ! J'en ai le souffle coupé.

– Entrez, mademoiselle. Je vous laisse entre de bonnes mains.

Rosa me fait un clin d'œil et quitte la pièce.

Maxime est vêtu d'une blouse blanche, pleine de taches colorées, et s'active sur une immense toile en lin au son d'une musique pop rock en sourdine. Lorsque Rosa referme la porte derrière elle, il arrête son travail et pose ses ustensiles pour venir vers moi.

– Kat ! Je suis content que tu sois venue.

Il m'enlace dans une accolade toute fraternelle, mais je me sens gênée par son geste. Je me raidis malgré moi.

– C'est gentil à toi de m'avoir invitée. C'est un merveilleux atelier que tu as là. Et cette lumière...

Il sourit.

– Oui, j'ai la chance d'avoir eu une mère sensible à l'art. Elle a fait créer cette pièce rien que pour son plaisir personnel. Beaucoup des accessoires présents ici étaient à elle.

Je sens une véritable nostalgie dans ses paroles. Je me demande s'il a pu partager cette passion avec elle. Cette pensée me rappelle que ma mère et moi n'avons jamais été proches là-dessus non plus. Pour elle, il n'y avait que la danse et le chant qui comptaient. Alors que moi, j'étais attirée par-dessus tout par la création de toiles.

Je chasse ces pensées douloureuses de ma tête et reporte mon attention sur mon hôte.

– Alors ? Qu'est-ce que tu as entrepris ?

Maxime me montre la toile sur laquelle il a fait de grands traits de toutes les couleurs au couteau. De près, cela ne représente pas grand-chose, mais de loin, les traits commencent à former un visage.

– Eh sympa ! D'ailleurs, ça me fait penser, j'ai quelque chose que je dois rendre à ton frère.

Je sors la photo de ma sacoche et la lui tends. Il fait une grimace en la regardant.

– Quelque chose ne va pas ?

Maxime se renfrogne. Tiens, ça ne lui ressemble pas.

– C'est Molly, dit-il simplement.

L'annonce me fait un choc.

Merde, quelle imbécile ! J'aurais dû deviner... Je regarde le visage de la fille avec une attention toute nouvelle. Elle est magnifique. Pas étonnant que Rip soit tombé amoureux d'elle.

Jalouse !

Je fais taire ma conscience d'un coup de pied balayette.

Machinalement, je range la photo, comme si je ne supportais plus de la regarder. Je passe devant Max qui me fixe avec un air surpris et me dirige vers l'enceinte Bluetooth pour augmenter le volume.

– Bon, alors ? On s'y met ?

***

Ça fait maintenant une bonne heure que nous barbouillons les toiles avec de l'acrylique. Je suis concentrée au maximum sur mes gestes. Précis, nets et francs. Je ne pense à rien. Rien d'autre que cette idée fixe de poser sur toile mes émotions de l'instant présent. C'est mon défouloir.

Et là, tout dans mon œuvre est noir, gris et blanc. Des dégradés, des délavés... des gris qui se mélangent, des blancs qui s'imposent. Je laisse mes mains superposer, étaler, écraser les matières qui se fondent les unes dans les autres. Et au bout de tout ce travail où mes pensées sont ailleurs et ici en même temps, je découvre mon œuvre.

Une reproduction abstraite de la photo qui gît dans un coin de ma sacoche.

Ah ben bravo ! Si j'avais voulu être plus explicite, je n'aurais pas fait mieux.

Maxime observe ma toile avec des sourcils en accents circonflexes. Il doit vraiment me prendre pour une cinglée !

– C'est... intéressant, dit-il d'une voix gênée.

– Te fatigue pas, Max. C'est pathétique, tu veux dire ! Je ne sais même pas comment ça m'est venu à l'esprit.

J'attrape la palette de couleurs avec rage et m'applique à détruire mon tableau à grands coups de traits rouges. Je ne m'arrête qu'après avoir fait disparaître complètement le visage.

À ce moment-là, la porte de l'atelier s'ouvre en coup de vent et je me fige sur place lorsque des frissons me parcourent l'échine. Rip entre dans la pièce, torse nu et vêtu d'un simple jean noir. Il a l'air furieux.

– Putain, Fly, c'est toi qui as pris ma clé ?

Il s'arrête net lorsqu'il prend conscience de ma présence. Ses yeux se plissent et me détaillent des pieds à la tête. Je dois avoir l'air d'une clocharde avec ma jupe longue et mon top pleins de peinture. Son visage s'éclaire d'un sourire moqueur.

Il n'a pas l'air de me tenir rigueur de la petite boursouflure qui orne sa lèvre inférieure. Tiens, d'ailleurs il cicatrise drôlement vite !

– Eh ben, Derbies, tu as piqué les fringues de Laura Ingalls ? Je te préfère nettement mieux en jean moulant !

Je lève un sourcil méprisant. S'il croit qu'il va réussir à me déstabiliser une nouvelle fois, il se met le doigt dans l'œil. Depuis l'épisode de la boîte de nuit, j'ai décidé de ne plus le laisser m'approcher et perturber mon existence.

– Et toi, jamais tu penses à te couvrir ? T'as pas l'impression de gêner les autres à te trimbaler comme ça ?

Il s'avance vers moi d'un air déterminé et je recule malgré moi devant son arrogance.

– Ose me dire que tu n'en profites pas pour mater, bébé...

Merde ! Quel con ! Il a réussi à me faire rougir.

Je suis d'autant plus gênée que Maxime observe ma réaction avec curiosité.

– Pff, parle pour tes groupies !

Je me détourne et reporte mon attention sur ma toile et mon couteau. Mais si je pensais mettre fin à notre échange, je me trompais une nouvelle fois. Je sursaute lorsque je sens la chaleur de Rip dans mon dos.

– Qu'est-ce que tu peins ? demande-t-il avec un intérêt feint.

L'ordure ! Il sait que sa proximité me perturbe et il le fait exprès. Je soupire bruyamment, histoire de lui montrer que je ne suis pas dupe.

– C'est de l'abstrait, tu ne peux pas comprendre...

– Laisse tomber, Rip.

Ouf ! Maxime, qui n'avait encore rien dit, a fini par venir à mon secours. Ça va devenir une habitude, bientôt.

– Tu cherchais quoi ? Tes clés ? Je ne les ai pas. Mais Rosa a encore râlé tout à l'heure en disant que tu laissais tout traîner. Elle a dû les trouver...

Rip tourne la tête vers lui, mais ne répond pas. Il reste à côté de moi, en attendant je ne sais quoi. Je décide alors de le rembarrer une bonne fois pour toutes.

– T'as pas autre chose à faire ? Une copine à satisfaire ?

Mais au lieu de l'énerver, ma remarque le fait éclater de rire.

– C'est une proposition, Derbies ?

– Dans tes rêves !

Il se mord la lèvre. Je sais parfaitement à quoi il pense à cet instant même. Parce que moi aussi, ces images viennent envahir mon esprit. Ce qui s'est passé dans les toilettes me revient comme un boomerang. Et je me sens coupable d'avoir pu ressentir toutes ces sensations. Je ne devrais pas être si sensible à son contact et il ne devrait pas exercer sur moi une telle attraction. Il est l'opposé de ce à quoi j'aspire, si tant est que j'aspire à quelque chose avec un garçon. Mon attitude est tout bonnement illogique.

Mon sang se glace alors que je prie pour qu'il ne dévoile rien.

– Ne t'inquiète pas pour moi. Je garde toujours dans ma chambre des petits souvenirs pour me faire plaisir et m'aider à passer de bonnes nuits.

Oh mon Dieu ! Il a osé !

Évoquer ma petite culotte et laisser supposer qu'il s'en sert pour... Mon Dieu ! Je me liquéfie sur place et mon pouls s'accélère. Je maudis intérieurement mon corps de réagir aussi violemment. J'ai chaud et froid en même temps et je ne sais pas si ce sont ses allusions ou sa proximité qui me rendent si fébrile. Moi qui voulais garder de la distance, c'est raté.

Je décide volontairement de changer de sujet.

– Tiens, au fait, comment va ta lèvre ?

Il ne s'attendait pas à ça parce qu'il me lance un regard surpris. Je fixe sa bouche qui ne laisse plus apparaître qu'une petite boursouflure.

– Oh, tu t'inquiètes pour moi ? C'est mignon...

Je lui lance un regard noir.

– Non, mais je ne voudrais pas être responsable de ta défiguration... pour toutes tes fans. Et encore que. Je leur rendrais service si ça pouvait les éloigner de toi.

– Ne t'en fais pas. Elles aiment les écorchés ! Et puis, dans mon anatomie, c'est pas ma bouche qu'elles préfèrent... Quoique...

Je rougis. Heureusement, Maxime intervient une nouvelle fois.

– Rip, ce n'est pas que je veuille te chasser, mais Kat et moi devons continuer de bosser...

Rip nous regarde tour à tour, avec un petit air suspicieux. Tiens, serait-il jaloux ?

– Mouais. Je vous laisse. De toute façon, j'ai mieux à faire...

Et il s'approche de la sortie, mais au moment de saisir la poignée, il se tourne vers moi et passe son pouce sur sa lèvre.

– Au fait, Derbies, à charge de revanche...

Avec un sourire provocant, il quitte l'atelier en claquant la porte.

Au bout de quelques minutes, le bruit tonitruant d'une moto retentit.

Ouf, je respire de soulagement, enfin pour le moment. Parce que j'ai l'impression que je ne suis pas encore débarrassée de Rip !

22

Seconde chance

Je me sens mal. Encore une fois, Rip m'a fait faire n'importe quoi. Et encore une fois il m'a fait sortir de mes gonds. Ça devient une habitude et il est urgent que ça cesse ! Et le pire, c'est que je n'arrive pas à me l'enlever de la tête.

Après son départ de l'atelier, je me suis acharnée sur une nouvelle toile. Il en est ressorti un immense autoportrait de moi-même, sur lequel j'ai vraiment l'air dérangé. La moitié de mon visage est mangé par de grandes traînées noires et mes cheveux rouge flamboyant contrastent avec la noirceur du tableau. Ça ressemble à ces œuvres trash polka que l'on retrouve dans l'univers des tatouages.

Maxime s'approche de moi avec prudence, en constatant que j'ai terminé.

– Ouah, c'est magnifique, Kat. J'aimerais avoir un talent tel que le tien. Tu es tellement concentrée lorsque tu travailles...On dirait que tu n'es pas vraiment là. C'est presque aussi intense de te voir faire que d'admirer ta toile.

Je souris faiblement.

– Ma mère me disait toujours que lorsque je peignais, j'étais possédée. Et je crois qu'elle a raison quelque part. C'est vraiment étrange, mais lorsque je dessine, j'ai la sensation de ne rien maîtriser... Ce sont mes mains qui commandent. Et quand j'ai terminé, souvent, j'ai l'impression de découvrir mon tableau pour la première fois.

Eh oui, je sais, je suis complètement folle !

Maxime me fixe quelques secondes d'un air perplexe, puis son visage s'éclaire d'un sourire admiratif.

– En tout cas, ça fonctionne. Celui-ci est splendide. Et lorsqu'il aura séché, il sera encore plus beau.

Je hoche la tête.

– Et toi ? Tu as fini ?

Je reporte mon attention sur le magnifique portrait de femme qu'il a reproduit à partir d'une photo. Je ne manque pas de lui faire remarquer la beauté de son œuvre.

– Ouais, merci. Mais je me sens petit à côté de ton talent. Enfin, on verra quand ce sera sec. En attendant, ça te dit qu'on monte prendre un verre ? J'aimerais te montrer ce que j'ai trouvé pour notre projet.

Je pose mon matériel dans l'évier pour le faire tremper et le suis en essuyant mes mains sur mon tablier plein de peinture.

***

Lorsque nous passons devant la porte de l'appartement de Rip pour rejoindre celui de Maxime, une idée stupide me traverse l'esprit.

– Mince. J'ai oublié mon sac en bas... Tu permets que j'aille le chercher ?

– Oui, oui, vas-y, fais comme chez toi. Tu connais le chemin, maintenant.

– Merci. J'en ai pour deux minutes et je te rejoins.

Je me dirige vers les escaliers. Mais une fois que je me suis assurée que Max a fermé la porte de sa chambre, je fais demi-tour et file tout droit vers l'appartement de Rip.

J'actionne la poignée et découvre avec surprise que la porte n'est pas fermée à clé. J'entre dans son petit salon et referme, le cœur battant. Je me dirige vers ce que je pense être sa chambre.

Bingo !

Une pièce de taille généreuse m'accueille, avec un immense lit aux draps sombres et froissés. De chaque côté, deux petites tables de nuit attirent mon regard.

C'est ce que je cherchais. Je fonce dessus et commence à fouiller à l'intérieur. Des feuilles griffonnées, des partitions... des boîtes de préservatifs intactes ! Je secoue la tête avec amertume. Pas étonnant qu'il ait une telle réserve, vu sa réputation.

Je commence à paniquer alors que je vide le premier chevet. Merde, il faut absolument que je trouve. Et vite, sinon Max va se douter de quelque chose. Je saute comme une furie de l'autre côté du lit, mais au moment d'ouvrir le meuble, une voix me fait sursauter.

– C'est ça que tu cherches, bébé ?

Oh merde ! Tout, mais pas ça !

Rip, adossé au chambranle de la porte, balance ma petite culotte rose sur son index. Et même si je me tuerais plutôt que de l'avouer, cette vision sexy au possible me retourne de l'intérieur. Il est vêtu d'un jean, d'un t-shirt blanc et d'un blouson de cuir noir, et me regarde avec un sourire moqueur.

Son air sûr de lui me met hors de moi.

– Donne-moi ça immédiatement, Rip. Je ne plaisante pas...

Il hausse un sourcil mi-surpris mi-amusé devant mon ton menaçant. Puis, lentement, il pose son casque de moto sur un meuble et s'avance dans la pièce tout en faisant danser mon sous-vêtement sur son doigt.

– Ah oui ? Et pourquoi est-ce que je te donnerais ce qui m'appartient ? Ce petit bout de tissu est mon trophée. Je le garde en souvenir d'un merveilleux moment où j'ai découvert la vraie Kataline du Verneuil.

Sa voix est rauque et pleine de sous-entendus, et ses paroles me touchent plus qu'elles ne devraient. Pourtant, je me force à cacher mes émotions. Je me redresse et croise les bras sur ma poitrine d'un geste déterminé.

– Cette culotte est à moi ! Alors, rends-la-moi s'il te plaît.

Je tends la main, mais il l'ignore superbement. Je sens que ça va mal finir.

– Han han... Si tu la veux, tu n'as qu'à venir la chercher.

Avec provocation, il enfonce le bout de tissu dans sa poche de jean, en redressant le menton d'un geste arrogant.

Non mais il me cherche là ? Ni une ni deux, je me jette sur lui pour essayer de lui reprendre mon bien. Mais, rapide comme l'éclair, il esquive, et je manque de m'affaler contre le mur, ce qui a le don de le faire ricaner et de m'énerver encore plus.

Faisant volte-face, je fonce sans perdre de temps et, bénéficiant de l'effet de surprise, je parviens à le percuter et l'envoyer sur le lit.

Mais au moment où je m'apprête à crier victoire, son agilité a raison de mon assaut. Il m'attrape les poignets et m'entraîne avec lui dans sa chute avec une vigueur surprenante. En une fraction de seconde, il retourne la situation et je me retrouve couchée sur lui, impuissante.

– Oh, joli. En plus du kickboxing, tu fais aussi de la lutte ?

Ignorant ses moqueries, j'essaie de me libérer, en vain. Il me maintient les poignets avec une force incroyable.

– Tu n'es qu'un connard, Raphaël Saveli ! Rends-moi ça, je te dis, ou sinon...

Une ombre furtive passe dans ses yeux gris. Je pense qu'il ne s'attendait pas à ce que je l'appelle par son prénom. Tirant sur mes bras d'un geste brusque, il me plaque violemment contre sa poitrine.

– Sinon quoi, Kataline du Verneuil ?

Dieu qu'il m'énerve !

– Je te jure, Rip, je ne sais pas ce que je vais te faire...

Un sourire en coin étire ses lèvres. Mais encore une fois, ses yeux ne rient pas.

– Moi, j'aurais bien une idée à te suggérer.

Mon cœur manque un battement. Non mais pourquoi, à chaque fois qu'il fait des allusions perverses, mon corps se met au garde-à-vous ? J'avale ma salive avec difficulté. Je ne sais pas quoi répondre.

Le regard de Rip s'assombrit et se fixe sur mes lèvres. D'un mouvement leste du bassin, il me fait basculer sous lui et j'étouffe un cri sous la pression de son corps contre le mien. Le sentir tout contre moi me fait l'effet d'une tornade. La chaleur monte au creux de mon ventre et mon pouls accélère. Il s'approche encore et là, j'arrête carrément de respirer. Son odeur me rend complètement folle. Mais le peu de conscience qu'il me reste m'oblige à ne pas me laisser aller. Je me fige et il le remarque.

– Qu'est-ce qui te fait peur, Kataline ?

Sa voix rauque me fait chavirer. Pourtant, je trouve la force de lui répondre. Une réponse pas préméditée du tout, et qui s'échappe de mes lèvres sans prévenir.

– Toi... Moi... Ça...

Rip s'écarte légèrement et je peux de nouveau respirer. Je ferme les yeux un instant et quand je les rouvre, ceux de Rip me fixent intensément, comme s'ils voulaient sonder mon âme.

– S'il te plaît, Rip...

Une ride vient lui barrer le front et aussitôt, il se redresse pour me libérer.

– OK. Laisse tomber. Je suis désolé.

Je ne m'attendais pas à un tel revirement, alors je reste assise sur le lit, interdite, sans savoir quoi dire. J'ai tellement de mal à communiquer avec lui... Heureusement, Rip comble le silence devenu trop pesant. Il se lève et se met à tourner dans la pièce comme un lion en cage.

– Je ne sais pas pourquoi, mais quand je suis avec toi, j'ai du mal à me contrôler. D'habitude, les filles comme toi me sont totalement indifférentes.

Il se passe nerveusement la main dans les cheveux, et continue comme s'il se parlait à lui-même.

– Je ne sais pas... avec toi, c'est différent. J'ai tout le temps envie de te provoquer. Tu m'intrigues. Tu m'intrigues parce que je n'arrive pas à te cerner. Tu n'es pas comme les autres... Quand je te regarde, je ne vois rien. Je n'entends rien...

Euh, c'est censé être un compliment, ça ?

Je soupire. Je crois qu'on n'y arrivera jamais. Alors, autant en finir...

– C'est fatigant, Rip. Cette guéguerre qui a commencé entre nous et qui ne mène à rien. J'en ai marre.

Je reconnais à peine ma voix, tant elle est cassée par l'émotion. Rip s'arrête et tourne la tête vers moi. Un éclair de colère passe dans ses pupilles.

– Quoi ? Non. C'est hors de question ! N'y pense même pas !

Je suis surprise par autant de virulence.

– Non ? OK. Alors je veux que ça cesse. Qu'on arrête de se disputer tout le temps... De toute façon, on n'a pas le choix parce

275

qu'on devra forcément se croiser. Pour le tatouage. Parce que je bosse avec ton frère...

– Ça te plaît ?

Je relève la tête, étonnée une fois de plus par son changement de sujet.

– Quoi ?

– Bosser avec Max. Il te plaît ? C'est pour ça que tu bosses avec lui, non ?

Je secoue la tête en fronçant les sourcils.

– Non, non, non. Tu n'y es pas du tout. On travaille... Non, mais attends, qu'est-ce que ça peut te faire d'abord ?

Ça y est, nous voilà de nouveau à nous prendre la tête.

– Oh, mais rien. C'est juste que tu n'es pas son genre de nana.

– Je sais, je suis une fille « insipide ». Et tu m'as bien fait remarquer que je n'étais pas ton genre non plus, je te rappelle. Pourtant, ça ne t'a pas empêché de me...

Merde, mais qu'est-ce que je raconte ?

Le visage de Rip s'éclaire pendant une fraction de seconde.

– Ouais, et ça t'a plu autant qu'à moi, à ce que je sache.

Et le revoilà avec ses sarcasmes ! Je me prends la tête entre les mains quelques instants. Lorsque je relève les yeux, je pèse mes mots.

– Tu vois, Rip. C'est pour ça qu'on n'arrivera jamais à s'entendre. Tu es sans cesse en train de me provoquer. Tu me fais sortir de mes gonds... et franchement, je n'ai pas besoin de ça en ce moment. C'est tout ce que je veux éviter.

Il lève les deux mains en signe de reddition.

– OK, OK, je ne le ferai plus.

Et ? Où est-ce que ça nous mènera ce petit jeu ?

Je me dirige vers la porte en secouant la tête. Tout ça ne sert à rien. Mais au moment où je presse la poignée, Rip m'attrape le bras.

– Je suis désolé, Kat. Je te promets de faire un effort.

Je soupire.

– OK. Je veux bien te donner une chance. Après tout, on doit travailler ensemble. Mais je fixe une condition.

Il m'adresse son sourire en coin et attend patiemment ma réponse.

– Tu ne me touches plus, Rip. Jamais.

Son visage se fige quelques instants, mais il finit par acquiescer de la tête. Je m'apprête à quitter la pièce, mais au dernier moment, je me ravise. Avant qu'il n'ait pu réagir, je glisse rapidement ma main dans sa poche et lui pique ma culotte. Puis, je sors précipitamment de la chambre en lui lançant :

– Merci, Raphaël !

***

Lorsque je traverse le salon, satisfaite de ma ruse, quelque chose m'arrête. Je me retrouve devant les photos de Rip, prises avec les guitaristes célèbres.

Ce sont exactement les mêmes que celles que j'ai vues dans le couloir du bas, avec Rosa. Et j'ai la preuve que je n'ai pas rêvé. Sur ces clichés, les musiciens sont beaucoup plus âgés. Une bonne vingtaine d'années, je pense. Mais Rip, lui, est exactement le même. Il semble avoir le même âge qu'aujourd'hui.

Je me fige, et un frisson glacial me traverse le corps.

Comment est-ce possible ?

Un bruit dans la pièce attenante me fait m'enfuir.

23

Urgences

Lorsque je retourne dans la chambre de Maxime, je le trouve penché sur son ordinateur.

– Ah, Kat. Tu t'es perdue ?

Ouf, j'avais peur qu'il n'ait des doutes.

– Non, non, j'ai bien retrouvé ce que je cherchais. Alors, tu voulais me montrer quoi au juste ?

Nous bossons pendant une bonne heure ensemble avant que la faim ne finisse par nous faire descendre dans la cuisine.

Rosa est en train de préparer des pancakes et une bonne odeur de crêpes a envahi le rez-de-chaussée. J'en ai l'eau à la bouche. Elle nous accueille avec un grand sourire et nous tend une assiette.

– Rosa, tu es vraiment la meilleure cuisinière du monde...

– C'est gentil, Maxime. Mais ce ne sont que des pancakes.

Elle le regarde avec une affection non feinte.

– Ah, mademoiselle du Verneuil, j'ai un message pour vous de la part de Raphaël.

Elle me tend un petit bout de papier plié en quatre. L'écriture est fine et légèrement penchée, identique à celle qu'il y avait sur les paroles de chansons.

« *Salon de Jess demain à 14h. Si pas possible, téléphone* ».

Je fixe le morceau de papier, interloquée. Je ne suis pas son assistante ! Il croit vraiment qu'il peut me donner des ordres comme ça ? Non mais il hallucine carrément !

Je chiffonne le mot et m'empresse de le fourrer dans mon sac.

– Tout va bien, Kat ?

– Oui, oui... c'est juste ton frère qui croit que je suis à sa disposition.

Rosa intervient, un sourire bienveillant aux lèvres.

– Raphaël sait ce qu'il veut. Et quand il a une idée derrière la tête, eh bien, il peut s'avérer vraiment têtu.

Oui, ça, j'avais remarqué.

– Il tient beaucoup à ce travail que vous faites pour lui.

La remarque de Rosa me surprend. Elle parle vraiment du tatouage, là ? Certainement parce qu'il va se faire tatouer la photo de la fille qu'il aime... Je m'abstiens de répondre, alors Rosa poursuit.

– Il parle rarement de ses projets... artistiques. Mais là, il m'a fait l'éloge de votre talent. C'est très... curieux, venant de lui.

Je n'en crois pas mes oreilles. Rip qui fait des compliments sur ce que je fais. Ça ne lui ressemble pas. Gênée, je lance un regard à Maxime, qui se renfrogne.

– Rip aime les tatouages et Kat est un génie. C'est assez logique.

Rosa sourit de plus belle.

– Oui, bien sûr. Et toi, tu admires aussi le travail de Kataline. Vous devez être vraiment particulière, mademoiselle.

Je ne sais que répondre. Cette conversation me met de plus en plus mal à l'aise. Sans tenir compte de mon embarras, Rosa continue sur sa lancée.

– Raphaël est extrêmement exigeant et il y a peu de personnes à qui il confie ses projets. Mais d'après ce que j'entends, vous êtes à la hauteur. Et il tient beaucoup à ce que vous poursuiviez votre... collaboration.

Je lève un sourcil. C'est quoi ce sous-entendu ?

– C'est étrange. J'ai pourtant l'impression qu'on n'est pas souvent sur la même longueur d'onde.

– Rip a toujours été attiré par ce qui lui résiste, dit alors Maxime d'un ton amer.

La sonnerie de mon téléphone m'évite de répondre. C'est Jess.

– Allô ?

– Kat ? C'est Jess. Chérie, il s'est passé quelque chose d'affreux. On a eu un accident et Kris est... On a dû l'emmener à l'hôpital Saint-Joseph. La voiture est HS et... je suis ... Tu vas bien toi ? Tu es où ?

Mon sang quitte mes joues alors que je perçois les sanglots de ma tante à l'autre bout du fil. L'inquiétude me donne la nausée.

– Je suis chez Max. Je vais bien... Pourquoi ?

– Ouf, quel soulagement !

Je ne comprends pas pourquoi elle semble si inquiète pour moi.

– Jess, qu'est-ce qui s'est passé ?

– On a été percutés de plein fouet par une voiture sur le périph. Ils pensent que Kris a un traumatisme crânien et peut-être un problème aux cervicales. On va l'emmener avec l'ambulance...

Elle suffoque et a du mal à parler.

– OK. Je... Je vais venir te rejoindre, Jess. J'arrive aussi vite que je peux.

À ce moment-là, j'entends quelqu'un prendre le téléphone et une voix d'homme se met à me parler.

– Bonjour, madame. Je suis le médecin urgentiste. Votre ami n'a rien de grave. Un léger traumatisme crânien et il aura certainement besoin de porter une minerve quelque temps. Mais votre tante est en état de choc. Il serait préférable que vous veniez la retrouver... Surtout quand la police viendra.

La police ?

– Oui, oui. J'arrive dès que je peux, docteur.

Lorsque je raccroche, je me tourne vers Maxime, qui me fixe d'un air intrigué.

– Jess et Kris viennent d'avoir un accident. Il faut que j'aille à l'hôpital...Tu peux m'y emmener ?

J'évite de mentionner l'histoire de police.

– Merde ! J'ai refilé ma caisse à Parker pour qu'il change mes plaquettes. Elle ne sera pas opérationnelle avant demain...

Merde !

– Et je ne peux pas compter sur les transports en commun... Je vais devoir y aller en taxi. C'est loin le centre Saint-Joseph ?

Rosa prend un air désolé.

–Ma pauvre petite, avec toutes ces grèves, ça m'étonnerait fort que vous trouviez un taxi disponible ce soir.

Oh non...

– Bon, ben, je ne vois guère que la marche à pied.

– Tu plaisantes ? C'est au moins à une heure à pied...

À ce moment-là, Rip entre dans la pièce, son blouson de moto sur le dos et son casque à la main.

Rosa l'accueille en répliquant.

– À moins que... ?

Rip s'arrête sur le pas de la porte et nous observe d'un air sombre, en cherchant à comprendre ce qui se passe.

– Kataline doit rejoindre sa tante à l'hôpital. Elle a eu un accident... Est-ce que tu voudrais bien l'emmener ?

Il me fixe en fronçant les sourcils.

– C'est grave ?

Je lève les bras.

– Kris a peut-être un traumatisme crânien... Et Jess est dans tous ses états. Il faut que j'aille la rassurer...

Rip hoche la tête d'un air entendu.

– Je devais aller chez Royce, mais ça peut attendre. Viens, je t'emmène.

Je le remercie d'un signe de tête et baisse machinalement la tête sur ma tenue. Ma jupe trop longue, mon gilet trop grand...

– Mais, je ne peux pas monter sur ta moto comme ça.

Il balaye mes vêtements des yeux en fronçant les sourcils.

– Non, effectivement. C'est pas la tenue idéale. Viens, je dois avoir un ou deux trucs à Mégane qui feront l'affaire.

Si ce n'était pas pour Jess, je l'aurais déjà envoyé balader pour m'avoir proposé les fringues de sa copine. Mais là, je n'ai pas vraiment le choix, alors je ronge mon frein et le suis jusque dans son salon.

Il fouille quelques secondes dans le dressing et en ressort des leggings en cuir noir et une tunique transparente.

– Tiens, ça devrait t'aller. Tu peux te changer ici. Moi, je redescends et t'attends en bas.

Je fixe les vêtements d'un air perplexe. Ça me semble petit. J'espère que je vais rentrer dedans. Mais je n'ai pas le temps de faire la fine bouche. Je me précipite dans la chambre de Rip, retire mes habits et enfile ceux de Mégane à la hâte. Son parfum trop sucré est imprégné dans les vêtements et m'arrache une grimace.

Lorsque je reviens dans la cuisine, Rip et Max marquent un temps d'arrêt et me regardent comme s'ils avaient vu la Vierge. Sauf que là, elle est vêtue de cuir et de dentelle. Les leggings moulent mes formes comme une seconde peau et la tunique en voile fait apparaître mon top à bretelles en transparence. Tout ce que j'aime...

Rip tousse avant de dire d'une voix étrangement rauque.

– Tu es prête ?

Je hoche la tête d'un air gêné et je m'avance vers lui, le rose aux joues. Max m'attrape le bras lorsque je passe devant lui.

— T'en fais pas, Kat. Je suis sûr que ça va aller...

— Oui. Merci, Max. Je te tiendrai au courant.

Il me prend dans ses bras quelques secondes et par-dessus son épaule, je vois le regard de Rip s'assombrir.

Mais il ne dit rien et me tend une veste en cuir que j'enfile à la hâte avant de le suivre à l'extérieur. La Kawasaki noire était bien la sienne. J'en ai des suées rien qu'à penser que je vais monter sur cet engin.

Arrivé vers le bolide, Rip se tourne vers moi.

— Tu es déjà montée sur une moto ?

Je fais la grimace... et je secoue négativement la tête. Il soupire, comme si c'était une tare de ne jamais avoir fait de moto. Rip le connard est de retour, on dirait...

— Bon, alors... Je monte, tu montes, tu t'agrippes à moi et tu fermes les yeux si ça devient trop rapide pour toi. C'est aussi simple que ça.

Dans tes rêves !

Mais comment peut-il devenir aussi con alors que quelques heures auparavant il me disait vouloir enterrer la hache de guerre ? Il me prend pour une quiche ou quoi ? Sans répondre, j'attrape le casque noir qu'il me tend et l'enfile en lui lançant un regard assassin.

Une fois qu'il a enfourché la moto, je me hisse derrière lui et attrape les deux poignées latérales d'un geste sans équivoque. Rip tourne alors la tête vers moi et m'adresse un sourire en coin.

— OK, Derbies. Comme tu veux...

Il met son casque et démarre. Le vrombissement du moteur est si impressionnant que j'en ai des frissons. Rip manœuvre habilement pour sortir de la cour, mais dès que nous nous retrouvons sur la route, il donne un coup d'accélérateur qui me propulse en arrière.

Je m'agrippe aux poignées avec un petit cri et j'entends le rire de Rip résonner dans mon casque alors qu'il se remet à l'arrêt.

– Je te conseille de t'accrocher à ma taille si tu ne veux pas retrouver ton joli postérieur sur le capot de la voiture de derrière...

Je lève les yeux au ciel. Pourtant, je n'en mène pas large. Rip a une véritable bombe entre les mains... Alors à contrecœur, je lâche les poignées et passe mes bras autour de sa taille. Je me retrouve plaquée dans son dos et je sens sa chaleur à travers mes vêtements. C'est tellement intime comme position, que je me sens rougir malgré moi.

– C'est mieux, chérie... Beaucoup mieux.

Sans me laisser le temps de réagir, Rip se lance dans la circulation. Avec la plus grande dextérité, il slalome entre les véhicules qui s'amoncellent dans des kilomètres de bouchon. C'est un pilote hors pair et malgré mon inexpérience, je commence à prendre un certain plaisir à sentir la puissance de la machine entre mes jambes.

À chaque accélération, la mécanique réagit avec ferveur et la conduite souple de Rip me donne confiance. Ce doit être terrible de laisser les chevaux s'exprimer sans contraintes de circulation. L'adrénaline aidant, je finis par espérer que certains passages plus fluides nous permettront de tester la puissance du bolide. À moins que ce ne soit la proximité de Rip qui me fasse délirer...

– Tu te débrouilles comme une chef. On dirait que tu as fait ça toute ta vie.

Je souris. Un compliment de Rip, ça ne se refuse pas !

– Je dois avouer que tu es un assez bon pilote. Mais fais attention, je risque d'y prendre goût.

Il ricane.

– Je n'attends que ça, ma belle.

Au bout de vingt minutes, je commence à m'inquiéter du trajet.

– C'est encore loin ?

– Non, nous y sommes. On prend la prochaine sortie et c'est tout de suite sur l'embranchement suivant.

Nous quittons le périphérique et Rip se gare sur le parking pour les deux-roues de l'hôpital. Je frissonne. Je n'ai jamais aimé les hôpitaux. C'est froid et ça sent la mort... C'est certainement une des raisons pour lesquelles je n'ai pas suivi la voie de mon père.

Nous arrivons aux urgences sans avoir échangé un mot. L'inquiétude qui m'avait quelque peu quittée pendant le trajet me gagne à nouveau.

***

L'infirmière de l'accueil est plutôt jeune et jolie, et elle a le nez penché sur son porte-document. Alors que je l'interpelle pour lui demander poliment si monsieur Kris Patterson a bien été pris en charge ici, elle ne prend même pas la peine de me regarder.

– Oui, vous trouverez monsieur Patterson dans le bloc 2, première porte à droite, au fond du couloir...

Elle lève enfin la tête et ses yeux s'éclairent lorsqu'ils se posent sur Rip. Aussitôt, un sourire enjôleur étire ses lèvres et elle penche légèrement la tête sur le côté, en gonflant la poitrine.

– Je peux vous accompagner si vous le souhaitez...

Non mais je rêve ou elle lui fait du rentre-dedans, là ?

Rip lève un sourcil amusé, mais je m'empresse de répondre avant qu'il ne prenne la parole.

– Non, merci, dis-je d'un ton sec. On va se débrouiller...

L'infirmière s'aperçoit enfin de ma présence et me fixe avec un regard qui dit : "merde, je ne l'avais pas calculée celle-là". Avec rage, j'attrape la main de Rip et l'entraîne à ma suite d'un pas décidé. Elle m'a énervée cette pétasse !

– Ehhh, doucement, j'y suis pour rien, moi !

Ben ouais, c'est ça !

Rip ricane dans mon dos en se laissant entraîner, ce qui a le don de m'agacer encore plus. Mais alors que nous poursuivons notre marche dans le couloir, je prends soudain conscience de sa main dans la mienne et la retire vivement, comme si elle m'avait brûlée.

Nous arrivons dans un couloir et j'aperçois enfin Jess qui patiente dans une petite alcôve servant de salle d'attente. Je me dirige vers elle et dès qu'elle me voit, elle se jette dans mes bras.

– Oh mon Dieu, Kat. Tu es là...

Je la berce quelques secondes et lorsque je la relâche elle me raconte ce qui s'est passé. Un automobiliste a percuté la voiture de Kris avant de s'enfuir. Ils n'ont pas pu identifier le véhicule.

Heureusement, il y a eu plus de peur que de mal... Kris est en train de passer une radio de contrôle, mais a priori, contrairement au premier diagnostic, il n'y a pas eu de traumatisme crânien. Seulement une belle bosse...

– Ouf, ben tant mieux. Et toi ? Tu n'as rien.

– Non, j'ai eu de la chance. La voiture nous a percutés côté conducteur, et nous étions seuls sur la route. J'ai juste eu la trouille de ma vie.

Je la prends dans mes bras.

– Ça va aller maintenant. Vous allez pouvoir rentrer.

– Ouais. Mais avant, on doit attendre pour faire une déposition à la police contre le chauffard qui s'est enfui. Ils doivent bientôt arriver pour interroger Kris.

À ce moment-là, le Kris en question arrive avec une jolie infirmière sous le bras. Il a une minerve autour du cou, un œil au

286

beurre noir et une belle bosse au-dessus de l'arcade. Pour autant, ça ne l'empêche pas de plaisanter.

– Bon ben, si tu voulais te débarrasser de moi, c'est raté, Jess.

Toujours le même humour ! C'est bon signe. Pourtant, ses yeux s'assombrissent lorsqu'ils passent au-dessus de moi pour se fixer sur Rip.

– Rip... Qu'est-ce que tu fais là ?

Oups. On dirait qu'il n'est pas tellement content de le voir. Qu'est-ce qui se passe ? Je me sens obligée d'intervenir.

– Maxime n'avait pas de voiture, alors c'est Rip qui m'a emmenée.

– C'est cool, merci, répond Jess, en jetant un regard entendu à Kris.

Un silence lourd s'installe.

– Ben, dis donc, tu t'es pas raté, dis-je pour détendre l'atmosphère.

– Et encore, ça aurait pu être pire. Tu verrais l'état de ma bagnole. Malheureusement pour moi, le mec a filé. Et je n'ai pas eu le temps de voir sa tête avant qu'il n'enquille ma caisse. Dommage...

– Au final, il n'y a que des dégâts matériels, heureusement, intervient Rip.

Kris lui adresse un regard un brin suspicieux.

– Ouais. S'il pensait faire plus, le salopard a raté son coup.

– Qu'est-ce que tu insinues ? Qu'il l'a fait exprès ?

Jess répond à sa place.

– Non. C'est certainement le choc qui le fait divaguer, pas vrai, mon chou ?

Elle lui donne un coup de coude dans les côtes qui le fait grimacer.

– Ouais, tu as raison. J'ai pris un coup à la tête. Ce doit être ça.

Kris soupire et change alors de sujet.

– En attendant, ce bon vieux tas de ferraille avait pour fonction de nous transporter. Maintenant, on va devoir prendre un taxi pour rentrer.

– Oui, mais avant, faut qu'on attende les flics, dit Jess. On va être coincés ici une bonne partie de la soirée... Et ça va prendre des plombes pour rentrer en taxi avec tous ces bouchons. Génial !

– Je peux ramener Kat, intervient Rip en se rapprochant de moi. De toute façon, elle doit repasser chez moi pour récupérer ses affaires.

Ah oui... je n'avais pas pensé à ça. Je hausse les épaules avec hésitation. Kris me fixe d'un air perplexe.

– Tu es sûre, Kat ?

Merde ! Qu'est-ce que je réponds ?

Heureusement, ma tante prend la décision à ma place.

– Ce sera toujours mieux que de poireauter ici. Et parfois, il vaut mieux se savoir en danger plutôt que se croire en sécurité.

Kris lui lance un regard interrogateur, mais ne répond pas. Décidément, ils sont plus que bizarres ce soir. Et je ne comprends rien à leurs énigmes déguisées. Je crois que l'accident les a plus secoués que ce qu'ils prétendent.

Toujours est-il que la perspective de passer la nuit ici et dans un taxi ne m'enchante guère. Surtout après avoir découvert les joies du deux-roues. Alors finalement, je suis le conseil de ma tante.

– Je crois que je vais faire comme ça, oui.

Les lèvres de Rip s'étirent dans un sourire en coin et Kris se renfrogne. J'entends encore ses mises en garde à propos de Rip. Mais, là, je n'ai pas vraiment envie d'en tenir compte. Je suis une grande fille qui sait se défendre, après tout.

– OK, alors on est parti !

288

Au moment où nous prenons congé, j'entends Kris interpeller ma tante.

– Rappelle-moi de te remémorer ce que tu viens de dire, Jess. Encore une embrouille entre les amoureux !

24

Soirée à oublier

Après avoir quitté le bloc 2, nous nous dirigeons vers la sortie et au moment où nous passons vers l'accueil, l'infirmière de garde arrête ce qu'elle est en train de faire pour adresser un sourire aguicheur à Rip. Mais ce dernier l'ignore et je m'en réjouis dans mon for intérieur. Si bien que je me fais même le plaisir d'adresser un petit signe à la fille tout en me rapprochant de Rip. C'est puéril, mais ça me fait du bien.

Lorsque nous arrivons près de la moto, la nuit est déjà tombée. Rip se tourne vers moi en mettant la clé sur le contact.

– Ça va ? Tu n'as pas froid ?

Oh, autant de prévenance, cela ne lui ressemble pas. J'ajuste le blouson de cuir qu'il m'a prêté et je tire sur la fermeture.

– Merci. C'est supportable.

– Bien, parce qu'on va prendre un autre trajet. Je dois faire un détour pour passer chercher un truc chez Royce. On pourra mieux rouler, mais du coup, ça va faire un peu frisquet...

OK. J'espère qu'on ne va pas perdre trop de temps, parce que j'ai quand même préféré aller avec lui pour ne pas rentrer trop tard, alors...

Nous prenons la direction du centre et au bout d'une dizaine de minutes, Rip se gare le long d'un grand immeuble de style haussmannien. Il m'entraîne à sa suite devant une immense porte d'entrée.

– C'est là qu'habite Royce ?

Rip hoche la tête avec un petit sourire.

Waouh, je n'en crois pas mes yeux. J'ai l'impression d'être devant un palace. Déjà que la maison de Max et Rip est immense, mais alors là... je suis scotchée.

– Ben, dis donc, il ne s'embête pas...

– Ouais. Son père est producteur. Il est blindé.

Un majordome nous ouvre la porte et sourit en reconnaissant Rip.

– Monsieur Raphaël, quel plaisir de vous voir... Mademoiselle.

Il se penche légèrement vers moi en une révérence discrète.

– Bonjour, monsieur.

– Monsieur Royce est dans sa suite... Il vous attend.

Rip lui adresse un petit signe de tête et se dirige vers un escalier en marbre blanc.

– Merci, Georges. Pas la peine de nous accompagner.

– Bien, monsieur.

Le majordome s'efface pour nous laisser passer et Rip m'entraîne dans la maison, comme s'il était chez lui.

Alors que nous montons les escaliers, je ne peux m'empêcher de lui glisser.

– Sérieusement ? Un majordome ?

Lorsque nous atteignons le premier étage, une musique électro nous parvient.

– Viens, c'est par là...

– Tu es sûr qu'on n'en a que pour quelques minutes ?

– Oui, t'inquiète. Ce sera pas long.

Il ouvre une porte et nous pénétrons dans une grande pièce illuminée par des dizaines de lampadaires à LED. J'ai l'impression de me retrouver dans une soirée blanche d'Eddy Barclay. Tout est maculé, des murs en passant par les meubles et la décoration. Royce est assis dans un grand canapé en U, entouré d'autres personnes que je ne connais pas. Sur la table basse en marbre, j'aperçois des bouteilles de bière et des joints.

À notre arrivée, Royce nous accueille avec un grand sourire.

– Hey, Rip, mon ami... Je vois que tu es en bonne compagnie.

Je resserre instinctivement mon blouson. Vêtue comme je suis, je ne suis pas à l'abri de ses commentaires déplacés. Rip ne tient pas compte de sa remarque et s'approche d'un pas nonchalant.

– J'ai eu ton message. Tu voulais me voir ?

– Ouaip. Le boss a beaucoup apprécié ta dernière performance. Et il t'a prévu un nouveau... projet.

Rip lève un sourcil. On dirait que cette idée ne lui plaît pas particulièrement.

– Ah ouais ?

– Oui. Et celui-là, je sens que tu vas le kiffer, mec. Black Angel, ça te parle ?

Immédiatement, Rip se renfrogne.

– Tu plaisantes ?

– Non, mec. Il faut qu'on organise le truc, mais normalement, ça devrait se faire bientôt. Tu es partant ?

Le visage de Rip s'éclaire d'un sourire mauvais qui me fait frissonner. Il fait craquer ses doigts comme s'il se préparait à défoncer quelque chose à mains nues. Je n'ai pas de mal à deviner qu'il s'agit d'un nouveau combat.

– Et comment ! Je vais prendre mon pied à le défoncer.

– Yeah. Je n'en attendais pas moins de toi... Par contre, les enchères montent, mon pote. Il faudra que je t'en parle avant de nous engager. Bon, maintenant, viens par là. Tu veux quelque chose, mon ami ?

Royce nous fait asseoir, moi à sa gauche et Rip sur le canapé en face de lui.

– Une bière.

Aussitôt, une jolie brune tend une canette à Rip, qui la décapsule avec un briquet. On dirait vraiment que le monde tourne autour d'eux. C'est étrange. Comme si chaque personne présente était là pour leur faire plaisir. Ils ont une cour qui cherche sans cesse à satisfaire leur moindre désir. Tout le monde est pendu à leurs lèvres comme s'ils étaient des messies. Je comprends mieux en voyant cela, à quoi Maxime faisait allusion lorsqu'il parlait de la popularité de son frère et de ses potes.

– Kat ? Tu veux un truc ? Bière, soda... un joint, peut-être ? Ça te détendrait...

Je secoue la tête. Royce prend un malin plaisir à se foutre de moi, ce soir. S'il compte me mettre en boule, eh bien, il est sur la bonne voie.

– Un soda s'il te plaît. Pour le reste, sans façon. Je préfère garder les idées claires.

Royce sourit à pleines dents et me donne un verre que je porte lentement à ma bouche.

– C'est très raisonnable, Derbies. Mais t'as raison. On ne sait jamais ce qui peut t'arriver avec Rip.

Il se penche vers moi avec un regard qui en dit long.

– Tu pourrais te retrouver sans culotte avant même d'avoir pu dire ouf.

Je m'étouffe dans mon verre. Il est malade de balancer un truc pareil ? Je l'assassine du regard. Rip fronce les sourcils, mais les autres ricanent dans leur barbe. Royce, content de son effet, tire une longue latte sur un joint avant de cracher lentement la fumée vers moi.

Putain, il a décidé de s'en prendre à moi, lui aussi ! Pourquoi tant de haine ? S'il croit que je vais me laisser humilier devant tout le monde, il se met le doigt dans l'œil. Avec un air revêche, je laisse mes paroles dépasser mes pensées.

– Dis-moi, Royce, tu ne serais pas un peu complexé ? Non, parce que j'ai vraiment l'impression que tu vis par procuration à travers ton copain... la musique, les combats, tout ça... C'est pareil avec les filles aussi ? C'est Rip qui baise pour toi ?

Royce blêmit et Rip reste avec sa canette en suspens au bord de ses lèvres. Le silence se fait dans le salon et tout le monde me fixe comme si j'avais blasphémé devant l'autel de Notre-Dame.

La tension monte et Royce devient cramoisi. Il me regarde avec des yeux de merlan frit et je m'attends à le voir exploser d'une seconde à l'autre. Mais contre toute attente, il éclate de rire. Un rire tonitruant qui lui arrache des larmes. Il se gausse tellement qu'il finit par se rouler sur le canapé, sous les yeux ahuris de ses convives, Rip au premier plan. Au bout d'un moment qui me paraît être une éternité, il se redresse en poussant de petits cris, entrecoupés de hoquets.

Il essuie ses joues pleines de larmes et se tourne vers moi.

– La vache, Derbies. J'adore ton Putain de caractère... et ton audace. J'ai jamais rencontré une meuf comme toi. Tu me tues.

Rip le regarde, avec un air amusé.

– Je l'ai toujours dit...

Royce lève sa canette et l'entrechoque avec mon verre.

– Allez, à la tienne ! Décidément, je crois que je vais finir par t'aimer finalement.

Va te faire foutre !

Je suis bien d'accord avec la petite voix ! S'il croit que je vais devenir sa pote, il se met le doigt dans l'œil.

294

Tout le monde reprend sa conversation là où il l'avait terminé. De mon côté, je suis mal à l'aise, coincée entre Royce et une petite brune qui n'arrête pas de me fixer. Je sirote lentement mon soda, en espérant qu'on ne s'attardera pas trop.

Rip est de nouveau en pleine discussion avec Royce sur le futur combat. Je capte quelques échanges et même si je n'entends pas tout, je comprends qu'il ne porte pas son futur adversaire dans son cœur.

Je tends l'oreille, poussée par la curiosité. Mais à ce moment-là, ma voisine de gauche pose sa main sur la mienne. Instinctivement, je tente de la retirer, mais elle me maintient fermement.

– Muse, dit-elle en me fixant d'un air étrange.

– Quoi ?

La brune me lâche la main pour poser ses doigts sur mon visage. Elle a les yeux vitreux et m'examine minutieusement, comme si j'étais un objet rare.

– Muse, répète-t-elle.

Elle s'avance un peu plus et je recule vivement, en me cognant contre Royce. Encore une droguée qui se croit dans un rêve ! Je me dégage d'un mouvement d'épaule.

– Non mais lâche-moi, maintenant !

Elle obéit, mais au lieu de me laisser tranquille, elle se jette à terre et se met à baragouiner un charabia auquel je ne comprends strictement rien.

Je cherche de l'aide en regardant autour de moi, mais tout le monde semble absorbé par la scène, sans se préoccuper de mon désarroi. Lorsque Louise relève la tête, ses yeux sont emplis de haine, et sans crier gare, elle se jette sur moi en hurlant. Je pousse un cri en reculant dans mon siège.

– Louise, arrête !

La voix de Rip est aussi coupante qu'une lame de rasoir. Aussitôt, la fille stoppe son geste et lève des yeux pleins d'effroi vers lui. Elle se redresse et attend.... quoi ? Un ordre ?

– Selon votre volonté, Maître.

Quoi ? Non mais c'est quoi ce délire ?

Rip fronce les sourcils et me lance un rapide coup d'œil avant de reporter son attention sur la fameuse Louise. Elle se balance légèrement sur ses pieds, d'avant en arrière, et me lance des coups d'œil inquiets. Rip s'approche d'elle et pose ses mains sur ses tempes.

Instantanément, le visage de la fille change d'expression. Ses traits se détendent et ses épaules s'affaissent. On dirait qu'elle se réveille d'un cauchemar. Elle a l'air complètement perdue. Elle regarde alentour comme si elle découvrait où elle était.

Moi, je suis abasourdie par ce qui vient de se passer.

– Va, dit simplement Rip. Ne t'inquiète pas. Ça va aller...

La fille me lance un dernier regard craintif et sort de la pièce. Personne n'a bronché pendant cet étrange échange.

Je me tourne vers Rip et Royce.

– Non mais c'était quoi ça ?

C'est Royce qui prend la parole.

– Laisse tomber, Louise a quelques problèmes de comportement. Ne t'occupe pas d'elle.

Bizarrement, j'ai du mal à le croire. Surtout lorsque je vois le muscle tressauter sur la joue de Rip, signe de son agacement.

– C'est quoi ce mot... Muse. Pourquoi est-ce qu'elle m'a appelée comme ça ?

Rip se renfrogne et échange un regard gêné avec Royce.

– Il te l'a dit. Ne fais pas attention à ce qu'elle raconte. Elle est un peu dérangée.

La voix de Rip n'est pas si assurée que d'habitude. On dirait que cette situation l'embête.

– Allez, viens, Kat. Il vaut mieux que je te ramène chez toi maintenant.

À ce moment-là, sans crier gare, Lucie, que je n'avais pas encore remarquée, se jette sur moi, la main levée, comme pour me frapper.

Je m'apprête à parer le coup, mais Rip et Royce s'interposent d'un même mouvement entre elle et moi.

– Ne fais pas quelque chose que tu regretterais, Lucie, menace Royce d'une voix froide.

Les yeux de Lucie lui ressortent des orbites. Malgré la présence des garçons, elle fait un pas en avant, toujours menaçante.

– Quoi ? Mais il faut éliminer cette...

Rip lui attrape le poignet sans ménagement et le visage de Lucie se tord immédiatement de douleur.

– Tu ne la touches pas, je te dis.

Il se tourne alors vers le salon et balaye la foule de ses yeux durs, sans lâcher Lucie qui gémit sous le coup de la douleur.

– Personne ne la touche, c'est clair ?

Un brouhaha se fait entendre, mais personne ne le contredit. J'ai l'impression d'assister à une scène sans vraiment être là. On parle de moi comme si je n'étais pas là et ça me met mal à l'aise. Moi qui voulais passer inaperçue, je deviens le centre d'intérêt de toute l'assistance.

– Vous devriez y aller, ça vaut mieux, dit Royce plus doucement, sans me laisser le temps de réagir. C'est pas un endroit pour elle ici.

Je lève les yeux au ciel. Je ne comprends rien à ce qui se passe et je n'ai pas vraiment envie de comprendre. Ils veulent que je rentre ? OK, moi aussi. Alors ça tombe bien.

Je me redresse avec un air pincé et me dirige vers la porte, droite comme un i, devant les regards curieux des hôtes de Royce.

Rip me rejoint.

– Attends, Kat.

Je ne me retourne même pas pour lui répondre.

– Je peux rentrer en taxi, maintenant. Ce sera plus simple.

– Tu plaisantes ? J'ai promis à ta tante de te ramener, alors je te ramène.

Je soupire. Toute cette soirée commence à me taper sur les nerfs. Je m'arrête et fais volte-face.

– Écoute, Rip, ne te sens pas obligé. Je suis une grande fille et il ne va rien m'arriver si je prends un taxi. Retourne vers tes potes, je vais me débrouiller.

Il me bloque le passage en posant son bras sur le mur au moment où je me dirige vers l'escalier.

– J'insiste, dit-il simplement.

Ses yeux lancent des éclairs. J'ai l'impression que ma témérité et mon entêtement ne le font pas rire du tout. Je soupire. Je suis lasse de ces luttes incessantes. C'est trop pour une seule journée. Alors cette fois, je capitule.

– OK, comme tu voudras.

***

Lorsque Rip me dépose devant l'appartement, vingt minutes plus tard, la fatigue accumulée de la journée tombe sur mes épaules. J'ai même du mal à descendre de la moto tant mes jambes sont tremblantes. Je pense qu'une bonne nuit de sommeil me fera le plus grand bien, et me permettra de remettre mes idées en ordre.

Rip coupe le moteur, mais reste sur la moto. Il n'a pas l'intention de me raccompagner jusqu'à la porte et, quelque part, ça me soulage. Je lui tends mon casque en étouffant un bâillement.

– Dure journée, dit-il en le prenant.

– J'en ai connu des pires...

Il plisse les yeux légèrement.

– Écoute, Kat, ne fais pas attention à ce qu'a dit Louise ce soir. Elle est un peu marginale et n'a pas toute sa tête.

S'il voulait que je m'interroge sur cette fille, il ne pouvait pas faire mieux. D'autant que ce n'est pas ce qu'elle a dit qui m'a le plus marquée, mais plutôt ce qui s'est passé après. Sa réaction, ainsi que celles de Rip et Royce... Et Lucie qui s'est jetée sur moi comme si j'étais l'élément à abattre. Ils étaient tous tellement bizarres. Comme si je représentais un danger. Mais quelque chose m'empêche de confier mes pensées à Rip.

– T'inquiète, je n'ai qu'une envie, c'est oublier cette soirée. Je vais aller me coucher, je suis crevée.

– Ouais. On se voit samedi ?

Je hoche la tête. Et sans rien ajouter, Rip enfile son casque et lève la visière. Ses yeux gris perçants me couvent d'un voile brûlant qui m'arrache des frissons, malgré la fatigue. Ce mec a un tel pouvoir sur mes sens que c'en est effrayant. Je recule instinctivement, et son sourire en coin m'indique qu'il est parfaitement conscient de son ascendant sur mes émotions.

Ce type est décidément incorrigible.

Ouais, et c'est ce que tu aimes le plus chez lui, pas vrai ?

Ah, la petite voix mesquine est de retour ! Bonne nouvelle ! Je l'enfonce dans le sol avec mon talon et reporte mon attention sur Rip qui démarre la moto.

Il donne deux coups d'accélérateur et tourne la tête vers moi.

– Fais de beaux rêves Kataline.

Est-ce moi ou ses lèvres n'ont pas bougé ?

Avant même que je ne trouve la réponse à ma question, il part en trombe dans la nuit, me laissant seule et interdite sur le trottoir désert.

25

Je tuerais pour toi ma muse

L'eau chaude de la douche détend mes muscles et me fait un bien fou. Je reste un long moment sous le jet bienfaisant en essayant de ne penser à rien.

Mais malheureusement, une fois sortie de la salle de bain, mes interrogations reviennent à la charge. Qu'est-ce qu'elle voulait cette fille ? Et pourquoi Rip et Royce sont-ils intervenus si précipitamment ?

J'entends encore dans ma tête les menaces voilées de Rip défendant quiconque de m'approcher. Non mais c'est quoi ce délire ? Et les autres qui avaient l'air de chiots traumatisés en le regardant. On se serait cru dans un film.

Comment est-ce qu'elle m'a appelée déjà ? Muse ?

Un flash traverse mon esprit et une scène bien précise fait son apparition dans ma tête.

« Saleté de muse vierge, si prude, si innocente... »

La voix de Miguel résonne dans ma tête comme un glas. Mon sang quitte mes joues et la froideur de la panique s'insinue dans mes os. En état de choc, je me laisse glisser sur le sol de ma chambre, nue et désorientée.

Mon Dieu....

Je réalise avec terreur que c'est la deuxième fois qu'on me nomme ainsi. Et la première fois s'est terminée en tragédie. Qu'est-ce que tout ça veut dire ?

301

La sonnerie de mon téléphone me tire de ma léthargie. Je me redresse péniblement et atteins mon lit avant que ça ne raccroche.

– Allô ?

Ma voix mal assurée me fait l'effet d'une gifle.

Reprends-toi, Kat !

Je toussote pour me redonner de l'assurance.

– Kat ? Ça va ? C'est Maxime...

Je soupire de soulagement. S'il y a bien une personne à qui j'ai envie de parler, c'est lui.

– Max... Je suis contente de t'entendre.

– Ça ne va pas ? Tu veux que je vienne ?

Je me glisse sous ma couette, sans même prendre la peine d'enfiler des sous-vêtements.

– Non, ça va aller. Ça fait du bien de t'entendre.

Nous passons près d'une heure au téléphone où je lui explique le déroulement de la soirée. Je décide de ne rien lui cacher. Le passage à l'hôpital, l'histoire avec Louise, la réaction de Rip et l'altercation avec Lucie. J'ai besoin que ça sorte, et je sais que si quelqu'un peut m'apporter des réponses, c'est lui.

– J'ai du mal à réaliser ce qui s'est passé. D'abord Louise qui se jette sur moi, puis Lucie... Qu'est-ce que je leur ai fait ? Et Louise qui me donne ce nom, là... Muse. Tu sais ce que ça signifie ?

Maxime garde le silence quelques secondes avant de répondre.

– Non, je n'en sais rien, Kat. Mais tu sais, les choses ne sont pas toujours comme nous pensons qu'elles sont.

Et ? C'est censé me donner une explication, ça ?

Voyant que je ne réponds pas, Maxime poursuit.

– Tu sais, tu devrais oublier ce qui s'est passé et repartir sur autre chose de plus cool. Écoute, Louise a certainement des soucis. Elle a déliré. Quant à Lucie, avec ce qu'elle se met dans le nez, ça ne m'étonne pas qu'elle soit partie en live.

Ouah. Effectivement, je n'avais pas pensé à ça. J'ai bien vu quelques joints tourner chez Royce, mais je n'imaginais pas qu'il y avait d'autres produits plus puissants. Je n'imaginais pas qu'elle pouvait se shooter à la cocaïne. Je dois être trop naïve pour ces trucs-là.

– Ouais, tu as certainement raison. Je vais passer à autre chose.

– Bien. D'ailleurs, en parlant de ça. Tu seras au concert jeudi soir ? On joue au Wizz.

Ah oui, le fameux concert pour lequel Justine voulait des places.

– Pourquoi pas, mais je n'ai pas de place...

J'entends Maxime rire à l'autre bout du fil.

– Tu plaisantes ? Tu es mon invitée ! Pas besoin de place.

– Et je peux venir accompagnée ?

Silence...

– Justine me tuerait si elle savait que je n'ai pas essayé de lui dégoter une entrée...

Un petit rire me répond.

– Pas de problème !

***

Le mercredi est déjà là et je n'ai pas vu le début de semaine passer.

Jess et Kris sont rentrés de l'hôpital tard dans la nuit, après avoir fait leur déposition. Je les trouve bizarres depuis qu'ils sont revenus. Ils sont moins enjoués et ont l'air stressés par je ne sais quoi.

303

Du coup, je n'ai pas évoqué avec eux les événements qui se sont produits chez Royce. Je n'ai pas envie de les inquiéter pour rien. À mon avis, ils ont déjà assez de souci comme ça.

Justine me retrouve à l'appartement avant d'aller au concert. Bizarrement, Jess n'était pas très chaude pour que j'y aille. Mais lorsque j'ai dit que Ju m'accompagnait, elle a semblé un peu rassurée.

Là, je me retrouve dans ma chambre avec mon amie qui reluque mon dressing d'un œil dépité.

– Mon Dieu, ma chérie... Mais c'est quoi cette collection de vieilleries ? Tu veux ma mort ?

Elle me fixe avec un air accablé. Je souris devant sa mine renfrognée. Eh oui, bienvenue dans mon monde ! C'est sûr que face à son look de bikeuse, mes jupes longues ne font pas le poids. Son pantalon en cuir, son perfecto et son top en dentelle vont faire fureur ce soir.

– Si tu crois que tu vas aller au Wizz comme ça, tu rêves, ma fille ! Où sont les fringues que ta tante t'a fait acheter ?

Quoi ? Elle est au courant ? Grrr, Jess, tu ne perds rien pour attendre !

Je n'ai d'autre choix que de lui montrer les sacs avec les vêtements encore étiquetés. Elle en sort le fameux short que ma tante m'avait convaincue d'acheter.

– Eh, regarde-moi ça... ! Avec ces collants et ces bottes, tu vas faire un malheur !

Je lui lance un regard effrayé.

– N'y pense même pas, Justine. Il est hors de question que je porte ça ce soir... Je ne vais pas m'exposer comme de la viande fraîche !

Mon amie fait la moue, mais heureusement n'insiste pas. Elle jette son dévolu sur un jean troué aux cuisses, mais qui, grâce à un

304

empiècement, ne laisse rien voir de ma peau. Elle me le tend avec un top estampillé du logo d'un célèbre groupe de rock des années 60.

– Tiens. Enfile ça. Et tu n'as plus aucune excuse...

Je tente une dernière négociation.

– C'est pas un peu...

– Tut tut... aucune excuse !

Après avoir revêtu ma tenue de soirée, et cédé au « petit maquillage léger » de mon amie, nous voilà devant la porte du fameux bar, où la foule a déjà envahi l'espace.

Justine trépigne en sautant sur place.

– Ah, j'y crois pas ! J'ai hâte de les voir jouer ! Et en plus, on va être tout près de la scène. C'est génial !

Je souris devant son enthousiasme. Sa joie est communicative et je dois avouer que moi aussi, je suis impatiente de voir Max et son groupe jouer.

Sans oublier Rip... et sa voix orgasmique !

Je donne une pichenette mentale à la petite voix qui file bouder dans son coin. Tant mieux, elle va me laisser tranquille !

Nous nous faufilons jusqu'à nos places, sous le regard envieux des spectateurs. Nous sommes installées dans un petit carré VIP, juste devant la scène. Waouh, je ne pensais pas qu'on serait si près. C'est pas un peu trop d'ailleurs ?

Un petit pincement au cœur se fait sentir, signe de mon appréhension. C'est la même chose à chaque fois que je sais que je vais voir Rip. Comme si mon corps anticipait la confrontation. Je frotte mes mains l'une contre l'autre.

– Arrête de stresser, Kat. Ça va aller...

Justine me prend par le cou. À ce moment-là, la lumière s'éteint et des spots bleutés illuminent la petite scène.

305

– Ouvre tes oreilles, et profite... chuchote mon amie.

Mes cheveux se hérissent sur ma nuque. Rip entre en scène. Il est suivi de Parker, Maxime et un garçon que je ne connais pas. Le public applaudit à tout rompre leur arrivée.

Les musiciens s'installent. Rip passe la sangle de sa guitare autour de son cou et se positionne devant le micro. Maxime prend place à sa gauche, Parker s'assied à la batterie et le quatrième musicien saisit une guitare avant de se placer à la droite de Rip.

Je n'arrive pas à détacher mes yeux de Rip. Il est vêtu tout en noir, jean retroussé sur des Dr Martens et blaser en jean déchiré qui dévoile les tatouages et les muscles de son torse.

– Mon Dieu, ce mec est une bombe !

La voix de Justine me fait sursauter, et comme s'il avait entendu, Rip lève les yeux vers nous. Ses iris argentés capturent les miens et ne me lâchent plus.

Un voile sombre se dessine sur les traits de son visage. Je me sens rougir lorsque son regard descend et me scanne sans aucune pudeur. Ses lèvres se lèvent en un petit rictus appréciateur et ses yeux se voilent de désir.

– Eh ben, il y en a qui apprécient ta tenue, il me semble, souffle Justine à mon oreille.

Je hausse les épaules sans répondre. J'ai chaud d'un coup et je ne sais plus comment me tenir.

– Hey, laisse-toi aller, ma belle. Tu es là pour profiter du spectacle !

Je souris timidement.

– Ouais, t'as raison. Je vais profiter.

Je suis son conseil, et lorsque la musique envahit la salle, mon cœur se met à battre au rythme des accords de guitare. La voix chaude et éraillée de Rip s'élève et le temps s'arrête. Je suis suspendue à ses lèvres, comme si ma vie en dépendait.

Son timbre m'hypnotise, m'entraîne dans des histoires qu'il est le seul à savoir conter. Je suis tour à tour joyeuse, révoltée, triste. Ses paroles me transportent, m'apaisent, me meurtrissent. Jusqu'à ce qu'il chante LA chanson.

Celle qui parle de la femme qui a bouleversé son monde avec sa crinière flamboyante et ses yeux de chat. Celle qui bouscule tous les codes, toutes les certitudes. Celle qui fait de lui un esclave et qui le rend vulnérable. Celle qu'il ne comprend pas.

La mélodie est poignante et les larmes roulent sur mes joues sans que je ne puisse les arrêter. Cette chanson me transperce le cœur et l'âme. C'est beau et triste. Magnifique.

Je ne sais pas ce que Rip a voulu faire passer dans cette musique, mais je suis bouleversée.

Mon cœur se serre en entendant le dernier couplet.

« Tu peux faire de moi ce que tu veux,

Tu en as le pouvoir

Tu es ma peine, mon âme, mes cieux,

Tu es mon désespoir

Et s'il le faut, je braverai les enfers

Pour t'emmener loin de cette guerre

Qui nous abîme et nous abuse

Je suis prêt à mourir pour toi, ma muse. »

J'ai du mal à réaliser ce que j'entends. Je reste figée, le regard fixé sur Rip qui ne m'a pas lâchée des yeux. Est-ce vraiment de moi dont il parle ?

Je lui lance un regard interrogateur, mais je n'ai pas le temps de voir sa réaction. La lumière s'éteint brusquement, nous laissant dans le noir complet.

Lorsqu'elle se rallume, après quelques secondes, Rip et son groupe ont disparu de la scène.

– Ouah, c'était magique ce morceau.

Justine me sort brusquement de ma réflexion. Elle a les joues aussi mouillées que les miennes. On dirait bien que cette dernière chanson l'a émue autant que moi. Mais maintenant qu'elle est terminée, j'ai des frissons dans le dos.

Un mot tourne en boucle dans ma tête... Muse...Muse... Muse.

Lorsque nous sortons du bar, l'air frais me fouette le visage. Nous nous faufilons parmi les fumeurs et trouvons refuge dans une petite alcôve où l'atmosphère est moins polluée.

– Ouf, ça fait du bien de sortir un peu. Il fait une chaleur là-dedans !

Justine rejette la tête en arrière pour inspirer bruyamment.

– Remarque, ça ne m'étonne pas. Rien que de voir Rip sur scène, ma température corporelle est montée de trois degrés !

Je souris en secouant la tête. Cette fille réussira toujours à me faire rire, peu importe mon humeur.

– Tu es incorrigible, Justine. Pourtant, il m'a semblé que ton intérêt allait plutôt vers Maxime, je me trompe ?

Quel plaisir de la voir rougir ! Je crois que j'ai tapé dans le mille.

– Bon, OK, j'avoue. J'adore ce mec avec son allure de surfeur un peu perché... Il est trognon. Et puis, de toute façon, ce n'est pas la peine qu'on s'intéresse à Rip. Vu la manière dont il te dévore des yeux, on voit bien qu'on n'a aucune chance. Il a beau être avec Mégane, il en pince pour toi.

Je hausse les épaules en me renfrognant. Vite qu'on change de sujet.

– Tu veux boire quelque chose avant de partir ?

Mon amie lève les yeux au ciel, et m'attrape par le bras.

– Ouais, allons nous donner du courage !

Nous nous dirigeons vers le bar pour commander une boisson. C'est tellement bondé que nous nous retrouvons rapidement coincées parmi les clients. J'essaye de jouer des coudes pour m'approcher lorsque je sens une main glisser sur ma taille.

– Je vous offre un verre, mademoiselle ?

– Eh...

Un type d'environ vingt-cinq ans me regarde avec un sourire enjôleur. Il est plutôt mignon, mais il y a quelque chose dans son regard qui me dérange.

– On ne se connaît pas !

Ma remarque n'a pas l'air de le décourager, au contraire. Ses sourcils s'arquent d'une surprise non feinte.

– Et alors ? Faut-il se connaître pour passer du bon temps ensemble ?

Je grogne et attrape sa main pour la virer de ma taille. Il me prend pour qui ce connard ?

– Viens, Kat, allons ailleurs.

Justine tire sur la manche de ma veste pour m'éloigner du type trop insistant. Mais il revient à la charge.

– Excuse-moi, mais j'aimerais offrir à boire à ton amie. Alors, sauf si tu es son chaperon, je ne vois pas en quoi ça te concerne.

L'expression du type a brusquement changé. Ses traits sont maintenant figés et sa bouche exprime un pincement de contrariété, proche de l'animosité.

Je lève la main devant moi en signe de refus.

– Euh, non, merci. Ça va aller. Finalement, je n'ai pas soif. Bonne soirée.

Je fais volte-face pour m'éloigner, mais il me retient par le bras. Sa poigne de fer me lacère le poignet et m'arrache une grimace de douleur. Je m'apprête à le repousser lorsque je tombe nez à nez avec Rip, qui fixe le mec avec un air de vouloir le tuer.

– T'as pas entendu ce qu'elle a dit ou t'es long à la détente ? Qu'est-ce que tu ne comprends pas dans « non, merci » ?

La voix de Rip est coupante comme un rasoir. Le petit muscle qui bat rageusement sur sa joue est le signe qu'il est au bord de l'explosion.

Mon agresseur, dont je ne connais pas le nom, blêmit légèrement et me lâche immédiatement le bras.

Il se tourne vers Rip pour lui faire face, et s'approche de lui, jusqu'à se retrouver juste sous son nez.

Les deux hommes s'affrontent du regard pendant de longues secondes qui me paraissent des heures. Rip a les poings serrés et je sens qu'il fait de gros efforts pour ne pas étriper le mec qui lui fait face avec la même détermination. Ses yeux lancent des éclairs. S'ils pouvaient tuer, le mec serait déjà mort.

Contre toute attente, le type bizarre recule et avec un petit sourire mauvais s'adresse à Rip d'une voix doucereuse.

– OK, j'ai compris. Chasse gardée... Enfin, pour le moment.

Rip s'avance en bombant le torse comme s'il allait repousser le mec avec ses pectoraux. Aussitôt, je m'interpose devant lui. Je n'ai pas envie qu'il ait des ennuis à cause de moi. Et puis, le type a l'air de vouloir laisser tomber, alors...

– Non, Rip, s'il te plaît. Lâche l'affaire.

Son regard dur descend vers moi, et se radoucit sur-le-champ. Il me fixe avec une inquiétude apparente. Il s'inquiète réellement de mon sort ? Tiens donc...

Ses narines frémissent et il inspire profondément, comme pour faire baisser la tension qui l'habite. Je tourne légèrement la tête sur le côté pour constater que le « boulet » a disparu de mon champ de vision. Ouf, je crois que ça vaut mieux pour lui.

– Merci d'être venu à mon secours.

Mon petit rire nerveux ne semble pas trop le rassurer. Mais quand les yeux de Rip descendent sur ma main, toujours posée sur sa poitrine, son expression se voile d'une tout autre émotion. Sa lèvre se relève et il arbore ce petit sourire qui me fait tant craquer.

– Tu pensais réellement pouvoir m'arrêter ?

Je retire ma main, comme si je prenais seulement conscience de sa proximité et de la dureté de ses muscles sous mes doigts. Mes joues s'enflamment, alors que dans ma paume, une douce brûlure caresse ma peau.

Je hausse les épaules.

– Non, bien sûr que non...

À ce moment-là, Parker interrompt brusquement notre échange.

– Eh, mec ! On te cherchait partout ! Y'a le... hum... patron qui voudrait te voir. Tiens, salut, Kat !

Je lui réponds par un petit signe de la main. Rip, lui, se renfrogne, comme si l'intervention de son ami le gênait.

– Ouais, dis-lui que j'arrive tout de suite...

Il se tourne vers moi, le regard sombre.

– Quant à toi... Je veux que tu rentres chez toi, maintenant ! C'est pas un endroit pour toi, ici. Et je ne voudrais pas avoir à affronter tous les mecs qui t'approchent d'un peu trop près...

Euhhh, comment je prends ça, moi ? La soudaine possessivité de Rip me surprend. On n'est pas un couple à ce que je sache ? Non ?

Je lève les sourcils et m'apprête à réagir, mais je me ravise au dernier moment en voyant son air déterminé. Je crois qu'il ne vaut mieux pas le contrarier ce soir... et puis, de toute façon, la soirée est

311

terminée, alors autant rentrer. Rip se tourne alors vers Justine, qui n'a pas bronché jusque-là, contrairement à son habitude.

– Tu la raccompagnes ?

Elle hoche énergiquement la tête, en ouvrant des yeux comme des soucoupes.

– Bien. Je vous laisse alors. Et ne tardez pas, compris ?

Je secoue la tête sans masquer mon incompréhension. Mais qu'est-ce qui lui prend ?

Mais alors que je ne m'y attends pas, Rip attrape ma nuque des deux mains, et me lève la tête pour plonger ses yeux gris dans les miens. Son regard descend quelques secondes sur ma bouche et ses narines se mettent à frémir dangereusement. Puis il reprend lentement possession de mes pupilles.

– Compris ? répète-t-il d'une voix encore plus rauque que d'habitude.

Je ne peux qu'acquiescer, la gorge sèche, le cœur au bord des lèvres.

Lorsque je le regarde disparaître dans la foule, je sens encore sur mon cou la sensation de ses doigts.

26

Révélations

Depuis le concert, j'ai l'impression que tout le monde me regarde. Moi qui passe habituellement inaperçue, je sens constamment le regard des autres qui se retournent sur mon passage. Je ne comprends pas...

Qu'est-ce qui a changé depuis la semaine dernière ? Je n'en ai aucune idée et je ne devrais pas m'en inquiéter. Pourtant, il y a comme une espèce d'animosité mêlée à une curiosité malsaine dans les yeux qui m'observent à la dérobée.

Ça me rappelle de mauvais souvenirs et je n'aime pas ça du tout.

– Qu'est-ce qui leur prend à me reluquer comme si j'étais une curiosité ?

Justine fait un geste de la main pour banaliser la situation.

– Laisse tomber, Kat. Ne t'occupe pas de ce que pensent les autres.

– Tu crois que ça a un lien avec la chanson des Cursed ?

Elle me fixe quelques secondes avec un intérêt nouveau.

– Nannn ? Sérieux ? Alors, c'était bien de toi dont Rip parlait dans sa chanson ?

Merde ! J'aurais mieux fait de la fermer...

– Non, non... C'est juste que j'imagine que certains doivent se poser la question.

– Remarque, la description correspond parfaitement. Comment il disait déjà ? « Une crinière flamboyante et des yeux de chat, tu as

313

fait de moi un esclave, soumis à ton aura ». Ouah, c'est tellement...
romantique !

Je fais la moue.

– Arrête, Ju. Tu sais très bien qu'il a une copine et que ce n'est
pas de moi dont il parle dans sa chanson.

– Ouais, ben, je n'en suis pas si sûre. Pourquoi il serait venu à ton
secours l'autre soir, alors ? On aurait dit un tigre prêt à sauter sur sa
proie. Heureusement que l'autre type est parti, sinon, je suis certaine
que Rip l'aurait étripé.

Je secoue la tête, mais je ne peux m'empêcher de penser qu'elle a
raison. À moins que je ne l'espère...

Nous arrivons vers les toilettes, et ça me fait une bonne raison
pour changer de sujet.

– Bon, trêve de plaisanterie, est-ce que tu as reçu l'invitation pour
la soirée d'intégra...

Je n'ai pas le temps de finir ma phrase qu'une fille m'attrape
violemment par le bras pour me retourner vers elle. D'abord
surprise, je fronce les sourcils lorsque je reconnais Mégane, qui me
fixe avec un regard mauvais. Elle ouvre la porte des toilettes avec
son pied, et me pousse à l'intérieur, sans ménagement.

– Alors ? Je peux savoir ce que tu faisais avec Rip l'autre soir ?
Et avec mes fringues en plus !

Je hausse les sourcils d'un air dédaigneux. Si elle croit que je vais
me justifier de quoi que ce soit, elle se fourre le doigt dans l'œil.

– Tu n'as qu'à le lui demander. C'est ton mec, non ?

Les autres filles présentes dans les toilettes sortent
précipitamment, sentant certainement que la situation va dégénérer.

Mégane les ignore et me lance un regard mauvais. On dirait
qu'elle veut me rayer de la surface de la Terre. Qu'elle essaye donc
!

314

Justine pose sa main sur mon épaule.

– Laisse tomber, Kat. Viens, on s'en va.

Pour une fois, je n'ai pas envie de suivre son conseil. J'en ai marre qu'on me manque de respect.

– De quoi tu as peur, Mégane ? Tu parais tellement sûre de toi... Tu penses qu'une pauvre fille comme moi peut te faire de l'ombre ?

Elle éclate de rire et s'approche encore, jusqu'à me toucher. Elle se redresse pour me dominer et m'attrape le menton pour me lever la tête vers elle. Mes lunettes tombent sur le sol.

– Tu n'es pas à la hauteur, pauvre petite chose... Je t'interdis de l'approcher ! C'est clair ? Rip est à moi et à moi seule !

Elle n'aurait jamais dû faire ça. Mes yeux se voilent de rouge alors que je sens la colère monter en moi comme une traînée de poudre.

– Retire ta main, Mégane. Immédiatement !

Contrairement à ce que je pensais, Mégane ne me saute pas à la gorge. Non, au contraire. Je vois la peur se dessiner sur son visage. Instinctivement, elle recule de quelques pas et me fixe avec des yeux pleins d'effroi.

– Je... tu... Alors, c'est vrai...

Je la regarde se décomposer devant moi, comme si elle avait le Diable en face d'elle.

Son attitude me fait l'effet d'une douche froide. Le voile disparaît aussitôt de mes yeux.

– Dégage. Sors d'ici avant que ça ne tourne mal.

Mégane ne demande pas son reste et, après un dernier regard craintif vers moi, s'enfuit en courant presque.

Je secoue brièvement la tête alors que je réalise ce qui vient de se passer. Ai-je vraiment menacé Mégane ? C'est terrible, j'ai de plus en plus de mal à me reconnaître dans cette fille à la violence contenue.

Bien sûr, j'ai déjà fait des crises. Beaucoup, en fait. Et violentes, qui plus est. Mais depuis quelque temps, c'est différent. J'ai l'impression que mes trois ans de thérapie se sont envolés et que je n'arrive plus à me contrôler. Pire, que je ne veux plus me contrôler. Et les moments d'égarement se multiplient.

Justine se tourne vers moi, une ride d'inquiétude lui barrant le front.

– Ça va, Kat ?

Je hoche la tête, même si je ne suis pas totalement convaincue par ma réponse. Cet événement m'a retournée. J'ai l'impression d'avoir perdu le contrôle et de m'être laissé porter par mes émotions négatives. Ça ne m'était pas arrivé depuis si longtemps...

Je sens comme un vertige qui me fait tourner la tête, si bien que je ressens le besoin de m'appuyer contre le mur quelques secondes.

– Laisse-moi une minute. Ça va passer.

Après avoir repris mes esprits, je me penche pour ramasser ma paire de lunettes. C'est alors que je réalise que je vois parfaitement sans. Rien n'est trouble. Mon œil fait parfaitement la mise au point.

Étonnée, je redresse la tête pour fixer le panneau de secours au-dessus de la porte. Il est net. Alors qu'avant j'aurais à peine distingué des écritures, je lis parfaitement toutes les lettres.

Mon Dieu, mais qu'est-ce qui m'arrive !

Sans un mot, je sors de la pièce, ignorant les quelques curieuses qui sont restées dans le couloir pour connaître le dénouement de l'histoire.

***

Le SMS de Maxime arrive une demi-heure plus tard.

« Kat.

Il faut absolument que je te parle.

C'est urgent.

Max »

C'est bref, mais directif ! Ça doit être grave. Aussi grave que ma vue qui s'est rétablie toute seule ?

« Si tu veux. »

Sa réponse ne se fait pas attendre.

« OK. Ce soir après ma répet'.

20h. Chez toi. »

Eh bien, je ne sais pas ce qu'il veut, mais ça a l'air important ! Mais ça tombe bien, moi aussi j'ai quelque chose à raconter...

Maxime arrive chez moi à 19h57.

Il est fermé et son attitude ne fait qu'ajouter à mon inquiétude. Ce n'est pas le Maxime que je connais. Qu'a-t-il de si crucial à me dire ?

Dès son arrivée, le malaise s'installe. Il regarde autour de lui, comme s'il craignait que quelqu'un nous entende.

— Est-ce qu'on peut aller dans un endroit isolé ?

Je lève un sourcil. Jess est au salon et il n'y a personne d'autre que moi et Fripouille qui vient se frotter contre mes jambes en miaulant. Mais devant l'air grave de Maxime, je hoche la tête en l'entraînant avec moi dans mon appartement.

Dès que la porte se referme sur nous, Max se met à faire les cent pas dans le studio. Son stress se fait sentir, si bien que, n'y tenant plus, je l'arrête au milieu de la pièce avant que son inquiétude ne me gagne.

— Max, si tu as quelque chose à me dire, alors vas-y. Pas la peine de tourner autour du pot. Que ce soit agréable ou pas, je veux que tu me dises ce qui se passe.

317

Il se tourne vers moi et me fixe avec une lueur d'inquiétude dans les yeux. Ça a l'air vraiment sérieux.

– Kat. Il y a tellement à dire. Je ne sais pas par où commencer... Écoute. Je dois te révéler des choses qui ne sont vraiment pas faciles à évoquer.

Il s'arrête et me fixe comme s'il hésitait à lâcher le morceau. Mon cœur se serre d'appréhension dans ma poitrine.

– Max, je t'en prie...

Il soupire longuement, avant de se lancer.

– Kat, je dois te prévenir. Mon frère... Rip...

Putain, mais il va la cracher sa pilule ?

– Max !

– Il va venir chez toi... Je ne sais pas ce qu'il a en tête pour le moment, mais il est dangereux, Kat. Vraiment dangereux...

– Quoi ?

Alors là, je ne m'attendais pas à ça.

Maxime tombe sur le canapé, comme si cette révélation lui avait enlevé un poids.

– Oui, tu as bien entendu. Ça va se passer bientôt. Je ne pouvais pas ne pas te prévenir.

– Mais pourquoi ? Je ne comprends pas...

Maxime secoue la tête en fronçant les sourcils.

– Tu te sens différente, n'est-ce pas ?

Sans que je ne puisse les contrôler, mes yeux tombent sur mes lunettes désormais inutiles, restées sur mon bureau.

– Et tu n'as aucune idée de ce que tu es vraiment, pas vrai ? Tu es différente, Kat. Tellement différente des autres muses...

Soudain, mon sang quitte mes joues, et mes jambes ne me portent plus. Je m'affale à mon tour sur le sofa. Mon Dieu, mais pourquoi je me doutais que ce mot allait revenir sur le tapis ? Je soupire de dépit, et ferme les yeux un instant.

– Tu as raison. Je n'ai aucune idée de ce qu'est une muse ! Tout ce que je sais, c'est que ce mot revient à chaque fois qu'un événement vient me pourrir la vie.

Je garde les yeux clos et sens la main de Maxime se poser sur la mienne dans un geste réconfortant.

– Je suis vraiment désolé, Kat. Mais je dois t'expliquer des choses que beaucoup d'êtres humains ne sont pas à même de comprendre. J'espère que toi, tu le seras.

Mon Dieu, mais qu'est-ce qu'il va m'annoncer encore ?

– Le monde n'est pas toujours tel que l'on croit. Il y a des choses qui nous dépassent. Des choses que le commun des mortels ne peut voir ni même comprendre.

Il s'arrête quelques secondes et poursuit.

– Lorsque je t'ai raconté l'histoire de Rip, notre histoire, j'ai volontairement caché la vérité, comme je le fais à chaque fois. L'accident a bien eu lieu, mais ce qui s'est passé ensuite est différent. Rip n'a pas survécu. Il ne s'est pas réveillé dans la salle de réanimation. Il est revenu bien après. Au bout de trois mois.

Quoi ? Mais qu'est-ce que ça veut dire ?

Maxime marque un nouveau temps d'arrêt, pour guetter ma réaction.

– Je t'ai expliqué que j'avais prié pour qu'on le ramène à la vie. Que j'aurais donné mon âme, la sienne et celles des autres pour le sauver. Eh bien, c'est ce qui s'est passé. Ma prière a été entendue. Par le maître des enfers lui-même. Satan.

Alors, là, c'en est trop !

Contre toute attente, j'éclate de rire. Un rire irrépressible et hystérique qui me fait monter les larmes aux yeux. C'est terrible. Je

319

n'arrive pas à m'arrêter, et me gausse littéralement sous le regard dépité de Maxime.

Pour autant, il n'essaye pas de me sermonner et attend patiemment que la crise passe. Au bout d'un long moment, je finis enfin par me calmer. J'ai mal aux côtes d'avoir ri aussi longtemps.

– Excuse-moi. C'était nerveux. Mais ce que tu viens de me dire me paraît si... improbable.

Maxime me fixe d'un air triste et las. Et brusquement, sans un mot, il lève la main et tourne sa paume vers le ciel.

Brusquement, un air frais envahit la pièce et les bibelots qui ornaient mon étagère se mettent à danser autour de moi. J'écarquille des yeux et fais un bond sur le canapé alors que mon coffret à bijoux lévite devant mon visage effrayé.

Mon Dieu, alors, il dit la vérité ?

– Tu es sérieux ?

Maxime baisse la main, et les bibelots tombent sur le sol, dans un fracas métallique.

– Est-ce que tu crois sérieusement que je plaisanterais avec ça ?

Non. Non, je le connais assez maintenant pour savoir qu'il ne mentirait pas. Et je viens d'avoir la preuve irréfutable que ce qu'il dit est possible. La vérité tombe sur moi comme un fardeau insurmontable. Et sans laisser le temps à mon cerveau de digérer ces nouvelles informations, Maxime continue, le regard dans le vide, comme si l'évocation de ces souvenirs ravivait une douleur enfouie.

– Rip est revenu d'entre les morts. Nous l'avions enterré. Nous l'avions pleuré. Mais il est réapparu avec, sous le bras, la plaque funéraire que Parker avait posée sur sa tombe trois mois avant. Rest in peace.

Il s'arrête un instant, donnant encore plus de poids à ses paroles.

– Il n'était plus le même. Il n'était plus le frère que j'avais connu. Il était un démon revenu de l'au-delà pour accomplir sa mission. Rip est un ange déchu. Un soldat. Entraîné au combat et prêt à se battre pour son maître. Et moi, Royce, Parker et David, nous sommes mandatés pour être ses gardiens. Nous sommes liés à lui.

Mon esprit refuse de croire que ce qu'il dit est vrai. C'est tellement inattendu. Tellement impossible. J'ai l'impression d'être plongée dans un mauvais film d'horreur. Un cauchemar ridicule duquel je vais me réveiller.

– Royce et Parker y trouvent leur compte. Ils ont toujours aimé le danger et l'interdit. Mais moi, je subis sans pouvoir agir. Et je porte tous les jours la culpabilité de notre sort à tous.

Le pauvre... Je suis partagée entre l'envie de le consoler et celle de le fuir. Mais une question me taraude encore plus.

– Et sa mission ? C'est quoi ?

Maxime tourne la tête vers moi, mais son regard s'éloigne au-delà, à la recherche d'images que je ne vois pas.

– Rip est un déchu. Il fait partie de l'armée du maître. Il est là pour faire régner le mal. Il se nourrit des émotions humaines. La peur. La souffrance. La colère. Les déchus récoltent les substances produites par les êtres vivants lorsqu'ils ont peur, qu'ils souffrent ou que leurs émotions sont si fortes qu'elles prennent le dessus sur leur raison. Adrénaline, cortisol... Plus ils en absorbent, plus ils sont forts et plus le maître devient puissant.

Alors que je commence à réaliser la véracité de son histoire, un sentiment de panique monte en moi. Je me lève, et instinctivement m'écarte de lui. Aussi loin que la pièce me le permet.

Maxime se redresse à son tour et s'approche, la main tendue, les yeux en panique.

– Kat... Je ne voulais pas te faire peur. Mais il fallait que tu saches...

Je secoue la tête en plaçant mes mains devant moi, comme pour me protéger de lui.

– Je suis désolée, Max, mais il faut que j'intègre toutes ces informations. J'ai besoin de temps et j'aimerais rester seule... pour réfléchir à tout ça.

Je lève les yeux vers lui et vois dans son expression toute la douleur que mes paroles provoquent.

– Je t'en prie. Je ne veux pas que tu aies peur de moi...

– Non. Je n'ai pas peur. C'est juste que j'ai besoin de me poser pour tout remettre en ordre dans mon esprit... S'il te plaît. Laisse-moi.

La main de Maxime retombe le long de son corps et ses épaules s'affaissent comme s'il portait le poids de mon trouble.

– OK. Comme tu voudras. Mais promets-moi de ne pas rester seule durant les prochains jours.

Je hoche la tête.

– Et si tu as besoin d'en parler, appelle-moi.

Nouveau hochement de tête.

– Bonne nuit, Kat.

Et comme par enchantement, Maxime disparaît dans un nuage de fumée, me laissant seule et stupéfaite, face à mes interrogations.

27

Bienvenue dans mon monde

J'ai passé la nuit les yeux ouverts, à fixer le plafond, sans pouvoir répondre à toutes les questions qui emplissent mon esprit. Et la sonnerie de mon réveil vient à peine perturber le fil de mes pensées.

Ce qui arrive est incroyable. Complètement surréaliste.

Merde ! J'ai quand même vu un mec se désagréger sous mes yeux !

Ai-je été victime d'hallucination ? Suis-je devenue folle ? Malheureusement, les débris des objets sur le sol de mon salon me prouvent que je n'ai pas imaginé ce qui s'est passé dans cette pièce avec Maxime. Il s'est volatilisé. Pouf ! Comme ça. En une fraction de seconde.

Comme dans les meilleurs numéros de magie, il a disparu dans un nuage de fumée. J'ai cru à ce moment-là que mon cœur allait sortir de ma poitrine. Il m'a fallu une bonne demi-heure pour retrouver un rythme cardiaque normal.

Mon Dieu, moi qui pensais qu'il était mon ami, un étudiant normal avec lequel je partageais la même passion pour l'art. Alors qu'il est une sorte de chaperon pour un démon libéré des enfers par Satan lui-même. Rip...

Rip est un ange déchu ! Un revenant. Je n'arrive toujours pas à y croire. Et pourtant, dans mon subconscient, les pièces de puzzle s'imbriquent parfaitement les unes aux autres pour former une fresque cauchemardesque.

La voix de Rip dans ma tête, son attitude parfois étrange, la cour qui se pavane sans cesse autour de lui, son aura, sa beauté... le pouvoir qu'il a sur moi.

Je n'en reviens toujours pas de ce que Maxime a dit.

« Je ne sais pas ce qu'il a en tête pour le moment, mais il est dangereux, Kat. Vraiment dangereux... » Pourquoi Rip me voudrait-il du mal ? Est-ce que ça a un lien avec le fait que je sois une muse ? Et quelle est la raison qui pousse Maxime à me mettre en garde contre son frère ? Mes yeux parcourent la chambre avec inquiétude. Il vaudrait peut-être mieux que je vérifie que les fenêtres sont bien fermées.

Un frisson me parcourt alors que je traverse la pièce, prenant soin de ne pas marcher sur ma boîte à bijoux, désormais en miettes.

Une image me traverse l'esprit. Les photos !

Je me souviens parfaitement du doute qui m'a envahie lorsque j'ai vu les photos de Rip avec les guitaristes célèbres. Ce serrement dans la poitrine lorsque l'on est persuadé d'être tombé sur quelque chose de dangereux, mais qu'on ne veut pas encore l'admettre. En voyant les visages des guitaristes, une vingtaine d'années semblait séparer les clichés, alors que Rip... Rip, lui, avait le même âge. La même beauté, sans aucune marque de vieillesse. Comme si le temps n'avait eu aucune emprise sur lui.

Cela voudrait dire qu'il ne vieillit pas ? Pas plus que Maxime et les autres ?

Waouh, mais comment pourrai-je le regarder normalement en sachant cela ? Le monde n'est pas celui que j'ai toujours connu. Et pourtant, je ne peux que constater que la réalité est différente de ce que j'ai toujours connu. Maxime m'a ouvert les portes d'un nouvel univers, inconnu et complètement surréaliste. Comme dans les films fantastiques que Jess adore.

Mais alors que je continue à ruminer, une pensée sournoise s'insinue dans mon esprit tourmenté. Les paroles de Maxime viennent valser dans ma tête comme un tourbillon malsain.

« Tu es différente, Kat. Tellement différente des autres muses... »

Mais je ne sais toujours pas ce qu'est une muse.

***

Lorsque je descends pour prendre mon petit-déjeuner, je n'ai toujours pas réussi à passer à autre chose. Les informations tournent en boucle dans ma tête.

Quand j'arrive dans la cuisine, Jess semble m'attendre, une tasse fumante à la main.

– Tu vas bien, Kat ?

Entrée directe en matière. Merde, je ne peux quand même pas lui raconter ce qui s'est passé hier soir. C'est tellement... incroyable. Elle me prendrait pour une folle.

– Oui, je vais bien, pourquoi ?

J'ai bien conscience que ma tête affreuse et mes cernes sont là pour me trahir, mais je ne veux pas inquiéter ma tante. Elle me scrute attentivement pendant quelques secondes. Assez pour me mettre mal à l'aise.

Je m'installe derrière le bar, pensant naïvement que le meuble va camoufler mon visage.

– Tu portes des lentilles de contact maintenant ? C'est nouveau ?

Re merde, je ne m'attendais pas à cette question. J'ai effectivement relégué mes lunettes au fond d'un tiroir ce matin. Non seulement je n'en ai plus besoin, mais lorsque je les porte, je vois flou. Ma vue est redevenue parfaitement normale. Comment

325

expliquer ça à Jess sans que ça paraisse bizarre ? Je décide de lui mentir carrément.

– Oui. C'est Justine qui m'a convaincue. C'est plus pratique et il paraît qu'on voit mieux mes yeux comme ça.

Jess fronce les sourcils, mais ne répond pas, même si je sens bien dans son regard qu'elle ne croit en rien de ce que je lui raconte. Elle soupire un grand coup, mais n'insiste pas.

– Hum. Au fait, j'ai fixé rendez-vous à Rip pour samedi. On commence le tatouage.

Je sens à son regard qu'elle guette ma réaction. Et bien entendu, à l'évocation de Rip, mes joues se mettent à rosir. Je hoche la tête sans répondre, de peur que ma voix ne trahisse mon émotion.

– OK...

– Donc il faut que tu le voies avant pour préparer les finitions, répond-elle. Après je trace les grandes lignes sur carbone, et c'est parti. Ça va aller pour le timing ? On dit 9h samedi matin ?

– C'est parfait.

Je toussote pour faire taire les tremblements de ma voix. Avec ce que vient de m'avouer Maxime, je ne sais plus sur quel pied danser. Je baisse le nez dans ma tasse pour masquer mon trouble.

– OK. Je vais confirmer à Rip.

Ma tante s'arrête quelques secondes et sa bouche se tord en un rictus carnassier.

– J'ai vraiment hâte de lui trouer la peau.

Je manque de m'étouffer dans mon café. Elle est malade de dire ça ? Je lève les yeux vers elle pour vérifier qu'elle plaisante. Mais son visage reste impassible. Mince. Est-ce qu'elle se doute de quelque chose ?

Mais là, contre toute attente, elle éclate de rire.

– Je plaisante, Kat. Ah. Tu verrais ta tête.

Ouais, ben, je ne trouve pas ça drôle du tout. Je lui lance un regard noir en essuyant le café qui a coulé sur mon chemisier. Je suis bonne pour me changer. Jess continue de glousser.

– Excuse-moi, je ne pensais pas que tu réagirais aussi violemment. Mais bon, de toute façon, il était moche ce chemisier...

– Tu es impossible, Jess. Je vais être en retard à cause de tes bêtises.

Je me lève en débarrassant ma table et me dirige vers les escaliers en maugréant.

– Eh, Kat !

Je m'arrête. Jess est redevenue sérieuse.

– C'est une bonne chose que tu n'aies plus besoin de tes lunettes.

Je lève un sourcil, puis hoche imperceptiblement la tête, perturbée. Sans répondre, je file à l'étage pour m'habiller, le cœur battant.

***

Plus tard, lorsque je me retrouve sur le trajet de la fac, je ne peux m'empêcher de penser à ce que Maxime m'a révélé la veille. Je dois le retrouver en cours de dessin. Mais j'appréhende la confrontation. Est-ce que je vais le voir différemment aujourd'hui ? Est-ce que ses révélations vont changer notre relation ?

Ça me fait tout drôle de savoir que je vais le retrouver dans un environnement normal, et que je vais devoir faire comme si rien ne s'était passé. Comme s'il ne s'était pas évaporé dans ma chambre...

J'ai du mal à m'imaginer lui parler normalement. Alors qu'il n'est même plus... humain ?

Il y a encore tellement de questions qui se bousculent dans ma tête...

327

Alors que je me dirige vers la bouche de métro en ruminant, je pousse un cri lorsqu'une main saisit mon poignet et m'entraîne dans une rue adjacente.

C'est Maxime. Il me pousse contre le mur en plaquant son autre main sur ma bouche. Ses yeux scrutent les alentours, comme s'il craignait qu'on nous ait vus.

Au bout de quelques secondes où je me débats entre ses bras, il me relâche, voyant mon mécontentement dans mes yeux.

– Merde, Max, tu m'as fichu la trouille.

Il recule légèrement, le sourcil relevé par la surprise. Oui, je n'ai pas pour habitude de jurer à voix haute...

– Je suis soulagé de voir que tu es toujours là. Je pensais que... Enfin, j'ai eu peur que... Bref. Comment tu vas ? Tu as bien dormi ?

Son inquiétude visible fait fondre ma colère comme neige au soleil.

Je fais la grimace en secouant la tête.

– À ton avis ?

– Je suis désolé. Mais je devais te dire toutes ces choses. Il fallait que tu saches.

Je lui souris pour lui montrer que je ne lui en tiens pas rigueur.

– Je sais. Mais tout ça me paraît encore tellement surréaliste. J'ai du mal à encaisser toutes les informations. C'est si improbable. Et il y a tellement de questions pour lesquelles je n'ai pas de réponses...

– Et je suis là pour t'aider à comprendre. Enfin, si tu le souhaites.

Je hoche la tête. Oui, je veux des réponses. Parce que j'ai beau faire confiance à Maxime, j'ai vraiment du mal à croire tout ça. Avec ce qu'il m'a révélé la veille, je ne vais certainement pas me gêner pour le questionner. Et je vais le faire dès maintenant.

– Quand tu m'as dit que j'étais une muse... Qu'est-ce que ça veut dire exactement ? Et pourquoi Rip me voudrait du mal ?

328

Son regard grave me sonde pendant quelques secondes.

– Je ne peux pas t'expliquer ça ici. Viens, on va ailleurs.

Il m'attrape par la main, et après avoir vérifié à droite et à gauche que personne ne nous voit, il me plaque brusquement contre lui. J'ouvre la bouche pour protester, mais il me serre un peu plus, bloquant ma respiration.

À ce moment-là, je sens comme des millions de fourmis dans mes bras et mes jambes. Les immeubles commencent à tourner devant mes yeux, de plus en plus vite, et la panique s'empare de moi. Je tente de me dégager, mais Maxime me maintient fermement contre lui. Ma vue se brouille et le monde devient flou. Avec un cri, je cache mon visage dans son cou alors que je sens mon corps projeté violemment dans le néant.

Je reprends conscience quelques secondes plus tard. Je suis toujours dans les bras de Maxime, mais lorsque je me recule, je m'aperçois que nous sommes arrivés dans son salon. Mes jambes flageolent et les fourmis sont toujours là.

– Non, mais t'es malade ou quoi ?

La colère monte en moi comme une traînée de poudre. Comment a-t-il pu faire ça ?

– J'ai pensé qu'ici on serait plus en sécurité pour discuter.

– Et il ne t'est pas venu à l'idée que j'aurais aimé être prévenue avant de faire un truc pareil ? J'aurais pu faire une attaque !

Je lui tambourine le torse pour qu'il me lâche, ce qui n'a le don que de le faire sourire.

– Et tu crois que tu aurais accepté si je te l'avais proposé ?

Mes bras retombent mollement le long de mon corps.

– Non, tu as raison. J'aurais refusé. C'était...

Incroyable ! Je m'arrête un instant pour réaliser ce qui vient de se passer. Mon Dieu, je viens de me téléporter... Je viens de passer de la rue en bas de mon appartement à ce bureau situé à plusieurs kilomètres en une fraction de seconde. Stupéfiant !

D'elles-mêmes, mes lèvres s'étirent dans un sourire béat. Il y en a qui mourrait pour vivre ce que je viens de vivre. Un frisson me parcourt.

– Waouh... Magique !

Maxime ouvre grand les bras en souriant.

– Bienvenue dans mon monde, Kat.

– Et dans ton monde, vous êtes tous capables de faire ça ? Je veux dire la lévitation, la téléportation... Vous êtes de vrais magiciens.

Le regard de Maxime redevient grave.

– Oui. Et certains ont des pouvoirs plus grands encore.

Je ne sais pas pourquoi, mais je repense bêtement au soir où Rip m'a emmenée à l'hôpital. Ça aurait tellement été plus pratique et rapide... Mais je garde pour moi cette réflexion grotesque.

Mes yeux tombent alors sur le bureau de Maxime, jonché de livres et de papiers. Quel fouillis !

– C'est quoi tout ça ?

– J'ai fait quelques recherches... J'avais besoin de réponses, moi aussi.

Maxime s'assied sur le bureau et soupire un grand coup.

– Bien. Alors, qu'est-ce que tu veux savoir exactement ?

Les questions se bousculent dans ma tête. Il y en a tellement que je ne sais pas par quoi commencer.

– Rip...

Il fait la grimace.

– Ouais, je m'en doutais un peu. Tu veux savoir pourquoi il s'intéresse tant à toi ? Pourquoi il voudrait t'avoir pour lui seul ?

À ce point-là ?

Oh my God ! Quel fantasme de savoir qu'il te voudrait à sa merci... faire de toi ce qu'il veut...

J'ignore la petite voix dans ma tête, mais je ne peux m'empêcher de frissonner, mélange de désir et d'appréhension.

Je hoche la tête, même si je n'en mène pas large.

– Tu as une valeur inestimable pour lui, Kat. Comme pour tous les autres...

Quoi ? Je ne comprends pas...

Devant mon air incrédule, Maxime poursuit.

– Les muses sont issues d'une noble lignée. La plus ancienne qui soit. Le sang qui coule dans tes veines est un nectar divin pour nous autres.

Je secoue la tête.

– Écoute, Max. Je ne comprends pas un traître mot de ce que tu me racontes. Alors, arrête de parler par énigme, et dis-moi clairement ce qu'il en est.

– Ton sang est spécial. Il peut nous tuer, nous commander ou nous libérer.

Quoi ?

– Comment ça ? Et c'est qui nous ?

– Nous, les créatures de la nuit. Les êtres surnaturels. Il en existe beaucoup plus que tu ne crois, Kat. Il y a tout un monde parallèle qui nous entoure et dont les humains ignorent l'existence. Nous nous camouflons dans leur vie sans qu'ils aient conscience de ce que nous sommes.

Mon Dieu, je ne vais jamais arriver à me remettre de tout ça...

– Et les muses en font partie ?

Il hoche la tête.

– Les muses sont des créatures humaines vénérées et craintes dans mon monde. Mais elles suscitent surtout la convoitise.

331

Je lève un sourcil.

– Pourquoi ?

– Parce que vous portez en vous l'essence vitale des immortels.

Wow, Wow... Minute.

– Attends. Ça fait beaucoup de choses pour une seule personne, là. Après tout ce que tu m'as révélé hier soir, je vais avoir du mal à digérer d'autres informations abracadabrantesques. Tu es en train de me dire que je suis une sorte de divinité pour les créatures surnaturelles ?

Il hoche la tête avec un air désolé. Je me passe nerveusement la main dans les cheveux. Je vais finir par péter un câble si ça continue.

– Et pourquoi maintenant ? Je veux dire... J'ai bientôt vingt-trois ans, et c'est la première fois qu'on me parle de ma soi-disant nature mystique.

Maxime se frotte le menton, comme s'il réfléchissait.

– Oui. C'est ça qui est étrange. Et on vient seulement de découvrir que tu es une muse. C'est bizarre, parce qu'au début, tu paraissais on ne peut plus normale. Et puis, tu t'es dévoilée peu à peu...

Au moment où je m'apprête à poser une nouvelle question, un bruit dans le couloir attire notre attention. Sans prévenir, Maxime ouvre la porte de sa chambre et me pousse à l'intérieur sans ménagement.

À peine la porte fermée, j'entends la voix de Royce dans la pièce d'à côté. Il a l'air furieux.

– Qu'est-ce que tu fous, Fly ?

Je recule instinctivement, de peur de me faire remarquer.

– Je bosse sur un projet.

Maxime ment ouvertement, et pourtant, rien dans sa voix n'indique qu'il édulcore la réalité.

Royce ricane d'un air ironique.

– Tu m'épateras toujours à vouloir faire tout bien comme il faut. Comme si ça servait à quelque chose... Tu es au courant qu'obtenir encore un nouveau diplôme ne te servira à rien.

– Qu'est-ce que ça peut te faire, Royce ?

Je sens au ton de la voix de Maxime qu'il ne le porte pas dans son cœur.

– Ouais. T'as raison. Ça te regarde si tu veux te faire passer pour un humain normal. Mais là on t'attend. Je te rappelle que Rip voulait qu'on se voie en urgence. Il a du nouveau sur la muse.

Mon sang se glace et ma respiration s'arrête. Maxime met un moment avant de répondre en soupirant.

– OK. Laisse-moi deux minutes et je vous rejoins.

J'entends la porte se refermer, puis le silence retombe. J'en déduis que Royce est parti. Alors, je me risque à retourner dans le salon. Maxime a l'air désolé et moi, j'ai la voix enrouée.

– Je vais encore avoir des questions, Max. Beaucoup de questions...

28

Tensions

Maxime m'a ramenée chez moi. Enfin, il m'a plutôt téléportée chez moi. Ça fait deux fois en quelques heures que mon corps se désagrège et se reforme dans un autre lieu. Je me demande si ce n'est pas dangereux pour la santé.

Depuis que je suis rentrée, je ne tiens pas en place. Je suis littéralement rongée par la curiosité. Qu'est-ce que c'est que ces infos dont Royce a parlé ? Et pourquoi ma nature de muse s'est manifestée il y a seulement quelques jours ? Qu'est-ce qui a provoqué ça ?

Je me demande si je ne devrais pas en parler à Jess. Peut-être est-elle au courant de quelque chose ? Elle est de ma famille quand même... Elle aussi doit avoir du sang noble dans les veines... Mes pensées me ramènent à ma mère, et je ferme les yeux quelques secondes pour les chasser.

Ce n'est pas le moment de m'apitoyer.

Maxime ne m'a pas donné autant d'informations que j'aurais souhaitées. Donc, je compte bien les obtenir ce soir. Il m'a promis d'enquêter et de revenir me voir pour me donner de nouveaux éléments. Il avait l'air vraiment soucieux lorsqu'il m'a laissée seule dans ma chambre. Son inquiétude était manifeste et ses recommandations étaient on ne peut plus claires.

« Fais attention à toi, Kat. Rip est dangereux. »

Mon regard se pose instinctivement sur la petite amulette posée sur ma table de nuit.

« Prends ça. Si Rip tente quelque chose, si tu te sens en danger, si tu crains pour ta vie, je veux que tu te serves de cette amulette. Si tu la plaques contre son cœur, cela l'affaiblira et tu pourras t'enfuir. »

Je saisis le minuscule récipient et me surprends à contempler le liquide sombre qu'elle contient.

« C'est ton dernier recours, Kat. C'est très important que tu comprennes bien que c'est la seule chose qui pourra l'arrêter... »

Franchement, j'ai du mal à y croire. Même si j'arrive à me défendre, je ne vois pas comment je parviendrais à échapper à Rip. Je ne fais pas le poids face à un « démon ».

Je réprime un frisson. Je ne peux pas me faire à l'idée qu'il me veuille du mal. Certes, il a été on ne peut plus désagréable avec moi, depuis le début... Mais il n'a jamais été agressif avec moi. Pourtant, lorsque je repense au combat contre Mirko, je sais qu'il peut être impitoyable et cruel.

Peut-être que Maxime se fait des idées, et que Rip n'a pas vraiment l'intention de m'enlever ?

Je soupire et m'installe devant mon bureau.

Peut-être que je trouverai quelque chose sur internet ?

***

J'ai cherché toute la journée. En vain. Pourtant, j'ai tout exploré : les réseaux sociaux, Wiki, les sites spécialisés dans le surnaturel... Je n'ai rien trouvé.

Et là, j'ai mal à la tête et aux yeux d'avoir trop longtemps scruté l'écran de mon PC portable. Je me lève de mon canapé en m'étirant.

Cette journée a été épuisante intellectuellement. J'ai le cerveau en bouillie et je n'ai pas plus de réponses. Un fiasco total !

La nuit est tombée depuis longtemps et je n'ai pas vu le temps filer. Un coup d'œil sur mon réveil m'apprend qu'il est déjà 21h. Jess est partie il y a maintenant deux bonnes heures, et je ne pense pas qu'elle rentre avant demain matin. Je sais qu'elle doit voir Kissy Love pour son prochain tatouage, et connaissant la chanteuse, ma tante ne pourra l'approcher qu'après son concert au Monté Cristo, une salle en plein cœur de la ville.

Je suis seule. Et bizarrement, moi qui n'ai jamais eu peur, je ne me sens pas rassurée. Je n'ai pas eu de nouvelles de Maxime depuis ce matin. Je ne sais même pas s'il va pouvoir venir comme prévu.

Je jette machinalement un coup d'œil sur mon téléphone portable. Pas de message. Rien.

Je me frotte le visage. J'ai vraiment besoin d'une bonne douche pour me remettre les idées en place.

J'attrape ma nuisette et file dans la salle de bain pour me détendre.

**

La chaleur de la douche est réconfortante. Je reste une bonne vingtaine de minutes sous le jet d'eau chaude pour détendre mes muscles. Ça me fait un bien fou.

Je suis épuisée et pourtant mes pensées continuent à tourner dans mon cerveau fatigué. Demain, c'est vendredi. Encore un jour avant la prochaine rencontre avec Rip.

Je suis partagée entre l'appréhension, la curiosité et l'envie. Je ne l'ai pas revu depuis le concert. Et après ce que m'a dit Maxime, j'ai du mal à imaginer ma réaction face à lui. Surtout qu'il n'est certainement pas au courant que je connais sa vraie nature. Est-ce

336

que je vais devoir faire comme si de rien n'était ? Difficile de paraître normale avec ce que je sais.

Pour autant, je n'ai pas envie de trahir Maxime. Son frère serait certainement furieux d'apprendre qu'il m'a tout avoué sur leur vraie nature. Ça promet d'être difficile à gérer tout ça.

Enfin, je verrai bien...

Je m'enroule dans une serviette éponge et alors que je me dirige vers mon dressing, j'ai soudain la sensation d'être observée.

Je tourne machinalement la tête vers ma porte-fenêtre et j'aperçois une ombre furtive qui passe devant la vitre.

Mon sang se glace, mais prenant mon courage à deux mains, je m'approche de la fenêtre pour vérifier qu'il n'y a personne. J'ouvre le battant et risque un œil dehors. Je soupire de soulagement en constatant qu'il n'y a rien d'anormal. J'ai dû rêver.

De toute façon, vu la hauteur du balcon, personne ne pourrait monter jusqu'ici.

Tu commences à devenir paranoïaque, ma vieille !

Je secoue la tête en pensant qu'après avoir découvert que Maxime pouvait se téléporter, je ne doute plus de rien. À mon avis, je ne suis pas au bout de mes surprises.

Je dénoue ma serviette pour enfiler ma nuisette et alors que je passe mes bras dans les bretelles, mon portable se met à vibrer.

C'est un SMS de Maxime.

« Fais attention, Kat. Il va se passer quelque chose cette nuit ».

Je me fige, le téléphone à la main, incapable de savoir comment je dois réagir face à ce message.

Merde, de quoi parle-t-il ? De Rip ? Est-ce que ça veut dire que Maxime ne viendra pas ?

Je pianote fébrilement sur mon écran tactile pour lui poser la question lorsqu'un courant d'air glacial s'engouffre dans ma

337

chambre. La lumière s'éteint et je me retrouve dans la pénombre. Je sursaute en poussant un cri.

Mon cœur s'arrête lorsque je découvre ce qui a provoqué cela. Ou plutôt « QUI » a provoqué cela.

Rip me fait face et son ombre se dessine devant ma fenêtre à la lueur des lampadaires qui éclairent la rue. J'en déduis naïvement que la coupure n'est pas due à l'opérateur d'électricité, mais plutôt à l'arrivée impromptue de mon hôte.

Mais cette pensée idiote se désagrège lorsque je me rends compte que Rip n'est pas comme d'habitude. Non. Il est différent. Très différent.

Mes yeux s'écarquillent devant les deux grandes ailes noires qui se déploient derrière lui, si grandes qu'elles occupent tout l'espace.

Ma bouche s'ouvre de stupeur et je reste immobile, partagée entre l'appréhension et la fascination. Comment ai-je pu ne pas les voir tout de suite ?

— Je te remercie, Kataline, j'ai adoré le spectacle...

Merde ! Alors je n'avais pas rêvé. Il y avait bien quelqu'un derrière la vitre. La lumière se rallume, comme par enchantement.

— Je suis ravi de te trouver ici, en si belle tenue.

La voix éraillée de Rip me caresse les oreilles comme une douce menace alors qu'il me fixe avec ce mélange de désir mêlé de doute qui le caractérise. Mes mains se mettent à trembler malgré moi, et mon téléphone tombe sur le sol dans un bruit mat.

— Tu savais que je finirais par venir, n'est-ce pas ?

Je hoche la tête, et instinctivement, mon regard cherche la petite amulette que m'a confiée Maxime. Je recule imperceptiblement pour m'en approcher. Les yeux de Rip se plissent avec méfiance.

— Et tu sais pourquoi je suis ici, pas vrai ?

Je ne prends pas la peine de répondre. Je sais pertinemment pourquoi il est venu. Comme en réponse à mon silence, Rip secoue lentement la tête. Ses yeux lancent des éclairs et sa bouche se tord en un rictus moqueur. Je frissonne malgré moi.

– Maxime n'est pas très doué pour cacher les choses. Il manque indéniablement d'assurance lorsqu'il ment. Je peux le sentir à des kilomètres...

Je m'arrête, et retrouve enfin ma voix.

– Qu'est-ce que tu veux dire ?

– Tut tut... Ne cherche pas à le couvrir. Je sais parfaitement que tu es au courant de certaines choses... J'ai des capteurs sensoriels très développés. Je ressens les émotions, comme le mensonge ou la peur. Et les tiennes sont parfaitement nettes.

Il inspire en rejetant la tête en arrière.

– Je peux sentir ton pouls qui s'affole. Ton cœur qui bat dans ta poitrine. Le sang qui circule dans tes veines et son odeur si particulièrement irrésistible.

Sa voix se fait rauque et il s'avance vers moi, silhouette menaçante dans la pénombre. Je réalise seulement maintenant qu'il est simplement vêtu d'un jean et ça rend son apparence encore plus sexy. Ses ailes s'agitent en l'air comme portées par une brise invisible, et il me domine de toute sa hauteur. Il a l'allure d'un démon tout droit sorti des enfers. Mais c'est bien ce qu'il est, non ?

Merde ! J'ai l'impression d'être propulsée dans un film d'horreur.

– Je savais que tu étais spéciale, Kataline. Depuis le premier jour où je t'ai vue avec mon frère... Je ne savais pas en quoi, mais j'étais déjà persuadé qu'il y avait chez toi quelque chose d'extraordinaire qui ne demandait qu'à être dévoilé...

Il s'approche encore, me faisant reculer jusqu'à ce que mon dos rencontre le mur de la pièce.

339

– J'étais pourtant loin du compte...

Il penche la tête sur le côté et ses yeux brillent d'une lueur inhabituelle. C'est comme s'il avait trouvé un trésor. Il tend la main vers moi et caresse doucement ma joue. Je déglutis à son contact.

Je rage intérieurement en constatant que mon corps a encore décidé d'ignorer ma raison !

– Tu te trompes, Rip. Je n'ai rien de spécial.

Il lève un sourcil avec un intérêt amusé.

– Ah ouais ? Tu en es sûre ?

Je hoche la tête et, d'un mouvement leste, m'échappe de son emprise. Je l'entends ricaner dans mon dos.

– Tu crois vraiment que tu peux m'échapper ?

Je m'immobilise. Son ton ironique ne présage rien de bon. Lorsque je me retourne vers lui, ses yeux luisent d'un éclat étrange. D'un mouvement d'épaule, il fait bouger ses ailes qui se recroquevillent jusqu'à disparaître dans son dos. Je déglutis, en tentant de cacher mes émotions face à ce spectacle surréaliste.

– Qu'est-ce que tu me veux, Rip ?

Sa bouche se tord en un rictus résigné.

– Est-ce que tu as la moindre idée de ce que tu représentes ?

Je secoue la tête.

– Foutaises. Je ne suis pas ce que tu crois.

– Ce que tu peux être têtue quand tu t'y mets. Moi qui pensais que tu avais compris ta vraie nature... Je vais devoir faire preuve de plus de persuasion à ce que je vois. Tu dois venir avec moi, Kataline. C'est important.

Je relève la tête d'un geste de défi.

– Et pourquoi est-ce que je te suivrais ? Je ne te fais pas confiance, Rip.

Un voile de colère passe dans le gris de ses iris.

– Ne fais pas l'enfant. Je sais que Maxime t'a expliqué... certaines choses. Mais tu en as encore beaucoup à apprendre sur le monde qui t'entoure. Crois-moi, il en va de ta sécurité.

– Et tu penses que je vais te suivre, alors que ton propre frère m'a mise en garde contre toi ?

Rip fronce les sourcils.

– Et il avait parfaitement raison de le faire. Mais là, je te jure que je ne te veux aucun mal, Kataline. Je veux simplement que tu viennes avec moi pour que je puisse te mettre en sécurité.

Je secoue mécaniquement la tête.

– Il est hors de question que je quitte cette pièce.

En réponse, Rip pousse un grognement rauque, comme un feulement.

– J'userai de la force s'il le faut.

– Je n'ai pas peur de toi !

Il lève un sourcil et sa voix se fait glaciale.

– Tu devrais. Tu n'as aucune idée de qui je suis, ni de ce dont je suis capable. Quand je veux quelque chose, je l'obtiens toujours.

Son regard s'assombrit, et sa bouche magnifique s'ouvre sur des dents démesurément longues.

Aussitôt, une vague de panique s'empare de moi comme une traînée de poudre. Je reste hypnotisée quelques secondes par ses canines proéminentes qui témoignent de sa vraie nature.

Puis, la vérité que j'avais jusqu'alors tenté de maintenir à distance explose dans mon cerveau et redonne vie à mes muscles. Mon instinct me pousse à me défendre. Je fais volte-face et me jette sur l'amulette, restée sur ma table de chevet.

Ma rapidité et ma souplesse m'étonnent moi-même. Je me retourne prestement pour faire face à Rip, tendant devant moi la seule arme qui pourrait le maintenir à bonne distance.

341

Les yeux de Rip descendent sur ma main tendue, et ses sourcils se lèvent de surprise.

– Je te conseille de rester où tu es, Rip. Crois-moi, je ne plaisante pas.

Lentement, sa bouche s'étire en un sourire ironique. Ses canines brillent dans la pénombre.

– Je vois que mon frère t'a donné beaucoup d'informations. Qu'est-ce que tu comptes faire avec ça ?

Je n'hésite pas une seconde.

– Je compte bien m'en servir contre toi si besoin.

Nous nous affrontons du regard pendant une bonne minute. Puis, ses yeux descendent sur mon corps et s'allument d'une lueur nouvelle. Avec une assurance manifeste, Rip s'avance lentement vers moi.

– Je te jure, Rip, reste où tu es...

Malgré la détermination de ma voix, je tremble légèrement. Ignorant la menace, Rip continue d'avancer. Sans me lâcher des yeux, il s'approche, telle une panthère traquant sa proie. Des frissons parcourent mon corps et je resserre mes doigts sur l'amulette.

– Raphaël...

Ma voix se brise. Il est maintenant à quelques centimètres de ma main, et son odeur vient taquiner mes narines faisant fondre mon assurance comme neige au soleil. Il continue de progresser jusqu'à ce que son torse nu touche mes doigts.

L'amulette se met à chauffer au contact de la peau de Rip.

– Alors ? Qu'est-ce que tu attends ?

Je ne réponds pas.

La tension monte dans la pièce et je sens une douce chaleur envahir mes joues. La proximité de Rip provoque en moi une multitude de sensations qui me font perdre la raison. Je devrais me

342

défendre et me servir de ma seule arme. Au lieu de cela, je reste complètement sous son emprise, telle une marionnette pendue au fil de son manipulateur.

Rip attrape brusquement ma main et plaque l'amulette sur son cœur. Rapidement, de la fumée s'élève de son torse, comme si le pendentif le brûlait à vif. Sa mâchoire se crispe, mais il encaisse la douleur sans broncher.

Je retire vivement ma main et constate avec horreur la brûlure laissée sur son torse. Puis, fascinée, j'observe la cicatrisation presque simultanée de sa peau. Rip reste là, à observer ma réaction. Il lève mon menton de son index.

– Est-ce que tu vas me suivre, maintenant ?

Sa proximité m'empêche de réfléchir normalement. Mes sens sont focalisés sur son odeur, son corps, la beauté de son visage, ses yeux magnifiques qui m'observent avec attention... J'ouvre la bouche, à la recherche de l'air qui a quitté mes poumons depuis trop longtemps.

Son regard descend sur mes lèvres ouvertes et s'assombrit encore. Il se penche vers moi, jusqu'à ce que sa bouche frôle la mienne.

– Kataline...

Mes paupières se baissent sous la caresse de sa voix. J'attends un baiser qui ne vient pas, et lorsque je rouvre les yeux, je découvre un Rip torturé qui me fixe, les sourcils froncés. Il murmure, tout près de moi.

– Est-ce que tu la sens toi aussi ? Cette tension entre nous... C'est comme un fil qui nous lie et qui nous rapproche sans que nous puissions y échapper.

Mon cœur se serre. J'aimerais démentir ses paroles, lui répondre que ce n'est pas vrai. Mais ce serait me mentir à moi-même.

Rip attrape mon menton et plonge ses yeux dans les miens.

– Qu'est-ce que tu as fait de moi, Kataline Anastasia Suchet du Verneuil ? Je devrais te soumettre. Je pourrais faire de toi une esclave et t'obliger à me suivre. Et tout serait terminé.

Il s'arrête quelques secondes avant de reprendre, d'un ton résolu.

– Mais je n'en ai pas la force... Tu as inversé les rôles. Et c'est moi qui suis devenu ton esclave.

Avant même de me laisser le temps de réagir à ses paroles, sa bouche s'empare de la mienne avec avidité.

29

Nuit d'ivresse

Un raz de marée me percute de plein fouet alors que la langue de Rip vient s'enrouler autour de la mienne.

Avec un grondement sourd, il vient me plaquer contre le mur. Ses mains glissent sur moi et m'attrapent la taille pour me caler encore plus contre lui. La finesse de ma nuisette n'est qu'un mince obstacle entre nos deux corps et je sens ses muscles se tendre à travers le tissu. Un gémissement s'échappe de mes lèvres lorsque je perçois son désir contre moi.

Je devrais le repousser, m'enfuir loin de cet homme qui remet en cause toutes mes résolutions. Je devrais être écœurée d'éprouver ce flot de sensations qui me fait trembler de la tête aux pieds. Mais c'est impossible.

Mes pensées m'échappent et le monde disparaît dans ses bras. Il n'y a plus que Rip. Rip et ses mains, sa bouche. Son odeur qui m'envahit et réveille mes désirs depuis trop longtemps refoulés.

Je m'accroche à lui comme à une bouée de sauvetage. Comme s'il arrivait, par son simple contact, à me ramener à la vie.

Au bout de plusieurs minutes, Rip s'écarte légèrement, ignorant mon râle de protestation. Il cale sa tête contre mon front et inspire en fermant les yeux. Puis, il souffle d'une voix rauque, comme pour lui-même.

– Je ne peux pas résister, Kat, c'est trop dur...

Je ne comprends pas pourquoi il dit cela, mais ma réponse sonne comme une évidence.

– Alors, ne résiste pas...

Il rouvre les yeux et la lueur démente que je vois briller dans ses pupilles me fait frissonner.

– Putain, tu me rends dingue...

Il attrape mes cheveux pour me maintenir la tête en arrière et, d'une seule main, me soulève contre lui. Je vois ses muscles se tendre à travers mes paupières mi-closes.

Un craquement de tissu m'indique qu'il vient d'arracher ma petite culotte d'un seul geste. Je me cambre instinctivement et la pression qu'il exerce sur moi me fait vibrer de plaisir.

Je devrais avoir honte d'éprouver ce genre de chose, mais ma volonté m'a quittée depuis longtemps.

D'un mouvement leste, Rip déboutonne son jean. Le bruit de la fermeture Éclair est une invitation à la luxure. Je commence à haleter d'impatience et une douce brûlure envahit mes reins.

Merde, je ne maîtrise plus rien. Seuls comptent Rip et l'envie irrésistible de le sentir combler ce vide béant qui me ronge de l'intérieur. Je gémis lorsque ses doigts obéissent à ma prière silencieuse. Il me torture d'une main experte, et cette sensation nouvelle me dévore le corps et l'esprit.

Ma voix n'est qu'un souffle rauque lorsque, n'y tenant plus, je murmure à son oreille.

– Je t'en prie, Rip...

Il s'arrête et plonge son regard dans le mien, comme pour s'assurer qu'il n'a pas rêvé. Puis, lentement, sans me quitter des yeux, il entre en moi d'un mouvement de reins. Ma bouche s'ouvre sous le coup de la surprise et des larmes perlent à mes paupières alors que mes muscles l'enserrent comme un étau.

Rip s'arrête, guettant la moindre de mes réactions. La sensation de plénitude qui m'envahit m'arrache un soupir de soulagement et l'encourage à continuer. Il attrape ma lèvre inférieure avec ses dents, sans me lâcher du regard. Puis il recommence à m'embrasser, en remuant lentement les hanches. J'étouffe un cri dans sa bouche alors qu'il se met à bouger de plus en plus vite.

Mes yeux se ferment alors que monte en moi un déferlement de sensations, toutes plus fortes les unes que les autres. Je sens mes muscles se contracter et la chaleur bourdonner à mes tempes.

– Regarde-moi, bébé.

J'obéis à sa voix impérieuse et la vision de Rip, de ses muscles tendus par l'effort et de son regard assombri de désir ont raison de moi. Le raz de marée me submerge comme un tsunami, balayant tout sur son passage.

Rip s'empare de mes lèvres avec fougue et j'étouffe mes cris dans sa bouche. Il me rejoint quelques secondes plus tard, me pressant contre lui avec force, comme si sa survie en dépendait.

De longues minutes plus tard, les larmes roulent sur mes joues alors que la pression retombe doucement.

***

– Je suis désolé... répète Rip, avant de plaquer brièvement sa bouche sur la mienne et de me déposer sur le sol.

J'ai les jambes comme du coton et je dois m'agripper à lui pour ne pas tomber. Merde ! Je ne me reconnais plus.

J'ai du mal à réaliser ce qui vient de se passer. Et encore moins à comprendre pourquoi il s'excuse. N'est-ce pas moi qui l'ai supplié de me faire l'amour ? Est-ce qu'il regrette ?

347

À l'idée qu'il puisse éprouver des remords, ma poitrine se serre d'appréhension. Mais je n'ai pas le temps de lui poser la question. Rip s'écarte et rajuste son jean.

– Viens...

Il me tend la main, mais je ne réagis pas, encore sous le choc de ce qui vient de se passer et des questions qui se bousculent dans ma tête.

Alors, sans me laisser le temps de protester, il se baisse pour me porter dans ses bras. Bien que surprise, je me laisse faire. Je me sens étrangement fébrile et je n'ai pas la force de lutter. Mon cerveau tourne au ralenti et je suis incapable de réfléchir correctement.

Je m'accroche à lui et cache ma tête dans son cou pour me nourrir de sa chaleur et de son odeur. C'est comme une drogue apaisante qui m'empêche de penser que je suis nue dans les bras du plus beau démon des enfers.

Rip m'entraîne dans la salle de bain. Il ouvre la cabine de douche et me dépose sur le sol froid. Puis il enlève rapidement son pantalon et me rejoint. Je n'arrive pas à détacher mon regard de son corps d'Adonis, magnifique illustration de ce qu'est la perfection.

Lorsqu'il ouvre le robinet, je sursaute au contact de l'eau sur ma peau brûlante. Rip entreprend alors de me laver, en silence, avec des gestes doux et lents. Il me traite comme si j'étais la chose la plus fragile au monde. Ses doigts virevoltent sur moi, avec précision. Puis, lorsqu'il a terminé, il se place sous le jet à son tour.

Waouh, la vision de ce mec torride sous ma douche me donne des sueurs. Je résiste difficilement à l'envie de le toucher. Et je regrette presque que le spectacle soit terminé lorsqu'il éteint le robinet.

Attrapant une serviette, il entreprend maintenant de nous sécher, l'un après l'autre. Je me laisse faire, profitant de ce moment d'intimité partagé. Des frissons me parcourent alors que je l'observe, penché sur moi, en train d'essuyer consciencieusement la moindre parcelle de peau.

Une fois qu'il a terminé, ses mains et sa bouche remplacent la serviette tombée au sol, et me procurent des sensations incroyables. Il se redresse, me dominant de toute sa hauteur. Il m'attrape alors la nuque et me penche la tête en arrière pour embrasser goulûment mes lèvres encore gonflées de plaisir. Lorsqu'il me libère, sa voix finit de m'achever.

– Je ne suis pas rassasié de toi, bébé. Mais cette fois, je vais prendre mon temps...

Il reprend ma bouche comme pour sceller sa promesse. La tête me tourne et le désir que je ressens est si puissant qu'il m'oppresse. Je m'agrippe à ses bras, et cette invitation l'encourage de plus belle.

Il me soulève comme si je n'étais pas plus lourde qu'une plume, et avant que je n'aie pu dire « ouf », je me retrouve avec lui dans ma chambre. Je ne sais pas s'il nous a téléportés ou s'il s'est déplacé à la vitesse de la lumière, mais cela m'importe peu. Seuls comptent ses bras qui m'entourent et sa langue qui taquine la mienne dans un mouvement d'une langueur insoutenable.

Au bout d'un long moment qui me laisse pantelante, il me libère de son étreinte. Puis, sans me lâcher du regard, il me bascule en arrière et je me retrouve couchée sur mon lit, entièrement nue et à sa merci.

Il s'avance au-dessus de moi et sa langue suit la ligne qui part de mon ventre et se termine entre mes seins. Je retiens mon souffle. Lorsqu'il se redresse, ses yeux luisent dans la pénombre, comme allumés par un feu surnaturel. La panique m'envahit pendant quelques secondes.

Mon Dieu, mais qu'est-ce que je suis en train de faire ? Rip est un démon...

Mais le doute est vite balayé lorsqu'il ouvre la bouche.

– Tu es tellement belle. Tellement parfaite... ma muse.

S'appuyant sur un coude, il tend la main vers moi et me caresse la mâchoire. Puis ses doigts descendent lentement sur mon cou, le long de ma carotide, pour suivre la ligne de ma clavicule. Avec une lenteur démesurée, il fait glisser ses doigts sur mes épaules, puis ma poitrine.

J'ai le souffle court, et je n'arrive pas à détacher mes yeux de son visage. Ses iris lumineux suivent le mouvement de ses doigts. Sa mâchoire est crispée et il a les narines pincées, comme s'il tentait de résister à une tentation devenue trop forte.

Il passe sensuellement la langue sur sa lèvre inférieure, s'attardant sur son piercing, et je réprime l'envie de me jeter sur lui comme une tigresse. Cela ne me ressemble pas. Rip arrive à me faire réagir comme si j'étais une autre personne, et au fond de moi, cela m'effraie.

– Parfaite, répète-t-il.

Il s'avance vers moi et m'embrasse avec fougue. Je gémis dans sa bouche alors que ses mains se posent sur ma poitrine et descendent sur mon ventre qui se tend de lui-même vers lui. Le flot de sensations qui monte en moi m'aspire dans une spirale infernale.

J'en veux plus...

Rip s'écarte légèrement de moi pour m'observer de ses yeux assombris par le désir.

– Patience, ma belle...

Je m'accroche à ses épaules pour le rapprocher de moi, et je l'entends grogner à son tour. Ses lèvres descendent le long de mon cou et suivent le chemin de ses mains, sur ma poitrine, puis sur mon ventre. Il descend plus bas encore, et bientôt je suis anéantie par les mouvements de sa langue sur ma peau sensible.

– Rip...

Je me tortille, essayant de m'extraire de sa torture experte. C'est tellement...

Je n'arrive pas à terminer le fil de mes pensées, submergée par un séisme vertigineux qui me fait oublier jusqu'à mon existence. Je ne suis plus qu'une boule de sensations, griffante et gémissante.

Rip remonte à ma hauteur et m'observe comme si j'étais la plus belle chose sur terre.

– Bébé, tu es extraordinaire... Je pourrais passer ma vie entière à te donner du plaisir.

Sa bouche couvre la mienne, alors que les spasmes continuent de me balayer comme un palmier en pleine tempête. Il me caresse doucement, jusqu'à ce que la pression retombe. Mais le répit est de courte durée.

D'un mouvement de bassin, Rip bascule sur le dos et m'entraîne avec lui. Je me retrouve à califourchon sur ses hanches et la vision qu'il m'offre de son corps est tout simplement magique.

Ses muscles roulent sous ses tatouages, leur donnant l'impression d'être animés. M'attrapant par la taille, il me soulève pour me positionner au-dessus de lui. Puis, avec une lenteur démesurée, ses yeux sombres rivés aux miens, il m'emplit de bonheur.

Malgré moi, mes paupières se ferment et je rejette la tête en arrière, prenant appui sur ses épaules pour ne pas m'écrouler.

Je ne pensais pas pouvoir ressentir quelque chose de plus fort encore. Mais la sensation de plénitude qui m'envahit à chaque mouvement de reins m'emporte vers des sommets jusqu'alors inconnus. Rip se transforme alors en virtuose et nous entraîne dans une symphonie à deux voix qui nous retourne les sens et l'esprit.

Alors, je me laisse aller à l'extase et le monde disparaît dans ce concerto sublime joué par nos corps enfiévrés.

***

Longtemps après...

Je suis sur le dos et j'observe sans les voir les petites fissures qui ornent le plafond immaculé de ma chambre.

Rip est à côté de moi, silencieux et immobile.

J'ai du mal à réaliser ce qui vient de se passer. Non pas que je regrette. Mais cela me semble tellement surréaliste d'avoir pu vivre ces moments magiques. Rip a balayé en une seule nuit des années de traumatisme.

Je tourne la tête vers lui et fixe un instant son profil parfait qui se dessine dans la pénombre. Il est beau et sombre.

Sentant que je l'observe, il se redresse et m'adresse un clin d'œil. Puis il tend le bras vers l'avant. Devant mes yeux ahuris, son jean resté dans la salle de bain atterrit dans ses mains comme par magie. Il fouille dans sa poche arrière et en ressort un paquet de cigarettes qu'il me tend.

– Tu en veux une ?

Je secoue la tête, et sa bouche s'étire dans un sourire.

– Non, bien sûr...

Ça veut dire quoi ?

– J'ai déjà fumé, mais ça ne m'intéresse pas.

Ma voix est un peu sèche et ça n'a le don que de le faire rire.

– Une vraie rebelle... je n'en doute pas.

Je lève les yeux au ciel. S'il cherche à me mettre en rogne, il est sur la bonne voie.

Attrapant une cigarette avec ses dents, il claque des doigts vers l'extrémité. Aussitôt, une petite étincelle apparaît entre son pouce et son majeur. Il tire une bouffée et la cigarette commence à se consumer.

Waouh !!! Je crois qu'avec Rip, je ne suis pas au bout de mes surprises. Tirant sur les draps pour me couvrir, je me redresse dans le lit. Je vais profiter de la situation pour le questionner.

– Tu as d'autres tours de passe-passe à me montrer ?

Il se tourne vers moi et sourit avec un air amusé.

– Des tonnes... Mais je préfère ne pas te montrer tous mes talents d'un seul coup et en garder pour plus tard...

Le double sens de ses paroles me met le rose aux joues, mais je fais comme si de rien n'était. Je plie les genoux et pose mon menton dessus.

– Qu'est-ce que ça fait ?

Rip expire une bouffée de fumée en direction du plafond, et je ne peux m'empêcher de fixer avec envie sa bouche qui s'ouvre sensuellement.

– Quoi ?

– Être un démon... qu'est-ce que ça fait ?

Il ne répond pas tout de suite, comme s'il réfléchissait à la réponse. Je crois qu'il ne s'attendait pas à cette question.

– Il y a de bonnes et de mauvaises choses... Mais bon, ce n'est pas comme si j'avais eu le choix.

Toute l'amertume de ses paroles me renvoie à Maxime. C'est sa prière qui a été exaucée et je crois bien que Rip lui en veut de ne pas l'avoir laissé partir dans l'autre monde.

– C'est à cause de Max ?

Il se renfrogne.

– Lui et plein d'autres choses. Mais nous ne sommes pas là pour parler de moi... Je suis venu pour te ramener en lieu sûr. Ici, il y a trop de risques.

Je lève un sourcil.

– Qu'est-ce que tu veux dire ? Que je ne suis pas en sécurité dans ma propre chambre ? Pourquoi ? Qui me voudrait du mal ?

J'ai envie d'avouer que le seul danger que je vois, c'est lui, mais la prudence m'en empêche. Rip secoue la tête d'un air dépité.

– Je t'ai dit que tu étais particulière... Je ne suis pas le seul à te convoiter.

Ah oui ! Rien que ça... Je me redresse, entraînant les draps avec moi pour me couvrir.

– Écoute, Raphaël. Je ne comprends rien à tes sous-entendus. J'ai déjà du mal à accepter que tu sois un démon et que Maxime puisse me téléporter d'un claquement de doigts, alors ne m'en demande pas plus pour le moment... Sinon, je vais finir par perdre la tê...

– Baisse-toi !

Rapide comme l'éclair, Rip se jette sur moi et m'entraîne avec lui sur le sol, en amortissant ma chute de son corps.

Avec un grognement, il se redresse presque aussi vite et se place en direction de la fenêtre. Dans un craquement, ses ailes jaillissent de son dos pour faire rempart et me protéger des projectiles qui arrivent de la fenêtre dans un sifflement inquiétant.

Une dizaine de fléchettes atterrit sur le sol dans un bruit mat.

30

Mercenaires

Alors que mes yeux restent fixés sur les petits projectiles qui jonchent le sol, une bourrasque pénètre dans la pièce.

Dans un nuage de fumée, un homme tout de noir vêtu fait son apparition. Il n'a pas l'air étonné le moins du monde par les grandes ailes de Rip qui envahissent tout l'espace de ma chambre. Au contraire, il lui fait face, les jambes pliées, les muscles tendus, comme s'il s'apprêtait à le défier. Son abdomen est recouvert d'une armure en fer et un masque vient cacher la moitié de son visage. Il porte un carquois sur l'épaule et tient fermement une arbalète. On dirait un guerrier venu tout droit d'un livre de fantasy.

— Marcus.

La voix de Rip est froide et coupante.

— Raphaël.

Donc, ils se connaissent. Les deux hommes s'affrontent du regard pendant quelques minutes qui me semblent une éternité. Moi, je reste prostrée par terre, sans savoir comment réagir. La tension est palpable entre les deux hommes et j'ai l'impression de me retrouver au beau milieu d'une bataille dont les raisons m'échappent.

Puis, l'inconnu tourne la tête et après avoir vérifié à droite et à gauche que nous sommes seuls dans la pièce, il s'avance vers nous. Son masque se rétracte dans un bruit métallique et dévoile un visage magnifiquement sculpté. Sa beauté insolente me fait dire qu'il est aussi un être surnaturel. Rip se rapproche encore de moi, faisant rempart de son corps. Avec un froncement de sourcils, l'homme en noir s'adresse à nous.

— Il faut faire vite... Ils arrivent.

Je ne comprends rien à ce qu'il se passe, mais lorsque Rip se tourne vers moi, un voile d'inquiétude balaye ses iris d'argent. Il tend la main pour m'aider à me relever et je resserre le drap sur moi pour cacher ma nudité aux yeux de l'inconnu. Celui-ci m'observe comme si j'étais une curiosité et ça a le don de m'énerver.

Je n'ai même pas le temps de lui demander qui il est que Rip m'entoure de ses ailes. Une fraction de seconde plus tard, je me retrouve projetée dans le néant à la vitesse de la lumière. Mon cœur se soulève et je m'accroche à Rip avec force.

Le tourbillon n'en finit plus et j'ai le sentiment que ma tête va exploser en mille morceaux. C'est comme si un étau venait enserrer mes tempes pour les écraser.

— C'est fini, bébé...

La voix de Rip sonne comme une musique apaisante à mon oreille. Mes jambes retrouvent la terre ferme et je finis par me laisser aller contre le corps robuste de mon amant. J'ai les muscles tout engourdis et garde les yeux fermés un instant pour reprendre mes esprits.

Puis, je finis par ouvrir les paupières et je découvre avec étonnement la décoration immaculée du salon de Royce.

Rip vient de nous téléporter chez son ami.

La tête me tourne lorsque je me redresse. J'ai à peine le temps de reprendre mes esprits que je constate avec horreur que des dizaines d'yeux sont posés sur nous.

Putain, Kat, t'es devenue exhibitionniste ou quoi ?

Merde ! Merde ! Merde !

Je serre le drap contre ma poitrine en maudissant la voix qui n'a de cesse de me pourrir l'existence. Je donne un coup de coude à Rip.

— Euh, y'aurait pas un moyen de trouver un truc à me mettre ? Parce que je n'ai pas pour habitude de me balader à moitié nue devant un public, moi !

Un rire tonitruant résonne dans la pièce. Marcus, l'archer, se gausse littéralement sous le regard amusé de Rip. Il nous a suivis. Il doit certainement être un démon ou quelque chose dans le genre, lui aussi.

— Ah, ah, elle est incroyable. Elle vient d'échapper à la mort, elle se fait téléporter par un démon et elle ne pense qu'à se trouver des fringues !

Je fronce les sourcils et lui adresse un regard noir.

— Excuse-moi, mais je ne t'ai pas demandé ton avis.

Rip s'écarte légèrement de moi et s'adresse au nouveau venu.

— Fais attention, Marcus. Kataline peut être impitoyable quand on la cherche.

Je secoue la tête en faisant la moue. Dans la pièce, tout le monde reprend sa conversation là où il l'a laissée, comme si notre apparition soudaine était finalement quelque chose de banal. J'en déduis qu'ils doivent être habitués à ce genre de manifestation surnaturelle, ou alors, ils sont tous des démons. Je frissonne à cette idée. Si on m'avait dit que notre monde était peuplé d'êtres fantastiques...

Marcus s'approche de Rip et, contre toute attente, ils se donnent une accolade. Je n'y comprends plus rien.

— Merci, frère...

Rip qui remercie quelqu'un... De plus en plus bizarre.

— Je sais ce que je te dois. Et ils n'étaient que cinq. Une bagatelle.

357

Je secoue la tête. Je suis tellement horrifiée que j'en oublierais presque qu'un drap fin comme une feuille de cigarette cache ma nudité aux yeux de tous.

— Comment ça « que cinq » ? Tu veux dire qu'il y a cinq types qui s'apprêtaient à entrer chez moi pour m'égorger ?

La bouche de Marcus se tord dans un rictus gêné.

— Euh, pas exactement, non...

Il lance un rapide coup d'œil vers Rip qui lui adresse un regard noir. Mais il n'a pas le temps de répondre. Royce entre dans la pièce d'un pas décidé, le visage sombre.

— Rip ! J'ai senti ton arrivée. Que se passe-t-il ?

— Les mercenaires... répond Raphaël en se postant devant moi.

On dirait qu'il cherche à me cacher. Je resserre instinctivement le tissu contre moi en essayant de me faire toute petite. Mais rien n'échappe au regard perçant de Royce. Il plisse ses petits yeux de fouine dans ma direction.

— Putain, mais tu étais censé la ramener ici hier soir !

Il place ses mains sur ses hanches, comme s'il grondait son ami.

— C'est bon, elle est en sécurité maintenant.

La nonchalance feinte de Rip démontre sa gêne. Royce continue de me dévisager et ça me met horriblement mal à l'aise.

— Ouais, et maintenant elle a les mercenaires aux trousses. Bravo ! Si tu crois que c'est comme ça qu'on va la garder intacte... Ils doivent déjà être en route pour venir la chercher.

Un frisson me parcourt alors que j'assimile ses paroles. Je dois être réellement en danger. À ce moment-là, un déclic se produit dans mon esprit et mon sang se glace.

— Mais ils savent où j'habite ! Raphaël, trouve-moi des vêtements, il faut que j'y retourne !

358

Il se tourne vers moi et me regarde comme si je venais de perdre l'esprit.

— Il est hors de question que tu partes d'ici.

— Tu plaisantes ? Jess et Kris sont à la maison. Et si vos... mercenaires se pointent là-bas, ils s'en prendront à eux. Je dois y retourner pour les prévenir.

— Si tu y retournes, ils t'auront, intervient Royce.

— Je m'en fiche. Je dois y aller.

— Elle a raison, intervient Marcus. Nous devons sécuriser la zone. Nous ne pouvons pas risquer qu'il y ait des débordements. Ça attirerait trop l'attention sur nous. Je vais m'en charger.

— Je viens avec toi !

Rip s'interpose et me repousse doucement en arrière.

— N'y pense même pas. J'irai avec Marcus. Toi, tu restes en sécurité ici. Je ne veux pas qu'il t'arrive quoi que ce soit.

Sa remarque me prend au dépourvu et je reste bouche bée sans savoir quoi répondre. Je sens que, dans l'assistance, tout le monde me regarde comme si les paroles de Rip venaient d'officialiser quelque chose. Même Royce fixe son ami comme si ses propos le perturbaient.

Heureusement, Marcus finit par briser la glace.

— Cool, ça nous rappellera les petites virées du bon vieux temps.

Je secoue la tête. Il est inconcevable que je reste ici alors qu'ils vont inspecter ma chambre, mon intimité. Je me redresse en gonflant la poitrine.

— Je viens aussi. Et il est inutile de tenter de m'en empêcher. Comme tu l'as dit, Raphaël, je peux être impitoyable. Et si tu m'empêches de faire ce que je veux, Dieu seul sait ce que je pourrai faire.

Je sens le rouge me monter aux joues et la froideur de ma voix démontre ma détermination. S'il m'empêche d'aller avec eux, je ne réponds plus de rien.

Royce intervient à son tour. Et pour une fois, il va dans mon sens.

— On va y aller tous les quatre. C'est plus prudent. Mais avant ça, il faut trouver des vêtements à Derbies. C'est indécent cette tenue devant tout le monde.

Sa remarque me rappelle que je suis effectivement presque à poil devant toute une assistance. Génial...

— Jennifer ? Viens par ici, ma belle.

La petite brune avec laquelle je l'ai vu plusieurs fois apparaît dans l'embrasure de la porte et s'approche de nous, un sourire timide aux lèvres.

— Jen, bébé, est-ce que tu pourrais t'occuper de Kataline ? Lui trouver des fringues... et tout ?

— Bien sûr.

C'est la première fois que j'entends le son de sa voix. Elle est douce et timide. Je suis étonnée par la façon dont elle mange Royce des yeux. Il y a un mélange d'admiration et de passion dans son regard. C'en est presque flippant.

Royce l'attrape par la taille pour l'approcher de lui et l'embrasse presque tendrement sur le front. C'est complètement en décalage avec le comportement qu'il a habituellement. Je me souviens parfaitement de la dernière fois où je les ai vus ensemble. C'était au Blue Bird et la fille avait l'air d'un zombie sous la coupe de son mentor ce soir-là.

— On y va ?

Je hoche la tête et suis Jennifer jusque dans un immense dressing qui pourrait faire pâlir de jalousie Kim Kardashian. Sitôt entrée, Jen se met à examiner les penderies.

360

— Ouah, c'est à toi tout ça ?

Jennifer se retourne et m'adresse un sourire ravi.

— Royce est très généreux.

Voyant son regard énamouré, je pose la question qui me brûle les lèvres depuis tout à l'heure.

— Vous êtes ensemble ?

Elle s'arrête devant moi, un cintre à la main.

— Hum, on peut dire ça comme ça... Tu fais du 38 ? Tiens, essaye ça.

Sans attendre de réponse de ma part, elle me tend le vêtement, une sorte de combinaison noire qui me semble assez voire trop moulante.

Voyant mon hésitation, Jen me colle le cintre dans les mains.

— Ce sera beaucoup plus pratique pour glisser que ce drap. Pour les sous-vêtements, fouille dans les tiroirs là-bas, tu devrais trouver ton bonheur. Et pour les chaussures, il y a plusieurs paires de baskets dans l'étagère du fond. Si tu veux te coiffer, tu as des brosses et élastiques dans la coiffeuse. Je t'attends dehors.

— Glisser ?

— Te téléporter si tu préfères, précise-t-elle sans même me regarder. Pour les sous-vêtements, fouille dans les tiroirs là-bas, tu devrais trouver ton bonheur.

Très efficace cette nana !

Je me retrouve seule dans le grand dressing, au milieu de centaines de pièces. J'ai envie de regarder si je ne trouve pas quelque chose de plus sobre à enfiler, mais ma bonne conscience me rappelle à l'ordre. Je ne suis pas assez mal élevée pour piquer des fringues comme ça. Avec un soupir, je me dirige vers les tiroirs et, après avoir jeté mon dévolu sur un ensemble culotte soutien-gorge noir, je mets la combinaison qui tombe parfaitement sur mes hanches.

361

J'enfile une paire de baskets noires aux pieds puis j'entreprends d'attacher mes cheveux en une longue tresse. Je regarde un instant le résultat dans la glace. J'ai l'air d'Angélina Jolie dans Tomb Raider... Tant pis, je n'ai pas le temps de faire autrement. Il faut que je privilégie le côté pratique des choses. La sécurité de Jess et Kris est peut-être en jeu.

Je sors rejoindre Jennifer dans le couloir et le regard qu'elle m'adresse m'indique que ma tenue fait effectivement de l'effet.

— On dirait qu'elle était faite pour toi, cette combinaison.

Gênée, je fais comme si elle n'avait rien dit et file dans le corridor en direction du salon. Au moment où je m'apprête à passer la porte, un bruit tonitruant secoue la maison et me fait sursauter.

Je reste figée sur le seuil alors qu'un éclair éblouissant envahit la pièce. Une grande paire d'ailes blanches comme la neige apparaît entre les convives.

— Merde ! Il manquait plus que ça...

La voix de Jennifer à côté de moi n'a rien pour me rassurer.

Le propriétaire des ailes se redresse et je découvre avec étonnement qu'il s'agit de Maxime. Le gentil Maxime est lui aussi une sorte de démon ailé, comme Rip. À la différence que ses ailes à lui sont aussi blanches que celles de son frère sont noires.

— Putain, Rip, qu'est-ce que tu lui as fait ?

Je suis d'autant plus refroidie par ces paroles que j'ai le mauvais pressentiment qu'elles me concernent directement. Toute la salle s'est tournée vers le nouveau venu et attend la suite des événements en retenant son souffle.

Rip, qui était en pleine discussion avec Marcus et Royce, fixe son frère et arbore un air impassible qui fait froid dans le dos. J'ai l'impression que l'échange va être tendu.

C'est Royce, qui une fois de plus, prend la parole en premier.

362

— Doucement, Fly, qu'est-ce que tu veux dire ?

— Ce que je veux dire ? Tu me demandes ce que je veux dire ? Tu te fous de ma gueule, Royce ? Comme si tu n'étais pas au courant de ce qu'il a fait ! De ce qu'il lui a fait ! Ça ne te suffit pas de nous pourrir l'existence, hein ? Il fallait que tu t'en prennes aussi à elle ! Surtout à elle !

Maxime est méconnaissable, le visage défiguré par la colère et la voix pleine d'amertume. Rip reste de marbre, mais je vois bien qu'un petit muscle tressaille sur sa joue, témoin de son énervement.

— J'ai fait ce que j'avais à faire.

Sa voix est froide et sèche. Mais ses paroles sont loin d'apaiser Maxime. Il pointe son frère du doigt et ses yeux se plissent comme s'il s'apprêtait à lui sauter à la gorge.

— Je vais te tuer, Rip...

Tout le monde retient son souffle. Il faut que j'intervienne avant que ça ne tourne vraiment mal. Mais avant que je n'aie pu manifester ma présence, Max s'est déjà jeté sur Rip comme une tornade. Il lui fonce dessus avec une puissance et une vitesse incroyables. Je crie au moment de l'impact, mais brusquement, les deux hommes disparaissent dans un éclair lumineux.

J'écarquille les yeux et me tourne vers Jennifer.

— Où sont-ils allés ?

— Ils sont partis se battre ailleurs...

31

Marquée

— Je crois qu'il vaut mieux qu'on aille voir s'ils ne font pas de bêtises.

Marcus s'approche de moi et me tend la main. Mais à l'instant où je m'apprête à la saisir, une fille entre en trombe dans la pièce. Elle a les yeux complètement révulsés et tombe à genoux, la tête levée vers le ciel.

— Ils sont chez elle... Ils viennent chercher la muse.

Sa voix d'outre-tombe me glace les os. Est-ce qu'elle parle de moi ? Je réalise au même moment qu'il s'agit de la fille qui m'avait agressée chez Royce la dernière fois. Mais au-delà de son apparence effroyable, ce sont ses mots qui me font le plus peur. Je me tourne vers Royce et Marcus.

— De quoi est-ce qu'elle parle ?

Marcus baisse la tête et son visage se fige.

— Je crois que les mercenaires sont passés à l'action.

Sans attendre, Royce se saisit d'une sorte de grande lance en fer blanc. Il jette un regard résigné à Marcus.

— Pas le temps d'attendre. On doit y aller.

De façon rapide, le visage de Marcus disparaît derrière son masque métallique.

— Je viens avec vous !

La détermination qui transparaît dans ma voix fait taire les protestations. Les deux hommes hochent la tête simultanément. Puis

Marcus attrape ma main et je me retrouve une fois de plus projetée dans le néant.

Le tourbillon me semble plus long que d'habitude et lorsque je sens de nouveau la terre ferme sous mes pieds, j'ai la tête qui tourne dangereusement.

Je me passe la main sur le front en soupirant.

— Putain, je ne m'y ferai jamais à ce truc...

Sans relever, Marcus me prend par les épaules et m'entraîne rapidement à l'écart. Il me pousse dans un coin de la pièce, entre une armoire et le mur. Mes yeux parcourent les alentours, affolés par ce qu'ils découvrent.

Nous avons atterri dans le salon de Jess et la scène qui se déroule devant moi sort tout droit d'un film catastrophe. Il y a des affaires éparpillées partout, le canapé est éventré, les meubles littéralement détruits et les murs criblés de flèches. Je sursaute lorsque je vois un type atterrir en plein sur la commode, l'écrasant de son poids. J'aperçois du mouvement dans la cuisine et étouffe un cri en voyant plusieurs mercenaires faire des figures acrobatiques, tels des ninjas. Je ne vois ni ma tante ni Kris, et l'inquiétude me serre le cœur.

Marcus se tourne vers moi et plaque sa main sur ma bouche, en rétractant son masque.

— Kataline, je veux que tu montes à l'étage et que tu te caches en lieu sûr, compris ? Rip me tuera s'il t'arrive quoi que ce soit.

Je hoche la tête en signe d'assentiment et il me libère. J'ai une boule dans le ventre qui ne demande qu'à exploser, mais je la refoule et décide de faire ce qu'il me dit. Marcus sort alors une petite dague de sa botte et me la colle dans la main.

— Prends ça et sers-t'en s'il le faut. Maintenant, monte. Vite.

Il se redresse en faisant réapparaître son armure de guerre. L'adrénaline afflue dans mes veines tel un poison. Mes jambes flageolent, mais je trouve l'énergie suffisante pour me précipiter dans l'escalier qui mène à l'étage. Lorsque j'arrive en haut, mon cœur bat la chamade et résonne dans mes oreilles, à travers le bruit de bataille qui provient du rez-de-chaussée.

Je me dirige machinalement vers ma chambre, mais au dernier moment, pour je ne sais quelle raison, je change d'avis et me faufile vers le bureau de ma tante. Je referme la porte derrière moi, et m'appuie contre le mur. La pièce est plongée dans le noir, mais bizarrement, je distingue nettement ce qui m'entoure.

Je tente de contrôler ma respiration pour reprendre mes esprits. L'endroit est étonnamment calme en comparaison avec le chaos qui règne maintenant en bas.

— Mon Dieu, Jess, j'espère que tu es en sécurité.

J'avance dans la pièce avec l'idée de me cacher dans le placard, mais au moment où je tourne la poignée, quelqu'un m'attrape la main.

Je hurle en me retournant. Un homme entièrement cagoulé m'oblige à me retourner, en me broyant le poignet.

— Tu pensais pouvoir t'échapper, saleté de Muse.

Aussitôt, je brandis la dague dans sa direction, mais il me bloque au moment où la pointe touche son torse. Je tente de me dégager d'un mouvement d'épaule, mais le type resserre son étreinte et me secoue le bras pour me faire lâcher mon arme.

Malgré ma volonté, je finis par céder. Alors que le petit couteau tombe sur le sol, l'homme me plaque violemment contre le mur. Ma tête cogne tellement fort que j'ai la vue qui se brouille. Il en profite pour m'asséner un crochet en pleine mâchoire. Le goût du sang envahit ma bouche et la douleur me fait suffoquer.

Sans me laisser de répit, le mercenaire me donne un grand coup de genou dans le ventre et me bascule sur le sol. Il s'accroupit sur

366

moi et m'attrape le cou à deux mains. Puis il se met à serrer. Je tente de me dégager, en vain. Il est beaucoup plus fort que moi. Avec un sourire sadique, il continue de comprimer mes veines et ma vue commence à se brouiller de larmes.

Non, c'est impossible. Ça ne peut pas se terminer comme ça.

— Tu vas souffrir, salope. Comme ta salope de tante...

Ses mots sont comme un électrochoc. Je vois le visage de Jess apparaître à travers mes larmes. Malgré la douleur, je sens monter en moi une colère sourde. Un sentiment trop longtemps refoulé qui ne demande qu'à éclater. Mes pulsions haineuses resurgissent comme une vague houleuse et destructrice. Mon pouls s'accélère et mon cœur bat dans mes oreilles. Et pour une fois depuis de longtemps, je laisse mes émotions m'envahir.

Ma vue se voile de rouge. Mais au moment où je tente de repousser mon adversaire, mon corps se fige et un frisson parcourt ma nuque. Quelqu'un tire violemment le type en arrière. Libérée du poids de mon assaillant, je me redresse et me mets en position de combat.

À travers la brume pourpre de mes yeux, je vois mon ennemi se débattre, les pieds dans le vide. Quelqu'un le tient par le cou et le maintient au-dessus du sol avec une aisance surnaturelle. Je n'arrive pas à distinguer le visage de l'homme, mais je n'en ai pas besoin. Je sais qui il est. Je le sens dans mes entrailles, comme si sa présence avait actionné un interrupteur au fond de mon âme.

Rip.

L'apparition de deux grandes ailes noires vient confirmer ma certitude. Un grondement sourd et menaçant envahit la pièce. Le type se met à pleurnicher comme un bébé.

— Pitié. Je ne voulais pas... J'ai seulement obéi aux ordres...

367

La voix métamorphosée de Rip résonne comme un jugement funeste.

— On a toujours le choix de nos actes. Tu as choisi de t'en prendre à la mauvaise personne. Et c'était un très mauvais choix. À présent, tu dois en assumer les conséquences.

La peur du mercenaire est palpable et mon cœur se serre à l'idée de ce qui va se passer. Ma vue redevient normale et ma colère s'évanouit comme elle est apparue.

Un ruissellement attire mon attention et j'aperçois une flaque se former au pied du mercenaire.

Merde ! Le pauvre type est en train de se pisser dessus...

— Aucune décence... commente Rip avec un profond mépris dans la voix. Tu ne mérites même pas de vivre dans ce monde.

— Nonnnnn... Pitié...

Mais Rip reste froid et imperturbable. Sa sentence sonne comme le glas.

— Va en enfer, vermine !

Soudain, le type s'enflamme comme une allumette. J'étouffe un cri et porte la main à ma bouche.

Je ne m'attendais pas à ça et j'ai envie de détourner les yeux. Mais je n'arrive pas à me détacher du spectacle morbide. Le type se débat à mesure que son corps se calcine à une vitesse incroyable. Sa peau cramoisie commence à se détacher des chairs. Et pourtant, il continue de hurler. Il devrait déjà être mort...

— Le feu des enfers... énonce Rip, comme s'il répondait à ma question muette. Il brûle intensément, mais ne tue pas.

C'est horrible, mais je n'arrive pas à me détacher de la vision du mercenaire en feu qui pend aux mains de Rip. Je continue de fixer le brasier avec une fascination malsaine. Le type hurle maintenant de douleur. Je crois que je garderai ses cris en mémoire jusqu'à la fin de mes jours. C'est plus que je ne peux en supporter. Je me bouche les oreilles en hurlant.

— Raphaël, arrête...

Rip tourne la tête vers moi, et la lumière éclaire son visage. À cet instant, je découvre qu'il n'est plus le même. Sa peau est rouge sombre, presque noire, et ses iris sont argentés. Ses traits sont plus marqués et ses os plus saillants. Et surtout, il a deux petites bosses en haut du front, comme des cornes. Lorsqu'il ouvre la bouche, ses canines proéminentes dépassent de ses lèvres.

L'intensité de son regard me transperce et je sens mon pouls qui s'accélère. Rip plisse les yeux et m'adresse un petit hochement de tête. Alors, d'un seul coup, la torche humaine disparaît dans un nuage de poussière, laissant sur le parquet un petit tas de cendre.

***

Je m'effondre sur le sol, les jambes en coton. Je n'arrive pas à croire ce qui vient de se passer. C'est au-delà de ce que je peux supporter. Mon cerveau en ébullition ne parvient pas à intégrer toutes les informations. Il réfute la réalité.

— Kataline, ça va ?

Je lève les yeux vers Rip. Il est redevenu normal, mais je revois nettement dans ma tête son apparence de démon.

— Qu'est-ce que tu as fait, Rip ?

Il semble perturbé par ma question. Pourtant, sa voix reste impassible.

— Ce mec allait te tuer.

Je secoue la tête en fermant les yeux. Mauvaise idée. Les images de la torche humaine en décomposition apparaissent directement derrière mes paupières.

— Tu l'as carbonisé... Comment ? Comment est-ce possible ? Comment as-tu fait ça ? Il est mort.

Rip se redresse, comme s'il ne comprenait pas où je voulais en venir. Son regard se fait dur.

— Oui, il est mort ! Je te l'ai déjà dit, Kat. Je suis un démon. Et un démon, c'est cruel et malfaisant. Ça tue des gens. Ce type méritait de mourir. Il voulait me prendre...

Il s'arrête, comme s'il en avait trop dit, et me fixe intensément.

— Putain, si je n'étais pas arrivé à temps, il t'aurait...

Une fois de plus, il ne termine pas sa phrase et commence à tourner dans la pièce en se passant nerveusement la main dans les cheveux.

— Il devrait être satisfait de son sort. J'aurais pu le torturer pendant des heures pour ce qu'il a osé faire...

Je déglutis. La haine que je vois dans le regard de Rip me fait presque frissonner. Je me redresse, sentant que mes forces m'ont enfin regagnée.

— OK. Il faut que je sorte d'ici ou je vais péter un câble.

Je me dirige vers la porte à grands pas, mais Rip m'arrête au moment où je tourne la poignée.

— Attends. Il y a peut-être encore du grabuge en bas... Laisse-moi vérifier avant.

Je soupire et hoche la tête.

— Comme tu veux.

Il ferme les paupières quelques secondes puis ouvre la porte.

— C'est bon, la zone est sécurisée.

— Jess...

Je me précipite en bas, alors que la boule dans mon ventre revient de plus belle.

***

Arrivée en bas, je découvre avec soulagement que tous les mercenaires sont out, et que ma tante et Kris sont indemnes. En la voyant, je me précipite dans ses bras.

— Mon Dieu, j'étais tellement inquiète.

Elle me serre contre elle.

— Je sais me défendre, Kat. Ils ne savaient pas à qui ils avaient affaire, ces nazes.

Ses paroles font écho à mes propres interrogations. Je m'écarte d'elle et l'observe.

— Effectivement, tu es pleine de surprises. Je ne savais pas que tu savais te battre contre des ninjas.

Ma tante adresse un regard furtif à Kris, et soupire bruyamment.

— Il va falloir que nous ayons une petite conversation, ma chérie. Je sais que tu as subi beaucoup de bouleversements ces derniers temps. Mais sache que je suis parfaitement au courant de ce que tu es et de ce que tu as découvert.

D'un coup, j'ai la tête qui tourne. Tous ces événements, toutes ces découvertes, c'est trop pour une seule journée. Je regarde l'assistance et je croise le regard de Rip.

Avec lui aussi, je vais devoir avoir une séance d'explications. J'ai besoin de comprendre. Comprendre ce qu'il est. Ce qu'il veut. Son monde. Et le rôle que j'ai à jouer dans ce monde. Il y a tellement de questions que j'ai envie de lui poser.

Mais pour le moment, je suis fatiguée. Épuisée par tous ces événements qui ont bouleversé ma vie en seulement quelques jours. Depuis le jour où Maxime m'a révélé sa vraie nature...

Maxime. Il n'est pas là.

— Où est Max ?

371

Rip toussote nerveusement.

— Il est retourné à la maison...

— Se soigner, termine Royce avec un sourire amusé.

Rip lui adresse un regard noir.

— Rip, si tu lui as fait du mal, je t'étrangle.

— Il s'en remettra.

J'espère sincèrement qu'il dit la vérité, mais le connaissant, j'en doute. Ça fera partie des explications.

— Je te le souhaite. Pour le moment, la seule chose que je veux, c'est prendre un bain et me coucher... Mais tu ne perds rien pour attendre.

Rip m'adresse un regard plein de sous-entendus.

— Je ne demande que ça.

32

Douche froide

Au moment où je monte les escaliers, ma tante m'interpelle.

— Kat, attends...

Je m'arrête devant la première marche.

— Kat, chérie, il faut vraiment qu'on parle.

Je me tourne vers elle et la fixe comme si je la découvrais pour la première fois. Je ne sais plus où j'en suis.

Jess vient de m'avouer qu'elle savait déjà tout. Comment a-t-elle dit déjà ? « Sache que je suis parfaitement au courant de ce que tu es et de ce que tu as découvert »

Génial. Je réalise maintenant que pendant tout ce temps, elle m'a menti. Elle fait partie des rares personnes en qui j'avais foi. Quelle déception !

Encore une fois, tu passes pour la parfaite idiote !

Ma conscience remue le couteau dans la plaie. Je la hais !

En tout cas, Jess aurait pu me prévenir, me mettre en garde sur ce que j'allais découvrir. Mais non... Elle a préféré me cacher toutes ces choses alors que je lui faisais confiance.

J'ai l'impression d'avoir été trahie.

— Tu sais, parfois, on ne fait pas toujours ce que l'on souhaite. Et si j'avais eu le choix, je t'aurais tout raconté depuis le début.

Je soupire. Au fond de moi, je sais qu'elle a raison.

— Alors, dis-moi, qu'est-ce qui t'a empêchée de tout me dire ?

Elle rive ses yeux aux miens.

373

— Ta sécurité. Je voulais te protéger de cette vie. Si je t'avais révélé ce que je sais, je t'aurais mise en danger... Il était hors de question que je prenne ce risque.

Je ne comprends pas.

— Mais je ne vois pas ce que ça aurait changé.

— Ressens-tu des changements chez toi ces derniers temps ?

Sa question me perturbe.

— Est-ce qu'il y a des choses qui ont changé chez toi ? Ta vue, par exemple...

Une petite lumière s'allume dans ma tête. Je hoche la tête. C'est vrai que ma vue s'est nettement améliorée ces dernières semaines. Et j'ai remarqué que je voyais parfaitement dans le noir lorsque le mercenaire m'a attaquée. Je hoche la tête.

— Voilà ce que je voulais éviter. Tes sens vont évoluer maintenant. Et tu seras repérable comme un phare en plein océan... Merde ! Ça craint !

Elle semble vraiment soucieuse, d'un coup. Ça fait trop de choses étranges à assimiler. Je ne sais pas si je vais supporter d'apprendre de nouveaux trucs farfelus, et je n'en ai franchement pas envie.

— Quand est-ce que ça va s'arrêter ? Qu'est-ce que je vais apprendre d'autre maintenant ? Que je vais me transformer en elfe ? En vampire ou en je ne sais quoi ?

Ma tante soupire et m'attrape la main.

— Non, rien de tout ça, ma belle. La réalité est bien moins féerique.

Elle s'arrête quelques instants, et me fixe d'un air désolé.

— Écoute. J'ai conscience que c'est perturbant de découvrir ce monde parallèle. Mais il va falloir te préparer à voir des choses que tu n'aurais jamais pu imaginer, même dans tes rêves les plus étranges.

374

Je ne peux m'empêcher de grimacer. Jess s'approche de moi et me prend par les épaules.

— Mais tu as raison. Ça fait beaucoup en une seule fois. Alors je te propose qu'on s'arrête là pour ce soir. Va te reposer. Nous continuerons cette conversation lorsque tu seras prête et disposée à bouleverser tes certitudes.

Je hoche la tête en signe de reconnaissance. De toute façon, je me sens bizarrement fatiguée d'un coup. Je monte à l'étage, sous son regard bienveillant, mais toujours inquiet.

***

Étrangement, au moment où je tourne la poignée de porte de ma chambre, je sens qu'il y a quelque chose qui cloche. C'est comme une brise glacée qui vient me frôler et provoque des frissons sur ma nuque.

Je me tiens prête face au danger. Pourtant, lorsque je pousse la porte, je suis loin d'imaginer ce que je vais découvrir.

Je pousse un cri.

Au-dessus de mon lit, un cadavre de chat a été éventré et cloué sur le mur.

Je me mets à trembler, incapable de me contrôler. La pauvre bête a dû souffrir le martyre.

Je reste une longue minute, prostrée, les yeux fixés sur la dépouille mutilée lorsque je sens deux bras m'entourer pour m'éloigner de l'ignoble spectacle.

L'odeur familière de Rip m'apaise immédiatement et me sort de ma léthargie. Je m'appuie contre le torse de mon sauveur et hoquette entre deux sanglots refoulés :

— Merde... Fripouille.

— Non, ce n'est pas lui. Il est caché dans le cellier en bas.

Jess et les autres accourent et foncent dans ma chambre.

— Putain, les enfoirés... intervient Royce en sortant de la pièce. Ils ont marqué la maison. Maintenant, les autres peuvent débarquer à tout moment...

Jess s'avance vers moi et me pose la main sur le front.

— Mon Dieu, ma pauvre chérie. Je crois qu'il est écrit quelque part qu'on ne te laissera pas en paix.

— Il faut qu'on l'éloigne d'ici, intervient Marcus en revenant de la chambre. Ils ont créé une balise. Les chasseurs vont rappliquer ici comme des requins affamés.

— Ouais, répond Kris. Sauf que Jess n'a pas d'autre maison et la mienne est beaucoup trop petite pour elles deux. La seule solution c'est qu'elles aillent crécher dans un hôtel pendant quelque temps.

Cette proposition ne me plaît pas vraiment. Je n'ai pas envie de quitter cette maison...

— Kataline va s'installer chez moi.

Je suis encore sous le choc de la macabre découverte, mais cette annonce de Rip me remet l'esprit d'aplomb.

— Qu'est-ce que tu dis ? demande Jess.

Elle a l'air aussi interloquée que moi. Je réagis à mon tour, un peu trop violemment.

— Quoi ? Non ! Il en est hors de question...

Rip lève un sourcil et me fixe avec détermination.

— Tu plaisantes ?

Je soutiens son regard, mais il continue, appuyant sur chaque syllabe.

— Je te dis que tu vas venir t'installer au domaine.

Je secoue la tête. À l'idée de vivre chez lui, j'en ai des frissons. Ce serait beaucoup trop dangereux d'être à ses côtés en permanence.

376

— Dans tes rêves, Rip.

— Tu préfères rester ici et affronter tous les tueurs qui vont se précipiter dans cette maison ? Tu es une cible maintenant. Une cible très spéciale qui vaut un paquet de fric. Les mercenaires n'auront de cesse de vouloir te capturer.

Ok, c'est plutôt convaincant. Mais il va sérieusement falloir qu'il m'explique pourquoi je suis une cible si spéciale. Je me mords la lèvre. Rip s'approche de moi et m'enveloppe d'un regard provocateur. Je recule instinctivement jusqu'à ce que mon dos touche le mur.

— Est-ce que tu aurais peur, Kataline du Verneuil ? Je ne vais pas te manger...

Le salaud ! Il sait pertinemment que son sous-entendu à peine déguisé sera parfaitement compris. Je me sens rougir.

— Ce n'est pas la question. Je n'ai pas envie de partir d'ici, c'est tout !

— Écoute, Kat, dit Jess en posant sa main sur mon épaule. Je pense que Rip a raison. Il est peut-être préférable qu'on quitte les lieux pendant quelque temps. Histoire qu'on se fasse oublier un peu. Et puis, il faut que tu puisses te reposer sans avoir à craindre une nouvelle agression. Ce qui s'est passé aujourd'hui risque de se reproduire, si on reste là. Je ne veux pas passer mes journées à me demander si tu es en sécurité ou non à la maison.

Tu parles !

— Ouaip ! commente Royce. Et dans ton cas, il n'y a pas de meilleure cachette que la maison d'un démon ! Ces bâtards ne viendront jamais te chercher là.

Je ne sais même pas de qui il parle exactement. Et je dois avouer qu'à cet instant, c'est le dernier de mes soucis. Je n'ai pas envie de me battre contre eux. Et puis, j'ai une soudaine envie de dormir et d'oublier tout ce qui vient de se passer. Alors, je capitule.

— OK, je ferai ce que vous voudrez. Mais, s'il vous plaît, que quelqu'un dégage ce cadavre de ma chambre que je puisse faire ma valise !

***

Lorsque nous passons le portail de la maison de Rip, je suis épuisée et j'ai du mal à garder les yeux ouverts. C'est presque flippant de voir que je n'ai même pas la force de bouger. Est-ce le cumul de toute la fatigue de ces dernières semaines ?

La voiture s'arrête et Rip m'ouvre la portière. J'ai la tête qui tourne et j'ai l'impression de tanguer.

— Viens, je vais t'aider.

Sans attendre de réponse, Raphaël se baisse et me prend dans ses bras.

Ouah, je ne me suis pas sentie aussi bien depuis des heures. J'ai l'impression qu'enfin, je peux lâcher prise et me laisser aller. C'est une réaction étrange alors que je me trouve précisément dans les bras d'un démon.

Ma tête dodeline quelques secondes pour finir par se poser sur son torse solide. Mes yeux se ferment instantanément.

Lorsque je les rouvre, je suis dans une chambre que je ne connais pas. C'est une pièce immense, avec un lit géant et un coin toilette équipé d'un lavabo et d'une baignoire sabot. Toute la décoration est faite de tons poudrés, vieux rose et gris perle. C'est joli.

Rip me dépose lentement sur le lit.

— Tu vas t'installer dans cette chambre. Mais avant, repose-toi pendant que je te fais couler un bain.

378

Autant d'attention ! Il ne m'avait pas habituée à ça. J'ai presque envie de lui faire remarquer, mais je me ravise. Je suis trop fatiguée pour me chamailler avec lui. Je n'ai même pas la force de parler.

Je me pelotonne contre l'oreiller en satin et somnole au bruit de l'eau qui coule.

Je suis presque endormie lorsque Rip se penche sur moi. Il entreprend d'ouvrir la fermeture de ma combinaison.

Aussitôt, ma main arrête son bras.

— Qu'est-ce que tu fais ?

J'ai du mal à reconnaître ma voix. C'est comme si ma bouche était paralysée et que je n'arrivais pas à articuler correctement. J'ai l'impression d'avoir été droguée.

Rip repousse ma main gentiment.

— Laisse-moi faire, ma belle. Je m'occupe de tout.

Je n'ai pas la force de protester.

Alors je le laisse ôter mes vêtements. Je ne suis même pas gênée de me retrouver nue dans ses bras, alors qu'il me porte jusque vers la baignoire. Mon cerveau est embrumé et c'est comme si je vivais la scène de l'extérieur.

Rip me glisse avec précaution dans l'eau chaude pleine de mousse. Apaisée, un soupir de bien-être m'échappe.

Sans me demander la permission, il entreprend de me laver, lentement, avec attention. La chaleur de l'eau, l'odeur du savon et la douceur des gestes de Rip finissent par me détendre complètement. Mes pensées divaguent et m'entraînent vers le souvenir de la douche que nous avons prise ensemble. Ma peau se couvre de frissons.

Comme s'ils lisaient dans mon esprit, les yeux de Rip capturent les miens et ne les lâchent plus à mesure que ses doigts virevoltent sur mon corps. Je suis hypnotisée par ses iris argentés qui me promettent monts et merveilles. Je me cambre instinctivement pour aller à l'encontre de ses caresses. C'est comme si mon corps agissait indépendamment de mon cerveau.

T'es attirée par lui comme un aimant.

Pour une fois, je suis bien obligée de constater que ma petite voix a raison.

Au moment où les doigts de Rip frôlent ma poitrine, un râle m'échappe. Il arrête son geste quelques secondes et sa bouche s'ouvre légèrement. Je vois pointer ses canines à travers ses lèvres charnues et cette vision provoque une douce chaleur dans le creux de mes reins.

Raphaël se penche vers moi, mais au moment où je crois que ses lèvres vont capturer les miennes, il glisse ses bras sous les miens pour me sortir de la baignoire.

Je suis toujours aussi étonnée de voir avec quelle facilité il me soulève. Je vois ses muscles d'acier se tendre sur ses avant-bras lorsqu'il me pose par terre avec précaution.

Il m'enroule dans un peignoir et me reprend dans ses bras pour me transporter jusque sur le lit.

Je suis toujours aussi épuisée, mais cette petite séance de toilette a créé en moi des sensations tout autres. Le souvenir de nos ébats est encore très présent à mon esprit. J'ai les joues en feu et mon corps réclame l'ivresse que Rip lui a fait connaître.

Mon Dieu, j'ai envie de lui. Impossible de le nier.

Je ne sais pas si c'est la fatigue qui me fait faire des choses complètement idiotes, mais lorsque Rip me dépose sur le matelas, je reste agrippée à son cou pour l'attirer vers moi. Il résiste quelques secondes, ses iris gris plantés dans les miens. On dirait qu'il hésite.

— Rip, s'il te plaît, j'ai envie...

Je vois dans ses yeux qu'il ne s'attendait pas à ma réaction. Il y a comme une lueur d'étonnement, suivie d'une ombre de satisfaction.

Un petit déclic se fait dans mon cerveau épuisé, mais je décide volontairement de l'occulter.

Rip se penche vers moi et, avec une avidité que je ne me connaissais pas, je me jette sur sa bouche comme une junkie en manque. Raphaël répond à mon étreinte avec la même intensité.

Je me retrouve plaquée sur le lit, pleinement satisfaite de sentir le poids de son corps sur le mien. Sa chaleur, ses mains qui parcourent ma peau sous le peignoir, tout en lui me fait perdre la raison. Je commence à m'impatienter en tirant sur son t-shirt. J'ai tellement envie de sentir sa peau contre la mienne. Mon ventre se crispe à mesure que mon corps s'emboîte avec le sien.

Mes doigts courent sur son torse. Je gémis dans sa bouche.

Mais brusquement, Rip s'écarte de moi, me laissant complètement démunie. Doucement, mais fermement, il me maintient à une distance raisonnable.

— Doucement, ma belle. Je sais que c'est difficile, mais il faut être raisonnable. Tu dois te reposer.

Quoi ? Mais il délire ?

— Mais je ne suis pas fatiguée.

Il rit devant mon mensonge éhonté.

— Oui, je vois ça. Mais ça ne veut pas dire que ton corps n'a pas besoin de se reposer. Tu dois dormir, Kataline. Alors, je vais gentiment te laisser te reposer et on reprendra... notre conversation demain.

Il croit qu'il va me laisser en plan, comme ça ? Je sens la moutarde me monter au nez. C'est assez humiliant de se faire repousser et ça pique mon orgueil.

Je serre les pans du peignoir sur ma poitrine.

— Bien sûr, on reprendra demain. C'est ça. Si tu crois que tu n'as qu'à claquer des doigts pour que je me jette dans tes bras...

Son sourire suffisant me refroidit.

— Je n'y crois pas, j'en suis sûr... Tu es marquée, bébé. C'est plus fort que toi, alors pas la peine de lutter.

Je me redresse d'un coup et le repousse avec force en plaquant mes mains sur son torse.

— Sors de cette chambre, Rip. Je ne suis pas une de tes groupies !

Il s'écarte en riant.

Putain, mais il se fout de moi en plus !

— OK, OK... Je m'en vais, dit-il en levant les mains en signe de capitulation. Mais n'oublie pas, Kataline, il faut que tu dormes.

Il recule jusqu'à la porte et, avant de la refermer, il m'adresse un dernier clin d'œil.

— Et c'est promis, on terminera ce qu'on a commencé plus tard...

Je lui balance un coussin qui atterrit mollement contre la porte qu'il vient de refermer.

Ce mec est vraiment impossible ! Il croit qu'il peut allumer un brasier sans prendre la peine de l'éteindre ? Il n'a qu'à aller se faire foutre !

Je me maudis intérieurement. Je n'aurais jamais dû agir comme je l'ai fait. On aurait dit une vieille fille en chaleur qui se jette sur le premier mec un peu sexy qui passe dans les parages. Mon Dieu, j'ai l'impression de ne plus être moi.

Pff, tu sais très bien que ça n'a rien à voir.

Ouais, ben en attendant, je me jure de ne plus laisser mes pulsions dicter ma conduite. Surtout avec Rip.

Je me laisse tomber sur le lit en soupirant. Je n'arriverai jamais à tenir ma promesse...

***

Je ne sais même pas à quel moment je me suis endormie, mais lorsque je me réveille, il fait toujours nuit.

Je me retourne en partant à la recherche de mon téléphone, posé sur la table de nuit. 04h32 du matin.

Soit je n'ai dormi que quelques heures, soit j'ai fait plus que le tour de la pendule... Impossible à dire. J'ai complètement perdu la notion du temps.

Je m'étire et étouffe un cri. J'ai des courbatures dans tout le corps, comme si on m'avait passé dans un rouleau compresseur.

Pourtant, je ne me souviens pas avoir fait d'excès, si ce n'est mon corps à corps avec le mercenaire.

Les images de la soirée envahissent mon esprit. Si elles n'étaient pas aussi nettes, jamais je n'arriverais à croire ce qui s'est passé ces derniers jours. Je suis passée d'une vie presque banale à une épopée surréaliste en plein monde fantastique. J'ai encore du mal à me dire que c'est la réalité.

En tout cas, Rip avait raison. J'étais épuisée.

Même si je peine à l'admettre, il fallait vraiment que je dorme. Maintenant, je me sens mieux, malgré les courbatures. Mais je suis toujours furax après lui.

Me laisser en plan comme une vieille chaussette. Sans oublier qu'il doit me prendre pour une nymphomane folle de lui. Quel con !

Quand je repense à son air suffisant et satisfait. On aurait dit qu'il savait pertinemment que j'allais succomber à son charme. Son assurance m'énerve au plus haut point.

« Je n'y crois pas, j'en suis sûr » Quel prétentieux !

Mais c'est là qu'il se trompe. Je ne suis pas et je ne serai jamais comme toutes ces poufiasses qui défilent dans son lit.

Je me lève en ronchonnant et me dirige vers le coin toilette. Je découvre avec étonnement qu'on a soigneusement déposé des vêtements propres sur une chaise. Je suis persuadée qu'ils n'y étaient pas hier. Ça veut dire que quelqu'un est entré pendant que je dormais. Mais je n'ai rien entendu.

Il y a aussi des serviettes propres et sur la table, un plateau avec des viennoiseries et du jus de fruits frais. Mon ventre se met à gargouiller.

Je me jette sur la nourriture comme si je n'avais pas mangé depuis des lustres. Puis, après un brin de toilette, j'enfile une combinaison similaire à celle que je portais la veille – ou l'avant-veille.

Le tissu collant agit comme une seconde peau. J'ai l'impression d'être mise à nue, là-dedans. Gênée, je tente de tirer sur le vêtement pour le détendre, en vain. Il va falloir faire avec.

Avec un soupir, je me dirige vers la porte.

Il est temps pour moi d'aller chercher les réponses à mes questions.

Malgré l'heure matinale, je me dirige vers l'appartement de Rip. Autant aller directement à la source. Je veux des réponses ? Il est le seul à pouvoir me les donner !

Je frappe d'un coup sec. Mais lorsque la porte s'ouvre, mon cœur manque un battement. Mégane, les cheveux ébouriffés et simplement vêtue d'une micronuisette, m'adresse un sourire satisfait.

— Tiens ! Derbies... Tu es perdue ? À moins que tu ne cherches Rip ?

Je grimace et me mords la lèvre pour ne pas l'incendier de sottises. Après tout, si son mec est une pourriture, elle n'y est pour rien.

Mégane s'approche de moi et me murmure d'une voix faussement mielleuse.

— Pas la peine de le chercher. Il dort. Il faut dire que la nuit dernière a été épuisante. Pour nous deux. Le pauvre, il avait besoin d'oublier certaines choses désagréables.

Tout d'un coup, je ne sais pas pourquoi, mais j'ai envie de lui faire bouffer ses dents blanchies au laser. Je me renfrogne.

— Tu lui diras que j'ai besoin de le voir. Je veux des explications. C'est urgent.

Mégane me fixe d'un air hautain, en levant ses sourcils épilés.

— OK. Je lui ferai la commission. Enfin, quand il sera réveillé. Et je pense qu'avec ce que je lui ai fait cette nuit, il n'est pas près d'ouvrir l'œil.

— Oh ça, je n'en doute pas... Après tout, c'est un métier !

Sans attendre de réponse, je tourne les talons et, des larmes de rage au coin des yeux, je me dirige vers l'escalier.

33

Confidences

En bas, je retrouve Rosa en train de cuisiner, comme à son habitude.

Merde, moi qui voulais être seule quelques instants !

Je m'apprête à faire demi-tour lorsqu'elle m'interpelle.

– Kataline, je suis contente de vous voir.

Je fais la moue en m'avançant dans la pièce. La maîtresse de maison me fixe avec un air prudent mêlé de bienveillance.

– Si vous voulez bien, je ne serais pas contre un peu d'aide.

J'ai la curieuse impression que c'est une excuse pour m'attirer vers elle. Elle me tend un couteau et un saladier rempli de fruits.

– Tenez. Est-ce que vous pouvez couper ces pommes en quartiers ?

C'est dingue, elle est encore en train de faire des gâteaux. On dirait qu'elle passe sa vie à ça. Je soupire.

OK, alors, on va couper des pommes. J'attrape un fruit et commence à le découper sans un mot. Mais le silence dure moins longtemps que ce que j'aimerais.

– Alors maintenant, vous savez... ?

C'est plus une affirmation qu'une question. Ma main reste en suspens. Rosa attend ma réponse sans me lâcher des yeux.

– Savez quoi ? Je sais quoi exactement ?

– Que vous êtes spéciale...

Merde ! J'en ai marre qu'on me dise ça.

– Je ne suis pas spéciale !

Je lâche le couteau de colère et ravale le flot de paroles venimeuses qui envahit ma bouche.

Rosa continue tranquillement de mélanger sa préparation culinaire, sans cesser de me regarder. Elle n'a pas l'air perturbée le moins du monde par mon agacement.

– Vous êtes une muse...

Là, c'est la goutte d'eau qui fait déborder le vase. J'éclate d'un rire hystérique que j'ai du mal à maîtriser. Je crois que je suis au bord de la folie.

– Mais je ne sais même pas ce qu'est une Putain de muse ! Ma vie vient de prendre un tournant que je n'imaginais pas. Je me retrouve propulsée dans un monde dont je ne soupçonnais pas l'existence. Il y a une bande de ninjas tarés qui veut ma peau. Et Rip...

Je m'arrête, haletante.

Rosa attend quelques secondes, les sourcils en accent circonflexe, sans cesser de tourner sa pâte à gâteau d'un geste régulier.

– Rip ?

Je soupire et laisse éclater mon amertume.

– Rip est un démon sorti tout droit des enfers. Un monstre satyriasique qui manipule les femmes pour assouvir ses perversions sexuelles...

Là, elle s'arrête de cuisiner. Une lueur triste passe dans ses prunelles. Je regrette presque de m'être emportée de la sorte.

– Je suis désolée que Raphaël vous donne cette impression. Je ne sais pas ce qui s'est passé entre vous, mais soyez indulgente. C'est quelqu'un qui a beaucoup souffert.

Pff, tu parles !

387

– Est-ce une raison pour jouer avec les sentiments des autres ?

– Non, je vous l'accorde. S'il vous a fait du mal, j'en suis navrée.

Ma colère s'envole définitivement. Ce n'est pas après elle que j'en ai. Après tout, elle n'y est pour rien dans mes histoires avec Rip.

– Non, ça va aller. C'est juste que... je ne sais plus où j'en suis. Il faut que je me ressaisisse.

– C'est normal, vous avez dormi pendant presque deux jours. Vous deviez être épuisée.

Deux jours ? J'écarquille des yeux de surprise.

– Et ma tante, elle est ici ?

– Non. Elle est partie le lendemain de votre arrivée.

Elle essuie ses mains sur son tablier et attrape une petite carte dans une corbeille à papier.

– Tenez. Elle a laissé ça pour vous.

Je reste stoïque. Étrange que Jess soit partie et m'ait laissée ici avec des gens qu'elle connaît à peine.

– Ne vous inquiétez pas. Je connais votre tante depuis de nombreuses années. Elle ne vous a pas abandonnée.

Quoi ? Mais c'est quoi ce délire ? Elle lit dans les pensées maintenant ?

Rosa me sourit et mes yeux tombent sur le petit carton sur lequel je reconnais l'écriture penchée de ma tante.

« Je suis partie avec Kris pendant quelques jours. Une urgence. On revient le plus rapidement possible et on t'expliquera tout ce que tu dois savoir. Ne t'inquiète pas. Tu es en sécurité chez les Saveli. »

Ce n'est vraiment pas son genre de partir avant même que je ne me sois réveillée.

Je repose la feuille et reprends mon découpage de pommes, l'esprit ailleurs. Mais au bout de quelques minutes de silence, Rosa m'interpelle de nouveau.

– Si vous avez des questions, Kataline, je suis là pour y répondre. Je n'hésite pas une seconde.

– J'en ai des tonnes. Je ne sais même pas par où commencer.

C'est vrai. Il y a tellement de réponses que j'aimerais avoir sur toute cette histoire.

– D'accord. Alors, on va commencer par le commencement. Vous devez certainement vous demander comment toute cette histoire a débuté.

Je souris avec amertume.

– Je connais déjà quelques éléments... La course, l'accident de moto, le coma...

Rosa hoche la tête.

– Je vois...

Elle s'arrête quelques secondes pour réfléchir.

– Maxime ?

– Oui, c'est lui qui m'a raconté. Enfin, au début, il n'a donné que la version officielle. Ensuite, il est allé plus loin et m'a parlé de la résurrection de Rip...

Rosa verse la pâte à gâteau dans de petits ramequins en même temps qu'elle reprend la parole.

– Maxime... Il est tellement gentil. Tellement bienveillant. Il vous aime beaucoup, vous savez ?

Je sens mes joues rougir. Oui, je ne le sais que trop.

– Tellement différent de son frère.

Effectivement, il n'y a aucune comparaison.

– Rip est abject et insensible. Est-ce qu'il était déjà comme ça ? Avant ?

Rosa enfourne les récipients et se tourne vers moi. Son air est grave comme si elle allait m'annoncer la fin du monde.

– Raphaël est devenu l'être qu'il est aujourd'hui par la force des choses. Au fil des ans, il s'est barricadé derrière des remparts d'insensibilité pour ne plus souffrir. Je ne connais personne qui peut résister autant que lui à la douleur.

– Est-ce une raison pour faire souffrir les autres ?

Elle soupire.

– Vous savez... il n'a pas toujours été comme ça. Sa sensibilité lui a valu des souffrances que vous ne pouvez même pas imaginer. Autrefois, il a accordé sa confiance. Et on l'a trahi. De la plus vile des façons. Cette trahison a changé sa vie à jamais. Il est normal qu'il soit en colère, non ?

– Vous parlez de Molly ?

Encore une fois, elle me regarde comme si elle me voyait pour la première fois.

– Oui, tout juste. Molly. Cette femme l'a détruit...

Je n'ai pas le temps de lui poser d'autres questions. Un bruit dans l'entrée attire mon attention.

– Maxime, souffle Rosa.

Mon cœur se serre. Je n'ai pas revu mon ami depuis qu'il s'est rué sur Rip chez Royce et je ne sais pas quelle sera sa réaction lorsqu'il me verra.

Il sait... Il sait ce qui s'est passé entre moi et son frère.

Lorsqu'il pénètre dans la cuisine, je suis d'abord stupéfaite par les bleus qui ornent son visage. Il a la pommette violacée et enflée et arbore une cicatrice à l'arcade. Je me sens gênée comme si j'avais quelque chose à me reprocher.

Il t'avait prévenue de t'éloigner de son frère. Tu as joué avec le fruit défendu et tu as perdu, Kat... Tu devrais avoir honte de ce que tu as fait avec Rip !

Ma petite voix me sermonne fermement et j'ai l'impression d'entendre ma mère. Je tente de repousser ces pensées, mais je sens mes joues rougir malgré moi.

Le regard dur et accusateur de Maxime fixé sur moi n'est pas pour arranger les choses.

– Kataline.

Sa voix est coupante comme une lame de couteau. Je l'implore du regard.

– Maxime, je...

– Rosa, est-ce que tu peux me dire où est Royce ?

Merde ! C'est encore pire que ce que je croyais. Je me mords la lèvre et reste en retrait.

– Il s'entraîne avec les autres au dôme.

Maxime attrape une pomme et mord dedans avec force. Sa colère est palpable.

–Je vais les rejoindre, ça va me défouler.

Il me regarde quelques secondes, comme pour bien me faire comprendre que je suis à l'origine de sa colère. Puis, il fait volte-face sans plus faire attention à moi. Je me sens vexée et, poussée par une pulsion soudaine, je le retiens par le bras.

– Maxime, s'il te plaît.

Il s'arrête et tout son corps se tend. Ses yeux tombent sur ma main, et comme s'il m'avait brûlée, je le relâche.

– Ce n'est pas la peine de t'expliquer, Kat. Tu as fait ton choix. À toi de l'assumer maintenant.

Il tourne légèrement la tête et me regarde en biais. Il y a tellement d'amertume dans son regard que j'en ai des frissons.

– Il faut que j'y aille.

– Max... je suis désolée.

Ma sollicitation reste sans réponse. Avec un mouvement leste, il disparaît dans un nuage de fumée.

Je reste quelques instants dans l'embrasure de la porte, interdite.

– Il lui faudra un peu de temps, Kataline. Ne lui en voulez pas.

Je serre les poings en me tournant vers elle.

– Ce n'est pas à lui que j'en veux. C'est à son frère.

Et à moi encore plus...

***

Je reste avec Rosa une bonne partie de la journée. Et comme promis, elle passe son temps à répondre à mes questions. Elle me confie des choses très personnelles, et j'ai l'impression d'être privilégiée.

Tout ce que j'apprends remet en cause mes croyances. Le monde que j'ai connu me paraît tellement insipide à côté de celui que Rosa me fait entrevoir.

Le Clan des démons est composé de plusieurs castes. D'abord, les originels. Chez les Saveli, il y a Raphaël en premier lieu, puis Maxime, Royce et Parker. Il y en a très peu et ils constituent un noyau familial très uni. Ensuite, il y a les disciples. Et là, ils sont beaucoup plus nombreux. J'en déduis que la cour qui gravite autour du groupe de Rip est composée des disciples du clan.

Rosa m'explique que les disciples sont des humains transformés en immortels. Ils n'ont pas de pouvoir si ce n'est d'être presque indestructibles. Presque parce que si les originels de leur clan disparaissent, ils disparaissent également.

Ouah... J'ai du mal à y croire.

– Alors, vous êtes une disciple, c'est ça ?

Rosa me fixe avec un air amusé.

392

– Exactement. J'étais au service de la famille Saveli lorsque les garçons ont été transformés. Ils m'ont proposé de rester avec eux et de continuer à m'occuper de la maison, comme je le faisais déjà. J'ai accepté.

– Mais vous n'aviez pas de famille à vous ?

Elle secoue la tête, le regard empli d'émotion.

– Ils étaient ma seule famille.

Une question me traverse l'esprit.

– Il y a quelque chose qui m'échappe. L'histoire que m'a racontée Maxime. Elle est vraie, n'est-ce pas ?

Rosa hoche la tête.

– Hum hum.

– Mais pourquoi est-ce qu'il m'a révélé tout ça ? Je ne comprends pas... J'aurais pu rester dans l'ignorance. Et j'aurais eu certainement moins d'ennuis.

– Ne croyez pas ça, Kataline. Vous êtes une muse. Bien camouflée, certes. Mais lorsque vous êtes arrivée, tout le monde a senti qu'il y avait une présence nouvelle. Les garçons ont mis du temps à vous repérer, mais après, il n'y avait plus aucun doute.

Je secoue la tête. J'ai du mal à imaginer que je suis un être spécial.

– Je n'ai rien d'extraordinaire, vous savez.

– Vous ignorez réellement ce que vous êtes, alors. C'est tellement inhabituel comme situation.

À ce moment-là, une bouffée d'air glacée envahit la cuisine. Rip, Parker, Royce et Maxime apparaissent dans la pièce.

Je recule instinctivement. Je ne sais pas si j'arriverai à me faire à ces arrivées impromptues.

Parker s'approche de moi en me voyant.

– Hey, Derbies... Viens par là.

Il m'attrape dans ses bras et m'impose son câlin envahissant. Je le repousse comme je peux.

– Salut, Parker. Euh, si tu voulais bien éviter de m'écraser la cage thoracique, ça m'éviterait de mourir étouffée.

Il s'écarte en riant.

Royce s'approche à son tour et m'adresse un signe de tête.

– Kataline. Comment est-ce que tu te sens ?

Je fais la moue.

– Comme quelqu'un qui est passé dans un rouleau compresseur. J'ai dormi deux jours. Alors j'imagine que j'en avais besoin. Mais ça va aller, maintenant que je me suis reposée.

Maxime ronchonne.

– Normal. Il ne faut pas s'étonner.

Je lève les sourcils et l'invite à poursuivre. Mais après m'avoir lancé un regard noir, il quitte la pièce en marmonnant ce qui me semble être des jurons.

Je soupire bruyamment.

– Génial...

Je ronge mon frein quelques secondes et mes yeux tombent sur ceux de Rip. Il n'a pas prononcé un mot depuis leur arrivée. Je lui lance un regard noir, ce qui a le don de faire apparaître un petit sourire au coin de sa bouche.

L'ordure ! J'ai envie de lui sauter dessus...

Je me tourne vers Royce.

– Quand est-ce que je rentre chez moi ?

C'est Rip qui répond à sa place.

– Hors de question. Tu restes ici jusqu'à nouvel ordre !

Son ton autoritaire me hérisse le poil.

– Et tu crois que je vais gentiment obéir à tes ordres ? J'ai une vie, je te signale !

– Et moi, j'ai promis à ta tante de veiller sur toi jusqu'à son retour. Alors tu n'as pas vraiment le choix.

– Mais, et mes cours ? Je fais comment ?

Royce intervient à son tour.

– Je pense qu'il faut te préparer à changer de vie, Derbies. La fac, pour toi, c'est terminé.

Mes jambes flageolent.

– Quoi ? Mais ça va pas ?

Rosa s'approche de moi et pose sa main sur mon bras.

– Malheureusement, je crains que Royce ait raison, ma chérie. Votre vie vient de faire un virage à 180 degrés. Vous ne pouvez vous permettre aucun risque. Surtout dans votre situation.

– Ce qui veut dire ? Que je dois rester cloîtrée ici à attendre que le temps passe ?

Rip s'appuie nonchalamment contre le mur et croise les bras sur sa poitrine. Il me fixe avec une lueur provocatrice.

– On peut te trouver des occupations. J'ai plein d'idées qui me viennent...

Salopard !

Je plisse les yeux en me mordant la lèvre. Je ne peux pas le rembarrer devant tout le monde, mais il ne perd rien pour attendre.

– Sans compter qu'il faut qu'on puisse veiller sur toi. Je te rappelle que certaines personnes en veulent à ton petit cul !

Je manque de m'étrangler. Quel culot !

– C'est hors de question ! Je ne veux pas d'un chaperon 24 heures sur 24 dans mes pattes dès que je mets le nez dehors, vous m'entendez ?

J'ai hurlé les dernières paroles, le buste en avant et les poings serrés. Mes oreilles commencent à bourdonner, signe de mon énervement. S'ils me poussent à bout, je ne réponds plus de rien.

395

– OK, dit Royce calmement. Alors je ne vois qu'une solution...
– Qu'on lui apprenne à se défendre, termine Rip à sa place.
Son sourire carnassier ne me dit rien qui vaille.
Merde ! Dans quoi est-ce que je me suis encore fourrée ?

34

Le Dôme

Mon postérieur atterrit lourdement sur le sol dans un bruit mat.

Putain, ça fait au moins dix fois que je me retrouve dans cette position humiliante. Je suis couchée au sol et Parker me domine de toute sa hauteur avec un sourire moqueur plaqué sur sa belle gueule de démon.

J'ai des envies de meurtre !

Je me redresse avec une grimace de douleur et commence à me diriger à l'extérieur du ring.

— Hep hep ! m'interpelle mon partenaire. Si tu crois que tu vas t'en tirer comme ça. Je te rappelle que la leçon n'est pas terminée, ma belle.

Je lui fais un doigt d'honneur dans un geste solennel, sans prendre la peine de me retourner. J'attrape une serviette et commence à éponger mon cou en sueur.

Je n'en peux plus et je n'ai qu'une envie, sortir de cet endroit ignoble qui me fiche la chair de poule.

— Kat... allez !

La voix suppliante de Parker m'atteint en plein cœur. Je ne sais pas pourquoi, mais je n'arrive pas à en vouloir à ce mec. Je m'arrête au moment où je m'apprête à quitter le ring.

Je soupire bruyamment et me tourne vers lui.

— Écoute, Parker. Tu as bien vu que je n'arrive à rien. Alors pourquoi est-ce que tu insistes ?

— Je sais que tu es capable de bien plus, chérie. Au fond de toi, il y a quelque chose qui bouillonne et qui ne demande qu'à sortir. Il faut juste trouver l'interrupteur qui déclenchera l'éruption du volcan.

Des flashs surgissent devant mes yeux. Les meubles de ma chambre détruits, les murs dévastés, le visage tordu de douleur de Robin. Je cligne rapidement des paupières pour chasser ces images de mon esprit.

Royce me regarde avec insistance.

— Sérieusement, il faut que tu apprennes à te protéger. Tu as vu ce dont ces types sont capables ? Imagine ce qu'ils pourraient faire s'ils arrivaient à t'attraper...

Son argument fait mouche. Je refoule mon amertume et jette la serviette dans un coin du ring.

— OK. Mais j'ai besoin de faire une pause avant. J'ai le droit, non ?

Il sourit.

— OK. On prend dix minutes et on s'y remet.

Je me laisse glisser au sol pendant qu'il va chercher des bouteilles d'eau.

Je n'en reviens pas qu'un endroit comme celui-là existe. Et sous nos pieds en plus. Nous sommes dans une sorte de grand dôme souterrain, creusé dans la roche. Le plafond est si haut que je n'arrive pas à le voir dans la pénombre.

Au centre de l'immense pièce, l'esplanade sur laquelle nous nous trouvons est entourée de grillage.

— Vous organisez des combats, ici ?

Parker s'installe à côté de moi et me tend une gourde.

— Oui. On utilise le dôme pour les duels spéciaux.

J'acquiesce en levant la tête pour examiner la salle.

— J'ai du mal à comprendre. À quoi est-ce que ça vous sert d'organiser des combats ? Enfin, je veux dire, vous êtes des démons. Qu'est-ce que ça vous apporte ? Vous pouvez pulvériser n'importe qui sur cette planète...

Le visage de Parker, habituellement si jovial, se ferme.

— C'est plus compliqué que ça en a l'air, Kat. On ne fait pas toujours ce que l'on veut. Mais revenons-en à toi. Comment est-ce que tu te sens ? Ça doit être étrange pour toi de découvrir tout un monde dont tu ignorais l'existence...

Je ricane.

— C'est le moins qu'on puisse dire. J'étais venue à Paris pour... me refaire une santé. Et finalement, je me retrouve embarquée dans une histoire à dormir debout. Quand je pense que le monde ignore tout de votre existence.

Parker toussote. Il a l'air gêné.

— C'est bien le cas, n'est-ce pas ?

— En fait, il y a certains humains qui connaissent parfaitement le monde parallèle. Et crois-moi, ils sont pires que bien des créatures de la nuit.

Je me laisse tomber à la renverse.

— Kat, ça va ?

Je frotte mon visage avec mes mains pour vérifier que je ne rêve pas.

— Putain, Parker... Tu entends ce que tu me dis ? Tu es en train de m'expliquer qu'il existe tout un tas de créatures qui vivent autour de nous...

Il s'allonge à son tour et croise ses mains derrière sa tête. Je garde les yeux fixés vers le haut, en essayant de distinguer le plafond. J'appréhende de connaître la vérité.

— Désolé, Kat. Je sais que c'est difficile à admettre.

399

— Mais comment est-ce possible ? Personne ne sait ?

— Nous sommes capables de camoufler notre apparence aux yeux des humains.

— J'ai encore une question, Parker. Les types qui en avaient après moi. Les mercenaires. Qui sont-ils ?

Parker soupire. Je pense que ma question le dérange.

— Ce sont des mutants. À moitié démons. Ils servent d'armée à des humains qui les utilisent pour faire leur sale besogne.

— Tu veux dire que des humains en auraient après moi ? Mais je croyais que c'est parce que...

— Tu es une muse. Oui, c'est ça.

— Alors là, je dois dire que je n'y comprends plus rien. Je pensais qu'une muse intéresserait plutôt les démons...

Parker se redresse et me tend la main.

— Une muse intéresse tout le monde, Kat. Allez, la pause est terminée. Il faut qu'on s'y remette.

J'attrape sa main en silence. Je pense qu'il me faudra du temps pour digérer tout ça.

***

Je secoue les bras et penche ma tête à droite et à gauche tout en sautillant sur place.

Allez, ma vieille. Montre-lui que tu sais te défendre...

Ma conscience m'encourage comme elle peut. Mais je sais pertinemment que je ne fais pas le poids à côté de Parker la Montagne !

Je ferme les yeux pour mieux me concentrer. Voyons par où il va arriver cette fois.

400

Je sens comme un mouvement d'air derrière moi, côté gauche. J'esquive en sautant vers la droite. Malheureusement, encore une fois, je m'y suis prise trop tard.

Parker m'attrape le haut du corps. Il m'enserre et je reste complètement bloquée dans ses bras. Je tente de me dégager tant bien que mal, mais j'ai l'impression d'être coincée dans un étau. Je me tortille, sans résultat.

Je sens le souffle de Parker sur ma joue.

— Alors, jeune fille ? Comment est-ce que tu comptes t'y prendre pour te sortir de cette situation.

Sans réfléchir, j'écrase mon talon sur son pied. Aussitôt, je l'entends jurer et ses bras relâchent leur prise.

J'en profite pour me baisser et échapper à son emprise. Je me retourne vers mon adversaire et sautille sur place.

— Yes ! J'ai réussi !

Voir la tête de Parker en train de se masser le pied me fait éclater de rire.

— Putain, mais ne rigole pas ! Ça fait un mal de chien !

Je ricane de plus belle.

— Quoi ? Le grand démon Parker se plie en deux pour un petit bobo au pied ? Mais tu n'es qu'une petite nature, en fait !

Il plisse les yeux.

— Tu vas voir la petite nature.

Sans crier gare, il se projette en avant avec une vitesse surhumaine et me percute de plein fouet, m'entraînant avec lui dans sa chute.

Il amortit le choc avec ses bras et je me retrouve plaquée sous lui. Puis, sans attendre, il se met à me chatouiller les côtes.

Mon Dieu, je ne supporte pas les chatouilles. Je me mets à rire et pleurer en même temps. C'est horrible.

401

— Mon Dieu, arrête, Parker ! Je vais me faire pipi dessus...

Mais Parker ne l'entend pas de cette oreille. Il continue sa torture et moi, je ris à gorge déployée.

— Ah, on ne fait plus la maligne, hein ?

Un bruit de porte qui s'ouvre m'empêche de répondre. Un vent froid envahit l'espace.

Soudain, Parker me lâche et se redresse, me laissant seule au sol, encore secouée par les rires. Mais bientôt, mon sourire s'efface lorsque je découvre qui a pénétré dans le dôme.

Rip.

Je n'ai pas besoin de voir son visage pour savoir qu'il est d'une humeur de chien.

— Parker ! Tu m'expliques comment elle va apprendre à se battre si tu passes ton temps à jouer comme un gamin ?

Parker baisse la tête comme s'il avait été pris en faute. L'attitude de Rip m'agace au plus haut point. Je me redresse à mon tour.

— On était simplement en train de faire une pause. De toute façon, je ne suis pas faite pour le combat. C'est une évidence.

Rip jette un œil vers Parker.

— Yep. Je crois bien qu'elle a raison. On a fait plusieurs tentatives et ça n'a rien donné. Si j'avais été un mercenaire, elle serait déjà morte. Je suis désolé de te le dire, Kat, mais tu n'es pas douée.

Je lève les yeux au ciel.

— Oui, ben, pas la peine de remuer le couteau.

— Je vais prendre la suite, Parker. Tu peux nous laisser...

Parker semble hésiter un court instant. Il ouvre la bouche, comme pour parler, mais Rip l'en empêche d'une voix coupante.

— J'ai dit : tu peux nous laisser...

Les yeux de Rip lancent des éclairs. On dirait qu'il va lui sauter à la gorge. Parker ramasse ses affaires.

— Comme tu veux, mec ! Kat, à la prochaine ! Je te souhaite bon courage.

Rip lui lance un dernier regard noir qui pousse Parker à presser le pas. Il quitte l'arène grillagée et se dirige vers l'immense porte en fer par laquelle Rip est arrivé.

À peine a-t-il passé la porte qu'elle se ferme d'un coup sec dans un bruit tonitruant. J'écarquille les yeux en constatant que Rip l'a refermée d'un simple geste de la main.

Je me pince le nez en fermant les yeux pour ne pas exploser.

— OK. La télékinésie maintenant. Tu en as d'autres, des fantaisies à me montrer ?

Rip ne répond pas et se contente de me fixer d'un regard sombre. Une lueur étrange passe dans ses yeux à mesure qu'il me détaille.

Je sens un frisson me parcourir l'échine et je me morigène intérieurement.

Saleté de corps qui me trahit une nouvelle fois !

— Alors comme ça, Parker dit qu'il n'y a rien à faire avec toi... Que tu ne peux pas apprendre à te défendre.

— Ce n'est pas Parker qui le dit. C'est un fait !

— Sauf que je suis persuadé du contraire, intervient Rip d'un ton impérieux.

La surprise me fait sourire.

— Tu plaisantes ?

— J'ai vu ce que tu peux faire sans entraînement. Et à plusieurs reprises...

Je ne vois pas ce qu'il veut dire.

— L'autre soir, quand le mercenaire en avait après toi, je sais qu'il se passait quelque chose... Tu étais en train de changer.

Euh, oui, j'étais tout simplement en train de me faire étrangler.

— Tu veux dire quand le type me serrait le cou et que j'étouffais ? Si c'est ce que tu appelles changer, alors oui, c'est ça. J'étais en train de passer de statut de personne vivante à cadavre...

Rip ignore ma moquerie et poursuit.

— Et la fois où tu t'es jetée sur moi en pleine boîte de nuit... Cette fois aussi, tu étais différente, non ?

Je reste sans voix. Rip lève un sourcil.

— Tu as besoin que je te ravive la mémoire, Kataline ? C'était une histoire de petite culotte, rappelle-toi.

Je sens mes joues rougir pendant que Rip continue à me tourmenter.

— Je m'en souviens parfaitement. Mais ce que je garde encore plus précieusement dans ma mémoire, c'est ce qui a précédé... Tu étais particulièrement délicieuse ce soir-là...

Mon corps tout entier se met à chauffer. Ce mec va finir par me tuer !

Je reste bouche bée, à le regarder alors qu'il s'approche de moi d'un pas souple. Son allure de félin en pleine chasse me retourne littéralement l'esprit. Je l'imagine venir vers moi, nu et conquérant, ses lèvres magnifiques ouvertes sur ses canines immaculées. Mon ventre se serre instinctivement et je secoue vivement la tête pour chasser ces pensées salaces.

— Tu m'as l'air bien pensive, ma belle. Serait-ce à l'idée de t'entraîner au corps à corps avec moi ?

Son arrogance me fait l'effet d'une douche froide. Il croit qu'il peut m'avoir en claquant des doigts ? Alors qu'il y a à peine deux jours, Mégane sortait tout juste de sa chambre, encore ébouriffée de leurs ébats ?

Je fais une moue dubitative.

— Excuse-moi, Rip, mais pour le moment, tu ne fais que parler.

Son sourcil se lève en signe de surprise. Pour une fois que je lui cloue le bec, je savoure ma petite victoire.

Pourtant, elle ne dure pas longtemps. Rip s'arrête devant moi, si près que je peux sentir la chaleur qui se dégage de son corps. Ce type, c'est de la testostérone à l'état pur !

Il attrape une mèche de mes cheveux et l'enroule entre ses doigts.

— Ce que tu peux être impatiente, bébé.

Et sans plus attendre, il me repousse violemment en arrière.

35

Cours particulier

Waouh....

Je ne m'attendais pas du tout à cette attaque sournoise.

Je me rattrape au grillage et lui adresse un regard noir.

— Ça va pas, non ? Je n'étais pas même pas prête !

Rip ne rit pas. Son air sombre et concentré m'indique que le cours a commencé.

— Tu crois que tes ennemis vont te laisser le temps de te préparer ? Non... Ils viendront lorsque tu t'y attendras le moins. Ils te surprendront dans ton sommeil, quand tu penseras être tranquille sous ta douche ou au coin d'une rue alors que tu te croiras seule...

Sans me laisser le temps de répondre, il s'envole dans un coin du dôme et revient presque instantanément avec une sorte de long bâton.

Il me le lance sans ménagement. J'attrape le morceau de bois en plein vol. Parfois, mes réflexes m'étonnent moi-même. Une lueur d'étonnement passe dans les yeux de Rip. Il doit être surpris de ma dextérité, lui aussi.

Bizarrement, le bois est beaucoup plus léger que ce à quoi je m'attendais. Son aspect lisse et doux est très agréable au toucher et il est souple comme du roseau.

— Bon, maintenant, nous allons voir ce que tu peux faire avec ça.

Non mais il délire ? Je ne sais déjà pas me battre à mains nues, alors avec un bout de bois, encore moins !

— Euh, Rip... je te rappelle que je n'ai jamais fait ça avant.

Il soupire avec agacement et se poste devant moi, les bras croisés sur la poitrine.

— Eh bien, il va falloir apprendre, bébé.

— Ne m'appelle pas comme ça !

— Quoi ? Ça t'énerve ? Et pourquoi je ne pourrais pas t'appeler comme ça ? Tu m'appartiens maintenant, tu le sais, non ?

J'écarquille des yeux ronds !

— Jamais de la vie ! Je ne suis pas une de tes choses...

Sa bouche se relève en un sourire moqueur.

— Une de mes choses ? Intéressant ! J'aime assez le concept. Faire de toi ce que je veux... pour me divertir.

Je commence à bouillir intérieurement. J'ai l'impression qu'il me prend pour un... sex-toy !

— Pour ça, tu as déjà ce qu'il faut, non ? Mégane, Lucie... il y en a certainement d'autres, d'ailleurs !

Je vois passer un léger voile d'agacement dans ses iris, mais il conserve son petit sourire qui me fait chavirer.

— Je n'ai pas envie de faire partie de ta collection !

— Dommage, je pourrais t'apprendre tellement de choses. Il paraît que c'est avec ma langue que je suis le meilleur...

Oh, mon Dieu, je n'arrive pas à en croire mes oreilles ! Il n'a pas dit ça, si ?

Je me sens rougir comme une tomate. Il faut que je reste concentrée. Pourtant, il y a comme une chaleur qui commence à monter, et que j'ai du mal à contrôler.

— Quoi, ça te laisse sans voix, bébé ? C'est vrai que ton manque...
d'expérience doit être un handicap. Tu sembles si prude, alors qu'en
réalité, tu es un volcan en sommeil.

Je ferme les yeux quelques secondes pour tenter de me calmer.
Grosse erreur !

Rip profite de ma déconcentration pour attaquer. Il m'assène un
violent coup dans les épaules qui me projette au sol.

Aïe, ça fait un mal de chien.

— Tu es pathétique ! Tellement facile à avoir. Tu ne feras pas un
pli face à l'ennemi.

Il commence à me taper sur le système. Ignorant la douleur, je
me redresse avec toute ma fierté. Je ne sais pas si c'est la colère ou
les élans dans mes épaules, mais mes oreilles commencent à
bourdonner dangereusement.

J'attrape fermement le bâton et, sans réfléchir, je me jette sur Rip.
Mais il est rapide comme l'éclair et évite sans peine mon assaut. Je
fais volte-face pour attaquer de nouveau, mais Rip esquive encore
une fois, avec une facilité déconcertante.

— Trop molle !

Il m'énerve. Je me lance à sa poursuite en criant.

— Encore raté. Si tu es comme ça au lit, je vais vite me lasser,
chérie.

Dieu qu'il m'énerve.

— Si... tu... crois... que... tu... vas... me... mettre... encore...dans...
ton... lit...

Je ponctue chaque mot par une attaque dans le vide. Rip disparaît
à la vitesse de la lumière, et réapparaît juste à côté de moi, assez vite
pour me surprendre et m'envoyer au tapis.

Au bout d'un moment, je m'arrête, essoufflée. Rip m'observe un
instant, amusé.

— Je te promets que tu finiras dans mon lit d'ici la fin de la semaine, bébé. Je n'en ai pas fini avec toi.

Je ne peux m'empêcher d'éclater de rire.

— Tu es tellement sûr de toi, Rip. Est-ce que tu as imaginé une seconde que je pourrais refuser ? Que je ne suis pas intéressée par toi ?

Mes paroles font mouche. Son regard s'assombrit et il arrête de sourire. Je poursuis, pour bien lui faire comprendre que je n'ai aucunement l'intention de céder de nouveau à son charme.

— Est-ce qu'il ne t'est jamais venu à l'idée que je puisse être intéressée par quelqu'un d'autre ?

Alors là, son visage se ferme complètement. Il m'observe d'un œil noir. Merde ! C'est qu'il a l'air possessif !

Puis, bizarrement, il change de tactique. Il redevient le mec distant que rien ne semble atteindre.

— OK. Comme tu veux. De toute façon, ce n'est pas comme si je m'intéressais à toi. J'ai déjà obtenu ce que je voulais, non ?

Son culot me fait suffoquer.

— J'y crois pas. T'es vraiment un enfoiré, Raphaël Saveli !

— Parce que tu t'attendais à quoi, Kataline Anastasia Suchet du Verneuil ? Tu pensais que je voudrais faire de toi mon attitrée ? Tu n'as pas assez d'expérience pour ça. Hier encore, tu te cachais derrière des vêtements immondes et tu ressemblais à une clocharde. Tu méritais à peine que je te touche... Alors, estime-toi heureuse. Je t'ai rendu service en te baisant...

C'est la goutte d'eau qui fait déborder le vase. Un voile rouge commence à apparaître devant mes yeux.

— Espèce d'ordure !

409

Je me jette sur lui avec rage. Mais encore une fois, Rip évite mes assauts. Il passe d'un côté à l'autre du ring, si vite que j'ai du mal à distinguer ses mouvements.

— Tu es tellement prévisible, bébé. Je pourrais faire de toi ce que je veux.

Je tente un dernière fois, mais au moment où je pense l'atteindre, Rip m'attrape le haut du corps et me fait basculer en arrière.

Ma tête atterrit si lourdement sur le sol que j'en ai des étoiles devant les yeux. Mais non content de m'avoir fait tomber, Rip me domine de toute sa hauteur avec un air méprisant.

— Regarde-toi, Kataline. Si prude, si innocente...

Ces paroles sont comme un déclic. Je me revois, plusieurs années en arrière, dans une cabane au milieu des bois. Au-dessus de moi, il y a Robin et Miguel, l'air mauvais, un sourire diabolique aux lèvres, les poings encore serrés après m'avoir frappée...

Et tout ce sang qui vient s'agglutiner devant mes yeux. Ce voile rouge sombre qui me submerge... puis il finit par m'engloutir.

***

Mon hurlement me surprend moi-même. Perçant, sorti tout droit d'un autre monde. Je me rends compte que j'ai perdu connaissance. Et pourtant, je suis debout, face à Rip. Il me tient dans ses bras, et me serre comme s'il voulait m'empêcher de fuir.

Je suis en nage et j'ai mal partout. On dirait que je me suis battue. Contre Rip ?

— Kat, tu es revenue, dit-il en relâchant légèrement son étreinte, l'air soulagé.

Quoi ? Revenue ?

410

Je secoue la tête sans comprendre. Le voile rouge est toujours là, mais il s'est atténué. Il est plus pâle. Je me sens fatiguée, comme si j'avais fait des efforts surhumains.

— Est-ce que ça va ? Je peux te lâcher maintenant ?

Rip a l'air inquiet. Une ride soucieuse lui barre le front. Lui aussi est en sueur. On dirait qu'il vient de courir un marathon.

— Que... que s'est-il passé ?

Ma voix n'est plus qu'un murmure.

— Ce que je voulais qu'il se passe... La muse en toi s'est révélée.

Je dégage mon bras et presse l'arête de mon nez. Rip me libère, mais mes jambes sont trop fébriles pour me porter, alors il continue de me soutenir en me maintenant contre lui. Sa chaleur réconfortante m'empêche de frissonner.

— Qu'est-ce que ça veut dire ? Je ne me souviens de rien....

Rip me dépose au sol et prend place à mes côtés.

— Je sais. C'est la première fois que je vois ça. Toi et ta muse, vous êtes presque deux êtres à part entière. Et lorsqu'elle apparaît, toi, tu passes dans l'ombre. C'est incroyable.

Je le regarde sans répondre. De toute manière, qu'est-ce que je pourrais bien répondre, dans la mesure où je ne sais toujours pas ce qu'est une muse... Rip comprend que je suis complètement perdue et il me donne enfin les explications que j'attendais.

— Tu es l'une des dernières muses qui existent sur cette planète, Kataline. Tu fais partie d'une lignée très ancienne de sorcières slaves. Ta mère en est une, ta grand-mère en était une... et toutes tes ancêtres depuis que les démons existent. Ta mère ne t'a rien expliqué sur ta famille et tes origines ?

Je secoue mollement la tête. J'ai envie de pleurer tout à coup. Le voile rouge a complètement disparu.

411

Mes épaules s'affaissent et Rip doit sentir mon désarroi parce qu'il tente de me rassurer en me prenant la main.

— Ta mère avait certainement ses raisons pour ne pas te révéler ton identité.

Je soupire. Oui, elle devait avoir ses raisons...

— Alors je suis une sorte de monstre ? Une sorcière ?

Rip sourit et me caresse doucement la joue.

— Pas exactement. Disons que tu as quelques particularités qui font de toi un être spécial.

— Par exemple ?

— Par exemple le fait que tu peux avoir autant de force que dix hommes réunis...

Je lui adresse un regard étonné.

— Sérieusement ?

Rip sourit.

— Tu penses que je serais dans cet état si ce n'était pas le cas ? Tu m'as donné du fil à retordre, tu sais. Je devais t'empêcher de me trucider, tout en faisant attention de ne pas t'abîmer... Je ne voulais pas te blesser.

— Ce n'est pas ton cas... Tu as l'arcade qui saigne.

Il touche son front qui commence déjà à cicatriser.

— Ton hôte m'a envoyé embrasser un poteau. Ce n'est pas très agréable, en fait.

J'ai honte.

— Je suis désolée. Je ne me souviens plus de rien...

— C'est ça qui est étrange. Tu ne maîtrises rien de ta transformation. Comme si on t'avait habituée à te contrôler, à te camoufler.

Il ne croit pas si bien dire.

412

— J'ai eu du mal à trouver le déclencheur, mais maintenant, je sais comment m'y prendre. La colère fait partie de ce qui t'anime.

— Alors, tu veux dire que tout ça... ?

— Était prémédité. Oui. Je t'ai repoussée dans tes retranchements. Je voulais savoir si j'arriverais à faire éclater la vérité à ton sujet. Je dois dire que ça a fonctionné au-delà de mes espérances. Tu es redoutable, Kataline.

Je reste quelques instants à digérer toutes ces informations.

— Déjà toute petite, c'était la même chose... Quand je suis dans cet état, je ne me rappelle jamais rien. Je vois tout en rouge, puis c'est comme si je sombrais dans le néant. Et lorsque je me réveille, je ne peux que constater les dégâts.

Rip me regarde l'air pensif.

— Oui. C'est étonnant. Mais on va remédier à ça. On va t'apprendre à maîtriser tes émotions pour que tu puisses garder le contrôle.

Mon Dieu. Je ne sais pas si j'en aurai la force. Cette petite séance d'entraînement m'a littéralement lessivée. Je lance un regard inquiet à Rip qui me sourit. Son comportement a encore fait un virage à 180 degrés. Maintenant, on dirait qu'il est content. Comme s'il était satisfait de la situation.

— Tu as l'air ravi on dirait.

Il m'adresse un clin d'œil provocateur.

— Oui. Je me réjouis d'avance de nos séances d'entraînement.

Ouah. S'il voulait faire grimper la température, et par la même occasion, mon appréhension, c'est gagné.

— En tout bien tout honneur, bien entendu.

Bien entendu... !

413

36

Broyer du noir

Ça fait un bon moment que je suis réveillée et que je n'arrive pas à me lever. Ce que Rip m'a appris m'a chamboulée plus que je ne l'aurais cru.

Découvrir ma vraie nature, savoir que ma mère m'a caché cette partie de mon histoire... tout ça a bousculé mes croyances.

Mais le pire, ça a été de revoir les images que j'ai tenté d'enfouir au plus profond de ma mémoire depuis si longtemps. Voir resurgir les visages de Miguel et Robin dans ma tête. C'est plus que je ne pouvais supporter.

Putain, trois ans de thérapie foutus en l'air en quelques minutes !

J'en veux à Rip d'avoir provoqué ça.

Surtout qu'il est parti le soir même de l'entraînement avec toute sa clique. Je me retrouve donc seule avec Rosa. La pauvre...

Je reste enfermée dans la pénombre de la chambre à essayer de méditer pour ne penser à rien. J'appréhende le moment où une idée fera resurgir la muse. Je n'ai pas envie qu'elle vienne prendre le dessus et évincer ma conscience.

J'ai l'impression d'être habitée. Rongée par une présence gangréneuse qui me fait faire des choses qui me dépassent. Quand je revois l'état dans lequel Rip était après la confrontation. Ça me fait froid dans le dos.

C'est comme si je me retrouvais avec un être maléfique qui vient prendre le contrôle de mon corps sans que je puisse l'en empêcher.

Vous voyez le truc ? Une sorte de ver solitaire qui bouffe votre énergie et vous pollue de l'intérieur. C'est vraiment flippant !

Mon Dieu, mais quand ce cauchemar va se terminer ?

Je fixe l'heure sur le réveil. 08h30... Ça fait déjà trois heures que je cogite.

Un léger coup frappé à la porte me sort de mes sombres pensées. Le visage de Rosa apparaît dans l'embrasure.

— Je peux ?

Bien sûr...

Elle s'avance dans la pièce avec un plateau à la main. La vue même des viennoiseries me lève le cœur. Rosa s'en aperçoit parce que dès qu'elle pose le plateau sur le guéridon, elle se place devant moi, les poings sur les hanches.

— Vous avez une sale mine, Kataline.

Je m'assieds sur le lit.

— Je crois que ce n'est pas mon jour... ou ma semaine.

— Vous ne pouvez pas rester là à vous morfondre comme ça, ma petite. Il faut réagir. Pourquoi ne pas vous trouver des occupations pour vous changer les idées ?

Je lève des yeux de cocker.

— Vous avez des exemples ?

Sa lèvre supérieure se lève en un petit sourire malicieux.

— La cuisine ?

Oh non, pitié !

— Le dessin alors ?

Ah ? Je n'y avais pas pensé... Oui, ça pourrait le faire.

— Je ne vous apprends rien en vous disant que l'art est libératoire... Posez sur papier vos tourments et peut-être que vous irez mieux.

Je me redresse. Oui. Je vais dessiner.

415

— Merci, Rosa. C'est effectivement une excellente idée. Je dois encore fignoler le tatouage de Rip d'ailleurs...

— Il sera ravi que vous travailliez sur son projet.

Une question me taraude, mais je me mords la lèvre pour ne pas la poser.

Rosa me désigne le petit-déjeuner qu'elle a posé sur le plateau.

— Vous devriez manger. Ça vous ferait du bien.

Je hoche la tête en signe de remerciement. Lorsqu'elle se dirige vers la porte, elle s'arrête au moment de sortir.

— Ah, au fait ! Les garçons sont partis pendant quelques jours. Rip m'a demandé de vous dire qu'il ferait aussi vite qu'il pourrait. Apparemment, il n'a pas envie de vous laisser seule trop longtemps.

Elle ferme la porte avant que je n'aie pu réagir.

Mon pouls s'accélère. L'idée de revoir Rip me stresse.

Bon, allez, ma vieille, secoue-toi !

Ma petite voix me rappelle à l'ordre. Ça faisait longtemps qu'elle ne s'était pas manifestée celle-là ! Mais pour le coup, elle a raison. Il est temps de me bouger si je ne veux pas finir complètement folle.

***

Après une douche d'au moins vingt minutes, je ressors de l'espace toilette un peu revigorée. Il est temps de se mettre au travail. De toute façon, il n'y a que ça à faire pour éviter de déprimer.

J'attrape ma pochette à dessins que j'avais pris soin d'emporter. Le croquis de la Catrina de Rip est toujours là. Il me faut maintenant peaufiner les contours pour augmenter un peu le contraste.

J'attrape mon crayon et me mets à l'ouvrage.

J'imagine ce dessin à même la peau de Rip, à côté du corbeau trash polka. Les traits de la femme sur ses muscles tendus... C'est tellement sexy.

Ma gorge s'assèche d'un coup. C'est dingue l'effet que ce démon a sur moi ! Je sais ce qu'il est et le danger qu'il représente. Il a un caractère de chien et il m'horripile la plupart du temps. Et pourtant, rien que de l'imaginer torse nu, j'en ai des sueurs.

Des images de l'unique nuit que nous avons passée ensemble me reviennent en mémoire. C'était si intense.

Merde, pense à autre chose, sinon tu ne vas rien pouvoir faire !

Je toussote. OK. Recentrons-nous.

Je reprends mon travail en essayant de penser à autre chose. Au bout d'une bonne demi-heure, je regarde mon œuvre. Je crois que cette fois, c'est bon, elle est terminée.

Quand je pense que j'ai représenté le visage de Molly et que Rip va l'avoir gravé sur la peau, j'ai comme un pincement au cœur. Comment peut-on vouloir se tatouer l'image de quelqu'un qui vous a fait souffrir ? Aux dires de Rosa, son histoire avec Molly l'a complètement détruit...

Je prends une autre feuille et commence à griffonner sans m'attacher au dessin que forment mes arabesques. Mes pensées continuent de divaguer vers Rip.

Il n'est pas venu dans cette pièce depuis plusieurs jours et pourtant, sa présence est encore perceptible partout autour de moi. C'est comme s'il m'avait imprégnée de son odeur. Les images de notre confrontation dans le dôme apparaissent dans mon esprit.

Je le revois en train de me serrer contre lui pour tenter de me calmer. C'est vraiment flippant de savoir que j'ai mis à mal un mec comme lui. C'est un démon tout de même et pourtant, à le voir, on aurait dit qu'il avait eu toutes les difficultés du monde à me maîtriser.

« *Je devais t'empêcher de me trucider, tout en faisant attention de ne pas t'abîmer* »... Gentille attention. Je me demande bien comment tout ça aurait fini s'il n'avait pas pris cette précaution.

En tout cas, il avait vraiment l'air satisfait de lui, à la fin. Découvrir ce qui pouvait faire ressortir le monstre caché à l'intérieur de moi lui a fait plaisir. Je me demande bien pourquoi...

Un flash passe devant mes yeux... et mon cœur cesse de battre.

Robin, Miguel... C'était ça le déclencheur.

Ma main virevolte au-dessus du papier alors que les images reviennent en trombe pour me hanter.

Non... pas ça !

Je finis par fermer les yeux pour tenter de chasser les souvenirs morbides. Les larmes coulent d'elles-mêmes alors que je fredonne la mélodie qui est censée calmer mes angoisses. Je serre les paupières pour empêcher le voile rouge d'envahir mes pupilles.

Elle va revenir... La muse.

Je lutte, de toutes mes forces... et je m'effondre, la tête sur mon dessin, les joues inondées de larmes.

Lorsque je reprends conscience, je suis toujours assise devant le bureau. Je me redresse avec une grimace et enlève la feuille de papier qui est restée collée sur ma joue.

Je pousse un cri lorsque je découvre les portraits de Miguel et Robin tracés sur le papier.

***

La porte de la chambre s'ouvre à la volée et Maxime accourt vers moi.

— Kat, qu'est-ce qui se passe ?

Il a l'air aussi paniqué que moi. Je le fixe d'un air ahuri et une idée saugrenue me traverse l'esprit. Tiens, il me parle maintenant ?

Je me frotte le visage et me lève de ma chaise.

— Non, ce n'est rien. Juste que...

Mes yeux tombent malgré moi sur la feuille humide. Maxime suit mon regard et attrape le morceau de papier. Il semble dubitatif et ses yeux vont du dessin à moi.

— OK. Viens là.

Contre toute attente, Maxime m'attrape par le bras et m'attire contre lui. Il me faut une fraction de seconde pour réagir. Je me blottis contre son torse sécurisant et enfouis mon visage dans son cou.

Je ne pensais pas que ce serait si bon de l'avoir contre moi. Son odeur apaisante me fait l'effet d'un baume. Ma respiration reprend un rythme normal et les images de mon cauchemar s'éloignent peu à peu.

Maxime me caresse doucement les cheveux.

— Ça va aller, maintenant. Tu es en sécurité.

Sa phrase reste en suspens dans ma tête. C'est comme si je l'avais déjà entendue et j'ai l'étrange sensation d'avoir déjà vécu cette situation.

Nous restons de longues minutes, blottis l'un contre l'autre, sans parler. Maxime me berce comme un bébé et je savoure la sensation que me procurent ses bras rassurants.

Puis, lentement, il s'écarte de moi. Avec une tendresse infinie, il dégage une mèche de mes cheveux qui était restée collée sur ma joue.

— C'est bon ? Tu te sens mieux ?

Je hoche la tête, incapable de prononcer le moindre mot. Il y a comme une boule énorme dans ma gorge qui m'empêche de parler.

— Je te présente mes excuses, Kat. Je n'avais pas à réagir de la sorte avec toi. Tu es libre de tes choix et je n'ai pas à interférer. Sache que je ne t'en veux pas...

Je lève les yeux vers lui et la boule se dissout comme par magie. Il a l'air vraiment sincère.

— Même si je n'approuve pas, je n'ai pas à intervenir dans tes décisions.

Je toussote pour éclaircir ma voix.

— Je te remercie, Max.

— Mais je me dois néanmoins de te prévenir encore une fois. Mon frère est... enfin... tu dois te méfier de lui.

Et voilà que ça revient sur le tapis.

— Je sais comment est ton frère, Max. J'en ai fait les frais à plusieurs reprises. Il est arrogant, cruel, égoïste et il collectionne les filles. Tu n'as pas besoin de m'en dire plus. Si ça peut te rassurer, je me suis promis de me tenir à l'écart de lui.

Hésitant, il me fixe comme s'il cherchait à lire la confirmation de mes dires dans mes yeux.

— De toute façon, il a bien assez à faire avec... toutes ses groupies.

Maxime secoue la tête.

— Tu es tellement sûre de toi... Je crois que tu n'as pas idée du pouvoir qu'il peut avoir sur toi. Il t'a marquée, Kat.

Un pincement dans mon cœur me fait grimacer.

— Ce salaud a posé sa marque sur toi, répète Maxime, la voix pleine de rancœur. Tous les êtres du monde de la nuit savent désormais que tu lui appartiens.

— Quoi ? Mais qu'est-ce que tu veux dire ?

Maxime me regarde avec un air désolé et m'entraîne vers le lit pour que je m'asseye.

— Ça ne va certainement pas te plaire.

Il baisse la tête d'un air dramatique, comme s'il allait m'annoncer la fin du monde.

— Tu portes sur ta peau un symbole invisible à l'œil nu qui signifie à quiconque le détecte que tu es la propriété de Raphaël SAVELI. Aucun démon ne pourra te convoiter sans s'attirer les foudres de mon frère. S'il osait ne serait-ce que t'approcher, Rip serait en droit de le tuer.

J'ai du mal à en croire mes oreilles. Je suis la propriété de Rip ? Sa CHOSE ?

Une colère sourde fait bourdonner mes oreilles. Oh, non ! Il est hors de question que je laisse les choses telles qu'elles sont.

— Je vais ordonner à Rip de m'enlever sa Putain de marque immédiatement !

Ma grossièreté lui fait lever la tête.

— C'est immuable, Kat. Une fois que la marque est posée, il est impossible de l'effacer.

Je ferme les yeux l'espace d'une seconde.

— Mais pourquoi est-ce qu'il a fait ça ? Il peut avoir toutes les nanas de la terre rien qu'en claquant des doigts. Alors pourquoi moi ?

Maxime secoue la tête.

— Parce que tu es une muse, Kataline. Et aussi... parce que... tu es proche de moi.

— Tu veux dire qu'il a fait ça juste pour te blesser, toi ?

— Je suis désolé si tu te retrouves coincée dans nos histoires de famille...

Ce serait pourtant bien le style de Rip. Les relations qu'il a avec Maxime sont très particulières. On dirait qu'ils s'aiment autant qu'ils se détestent.

— Et elle est placée où, cette marque ? Tu peux la voir, toi ?

Il hoche la tête.

— Aussi nettement que je te vois toi. Elle est sur ta nuque.

Instinctivement, je passe mes doigts à la base de mes cheveux. Je ne sens rien.

— C'est un papillon. Un sphinx...

Un sphinx... comme celui qui est sur la nuque de Rip.

— Je te jure que s'il ne trouve pas un moyen de m'enlever ça, je vais le tuer, Max. Il n'avait pas le droit.

— Rip se fout des droits... Il prend ce qu'il veut, quand il veut. Il adore les défis, et toi, Kat... tu constitues le plus grand défi de sa vie d'immortel. Comment veux-tu qu'il résiste ? C'est ce qui l'anime depuis toujours. L'adrénaline, le danger. C'est la seule chose qui le rend vivant.

— Je ne comprends pas ce qu'il y avait de dangereux à me marquer. À part risquer de me mettre en rogne, Rip ne courrait pas un grand danger.

— Tu te trompes, Kat. Tu représentes beaucoup pour nous.

J'ai du mal à le croire.

— Tu sais quand il rentre ?

Un éclair passe dans les yeux de Maxime.

— D'ici un jour ou deux...

— OK. Il ne perd rien pour attendre. Il va regretter de m'avoir marquée contre mon gré.

Oh Putain, oui, il va regretter...

Je claque un *check* à ma petite voix. Pour une fois, je suis d'accord avec elle !

37
Le Yin et le Yang

Maxime m'attrape par la main pour m'emmener vers le studio. Ce matin, il a décidé de répéter pour le prochain concert qui aura lieu le week-end suivant. Et il m'a gentiment proposé d'assister à la séance d'enregistrement.

Je ne comprends toujours pas pourquoi ils tiennent tant que ça à continuer leurs activités, comme de vrais humains. Maxime m'a expliqué qu'ils avaient à cœur de garder une vie normale pour ne pas perdre complètement leur humanité. Il ne m'en a pas dit plus, mais je me suis promis de revenir sur le sujet pour en savoir davantage.

Je n'arrive pas à les comprendre, ni leur style de vie ni leur raison d'être. Je ne trouve pas de sens à tout ça. Toute créature est censée avoir un rôle dans ce monde, alors quel est celui des démons ? Et celui des muses ?

Toutes ces questions qui tournent en boucle dans ma tête alors que je suis Maxime jusqu'au studio.

Arrivés devant la porte, il se tourne vers moi et me sourit. Ça me fait chaud au cœur. Je suis contente de m'être réconciliée avec lui.

Nos discussions et notre amitié me manquaient. Maxime a été la première personne avec qui j'ai réussi à créer une relation amicale depuis mon arrivée à Paris. Je ne me voyais pas rester fâchée avec lui.

Il s'installe de l'autre côté de la vitre et attrape sa basse. Puis il pianote sur un petit clavier et le morceau commence.

La voix rauque de Rip envahit la pièce et des frissons parcourent ma nuque. C'est dingue. Ce mec est branché directement sur mes terminaisons nerveuses. Même quand il n'est pas là, il suffit que j'entende sa voix pour que mon corps réagisse.

Je tente de concentrer mon attention sur Maxime qui fait virevolter ses mains sur les cordes. Mais impossible. Les images de Rip reviennent hanter mon esprit.

Rip au-dessus de moi, les muscles tendus, la mâchoire crispée. Rip qui me plaque sur le mur, sa bouche impérieuse forçant la mienne. Ses mains qui courent sur moi. Son souffle sur ma peau. La chaleur qui monte au creux de mes reins...

Putain, réveille-toi, Kat, ou tu ne vas plus rien contrôler.

Je me redresse, un peu trop rapidement, et fais un petit signe à Max avant de sortir.

Maxime me rejoint dix minutes plus tard dans ma chambre.

– Kat, est-ce que tout va bien ?

– Oui, c'est juste que...

– Encore Rip ?

Oui, encore Rip... Je hoche la tête honteusement.

– Ouais, OK. Alors on va faire autrement. Viens. On va à l'atelier. J'espère que ça va m'aider...

Nous passons le reste de la journée et le jour suivant à peindre. J'avoue que ça me fait un bien fou de poser sur la toile mes états d'âme. C'est comme si je me libérais d'un fardeau trop lourd à porter.

Mes tableaux sont sombres... hantés par mes démons intérieurs.

Tiens, c'est marrant comme tu rapportes tout à eux, en ce moment.

J'ignore la petite voix ironique pour me recentrer sur la contemplation de ma dernière toile. Comme souvent, j'ai oublié la notion du temps et de l'espace. J'ai presque tracé les traits machinalement, sans vraiment réfléchir à ce que je faisais. Et maintenant, je découvre presque étonnée le résultat de ma création.

Cette fois, la toile est assez gore, je dois dire.

Mon œuvre représente une femme squelettique et frêle, attachée par des chaînes à une espèce de grande croix. De ses bras et de ses jambes pendent des perfusions desquelles s'écoule un liquide sombre qui tombe, goutte à goutte, dans des récipients transparents. Sa peau blanche, presque transparente, contraste avec la couleur sombre de ses cheveux. Elle a l'air complètement anémiée. Comme si on était en train de la vider de son sang.

Au-dessus d'elle volent des créatures surnaturelles aux ailes immenses et sombres. Des démons...

Le visage de la femme est à peine perceptible, mais j'ai l'étrange impression de la reconnaître. Qui peut-elle être ?

– C'est... très réaliste comme dessin.

La voix de Max me fait sursauter.

– Tu trouves ? Moi, j'ai l'impression qu'il sort tout droit d'un film d'horreur. C'est glauque.

Maxime s'approche pour examiner le tableau de plus près.

– C'est étonnant tous ces détails. Est-ce que tu la connais ?

Il me désigne la femme agonisante. Je secoue la tête en signe de négation.

– Non, je ne crois pas. Pourtant, il y a comme quelque chose, je ne sais pas, un détail qui me fait dire que je l'ai déjà vue.

Maxime ricane.

– En tout cas, ceux-là, on sait de qui tu t'es inspirée pour les peindre. On dirait des clones de Rip.

Je me mords la lèvre. Impossible de nier.

– J'ai dû être traumatisée.

Maxime sourit pour dédramatiser.

– Et si tu essayais de faire quelque chose de plus gai, pour une fois ?

Je jette un œil à son tableau qui représente des cubes de toutes les couleurs qui s'enchevêtrent les uns dans les autres.

– Tu veux dire, quelque chose dans ce genre-là ?

Il hoche la tête d'un air encourageant.

– Exactement. Je suis certain que tu es capable de faire des choses plus fleuries, plus extravagantes et plus drôles.

Je fais la moue. Oui, pourquoi pas.

– OK, Maxime Saveli. Tu me mets au défi. J'accepte de le relever ! Choisis un thème.

– Sérieux ?

– Ouais... Sérieux.

Le sourire de Maxime en dit long sur son degré de satisfaction. Il prend quelques secondes pour réfléchir, puis annonce son choix, l'œil pétillant de malice.

– Un ange.

Un ange ?

– Tu veux vraiment que je dessine un ange ?

– Hum hum. Un ange.

Je ne m'attendais pas à ça. Ça risque d'être plus difficile que prévu.

– OK. Alors, va pour un ange. Mais je demande une faveur.

Il lève un sourcil.

– J'aimerais pouvoir voir un modèle avant. Je n'ai pas côtoyé beaucoup d'anges dans ma vie, alors, il faut que je me fasse une idée un peu plus précise.

Maxime m'adresse un petit clin d'œil.

– Accordé.

Je m'attendais à ce qu'il me donne sa tablette pour faire des recherches, mais au lieu de ça, il commence à défaire sa chemise. La panique s'empare de moi.

– Qu'est-ce que tu fais ?

– Tu veux voir à quoi ressemble un ange, non ?

Non... Sérieux ?

Maxime jette son vêtement dans un coin, et avant que je n'aie pu protester, il fait apparaître deux grandes ailes immaculées dans son dos.

Je n'en crois pas mes yeux. Ses ailes sont superbes, d'un blanc pur et naturel. Maxime les fait battre lentement, et je peux sentir un courant d'air frais me caresser le visage.

– Oh, Max, c'est juste... magnifique !

Il croise ses bras sur sa poitrine avec fierté.

– Ouais, je sais. Ça fait toujours ça aux filles.

Je souris.

– Vantard, va ! Non, mais sérieusement, comment est-ce qu'elles apparaissent ? Et comment est-ce que vous les cachez ?

Maxime redevient sérieux et replie ses ailes dans son dos avant de répondre.

– Nous sommes maîtres dans l'art du camouflage. Nos ailes peuvent se rétracter et disparaître dans notre dos selon notre volonté.

Je m'approche de lui. Il est tellement majestueux que je me sens impressionnée.

– Je peux ?

Son regard s'assombrit et il hoche la tête lentement. Je passe près de lui et le contourne pour observer son dos. Lorsque je me trouve derrière lui, Max rétracte ses ailes, qui finissent par disparaître dans deux petites encoches entre ses omoplates. Il a les mêmes marques que Rip. Je me rends compte alors que ce que j'ai pris pour des tatouages était en fait la racine de ses ailes.

Maxime se retourne.

– Satisfaite ?

Sa voix rauque m'indique qu'il est aussi gêné que moi. Je hoche la tête et recule prudemment.

– Je peux te poser une autre question ?

– Je t'écoute.

– Pourquoi sont-elles blanches alors que celles de ton frère sont noires comme l'ébène ?

Maxime met quelques secondes avant de répondre.

– Rip est un démon majeur. Il a été créé suite à une prière que j'ai formulée. Et pour chaque démon, il y a un ange. C'est la condition pour conserver l'équilibre du monde. Comme le Yin et le Yang.

Il marque une pause avant de poursuivre.

– Il fallait un ange à Rip. Ça ne pouvait être que moi. C'était le prix à payer pour que mon frère vive...

Ouah... Je n'avais pas mesuré ça.

Je reste un long moment à réfléchir à ses paroles pendant que Maxime enfile sa chemise. Il attrape un pinceau et me le tend.

– Tiens, c'est à toi de jouer maintenant.

Je reste quelques secondes, le pinceau entre les doigts, à ne pas savoir quoi faire. Mais Max s'approche de moi et me donne un coup de coude.

– Allez, ma grande. Montre-nous de quoi tu es capable. Et je te préviens. Je veux de la couleur ! Beaucoup de couleurs !

***

Quelques heures plus tard, nous remontons au rez-de-chaussée, en riant. La séance de peinture s'est terminée en bataille de couleurs.

Tout a commencé lorsque j'ai décidé de peindre un gros nez rouge à mon ange qui, je dois avouer, avait des airs de ressemblance avec Maxime. Môssieur a pris la mouche et a commencé à m'asperger en tordant les poils de son pinceau.

428

Il n'en fallait pas plus pour que ça se termine en bagarre de peinture. Du coup, on en est recouverts de la tête aux pieds. Max a même été obligé d'enlever sa chemise, et moi, d'ouvrir ma salopette.

– Bon, ben, on n'a plus qu'à aller se laver maintenant...

Maxime ricane et continue d'essuyer la peinture de ses doigts sur mes cheveux.

– Je dois dire que ça te va plutôt pas mal les cheveux arc-en-ciel. Tu devrais peut-être envisager de faire une teinture.

– Ouais, ben, t'as de la chance d'avoir rangé tes ailes. Je t'aurais transformé en perruche !

Nous éclatons de rire. Que c'est bon de recommencer à plaisanter avec lui.

Lorsque nous arrivons en haut de l'escalier, j'ai encore des larmes plein les yeux d'avoir trop ri. Maxime m'attrape par les épaules et nous entrons dans le salon, bras dessus bras dessous, un sourire niais aux lèvres.

– Je vois qu'on s'amuse bien lorsque je ne suis pas là.

Mon cœur manque un battement. La voix de Rip résonne dans la pièce, coupante comme une lame de rasoir.

38

Déclaration

Rip...

Mes yeux cherchent dans la pénombre et le trouvent enfin, assis nonchalamment sur un coin de canapé, une bière à la main. Comme d'habitude, il est à tomber, avec son jean noir près du corps et son t-shirt griffé, qui laisse apparaître ses nombreux tatouages.

Mégane est près de lui, à peine vêtue d'un combi-short en cuir sur lequel elle a enfilé un gilet en voile noir. Sa simple vision m'énerve au plus haut point.

Mon cœur se remet à battre dangereusement vite, mais la voix de Maxime me sort de ma léthargie.

— On était simplement en train de peindre.

Je me tourne vers lui, offusquée par ses paroles.

Quoi ? Mais pourquoi est-ce qu'il se justifie ? Je lui donne un coup de coude et redresse fièrement la tête dans un geste de défi.

— On n'a pas de compte à rendre.

Mon ton est acide et j'aperçois une lueur de colère dans les yeux de Rip lorsque mon regard s'accroche au sien. Non mais à quoi est-ce qu'il s'attendait ?

C'en est fini de la petite Kat qui s'écrase et s'efface pour ne pas choquer le monde. Place à la vraie, celle qui jure comme un charretier et qui ne se laisse pas marcher sur les pieds !

Rip se redresse, bousculant au passage sa compagne qui m'adresse un regard furibond.

430

Bien fait, pétasse !

Je souris mentalement à ma petite voix et croise mes bras sur ma poitrine, histoire de bien montrer que je ne vais pas me laisser faire.

— Tu as dit quelque chose, Kataline ?

— Je disais qu'on ne te doit rien, Rip. Si on a envie de peindre, rire ou même de coucher ensemble, tu n'as pas ton mot à dire. Nous sommes libres de faire ce qu'on veut.

Oh mon Dieu, mais pourquoi est-ce que j'ai dit ça ? Mes paroles ont dépassé mes pensées et j'ai oublié que j'avais affaire à des démons. Je sens la tension monter en flèche.

Le visage de Rip se décompose et Maxime se crispe à côté de moi. Merde !

En une fraction de seconde, Rip fond sur nous. Il s'approche si près de moi que je suis obligée de reculer. Le petit muscle sur sa mâchoire bat frénétiquement et ses narines frémissent de colère.

Nous nous dévisageons pendant une bonne minute. Puis il s'écarte légèrement, comme s'il venait de prendre une décision. Il a ce petit rire ironique et méprisant qui m'horripile.

— OK, vous êtes libres de faire ce que bon vous semble. Peu m'importe.

J'entends Maxime soupirer. Il a l'air soulagé par la réaction de son frère.

Rip affiche de nouveau son masque impassible et froid. Puis, il fait volte-face et retourne sur le canapé sous mon regard médusé.

S'il croit qu'il va s'en tirer comme ça !

Machinalement, je mets mes poings sur mes hanches.

— C'est ça...

Mais Rip ignore ma remarque puérile. Il reprend une pose décontractée, digne d'une gravure de mode et Mégane vient se vautrer contre lui.

431

Rip me regarde avec provocation en posant sa main sur la cuisse nue de Mégane. Je ne peux m'empêcher de fixer ses doigts qui jouent nonchalamment avec l'attache de son porte-jarretelle.

— Tu peux faire ce que tu veux d'elle, Fly. Mais crois-en mon expérience, tu risques d'être déçu...

Le salaud ! Je me sens rougir sous le coup de la colère. J'ai offert à ce type ce qui m'était le plus précieux. J'ai fait tomber mes barrières. Je me suis ouverte à lui comme à personne d'autre. Je lui ai montré mon vrai visage... Et là, il me dénigre comme si j'étais la pire chose qui lui soit arrivée.

— Mais pour qui est-ce que tu te prends ? Et de quel droit est-ce que tu me juges ? Je te rappelle que c'est toi qui m'as posé ta Putain de marque sur la nuque ! Je n'ai rien demandé, moi !

Il accuse le coup en grimaçant et je me félicite de l'avoir déstabilisé une fois de plus.

— Quoi ? Tu l'as marquée ?

Mégane a l'air d'être étonnée par la nouvelle. Pourtant, Maxime m'avait dit que la marque était visible par tous les autres démons...

Rip l'ignore et fronce les sourcils en posant ses yeux sur son frère. Comme si Maxime y était pour quelque chose... La colère me fait frémir.

— Je te demande d'ôter ce truc de ma peau, Rip. Je n'ai jamais demandé à ce qu'on soit lié ou quoi que ce soit d'autre.

Contre toute attente, ma voix commence à trembler et je sens des larmes de fureur perler à mes yeux. Je ravale ma colère et je serre les poings à m'en faire saigner les paumes. Hors de question que je craque devant lui.

Maxime s'approche de moi, comme pour me soutenir silencieusement. Les mots continuent de sortir de ma bouche sans que je ne puisse les arrêter.

— Merde, Rip. Je n'ai jamais voulu ça. Toi, nous, tout ce qui m'arrive. Je n'ai même jamais demandé à te rencontrer.

Les yeux de Rip restent fixés sur moi, comme s'il cherchait à lire dans ma tête. Son expression est maintenant toute autre. Comme s'il était ... quoi ? Désolé de la situation ?

Non... Ce n'est pas son genre d'être désolé. Lui, il est cruel et froid comme la pierre.

Je pince l'arête de mon nez et ferme les yeux quelques secondes. Lorsque je les rouvre, Rip semble encore plus perturbé. Mes yeux s'accrochent aux siens. Je suis fatiguée et lasse. J'en ai marre de me battre.

— Enlève-moi cette chose, s'il te plaît.

Rip pince des lèvres. J'ai l'impression que mes paroles l'ont blessé plus que je ne pensais.

— Je vois... Rassure-toi, Kat. Cette marque n'a aucune espèce d'importance. En tout cas, à mes yeux, elle ne signifie rien d'autre qu'un signe d'appartenance à un groupe. Je ne voudrais surtout pas que tu te sentes souillée par cette..."chose". Je vais faire en sorte de trouver une solution pour te... laver de tout ça.

Son regard est tellement méprisant que j'en ai des frissons sur tout le corps. Je me frotte les bras pour me rasséréner.

Il vient de me promettre de chercher une solution. C'est ce que je voulais, non ? Alors pourquoi je ne suis même pas soulagée par ses paroles ?

Il y a un côté amer dans cette victoire qui me reste en travers de la gorge. Je lui lance un regard triste.

— Je voudrais ne jamais avoir passé la porte de cette maison...

***

433

Quelques heures plus tard, je me retrouve de nouveau seule dans ma chambre. J'ai ôté la peinture qui recouvrait ma peau et j'ai perdu la bonne humeur qui avait peuplé ma journée avec Maxime.

J'ai les nerfs à fleur de peau. Mon incartade avec Rip m'a épuisée. Encore une fois, il m'a fait perdre le contrôle. Et finalement, je me rends compte que c'est ce qui me perturbe le plus.

Je n'aime pas dévoiler ma fragilité. C'est un aspect de ma personnalité que j'ai enfoui au fond de moi-même depuis longtemps. Et Rip a le don de faire resurgir mes démons. Ça m'énerve.

Je ne veux pas qu'il sente qu'il a un pouvoir sur moi, sur mes émotions. Parce qu'honnêtement, je ne peux pas nier qu'il a une espèce d'ascendant sur mes réactions. Il a cette capacité à provoquer chez moi des sentiments contradictoires. Il m'attire autant qu'il m'horripile.

J'ai peur de ce qu'il est capable de me faire ressentir. Parfois, j'ai envie de le tuer, mais en même temps, je meurs d'envie de me jeter dans ses bras pour qu'il me fasse l'amour.

Merde... !

Je crois que je suis en train de perdre définitivement le contrôle de la situation.

Lorsque j'enfile ma nuisette et mon peignoir, je ne rêve que de me coucher pour tenter d'oublier cette journée. Pourtant, je sais pertinemment que je n'arriverai pas à fermer l'œil. Rip viendra peupler ma nuit, comme à son habitude.

Je sors de la salle de bain avec un goût amer dans la bouche et une boule qui grossit dans ma gorge. Maxime m'a proposé de descendre dîner avec lui, mais honnêtement, je n'ai vraiment pas la tête à ça.

Je me dirige vers mon lit lorsqu'un bruit dans le couloir attire mon attention. Je tends l'oreille, mais brusquement la porte de ma chambre s'ouvre violemment. Rip déboule dans la pièce comme un ouragan.

En me voyant emmitouflée dans mon peignoir, il s'arrête et me fixe avec méfiance. Je lève les yeux au ciel, mais décide de garder mon calme. Je suis lasse de ces confrontations.

— Qu'est-ce que tu veux, Rip ?

Il semble réfléchir pendant quelques secondes. Puis, d'un geste de la main, il referme la porte et s'appuie contre.

— Est-ce que tu as l'intention de coucher avec Maxime ?

Ses sourcils froncés me prouvent qu'il ne s'agit pas d'une plaisanterie. Non mais franchement ? Il croit vraiment que j'étais sérieuse ? Je soupire d'indignation.

— Tu me crois capable de coucher avec ton frère juste pour te faire enrager ?

Il hésite, et ça m'énerve encore plus.

— Mais pour qui est-ce que tu me prends ?

Sa réponse fuse et me fait l'effet d'une gifle.

— Tu es une muse. C'est dans ta nature de séduire les démons...

Je plisse les yeux.

— Qu'est-ce que c'est encore que cette histoire ? J'ai l'intention de ne séduire personne, si tu veux savoir. Ni toi ni aucun autre démon.

Son regard perçant glisse sur moi et sa bouche se relève en un petit sourire ironique. Je crois bien que ma réponse l'amuse. Je décide de le remettre à sa place.

— J'ai fait une erreur une fois. Je ne la referai plus...

Une ombre passe dans ses pupilles.

— Tu es sûre de ça ?

Quel culot !

435

— On ne peut plus sûre. Maintenant, tu peux aller retrouver ta copine.

Rip éclate de rire. Il se fout de moi ouvertement. Puis il recouvre son sérieux et me caresse du regard à m'en faire frissonner.

— Ce n'est pas elle qui occupe mes pensées...

La contraction de mon ventre est comme un signal d'alarme. Je dois fuir au plus vite.

— Je ne suis pas un produit de substitution. Maintenant, si tu veux bien m'excuser, je dois m'habiller.

Je me redresse de toute ma hauteur et décide de lui tourner le dos.

À peine arrivée vers le coin toilette, Rip m'attrape par le bras et me retourne pour me plaquer contre lui. Je me crispe alors que mon cœur s'emballe au contact de son corps.

Sa tête n'est qu'à quelques centimètres de la mienne et son odeur atteint mes narines qui frémissent de plaisir.

— Admets-le, Kataline. C'est plus fort que nous. Maxime aura beau te donner toutes les amulettes possibles pour te protéger de moi, tu reviendras toujours. Nous sommes comme deux aimants, attirés l'un vers l'autre. Inexorablement.

Je ne peux m'empêcher de pouffer.

— Tu parles pour toi, Rip.

— Ah oui ?

Il s'avance encore et effleure ma bouche de ses lèvres. Prise au dépourvu, je reste comme une idiote, tétanisée. Je sais pertinemment au fond de moi qu'il a raison. Mais je ne veux surtout pas lui avouer. Mon cœur s'emballe alors qu'il susurre.

— Ton cœur bat plus vite. Tes mains deviennent moites. Ton corps est parcouru de frissons...

Sa voix m'hypnotise et je déglutis en fermant les yeux. Lorsque je les rouvre, le désir que je vois dans son regard me liquéfie sur place.

— Et il y a cette pression... juste là... qui te pousse à assouvir le besoin impérieux d'être comblée...

Sa main accompagne ses paroles et vient se plaquer entre mes cuisses, juste à l'endroit où une délicieuse impatience me torture.

Ma bouche forme un « o » et mes joues s'enflamment. Incapable de soutenir son regard plus longtemps, je ferme les yeux et rejette la tête en arrière. Rip embrasse mon menton, puis suit la ligne de ma mâchoire avec sa langue, laissant une brûlure sur son passage.

— C'est ça ma belle, laisse-toi aller...

Ma raison me dicte de fuir. De m'éloigner de lui le plus loin possible, mais j'en suis incapable. Rip a encore gagné. Il est maître de mon corps et je ne peux que céder face à son emprise.

Sa bouche glisse le long de mon cou et suit ma carotide jusqu'à la naissance de ma poitrine.

— Tu es délicieuse, Kataline. Je ne me lasserai jamais de ton odeur.

Je me redresse et Rip m'attrape la main pour la plaquer sur son torse. Je sens les battements de son cœur pulser sous ma paume. Sa voix grave et rauque sonne comme une douce musique à mes oreilles.

— Tu sens ? Tu sens ce que tu me fais ?

Ses yeux capturent les miens et je vois défiler tout un tas d'émotions à travers ses pupilles dilatées. L'incrédulité, le désir... la peur ?

— Je t'ai dans la peau, Kataline du Verneuil. Tu me fais perdre la raison.

Il s'arrête un instant, comme s'il cherchait ses mots. Lorsqu'il reprend la parole, il semble presque résigné.

— J'ai perdu le contrôle, bébé. Tu m'as fait entrevoir le paradis et maintenant, je n'ai qu'une obsession, c'est d'y retourner...

Je ne m'attendais pas à une telle déclaration. La sincérité que je vois sur son visage me serre le cœur comme un étau. À partir de cet instant, je sais que je suis perdue...

39

Envol

J'entrouvre la bouche pour parler, mais Rip pose son index sur mes lèvres.

— Non. Surtout, ne dis rien...

Poussée par mes pulsions, j'attrape son doigt entre mes lèvres et le caresse du bout de la langue. Aussitôt, Rip réagit. Ses pupilles se dilatent et il pousse un soupir de satisfaction.

— Putain, bébé... si tu continues, je ne réponds plus de rien.

Mon ventre se crispe. Je mordille son index par provocation puis le libère. Mon audace me surprend encore plus lorsque je m'avance vers lui et lui tends mes lèvres. Il répond à ma sollicitation muette, avec un soupir de satisfaction.

Son baiser est doux, presque tendre. Il prend son temps pour caresser mes lèvres avec les siennes. La froideur de son piercing contraste avec la chaleur de sa peau. J'aime ça et j'entrouvre la bouche pour l'inciter à y pénétrer.

Rip répond à mon invitation. Sa langue vient s'enrouler autour de la mienne et m'arrache un gémissement de plaisir.

Son baiser se fait plus profond à mesure que la tension monte. Je me rends compte que j'attendais ce moment depuis des jours, sans vouloir me l'avouer. Mon corps tout entier se tend vers lui, comme s'il le reconnaissait.

Rip attrape ma nuque et bascule ma tête en arrière pour approfondir encore son baiser. Ses bras puissants me plaquent contre lui, et j'ai l'impression d'être engloutie dans la passion tourbillonnante qui nous anime.

Il me colle dos au mur et attrape ma cuisse pour me rapprocher encore de lui. Je sens son désir contre moi et mon ventre se serre instinctivement. Ses mains glissent sur mon corps avec l'aisance d'un pianiste et ses caresses m'arrachent des gémissements de plaisir. Sans même m'en rendre compte, je me retrouve en nuisette entre ses bras.

Ses doigts commencent à jouer avec ma poitrine alors que sa langue continue de tourmenter la mienne.

Je commence à chauffer et mes pupilles se voilent de rouge. Rip est si près que je sens la chaleur de son corps à travers mon sous-vêtement. Les mouvements de son bassin viennent torturer un point sensible de mon anatomie et je ne peux m'empêcher d'aller à sa rencontre.

Merde ! On dirait une chatte en chaleur...

La petite voix me fait l'effet d'une gifle. Je me fige imperceptiblement.

Mais Rip semble avoir senti mon changement d'attitude. Il tire sur mes cheveux et me tire la tête en arrière pour m'arracher à son baiser. Son regard de braise m'hypnotise et le désir que je lis dans ses yeux me donne des frissons.

Pendant de longues minutes, nous nous mesurons du regard, le souffle court et le cœur battant.

— Un mot de toi, Kat, et j'arrête. C'est ce que tu veux ?

La voix rauque de Rip dévoile que lui n'a aucune envie de s'arrêter. Je mets un quart de seconde à répondre. Ma conscience n'a pas réussi à me faire changer d'avis. Je suis certaine de ce que je veux, au plus profond de mon être.

Je secoue la tête et me rapproche de Rip, sans le quitter des yeux. Lentement, je commence à déboutonner sa chemise, d'une main fébrile. Sans même réfléchir, les mots franchissent mes lèvres et sonnent comme si ce n'était pas moi qui les prononçais.

— J'ai envie de toi, Rip. Maintenant, dans cette chambre. Je sais que ce n'est peut-être pas la bonne décision. Que je risque de souffrir, et que tu vas certainement me jeter demain matin, mais c'est plus fort que moi. Je te veux pour moi cette nuit. Rien qu'une nuit... Promets-moi...

Rip ne dément pas et acquiesce en silence. Son regard s'assombrit alors que mes mains glissent sur ses abdominaux. La douceur de sa peau me donne envie de poursuivre mon exploration. Mes doigts s'attaquent à son pantalon.

Je sens des frissons hérisser ses poils et une lueur argentée traverse ses pupilles. Je mords ma lèvre inférieure. C'est comme un déclencheur. Avec un grondement animal, Rip plaque ma main contre son jean et écrase sa bouche sur la mienne.

J'adore sentir sa langue se mesurer à la mienne. C'est tellement sensuel.

Il me soulève d'un seul geste et me serre contre lui, en tirant mes cheveux pour me basculer la tête en arrière. Puis il s'arrête, haletant, sa bouche sur la mienne.

— Tu me rends fou, Kataline Anastasia Suchet du Verneuil.

Je ne pensais pas que l'entendre prononcer mon nom avec sa voix rauque me mettrait dans un tel état. Je gémis sur ses lèvres.

J'ai envie de répondre qu'il me fait perdre la tête, que je n'arrive plus à réfléchir quand il est près de moi. Qu'il occupe toutes mes pensées et que mon corps est son esclave... Mais je n'arrive pas à exprimer ce que je ressens.

Mon Dieu, qu'est-ce qui m'arrive ? Comment puis-je réagir de la sorte alors qu'il me fait sortir de mes gonds la plupart du temps ?

Cette révélation me serre le cœur.

Rip me caresse doucement la joue en me dévisageant. Se rend-il compte de mon combat intérieur ?

Je n'ai pas de réponse. Il m'emmène vers le lit et me dépose sur les coussins comme si j'étais la chose la plus fragile qui soit. Il m'allonge sur les draps et m'ôte ma nuisette, sans cesser de me regarder.

Puis il s'avance au-dessus de moi.

— Tu es merveilleuse. La perfection incarnée...

Ses yeux glissent sur moi avec envie. Il pose ses mains sur mes épaules et les fait descendre lentement vers ma poitrine. Je me cambre instinctivement, allant au-devant de son contact. Aussi légers qu'une plume, ses doigts suivent la ligne jusqu'à mon ventre. Il m'effleure à peine, provoquant des milliers de frissons sur ma peau sensible.

— Tu es tellement réceptive. Tellement belle. Je passerais ma vie à te regarder et à te toucher.

Il accompagne ses paroles de petites pressions qui me font chavirer. Je le fixe entre mes paupières mi-closes. S'il continue à me tourmenter comme ça, je vais finir par devenir folle.

— Rip...

J'ai l'impression que je vais me consumer toute seule, sans qu'il ait besoin de faire quoi que ce soit. Il sourit avec malice alors que je tire nerveusement sur ma lèvre inférieure avec mes dents. Il ôte rapidement son jean et s'allonge sur moi.

— Je crois qu'il faut vite refroidir ce volcan, bébé...

442

Il passe sa langue sur mes lèvres puis me mord le menton. Je me redresse pour venir à sa rencontre. Il accède à ma prière muette d'un mouvement sec du bassin.

Le sentir à l'intérieur de moi est un mélange de soulagement et de jouissance qui m'arrache un cri. Rip s'arrête quelques secondes et me caresse les cheveux.

— Ça va, ma belle ?

Sans ouvrir les yeux, je hoche la tête. J'ai envie de pleurer tellement les sensations sont exquises et puissantes. Lentement, sans cesser d'embrasser mon visage, Rip se met à bouger. Mais le volcan se réveille de nouveau. J'ai l'impression que je ne vais jamais arriver à assouvir ma soif de lui.

Je vais à sa rencontre, quémandant mon dû. Rip répond à mes sollicitations avec plus de fougue. Je sens la chaleur monter au creux de mes reins. Le tourbillon de sensations est en train de m'aspirer lentement dans les abîmes.

Des lames de feu balayent ma conscience alors que je sens Rip partout sur moi en même temps. Il m'inonde de son odeur et joue avec mon corps comme le virtuose qu'il est.

Mon Dieu, je vais finir par me perdre.

— Regarde-moi, bébé.

Mes yeux s'ouvrent péniblement et sa vision ajoute encore à mon plaisir. Je l'observe à travers le voile rouge entre mes cils. Il est sublime, tel un conquérant en pleine bataille. Ses tatouages s'animent au rythme de ses muscles qui se contractent. Les efforts font perler la sueur sur son torse. Je sais que je n'oublierai jamais cette image de Rip, le visage crispé par le plaisir. Il viendra hanter mes nuits pour le restant de mes jours.

Sa main passe derrière ma nuque pour lever mon visage vers lui.

— Regarde-moi, répète-t-il d'une voix sourde et impérieuse.

443

Mes yeux se rivent aux siens et je vois dans ses prunelles la lueur argentée qui témoigne de son état. Il attrape ma bouche avec avidité et nos langues s'entremêlent dans un ballet enfiévré.

Sans cesser de me regarder, Rip accélère la cadence. Le feu dans mon ventre devient brasier. En quelques secondes, je me retrouve projetée dans un monde irréel, peuplé d'étoiles et d'arcs-en-ciel. J'ai l'impression de me désintégrer en un million de particules qui s'envolent vers les cieux.

Rip couvre mes cris de sa bouche. Je crois qu'à cet instant je pourrais mourir sur ses lèvres...

Il me rejoint quelques secondes plus tard dans cet univers parallèle qui n'en finit pas. Je n'arrive pas à redescendre. Mon esprit se sépare de mon corps et flotte dans un espace cotonneux que j'ai du mal à quitter. C'est incroyable...

Rip continue de me caresser tout en murmurant des mots que je ne parviens pas à déchiffrer.

Au bout de plusieurs minutes, je finis par reprendre conscience. Rip est toujours sur moi, un bras de chaque côté de ma tête. Il me regarde comme si j'étais une divinité descendue du ciel.

Et moi, je me sens comme une magicienne...

***

Quelque temps plus tard, nous sommes tous les deux sur le dos, à observer le plafond immaculé de la pièce.

Nous avons pris une douche et refait l'amour dans la salle de bain, comme si c'était la chose la plus normale qui soit.

À présent, je suis mal à l'aise. Je suis en pleine discussion intérieure avec ma conscience et je ne sais pas quelle attitude adopter. Je ne regrette pas ce que j'ai fait. J'avais fixé les règles du départ. Une nuit. C'est tout ce que j'ai demandé.

Mais maintenant, je ne peux pas empêcher mon cerveau de cogiter. Que se passera-t-il demain ? Est-ce que je vais lui en vouloir ? Est-ce qu'il va regretter ?

Je n'ai pas de réponse...

Je revois son image au-dessus de moi, les muscles tendus, le visage crispé par le plaisir. Combien de femmes ont eu le plaisir de le voir comme ça, à la frontière de l'orgasme ? Je n'ose même pas y penser.

Je soupire et, d'un geste machinal, je passe ma main sur ma nuque. Rip tourne la tête vers moi. Une ride barre son front, signe qu'il a l'air aussi perturbé que moi.

— Quelque chose ne va pas ?

Sa voix est pleine d'inquiétude. Je soupire de plus belle.

— Je ne sais pas... à toi de me dire.

Il s'avance et m'applique un léger baiser sur la bouche.

— Laissons-nous la nuit... Nous parlerons des problèmes demain.

Il se colle à moi et me serre contre lui. Oui, il a raison. Juste une nuit...

***

Mais alors que je pensais passer quelques heures paisibles dans ses bras, je me réveille en sursaut, Rip au-dessus de moi en train de me secouer comme un prunier.

— Kat, réveille-toi !

Je le regarde, hébétée.

— Qu'est-ce qui se passe ?

445

Son visage est décomposé par l'inquiétude. Il me fixe comme si j'étais un zombie sorti tout droit des enfers.

— Tu hurlais dans ton sommeil et je n'arrivais pas à te réveiller !

Je m'aperçois alors que j'ai les joues inondées de larmes. Merde ! J'ai dû faire un cauchemar... Ça fait tellement longtemps que ça ne m'était pas arrivé. Les images reviennent nettement dans mon esprit et je secoue la tête pour les chasser.

— Non... Ce n'est rien. Ça va passer.

Rip lève un sourcil. Il n'a pas l'air de cet avis.

— Non, ce n'est pas rien. Tu hurlais comme si on te torturait. Qu'est-ce qui s'est passé dans ta vie pour que tu te mettes dans cet état ? Et ne me dis pas qu'il n'y a rien eu sinon je te séquestre jusqu'à ce que tu m'expliques.

Je mords ma lèvre. Je ne sais pas comment je vais pouvoir me sortir de cette situation. Voyant mon hésitation, Rip me saisit par les épaules pour me forcer à le regarder.

— Écoute, bébé. Je ne suis peut-être pas un ange ni la plus belle des personnes. Je suis un démon cruel et impitoyable. Mais tu peux me faire confiance, je protège ceux de mon clan. Et désormais tu fais partie de mon clan. Alors si quelqu'un t'a fait du mal, tu peux me le dire...

J'hésite encore. Comment faire confiance à quelqu'un qui passe son temps à vous blesser ?

— Tu veux que je te fasse assez confiance pour te confier mes peurs et mes pires souvenirs ? D'accord, alors commence par me confier les tiens...

Rip me fixe pendant quelques secondes, interdit. Puis, contre toute attente, il s'appuie, dos au mur, et redresse le menton dans un geste de défi.

— OK. Dis-moi ce que tu veux savoir...

446

40

Confessions

Je suis prise à mon propre piège. La phrase de Rip me laisse perplexe. En fait, des questions, j'en ai des milliers. Mais là, à brûle-pourpoint, je ne sais même pas par où commencer.

Je prends quelques secondes pour réfléchir, les sourcils froncés, la bouche ouverte et les yeux fixés sur Rip. J'aimerais qu'il m'encourage à m'exprimer d'un signe de tête ou d'un geste de la main, mais il reste là, à me regarder m'enfoncer dans mes contradictions. Au bout d'un long moment, il finit par attraper son paquet de cigarettes.

– Ça ne te dérange pas si je fume ?

Il n'attend même pas la réponse et fait craquer son briquet.

C'est un peu tard...

– Alors, Kat ? Qu'est-ce que tu veux savoir sur moi ? dit-il en tirant sur sa cigarette d'un geste sensuel.

Je me mords la lèvre inférieure et m'assieds en tailleur, face à lui.

– Il y a tellement de choses qui me questionnent. Tellement de mystères que je voudrais éclaircir. Je sais déjà certaines choses, mais j'ai l'impression que je ne vois que la partie émergée de l'iceberg. J'ai énormément de mal à te cerner, en fait...

Rip me fixe avec un intérêt soudain.

– Eh bien, si tu me disais ce que tu sais, peut-être que je pourrais compléter ?

Je réfléchis quelques secondes pour rassembler mes idées.

447

– Je sais que tu es le chef du clan des Saveli. Que tu fais des duels clandestins et que tu remportes toutes les victoires. Je sais que tu es un véritable génie avec une guitare. Je sais aussi comment tu es devenu un démon...

Je marque une pause sans quitter Rip des yeux. À voir ses sourcils froncés, il semble intrigué par ce dernier point.

– Je connais déjà le démon, le musicien et le street-fighter. Mais je veux savoir qui tu es vraiment, Rip. Je veux connaître celui qui se cache derrière toute cette froideur... On dirait que rien ne peut t'atteindre, que tu es insensible à tout...

Il ne répond pas et tire une nouvelle bouffée sur sa cigarette d'un geste nerveux.

– J'ai l'impression que tu passes ton temps à blesser les autres et à te foutre du mal que tu peux provoquer... Tu es froid et cruel. Tu profites des situations et des gens. Et pourtant, certaines fois, je décèle chez toi des sentiments plus humains. Qu'est-ce que tu gagnes à faire souffrir les autres ?

Il lève un sourcil.

– Waouh... quel portrait flatteur !

Il se fout de moi, ou quoi ?

– Tu t'attendais à quoi ? Toi-même te décris comme le pire des monstres.

Il fait la moue puis sourit.

– Ouais. Tu as raison. Je suis un être abject, mauvais et insensible. Je suis égoïste et je me débrouille toujours pour obtenir ce que je veux. Mais après tout, je suis un démon, non ? C'est comme ça que je dois être.

– Arrête de te foutre de moi, Rip. Je sais très bien que tu joues un rôle dans une mauvaise pièce de théâtre. En façade, tu n'es qu'un personnage fabriqué de toutes pièces. Ta méchanceté, tout ça...

Il arrête de sourire.

– Qu'est-ce qui te fait dire ça ?

– Rosa m'a dit que tu avais vécu l'enfer et que tu t'étais forgé une carapace pour ne plus souffrir.

Alors là, je marque un point. Rip se fige et son visage prend une autre couleur.

– Rosa parle beaucoup trop.

– Et en quoi est-ce mal d'avouer ses faiblesses ?

Une lueur mauvaise passe dans ses pupilles.

– Tu n'as aucune idée de ce que j'ai vécu, petite fille...

– Alors, raconte-moi.

Il hésite et nous nous mesurons du regard pendant de longues minutes.

– Tu me dois bien ça, Rip. Je te rappelle que tu as débarqué dans ma chambre pour me marquer sans mon consentement. J'ai le droit d'exiger que tu sois honnête avec moi. Je... j'ai besoin de comprendre...

Rip écrase nerveusement sa cigarette à moitié fumée directement sur le bois de la table de nuit.

– OK. Mais je te propose un deal.

J'arque un sourcil.

– Chacun une question. À tour de rôle. On se parle cash, sans faux semblant et sans se défiler.

Merde ! Je ne m'attendais pas à ça. Mais ai-je vraiment le choix ? Si je veux connaître la vérité, il faut que je sois honnête aussi avec lui.

– D'accord. Mais c'est moi qui commence.

Il hoche la tête et s'appuie contre le mur en attendant que je commence. Mais au moment où j'ouvre la bouche pour poser ma question, il m'interrompt.

– En revanche, je te préviens, Kat. Je ne fais pas ça pour t'être agréable. Je le fais uniquement parce que je veux connaître tes secrets en retour. Alors, s'il te plaît, épargne-moi ta pitié.

J'acquiesce lentement. Finalement, j'ai presque peur de sa réponse. Pourtant, j'hésite à peine lorsque je me lance.

– OK. Alors, allons-y doucement. Comment s'est passée ta "transformation" ? Je veux dire comment es-tu devenu un démon ?

Il grimace et me lance un regard suspicieux.

– Je croyais que tu savais ?

– Je sais pour le pari, l'hôpital, la résurrection... Mais j'aimerais connaître ta version des faits. Explique-moi ce qui s'est passé...

Un éclair passe dans ses yeux. J'ai l'impression que ça ne lui plaît pas beaucoup de revenir là-dessus.

– OK. Alors je vais résumer rapidement cet épisode de ma vie. Je te préviens, ça va être bref.

Il prend une inspiration et récite d'une voix monocorde.

– J'étais en couple avec la fille que je pensais m'être destinée. Elle est partie avec mon meilleur ami et ils ont comploté tous les deux contre moi. Je me suis fait avoir. Alors, j'ai fait un pari stupide et je me suis écrasé contre un mur avec une moto lancée à grande vitesse. Je suis mort. Et ça aurait dû se terminer comme ça. Mais mon idiot de frère n'a rien trouvé de mieux que de vendre nos âmes au Diable !

Son ton devenu acide témoigne de sa rancœur. C'est clair qu'il en veut à Maxime.

Il ne me laisse pas le temps de réfléchir à sa réponse et pose sa question.

– À mon tour. Pourquoi est-ce que tu es venue habiter en France ?

Oh. Deux minutes. Je ne m'attendais pas à cette question si... basique. Je sens mes paupières ciller alors que je réfléchis à la réponse. Pas question de tout lui dévoiler d'un coup.

450

– On a dit qu'on ne se cachait rien, Kat, menace Rip.

Merde ! J'ai l'impression qu'il lit en moi comme dans un livre ouvert.

– J'étais sous traitement médical parce que je faisais des crises de nerfs incontrôlées. Mon médecin m'a conseillé de déménager pour me ressourcer. Ce que j'ai fait.

Je suis plutôt fière de moi. J'ai dit la vérité tout en cachant la vraie raison de mes traitements.

Rip acquiesce et je reprends la parole.

– Est-ce que tu en veux à Maxime ?

– J'aurais préféré mourir vingt fois plutôt que subir ce que j'ai subi.

Bon, ben, au moins, c'est clair. Il lui en veut à mort.

– Ignorais-tu vraiment que tu étais une muse ? rétorque-t-il en plissant les yeux.

Je hoche la tête.

– Oui, je n'avais jamais entendu parler de ça avant que Louise ne m'appelle comme ça.

– Tu veux dire que personne de ta famille ne t'en avait parlé avant ?

Je secoue la tête.

– Nan... mais ça fait deux questions, Rip. C'est à moi.

Je réfléchis quelques secondes en resserrant les draps autour de moi.

– Alors ! J'ai déjà pu constater que tu avais certaines facultés... Télékinésie, téléportation, de magnifiques ailes noires qui peuvent t'emporter haut dans le ciel et une force surhumaine. Tu as d'autres fantaisies comme ça à ton actif ?

Rip éclate de rire.

451

– Ma belle, si je te dévoile tous mes secrets, il n'y aura plus de surprise. Mais je vais te donner quand même une autre de mes facultés. Je peux lire dans l'esprit des gens pour déceler leur plus grande peur...

Je reste bouche bée. C'est incroyable !

– Tu veux dire que tu peux savoir ce qui me fait le plus peur au monde ?

– Normalement, oui.

– Normalement ?

Il hoche la tête et moi, je commence à sérieusement m'inquiéter. Je n'ai franchement pas envie qu'il me mette à nu comme ça.

– Avec toi, j'ai énormément de mal à me concentrer. J'ai beau essayer, mais je ne décèle aucune crainte. À croire que tu n'as peur de rien.

Je soupire de soulagement.

Rip se redresse et s'approche de moi. Ses yeux ne sourient plus.

– OK. Maintenant, passons aux choses sérieuses. Pourquoi est-ce que tu caches ta beauté derrière des fringues horribles ?

Oups ! Je ne l'avais pas vue venir, celle-là. Je me frotte le front pour m'aider à réfléchir à une réponse qui ne soit pas trop compromettante.

– Question d'éducation.

Rip semble sceptique. Ma réponse ne l'a pas satisfait.

– Ma mère était très stricte et ne voulait pas faire de moi une aguicheuse. Alors elle m'a élevée de telle sorte que je devais rester la plus discrète possible. Je devais devenir invisible aux yeux des autres pour être tranquille.

– Mais pourquoi est-ce qu'elle faisait ça ? Elle craignait quelque chose ?

Je secoue la tête. En fait, c'est une question que je ne me suis jamais posée.

– Non, je ne pense pas. Elle était issue d'une famille noble, alors je pense que c'était une sorte d'héritage éducatif. Mais il est vrai que maintenant que je sais que je suis à moitié muse, je pense qu'elle devait certainement avoir d'autres raisons... À moi, maintenant, de poser ma question. Tu viens de dire que tu aurais préféré mourir vingt fois plutôt que de ressusciter. J'aimerais que tu m'expliques comment s'est passée ta résurrection.

En une fraction de seconde, un voile noir s'abat sur le visage de Rip et son regard s'évade. Ce que je vois dans ses yeux me fait frissonner. La souffrance... Une souffrance indicible qui semble lui serrer la poitrine comme un étau.

– Tu es vraiment certaine de vouloir le savoir ?

Je hoche la tête.

– Tu l'as dit toi-même, Rip. Pas de filtres. On se dit tout.

Il se renfrogne et me lance un regard mauvais. Je soutiens son regard. Je sens comme une satisfaction malsaine s'emparer de moi alors que je commence à percer lentement sa carapace.

– J'ai passé trois mois entiers en Enfer, Kataline.

– Tu plaisantes ?

– Est-ce que j'ai l'air de plaisanter ? Est-ce que tu as une idée de ce que c'est que de passer de statut de vivant à mort-vivant ? Ça signifie de passer cent jours entre la vie et la mort... Cent jours à apprendre à faire souffrir les autres pour se nourrir. Faire du mal et éliminer toute empathie de ton cerveau parce que la seule chose qui compte, c'est survivre ?

Je déglutis. Jamais je n'aurais imaginé qu'il réagirait avec autant d'émotion. Je n'ai plus envie de jouer, maintenant.

– Est-ce que tu sais ce qui nous maintient en vie, Kataline, nous, les démons ? Nous nous nourrissons des émotions négatives. Nous faisons ressortir ce qu'il y a de plus fragile en chaque être humain. Nous le mettons face à ses pires cauchemars, ses pires craintes... Pendant trois mois, j'ai passé mon temps à torturer des âmes perdues, voir leur visage se décomposer face à l'horreur que je leur imposais. J'ai vu des hommes redoutables pleurer et implorer mon pardon...

Sans réfléchir à ce que je fais, je pose une main réconfortante sur son bras. Mais il se dégage d'un mouvement vif et plante des yeux emplis de haine dans les miens.

Au bout de quelques secondes de silence, il poursuit.

– Tous les hommes que j'ai tués le méritaient. Ils étaient condamnés par leurs actes à périr... Mais je ne souhaite à personne de mourir comme ça.

L'once de regret dans ses paroles est bien réelle. Et je découvre une nouvelle facette de la personnalité de Rip. Même s'il dit le contraire, je crois que son empathie est quelque part toujours présente.

–Tu veux dire qu'ils meurent ?

– En prenant leur âme aux humains, nous renforçons notre immortalité. Plus notre victime est souillée par les crimes, plus son âme est riche, plus nous devenons forts. En général, les hommes ne supportent pas d'être confrontés à leurs crimes. Ils finissent par se suicider ou par devenir fous.

Je reste silencieuse. Je ne m'attendais vraiment pas à ce que Rip soit une sorte de vautour funèbre chargé de nettoyer le monde des âmes moribondes. Une idée saugrenue me traverse l'esprit.

– Max... Il est comme toi ?

Rip sourit d'un air ironique.

– Non. Fly est un gentil... Il ne ferait pas de mal à une mouche, même si elle lui chiait dessus !

Je me souviens des ailes blanches de Maxime qui contrastent avec celles de Rip, noires comme l'ébène.

– Max est un ange...

Je lui cache volontairement que son frère me l'a déjà avoué. Rip hoche la tête en ricanant.

– Tout juste.

– Et toi et les autres, vous tuez des gens ?

Prononcer ces paroles me fait tout drôle. Rip est en train de m'avouer qu'il est un assassin ! Rien que ça. Je devrais m'enfuir en courant. Mais je reste là, à attendre la suite avec une sorte d'impatience masochiste.

– Nous appliquons le jugement dernier à des criminels. Ce sont des rebus de la société, capables de tuer femmes et enfants pour l'argent. Alors, je rends service, en quelque sorte, même si la méthode me déplaît et que je préférerais qu'ils soient jugés par leurs pairs.

– Et c'est ça qui te fait souffrir ? Le fait de devoir les torturer ?

Il éclate d'un rire mauvais.

– Jamais de la vie. J'adore les regarder lorsque j'aspire leur âme. Voir la terreur dans leurs yeux pendant que je triture leur esprit... les faire souffrir autant qu'ils ont fait souffrir les autres. C'est presque aussi bon qu'un org...

Je le pousse avec force.

– Arrête ça, Rip. Tu ne me feras pas le coup du méchant démon sanguinaire.

– C'est pourtant ce que je suis, Kataline.

Oui, je le sais, maintenant.

– Mais revenons-en à notre jeu. C'est à moi, maintenant, de poser une question...

Je sourcille lorsque Rip fait apparaître une feuille dans sa main.

– C'est qui, ces deux-là ?

Je manque de m'étouffer lorsque je découvre que le papier en question est le portrait que j'ai dessiné de Robin et Miguel...

41

Aveu

Mon sang quitte mes joues et mes mains deviennent moites. Les yeux de Rip scrutent la moindre de mes réactions alors que je sens la peur s'emparer de moi.

Surtout, ne pas perdre le contrôle...

J'ouvre la bouche plusieurs fois pour parler, mais aucun son ne sort. Je suis incapable de réfléchir correctement. Voir le visage de mes bourreaux me ramène en arrière et je sens monter en moi un vent de panique. Mon pire cauchemar refait surface et le voile rouge familier vient brouiller ma vue.

Je tente d'éloigner les images sordides de mon esprit, en vain. Alors je fais la seule chose que je sais faire dans cette situation.

Les paroles de Mad World sortent toutes seules d'entre mes lèvres et agissent comme un baume apaisant sur les plaies de mon âme. Le voile s'estompe pour ne former qu'une fine couche rosée devant mes pupilles.

Rip ne dit rien et se contente de m'observer d'un œil attentif. Je finis par fermer les yeux, incapable de supporter plus longtemps son regard perçant. Je me berce en me balançant d'avant en arrière et je me concentre sur la chanson pour effacer les souvenirs qui me harcèlent.

Au bout d'un temps qui me paraît interminable, la voix de Rip me sort de mon état hypnotique.

— Parle-moi, Kat...

J'ouvre des yeux embués par l'émotion et secoue la tête pour lui signifier que je suis incapable de prononcer d'autres mots que ceux de la chanson.

Le front de Rip est plissé par l'inquiétude et avant que je ne puisse réagir, il m'attire vers lui.

— Viens par là, bébé...

C'est comme une libération. Je me laisse aller contre son corps chaud et solide, comme s'il était ma seule issue dans ce tourbillon de souvenirs.

— Je suis désolé.

Il passe ses mains derrière mon dos et me serre fort contre lui. Son contact me donne des frissons. Les images s'éloignent peu à peu et les paroles de Mad World finissent par mourir sur mes lèvres. Le voile rose disparaît, me laissant soulagée, mais vidée de toute énergie.

Mon Dieu, il va te prendre pour une folle à lier !

C'est tellement vrai. J'ai tout d'une névrosée sortie tout droit d'un hôpital psychiatrique, emballée dans les draps à vaciller dans le vide comme une psychopathe dégénérée.

Rip me garde serrée contre lui en me caressant les cheveux, avec une douceur que je ne lui connais pas. Il embrasse ma tête et me murmure des paroles réconfortantes à l'oreille.

— Ça va aller, bébé. Tu es en sécurité avec moi.

Je reste un long moment à me laisser câliner, profitant du réconfort que me prodiguent les paroles de Rip, sans oser réfléchir à la signification de mots. Puis, mon cerveau se remet lentement en marche et je m'écarte de lui. J'aspire un grand coup avant de parler.

Il faut que tu le fasses...

Pour une fois, sans réfléchir, j'obéis à ma voix intérieure.

— Ce sont mes agresseurs.

Les mots sont sortis tout seuls et à voir l'expression sur le visage de Rip, il ne s'attendait pas à ce que je me confie à lui. Hésitant, il pose sa main sur mon bras.

— Tu n'es pas obligée, Kat...

Je me libère d'un geste et plante mes yeux dans les siens, résignée.

— Je veux le faire. Je t'ai promis de te dire la vérité.

Je me mords la lèvre et poursuis d'une voix calme.

— Je t'ai menti, Rip. Je ne suis pas venue à Paris pour me ressourcer. Enfin, disons que ce n'était pas la raison principale. Je suis venue vivre chez ma tante à cause d'une histoire sordide qui a détruit mon existence. Ces types sur le dessin... ce sont les deux salauds qui ont brisé ma vie. Ceux pour qui j'ai dû fuir.

Un éclair de colère passe dans les prunelles de Rip. Il serre les mâchoires sans répondre, comme s'il s'interdisait d'intervenir. Je déglutis avant de continuer, les yeux dans le vague, alors que je laisse mon esprit divaguer vers le passé.

— C'était il y a plus de quatre années maintenant. Je sortais avec Robin. Pour la première fois de mon existence, j'étais amoureuse. Et comme toutes les filles amoureuses, je voulais croquer la vie à pleines dents, rien qu'une fois. J'ai enfreint toutes les règles pour être avec lui ce soir-là. Pour profiter de l'insouciance de la jeunesse, le temps d'une soirée. Mais ça ne s'est pas vraiment passé comme je le voulais... Miguel nous a rejoints et c'est là que ça s'est gâté. Robin et lui n'arrêtaient pas de me regarder bizarrement. Je me sentais mal à l'aise. Et lorsque nous sommes rentrés, j'ai compris mon erreur quand il a arrêté la voiture sur le bord de la route, vers une forêt. Ils m'ont dit de courir et...

— Stop !

Je lève les yeux vers Rip, surprise par le ton de sa voix. Je ne le reconnais pas. Pas plus que je ne reconnais son visage, déformé par la rage. Ses yeux ont viré au gris et ils lancent des éclairs argentés.

— Arrête. Je crois deviner ce qui s'est passé ensuite...

Je hoquette.

— Je... C'était horrible, Raphaël. J'ai cru que je perdais une partie de moi-même... J'ai eu tellement mal... dans mon corps, dans ma tête. Je n'oublierai jamais leur regard lorsque...

Les images affluent par vagues destructrices.

— Ils m'ont pris mon innocence et ce que j'avais de plus cher à offrir...

Je sens une larme unique rouler sur ma joue. Rip se penche vers moi et la cueille entre ses lèvres. Son contact est aussi léger qu'une plume. Pourtant, je peux sentir toute la haine qui l'anime. Puis il se recule et serre les poings avec un grondement sourd.

— Donne-moi leur identité, Kat. Dis-moi qui ils sont. Laisse-moi leur faire découvrir ce qu'est l'enfer.

Sa voix est froide et coupante comme une lame de rasoir. Ses mâchoires sont serrées et un muscle bat frénétiquement sur sa joue, signe de sa colère.

Merde ! Je ne pensais pas que j'irais aussi loin dans les confidences. Pas plus que je ne m'attendais à une telle réaction de la part de Rip. Il faut absolument que je calme le jeu. Je ne veux pas qu'il intervienne dans cette histoire. C'est hors de question !

Je pose ma main sur la sienne pour apaiser sa fureur.

— Non, Rip, je ne le ferai pas.

Ses yeux s'arquent de surprise.

— Tu ne peux pas, Kat. Ils doivent être punis pour ce qu'ils ont osé te faire. Personne n'a le droit de te toucher... Ces ordures ne doivent pas rester impunies. Ils méritent un sort pire que la mort. J'ai

460

envie... Je voudrais les faire souffrir et leur arracher la tête pour avoir osé poser les mains sur toi...

Je secoue la tête.

— Non. Je ne te donnerai pas leur nom. Pas parce que je ne veux pas qu'ils payent. Mais parce que ce combat n'est pas le tien, Raphaël. Ma vengeance m'appartient. À moi seule.

Il me fixe longuement, les sourcils froncés et la mâchoire crispée. Puis il semble faire un effort pour parler calmement.

— Bien. Si c'est ce que tu souhaites. Mais je te préviens, Kat. Je sais à quoi ils ressemblent, maintenant. Leur visage est gravé dans mon esprit. Si jamais ils croisent ma route, ils sont morts.

Sa voix sonne comme le glas et la détermination que je vois dans son regard me fait froid dans le dos. C'est une promesse qu'il me fait et je sais qu'il la tiendra. J'espère juste que ça n'arrivera pas avant que je ne parvienne à me venger moi-même.

Nous restons un moment à nous regarder, comme si l'échange que nous venions d'avoir avait scellé un pacte. L'honnêteté est le ciment de toute relation. Et j'ai l'impression que nous venons de poser les fondations de la nôtre.

Puis, Rip finit par rompre le silence. Son air est grave.

— Il y a une chose que je dois te dire, Kat. Tu as été franche avec moi. À moi de l'être avec toi.

Je lève les sourcils alors qu'il prend une grande inspiration.

— Tu voulais savoir ce qui m'avait fait le plus souffrir... Alors je vais te le dire. Lorsque j'ai eu mon... accident, j'ai découvert que la fille que j'aimais m'avait trahi. Elle est partie avec mon meilleur ami. Ils étaient déjà ensemble lorsque je sortais avec elle. Je l'aimais plus que tout au monde. Et cette garce s'est servie de moi.

Sa voix se fait sourde, pleine d'animosité.

461

— Il n'y a rien de pire que d'être trahi par la personne qu'on aime le plus au monde. Celle à qui on a confié son corps et son âme....

La douleur que je lis dans ses yeux me serre le cœur. Il a dû vraiment souffrir.

— Lorsque je suis revenu d'entre les morts, je me suis promis de ne plus jamais souffrir de la sorte. J'ai juré que plus jamais je ne laisserai mes émotions guider ma conduite... J'ai fermé mon âme et mon cœur à tout sentiment. Depuis, je collectionne les filles sans jamais m'attacher... Je les prends, je les baise et les...

— Rip, s'il te plaît...

— Laisse-moi terminer. On a dit "toute la vérité, rien que la vérité", je te rappelle. Alors... je les prends, les baise et les traite comme une marchandise destinée à me donner du plaisir.

J'ai du mal à rester concentrée et à écouter ces horreurs. Est-ce qu'il me compte parmi ces filles-là ? Je refuse de l'entendre me traiter comme un produit de consommation. Machinalement, je tire les draps sur moi pour me couvrir.

Rip a ce petit rire sardonique qui me glace les os.

— Oh, ne t'offusque pas, Kataline. Elles sont consentantes et généralement heureuses de leur situation. Elles prennent de moi ce qu'elles veulent et moi j'exige qu'elles me foutent la paix.

Je manque de m'étouffer.

— C'est le cas aussi pour Mégane ? Pourtant, j'avais l'impression que vous formiez un vrai couple, même si tu passes ton temps à la tromper.

Et toc ! Rip plisse les yeux.

— Mégane pense qu'elle est différente. Elle a tort.

Ben tiens !

— T'es un bel enfoiré, Rip... tu traites toutes les filles comme de la merd...

462

Je n'ai pas le temps de terminer ma phrase que Rip est sur moi, me tétanisant littéralement par son aura.

— Non, Kataline. Pas toutes les filles... C'est là où je voulais en venir.

Il s'approche, son visage tout près du mien. Ses yeux capturent les miens et je ne peux échapper à son emprise. Sa voix se fait murmure.

— Toi, tu es différente. Mystérieuse. Froide et brûlante. Fragile et forte à la fois...

Avec une lenteur insoutenable, son index vient caresser mon visage. Sa bouche frôle la mienne sans jamais la toucher et son doigt, léger comme une plume, descend le long de ma mâchoire pour glisser sur ma gorge.

— Il y a quelque chose chez toi qui m'est irrésistible. J'ai beau essayer, je n'arrive pas à te sortir de ma tête. Dès que tu es près de moi, je n'ai qu'une envie... c'est de te baiser jusqu'à en perdre la raison.

Je devrais être choquée par ses paroles crues. Mais un soupir m'échappe alors que ses mots m'atteignent en pleine poitrine. Mon ventre se crispe et mon corps avance de lui-même à sa rencontre. Le doigt de Rip remonte sous mon menton pour me lever la tête vers lui.

Je baisse les yeux, gênée par la chaleur que je sens enflammer mes joues.

— Depuis que je t'ai rencontrée, tu m'obsèdes, jour et nuit.

Sa voix se fait rauque et ses pupilles se dilatent alors qu'il baisse les yeux vers ma poitrine, presque dénudée. Il passe sa langue sur ses lèvres et cette vision érotique m'arrache un petit gémissement.

— Ton odeur est comme une drogue dont je n'arrive plus à me passer. Je te l'ai dit, Kataline. C'est plus fort que moi. Je t'ai dans la peau.

Ses sourcils froncés témoignent de son émoi. À croire qu'il se convainc lui-même de ce qu'il est en train de m'avouer. Mon cœur se serre dans ma poitrine et mon esprit ne parvient plus à réfléchir de manière sensée.

— Raphaël, je...

— Chuuuut. Ne dis rien. Je veux juste m'enivrer de ton parfum. Sentir ton corps bouger sous le mien. Contempler tes seins qui s'agitent sous mes assauts.

Son doigt redescend et vient taquiner ma poitrine.

— Je veux voir tes yeux s'illuminer de plaisir. Ta bouche s'ouvrir pour crier mon nom. Et ton visage se contracter lorsque tu t'envoleras vers les sommets de l'orgasme.

Mon corps se liquéfie.

Merde ! Est-il possible de s'enflammer de la sorte pour de simples paroles ?

Rip arrache le drap qui me recouvrait et me pousse en arrière pour me coucher sur le lit. Puis, d'un geste vif, il se débarrasse de son jean.

Il s'avance vers moi et me domine de toute sa prestance. Sentir la chaleur de sa peau me fait presque gémir.

Je me redresse, la bouche ouverte, comme une invitation. Mais Rip recule, le regard empreint de désir contenu, un petit sourire en coin étirant sa bouche magnifique.

Le salaud ! Il te fait languir.

Je pousse un cri de frustration.

— Patience, ma belle. Je vais te donner ce que tu veux. Mais avant, je veux que tu me le dises.

Quoi ?

Je mords ma lèvre inférieure, interdite.

— Dis-moi ce que tu veux, bébé.

Il s'approche encore, ses lèvres contre les miennes, ses yeux plongés dans les miens, me suppliant de lui dire les paroles qu'il attend. Les mots sortent, échappant à mon contrôle.

— Toi, Raphaël. C'est toi que je veux.

Avec un sourire satisfait, il fond sur moi comme un fauve sur sa proie.

42

Cible

Le brouillard se dissipe lentement derrière mes paupières et j'émerge du néant. Un frisson me parcourt alors que ma main cherche machinalement la chaleur d'un corps. En vain.

J'ouvre les yeux en grand et tourne la tête vers l'oreiller à côté de moi.

Rip n'est plus là....

Il a dû partir il y a un moment déjà, étant donné la froideur des draps. Je soupire et refoule le sentiment d'abandon qui me serre la gorge.

Une seule nuit... Après tout, c'est bien ce qui était convenu, non ?

Il a tenu parole. Et moi, je n'oublierai jamais la nuit que je viens de passer.

« Dès que tu es près de moi, je n'ai qu'une envie... c'est de te baiser jusqu'à en perdre la raison. »

Et c'est exactement ce qu'il a fait.

Les images de nos ébats refont surface et je sens le rouge me monter aux joues. C'était tellement intense que j'ai cru perdre connaissance plus d'une fois.

Lucie avait raison. Rip est un véritable dieu au lit. Il connaît le corps des femmes par cœur et en joue comme un virtuose. J'ai l'impression d'être un instrument de musique entre les mains d'un prodige lorsqu'il me fait l'amour. Il est capable de décupler mes sensations d'un simple effleurement et de me faire oublier jusqu'à ma propre existence.

J'ai bien cru, à un moment, que je ne pourrai pas suivre son rythme. Il est insatiable et m'a réveillée plusieurs fois pour assouvir sa faim, me soufflant à l'oreille :

« Quatrième round, bébé... »

« Viens par là... Je n'en ai pas encore terminé avec toi... »

Ou encore « La nuit n'est pas finie, ma belle. J'ai une dernière carte à jouer... »

Je me mords la lèvre inférieure en réprimant un frisson. J'ai presque honte en repensant à tout ce que nous avons fait. Comme à chaque fois, Rip m'a littéralement fait perdre le contrôle de moi-même, me transformant en une bête assoiffée de plaisir, grognant et griffant pour obtenir ce qu'elle veut.

Le plus étonnant, c'est qu'il est parvenu à me faire oublier mon traumatisme. Avec lui, je fais preuve d'une confiance que je croyais disparue à jamais. Il arrive à m'emmener vers des sommets qui me semblaient interdits et que je pensais ne jamais atteindre.

Je me lève et me dirige vers la salle de bain en grimaçant. J'ai des courbatures comme si j'avais passé une épreuve de triathlon.

Je ricane toute seule, en pensant que Rip serait certainement fier de savoir que ses prouesses sexuelles ont laissé des traces sur mon pauvre corps meurtri. Malheureusement pour moi, il a aussi laissé des séquelles sur mon âme...

Je sais que je ne retrouverai jamais plus cette alchimie. Nous avons fait un marché et par son absence, Raphaël me signifie clairement qu'il va s'y tenir.

***

467

Le passage sous la douche est bienvenu. Je décide de régler le thermostat sur l'eau tiède pour me remettre les idées en place. Ça soulage mes muscles endoloris et me rassérène en même temps.

Alors que le jet coule doucement au-dessus de ma tête, mon esprit analyse à loisir les révélations que Rip m'a faites. Je n'aurais jamais imaginé qu'il avait vécu toutes ces épreuves. Cette histoire avec Molly et son meilleur ami, la trahison et surtout son passage par la case "ENFER IMPITOYABLE ET EFFRAYANT".

Ouah ! C'est surréaliste. Si on m'avait dit avant que l'enfer existait bel et bien, je ne l'aurais jamais cru. Et j'avoue que j'ai encore des difficultés à me faire à l'idée que les démons et tout le reste existent...

Maintenant que je sais tout ce qu'il a traversé, je vois Rip différemment. Même s'il m'a demandé de ne pas le prendre en pitié, chose que je ne ferai jamais, je ne peux pas m'empêcher d'admirer sa résistance et sa force de caractère. Beaucoup se seraient effondrés après avoir vécu de telles épreuves. À croire que le sort s'est acharné sur lui pour le détruire... Mais il a su surmonter toutes les difficultés.

Certes, il est maintenant plein de ressentiment et semble être en révolte contre le monde entier. Mais qui ne le serait pas après avoir vécu des choses pareilles ?

Bon, ce n'est pas que je cautionne le fait qu'il prenne les filles pour des objets, mais quelque part, si tout le monde y trouve son compte... Après tout, il a dit qu'elles aussi se servaient de lui.

Je revois le visage en pâmoison de Mégane et les yeux pleins de reconnaissance de Lucie... Oui, les filles y trouvent leur compte, c'est sûr !

Non mais écoute-toi ! Bientôt, tu vas dire que c'est normal et qu'elles méritent d'être traitées comme des objets sexuels !

Merde ! La petite voix a raison. Je suis en train de lui trouver des excuses ! C'est horrible !

Je tourne le robinet pour augmenter le volume d'eau froide. Ça va peut-être me remettre les idées en place.

Après cinq minutes à serrer les dents sous le jet, je sors et m'enroule dans une serviette moelleuse.

Mais arrivée vers l'espace nuit, un coup frappé à la porte attire mon attention. J'enfile rapidement un peignoir avant d'aller ouvrir.

Maxime est derrière la porte et me fixe avec un air soucieux.

— Kat... Tout va bien ?

Je fronce les sourcils. Oui... C'est une bonne question. Est-ce que je vais bien ? Je réfléchis quelques secondes. Puis, je hoche lentement la tête.

— Oui. Je vais bien. Enfin, je crois...

Maxime soupire.

— Je peux entrer ?

J'ouvre la porte et m'écarte pour le laisser passer.

— Oui. Bien sûr. Entre.

Il pénètre dans la pièce en regardant tout autour de lui. On dirait qu'il inspecte les lieux et qu'il cherche des indices pour vérifier mes dires.

— Tu cherches quelque chose en particulier ?

Maxime se tourne vers moi en plissant le nez.

— Rip ?

Merde ! Je suis démasquée. Évidemment, il a dû percevoir son odeur. Je ne peux qu'acquiescer à sa question sous-jacente.

— Il est parti.

Il se passe rapidement la main dans les cheveux et s'assied sur un fauteuil.

— Écoute, Kat. Je sais que ça ne me regarde pas, et que tu es assez grande pour prendre tes décisions, mais...

Je l'arrête d'un geste. Je sais que la situation est délicate et je n'ai pas envie de le blesser... Mais pour autant, je n'ai pas de compte à lui rendre, non plus.

— Je sais ce que je fais, Max. Ne t'inquiète pas. Et effectivement, cela ne te concerne en rien.

Il baisse la tête, comme un enfant en train de se faire gronder. Son attitude m'émeut.

— C'est juste que... je ne veux pas te voir souffrir comme toutes les autres.

Je ricane.

— Je sais très bien de quoi ton frère est capable et la manière dont il traite les femmes. Mais je ne suis pas comme les autres. Et surtout, je savais à quoi m'en tenir. Mais c'est gentil de t'inquiéter pour moi, Max. Tu avais autre chose à me dire ?

Le brusque changement de sujet semble le perturber. Il triture ses mains pendant quelques secondes avant de répondre.

— C'est moi qui ai parlé à Rip du portrait...

Je lève un sourcil. Bien sûr. Comment aurait-il pu savoir sinon ? Merde... je me sens trahie, d'un coup.

— Et pourquoi est-ce que tu as fait ça ?

Ma voix est plus sèche que je ne voudrais. Max réfléchit avant de répondre.

— Je savais que ce que tu avais dessiné n'était pas anodin. Le jour où je t'ai surprise avec ce croquis, tu semblais perturbée... Ces types devaient en être la raison.

Bonne déduction, Sherlock !

— Et pourquoi donner le dessin à Rip ?

— Parce que je savais que tu te confierais à lui...

470

Mes sourcils prennent la forme d'un accent circonflexe. Je me mords la lèvre et Maxime reprend la parole, me dispensant de réponse.

— T'inquiète, je ne vais pas te forcer à m'expliquer ce qui s'est passé. Sache juste que je suis là aussi, si tu as besoin de parler.

L'image de Maxime avec ses ailes d'ange déployées s'impose à mon esprit. Mais qu'est-ce qui ne tourne pas rond chez moi pour que je préfère me confier à un démon plutôt qu'à un ange ?

Rip pourra te protéger contre tes ennemis ! Il est cruel et sans remords et il saura te venger...

Ma conscience m'a tout l'air d'avoir choisi son camp ! Je repousse ces pensées et hoche la tête en signe d'assentiment. Maxime se lève et me tend la main, un sourire "ultra brite" illuminant son visage.

— Bon, ce serait bien que tu t'habilles maintenant pour qu'on puisse descendre prendre le petit-déj'... Rosa a fait des pancakes !

***

Je passe les trois jours suivants sans croiser Rip. Apparemment, il est parti pour affaires... Encore une histoire de combat, j'imagine.

Je tourne en rond dans la grande maison que je connais maintenant par cœur. Les séances de peinture avec Maxime, le temps passé dans la grande bibliothèque, les discussions avec Rosa ne suffisent plus à occuper mes journées. Je m'ennuie ferme !

Ou alors, c'est Rip et son caractère de chien qui te manquent ?

Alors là, je me fous littéralement de la petite voix ! Rip me manque ? Non mais n'importe quoi !

Non... Ma tante me manque. Kris me manque. Mon père me manque. Justine me manque. Et même ses frères et leurs blagues vaseuses me manquent, oui.... Mais Rip ? Jamais de la vie !

En évoquant ma tante, mes pensées s'envolent vers elle. Je n'ai toujours pas de nouvelle depuis qu'elle m'a laissée dans la grande maison des Saveli. J'ai laissé plusieurs messages sur son répondeur téléphonique, sans aucune réponse. Même si je suis habituée à ce qu'elle parte en virée avec Kris, c'est tout de même étrange ce silence radio...

Je commence franchement à m'inquiéter.

Surtout qu'elle est partie sans même me dire où elle allait et qu'elle venait juste de se battre avec une horde de ninjas qui a détruit son appartement.

Mon instinct me dit que son escapade n'est pas sans lien avec ce qui s'est passé ces derniers temps.

Je tente une énième fois de l'appeler...

« Hey, vous êtes bien sur le portable de Jess. Je ne suis pas dispo, alors laissez votre message et votre numéro... et si le cœur m'en dit, je vous rappellerai. Bye ! »

Merde ! Encore le répondeur !

Je jette mon téléphone sur le canapé avec dépit.

— Hey, quelque chose ne va pas ?

Maxime avance vers moi, les mains dans les poches de son pantalon beige. Sa vision me procure un léger soulagement. Encore une fois, sa seule présence suffit à m'apaiser. Je ne peux m'empêcher de penser qu'il est vraiment beau avec son allure de dandy décoiffé.

— Je m'inquiète un peu pour Jess. Elle n'a pas donné signe de vie depuis qu'elle et Kris sont partis d'ici...

Maxime fait une grimace et s'installe à côté de moi sur le canapé. Il y a quelque chose dans son visage qui me fait dire qu'il ne va pas bien non plus.

— C'est une grande fille. Elle est indépendante.

— Oh oui, ça, c'est sûr. Mais ce n'est pas son habitude de me laisser sans nouvelle.

— Je suis certain que tu n'as aucune raison de t'alarmer... Du moins pas pour ça...

Ouh là... J'avais vu juste. Qu'est-ce qu'il y a encore ?

— Parce que j'ai d'autres raisons de m'en faire ?

Maxime se renfrogne.

— Je t'ai promis de ne rien te cacher...

Il inspire un grand coup.

— Rip, Royce et Parker sont retournés chez ta tante pour enquêter sur l'agression. Ils ont remonté une piste et... les nouvelles ne sont pas géniales.

Je lève un sourcil.

— Tu peux être plus précis, s'il te plaît ?

— Eh bien, apparemment, quelqu'un a informé plusieurs clans de ton existence. C'est pour cette raison qu'il y avait une balise dans la maison de Jess et que les mercenaires étaient à tes trousses.

Je n'en crois pas mes oreilles. Mais c'est quoi ce délire ?

— Et alors ?

— Alors ? Alors tu es devenue une cible...

Je me fige en entendant la voix de Rip.

Il vient d'entrer dans la pièce, suivi de toute sa clique qui s'installe autour de nous sans aucune gêne. Mégane, Lucie et Cindy sont avec eux, et je ne peux empêcher mes poils de se hérisser d'énervement. Je me sens oppressée, d'un coup. J'ai l'impression que mon espace vital vient d'être envahi et qu'on va me priver de mon oxygène.

Tous les regards sont rivés sur moi comme si j'étais une bête de foire. Mais le seul qui me met vraiment mal à l'aise est celui de Rip.

Rip que je n'ai pas revu depuis que je me suis accrochée à lui comme une nymphomane alors qu'il me faisait gripper au rideau...

473

Je baisse rapidement les yeux, honteuse, et les joues en feu.

Il s'installe dans le fauteuil en face de nous en posant son casque de moto par terre. Puis il nous fixe tour à tour, Maxime et moi, lentement, le sourcil froncé comme si notre proximité le dérangeait.

— Vous avez eu d'autres infos ? demande Maxime en se décalant, visiblement mal à l'aise, lui aussi.

— Han han... rien.

— On va dire que le dernier démon à avoir été interrogé n'a pas supporté... l'insistance de Rip, ricane Parker avec son ironie habituelle.

J'écarquille des yeux. J'espère que Rip n'a rien fait de compromettant par ma faute. Comme s'il lisait dans mes pensées, sa bouche se lève en un petit rictus moqueur.

— T'inquiète. Je n'ai rien fait qui ne rend pas service à l'humanité...

Je crains le pire. Parker éclate de rire et Royce s'assied à son tour en face de moi. Il pose ses coudes sur ses genoux et m'observe attentivement.

— Est-ce que tu as parlé de tout ça à quelqu'un, Derbies ?

Son regard de fouine ne me dit rien qui vaille. Il me prend pour une débile ou quoi ?

— Franchement, Royce, j'ai l'air si bête que ça ? Tu crois que je vais crier sur les toits que je suis une espèce de poison vivant et que je vis chez des démons ?

Il se renfonce dans son fauteuil et attrape la bière que lui tend Jennifer. La jeune femme m'adresse un petit sourire timide pendant que Royce décapsule sa canette avec ses dents. Il avale une grande gorgée avant de poursuivre.

— Je crois que tu ne te rends pas vraiment compte de ce qui se passe, chérie. Tu vas avoir des centaines de tueurs sanguinaires à tes trousses... Est-ce que tu penses que tu vas pouvoir leur échapper ?

Je blêmis. Il n'a pas l'air content de la situation. Remarquez, moi non plus. Qui voudrait devenir la proie de monstres ?

Rip pose sa main sur le bras de son ami.

— T'inquiète, Royce. Tant que Kat est avec moi, elle ne risque rien.

Je vois le regard mauvais de Mégane se poser sur moi. Étonnamment, elle ne s'est pas vautrée sur Rip comme à son habitude, et se tient un peu à l'écart, derrière lui. Je croise son regard sans ciller, mais elle semble prête à ne pas céder.

J'ai même l'impression qu'elle va intervenir lorsque le portable de Rip se met à biper. Il attrape son téléphone de sa poche arrière et jette un œil sur son écran. Son visage prend un air grave.

— Je crois qu'il va falloir qu'on y aille...

— Mais on vient juste d'arriver...

Il attrape son casque et se lève, ignorant la remarque de Mégane. Puis il s'approche de moi d'une démarche féline.

— Ta tante vient de rentrer. Elle nous demande de la rejoindre.

Tiens ! Étonnant qu'elle n'ait pas tenté de me contacter directement ! Je trouve ça étrange, mais je n'ose pas le contredire. Son regard m'intime de ne pas broncher.

— Euh... OK.

— Je vais l'emmener, intervient Maxime en se levant à son tour.

Rip lui lance un regard noir et menaçant, et les deux hommes se font face pendant quelques secondes. Mégane profite de ce temps pour s'approcher de Rip et passer son bras sous le sien.

Mais ce dernier se dégage d'un geste brusque et me tend son casque de moto.

— Hors de question ! Kataline est avec moi !

43

Jess, le retour

J'attrape machinalement le casque, incapable de détacher mes yeux de ceux de Rip. Que veut-il dire par « Kataline est avec moi » ? Est-ce un double sens ?

Je reste bouche bée, ne sachant comment réagir. Puis Mégane, qui est restée derrière lui, pousse un petit cri d'indignation. Elle a l'air abasourdie par ce que Rip vient de dire.

— C'est quoi ce plan, Rip ?

Ce dernier soupire et détache ses yeux de moi, comme à regret. Il se tourne lentement vers elle et la toise de toute sa hauteur, pendant une longue minute. Son silence est plus menaçant que des paroles.

— Depuis quand tu interviens dans mes décisions, Még ?

Les yeux de Mégane se plissent et une ride barre son front, marquant sa crainte. À mon avis, elle n'est pas habituée à ce que Rip lui parle comme ça. Sa voix est si froide que toute la pièce s'en retrouve plongée dans un bain d'eau glacée.

Le regard de Mégane se pose sur moi. Son visage est déformé par la haine que je lui inspire, et ses yeux reflètent toute la colère qui l'anime. On dirait qu'elle va me sauter au cou.

Mais contre toute attente, elle attrape ses cheveux et tire dessus violemment. Puis elle se met à crier comme une hystérique.

— Non... Non, tu ne vas pas faire ça... Tu ne vas pas... Pas pour ELLE ?

Elle recule et se met à trembler. On dirait qu'elle ne contrôle plus sa colère. Puis, sans crier gare, elle s'avance dans ma direction, et tend vers moi une main menaçante.

— Toi ! Je le savais ! Tu n'es qu'une sorcière...

Mais au moment où elle lève la main pour me frapper, Rip l'arrête dans son élan. Il attrape son bras et le tord pour la faire reculer.

Le visage de Mégane change de couleur et son visage se voile d'un masque de peur.

— Je l'ai déjà dit, Még. Personne ne touche à un cheveu de Kataline... J'ai pas été assez clair ?

Il la repousse violemment et elle se masse le poignet avec une grimace. Des larmes de rage et de frustration perlent à ses cils. Moi, je n'ai pas réagi. Je continue de regarder la scène comme une spectatrice.

— Je... Tu m'avais, moi ! Alors pourquoi tu préfères cette petite...

— Tut tut... Mégane. Sérieusement. Tu ne vaux pas le centième de ce que Kat représente pour moi.

Merde ! J'en crois pas mes oreilles !

Mégane se décompose et Royce intervient. Il se place devant elle et attrape son visage entre ses mains. Puis il la fixe intensément pendant une longue minute, durant laquelle Mégane semble paralysée. Lorsqu'il la libère, elle a l'air beaucoup plus calme.

— Még, je crois qu'il est temps pour toi de quitter cette pièce... Les filles, vous devriez l'emmener à l'écart.

Les yeux de Mégane passent de Royce à Rip, puis à moi. Elle paraît lasse, d'un coup. Comme résignée. Son visage est vide d'expression.

Lucie et Cindy l'accompagnent à l'extérieur de la pièce, non sans m'avoir affublée de regards pleins de reproches. Mais je m'en moque. Seules comptent les paroles de Rip qui résonnent encore à mes oreilles.

Alors comme ça, je représente quelque chose pour lui ?

Comme pour confirmer ma théorie, Rip s'approche de moi et me caresse doucement la joue pour repousser une mèche de cheveux derrière mon oreille. Sa main s'attarde sur mon cou, juste en dessous, et son contact déclenche des milliers de frissons sur tout mon corps.

J'inspire profondément pour ne pas me laisser aller contre sa paume.

— Je vais t'emmener avec moi, Kataline. Prends une veste. Nous en avons pour une bonne demi-heure de route.

Je toussote et retrouve enfin ma voix.

— Et on va où, exactement ?

— Top secret. Je ne peux rien te dire pour le moment.

Rip s'écarte et fait un signe à Royce avant de l'entraîner à l'écart.

Bon, ben, je n'en saurai pas plus apparemment. En tout cas, pas pour l'instant.

— Ça va aller ? demande Maxime, près de moi.

Je hoche la tête.

— Maintenant que Cruella est partie, oui.

— Ne lui en veux pas trop. Elle a été la petite amie de Rip pendant plusieurs mois. Et elle pensait qu'il serait différent avec elle. Maintenant, elle se sent rejetée...

L'entendre prendre sa défense m'énerve un peu et je le lui fais savoir.

— Oui, eh bien, je n'y suis pour rien dans leurs histoires...

Maxime pouffe et hausse un sourcil.

— Ça, ça m'étonnerait !

Et vlan ! Prends ça ! En plus, tu sais pertinemment qu'il a raison ! Alors arrête ta mauvaise foi !

479

Je pince des lèvres. Oui, ma petite voix interne et Maxime ont tous deux raison. Mégane a des raisons d'être en colère après moi. À sa place, je le serais aussi. Mais malgré tout, je n'arrive pas à compatir. Alors, je me contente de relever la tête en prenant un air indigné.

— Bon, ben, je vais chercher une veste puisqu'on a beaucoup de route.

Je fais volte-face et sors de la pièce à mon tour.

***

Je me retrouve dans le garage, devant la moto de Rip, en attendant qu'il arrive. J'avoue que je suis un peu stressée à l'idée de revoir ma tante. J'ai peur qu'elle ne m'apprenne de mauvaises nouvelles ou des informations qui viendraient encore chambouler toute ma vie.

Je pose le casque sur le siège de la Kawasaki et pousse un soupir à fendre l'âme.

Parker est près de moi, et astique le réservoir de sa Ducati Desmosedici en silence, en me jetant des coups d'œil de temps en temps. Je sens qu'il veut me dire quelque chose, mais je préfère l'ignorer. Au bout d'un moment, il finit par poser sa question.

— Tu ne pensais pas que tu te retrouverais dans toute cette histoire en débarquant à Paris, pas vrai ?

Ça, c'est le moins qu'on puisse dire.

— Non, en effet.

Il se redresse et met ses poings sur ses hanches.

— Franchement, t'étais vraiment au courant de rien ?

— De quoi tu parles ?

Il semble sincèrement surpris de ma réponse.

480

— Ben, de tes origines, tout ça... Tes parents ne t'avaient rien dit ?

Ah... c'est donc de ça qu'il veut parler ? Je soupire.

— Je ne parle plus à ma mère depuis plusieurs années. Et quand je lui parlais encore, eh bien... on va dire que sa seule préoccupation était de m'isoler du monde extérieur et de me garder dans le droit chemin. Quant à mon père, il n'était pratiquement jamais là.

Parker fronce les sourcils.

— Ils ne t'ont rien dit sur les muses ?

Je secoue la tête.

— Non, rien sur les muses...

J'aurais bien aimé pourtant. Au moins, j'aurais su à quoi m'attendre. Et surtout, je me serais préparée à me retrouver attaquée dans ma propre maison.

— C'est vraiment étrange quand même, continue Parker. Parce que d'après ce qu'on m'en a raconté, les muses ont le devoir de transmettre leur héritage. C'est une sorte d'obligation familiale pour que la lignée perdure. Et ça se fait de mère en fille... depuis des générations. Enfin, c'est ce qu'on m'a raconté parce que je n'en ai jamais vu. Avant... toi. Je m'attendais à découvrir une sorte de sorcière ou une nana un peu dérangée. Mais finalement, je ne te trouve pas si étrange que ça.

— Parce que les muses sont censées être étranges et dérangées ?

— Apparemment, elles ont quelques caractéristiques physiques et psychologiques particulières. Mais toi, non. Tu es comme tous les humains. C'est d'ailleurs pour ça qu'on ne peut pas trop te téléporter. Ça pourrait devenir dangereux pour toi. Mais bon, c'est pas grave ! On va le faire à l'ancienne. Ça peut être sympa et ça va me rappeler des souvenirs...

Sa remarque me rend ironique. Je n'ai jamais eu l'impression d'être comme tous les autres humains. Ça a été le drame de toute ma vie. L'éducation de ma mère y a été pour beaucoup. Elle a réussi à me formater selon ses codes pendant de longues années. À tel point que je voulais devenir transparente aux yeux des gens... Jusqu'à ce que je rencontre Robin. Merde ! On peut dire que ça a été un véritable fiasco. Mon Dieu, si ma mère savait...

— Et toi, Parker, comment tu étais lorsque tu étais... encore humain ?

Il se redresse et réfléchit quelques secondes à la question avant de répondre.

— Exactement comme maintenant ! Beau, intelligent, avec un corps d'athlète...

Je souris. Il a réussi à me détendre pendant quelques minutes et je lui en suis reconnaissante.

Mais l'arrivée de Rip dans le garage fait remonter la tension. Maxime et Royce sont sur ses talons et m'affublent de regards compatissants qui ajoutent encore à mon stress.

— Tu es prête ? demande Rip d'une voix sourde.

Je soupire puis je hoche la tête, peu sûre de moi.

— Les gars vont nous accompagner. Parker en bécane, et Max et Royce avec le Hummer. Je préfère prendre des précautions.

Ma voix est pleine de sarcasme lorsque je lui demande :

— Et tu comptes me rassurer en disant ça ?

Rip s'avance vers moi et pose sa main sur mon épaule.

— Ne t'inquiète pas, Kataline. Je t'ai promis que tu ne risquerais rien avec moi. Et je tiens toujours mes promesses.

— J'espère bien.

Il se tourne vers les autres qui nous observent à l'écart.

— On peut y aller...

Je sens mon pouls qui s'accélère lorsque je m'aperçois que les garçons ont l'air aussi tendus que moi. J'ai la désagréable impression qu'on ne me dit pas tout... mais surtout, je sais que je vais bientôt avoir les réponses à mes questions. Et ce sont elles qui me font le plus peur.

Maxime m'adresse un petit signe de tête pour me rassurer, mais pour une fois, cela n'a aucun effet sur mon angoisse.

Rip attrape le casque posé sur le siège de la moto.

— Ça va aller, bébé...

Sa voix se veut rassurante, mais rien n'y fait. Je soupire bruyamment.

— Pourquoi est-ce que j'ai autant de mal à te croire ?

Il hausse un sourcil. Et au lieu de me répondre, il me tend le casque de moto.

Mais lorsque je m'en empare, il tire dessus et m'attire contre lui d'un mouvement sec. Ma bouche forme un "o" de surprise et mon pouls accélère.

— Je t'assure que tant que tu seras avec moi, tu ne risques rien...

Je me mords la lèvre inférieure pour l'empêcher de trembler. Le regard de Rip suit mon geste, et ses pupilles se dilatent. Lentement, il pose sa main sur ma nuque pour me lever la tête vers lui. Mes sens se mettent en alerte alors que les effluves de son parfum envahissent mes narines qui frémissent d'excitation.

Une vague monte de mon ventre jusqu'à ma poitrine, balayant le stress d'un revers. Je déglutis difficilement en sentant mon corps tout entier aller à sa rencontre.

— Tu as confiance en moi ?

Je ne réponds pas. Est-ce que j'ai confiance en Rip ? Je reste de longues secondes à me poser la question. Sans trouver de réponse. Rip sent mon hésitation et se penche un peu plus. Son visage s'approche du mien, si près que je peux sentir son souffle sur ma peau.

— Kataline. Je ferai tout pour te protéger. Tu portes ma marque sur ta peau. Ça ne signifie peut-être rien pour toi, mais à mes yeux, c'est inestimable. Tu es très importante pour moi et je ne laisserai personne te faire du mal, tu m'entends ?

Ma gorge devient sèche et je hoche lentement la tête, incapable de prononcer le moindre mot. Je ne peux pas nier la sincérité que je sens dans ses paroles. Mais j'ai énormément de mal à y croire.

Parker démarre le moteur de sa moto et le bruit tonitruant qui envahit le garage ne parvient pas à me sortir de cet état second dans lequel Rip m'a plongée. Les coups d'accélérateur accompagnent les battements de mon cœur et l'odeur des gaz d'échappement se mêle au parfum envoûtant de Rip.

Imperceptiblement, ma bouche s'approche de la sienne, comme aimantée. Les yeux de Rip descendent vers mes lèvres qui s'entrouvrent d'elles-mêmes. Mon invitation muette est accueillie par le sourire qui étire le coin de sa bouche.

Rip fond sur moi avec une avidité qui me laisse pantoise. Mon corps s'avance à sa rencontre et se cambre contre lui. Le casque dans une main, l'autre dans mes cheveux, Rip me donne le baiser le plus intense de toute ma vie, mélange de désir, crainte, et douleur à la fois. C'est comme s'il voulait faire passer toutes ses émotions dans cette étreinte. La sensation est identique à celle que j'ai ressentie la première fois qu'il m'a embrassée. C'est comme un feu brûlant qui m'envahit et qui vient me consumer comme une brindille.

Je me surprends à gémir dans sa bouche. La pression de ses lèvres me fait mal et du bien en même temps. Mon ventre se crispe alors que je prie silencieusement pour que cela ne se termine jamais.

Mais tout a une fin, et lorsque Rip s'écarte, après de longues minutes, je me sens comme abandonnée. Son regard sombre, empreint de désir, me caresse le visage. Il me regarde comme s'il me voyait pour la première fois. Comme s'il voulait ancrer chaque parcelle de ma peau dans sa tête. C'est d'une telle intensité que j'en ai des frissons sur tout le corps. Puis, il me prend le casque des mains.

— Lève la tête en arrière, s'il te plaît.

Je m'exécute, désormais incapable de prononcer le moindre mot. Rip enfile le casque sur ma tête et relève la visière. Ses yeux plongent dans les miens.

— J'ai menti. Il y a une promesse que je ne pourrai jamais tenir...

Il pose un léger baiser sur le haut de mon casque et referme la visière d'un coup sec...

— Je ne pourrai jamais me contenter d'une dernière nuit !

44

Virée dangereuse

Je me laisse bercer par les mouvements de la moto qui ondule sur l'asphalte. J'aime sentir les vibrations du bolide entre mes jambes. L'euphorie de la vitesse et la proximité de Rip...

Je me colle un peu plus contre son dos, réduisant au maximum l'espace qui nous sépare. Mes formes épousent parfaitement les siennes et je peux sentir sa chaleur à travers le tissu de nos vêtements.

Les lumières des lampadaires défilent à une vitesse folle et je finis par ne plus voir les panneaux d'indication. Je n'ai aucune idée de l'endroit où nous sommes et de notre destination. Je m'en remets totalement à Rip, avec une confiance qui m'étonne moi-même.

Oui, je lui fais confiance. Je m'en rends compte à présent.

Mon appréhension est toujours là, mais j'ai le sentiment qu'avec Rip, je suis intouchable. Finalement, le seul danger qu'il y a à être avec lui, c'est lui... Je pose mon menton sur son épaule en soupirant.

"Je ferai tout pour te protéger... Tu es très importante pour moi."

Ses paroles résonnent encore à mes oreilles comme une douce musique apaisante. La sincérité de sa voix était indéniable et c'est perturbant de voir avec quelle facilité il avoue ce genre de choses.

Je me mords la lèvre, incapable de ralentir les battements de mon cœur.

Plusieurs fois, Rip m'a dit des choses que toutes les filles rêveraient d'entendre. C'est... perturbant et j'ai encore du mal à réaliser que ses paroles m'étaient adressées. Mais je ne peux pas nier la véracité de ses mots. Lorsqu'il dévoile son ressenti, ses yeux parlent pour lui. Et à chaque fois qu'il me dit ce qu'il ressent, il met l'univers tout entier à mes pieds. On ne peut pas mentir sur ces choses-là.

Mais moi ? Qu'est-ce que je ressens pour lui, exactement ?

Mon cœur se crispe et mon ventre se serre. Mauvaise idée... Rien que d'évoquer que je puisse éprouver quoi que ce soit, c'est la panique ! Je ferme les yeux en inspirant un grand coup. Je ne veux pas répondre à cette question. Pas maintenant...

Tu es sur une pente dangereuse, ma belle...

Je soupire de plus belle.

— Génial... Il ne manquait plus que ça.

Je sais pertinemment que ma conscience a raison, une fois de plus. Mais je chasse ces pensées dérangeantes d'un geste. Il est encore beaucoup trop tôt pour me poser ce genre de question. Et puis, j'ai des choses plus urgentes à gérer. Comme retrouver ma tante pour découvrir encore des choses qui vont bouleverser ma vie.

— Tout va bien, Kat ?

La voix de Rip résonne dans mon casque, me faisant sursauter.

Il me regarde par-dessus son épaule et passe furtivement sa main sur ma cuisse, provoquant au passage des milliers de frissons.

— Les casques sont reliés par wifi. Quand tu parles, je t'entends...

Je l'imagine aisément avec sa magnifique bouche relevée sur un sourire moqueur.

— C'est gentil de prévenir... Au fait, tu ne m'as toujours pas dit où nous allons.

— Tu le sauras bientôt. Ta tante m'a demandé de t'emmener dans un lieu sûr où nous pourrons parler tranquillement.

Son ton fait resurgir mon appréhension.

487

— OK... si c'est un lieu sûr.

Je reprends ma contemplation des lumières nocturnes sans plus prononcer un mot. Mon esprit reprend sa course folle à la recherche d'explications. En vain. Pourquoi ma tante n'est pas venue nous retrouver chez les Saveli ? Et pourquoi est-ce qu'elle a demandé à Rip de m'emmener vers un lieu tenu secret, sans même me contacter ?

Toute à mes réflexions, je ne me rends pas compte tout de suite que nous avons quitté la banlieue. Le Hummer nous suit de près et la Ducati de Parker fait des zigzags entre nous et Royce.

Rip conduit avec souplesse et enchaîne les kilomètres. Je me laisse aller contre lui, oubliant la notion de l'espace, toujours obnubilée par mes questions sans réponses.

Au bout d'une bonne vingtaine de minutes sur l'autoroute, la conduite de Rip devient plus rude. Il accélère et fait plusieurs embardées. Sans attendre Royce, il se faufile avec habileté entre les quelques voitures encore présentes à cette heure tardive. Je m'accroche un peu plus à lui et reste vigilante à ses moindres gestes.

Il manquerait plus que je le gêne dans sa conduite.

En un coup d'accélérateur, Parker nous rejoint et se positionne à côté de nous. Rip tourne la tête vers lui et les deux hommes échangent des signes que je ne comprends pas. Puis Parker ralentit alors que Rip accélère.

Je tourne la tête vers l'arrière, cherchant à savoir ce qui provoque ces comportements étranges. Mais au moment où nous passons devant une sortie, Rip prend la bretelle au dernier moment, me prenant par surprise. Je lui donne une petite tape sur l'épaule pour montrer mon mécontentement.

— Hey... tu aurais pu prévenir.

— Désolé. Mais je n'ai pas le choix. Accroche-toi. Ça risque de secouer un peu.

— Quoi ? Mais pourquoi ? Qu'est-ce qui se passe ?

— Fais-moi confiance, bébé. Accroche-toi, répète-t-il en s'engageant sur une nouvelle portion d'autoroute.

Aussitôt, mes sens se mettent en alerte. Mes bras s'enroulent autour du torse de Rip et je m'agrippe à lui comme une huître à son rocher.

À la seconde où je plaque mon casque contre son blouson en cuir, il baisse plusieurs rapports et pousse la poignée dans le coin. Avec un rugissement à faire pâlir un lion, la moto part en trombe.

Le moteur prend des tours et libère toute sa puissance. La vitesse me coupe la respiration. Je vois défiler les lignes au sol à toute allure. Au bout de plusieurs minutes, mes bras commencent à fatiguer. À ce rythme-là, je ne vais pas tenir bien longtemps.

Et je ne sais toujours pas pourquoi Rip a décidé de se séparer des autres ni pourquoi il tente de dépasser le record de vitesse.

— Rip...

Il ralentit imperceptiblement.

— Encore quelques kilomètres, ma belle. Nous sommes bientôt arrivés.

La pression sur mes épaules commence vraiment à être intenable. Je ne sais pas comment il fait pour tenir le guidon. Je le vois jeter un coup d'œil dans son rétroviseur, mais je ne peux pas vérifier ce qu'il surveille, de peur de tomber ou de le gêner. Rip se place sur la file de gauche pour dépasser un camion.

Mon rythme cardiaque accélère en même temps que la moto.

Mais à peine a-t-il dépassé le semi-remorque qu'il écrase les freins. Il se rabat juste devant lui dans un crissement de pneus et

489

prend la sortie cachée par le poids lourd qui manifeste son mécontentement à grands coups de klaxon.

— Merde, Rip...

Je ferme les yeux, attendant qu'on termine notre course. Je nous vois déjà encastrés dans une voiture ou décapités par une rambarde de sécurité.

Mais non. Rip reprend une allure normale, comme si rien ne s'était passé. Je ne dis rien, attendant que mon cœur reprenne un rythme normal, les lèvres pincées pour m'empêcher de l'affubler de toutes les insultes que je connais. Je rouvre les yeux avant d'avoir mal au cœur. Après plusieurs ronds-points et quelques kilomètres, il finit par se garer sur un parking désert devant un immense bâtiment qui semble désaffecté.

Dès que la moto s'arrête, je saute à terre et lui donne un grand coup de poing dans l'épaule. Je retire mon casque avec rage et secoue ma tignasse emmêlée pour dégager mon visage.

— Putain, Rip ! Mais c'était quoi ça ? Pourquoi est-ce que t'as fait ça ? Tu veux me tuer ou quoi ? Je te rappelle que je ne suis pas un démon, moi !

C'est plus fort que moi. Je n'ai pas pu garder mon calme alors que la colère bout à l'intérieur de moi. Ce mec est complètement dingue !

Toujours assis sur son bolide, Rip pose son casque à son tour et me fixe avec un air presque amusé qui m'horripile de plus belle.

— Eh, calme-toi ! J'ai juste voulu échapper à nos poursuivants.

Nos... poursuivants ?

— Mais t'es... Quels poursuivants ?

— Une BMW M3 et deux ZXR...

J'écarquille les yeux. Rien que ça ? Je croise les bras sur ma poitrine. S'il croit qu'il va s'en sortir comme ça, il se trompe.

490

— Tu veux me faire croire que nous étions suivis par deux motos et une voiture et que je n'ai rien vu ?

Je savais bien que quelque chose se passait, mais je n'ai pas pu voir réellement qu'on nous suivait.

— Exactement, bébé. Et ils étaient encore plus nombreux avant qu'on ne se sépare de Royce et Parker ! Ils nous ont pris en chasse de manière assez peu discrète, je dois dire...

J'hallucine.

Je me mets à faire les cent pas sur le parking en passant nerveusement ma main dans mes cheveux.

— OK... Donc, on les a semés, maintenant. Et on fait quoi ici ?

Rip descend de la moto et son regard s'assombrit. Ma nuque me picote et une brise froide me balaye le visage, signe de danger.

Un bruit de moteurs brise le silence de la nuit et des phares apparaissent au bout de la rue.

Instantanément, Rip se place devant moi.

— Merde ! Je crois qu'ils sont plus malins que ce que je pensais... Reste près de moi, bébé.

La BMW et les deux motos s'arrêtent sur le parking, devant nous. Les passagers sortent de la voiture et les motards descendent de leur monture avec un calme menaçant.

Mon sang ne fait qu'un tour et j'attrape machinalement le bras de Rip, qui m'adresse un coup d'œil.

— T'inquiète. Tu ne risques rien si tu restes près de moi...

Le conducteur de la BMW s'avance vers nous avec un petit sourire. Son visage me dit vaguement quelque chose.

— Eh bien, Rip... tu es plus habile que je ne pensais.

— Et toi, plus rusé...

Il penche la tête, comme s'il cherchait à qui il a affaire.

— Sebastian, enchanté.

491

— Je ne te retourne pas le compliment.

Le Sebastian en question fait un pas vers nous en ignorant la réponse de Rip. Ses acolytes l'encadrent de part et d'autre, et ça me donne l'impression d'être dans un film où les adversaires se font face avant de passer à l'attaque. Il pose ses yeux sur moi.

— La voilà... notre petite muse. Tu sais que tu m'as donné beaucoup de mal. J'ai mis du temps avant de me persuader que c'était toi. D'ailleurs, il me semble que tu as pas mal changé depuis qu'on s'est vus.

Je lève un sourcil. C'est donc ça l'impression de déjà-vu qu'il m'inspire.

— Oh, tu ne te souviens pas de moi ? Alors je vais te rafraîchir la mémoire. Le concert. Au Wizz.

Merde, j'y suis ! C'est le type qui avait insisté pour me payer un verre. Rip avait failli en découdre avec lui.

— Je comprends mieux maintenant pourquoi un démon majeur est venu à ta rescousse ce soir-là. Il te voulait pour lui tout seul... Tu es très désirable, certes, mais de là à ce qu'il se mette à découvert et qu'il se batte pour toi. Non... Il savait ce que tu représentais.

— Et c'est toujours le cas. Si tu essayes ne serait-ce que l'approcher, je te promets que je t'arrache la tête.

Sebastian éclate de rire.

— Sérieusement. Tu as beau être un guerrier hors pair, Rip. Là, nous sommes six mercenaires surentraînés et d'autres sont déjà en route. Tu n'as aucune chance.

Comme pour illustrer ses paroles, il fait craquer ses doigts dans un bruit sinistre.

— Qu'est-ce que vous voulez de moi ?

Ma petite intervention a l'air de surprendre tout le monde. On dirait qu'ils s'aperçoivent seulement que je suis un être vivant doué d'intelligence ! Eh oui, elle parle la potiche à côté du héros !

— Quoi ? Vous pensez que je vais vous suivre comme une gentille petite fille ?

— Oh, mais oui, bien sûr que tu vas nous suivre, ma belle... Une fois qu'on en aura terminé avec ton bodyguard.

Soudain, les six hommes se jettent sur nous. Mais pas assez rapidement pour Rip qui déploie ses ailes dans un craquement de tissu. Je pousse un cri lorsqu'il m'attrape dans ses bras, et s'envole à la verticale.

Sans prêter attention à mon état de panique, il atterrit quelques mètres plus loin et me dépose à l'abri d'un petit local.

— Reste ici, Kat. Je m'occupe d'eux et je reviens te chercher.

— Quoi ? Mais je ne vais pas rester ici pendant que toi, tu te mets en danger...

Trop tard. Il est déjà parti.

Je me retrouve seule comme une idiote, à ne pas savoir quoi faire. Je ne comprends pas pourquoi il n'a pas choisi de nous téléporter ailleurs. Quel manque de stratégie !

Je risque un œil à découvert pour observer la scène.

Rip est aux prises avec les mercenaires qui lui foncent dessus avec fureur. Mais Raphaël semble bien plus fort qu'eux. Il repousse plusieurs attaques avec une facilité déconcertante, envoyant au tapis ses attaquants. Je ne peux pas quitter le combat des yeux, fascinée par la force et l'agilité de Rip. À un moment, je crois qu'il va les vaincre. Quatre mercenaires sont à terre et un cinquième semble difficilement résister à ses coups.

Merde ! Mais qu'est-ce que tu fais là à attendre qu'il les mette au tapis ?

Je sors de ma cachette pour m'approcher de la bataille. L'adrénaline se propage dans mes veines à mesure que je m'approche de la scène.

Prise d'un excès de confiance, j'attrape une barre de fer qui était posée sur le sol et assène un violent coup à un mercenaire qui tentait de se relever.

Mon intervention détourne l'attention de Rip qui tourne la tête vers moi.

C'est le quart de seconde qu'il suffit à Sebastian pour plaquer un taser dans le dos de Rip, qui se cambre, momentanément paralysé.

Sebastian m'adresse un mouvement de tête satisfait.

— Vingt millions de volts, dit-il avec un clin d'œil. Attends-moi là, je reviens.

Et il se jette sur Rip avec une fureur décuplée. Les autres finissent par se relever et se joignent à lui pour le cribler de coups. Rip n'arrive même plus à se défendre. Et moi, je me sens complètement impuissante.

Réagis, Putain !

Ils sont trop nombreux. On ne pourra pas s'en sortir sans renforts. J'attrape fébrilement mon téléphone portable et lance l'appel automatique sur le numéro de Maxime. Ce dernier décroche au bout de la première sonnerie.

— Max. C'est Rip. Vite, il y a des mercenaires... On a besoin de vous...

Ma voix s'éteint lorsque je me rends compte que Sebastian se tient en face de moi, une barre à mine à la main, un sourire mauvais aux lèvres.

494

45

Bataille !

Mon sang quitte mes joues. Je me retrouve en face d'un mercenaire complètement dérangé qui me menace avec une barre de fer.

Merde ! Je regrette de ne pas avoir été plus assidue pendant les cours de self-défense de Parker.

Je recule machinalement et mon dos vient heurter le mur d'un local technique.

– Je crois que tu n'es pas en mesure de lutter, chérie.

Je ferme les yeux quelques secondes.

– Je t'interdis de m'appeler comme ça, tocard !

– Oh, mais c'est qu'elle a du caractère, la petite. Tant mieux, j'adore ça. Surtout quand je sais que je vais pouvoir m'amuser un peu avant de livrer la marchandise.

J'ai envie de vomir. Ce débile croit qu'il va pouvoir abuser de moi sans que je lui montre la moindre résistance ?

Je plie légèrement les genoux et me place face à lui, en position de combat. Ce qui a le don de le faire rire de plus belle.

– Mais regardez-moi ça... Une muse qui veut se battre !

– Si tu penses que je vais me laisser faire, tu me connais mal.

Subitement, son regard ne rit plus et un rictus mauvais anime maintenant son visage.

– Très bien, j'adore quand les filles résistent.

Ce mec me donne envie de vomir. Je sens la colère qui se propage dans mon corps, le regard fixé avec détermination sur le type qui représente tout ce que j'exècre chez l'être humain. Un mec qui se sert de sa force pour soumettre les autres. Un sadique pervers qui prend son pied en terrorisant ses victimes. J'ai l'impression d'avoir Robin et Miguel en face de moi...

La seule évocation de mes bourreaux fait apparaître le voile rouge devant mes yeux. J'ai les poings qui me démangent et j'ai envie d'éclater sa tronche de taré sous mon talon.

Sebastian s'aperçoit du changement qui s'opère en moi. Il recule imperceptiblement et je vois passer une lueur d'hésitation dans son regard.

Au même moment, une voiture déboule sur le parking dans un crissement de pneus vomissant quatre nouveaux mercenaires. Le sourire de Sebastian réapparaît tout de suite.

– Ah... on va pouvoir en finir bientôt.

Je plisse les yeux, et sans réfléchir, je me jette sur lui.

La surprise me confère un train d'avance. Avec une force qui m'étonne moi-même, je lui donne un grand coup de pied dans l'entrejambe qui le plie en deux. Je me félicite de découvrir que les mercenaires ont finalement les mêmes points faibles que les humains.

– Argh... Salope !

La voix devenue aiguë de Sebastian et son cri de douleur sonnent comme une douce musique à mes oreilles. Je profite de sa paralysie passagère pour faire volte-face et fuir loin de lui.

Il faut que je retrouve Rip.

Avec une inconscience suicidaire, je me précipite dans sa direction. Voir les mercenaires s'acharner sur lui décuple mes forces. Je me jette sur eux comme une furie, sautant sur le dos du premier qui passe à ma portée.

Je lui martèle la tête avec mes poings, mais malheureusement, ma tentative n'a que l'effet de le mettre en rogne. Avec un cri de fureur, il saisit mon blouson et me projette sur le sol avec une force surnaturelle. Le contact de mon dos avec le bitume m'arrache un cri de douleur. J'ai l'impression qu'il m'a fracassé l'omoplate.

Mon hurlement attire l'attention de Rip. Il tourne la tête vers moi et je réalise seulement dans quel état il est. Son arcade est ouverte, sa lèvre est fendue et sa pommette présente un hématome violacé.

En me voyant, son regard s'assombrit. Mais il ne réagit pas. Pas plus qu'il ne réagit lorsque le poing d'un mercenaire atterrit direct sur sa mâchoire. On dirait qu'il... Oui, on dirait qu'il refuse de se défendre à présent. Il ne cherche même pas à esquiver les coups.

Pourquoi fait-il ça ?

J'entends les rires sadiques de ses tortionnaires.

– Putain, c'est ça un démon originel ? Non, mais c'est de l'arnaque !

– Ouais. On nous a vendu du rêve.

Rip continue de me regarder alors qu'une barre de fer atterrit sur son dos. C'est plus que je ne peux en supporter. Je ferme les yeux. J'ai mal pour lui. Je tente de me lever pour l'aider, mais je n'y parviens pas. Le choc m'a coupé le souffle et je reste clouée au sol.

Le type que j'avais agressé se pointe au-dessus de moi et me domine de toute sa hauteur.

– Eh, les mecs. Sa gonzesse est revenue. Vous pensez pas qu'il sera plus réceptif si on joue un peu avec elle ?

À ces paroles, le visage de Rip change d'expression. Je vois son regard se faire noir et sa mâchoire se crisper.

– Je vous ai dit de ne pas la toucher, tas d'ordures...

497

Sa voix glaciale siffle entre ses dents. Un mercenaire lui assène un coup de pied dans le ventre qui le plie en deux. Rip crache du sang, mais sa fureur est intacte.

– Je vais vous faire bouffer vos entrailles...

Sa phrase est coupée par l'arrivée de cinq nouvelles voitures, pleines d'ennemis. Le peu d'espoir qu'il me restait s'envole. Nous sommes foutus. Ils ont gagné. Je trouve la force de bouger et me redresse péniblement.

– C'est bon... Je vais venir avec vous... laissez-le, je vous en prie.

Le sourcil de Rip se lève. Il m'adresse son petit sourire provocant à travers ses lèvres ensanglantées. Merde, il a perdu la tête ?

Puis, il me fait un clin d'œil, et là, l'atmosphère change. Avec une puissance phénoménale, Rip bondit dans les airs, envoyant valdinguer les mercenaires qui se tenaient près de lui.

Il atterrit sur ses jambes et attrape le premier homme à sa portée.

– On va pouvoir passer aux choses sérieuses, maintenant.

Son visage est métamorphosé par la fureur qui l'anime. Ses traits ont pris la forme du démon qui l'habite. Le type qu'il tient par le col change de couleur en voyant à qui il a affaire.

Avec un rire diabolique, Rip lui casse le bras d'un seul geste.

Son hurlement de douleur me glace le sang, mais ce qui m'effraie le plus, c'est de voir la horde de combattants qui se rue sur nous en hurlant.

– Mets-toi à l'abri, bébé.

Puis, il se tourne vers ses adversaires et les avertit d'une voix d'outre-tombe.

– Je vais tous vous détruire.

Avec un cri, il se jette sur eux avec la puissance d'un tigre. On dirait qu'en seulement quelques secondes, il a retrouvé toute sa force. Ses blessures ont disparu et il a maintenant l'air d'un guerrier en pleine croisade, empli de hargne et de soif de vengeance. Je reste quelques secondes à le contempler avant de réagir.

Bouge d'ici !

Oui, il faut que je m'éloigne d'ici si je veux rester indemne.

Je me dirige vers le bâtiment le plus proche, mais à mi-chemin le bruit d'un moteur de moto retentit. Je jette un œil par-dessus mon épaule pour voir arriver la Ducati de Parker, suivie du Hummer de Royce.

Une sensation de soulagement m'envahit lorsque Parker se gare à côté de moi.

– Kat ! Tout va bien ?

Ben oui ! Un miel des Vosges !

Non mais franchement ! Est-ce que tout a l'air de bien aller ?

Je désigne Rip qui est aux prises avec les mercenaires. Je n'ai pas besoin de parler. Parker a compris. Il descend de la moto, jette son casque par terre et se précipite vers la bataille. Maxime et Royce font de même. S'ensuit un déferlement de haine. Le clan de Rip se déchaîne sur ses ennemis avec une ardeur effrayante. Les mercenaires sont beaucoup plus nombreux, mais Rip, Maxime, Royce et Parker beaucoup plus puissants. Ils écrasent littéralement leurs adversaires dans des corps à corps dignes des plus grands films d'horreur. Rip a promis de leur arracher les entrailles. Et c'est ce qu'il fait !

Je reste quelques minutes paralysée par le spectacle sanglant qui se joue sous mes yeux. Écœurée, je finis par détourner le regard et me diriger vers la porte d'un entrepôt. Mais au moment où je tourne la poignée, une main se pose sur mon bras, me faisant sursauter.

Sebastian ! J'avais fini par l'oublier.

– Où est-ce que tu te tires, pétasse !

Ouh là. Son langage fleuri démontre son état d'esprit. On dirait qu'il a perdu son sens de l'humour. Je me tourne vers lui, en espérant qu'il ne s'apercevra pas de mon trouble.

– Sebastian. Tu as retrouvé ta voix d'homme ?

Pour toute réponse, il m'assène une gifle magistrale qui me propulse en arrière.

Merde ! Ça fait mal, Putain !

Sans me laisser de répit, il m'attrape par les cheveux et me plaque au mur du hangar, ventre contre la paroi. Son haleine fétide me chatouille la joue et je plisse le nez de dégoût.

– Alors, espèce de pute à démon, tu comptais te faire la malle ?

Je tente de me dégager, mais il resserre son étreinte en collant sa main sur ma joue pour me forcer à tourner la tête vers lui.

– Tu as de la chance d'avoir autant de valeur... Sinon, c'est ta dépouille que j'aurais ramenée au boss, après t'avoir violée et arraché la langue.

– Lâche-moi, espèce de brute. Rip va te tuer pour ce que tu...

Je n'ai pas le temps de finir ma phrase que je sens qu'on me libère du poids de son corps. Dégagée de toute contrainte, je prends une seconde pour respirer. Lorsque je me retourne, je découvre Rip, le visage déformé par la colère, qui tient Sebastian à bout de bras.

Il le soulève d'une main et le maintient à quelques centimètres du sol, comme s'il ne pesait pas plus qu'une plume.

– Je t'avais dit de ne pas la toucher, ordure !

Sa voix est froide et calme. Et c'est certainement pire que s'il avait hurlé.

La pâleur de Sebastian trahit sa peur. Mais Rip n'a aucune pitié. Il l'approche de lui pour le maintenir en face de son visage et le regarder droit dans les yeux.

– Tu te souviens de ce que je t'ai promis, non ?

Les yeux de Sebastian s'écarquillent de terreur devant le démon qui lui fait face.

– Si tu la touches...

– Non, pitié... J'ai fait ça uniquement parce que le boss me l'a demandé ! Il m'aurait tué si j'avais refusé... Je t'en supplie, ne fais pas ça... Nonnnnn...

Rip sourit. De ce sourire plein de dangerosité qui terrorise quiconque le voit.

– J'avais dit : si tu la touches, je t'arrache la tête.

Joignant le geste à la parole, Rip attrape le crâne de Sebastian de sa main libre, et d'un mouvement sec, le détache de son corps comme s'il s'agissait d'un vulgaire bouchon de champagne. Le bruit des tissus qui se déchirent et la vision du sang qui gicle me lèvent le cœur et me font fermer les yeux. Toute ma vie, cette scène restera gravée dans ma mémoire. Et toute ma vie, je me souviendrai de quoi Rip est capable.

Laissant tomber la dépouille de Sebastian, Rip reprend son apparence humaine et reporte son attention sur moi. Avec un mépris évident, il enjambe le corps sans vie du mercenaire. Dans ses yeux, il n'y a aucune once de remords. Aucune trace de regret. Et lorsqu'il s'approche de moi, je ne peux réprimer un mouvement de recul.

Il s'en aperçoit et reste à une distance raisonnable.

– Tu vas bien ?

Je soupire.

– J'ai connu mieux.

Ma voix tremble et Rip s'inquiète. Il fait un nouveau pas vers moi en tendant la main, comme on le fait avec un animal apeuré. Cette fois, je ne recule pas.

– Je veux te savoir en sécurité, Kataline. Je ne serai pas tranquille si je sais que d'autres peuvent s'en prendre à toi.

Je hoche la tête.

– Difficile de se mettre en lieu sûr avec tous ces tarés...

– Écoute. Il faut que tu entres dans ce bâtiment – il me désigne la porte d'un entrepôt adjacent. Tu verras. Il y a un long couloir, puis tu arriveras dans un hall. Tu prends la première porte sur ta droite, puis l'escalier jusqu'au premier étage. Ensuite, c'est la deuxième porte sur la gauche en arrivant.

OK ! Alors si je comprends bien, c'est là que je retrouverai ma tante ? Mais pourquoi il ne me l'a pas dit plus tôt ?

Il acquiesce, comme s'il avait lu dans mes pensées.

– Jess t'attend.

Je hoche une nouvelle fois la tête, le cœur battant. J'ai tellement hâte de la revoir et en même temps, j'appréhende comme si j'allais rencontrer une inconnue qui allait changer le cours de ma vie.

Je fais demi-tour, mais au moment où je m'apprête à rejoindre le bâtiment, Rip me retient par le bras. D'un mouvement sec, il m'attire à lui. Sa main vient se placer sur ma nuque et son pouce caresse doucement ma joue. Cette même main qui vient de décapiter un mec...

– Je ne pouvais pas faire autrement, bébé... Il allait te faire du mal. Personne n'a le droit de te faire du mal. Tu m'en veux ?

Sa possessivité me va droit au cœur. Ce mec est extrême. Et je suppose que c'est pour cela qu'il m'attire autant.

Non, je ne lui en veux pas. Si j'avais pu, j'aurais moi-même arraché la tête à Sebastian...

Je décide de le rassurer.

– Non. C'est juste que... je ne peux m'empêcher de me demander : pourquoi moi ?

Il sourit et son pouce passe sur ma lèvre inférieure.

– Parce que tu es toi... Parce que tu es la seule personne que j'ai envie de protéger sur cette Putain de planète au détriment même de ma vie.

Ouah... Rien que ça.

Il plonge ses yeux dans les miens et naturellement, ses lèvres viennent se joindre aux miennes. Son baiser est doux et dur à la fois. On dirait qu'il est partagé entre laisser libre cours à sa passion et me préserver.

Il s'écarte de moi, mais, poussée par mes pulsions, je l'attrape par le col pour le ramener contre moi. Alors, je m'abandonne dans ses bras en gémissant, lui donnant un baiser profond et passionné.

Lorsque je m'écarte au bout de plusieurs minutes, il garde les yeux fermés quelques secondes.

– Si tu continues à m'embrasser comme ça, je ne pourrai jamais retourner sur le champ de bataille...

Oups. J'ai complètement oublié que les autres sont désormais tous seuls avec les mercenaires.

– Mince. Il faut que tu y retournes.

Il rit.

– À vos ordres, chef. Et toi... Rappelle-toi... Couloir, porte à droite, escalier, deuxième porte à gauche.

Je lui fais signe de la tête, et, avec un dernier clin d'œil, Rip retourne se battre.

***

Couloir...

J'avance dans un corridor sombre qui me file la chair de poule. La lumière blafarde des lampadaires filtre à travers les persiennes. J'ai l'impression d'être dans un film d'horreur.

Allez, courage, ma fille !

Je me dirige comme convenu vers la porte de droite. Puis, conformément aux indications de Rip, je monte à l'étage.

Je chasse les images d'hôpital psychiatrique hanté qui me viennent en tête.

Première porte à gauche, deuxième...

Je pose la main sur la poignée et manque la crise cardiaque lorsqu'elle s'ouvre à la volée.

Je hurle.

Je me retrouve face à un type assez grand qui porte des vêtements déchirés et sales. Il a des cheveux gris en bataille et une barbe de plusieurs semaines, ce qui me fait dire qu'il n'est pas tout jeune. Son allure débraillée lui donne l'air d'un clochard...

Il me fixe avec attention, sans un mot, comme s'il cherchait à m'identifier.

Je me mets en position de défense, prête à en découdre. Mais une lueur vive brille dans ses pupilles lorsque ses yeux croisent les miens.

Mon cœur manque un battement et les larmes perlent à mes paupières. Alors, avec un cri de joie, je lui saute au cou.

– Papa !

46

Héritage

Je m'accroche à mon père comme si ma vie en dépendait. J'ai du mal à réaliser que c'est bien lui qui me serre avec force contre son cœur. J'enfouis ma tête dans son cou. Par-dessus la saleté, je reconnais son odeur. Celle qui chatouillait mes narines lorsque, petite, je parvenais à lutter assez longtemps pour ne pas m'endormir et qu'il venait dans ma chambre en pleine nuit pour m'embrasser.

Je recule pour vérifier que je ne rêve pas et l'observe avec des yeux empreints d'incrédulité. Sa barbe longue de plusieurs jours lui donne l'air d'un ermite sorti de son bois. Il est encore plus maigre que dans mon souvenir.

La dernière fois que je l'ai vu à travers l'écran de mon ordinateur remonte à presque un mois maintenant. À ce moment-là, je n'aurais jamais imaginé le voir ici, et encore moins dans cet état.

– Mon Dieu, papa... Mais qu'est-ce qui t'est arrivé ?

Il se renfrogne, mais n'a pas le temps de me répondre parce que Maxime apparaît dans un nuage de fumée, nous faisant sursauter.

– Désolé d'interrompre les retrouvailles, mais il va falloir qu'on file d'ici rapidement.

Les grandes ailes immaculées de Maxime prennent tout l'espace et n'ont pas l'air de surprendre mon père. Pas plus que le sang dont il est recouvert des pieds à la tête.

Je me précipite vers lui, le cœur battant.

– Est-ce que tout va bien ?

Max prend ma main et la serre pour me rassurer.

– Oui. Mais c'est un peu chaud dehors. D'autres mercenaires sont arrivés...

Encore ?

– Je viens vous ramener en lieu sûr.

Je lève un sourcil alors qu'une sueur froide coule le long de ma colonne vertébrale. J'attrape le bras de Max.

– Rip ?

– Tu devrais plutôt prier pour les pauvres types qui sont encore en vie... Ils l'ont mis en colère.

Il fait une sorte de petit signe de croix qui me donnerait presque envie de rire si la situation n'était pas si tragique.

– Allez. Il faut nous dépêcher. Venez.

Max nous tend la main. Mais mon père recule. Il ne semble pas spécialement effrayé par l'apparence de Maxime. Plutôt méfiant.

Je me précipite vers lui et lui attrape les mains en prenant mon air le plus convaincant.

– Papa ! Il faut partir. Maxime est notre seule issue de secours.

Un bruit de ferraille retentit. Ce sont les mercenaires. J'ai pourtant bien verrouillé toutes les entrées.

– Ils ont défoncé les portes. Vite, dépêchons-nous !

– Papa, s'il te plaît. Fais-moi confiance. Viens.

Avec un air sombre, il hoche la tête et attrape la main de Max. Alors que nous sombrons dans les abîmes, je réalise que mon père n'a toujours pas prononcé un mot.

***

Lorsque nous atterrissons dans le grand salon des Saveli, Jess et Kris sont déjà installés sur le sofa. À notre arrivée, ils se précipitent vers nous et ma tante me saute dessus.

– Mon Dieu, ma chérie. Est-ce que tout va bien ? Oh, je suis tellement désolée. Ça ne devait pas se passer comme ça...

– Doucement, Jess. Laisse-les se remettre de leurs émotions.

Royce arrive avec un plateau chargé de boissons suivi de près par Parker.

– Tenez. Prenez ça. Ça va vous remettre les idées en place.

J'ignore son intervention. Mais qu'est-ce qu'ils foutent là ? Pourquoi ne sont-ils pas avec Rip ?

– Royce ! Parker ! Il faut que vous retourniez là-bas pour aider Rip !

Parker s'enfonce dans un fauteuil et décapsule une bière avec la tranquillité d'un chat.

– Tu plaisantes ? Rip nous tuera si nous y allons. Et puis, il est bien assez grand pour s'occuper de ces vermines tout seul !

– Mais ils sont des dizaines ! Et il est seul...

– Ma chérie. Si tu crois que ça va l'empêcher de les exterminer comme des punaises !

Merde ! Il y a un truc qui m'échappe.

– Mais il était mal en point tout à l'heure. J'ai cru qu'ils allaient...

Royce éclate de rire.

– Quel comédien, celui-là ! On pourrait lui décerner un oscar.

Je les fustige du regard. Ils n'ont pas l'air de s'inquiéter pour leur ami. Maxime pose sa main sur mon épaule.

– Ne t'en fais pas, Kat. C'était son plan. Depuis le départ.

Royce m'adresse un sourire sadique.

– Rip ne voulait pas se contenter de quelques mercenaires. Il voulait le clan entier...

Mon Dieu ! Il va tous les tuer !

Je ferme les yeux quelques secondes pour me remettre de cette information.

Mon père s'approche alors de moi et pose sa main sur mon bras. Instinctivement, je pose ma tête sur son épaule.

– Je suis complètement perdue.

Il me caresse les cheveux quelques secondes. Puis, il prend enfin la parole. D'une voix basse et fatiguée que je ne lui reconnais pas.

– Il faut qu'on parle, petite.

L'entendre utiliser le surnom qu'il me donnait lorsque j'étais enfant m'emplit d'émotions. Pour autant, je n'en oublie pas mes interrogations.

Oui, c'est le moins que l'on puisse dire. J'attends beaucoup de réponses...

Je m'écarte et me place face à lui.

– Papa, qu'est-ce que tu fais ici ? Comment es-tu arrivé là ?

Il lance un regard furtif à ma tante, comme s'il attendait son approbation. Celle-ci hoche la tête, imperceptiblement. Puis elle s'approche de nous et nous entraîne vers un canapé.

– C'est moi et Kris qui sommes allés le chercher. Venez. Allons nous poser un peu.

Rosa, que je n'ai pas vue arriver, nous tend des gobelets remplis d'un liquide bleuâtre.

– Buvez ça. La téléportation a des effets secondaires sur les gens normaux. Il ne faudrait pas que vous fassiez un malaise.

Elle regarde mon père avec un air inquiet. C'est vrai qu'il est encore plus pâle que tout à l'heure. J'ai l'impression qu'il a pris dix ans en quelques semaines.

Je m'assieds sur un fauteuil en sirotant le breuvage qui me laisse un goût amer dans la bouche. Mon père et ma tante se placent face à moi. Je regarde mon paternel avec attention. J'ai envie de le serrer dans mes bras et de lui dire combien il m'a manqué. Mais il y a quelque chose qui m'en empêche. J'éprouve seulement le besoin de vider mon sac, mais je ne sais pas par où commencer.

– Papa... Il y a tellement d'événements qui se sont passés depuis que je suis arrivée ici. Le monde n'est pas celui qu'on croit. Il y a des... choses qui se passent et que la plupart des gens ignorent.

Mon père me laisse parler, le regard sombre.

– Des choses de l'ordre du surnaturel.

Il m'arrête d'un geste de la main.

– Je sais tout ça.

Quoi ?

– Quoi ?

Il pose ses coudes sur ses genoux et me fixe d'un air grave.

– Je suis au courant de tout, Kataline. Pourquoi crois-tu que j'ai accepté de donner ma main à cet ange pour qu'il nous téléporte jusqu'ici ?

Alors là, je suis sciée.

– Je sais pour les démons et autres créatures qui peuplent le monde de la nuit. Je sais pour toi...

Une petite part de moi s'écroule.

– Je sais que tu es une muse. Comme ta mère et toutes tes ascendantes...

Les larmes me montent aux yeux. J'ai l'impression d'être trahie. Il était au courant de tout. Et il ne m'a jamais rien dit.

– Je... tu...Tu savais ? Et tu ne m'as... rien dit... pendant toutes ces années ?

La douleur que je vois poindre dans ses yeux n'amenuise pas le sentiment de trahison qui enserre mon cœur comme un étau.

– Je ne pouvais pas. J'ai promis à ta mère de ne rien dire...

509

Je le fixe avec des yeux ronds alors que je sens monter en moi une colère silencieuse. Elle doit se lire sur mon visage parce qu'il éprouve le besoin d'ajouter :

– Laisse-moi t'expliquer s'il te plaît...

Le regard suppliant de ma tante a raison de moi. Alors, je me tais. Mon père pousse un long soupir avant de reprendre la parole.

– Ta mère est l'une des dernières muses de sang pur vivant dans ce monde. La dernière d'une lignée souche. Lorsqu'elle était petite, sa famille a été attaquée par des démons. Ils ont eu ta grand-mère, mais ta mère a réussi à se cacher. Pendant de nombreuses années, elle est restée enfermée puis elle a fini par quitter son foyer et son pays, en dissimulant sa vraie nature. C'est ce qui l'a sauvée... et toi aussi.

Il marque une pause.

– Lorsque je l'ai connue, elle était terrorisée par les gens. Elle se méfiait de tout et de tout le monde. J'ai réussi à lui donner confiance et elle m'a avoué ses origines et les dangers qu'elle fuyait. J'ai découvert son monde et je dois t'avouer que, pour un scientifique, ça n'a pas été facile d'admettre que les démons et autres créatures existaient.

Il sourit avec tristesse, le regard plongé dans ses souvenirs. Puis il reporte son attention sur moi.

– Je savais que je prenais énormément de risques à aimer une femme comme elle, mais je m'en moquais. Elle était celle avec laquelle je voulais passer ma vie. Petit à petit, elle s'est épanouie, surtout grâce à la danse et au chant. Nous avons vécu tranquillement pendant plusieurs années, mais lorsque tu es arrivée, elle a recommencé à avoir peur.

J'arque un sourcil.

– Normalement, les muses se reproduisent uniquement avec des êtres élus par les prêtresses. Moi, je n'en suis pas un. Alors tu aurais dû être une humaine normale. Mais tu as hérité des gènes de ta mère. Tu étais une muse à l'intérieur. Ta mère était terrorisée à l'idée que des êtres malveillants te découvrent et ne s'en prennent à toi. Alors elle t'a appris à dissimuler ton corps, à te cacher et à devenir invisible aux yeux des autres. Il fallait que tu deviennes indétectable aux yeux des démons.

Je reste sans voix. Toute mon enfance, j'ai souffert du comportement de ma mère à mon égard. De son éducation, de ses règles trop strictes et dont je ne comprenais pas la finalité. Ma colère s'efface pour laisser la place à une incommensurable tristesse. Si j'avais su les raisons pour lesquelles ma mère agissait ainsi, j'aurais peut-être pu les comprendre et nos relations auraient été différentes. J'en veux d'autant plus à mes parents de m'avoir caché toutes ces informations.

– Ta mère avait sans cesse peur pour toi. Elle t'aimait terriblement et voulait te protéger à tout prix. Et le seul fait d'être une muse représente un danger, tu comprends ?

Je secoue la tête.

– Mais pourquoi ?

C'est Jess qui répond.

– Parce que tu attires les démons comme le miel attire les abeilles.

Mes yeux passent de Maxime à Parker puis à Royce qui m'adresse un petit signe d'assentiment.

– Et alors ?

Royce pousse un soupir ironique.

511

– Alors ? Alors certaines personnes ont bien compris que la faiblesse des démons, ce sont les muses. Ils ont voulu les exploiter pour leurs ressources.

Je suis abasourdie.

– Tu veux dire quoi par "exploiter" ?

– Ponctionner leur sang et leur liquide cérébro-spinal, appelé Élixir.

J'écarquille les yeux.

Merde ! C'est horrible !

– Mais pourquoi ? À quoi ça leur sert ?

– Le sang des muses est comme une drogue et, mélangé à l'Élixir, il permet de contrôler les démons. Qui contrôle les muses, contrôle les démons. Alors on les a exploitées comme du bétail. Maintenant, elles ont quasiment disparu. Détenir une muse confère un pouvoir incommensurable.

– C'est qui "on" ?

– La Ligue...

Je secoue la tête. Mais dans quel monde je vis ? Je me lève et fais les cent pas dans la pièce. Je sens sur moi les regards qui pèsent, attendant ma réaction.

J'ai envie de quitter cette maison pour m'enfuir loin de tout ça. Mais c'est impossible. Alors je me rassois.

– La ligue est composée d'humains qui ont découvert l'existence des démons et surtout le moyen de les contrôler avec les muses. Ils exploitent les démons pour se faire de l'argent, explique ma tante.

L'idée fait son chemin dans mon cerveau.

– Les combats...

– Exact, intervient Royce.

Il me lance un regard de prédateur.

512

– Les muses sont traquées par la Ligue, mais aussi par les démons qui veulent les exterminer pour ne plus être contrôlés. Il y a plus confortable comme position, tu ne trouves pas ?

Génial ! Je suis la cible de tous les êtres maléfiques de cette planète.

Ignorant la remarque de Royce, je me tourne vers mon père.

– Et maman ? Tu sais où elle est ?

Le visage de mon père prend un teint grisâtre. On dirait qu'il est au bord de l'évanouissement. Il hoche la tête, accablé.

– Après ton agression, ta mère soupçonnait que des membres de la Ligue avaient découvert ton identité et qu'ils étaient à l'origine de ton attaque.

À ces paroles, un flash apparaît dans mon esprit.

"Saleté de muse vierge, si prude, si innocente..."

Ces paroles qui m'ont hantée pendant des années prennent tout leur sens à présent. Robin et Miguel savaient ce que j'étais lorsqu'ils m'ont agressée. Ils savaient depuis le début. Ce sont des membres de la Ligue...

– C'est pour cette raison que ta mère t'a fait interner pendant tout ce temps. Elle voulait que tu n'aies aucun contact avec l'extérieur. Lorsqu'elle a eu la certitude que tes agresseurs étaient des mercenaires, elle a décidé d'aller à la rencontre du Maître de la Ligue pour plaider ta cause. Mais j'ai découvert après que ce n'était pas pour ça qu'elle était allée le voir. Elle y est allée pour se rendre. Elle s'est sacrifiée pour qu'ils te laissent tranquille. Si j'avais su...

Il prend sa tête dans ses mains et ferme les yeux. Je n'ai même pas la force de le consoler tellement je suis abasourdie par ce que je viens d'apprendre. Tout le puzzle de ma vie s'emboîte parfaitement. Les réponses que j'attendais sont enfin là. Et pourtant, je me sens encore plus mal qu'avant.

Mon père fouille dans la poche intérieure de sa veste et en ressort une petite photo qu'il me tend.

– J'ai fait appel à un fureteur pour qu'il retrouve ta mère. Il m'a donné ça...

Ma main tremble lorsque j'attrape le cliché. J'ai peur de ce que je vais découvrir.

Une femme squelettique à la peau blanche et aux cheveux sombres, attachée sur une croix. Elle a des perfusions sur tout le corps, aux bras, aux jambes, sur la tête et sur la poitrine. Elle est en train de se faire vider de son sang.

Cette scène d'horreur, je la reconnais parfaitement.

C'est mon dernier tableau...

Un éclair rouge vif passe devant mes yeux. La douleur me fait crier.

La photo tombe sur le sol et moi je sombre dans les abîmes.

47

Déclaration

— Kataline ! Bébé...

Cette voix... Sa voix. Elle me tire lentement du néant. Je fronce les sourcils et passe ma main sur mon front.

J'ai l'impression de sortir d'un rêve. Ou plutôt d'un cauchemar.

J'ai la tête comme une pastèque qui serait passée au mixeur et j'ai la nausée.

— Kat... Reviens avec moi... Je suis là.

L'odeur de Rip m'emplit les narines. Cette odeur, je la reconnaîtrais entre mille. Elle m'apaise. Me rassure. Me ramène à la vie. Je la respire à pleins poumons comme si c'était la seule façon de revenir dans le monde réel. Au bout de quelques secondes, j'ouvre enfin les yeux.

Rip est penché au-dessus de moi et me fixe, une ride inquiète barrant son front.

— C'est fini, bébé, reviens...

Il me caresse le visage avec douceur.

Je me redresse péniblement, gênée par les courbatures qui rendent mes gestes douloureux.

Mon Dieu. Je ne connais que trop bien cette sensation. Ce sentiment d'avoir été absente pendant plusieurs dizaines de minutes. Je jette un coup d'œil aux alentours et découvre horrifiée les résultats de mon absence.

La pièce est littéralement retournée. Les meubles sont cassés, les canapés ont été renversés et les murs présentent les stigmates de mon accès de violence.

J'attrape ma tête entre mes mains. Pourvu que personne n'ait été blessé. Mes yeux balayent l'assistance. J'étouffe un sanglot lorsque je vois mon père gisant par terre en se tenant les côtes. Ma tante et Kris sont à ses côtés et ne semblent pas en meilleur état. Kris saigne à l'arcade et Jess se tient le bras en écharpe.

Quant à Maxime et Parker, ils ont l'air intacts, mais Royce, lui, a le visage en sang.

— Putain ! Elle m'a pété le nez ! Merde, ça fait un mal de chien quand ça se ressoude !

Il se tient l'arête du nez en me lançant un regard assassin.

Rip se penche vers moi.

— Ne fais pas attention à lui, bébé. Il va s'en remettre.

Je tente de me lever, mais n'y parviens pas. Mes jambes sont comme du coton.

— Je suis... désolée. Tellement désolée.

Voyant que j'ai repris connaissance, Jess se précipite vers moi.

— Kat, chérie. Est-ce que ça va ?

Merde ! C'est elle qui me demande comment moi, je vais !

— C'est à moi de te poser la question, Jess. Je suis sincèrement désolée... j'ai perdu connaissance et...

Elle passe sa main dans mes cheveux collés par la sueur pour dégager mon visage.

— Je sais, chérie. Ce n'est pas de ta faute.

— Si, c'est entièrement ma faute. Si seulement je pouvais maîtriser...

Mes poings se serrent instinctivement et mes ongles s'enfoncent dans mes paumes avec force.

516

— Je n'avais jamais perdu le contrôle au point de frapper quelqu'un.

Ma tante s'agenouille à côté de moi.

— Rassure-toi, chérie. Tu ne nous as pas touchés. C'est juste que tout a explosé dans tous les sens et nous avons été touchés par des débris.

— Parle pour toi, Jess.

Royce s'approche de nous en titubant. Ses yeux lancent des éclairs alors qu'il appuie sur ses narines avec un mouchoir en papier.

Aussitôt, Rip se redresse et se positionne face à lui.

— Tout doux, frère ! J'aimerais juste qu'elle m'explique comment elle arrive à faire ça... Aucun démon n'a jamais réussi à m'atteindre au visage. Alors comment une gamine de 55 kg a pu me briser le nez d'un coup ?

Je lui lance un regard désolé.

— Je suis navrée, Royce. Je ne me souviens de rien...

Son visage est en train de bleuir méchamment. Il m'adresse un sourire carnassier avant de me tourner le dos.

— Ouais, ben, si la muse qui vit en toi repointe son minois, dis-lui que j'aimerais bien avoir une petite discussion avec elle. Merde ! Je suis sûr qu'il y a plusieurs fractures...

Jess fait la grimace.

— Il a essayé de t'arrêter, Kat. Mais il n'a rien pu faire... Tu étais incontrôlable.

Puis elle chuchote à mon unique attention :

— Tu l'as blessé dans son amour-propre, je crois...

Mon père nous rejoint en se tenant toujours les côtes.

— Eh bien. Je ne me rappelle pas que tes crises aient été d'une telle violence. Je me demande ce qui a provoqué cet accès de fureur.

Je soupire en fronçant les sourcils.

517

— La photo...

Il lève un sourcil. Maxime s'approche et nous tend la photo qu'il a ramassée par terre.

— Cette photo est identique au tableau que Kat a peint l'autre jour.

Le regard de ma tante passe de la photo à moi.

— Comment est-ce possible ? demande-t-elle d'une voix étouffée.

— Je n'en ai aucune idée...

Je reporte mon attention sur le cliché qui représente ma mère. Son visage est quasiment méconnaissable. Comme sur mon tableau, il est caché par ses longs cheveux qui me paraissent encore plus sombres. Les perfusions sont partout...

Mon Dieu. Ils sont en train de la tuer...

Mon cœur se serre et mes sourcils se froncent.

— Sur mon tableau, il y avait des démons...

Rip attrape la photo.

— Et là, il n'y en a pas...

— Oui, c'est étrange, intervient Royce. Mais bon, on peut s'attendre à tout avec une muse, non ?

L'amertume que je perçois dans sa voix n'est pas feinte. Il m'en veut encore, on dirait. Reste à savoir si c'est parce que je l'ai frappé ou tout simplement parce que je représente le plus grand danger existant pour les démons.

Je me frotte l'arête du nez. Je suis fatiguée, d'un coup.

Rip me soulève dans ses bras.

— Viens, il faut te reposer.

— Mais je dois encore parler à papa...

— Tu auras tout le temps de parler lorsque tu te seras lavée et reposée.

Je sens à son ton que je n'ai pas d'autre choix que d'obéir. Alors, je m'accroche à son cou et me laisse emporter.

***

Lorsque nous arrivons à l'étage, je suis toujours dans les bras de Rip. Il n'a pas voulu me laisser marcher et finalement, je lui en suis reconnaissante. J'ai hâte qu'il me dépose sur mon lit pour que je puisse dormir.

Mais il passe devant la porte de ma chambre sans s'arrêter et se dirige vers... la sienne.

Je lui lance un coup d'œil pour l'interroger du regard.

— Il est hors de question que je te laisse seule ne serait-ce qu'une minute. Je te veux avec moi 24 heures sur 24. À partir de maintenant, tu t'installes chez moi.

Sa détermination me flatte et m'énerve à la fois. Je n'ai pas mon mot à dire ?

— Et si je refuse ?

— Mais, je ne te laisse pas le choix, ma belle.

— Et Mégane ?

— Mégane est partie.

Je soupire et ravale la remarque acerbe qui me brûle les lèvres. Je n'ai pas envie de déclencher un conflit maintenant, je suis trop fatiguée pour ça. Mais il ne perd rien pour attendre.

Rip pousse la porte de son appartement et m'entraîne directement dans sa salle de bain.

— En premier, un bon lavage, et ensuite, tu pourras dormir.

Je reluque le magnifique jacuzzi qui occupe un coin de l'immense salle de bain, mais Rip me dépose au pied de la douche italienne. Son regard suit le mien.

— Si on rentre tous les deux là-dedans, on n'est pas près de sortir.

Son regard descend sur moi et me fait frissonner.

— On va se contenter d'une bonne douche pour le moment.

Il commence à retirer son t-shirt poisseux. Je remarque seulement maintenant les nombreuses séquelles qu'il a gardées de sa confrontation avec les mercenaires. Beaucoup de blessures semblent déjà guéries, mais certaines paraissent encore fraîches. Je ne peux m'empêcher d'effleurer la longue éraflure qui barre son torse.

— C'est douloureux ?

Rip arrête ses gestes et se place en face de moi.

— Oui... Mais ce ne sont que des blessures superficielles. Mon corps se régénère vite.

Je pose la question qui me taraude.

— Qu'est-il advenu des mercenaires, Rip ?

Il dégage une mèche de mes cheveux qui retombait sur mon visage et la place derrière mon oreille. Sa main reste sur mon cou et son pouce caresse doucement ma joue, provoquant des myriades de frissons sur ma peau.

— Ce n'était que des rebuts de l'humanité, Kat. Des moitiés d'hommes qui feraient n'importe quoi pour devenir des suppôts de Satan... Ils n'ont aucune pitié, aucune humanité.

— Tout comme toi...

Oups ! Je regrette immédiatement mes paroles sorties trop vite. Mais contrairement à ce que je pensais, ma remarque le fait sourire.

— Oui, tu as raison. Je suis un démon depuis bien trop longtemps pour laisser les sentiments ou mon empathie guider ma conduite. Mais il me semble que la muse qui t'habite est plutôt pas mal dans le genre guerrier sanguinaire.

Je fais la moue. Mais je finis par revenir sur le sujet qui m'intéresse.

— Comment est-ce que tu as fait pour t'en sortir ? Je veux dire, ils étaient déjà nombreux et Maxime m'a dit que d'autres étaient arrivés après mon départ... Et toi, tu étais tout seul, Rip. Comment as-tu pu les vaincre ?

Un éclair argenté passe dans ses yeux.

— J'ai pas mal de ressources. Et j'avais une motivation imparable.

Je lève un sourcil en guise de questionnement. J'ai bien peur de ne pas tout saisir.

— Ils s'en sont pris à toi, Kataline. Ils voulaient te faire du mal. Je ne pouvais pas les laisser vivre et risquer qu'ils préviennent d'autres clans de ton existence. Ils devaient disparaître sans laisser de traces. Tous. En totalité.

Sa réponse me glace le sang.

— Ils sont tous morts ? Vraiment ?

Il hoche la tête en me fixant droit dans les yeux. J'ai beau vouloir me persuader que ces mercenaires n'étaient que de dangereux criminels, je ne me fais pas à l'idée que Rip puisse être aussi cruel. Je baisse la tête, incapable de soutenir plus longtemps son regard.

Mais Rip me lève le menton pour me forcer à le regarder et sa voix se fait velours.

— Je suis un démon, Kataline. Je ne peux pas te mentir en te disant que je suis un gentil et que tout peut s'arranger en parlementant avec l'ennemi. Ce serait malhonnête. Nous vivons dans un monde barbare où la loi du plus fort et du plus rusé prime. C'est ce qui nous permet de rester en vie. Alors oui, je tue des gens... Et pour toi, j'irais jusqu'à éradiquer tout un peuple si c'est pour te sauver.

Je me mords la lèvre pour l'empêcher de trembler.

— Lorsque j'ai vu Sebastian s'en prendre à toi, j'ai cru que j'allais exploser.

— Mais pourquoi ? Pourquoi moi ?

Il réfléchit quelques secondes et lorsqu'il reprend la parole, j'ai l'impression qu'il se répond à lui-même.

— Parce que tu m'es précieuse... Parce que j'ai besoin de te protéger... Tu es comme la prunelle de mes yeux, Kataline. Je... tiens à toi plus qu'à moi-même.

Waouh...

C'est une déclaration ou je ne m'y connais pas !

Ma petite voix fond littéralement, et moi aussi. Oui. Je dois l'admettre. Je crois que je suis en train de tomber amoureuse de ce démon sans foi ni loi. Cet être surnaturel, cruel et féroce, capable de tuer de sang-froid, a conquis mon cœur.

Poussée par cette révélation, je pose mes doigts sur son torse pour caresser sa peau, comme si j'avais un besoin vital de le toucher. Les yeux rivés aux siens, je remonte lentement vers ses épaules et lui offre mes lèvres. Cédant à l'invitation, Rip attrape mes mains et les plaque derrière mon dos. Mon buste se colle au sien et je frissonne de plaisir à son contact.

Sans même nous déshabiller, Rip m'entraîne dans la douche et me colle contre le mur. Mon dos appuie accidentellement sur le bouton déclenchant l'arrivée d'eau. Le jet glacé m'arrache un cri, mais je l'oublie rapidement lorsque la bouche de Rip fond enfin sur la mienne comme un faucon sur sa proie. Nos dents s'entrechoquent et la violence de mon désir me fait gémir. Je m'accroche à lui et enserre sa cuisse avec ma jambe.

Rip arrache son jean et le mien en une fraction de seconde. Il m'attrape les fesses et me lève contre lui. Mes jambes s'enroulent d'elles-mêmes autour de sa taille et mes doigts s'emmêlent dans ses cheveux.

— Oh Putain, bébé... Ça fait trop longtemps... Je ne vais pas pouvoir tenir.

Sans prévenir, il déchire ma culotte et s'invite dans mon intimité avec force. Ma bouche forme un "o" et mes larmes se mêlent aux gouttes d'eau qui glissent sur mes joues.

Rip s'arrête quelques secondes. Il dégage les cheveux de mon front pour me fixer dans les yeux.

— C'est ici, Kat.... C'est comme ça que je voudrais mourir.

Le cœur au bord des lèvres, j'attrape son visage pour l'approcher du mien, et avant de poser ma bouche contre la sienne, je murmure, si bas que c'est à peine audible :

— Je t'aime.

48

Stratégie

Je me réveille avec la sensation d'avoir passé une bonne nuit. Mon corps est reposé, et malgré quelques courbatures, je me sens bien. J'émerge doucement en tâtonnant à côté de moi. Le lit est vide.

Je me tourne en m'étirant à la manière d'un chat et plonge la tête dans l'oreiller à côté du mien.

Hummm... Ça sent bon.

Ça sent Rip.

Je respire son parfum à pleins poumons alors que les souvenirs de la nuit dernière me parviennent par flashs successifs. Je rougis. Encore une nuit forte en émotions...

Après nous être lavés mutuellement, nous avons passé notre temps à dormir — un peu — et à faire l'amour — beaucoup.

Oui... et j'ai adoré chaque instant. Avoir dit à voix haute mes sentiments m'a libérée. Même si je ne suis pas certaine que Rip ait entendu quoi que ce soit.

En tout cas, je suis prête à le dire clairement maintenant. Je suis amoureuse de Raphaël Saveli. Je n'ai plus envie de faire semblant et je veux assumer ces sentiments naissants. J'avoue que je me sens même assez fière que quelqu'un comme lui soit attiré par moi.

Putain, je suis amoureuse d'un démon !

Dès que je l'ai avoué, j'ai perdu toute inhibition. J'ai voulu lui montrer combien il m'attire et combien je le désire. Et je sais que j'ai réussi à le lui prouver. Je l'ai vu dans ses yeux lorsqu'il me faisait

524

l'amour. Je l'ai lu sur ses lèvres lorsqu'il grognait de plaisir. Et je l'ai senti en moi lorsqu'il atteignait l'extase.

Cet amour, Rip me l'a rendu au centuple. Il m'a transportée, enflammée, enivrée jusqu'à en perdre toute notion du temps et de l'espace. Cette nuit, mon démon a réussi à me faire oublier les événements terribles de la veille.

Oui, mais maintenant il est parti !

Je lance un regard assassin à ma voix intérieure. Eh oui, malheureusement, il n'est plus là pour empêcher mon cerveau de se remémorer l'horreur de l'attaque des mercenaires et les mauvaises nouvelles que j'ai apprises concernant ma mère.

Comment ai-je pu vivre dans l'ignorance pendant toutes ces années ? Toute ma vie, j'ai pensé que ma mère était psychorigide et froide. Toute ma vie, j'ai pensé qu'elle n'était pas une vraie mère... Qu'elle n'avait pas d'affection pour moi et qu'elle ne voulait pas mon bonheur. Alors que...

C'est terrible ce sentiment d'être passée à côté de quelque chose. J'ai presque détesté cette femme d'avoir voulu m'enfermer dans ses carcans éducatifs trop stricts. Alors qu'elle agissait ainsi pour me protéger... Si j'avais su...

Mon cœur se serre instinctivement. Je revois dans ma tête l'image de celle qui m'a donné la vie, attachée à une croix, complètement anémiée, presque vidée de tout souffle de vie...

La parenthèse amoureuse et protectrice est terminée, ma belle !

Je ne peux qu'être d'accord avec ma petite voix cette fois. Alors, je reviens à la dure réalité.

***

Je rejoins les autres dans le salon et reste interdite sur le pas de la porte. Il n'y a pas seulement la bande habituelle. Il y a aussi beaucoup d'inconnus et de visages croisés dans les soirées de Royce.

Ils sont certainement venus renforcer la garde après l'attaque des mercenaires.

Dès mon entrée, Rip m'enveloppe dans un regard envoûtant qui me fait rougir. Je baisse légèrement les yeux, mais il vient à ma rencontre alors que je suis sur le pas de la porte.

— Je t'interdis de te sentir gênée de ce qui se passe entre nous, bébé, chuchote-t-il à ma seule attention.

Il m'attrape la main et la porte à ses lèvres.

— Maintenant, tu es à moi et avec moi. Officiellement. Et je veux que le monde entier le sache.

Il mêle ses doigts aux miens et m'entraîne à l'intérieur de la pièce.

À notre approche, je sens les regards se porter sur moi, sur nous, sur nos mains unies... Je vois les yeux de Maxime se plisser, ceux de mon père s'agrandir, et ceux de beaucoup d'autres nous fixer avec un mélange d'étonnement et de curiosité. Mais heureusement, personne n'a l'indécence de faire le moindre commentaire. Seule Rosa m'adresse un petit signe de tête entendu.

Le silence se prolonge et le malaise s'installe. Heureusement, Parker s'approche et fait diversion.

— Hum hum... Il va falloir nettoyer tout ça maintenant.

Il désigne les meubles cassés du menton et aussitôt les personnes présentes se mettent à l'ouvrage. Mon mal-être augmente.

Mais comment est-ce qu'ils peuvent lui obéir comme ça, d'un simple claquement de doigts ? Ah, les démons et leur force de persuasion...

— Encore une fois, je suis désolée de ce qui s'est passé. Je vous présente mes excuses. Je vais vous aider à tout remettre en ordre.

Parker passe son bras par-dessus mon épaule.

— T'inquiète, Kat. Ça leur fait plaisir de donner un coup de main. Et puis, ce n'est pas vraiment ta faute...

Je ne suis pas vraiment convaincue que les disciples apprécient de nettoyer un tel bazar. Quant à savoir si c'est de ma faute...

Royce, qui a toujours un sparadrap sur le nez, m'adresse un clin d'œil.

— Ouais, Parker a raison. C'est ton "Alien" qui est fautif ! Toi, tu n'aurais jamais pu faire ça !

Pff. N'importe quoi !

Mon père s'approche à son tour. Je sens à son regard qu'il est aussi gêné que moi. Certainement autant par ce qu'il a à me dire que par la présence de Rip à mes côtés.

— Comment tu te sens, petite ? dit-il de sa voix rocailleuse.

Je souris faiblement.

— Encore un peu dans le brouillard. Mais ça va passer. Et toi, est-ce que tu as bien dormi ? Tu es bien installé ?

Il étouffe un petit rire.

— Il faudrait être difficile pour trouver quelque chose à redire à cette demeure. C'est magnifique, ici.

Ses yeux balayent la pièce et reviennent vers moi.

— Enfin, avant...

Je fais la moue.

— Oui, bien sûr.

Je marque une pause puis j'en viens au sujet principal.

— Papa. Il faut que nous parlions, tous les deux. J'ai encore des questions sans réponses et j'ai besoin de savoir ce qui se passe avec maman.

Il hoche la tête et pousse un petit soupir.

— Bien sûr... Même si j'aurais préféré ne jamais avoir cette conversation avec toi. Viens, on va s'installer par ici.

Il m'entraîne vers un des rares canapés qui a eu la chance de rester entier. Jess nous rejoint et s'installe en face de moi.

— Alors, par où voulez-vous que je commence ? demande mon père en nous regardant tour à tour, Rip et moi.

Il a bien compris qu'il assisterait à la conversation.

— Depuis combien de temps maman est comme ça ?

Il fait la moue.

— Je n'en ai aucune idée, chérie. Comme je te l'ai dit, lorsqu'elle est partie, je ne savais pas qu'elle avait l'intention de se rendre à l'ennemi. Après ton... accident, elle m'avait dit qu'elle voulait s'éloigner de toi pour brouiller les pistes et te préserver. Mais je crois qu'elle savait depuis le départ qu'elle irait se sacrifier. Au début, j'ai eu des nouvelles régulièrement. On s'appelait et on se voyait en visio. Ça a duré pas mal de temps comme ça. Et puis, il y a environ six mois, plus rien... Plus de nouvelle, plus de message, plus de signe de vie. Je ne sais pas si c'est à ce moment-là qu'elle a décidé de se rendre ou si son silence était dû à son emprisonnement.

Ses yeux se voilent de tristesse et de remords. Ça me fait mal de le voir souffrir comme ça. Mais je me dis avec raison que ma mère souffre mille fois plus à l'heure qu'il est.

— Si seulement j'avais su, je l'en aurais empêchée...

Je pose ma main sur son bras.

— Arrête, papa. Tu sais très bien que tu n'aurais rien changé à sa décision. Lorsque maman a une idée en tête, rien ne peut la faire changer d'avis.

Mon père me regarde sans me voir et mon cœur se serre de plus belle. J'ai du mal à le reconnaître à travers l'image de cet homme amaigri et grisonnant. J'ai l'impression qu'il a pris dix ans en quelques semaines.

— Tu as certainement raison. J'ai essayé de la chercher, avec la géolocalisation de son téléphone. Mais lorsque j'ai vu qu'elle était en Europe, là, j'ai su qu'il y avait quelque chose d'anormal. Elle n'était pas censée quitter les États-Unis.

Je lève un sourcil. Six mois... Cela fait six mois qu'elle a disparu et qu'il est au courant. Et il ne m'a rien dit. Je me mords la lèvre pour ne pas le lui faire remarquer. Mais il devine ma question muette.

— Je ne voulais pas t'inquiéter, Kataline. Tu semblais enfin reprendre une vie normale... Si je t'avais dit que ta mère avait disparu, qu'aurais-tu fait ? Tu aurais tout plaqué pour la chercher...

Je grogne. S'il savait qu'à ce moment-là je commençais à découvrir la vraie réalité...

Mais il a raison sur une chose. J'aurais certainement tout quitté pour retrouver ma mère. J'enfonce mes dents dans ma lèvre une nouvelle fois pour m'empêcher de dire le fond de ma pensée. Je ne sais pas si j'en veux plus à mon père de m'avoir caché la situation ou à ma mère de s'être sacrifiée sans rien dire...

Je me tourne vers ma tante.

— Et toi, Jess ? Tu étais au courant aussi, j'imagine ?

Elle hoche la tête sans rien dire.

— Et pour la muse ?

— Je savais aussi. Ta mère est ma demi-sœur. Je suis au courant de sa nature depuis que je suis toute petite. Je suis désolée, Kat, d'avoir dû te cacher tout ça...

J'ai l'impression d'avoir un poignard qui s'enfonce lentement dans ma poitrine. Pour autant, je n'en laisse rien paraître et me tourne de nouveau vers mon père.

— Comment as-tu réussi à la retrouver ?

— Ce n'est pas moi qui l'ai retrouvée. Comme je te l'ai dit, j'ai fait appel à un fureteur...

Un fureteur ? Oui, j'ai déjà entendu ce nom.

— C'est un mercenaire isolé qui vend ses services. Parfois pour pister des gens. D'autres fois pour les tuer, répond Rip à la place de mon père.

Je frissonne. Ce monde est vraiment pourri.

— Il t'a dit où elle était ?

Il hoche la tête.

— En Moldavie.

— Vous êtes sûr ?

Rip s'est soudain redressé à côté de moi.

— D'après le fureteur, elle serait enfermée dans un château, aux abords de la capitale, Chisinau, je crois.

Je me tourne vers Rip qui s'est figé.

— Il y a un problème ?

— C'est là-bas que celui qu'on nomme le boss a son repaire. Il vit la plupart du temps en Allemagne, mais la Moldavie reste son antre. Si ta mère est là-bas, c'est...

Il ne termine pas sa phrase, ce qui ajoute à mon appréhension. Ce nom ne m'est pas inconnu. Rip et Royce l'ont déjà évoqué lorsqu'ils parlaient des combats clandestins... Merde !

— Quoi ? Non ! Je refuse. Il faut que nous allions la chercher !

— C'est impossible, ma chérie, répond mon père. Le fureteur m'a dit que la forteresse était inaccessible. Il a dû soudoyer plusieurs gardiens pour pouvoir avoir un pauvre cliché...

— Il a raison, intervient Royce. J'ai rarement vu un lieu aussi bien protégé.

— Il est hors de question que je la laisse se faire torturer ! Si personne ne veut y aller, j'irai seule !

Rip m'attrape la main.

530

— N'y pense même pas, Kataline. Tu te ferais attraper. Pire, tu pourrais te faire tuer. Je ne te laisserai pas risquer ta vie, bébé. Si tu veux y aller, j'irai avec toi.

— Moi aussi, intervient Maxime qui s'est approché.

Son regard m'englobe et je me sens soudainement apaisée. Je lui adresse un petit signe de tête reconnaissant. Je sais qu'il est toujours en froid avec son frère et qu'il passe outre pour me venir en aide.

— Moi aussi, je viens, dit Parker avant d'avaler une bonne gorgée de sa bière matinale. J'ai besoin d'action.

— Nous devrions tous y aller, ajoute Royce d'un ton grave. La forteresse du boss est impénétrable.

Rip se lève et nous balaye du regard.

— OK, alors, nous allons y aller, tous ensemble. Mais si on arrive comme ça, tête baissée, alors ce sera l'échec assuré. Non, il nous faut définir une stratégie d'attaque digne de ce nom.

— Et tu comptes faire comment ? demande Royce avec un regain d'intérêt.

— Déjà, il nous faut une bonne préparation. Kat doit apprendre à se défendre. Je ne serai pas tranquille si je sais qu'elle court le moindre danger. Et du danger, il y en aura.

Merde ! Je n'avais pas imaginé ça.

— Euh, je ne suis pas très douée pour ça. J'ai déjà essayé avec Parker et ça n'a pas très bien marché. Je suis toujours aussi nulle...

— Mais ça a fonctionné avec moi, je te rappelle. Alors, on va reprendre l'entraînement dès demain.

Royce se frotte le menton d'un air peu convaincu.

— Je suis désolé de te le dire, mec, mais je ne sais pas si ça suffira. S'attaquer au boss c'est comme défier notre créateur. Sa forteresse est remplie de mercenaires de la Ligue. Il va nous falloir

531

du renfort, de la ruse et une bonne dose de chance. Parce que sans ça, nous ne pouvons pas espérer pénétrer à l'intérieur vivants.

Rip marmonne. Il semble déjà échafauder un plan dans sa tête.

— Oui, nous ne sommes pas assez nombreux. Et c'est pour cette raison qu'on va avancer la date de la soirée d'intégration.

49

Surtout, garder le contrôle !

Je m'assieds sur le banc, à côté d'un ring d'entraînement du dôme, essoufflée, et les muscles en compote. Ça fait presque une semaine que Rip m'entraîne tous les jours et que j'apprends les techniques de self-défense. Il avait raison, j'arrive à progresser un peu mieux qu'avec Parker. Rip a l'art et la manière de m'inculquer les bonnes techniques, et j'arrive à reproduire certains gestes.

Pour autant, j'ai quand même la certitude d'être bien en dessous de ce qu'eux ou les mercenaires peuvent accomplir. Je me rends compte qu'il n'y a que lorsque je perds totalement le contrôle que j'arrive à me défendre vraiment. Sauf que là, rien ne se passe.

— Je t'accorde cinq minutes et après on y retourne, dit Rip en me tendant une bouteille d'eau que je m'empresse de saisir.

Mon Dieu, à ce rythme-là, il va me tuer...

J'avale une grande gorgée d'eau froide qui me brûle l'œsophage.

— Eh, Rip ! Tu peux venir deux minutes ?

Ouf, Royce me sauve la vie. Rip se dirige vers lui, non sans m'avoir lancé :

— Profite bien de ta pause, bébé. Après, on attaque les premières prises de Krav Maga.

Oh merde ! Je n'en peux plus.

Je pousse un long soupir et reporte mon attention sur le dôme. Je le trouve encore plus gigantesque que les premières fois où j'y suis venue avec Parker. Peut-être parce qu'aujourd'hui, il grouille de monde.

Les disciples du clan de Rip ont envahi l'espace et s'entraînent au combat avec acharnement. C'est incroyable de voir tous ces gens se préparer à une bataille qui n'est pas la leur... La loyauté qu'ils ont envers Rip est juste hallucinante.

Je me sens coupable de les embarquer dans ma galère. Mais sauver ma mère est désormais ma priorité. Je sais que c'est égoïste et que tous ne rentreront pas indemnes de cette croisade, mais c'est comme ça. Je n'y peux rien.

Ma mère risque sa vie pour moi. Par ma faute, elle est devenue une sorte d'usine à poison au profit d'un mec peu scrupuleux. Je dois la sauver. Coûte que coûte, quel qu'en soit le prix.

Des images de son corps inerte me reviennent à l'esprit et je les chasse pour ne pas me laisser envahir par la tristesse. Ce n'est pas le moment de flancher.

Je reporte mon attention sur les guerriers qui s'exercent. Certains se battent à mains nues alors que d'autres préfèrent des armes de toute sorte. Couteaux, épées, bâtons et même nunchaku. Rip a une véritable armée à son service. C'est stupéfiant.

Un couple qui échange des coups d'épée s'approche de moi. Le bruit de ferraille est assourdissant, mais c'est presque envoûtant de voir le ballet des armes qui s'entrechoquent. Les combattants manient leurs lames avec une aisance qui m'impressionne.

Je contemple la femme asséner un coup magistral à son partenaire qui termine honteusement sur les fesses.

— Bientôt, tu pourras en faire autant...

Déjà ?

Rip s'installe à côté de moi et me désigne la femme du menton. Je pouffe.

— Tu plaisantes ? J'arrive à peine à t'effleurer, alors...

— Tu m'as bien atteint une fois, rappelle-toi.

Je fais la moue. Justement, non, je ne m'en souviens pas.

— Arrête. Tu sais très bien que je ne maîtrise rien dans ces moments-là.

Il se relève et me tend la main.

— Eh bien, n'est-ce pas le moment d'essayer de prendre le contrôle ?

Mes yeux passent de son visage à sa main tendue, puis reviennent sur lui. Je secoue lentement la tête. Sa proposition est juste... inconcevable.

— C'est impossible.

— Mais tu n'as jamais essayé.

— Écoute, Rip. Ce n'est pas comme si je sentais que je pouvais faire quelque chose. Lorsque ça arrive... je tombe littéralement dans le coma. C'est le trou noir.

Il réfléchit quelques secondes.

— Mais as-tu au moins tenté de rester ? Je veux dire, lorsque ta moitié muse prend le dessus ? Parce que c'est bien ce qui se passe, n'est-ce pas ? Elle arrive, et toi, tu disparais, non ?

Je le fixe avec des yeux ronds. Je n'avais jamais réfléchi à ça de cette manière... Et s'il avait raison ? Parce qu'au fond, c'est bien ce qui se passe, non ?

Perspicace, ton démon...

Je lance une pichenette à ma petite voix. C'est bien le moment de la ramener, tiens !

Et pourtant, elle arrive à point nommé. Cette voix, dans ma tête. Est-ce ma conscience ? Ou quelque chose d'autre ? Et si Rip et les autres disaient vrai et que la muse était à l'intérieur de moi comme un invité non désiré ? Si je n'étais pas une moitié de muse et que cette chose était un être à part entière, doté de sa propre conscience et enfermé dans mon corps...

Cette révélation me fiche la chair de poule.

Alors, sans plus réfléchir, j'attrape la main de Rip.

***

— OK. On va démarrer doucement. Tu te souviens lorsque nous nous sommes entraînés, je t'ai provoquée volontairement pour te faire réagir ?

Je hoche la tête.

— Bien. Alors on va essayer de se remettre dans les mêmes conditions.

Ouah... Je me sens beaucoup moins motivée, d'un coup.

— Je pense que ce sont tes émotions qui la font apparaître. Le désir... et surtout la colère, notamment. Je vais tenter de pousser un peu tes limites, Kat. Et dès que tu sens que quelque chose se passe ou qu'il y a un changement en toi, je veux que tu me fasses un signe.

J'ai les mains moites et le cœur battant.

Mon Dieu, je ne sais pas dans quoi je me suis embarquée.

— Je vais essayer, mais je t'avoue que je suis stressée. La dernière fois que j'ai perdu le contrôle, j'ai complètement retourné le salon et il y a eu des blessés.

— Ne t'inquiète pas pour ça, bébé. Nous sommes plusieurs à pouvoir réagir si ça devient trop dangereux...

Oui, pour ça, une dizaine de disciples ainsi que Royce, Parker et Maxime se sont approchés pour nous regarder. Au cas où...

Jess est également venue assister à mon entraînement. J'avoue que, malgré mes ressentiments, sa présence me réconforte un peu. Elle m'adresse un petit signe de tête pour m'encourager.

Rip s'approche de moi et me prend les mains.

— Je sais que ce n'est pas facile pour toi. Mais je sais aussi que ça peut fonctionner... Je peux t'aider. Tu me fais confiance ?

Je lève les yeux vers lui et la lueur que je vois briller dans ses yeux balaye mes doutes. J'acquiesce et Rip m'applique un léger baiser sur la bouche.

— Parfait. Alors on commence. Lorsque je t'ai poussée à agir, l'autre fois, est-ce qu'il y a quelque chose que j'ai fait ou que j'ai dit qui a pu provoquer ta crise ?

Je me remémore la scène. Oui. Je sais parfaitement ce qui a provoqué ma colère ce jour-là.

— Je... tu as utilisé des mots... qui m'ont rappelé un épisode douloureux de ma vie.

À voir sa tête, je sais qu'il a compris quel était l'épisode en question. Son regard s'assombrit et sa mâchoire se crispe.

— Tu veux dire... ?

— Hum hum.

—Je suis désolé, bébé.

— Ne le sois pas. C'est ça qui a déclenché ma colère. Il faut que tu recommences.

Ma détermination m'étonne moi-même. Mais je sais que cette expérience va m'apporter des réponses.

Rip hésite, mais me lance un bâton en guise d'arme. Il se met ensuite à sautiller et à me tourner autour, comme un boxeur.

Je prends une profonde inspiration et me mets en position de défense. Comme la première fois, Rip se lance sur moi sans que je ne puisse réagir et me percute violemment, m'envoyant valdinguer de l'autre côté du ring. La douleur me fait cligner des yeux, mais je me redresse.

Au deuxième assaut, je tente de parer le coup, sans succès. J'atterris contre la corde qui me brûle le bras au passage.

Merde ! Ça fait un mal de chien !

— Allez, bébé, défends-toi !

Je me redresse et lui fonce dessus sans prévenir. Mais je ne parviens pas à l'atteindre. Il a esquivé mon attaque avec une facilité déconcertante.

— Plus vite ! Il faut que tu sois plus combative.

Je réitère ma tentative, sans plus de succès. Alors Rip change de tactique.

— Imagine la scène, Kataline. Les deux types sont sortis de la voiture...

Mon cœur manque un battement.

Non... Il ne va pas...

— Ils se lancent à ta poursuite... Ils t'appellent...

C'est horrible. À mesure qu'il décrit la scène, les images s'impriment dans ma tête sans que je ne puisse les bloquer.

Je me jette sur lui avec une force décuplée. Mon bâton frôle son torse.

— Ah, c'est mieux... Tes agresseurs s'approchent... Tu n'es plus qu'à quelques mètres devant eux. Tu peux entendre le bruit de leurs pas sur le sol...

Non... pas ça, je t'en prie...

Je lance un regard suppliant à Rip, mais il continue. Instinctivement, je commence à fredonner ma chanson libératrice dans ma tête. Mais les paroles de Rip sont plus fortes. Un voile rouge commence à se former devant mes yeux.

— Rip... Je t'en prie.

Je reste face à lui, incapable de l'attaquer de nouveau. Imperturbable, il poursuit son récit.

— Ils t'ont attrapée, muse. Ils t'en veulent et vont te faire du mal...

Mes membres commencent à s'engourdir et le rouge s'accentue. Je sens que je vais perdre le contrôle, alors je trouve la force de lui crier.

— Rip... Ça... ça arrive.

Il se jette sur moi et me saisit par les épaules avec force au moment où ma conscience s'amenuise. Les yeux de Rip virent à l'argent et il se met à me parler d'une voix d'outre-tombe.

— Kataline. Écoute ma voix.

Puis, sa voix se fait lointaine lorsqu'il poursuit :

— Ne te laisse pas submerger par la colère.

J'ai maintenant du mal à distinguer les traits de son visage à travers tout ce rouge. Mais je m'accroche comme je peux à sa voix.

— Je veux que tu restes avec moi. Tu es plus forte. Essaye de garder le contrôle. Bébé... Reste avec moi.

Bizarrement, j'ai l'impression de revenir. Non, plus exactement, j'ai l'impression de rester alors que ma vue est devenue totalement rouge.

— Tu es avec moi ?

Je hoche la tête à la question de Rip.

— C'est très bien, ma belle. Reste concentrée... Maintenant, essaye de me frapper avec ton bâton.

Mes yeux descendent vers mes mains qui tiennent fermement le morceau de bois. J'essaye de bouger les doigts.

C'est étrange cette sensation de se voir à travers les yeux de quelqu'un d'autre. Comme si ce n'était pas vraiment moi qui commandais mon corps.

Rip s'écarte et se tient face à moi, les bras grands ouverts.

— Allez, muse ! Fais-toi plaisir ! Frappe un démon !

Répondant au commandement de Rip, mes bras se lèvent et lui assènent un violent coup en plein dans le ventre. Le bout du bâton vient s'enfoncer dans son abdomen, le propulsant à plusieurs mètres.

La force de ma frappe me surprend alors que j'ai l'impression de ne pas avoir fourni le moindre effort.

Rip atterrit violemment contre le poteau et sa vision me fait sortir du brouillard. Le voile rouge devant mes yeux se dissipe instantanément. Comme si je me réveillais d'un songe, je retrouve l'usage de mes membres et me précipite vers lui en même temps que les autres, qui ont assisté à la scène.

— Mon Dieu, Rip, je suis désolée...

Il semble un peu sonné et se redresse péniblement sur un coude.

— Oh Putain, bébé. Non. Ne sois pas désolée... Tu as été parfaite !

Soulagée, je me laisse tomber à côté de lui.

***

Plusieurs heures après l'entraînement, je me retrouve seule dans les vestiaires pour femmes. Nous n'avons pas retenté l'exercice, de peur de me fatiguer.

Et je l'avoue, cet épisode m'a épuisée.

Psychologiquement plus que physiquement. Me retrouver consciente pendant la crise m'a chamboulée.

Alors, je me pose de nombreuses questions. Qui restent bien évidemment sans réponses.

Rip a bien tenté de me rassurer, en me disant qu'il était normal que j'apprenne à vivre avec ma moitié muse. Que c'était quelque chose de nouveau pour moi et que je devais me laisser un peu de temps pour m'habituer.

Moi, je me demande si cette situation est normale. Mais ma vie entière n'est pas normale, n'est-ce pas ?

Je sors de la salle de douche et me dirige vers mon casier en me torturant l'esprit avec toutes ces interrogations. Mais je marque un temps d'arrêt en découvrant Jess qui m'attend patiemment assise sur un banc. En me voyant, elle se redresse.

— Tu m'en veux toujours ?

La tristesse dans sa voix ne fait qu'une bouchée de mon ressentiment. Je sais au fond de moi que Jess a agi à la demande de ma mère et qu'elle n'y est pour rien dans ses décisions. Je secoue la tête et la prends dans mes bras.

— Ah, si tu savais comme j'étais mal de ne pas être honnête avec toi. C'était une véritable épreuve...

Je soupire.

— Je sais, Jess...

Elle s'écarte et essuie rapidement une petite larme au coin de ses yeux.

— Ta mère voulait à tout prix te préserver, tu sais ? Elle aurait fait n'importe quoi...

Oui. Et c'est ce qu'elle a fait. Mais je préfère taire le fond de ma pensée. Ma tante me prend par les épaules.

— Est-ce que tu as récupéré ?

— C'était une épreuve assez étrange, mais ça va maintenant. C'est juste qu'il faut que je m'habitue...

Elle me lance un regard empreint d'inquiétude.

— Écoute, chérie, il faut que je te dise quelque chose.

Je lève les yeux au ciel. C'est une habitude en ce moment. On ne fait que m'annoncer des choses... C'en est fatigant.

— Tu es différente de ta mère. Tu es différente de toutes les autres muses, d'ailleurs. Depuis toute petite, ta manière d'agir est

541

tellement atypique et je ne crois pas que ce soit uniquement dû au fait que tu es une hybride.

— Qu'est-ce que tu veux dire ?

Elle prend une longue inspiration.

— Depuis que tu es née, ta mère a essayé de cacher ta vraie nature. Elle avait tellement peur qu'on découvre ton existence. Ton éducation n'est qu'une partie de ce qu'elle a mis en œuvre pour te protéger.

À voir la tête qu'elle fait, j'ai l'impression qu'elle va m'annoncer la fin du monde.

— Elle a fait appel à une penseuse pour étouffer ta partie "muse". Ça a fonctionné la plupart du temps. Sauf quand ta vraie nature se rebellait. Je pense que la penseuse a créé une sorte de double personnalité. Toi... et ta muse. Vous êtes deux êtres à part. Et pourtant, elle garde un pouvoir énorme sur toi.

Je reste sans voix, alors elle poursuit.

— Ça peut expliquer certaines choses. Notamment que tu perdes connaissance lorsque ta muse apparaît. Elle arrive à te faire perdre le contrôle de toi-même et...

C'est carrément flippant !

— Et ?

— Et elle peut influencer tes émotions...

Je hausse un sourcil. Jess m'attrape les mains et me fixe droit dans les yeux.

— Tu ne t'es jamais demandé pourquoi tu étais autant attirée par les démons ? Pourquoi un mec comme Rip pouvait te faire complètement tourner la tête ? Alors qu'il représente le mal à l'état pur ! Seules les muses s'unissent aux démons, chérie...

C'est le coup de massue. Non, je n'avais jamais mesuré ça. Ma tante se lève et me caresse doucement la joue.

— Je ne veux pas te perturber plus que tu ne l'es déjà, Kat. Mais il était important que je te mette en garde. Qui de toi ou de ta muse a le contrôle ?

Puis, sans rien ajouter, elle m'embrasse et sort du vestiaire, me laissant seule avec mes doutes.

50

Jalousie

Lorsque je retrouve Rip dans la cuisine, quelques minutes plus tard, je ne suis toujours pas remise de ma discussion avec Jess. Elle prétend que ma muse peut contrôler mes actes et mes émotions. Alors que Rip pense que ce sont mes émotions qui font agir la muse qui m'habite.

Tous les deux s'accordent par contre pour dire que nous sommes deux êtres à part entière... qui cohabitent dans le même corps.

Merde ! C'est vraiment flippant.

Et ça ne m'aide pas à trouver des réponses !

Comment cette voix dans ma tête peut-elle exister de manière indépendante ? Peut-être est-ce dû au fait que ma mère m'a conçue avec un être humain on ne peut plus normal ?

Pff, il fallait bien que ça tombe sur moi !

Rip s'aperçoit de mon tourment dès que je passe la porte. Il s'approche et plaque son torse dans mon dos en me serrant dans ses bras.

— Quelque chose te tracasse, Kataline ?

Il pose sa tête sur mon épaule et les effluves de son parfum font frémir mes narines. Je soupire et me cale contre lui.

— Je viens d'avoir une discussion avec ma tante. Mais rien de bien important.

Menteuse !

Je claque la porte au nez de ma voix et suis les tracés du tatouage qui court sur le bras de Rip.

— Quand est-ce que tu comptes faire celui que je t'ai dessiné ?

Il attrape ma main et entrelace ses doigts avec les miens.

— Dès que nous aurons réglé tous ces soucis...

Hum...

Je reviens au sujet qui occupe toutes mes pensées.

— Rip, est-ce que tu peux me parler des relations qu'il y a entre les démons et les muses ?

Je le sens se figer derrière moi.

— C'est une question étrange et... inattendue. Mais oui, je peux le faire. Je ne sais pas grand-chose à part que les démons et les muses sont très liés. Tu sais déjà que l'essence des muses peut agir sur les démons. Leur sang et surtout l'Élixir ont un pouvoir sur eux... Et c'est certainement pour cette raison que les muses attirent les démons et inversement. Nous sommes deux espèces... très liées, comme je te le disais.

Ouh là, j'ai raté un épisode, là !

— Attends... Tu n'es pas en train de me dire que les démons et les muses dépendent les uns des autres ?

Rip me lâche et me tourne face à lui. Il plonge ses yeux dans les miens.

— Pas exactement. On va plutôt dire que leur attirance mutuelle est indéfectible.

Je suis perplexe. C'est bien ce que je craignais.

— Alors... nous... ? C'est notre instinct qui nous pousse à être ensemble, n'est-ce pas ? Cette attirance qu'on éprouve l'un pour l'autre n'a jamais été vraiment rationnelle, en fait. Ce n'est pas vraiment nous. C'est notre nature qui nous force à agir. Toi le démon, et moi la... demi-muse.

545

Rip m'attrape le visage dans ses mains et me fixe avec une sorte d'adoration dans le regard.

— Oh non, ma belle. Toi. C'est autre chose. Tu es un être unique. La seule hybride vivant sur cette planète. Il n'a pas été facile de détecter ton côté muse, d'ailleurs. En temps normal, nous n'aurions jamais pris tout ce temps pour t'identifier.

— Tu veux dire que vous avez eu des doutes ?

Rip m'applique un baiser sonore sur la bouche avant de poursuivre.

— Hum hum. C'est Royce qui a senti en premier que tu avais quelque chose de spécial. Et j'ai eu la confirmation quand...

Il s'arrête...

— Quand ?

...et reprend d'une voix sourde.

— ... quand tu as eu ton premier orgasme dans les toilettes du Blue Bird...

Mon Dieu. L'épisode de la culotte...

Je me sens rougir jusqu'aux deux oreilles.

— Tu n'as aucune honte à avoir, bébé. Tu étais tellement belle à voir...

Je me mords la lèvre inférieure, ne sachant pas quoi faire d'autre.

— Au départ, j'avoue que je m'amusais beaucoup avec toi. Te voir te cacher dans tes guenilles et te retenir de me sauter à la gorge m'a beaucoup fait marrer. Tu étais mon défi du moment...

Je lui donne une tape sur l'épaule.

— Ah, ça t'amusait de me torturer !

Son regard s'assombrit.

— Mais c'est toi qui as gagné à ce petit jeu. Plus je t'embêtais, plus tu résistais et plus je te voulais...

Une idée me traverse l'esprit.

546

— Comment as-tu su ?

Il approche son visage du mien.

— Tes yeux... Ils prennent une couleur rosée lorsque tu prends du plaisir.

Ouah ! Si j'avais imaginé ça !

Je pose mon front sur son torse pour me cacher. J'ai trop honte pour affronter son regard. Mais il me lève la tête avec son index.

— Hey... bébé. C'est la plus belle chose que j'ai jamais vue... Tu ne peux pas imaginer comme ça me comble de te voir t'abandonner pour moi.

Ce mec finira par me tuer.

Il s'approche un peu plus et pose ses lèvres sur les miennes avec une douceur que je ne lui connais pas. Puis il se recule de quelques centimètres pour m'observer, avec un petit sourire en coin.

— Regarde ce que tu fais de moi. Je deviens presque romantique...

Il dépose de petits baisers sur le front, les joues, la mâchoire puis revient sur ma bouche qui s'ouvre d'elle-même.

Sa langue passe lentement sur mes lèvres. Puis Rip attrape mes cheveux pour me basculer la tête en arrière. Ses yeux plongent dans les miens et mon cœur manque un battement. La lueur argentée que j'y vois habituellement est encore plus lumineuse et reflète son désir.

— Ce n'est pas ta nature qui provoque ça, bébé... C'est juste... toi.

Il s'empare de ma bouche de nouveau, et cette fois, son baiser est beaucoup plus sensuel, presque brutal.

Je gémis en m'accrochant à lui. Ses mains descendent sur moi et d'un coup, mes vêtements me semblent beaucoup trop encombrants.

Mais un bruit dans la maison me rappelle que nous sommes dans la cuisine, en pleine journée, et que même si tout le monde est au dôme, n'importe qui pourrait entrer et nous surprendre.

Je m'écarte à contrecœur, mais comme s'il avait lu dans mes pensées, Rip claque les deux portes d'un geste de la main et les verrouille à distance.

— Hors de question que je m'arrête là, ma belle.

Il m'attrape par la taille et me pose sur le plan de travail. Son visage est empreint de désir. Ses crocs dépassent légèrement de sa bouche et il a ce regard de prédateur qui me fait chavirer.

— Je rêve de faire ça depuis que t'as failli croquer dans ce Putain de grain de raisin !

Rien que de l'entendre, mon ventre se contracte. Est-ce possible d'avoir un orgasme rien qu'en l'écoutant ?

Cette fois, c'est moi qui me jette sur lui comme une bête affamée.

**

Une heure plus tard, je sors de la douche de Rip légèrement rassurée sur mes sentiments.

Comment pourrais-je ressentir toutes ces émotions si c'était ma muse qui était aux commandes ? Non, c'est bien moi et moi seule qui éprouve ces sentiments pour Rip. Ma muse n'y est pour rien. Si tant est qu'elle soit indépendante, bien évidemment.

J'attrape une tenue de sport dans le dressing de Rip — oui, il a fait rapatrier mes vêtements chez lui, c'est très attentionné. Je dois le retrouver au dôme pour continuer l'entraînement.

J'ai hâte que ça se termine et qu'on parte pour la Moldavie. Ma mère est en danger, et même si Royce m'affirme qu'elle ne risque rien tant que le boss a besoin d'elle, j'ai du mal à accepter qu'elle serve de distributeur de sang. A priori, il y a une dizaine de muses en captivité. Enfin, d'après le dernier recensement, dixit Royce quisait-tout. Quelques autres vivraient cachées pour ne pas subir les tortures des producteurs d'Élixir.

Donc, avec ma mère, nous comptons parmi les dernières muses vivantes.

Le départ est prévu pour la semaine prochaine. Et j'ai hâte de partir. Mais il faut attendre la fameuse soirée d'intégration qui a lieu ce week-end.

J'ai appris que ce que je pensais au départ être une soirée étudiante des plus banales était en fait un casting géant pour futurs disciples. C'est dingue !

Tous les deux ans, les Saveli organisent cette petite fête pour recruter et agrandir leur clan. Cela correspond à un cycle de formation, m'a expliqué Parker. Passées les deux années, certains disciples deviennent des démons mineurs. Les autres... ben, je ne sais même pas ce qu'ils deviennent, en fait.

Ce qui veut dire que les disciples en place disparaissent au profit des nouveaux.

Alors que je suis en pleine réflexion, sur le chemin conduisant au dôme, Maxime arrive à ma hauteur.

— Hey...

— Salut, Max.

Je lui adresse un sourire franc. Je suis contente de le voir. Nos travaux en binôme me manquent et nos moments de création partagée encore plus.

— Tu vas t'entraîner ?

— Oui. Vu ce qui nous attend, nous avons tous intérêt à être prêts.

Je ne relève pas, parce que la culpabilité m'empêche de répondre.

Du coup, avec lâcheté, je change de sujet et j'en profite pour lui poser des questions à propos de la fameuse soirée.

— Dis-moi, j'étais en train de me demander... Pourquoi la soirée d'intégration a lieu tous les deux ans ? Et pourquoi vous recrutez uniquement des étudiants ? C'est un rituel ?

Il me lance un petit regard étonné.

— Plutôt une stratégie, en fait. Lorsque nous recrutons les nouveaux, les anciens laissent leur place.

Je ne vois pas le rapport.

— Comme ça, les membres de notre clan sont toujours jeunes et en bonne santé. C'est important au moment de l'adhésion...

— Ah...

Je ne vois toujours pas. Mais bon, il n'a pas l'air très loquace, alors je laisse tomber pour le moment.

— Et toi ? Comment tu vas ? Je sais qu'on n'a pas eu beaucoup de temps pour discuter.

— Oui, tu es toujours très occupée...

Je tousse. À quoi fait-il allusion ?

Je préfère ne pas prêter attention à son ton ironique.

— Les entraînements sont très prenants, c'est vrai. Et je ne suis pas vraiment douée pour le combat, il faut bien l'admettre.

Maxime me lance un coup d'œil.

— Oh, mais j'ai vu tes derniers affrontements avec Rip et tu as beaucoup progressé.

Je soupire.

— Je n'ai aucun mérite. C'est la muse qui a frappé.

Merde ! En disant cela, je me rends compte que je parle d'elle à la troisième personne maintenant ! Moi qui me disais il y a à peine 5 minutes qu'elle n'existait pas en tant que telle.

— Oui, mais la muse, c'est toi, non ? Ou du moins une partie...

J'hésite à répondre pour finalement m'entendre dire :

— Oui... si on veut. Ohhh, je ne sais plus quoi penser de tout ça. J'ai l'impression que plus j'avance dans mes réflexions, plus je m'embrouille. On me dit tout et son contraire et je ne sais plus que croire.

Maxime m'arrête par le bras.

— Écoute, Kat. S'il y a un conseil que je peux te donner, c'est de t'écouter toi-même. Toi seule sais ce que tu ressens.

Le silence s'installe alors que nous descendons les escaliers qui mènent au sous-sol.

C'est Maxime qui le rompt.

— Comment ça va ? Avec Rip ?

Ouah, si je m'attendais à ça.

La surprise me fait trébucher et je me rattrape de justesse à la rambarde.

— Oh, désolé. Je ne voulais pas te perturber, Kat.

Je lui lance un regard suspicieux.

— Non, non. Ce n'est rien. Et pour répondre à ta question, eh bien, ça se passe... plutôt bien. Tu n'as pas à t'inquiéter.

— Je ne m'inquiète pas. Ou plutôt je ne m'inquiète plus.

Mes sourcils se lèvent en accents circonflexes. Mais il n'en dit pas plus.

— Euh, si tu pouvais préciser le fond de ta pensée, Max. Je ne suis pas télépathe.

— Au début, Rip s'intéressait à toi pour s'amuser.

Oui, ça, je le sais déjà.

— Mais là, j'ai l'impression que quelque chose chez lui a changé. Il est... différent. Oh, je ne dis pas que j'approuve complètement votre relation. Tu connais mes sentiments pour ça. Mais, maintenant, je sais qu'il ne veut pas te faire de mal. Il te traite différemment des autres.

551

Ah ben, merci de me le dire !

— C'est gentil de me rassurer, Max. Parce que moi, je suis pleine de doutes...

— Tu n'as pas à l'être, je t'assure.

Il me prend par les épaules pour me réconforter et je pose ma tête contre lui en signe de reconnaissance.

Malheureusement, c'est ce moment que choisit Rip pour apparaître au coin des escaliers du dôme. Il nous lance un regard assassin alors que sa mâchoire se crispe.

— Ah. Tu daignes enfin venir. J'ai cru que je devrais aller te chercher.

Sa voix est coupante comme une lame de rasoir. Je lève les yeux au ciel pour lui montrer ma désapprobation. Mais au fond de moi, je jubile.

Rip est jaloux !

51

Le grand soir

Le grand soir est arrivé !

Oui, ce soir, c'est la soirée d'intégration. Celle dont tout le monde parle depuis à peine deux semaines et dont les entrées s'arrachent déjà à prix d'or... Celle qui attire les foules d'étudiants avides du son assourdissant des guitares électriques et des voix écorchées.

J'avais du mal à croire que l'annonce du concert provoquerait un tel engouement. Mais quand j'ai vu le compteur des ventes de places sur le site internet, j'ai dû me rendre à l'évidence.

Eh oui, c'est de la pure folie. Les Cursed se produisent sur scène et des centaines de fans se pressent aux guichets du marché noir virtuel. Waouh ! J'en arrive à oublier les vraies raisons de cette soirée tant la liesse générale est contagieuse.

Et lorsque je retrouve Jess et Jennifer dans le dressing de la chambre d'amis, je suis presque excitée à l'idée de cette soirée. Je devrais avoir honte, mais ce serait mentir que d'arborer un air maussade. J'ai la sensation que je vais vivre quelque chose d'unique, qui n'est ouverte qu'à un certain nombre de privilégiés.

Ma tante m'accueille avec un sourire.

J'ai décidé de lui pardonner son silence sur ma vraie nature, ma famille et tout le reste... Comment pourrais-je continuer à lui en vouloir de choses pour lesquelles elle n'y est pour rien ? J'ai fini par accepter le fait qu'elle a agi à la demande de ma mère. Je la comprends, au fond. Qui ne ferait pas tout par loyauté envers sa sœur ?

— Eh, tu m'as l'air bien guilleret, dis donc ! m'interpelle ma tante en s'asseyant sur un fauteuil.

— Je n'ai pas beaucoup d'occasions de me changer les idées en ce moment, alors, oui, j'avoue que cette soirée me fait l'effet d'une bouffée d'oxygène.

Elle m'adresse un sourire chaleureux.

— Eh bien, écoute, ce n'est pas moi qui vais te reprocher quoi que ce soit. Je sais ce par quoi tu es passée, je sais ce que tu as vécu et je sais ce qui t'attend, alors si tu peux redevenir une jeune femme insouciante le temps d'un soir, alors profites-en. Nous aurons tout le temps ensuite de nous préoccuper des vrais problèmes.

Je lui adresse un signe de tête reconnaissant. En guise de réponse, elle s'approche de moi et me prend par les épaules.

— Alors, dis-moi, chérie... Comment se passe ton entraînement ?

Ah, l'entraînement ! Parlons-en...J'ai encore en souvenir les bleus de mes échanges musclés avec Rip. Il ne m'a laissé aucun répit cette semaine, ni le jour ni la nuit.

— Alors, je dirais : intense, épuisant et... douloureux. Mais j'avoue que je suis assez satisfaite de moi. Je pense que j'ai pas mal progressé depuis la première fois. J'arrive à me contrôler plus facilement et je suis même parvenue à mettre Rip au tapis plusieurs fois. Ce qui n'est pas rien...

Elle me fixe avec attention.

— C'est bien. Je suis contente que tu arrives à gérer.

— Oui, moi aussi.

Je sais pertinemment qu'elle fait allusion au fait que je parvienne à contrôler mon côté muse et à la faire surgir à la demande.

554

Pour moi, c'est un début de réponse au problème que je n'arrivais pas à résoudre. Oui, la muse est là, en moi. Mais maintenant, j'ai la certitude que c'est moi qui suis aux commandes de mon corps et de mon esprit. Et ça, c'est une vraie victoire !

Ma tante me tapote dans le dos et ajoute avec un clin d'œil :

— Je suis contente qu'on sorte ce soir, Kat. Ça va être exceptionnel !

— Et il paraît que le groupe est sympa, en plus !

— Ouais. Les Cursed ! C'est de la bombe, plaisante Jess en souriant. Je crois que je n'ai jamais vu un groupe aussi bon ! Ce serait un sacrilège de les louper. Et puis, nous avons la chance d'avoir des places aux premières loges, alors...

— Oui, et ce n'est pas n'importe quelle soirée, intervient Jennifer de sa petite voix douce.

Des étoiles brillent dans ses yeux. Oui, c'est vrai. Ce soir, c'est le recrutement des disciples.

— Tu as déjà assisté à une soirée d'intégration, il me semble, non ? lui demande Jess.

Elle hoche la tête.

— Et alors ? C'était comment ?

— C'était l'année dernière, lorsque j'ai été recrutée. J'ai peu de souvenirs de cette nuit-là, mais ça a changé ma vie...

. Comment peut-elle prétendre avoir oublié ce qui s'est passé et mentionner en même temps un tel bouleversement ?

— Attends, tu veux dire que ça t'a changé la vie, mais que tu ne te souviens pas de la soirée ?

— Han, han.

— Aucun souvenir ? Rien ?

La voix de Jennifer se fait lointaine, comme si replonger dans ses souvenirs la ramenait une année en arrière.

555

— Enfin, si... Ou plutôt une sensation. L'impression de me sentir libre comme l'air. C'est comme si on m'avait ôté un poids énorme de la poitrine. Mais je ne saurais dire ni comment c'est arrivé ni pourquoi.

La lueur qui traverse ses yeux reflète un bonheur indicible, proche de l'extase. Je jette un coup d'œil à ma tante qui regarde la jeune femme avec envie.

— Eh bien, ça donnerait presque envie ton histoire ! J'ai hâte de voir cette soirée ! dit-elle d'une voix un peu trop enjouée. Bon, alors maintenant, si on passait aux choses sérieuses ? Comment est-ce qu'on s'habille ?

Elle se met à fouiller dans les penderies de la chambre d'amis et en retire plusieurs tenues beaucoup trop dénudées à mon goût. J'ouvre des yeux gros comme des soucoupes pour le lui faire comprendre.

— Quoi ? Tu ne crois tout de même pas que tu vas aller à cette soirée déguisée en nonne ! Hors de question. Je te rappelle que tu sors avec le leader du clan ! Celui avec qui toutes les filles rêveraient de finir leur nuit. Tu seras le centre de l'attention ce soir, ma belle ! Alors tu as une image à respecter.

Je retrouve enfin ma tante ! Celle que j'ai appris à connaître il y a à peine deux ans et qui a gagné mon affection par sa gentillesse et son humour décalé.

Elle me tend une sorte de combi-short en cuir noir et un débardeur loose en soie.

— Tiens, tu devrais essayer ça ! Tu seras canon là-dedans !

Jamais de la vie !

— Euh... Je crois que c'est un peu trop... léger pour moi. J'ai toujours froid dans les soirées.

— Alors, peut-être ça ?

Là, c'est carrément une robe moulante tellement étriquée que je ne sais même pas comment je pourrais me faufiler à l'intérieur. Je secoue la tête en faisant la grimace.

— Oh là, là, t'es vraiment pas facile, toi !

— Peut-être que Kat préférerait quelque chose de plus sobre ? intervient Jennifer.

Oh Putain, j'ai envie de l'embrasser ! Merci, mon Dieu ! Je hoche la tête avec vigueur.

— Alors, on devrait peut-être arrêter de fouiller dans les fringues des ex de Rip, dit-elle avec un petit sourire.

Quelle horreur ! Dire que j'ai failli porter ça !

***

L'heure est venue...

Je suis dans le Hummer qui nous mène, Rip, Royce, Jennifer et moi à la salle de concert. Les autres nous suivent et nous formons une jolie file de voitures. Tout le monde est de la partie, à part mon père et Rosa qui sont restés au domaine.

C'est Royce qui est au volant et moi, je suis à l'arrière avec Rip. Nous faisons le trajet en silence. La musique des White Stripes envahit l'habitacle et nous empêche de parler. Je me concentre sur les paroles de Seven Nation Army pour éviter de trop penser.

En vain. J'ai le cœur qui bat la chamade. Je ne sais pas si c'est la présence de Rip à mes côtés, avec son allure de rock star et son charisme à faire fondre les glaciers, ou si c'est l'enjeu de cette soirée qui me met dans cet état. C'est étrange. C'est comme si je pressentais quelque chose...

Rip m'attrape la main et je sens sur moi l'intensité de son regard. Il se penche et me susurre à l'oreille, sa bouche frôlant ma peau sensible.

— Tu es splendide, bébé... Si nous étions seuls dans cette voiture, ça ferait longtemps que je t'aurais arraché ces jolies fringues.

J'ai pourtant abandonné l'idée de porter une tenue habillée et j'ai opté pour quelque chose de simple, mais efficace. Un jean basique, des boots et un top original légèrement pailleté pour le côté festif. Je ne vois vraiment pas ce qu'il y a d'attirant dans mes vêtements.

À moins que Rip ne soit sensible au léger maquillage que ma tante s'est appliquée à me faire ? Ou aux créoles qui dansent à mes oreilles ? Peut-être à ma chevelure relevée en un chignon vite fait ?

À ce moment précis, la voix dans ma tête hurle comme une crécelle.

Quand est-ce que tu vas arrêter de faire l'hypocrite, Kat ?

OK, j'avoue. C'est le dos nu de mon top qui fait briller les yeux de Rip. Il est tellement échancré qu'il découvre quasiment tout mon dos jusqu'à la taille. Les fines lanières s'entrelacent et lui donnent un côté très sexy. J'entends encore les paroles de Jess lorsque j'ai enfilé ma tenue : "Putain, c'est parfait, Kat ! Ce top met carrément en valeur ta chute de reins et ce jean te fait un cul d'enfer ! Si tu ne portes pas cet ensemble, je te jure, je ne viens pas à la soirée !"

Je ne sais pas si j'ai bien fait de l'écouter... ou pas.

— J'aime beaucoup cette petite chose... Mais j'aime encore plus ce qu'elle cache.

La voix rauque de Rip me donne des frissons. À moins que ce ne soit son doigt qui glisse maintenant sous la fine bretelle de mon débardeur.

Il se mord la lèvre et son piercing brille dans la pénombre de l'habitacle.

— Ça me donne envie de te lécher... sur tout le corps.

Sa langue suit lentement le contour de sa bouche.

Ouh... C'est moi ou la température est montée de plusieurs degrés ?

Son doigt remonte le long de mon cou pour suivre ma mâchoire et glisser sur ma bouche, provoquant au passage des milliers de frissons. Sans réfléchir, les yeux rivés aux siens, je l'attrape entre mes lèvres et le mordille du bout des dents.

Une lueur argentée passe furtivement dans les yeux de Rip.

Il ouvre la bouche, mais au moment où il s'apprête à dire quelque chose, la voiture s'arrête.

— Nous sommes arrivés. Vous ferez des cochonneries plus tard.

Rip serre la mâchoire et se tortille sur son siège.

— Putain ! Ce jean est beaucoup trop serré, maintenant.

Je me sens rougir jusqu'à la racine des cheveux, mais au fond de moi, je suis ravie de mon petit effet. Royce me lance un sourire entendu, signe qu'il a bien compris ce qui se passait à l'arrière de la voiture, alors je me précipite à l'extérieur, les joues en feu.

La honte !

***

Lorsque je descends du Hummer, mon cœur bat encore la chamade. Je suis surprise de découvrir la file qui attend pour entrer dans la salle. Des dizaines de personnes se pressent déjà à la porte du bâtiment.

— Ouah ! Tout ce monde !

Parker, qui nous a rejoints avec Maxime, Jess et Kris, m'attrape par les épaules et m'entraîne à sa suite.

559

— Eh, ce sont les Cursed qui se produisent ce soir, je te rappelle. Les filles vont mouiller leur petite culotte !

Royce lui donne une tape sur la tête.

— Arrête de faire l'andouille, Park.

Puis, il désigne une porte d'accès, à l'arrière du bâtiment.

— Venez par ici. On sera plus tranquille en restant loin des candidats.

Nous pénétrons dans une sorte d'arrière-salle qui conduit à un vestiaire puis à une salle de spectacle qui peut accueillir au moins cinq mille personnes. Au fond, la scène se dresse fièrement et est déjà éclairée par de nombreux projecteurs, prête à accueillir les artistes.

Dès que nous entrons, un type immense vient à notre rencontre. Je le reconnais illico. C'est le videur du Blue Bird, celui qui surveillait le carré VIP.

— Tout est prêt, Royce. On va bientôt pouvoir ouvrir les portes. Les meneurs sont tous là.

— Merci, Yass. Encore une fois, on peut compter sur toi. Tu seras récompensé comme il se doit.

Yassine baisse la tête avec respect.

— Ah, et Marcus est déjà arrivé.

Marcus. Je ne l'ai pas revu depuis ma première altercation avec les mercenaires.

– Hey !

Quand on parle du loup. L'archer arrive vers nous les bras ouverts, un sourire jusqu'aux deux oreilles.

Dès qu'il me voit, il se dirige droit sur moi et me prend dans ses bras comme si nous étions les meilleurs amis du monde. Je me retrouve complètement enveloppée par ses bras énormes et sa stature de gladiateur. Seuls mes yeux dépassent de ses épaules, juste assez pour voir le regard noir de Rip nous fusiller.

— Kat ! Je suis heureux de te voir.

Je toussote, mal à l'aise, et tente de me dégager comme je peux.

— Oui, moi aussi, Marcus. Je ne pensais pas te revoir vu que tu avais disparu.

— Oh, je ne suis jamais bien loin. Mais les affaires sont les affaires...

Il se penche vers moi et me glisse à l'oreille.

— Alors, lequel des deux frères a gagné ton petit cœur ?

Je lance machinalement un coup d'œil à Rip et Marcus ricane.

— Je m'en doutais... c'est le démon.

Il m'adresse un sourire malicieux et je décide de changer de sujet, rouge comme une tomate.

— Et toi ? Qu'est-ce que tu fais ici ? Je croyais que tu étais un guerrier solitaire ?

Il désigne Rip du menton.

— J'aime bien venir donner un coup de main à mon pote.

Je lève un sourcil et il enchaîne.

— Ce ne sera pas la première fois.

Puis il me laisse en plan pour retourner vers Rip avec qui il échange quelques mots. Je les surprends à me lancer des coups d'œil à plusieurs reprises. Ils parlent de moi, c'est certain. Vexée, je décide de les ignorer et me tourne vers ma tante.

— Vous savez comment ça va se passer maintenant ?

Jess secoue la tête.

— Je n'en ai aucune idée.

Jennifer s'avance alors.

— Il me semble qu'ils vont jouer quelques morceaux en premier.

Ma tante m'attrape par le bras.

— OK, alors ne perdons pas de temps. On va vite s'installer à une table. Parce qu'avec le monde qu'il y a, nous n'aurons jamais de place si nous ne nous y prenons pas à l'avance. Et avec mes talons de douze, je n'ai pas envie de passer la soirée debout.

Machinalement, je jette un coup d'œil à Rip.

Tu fais quoi, là ? Tu demandes la permission ? Et puis quoi encore !

Merde ! C'est la petite voix qui revient à la charge. Et elle a encore raison ! Qu'est-ce qui m'arrive ?

Rip est en pleine discussion avec Marcus, mais comme s'il sentait mes yeux sur lui, il se tourne vers moi. Lorsque nos regards se croisent, il y a comme de l'électricité dans l'air. Sans plus attendre, il laisse son interlocuteur en plan pour s'approcher et m'attirer contre lui. Il attrape ma nuque des deux mains pour me relever la tête.

Et comme à chaque fois qu'il me touche, je suis complètement paralysée par le désir qu'il provoque en moi. Mon corps s'arc-boute contre lui comme s'il agissait de lui-même. Ma volonté s'annihile et ma petite voix se noie dans les yeux de Rip.

Il se penche, lentement... et au moment où ses lèvres me frôlent, il laisse libre cours à la passion qui l'habite. Sa bouche s'écrase sur la mienne et la force à s'ouvrir.

Merde ! Tout le monde nous regarde !

C'est la dernière pensée rationnelle qui me traverse l'esprit avant que je ne succombe. Impossible de rester de marbre lorsque sa langue taquine la mienne avec autant de sensualité. Je m'accroche à lui et me plaque contre son torse, répondant au besoin impérieux de sentir son corps contre le mien.

Au bout de plusieurs secondes, Rip s'écarte de moi comme à contrecœur et termine son baiser par un petit coup de langue sur mes lèvres. Lorsqu'il me relâche, j'ai les joues en feu, la gorge sèche et le corps secoué de tremblements incontrôlables.

— Je vais devoir t'abandonner pendant un moment, bébé. Mais on terminera notre... discussion plus tard, je te promets.

Il passe son pouce sur ma lèvre inférieure avant de s'éloigner en disant :

— Fais-moi plaisir. Ne reste pas trop loin. Je veux avoir les yeux sur toi lorsque je serai sur scène.

Il s'éloigne avec les autres membres du groupe à sa suite. Je reste coite et le regarde se diriger vers les vestiaires, sans avoir pu prononcer le moindre mot !

Au moment où il atteint la loge, il me couve du regard pendant quelques secondes avant de disparaître à l'intérieur.

Mes yeux restent bloqués quelques secondes sur la porte qui s'est refermée. Je me sens comme une idiote. Je suis partagée entre plusieurs émotions contradictoires. D'un côté, mon absence de volonté me met hors de moi et de l'autre, je suis complètement sous son charme. C'est terrifiant cette attraction qu'il exerce sur moi.

Lui qui voulait crier haut et fort que nous sommes ensemble. Eh bien, c'est chose faite !

Mais j'ai vraiment du mal à m'y faire. C'est tellement nouveau pour moi, cette situation. Je suis en couple ! Avec le démon le plus sexy qui existe sur terre ! C'est à la fois simple et tellement compliqué. Complètement irrationnel !

— Putain, le premier mec qui me regarde avec ces yeux-là, je l'épouse... dit une voix à côté de moi.

Je me retourne, et, passé l'instant de surprise, je saute au cou de la fille qui me fait face avec un sourire jusqu'aux oreilles.

— Justine !

52

Intégration

Justine est là ! Avec Mat, Marco et Samantha.

— Justine ! Mais qu'est-ce que vous faites ici ?

— Ben, c'est la soirée d'intégration, et en prime le concert des Cursed ! On n'allait pas s'en priver !

Elle secoue ses billets devant moi.

— On a pu rentrer avant tout le monde. C'est cool.

Ses frères me fixent avec des yeux ronds, comme si j'avais décroché la lune. Mais je n'ai pas le temps de m'interroger que Justine revient sur le sujet de départ. Sujet qui me met on ne peut plus mal à l'aise.

— Alors ? Toi et Rip, hein ? Putain, je me doutais que ça finirait comme ça ! Il t'avait dans sa ligne de mire ! Ça se voyait rien qu'à la manière dont il te dévorait des yeux... Et toi ? Tu craques complètement ? Avoue.

Je détourne le regard, rouge pivoine.

— Arrête. C'est horrible. J'ai l'impression de ne plus rien contrôler. C'est carrément flippant.

— Eh, mais bien sûr que non ! C'est normal. C'est l'amour..., répond-elle en mettant sa main sur son cœur en prenant une posture dramatique.

Je fais la moue. Je ne suis pas prête à assumer cet aveu pour l'instant. C'est déjà un énorme effort de me montrer en couple avec Rip...

— Arrête. C'est plus compliqué. Rip représente tout ce qui m'énerve chez un homme. Il est trop charismatique, trop sûr de lui, trop vaniteux... Trop tout. Et pourtant, je n'arrive pas à lui résister.

— Trop beau, trop sexy, trop bien gaulé, intervient Sam avec envie. C'est du sexe en barres, tu veux dire ! Il faudrait être nonne ou lesbienne pour arriver à dire non à un mec pareil. Et sa réputation au lit n'est pas infondée, hein ? Dis-moi ?

Elle me fait un clin d'œil entendu. Merde ! J'espère qu'elle n'a jamais...

— T'inquiète, je ne fais pas partie de son tableau de chasse. Mais toutes celles qui y figurent ne tarissent pas d'éloges. En tout cas, je suis étonnée que tu aies succombé. Je pensais que tu serais une des rares à le maintenir à distance.

— Malheureusement, ce n'est pas le cas. Et ça me fiche carrément la trouille ! C'est simple, je ne me reconnais plus. Je fais des choses que je n'aurais jamais imaginé faire. Il me provoque, me pousse dans mes limites.

J'ai l'impression de me parler à moi-même et c'est sans filtre que je poursuis ma réflexion.

— En général, les hommes m'inspirent des sentiments plutôt négatifs : soit ils me dégoûtent, soit j'ai envie de les tuer ! Alors que Rip... il m'attire comme un aimant. Je ne sais pas pourquoi avec lui, c'est différent.

Ma tante lève un sourcil et m'adresse un regard qui semble dire : « l'explication est très simple. Rip est un démon... et toi une muse. Je t'avais dit qu'il ne pouvait pas en être autrement ! »

Je lui lance un regard noir. Hors de question qu'elle évoque ça devant mes amis.

— Eh bien, Rip aura fait fondre tous les cœurs, même les plus coriaces, intervient Sam avec un air tragique.

565

— En tout cas, je ne l'ai jamais vu aussi... possessif et exclusif, répond Mat.

Je me mords la lèvre. Je ne sais pas si je dois prendre sa remarque comme un compliment ou une mise en garde. Je me souviens qu'il faisait partie des personnes qui me disaient de me méfier de la dangerosité de Rip.

— En attendant, je sais que je peux faire une croix sur ce beau mâle dominant, dit Sam avec une moue qui en dit long. Tant pis, je vais me rabattre sur l'Oméga !

Merde ! Elle fait vraiment allusion à Maxime, là ?

Je m'apprête à intervenir, mais Justine me devance.

— Si tu t'approches de Maxime Saveli, je te crève les yeux, Samantha Lockford !

Sam recule en prenant un air horrifié.

— Hey, mais tu avais qu'à le dire que c'était chasse gardée ! OK. Je vais me rabattre sur Parker, alors !

Justine éclate de rire.

— J'y crois pas ! Tu ne changeras jamais, toi !

Puis, elle se tourne vers moi et passe son bras sous le mien.

— Allez, viens, en attendant, on va s'asseoir. Tu as plein de choses à me raconter, toi !

***

Lorsque Mat et Marco reviennent à notre table avec nos consommations, la foule est déjà entrée dans la grande salle. Pas moins de cinq cents personnes se pressent pour s'installer.

Je me félicite d'avoir une place privilégiée vers le devant de la scène. Ça a quelques avantages de sortir avec le chanteur du groupe.

Ignorant le flux incessant de spectateurs qui se pressent autour de nous, Justine me questionne à voix basse.

— Alors, c'est comment de sortir avec un démon ?

Je manque de m'étouffer dans mon verre de soda.

— Quoi ?

— Ne t'inquiète pas, Kat. Ici, tout le monde est au courant. C'est d'ailleurs pour cette raison que nous sommes à cette soirée. Nous l'attendons depuis des mois...

Waouh !

— Tu veux dire que vous venez ici pour... le recrutement ?

Elle hoche la tête.

— Comme toutes les personnes présentes ici ce soir. Même si tout le monde n'a pas le même degré d'informations. Mes frères travaillent pour les Saveli depuis des années. Ils savent qui ils sont. Et moi, je rêve de devenir une disciple depuis que je sais que les démons existent.

— Mais comment c'est possible ? Tous ces gens qui viennent... ?

Je balaye l'assistance des yeux. Des dizaines de garçons et de filles qui sont susceptibles d'intégrer le clan des démons.

— En fait, ils ne sont pas vraiment au courant de ce qu'ils viennent faire ici. Pour eux, c'est une soirée privée comme une autre, et ils ont la chance de faire partie des privilégiés. Les fraternités de l'Université sont un bon moyen pour les démons d'identifier des recrues potentielles. Les meneurs sont chargés de choisir des personnes assez ouvertes et solides qui pourront encaisser la vérité.

Je me souviens de la conversation que j'avais eue avec Maxime à ce propos. Il m'avait dit que la loyauté envers les membres d'une même fraternité était infaillible. Je sais maintenant qu'il parlait de ça.

Mais ma curiosité n'est pas satisfaite pour autant. J'aimerais comprendre.

— Mais vous savez en quoi consiste l'intégration, exactement ?

C'est Kris qui répond.

— Lorsque les démons veulent renforcer l'effectif de leur clan, ils recrutent des disciples. Des personnes qui les serviront avec dévouement. En échange, ils leur offrent force, vitesse, résistance... et beaucoup d'autres avantages. C'est un pacte, en quelque sorte.

Mes yeux tombent sur un groupe de jeunes punks qui ne m'est pas inconnu. Ils étaient chez les Saveli la première fois que je suis allée chez eux pour travailler avec Maxime. Ils m'avaient semblé complètement sous l'emprise charismatique de Rip. Je sais maintenant pourquoi.

— Oui, ce sont bien des disciples. Et des chefs de fraternité. On les reconnaît à leur tatouage qui représente le blason du démon majeur.

Le papillon sphinx... Je me rends compte maintenant qu'ils ont tous le même, placé à différents endroits du corps. Je tourne la tête et mes yeux se plantent dans ceux de Kris.

— Et comment ça se passe exactement ?

— Tout ce que je peux te dire pour le moment c'est qu'il y a une cérémonie.

Je fronce les sourcils.

— Et n'importe qui peut être recruté ?

— Non, bien sûr que non. C'est justement le but de la soirée. C'est de choisir ceux qui ont les prérequis.

Je ne réagis pas, mais ma question muette trouve réponse.

— Les disciples doivent être forts moralement et physiquement, volontaires, fiables. Ce sont des personnes saines de corps et d'esprit, répond Mat en se redressant pour bien montrer qu'il répond aux critères de recrutement.

Ouah... Ça ressemble un peu à une secte.

— Mais les gens qui sont ici ce soir sont au courant de ce qu'ils vont devenir ? Et personne ne s'enfuit ?

Jess hoche la tête.

— Les démons ont une force de persuasion hors du commun. Ils peuvent intervenir directement dans ton esprit sans même avoir à prononcer le moindre son.

Kris intervient d'une voix sourde, les yeux dans le vague comme s'il se remémorait un souvenir.

— Ils te font voir des choses que tu n'imaginais même pas dans tes rêves les plus fous. Des choses qui peuvent être magnifiques ou... effrayantes. Ils peuvent te libérer ou te détruire...

Merde... Kris...

Je lui lance un regard inquisiteur et il hoche lentement la tête en signe d'assentiment.

— Tu en es un...

— Étais, précise-t-il. Je ne le suis plus depuis longtemps. Mais je suis resté dans le cercle.

Il me sourit avec une once de regret dans les yeux.

OK. De mieux en mieux.

Jess pose sa main sur son bras, et Kris attrape sa bière pour en boire une grande gorgée. Il se tourne ensuite vers la scène sans plus répondre, juste au moment où le groupe de Cursed au grand complet fait son apparition.

— Ça commence, dit Justine en tapant dans ses mains avec impatience.

***

La lumière s'éteint brusquement dans la salle et soudainement, le public crie et scande son impatience. Puis les projecteurs s'allument, les uns après les autres, et éclairent la scène de leurs faisceaux colorés.

Les Cursed s'avancent sous les acclamations des fans. Tout le monde a les yeux rivés sur les quatre membres du groupe qui s'installent avec leurs instruments. Mais les miens ne voient que Rip, comme aimantés par sa présence.

Il s'empare de sa guitare et branche le câble qui la relie à l'ampli avec des gestes précis. J'observe le moindre de ses mouvements, hypnotisée par son charisme dévastateur. Comme d'habitude, il a une allure folle avec son débardeur noir griffé, son jean sombre déchiré et ses bottes en cuir clouté. Ses tatouages ont l'air de prendre vie au rythme de ses mouvements et lui donnent un côté fascinant.

Il se dégage de lui une telle aura, un tel mélange de puissance, de dangerosité et de sensualité... J'imagine aisément toutes les filles présentes en train de fantasmer sur lui.

Je scrute la salle avec une pointe de jalousie et je ne peux que constater que j'ai raison. Oui, les filles et même certains garçons fixent Rip avec adoration.

Avec un soupir, je reporte mon attention sur le reste du groupe. Max ajuste la sangle de sa basse, Parker chauffe ses baguettes de batterie et le quatrième musicien règle sa pédale d'effets.

Et là, je tombe des nues lorsque je réalise que le quatrième membre du groupe, c'est Marcus !

Je tourne la tête vers Kris.

— Hey, Marcus fait partie des Cursed ?

Le mec de ma tante prend un air étonné.

— Bien sûr ! Il en a toujours fait partie.

— Mais...

La seule fois où j'ai vu les Cursed se produire, je n'ai pas vraiment prêté attention au guitariste. Pourtant, dans mon souvenir, il s'agissait d'un mec assez grand avec une allure plutôt sage qui le faisait passer presque inaperçu. Je me souviens de son jean tout simple, de son t-shirt blanc et de sa coiffure lisse avec sa raie sur le côté savamment dessinée. Il contrastait avec le reste du groupe.

Le Marcus de ce soir est complètement différent. Plus rock, plus sombre. Plus Cursed.

Une fois installé, Rip lève la tête et lance un coup d'œil circulaire à l'assistance comme s'il cherchait quelque chose ou quelqu'un. Presque instantanément, il trouve sa cible.

Ses yeux se rivent aux miens et, comme à chaque fois, mon cœur s'emballe. Pendant quelques secondes, son regard semble me caresser, provoquant en moi des milliers de frissons. Puis il me fait un clin d'œil et m'envoie un baiser avec son poing fermé.

La signification de son geste me va droit au cœur. Je sais qu'il fait tout ça pour moi. Pour m'aider à retrouver ma mère. Et ça me touche énormément.

Je lui adresse à mon tour un petit signe et, machinalement, je me caresse la nuque, à l'endroit où il a apposé sa marque. Mon geste semble lui plaire, car une lueur argentée passe dans ses yeux.

Sans cesser de me regarder, Rip attrape le micro, sous les applaudissements et les cris de la foule.

— Hey ! Est-ce que vous êtes prêts à vibrer ce soir ?

Les hurlements redoublent d'intensité et Rip se tourne vers son public.

— Alors, on va vous donner tout ce qu'on a, mes amis. Ce soir, vous allez vivre quelque chose d'unique ! Et ça commence par ça...

Il entame, de sa voix rauque et éraillée, un morceau de rock endiablé qui met le feu à la salle tout entière.

Puis, s'ensuivent plusieurs morceaux, tous plus rythmés les uns que les autres. Au bout d'une bonne demi-heure, la salle est en transe, sautant, vibrant au son des guitares et de la batterie.

La voix de Rip est puissante et transporte la foule dans des univers sombres et effrayants. C'est comme s'il voulait faire passer des messages. Comme s'il voulait les prévenir de ce qui les attend en rejoignant le clan. Mais bien évidemment, il n'y a que ceux qui savent qui peuvent être sensibles à ce genre de choses.

Les jeunes présents dans la salle n'ont aucune idée de ce qui va se passer. À vrai dire, moi non plus.

Je me demande quand et comment va commencer la fameuse cérémonie. Parce que pour l'instant, la soirée a vraiment l'allure d'un concert tout à fait normal.

Mais l'atmosphère change brusquement lorsque Maxime entame une intro beaucoup plus calme que les précédentes. C'est un air lent, langoureux, presque hypnotique. Marcus et Rip se lancent un regard entendu alors que Parker se met à taper un rythme entêtant sur sa batterie.

Je me laisse porter par la musique sans vraiment prêter attention à ce qui se passe. Mais quand Rip commence à chanter, mon cœur s'arrête. Sa voix rauque et sensuelle a laissé place à une autre, démoniaque et terrifiante.

Il se met à psalmodier des paroles que je ne comprends pas.

Lorsque les quatre musiciens lèvent la tête, leurs yeux brillent dangereusement dans la nuit.

53

Les âmes pures

Le bruit de dizaines de chaises qui tombent au sol me fait l'effet d'une gifle. Affolée, je regarde autour de moi.

Merde ! Mais qu'est-ce qui se passe ?

Le temps semble s'être arrêté d'un seul coup. Plus personne ne bouge. Tout le monde est figé dans la même position, debout, la tête levée vers le plafond, les yeux grands ouverts et fixes...

Paniquée, je me redresse, faisant tomber ma chaise à mon tour. Sans réfléchir, je me jette sur ma tante pour tenter de la sortir de son état hypnotique.

— Jess ! Réveille-toi ! Qu'est-ce qui t'arrive ?

Puis, démunie par son absence de réaction, je me précipite sur Justine.

— Justine...

Je tente de le secouer, mais elle est raide comme un bout de bois.

— Tu ne peux pas les réveiller, intervient Kris en me faisant sursauter. Ils sont pétrifiés.

Je secoue la tête, incrédule, et tente de réveiller Mat, Marco et Samantha... Sans plus de succès. Ils ne répondent pas. Ne réagissent pas. Figés comme des statues plongées dans un sommeil artificiel.

Mes yeux parcourent la salle à la recherche d'autres personnes qui ne seraient pas statufiées. Rien.

Je suis la seule avec Kris à être encore consciente.

La voix de Rip résonne toujours de son timbre diabolique et monocorde, bientôt rejointe par celles de Maxime, Parker et Marcus. Ils chantent des paroles incompréhensibles.

Lorsqu'ils s'arrêtent au bout de plusieurs minutes, de petits faisceaux lumineux s'élèvent comme par magie au-dessus de chaque personne. Une lumière de couleur bleue scintille telle une pluie d'étoiles à quelques centimètres des crânes levés vers le ciel. Les flambeaux dansent lentement au rythme des percussions de Parker.

— La cérémonie commence...

Je sursaute une nouvelle fois et fais volte-face.

Royce observe la scène avec une sorte de fascination et lorsqu'il se tourne vers moi, je recule instinctivement devant son regard dément.

— Je suis heureux de voir que le chant n'a aucun effet sur toi. Cela veut dire que la muse est plus forte que l'humaine... C'est bien.

Sa voix est beaucoup plus calme que la lueur diabolique qui illumine ses pupilles. Volontairement, je ne relève pas ses dernières paroles.

— Mais qu'est-ce qui se passe, Royce ? Pourquoi sont-ils tous comme ça ?

Il se place à côté de moi et fait un léger signe de tête en direction de la scène pour m'inciter à regarder.

Je m'exécute juste à temps pour voir Rip positionner ses mains l'une contre l'autre, comme s'il priait.

Dès que ses doigts se touchent, certaines lumières au-dessus des têtes changent de couleur. Les unes deviennent rouges alors que d'autres virent au vert.

Royce m'explique dans un souffle.

— Tu vois ces âmes qui changent de couleur ?

Fascinée, j'acquiesce en fixant les lueurs qui s'agitent comme sous le coup d'une petite brise.

— Les rouges pour les impures, les vertes pour les faibles... Seules les bleues sont dignes de devenir des disciples. La sélection est simple et efficace.

Ouah... Incroyable. Les flambeaux reflètent les âmes. Mes yeux examinent la salle et je m'aperçois avec effroi que très peu de lumières ont gardé leur couleur bleue originelle. Un vent de panique me parcourt l'échine et me pousse à vérifier les flammes colorées qui planent au-dessus de mes amis. Elles sont bleues...

Royce jette alors un coup d'œil par-dessus son épaule et pousse un petit sifflement. Aussitôt, les punks disciples sortent de nulle part et s'approchent de nous.

— Vous savez ce que vous avez à faire, messieurs... leur dit-il d'une voix solennelle.

Tous acquiescent et disparaissent.

Je m'inquiète de ce qui va se passer à présent.

— Et maintenant ?

— Maintenant, les âmes pures vont être marquées. Elles deviendront des disciples dans la nuit.

Quoi ?

— Mais... ? Comment est-ce possible ?

Un coup de vent caresse mon visage et Rip apparaît devant moi comme par magie. Il me fixe avec intensité.

— Kataline ! J'ai vu que le psaume n'avait aucun effet sur toi... Tu vas bien ?

Sa voix est pleine d'inquiétude et je ne peux m'empêcher de trouver ça mignon.

Mignon ! Mais qu'est-ce que tu racontes ? Tu parles à un démon qui va transformer des humains en zombies et tu le trouves mignon ?

Je me mords la lèvre. Décidément, je suis de plus en plus raccord avec ma voix intérieure. C'est mauvais signe.

— J'ai bien peur que ces petits tours de passe-passe ne fonctionnent pas avec moi, en effet. Mais je ne suis pas la seule. Kris aussi est toujours conscient.

Le mec de ma tante se renfrogne. Il n'a pas l'air ravi de sa situation.

— Ouais. Kris a déjà fait sa part, répond Rip avec une sorte de regret dans la voix. C'est l'un des seuls disciples à avoir été libérés.

Il n'en dit pas plus et son regard se pose quelques secondes sur la scène où Maxime, Parker et Marcus continuent de chanter.

— Mais…, tenté-je pour en savoir plus.

— Tu poseras tes questions plus tard. Je vais devoir continuer la cérémonie. J'en ai pour quelques minutes.

Je hoche la tête.

Quand je pense que certaines âmes pures vont devenir des disciples sans même le vouloir. J'ai l'impression de participer à une grande manipulation. Pire, je la provoque. Et pourtant, ça me laisse de marbre.

C'est insensé. Je ne devrais pas être aussi froide et impitoyable. En temps normal, je ne le serais pas. Cette situation devrait me terrifier, voire me révulser. Mais la vie de ma mère est en jeu. Et je ne passerai sur aucun sacrifice pour la sauver.

Rip m'attrape la nuque et dépose un baiser léger sur le sommet de mon crâne, comme s'il voulait me montrer sa compassion.

— Je reviens tout de suite, bébé.

Il disparaît aussi vite qu'il est apparu, laissant au passage un courant d'air glacial. Je le cherche des yeux et au bout de quelques secondes, en me concentrant, je le distingue enfin, qui passe d'une âme pure à une autre à la vitesse de l'éclair. Il reste près d'elles quelques minutes puis il disparaît pour rejoindre la suivante. Il leur tourne autour, mais je n'arrive pas à distinguer ce qu'il fait exactement.

Après avoir fait le tour de la salle, il finit par s'arrêter devant mes amis et ma tante. Alors, je découvre comment se déroule le « marquage ». Rip se place devant Justine et je ne peux m'empêcher d'appréhender ce qu'il va faire. Mais contrairement à ce que j'avais imaginé, ses gestes sont infiniment doux. Il attrape la nuque de mon amie et lui redresse doucement la tête. Lorsqu'elle se trouve face à lui, je vois au voile de ses yeux qu'elle est inconsciente.

Rip murmure des paroles que je ne comprends pas. La lumière bleue faiblit légèrement et alors, je vois s'échapper une petite fumée blanchâtre des lèvres de Justine. Un mince filet nuageux vole jusque dans la bouche ouverte de Rip.

Mon cœur manque un battement. Non ! Ne me dites pas que... Paniquée, je jette un coup d'œil à Royce qui acquiesce à ma question muette.

Une fois la fumée engloutie, Rip contourne Justine et lui relève les cheveux pour accéder à sa nuque. Puis il ouvre la bouche à son tour et souffle à la base de son cou. Sous mes yeux incrédules se dessine un papillon à l'encre de feu. Un sphinx qui prend vie sous la mine enflammée d'un stylo invisible. Lorsque le dessin se termine, il luit pendant quelques secondes, avant de disparaître complètement pour ne laisser qu'une mince cicatrice blanche. Le Sphinx est presque invisible.

J'écarquille des yeux.

— Au début de la mutation, la marque n'est qu'une empreinte transparente. Mais après la confirmation, le sphinx aura pris sa couleur naturelle, explique Royce.

Machinalement, je passe ma main sur ma nuque.

— Tu verras le tien dans quelque temps.

Rip abandonne Justine pour répéter l'opération sur Mat et Marco. Je me crispe lorsque Rip s'approche de Jess.

— Ne t'inquiète pas. Ta tante ne fait pas partie du recrutement. Bien que son âme soit pure, elle ne deviendra pas une disciple.

Royce me sourit. Une fois encore, il a deviné mes inquiétudes. Une autre question me traverse pourtant l'esprit.

— Et les autres ? Ils deviennent quoi ?

Il parcourt lentement la salle du regard.

— Les autres rentrent chez eux... intervient Rip qui est revenu vers moi.

Ses yeux s'arrêtent sur un jeune homme dont la flamme luit d'un éclat rouge sang, beaucoup plus sombre que les autres.

— Sauf quelques-uns, ajoute-t-il d'une voix machiavélique.

Je lève les sourcils et il m'adresse un clin d'œil.

— Il faut bien qu'on se nourrisse !

***

Merde !

Ne pas paniquer !

Ça fait une bonne demi-heure que tout le monde a repris possession de son corps et de son esprit, et mon cœur bat toujours autant la chamade.

Et pourtant, je fais mine que tout se passe normalement.

578

Seuls Kris et moi savons ce qui s'est passé. Les autres n'en ont aucune idée. Je ne sais pas si je dois dire quelque chose ou pas.

C'est trop flippant cette histoire d'âme qui sort de ton corps pour jouer les lampions au-dessus de ta tête. Incroyable.

Le concert des Cursed est maintenant terminé. Pourtant, le public est toujours remonté à bloc, certainement aidé par l'alcool et la musique de la sono qui a pris le relais.

Jess, Sam et Justine se trémoussent comme des folles au rythme des guitares. Je les observe du coin de l'œil, incapable d'oublier l'image de leurs corps statufiés. Elles semblent n'avoir aucune idée de ce qui s'est passé quelques minutes plus tôt. Je n'en reviens pas.

— Ben alors, Kat ? Tu ne t'amuses pas ?

Justine me prend par les épaules pour me forcer à bouger. Je me dégage et fais la grimace.

— Je ne sais pas... J'ai du mal à me concentrer sur la musique. Et toi ? Tu as l'air... bien.

— Tu plaisantes ! J'ai une pêche d'enfer ! J'ai l'impression de sortir d'une semaine de remise en forme dans un centre de thalasso ! C'est dingue !

Oui, c'est dingue...

Encore une chose que mon cerveau a du mal à digérer. Mais bon, depuis peu, je ne doute plus de rien. Tout peut arriver dans ce monde étrange dans lequel ma vie a basculé.

Je me penche vers mes amis.

— Euh, je crois que je vais aller me reprendre quelque chose à boire... J'ai la gorge sèche.

Justine hoche la tête avant de faire une pirouette pour atterrir dans les bras de son frère. Mat rit et me lance :

— T'as qu'à me commander une bière, Kat ! Moi aussi j'ai soif.

579

Je lève mon pouce en guise d'accord et me faufile entre les tables pour atteindre le bar. Mes yeux cherchent malgré moi les personnes qui viennent d'être marquées. J'en croise quelques-unes que j'ai réussi à repérer. Et je ne peux m'empêcher de les fixer pour voir si je décèle chez elles un comportement bizarre. Mais non, elles semblent s'amuser comme les autres, inconscientes de ce qui se trame.

Toute à mes réflexions, je ne prête pas attention au type devant moi que je percute de plein fouet. Il se retourne et m'apostrophe.

— Eh, ma jolie ? C'est moi que tu cherches ?

La familiarité du type m'agace et, pour éviter de le remettre à sa place trop brutalement, je bafouille une excuse avant de le contourner. Mais lorsque je passe à côté de lui, il m'attrape par le bras. Je sursaute, prise au dépourvu, et je pose les yeux sur son visage maintenant éclairé par un spot. Mon sang se glace.

C'est l'impur. Celui avec l'âme couleur de sang...

— Lâchez-moi...

Le type ricane et d'un geste brusque m'attire vers lui.

— Oh, je n'en ai pas l'intention, poupée. Je sais qu'on pourrait devenir de très bons amis, toi et moi. Je te promets que tu vas adorer ce que je vais te faire.

Son haleine pue l'alcool et ses yeux sont vitreux comme ceux de quelqu'un sous l'emprise des stupéfiants. Mon sang ne fait qu'un tour. Je sens la colère prendre le dessus. Mes yeux se voilent et je dois me concentrer sur ma respiration pour ne pas lui sauter à la gorge.

— Est-ce que j'ai une tête à coucher avec un mec dans ton genre ?

Je ne reconnais pas cette voix sourde et pleine de menaces qui est la mienne. Mes mains commencent à trembler et je serre les poings pour tenter de me maîtriser.

Sans me lâcher, le type me fixe avec un regard torve. Il s'avance encore, peu intimidé par mes protestations. Mais au moment où ses lèvres s'ouvrent sur un sourire répugnant, nous sommes frappés par une force invisible.

Je sens un corps musclé se coller au mien et m'encercler comme un étau. J'ai à peine le temps de crier que je me retrouve happée dans un tourbillon interminable.

Ma tête se met à tourner et je sombre dans le néant.

54

Trahison

Lorsque je reprends connaissance, je suis assise sur le sol de la loge des artistes. Au-dessus de moi, Rip attend que je me réveille, le visage déformé par la colère. Pourtant, ses gestes sont d'une douceur infinie lorsqu'il replace une mèche de mes cheveux derrière mon oreille.

— Ça va, beauté ?

Je respire un grand coup et hoche lentement la tête. Je ne me sens pas encore prête à faire un cent mètres, mais ça peut aller.

— J'ai entendu ce type qui voulait te... Je n'ai pas pu me contrôler.

Je secoue la tête et tente de l'apaiser.

— T'inquiète. J'aurais pu m'en débarrasser toute seule. Mais je te remercie d'être venu à mon secours. Par contre, la téléportation... Je ne suis franchement pas fan.

Je me frotte le crâne. Je suis bonne pour une migraine. Mais le bon côté des choses, c'est que ça a calmé ma colère instantanément.

Rip pose un baiser chaste sur mon front.

— Désolé, bébé. C'est la seule solution que j'ai trouvée pour ne pas lui arracher la tête devant tout le monde.

J'écarquille les yeux.

— Non, tu n'aurais pas fait ça ?

— Tu ne m'en crois pas capable ?

Je grimace. Je me souviens parfaitement la dernière fois où Rip a tenu cette promesse et j'ai encore en mémoire le bruit du crâne de Sebastian se détachant de son cou. Beurk !

— Si. Je sais que tu en es parfaitement capable. Même en public. C'est pour ça que tu as fait le bon choix. Maintenant, le pauvre idiot doit bien se demander ce qui s'est passé et où j'ai disparu.

Rip se redresse et me tend la main pour m'aider à me relever.

— Oh. Ne t'en fais pas pour lui. Bientôt, il ne se souviendra plus de rien...

Je m'arrête. J'ai peur de comprendre le sens de ses paroles.

— Qu'est-ce que tu veux dire ?

Sa voix est dure et glaciale lorsqu'il répond.

— Je veux dire que son âme est tellement pourrie par ses actes qu'elle en est presque devenue noire. Je veux dire qu'il a plus de crimes à son actif que la plupart des gangsters qui ont pris perpet' en prison. Je veux dire que mes frères et moi sommes tellement affamés qu'on va se faire un plaisir de donner un aperçu de l'enfer à cette ordure !

Ses yeux brillent d'une lueur démoniaque qui me fait froid dans le dos. Interdite, je mets plusieurs minutes à répondre.

— Vous allez... ?

Je n'arrive pas à prononcer les mots. Je ne sais même pas quoi dire d'ailleurs... Pourtant, je connais la manière dont se nourrissent les démons. Ils absorbent les peurs et les émotions des mortels. Mais mon esprit rationnel a beaucoup de mal à l'accepter et à le formuler à haute voix.

Rip hoche la tête.

J'inspire un grand coup.

— Putain... Vous allez le torturer ! C'est pas possible.

Rip m'arrête de la main.

583

— Pas le torturer... Absorber son âme et le vider de ses émotions.

— Et c'est quoi la différence ?

Rip ricane.

— C'est pire.

Je frissonne.

— Et je suppose que tout ce que je dirai n'y changera rien ?

Il secoue la tête.

— Dis-moi que tu ne voulais pas le détruire toi-même il y a à peine dix minutes. Dis-moi que tu ne voulais pas le voir mort pour avoir voulu te faire du mal. Dis-moi que tu ne voulais pas le tuer pour qu'il ne s'attaque plus à aucune autre fille sans défense...

Je me mords la lèvre. Oui. Il a raison.

— Ce mec ne mérite pas de vivre. Il a passé sa vie à agresser des femmes, des adolescentes, des enfants... Il n'a aucune pitié et devrait croupir au fond d'un puits. Je te promets que ce que nous allons lui faire n'est rien à côté de ce que lui a fait subir à ses victimes.

Mes poings se ferment d'eux-mêmes. La colère m'envahit de nouveau. Mais au moment où je m'apprête à répondre, un hurlement lugubre retentit, à peine couvert par le bruit de la musique qui vient de la salle de spectacle. Les pupilles de Rip brillent de plus belle et ses dents s'allongent automatiquement.

Il pose les yeux sur moi, puis sur la porte. Il hésite. Il attend mon approbation.

Je revois le visage du mec, ses yeux fous qui me dévisageaient comme si j'étais un vulgaire morceau de viande qu'il pouvait dévorer à sa guise, sans même demander la permission. Mes yeux se plissent et ma voix se fait sans pitié.

— Fais-lui regretter le mal qu'il a fait, Rip.

Avec un sourire satisfait, Rip s'éloigne de moi.

— Je t'adore, bébé.

Il quitte la pièce, me laissant seule avec un goût amer dans la bouche.

***

Je me rends aux toilettes, poussée par le désir de m'éloigner de la scène de torture qui se déroule à proximité. J'ai l'envie soudaine de prendre une douche. De me laver des images sordides qui me passent par la tête lorsque j'entends les cris de mon agresseur résonner dans le couloir.

C'est horrible.

J'ai l'impression d'avoir basculé dans le musée de l'horreur. Tout n'est que souffrance, douleur, barbarie... Ma nouvelle vie est devenue un film d'Hitchcock en 3D.

Je pousse la porte des sanitaires et me félicite de trouver l'endroit désert, malgré l'affluence dans la salle de spectacle. L'insonorisation est assez bonne pour me permettre de me sentir isolée du reste du monde pendant quelques minutes.

Je me dirige vers les lavabos et m'asperge le visage d'eau fraîche. Je ferme les yeux, profitant de ce court moment de détente. Je ne pense à rien, me laissant submerger par la sensation bienfaitrice des gouttelettes qui dégoulinent dans mon cou.

Je reste comme ça pendant de longues minutes, savourant cette solitude salvatrice. Puis je me redresse à contrecœur, et alors que je cherche à tâtons le papier absorbant pour m'essuyer, le bruit d'une porte qu'on referme attire mon attention. J'ouvre un œil et reste stupéfaite devant le reflet de Mégane, appuyée contre le chambranle, qui me fixe d'un air mauvais, les bras croisés sur la poitrine.

Ma main reste en suspens et seul le bruit de l'eau qui s'écoule dans la tuyauterie vient perturber le silence pesant qui règne maintenant dans la pièce.

Sans me quitter des yeux, Mégane ferme la porte à clé. Alors, je me décide enfin à me retourner pour lui faire face.

Je l'observe, méfiante, attentive à ses gestes. Je n'aime pas cette fille. Je ne l'ai jamais aimée et je m'en méfie comme de la peste. Pourtant, il y a quelque chose chez elle qui me fait presque pitié. Elle est différente que dans mon souvenir. Ses joues creuses et ses pommettes saillantes montrent qu'elle a perdu plusieurs kilos. Et les cernes qui entourent ses yeux prouvent qu'elle n'a pas dû dormir beaucoup depuis la dernière fois que je l'ai vue.

Je reprends une contenance et me plante en face d'elle.

— Mégane ! C'est surprenant de te voir ici ce soir...

Ses yeux se plissent et, au bout de quelques secondes, elle daigne enfin répondre.

— Je ne voulais rater ça pour rien au monde. L'intégration des disciples... je ne pouvais pas ne pas venir. Même si j'aurais préféré faire partie de la seconde vague.

Sa voix tremblante sur la fin dévoile son manque d'assurance. On dirait qu'elle n'est pas franchement à son aise. Étonnant pour une personne habituellement très sûre d'elle.

— Mais je ne suis pas ici pour parler de moi...

Ah bon ?

— Et de quoi veux-tu qu'on parle ? Il me semble pourtant que nous n'avons pas vraiment de points communs...

— Oh, détrompe-toi, Kataline. On se ressemble plus que tu ne crois. Même si tu es une muse, on a au moins un point commun... On s'est toutes deux fait avoir par le même démon !

Elle sourit comme si elle était certaine de l'effet de son annonce.

586

Elle cherche à te blesser... Rentre-lui dans le lard à cette garce !

J'ignore les conseils de la petite voix et me contente de fixer Mégane sans mot dire.

— Tu es si naïve que ça, muse ? Tu crois vraiment qu'un démon comme Rip en pince pour une demi-humaine ? Nannnn... Rip est d'une autre trempe. Il ne s'encombre pas de sentiments qui risquent de le détourner de son objectif.

Je ne comprends pas ce qu'elle insinue. Pour autant, je ne peux pas nier que ce qu'elle dit m'interpelle.

— Explique-toi !

— C'est pourtant simple à comprendre. Rip a l'âme d'un guerrier, un chef combattant qui veut régner sur son petit monde. Et là, vois-tu, il est enchevêtré dans des chaînes qui l'empêchent d'atteindre son but. Alors, tomber sur une muse était la meilleure chose qui pouvait lui arriver...

Je fronce les sourcils.

— Arrête de parler par énigme s'il te plaît. Va droit au but.

Elle soupire en secouant la tête et s'approche de moi.

— Tut tut... Je vais devoir te donner une explication de texte à ce que je vois. Je te croyais plus futée, mais je vois que je me suis trompée.

Elle m'énerve et j'ai envie de la baffer. Mais je ne le fais pas, curieuse de connaître sa théorie.

— Le boss ! C'est lui qui le contrôle ! Il le tient en laisse comme un vulgaire chien à sa solde depuis des années. Comme la plupart des démons d'ailleurs. Rip est exploité pour ses pouvoirs. Il est obligé de combattre pour un mec qu'il déteste. Pour qu'il puisse s'enrichir sur son dos et devenir encore plus puissant. Et ça, Rip ne le supporte plus !

— Quoi ? Tu veux dire que Rip est une sorte esclave ?

587

Je sais déjà que c'est la vérité. Inutile d'attendre la réponse.

— Mais quel est le rapport avec moi ? Je veux dire... Rip est contrôlé par un type sans scrupule qui profite de lui pour ses intérêts personnels ! OK. Mais qu'est-ce que j'ai à voir là-dedans ?

Mégane éclate d'un rire nerveux. On dirait qu'elle a conscience des risques qu'elle prend en me disant ces choses. Ses yeux passent de moi à la porte, comme si elle craignait qu'on se fasse surprendre. Puis elle se tourne de nouveau vers moi et je vois à la lueur mauvaise qui brille dans ses pupilles combien elle me déteste.

— Pauvre idiote ! Tu es une muse ! C'est ça le rapport !

Je lève les sourcils et reste stoïque.

— Putain, mais faut vraiment tout t'expliquer à toi ! Franchement, je ne sais vraiment pas ce qu'il te trouve ! Bref. Tu es la source d'un poison très puissant qui permet de contrôler les démons ! Tu le sais ça au moins ?

Je hoche la tête. Oui, j'ai cru comprendre que mon cerveau était un centre de production de drogue. Mégane me regarde en écartant les bras, comme pour me signifier une évidence que je ne vois pas. Mais constatant que je ne réagis pas, elle pousse un soupir d'exaspération.

Désolée de ne pas être aussi tordue, pétasse !

— Alors je vais te le dire très clairement. Rip a l'intention de t'emmener vers le boss et de t'échanger contre sa liberté ! Tu es sa clé des champs, Kataline ! Rien de plus. Et c'est pour cela qu'il t'a attirée dans son lit...

Silence...

Mon cœur s'arrête, sort lentement de ma poitrine, puis tombe, tombe, tombe... et finit par se briser lourdement sur le sol.

Mes oreilles bourdonnent. Je n'arrive plus à penser correctement. Mégane continue de déblatérer son flot de paroles venimeuses, mais je ne l'entends pas. Je n'entends plus rien. Seules ses dernières phrases tournent en boucle dans mon esprit torturé. Pendant plusieurs minutes, je reste prostrée, incapable de la moindre réaction, le regard fixé sur elle sans vraiment la voir.

— Eh oh ! Tu m'entends ?

Sa voix aiguë me tire de ma léthargie. Mon cœur se remet à battre et mon cerveau reprend du service petit à petit. Les idées s'emboîtent alors comme un puzzle géant.

Ma rencontre avec Maxime. Rip qui me pousse dans mes retranchements et qui me provoque pour mieux m'attirer dans ses filets. Puis, toutes ces choses qu'il m'a dites. Ses aveux, ses confessions, ses sentiments dévoilés qui m'ont fait succomber.

Moi qui tombe amoureuse...

Je me mets à douter de tout. De son attirance pour moi, de ses sentiments. Était-ce la vérité ? Il me disait que j'étais précieuse et pourquoi il voulait à tout prix me protéger contre les autres clans. Était-ce pour garder sa monnaie d'échange à l'abri des convoitises ?

Je finis même par remettre en cause l'emprisonnement de ma mère. N'est-ce pas une ruse pour m'attirer dans le domaine de celui qu'ils appellent tous le boss ? Non... je n'arrive pas à y croire. Ce serait trop cruel. Ça fait trop mal...

L'amertume me serre la gorge. Mon sang se glace et quitte mon corps. J'ai froid d'un coup. Alors je croise les bras sur ma poitrine pour tenter de me réchauffer. Pour me protéger contre cette sensation de vide qui s'installe dans mon cœur meurtri... Contre cette douleur insoutenable qui me laboure les tripes comme si on venait de m'arracher un morceau de moi-même.

Rip m'a trahie. Ils m'ont tous trahie.

55

Révolte

La douleur fait place à la colère. Une colère sourde qui s'insinue sournoisement dans la moindre parcelle de mon corps. Le voile rouge envahit brusquement ma vision d'une lueur chaude et vive, presque brûlante.

Mes mains se mettent à trembler et je sens pulser en moi une énergie nouvelle. Elle s'incruste progressivement dans mes veines, pénètre sous ma peau comme une caresse intrusive.

Puis elle s'intensifie, devient incontrôlable. Et avec elle, la chaleur qui augmente progressivement jusqu'à devenir insoutenable. Je sens brûler en moi un feu ardent qui finit par me consumer.

Je prends appui sur le lavabo devant moi et me laisse glisser au sol, anéantie par la souffrance.

Je m'entends crier lorsque la douleur arrive à son paroxysme. Un éclair me pétrifie sur place et j'attrape mes cheveux à pleines mains pour tenter de stopper les élans qui me matraquent les tempes comme des marteaux-piqueurs.

Mais ça n'apaise pas la douleur. Mon cerveau continue de s'embraser jusqu'à devenir une masse incandescente qui menace de sortir de ma boîte crânienne. Je suis sur le point de sombrer dans l'inconscience. Mais au moment où je crois basculer, tout s'arrête brusquement, me laissant vide de toute énergie.

Je reprends lentement le contrôle de moi-même avec l'étrange sensation de ne plus être seule. Le voile rouge a disparu devant mes yeux. Pourtant, la muse est toujours là.

Je la sens. Je la sens au plus profond de moi.

Elle s'est invitée dans ma tête et s'est immiscée dans la moindre parcelle de mon corps. Mais cette fois, c'est différent. Je garde le contrôle et elle n'essaye pas de le prendre. Non... Cette fois, elle est avec moi... Elle est moi.

Désormais, nous formons un tout. Unique et indissociable. Nous sommes devenues une seule et même personne. La petite voix a disparu en fusionnant avec ma propre conscience.

J'ai la tête qui tourne légèrement prenant quelques secondes pour m'habituer au changement qui s'est opéré en moi.

Je me redresse et prends conscience de ce qui se passe tout autour. La pièce est vide. Mégane a disparu.

Machinalement, je me tourne vers le miroir et fixe mon reflet. Et là, je reste bloquée sur l'image que me renvoie la glace. Mes yeux sont agrandis par la surprise et mes iris mordorés semblent briller dans la pénombre. Ils me donnent l'air d'une sorcière sortie tout droit d'un roman fantastique. Mais le plus étonnant, c'est cette mèche de cheveux devenue blanche, comme dépigmentée, qui retombe devant mon visage.

Je reste quelques secondes à m'observer, mais bientôt les raisons de cette transformation refont surface.

Ma colère a disparu. Elle a laissé la place à un sentiment plus amer et plus dur. Je serre les poings avec détermination. Rip me doit des explications.

***

Je les trouve près des coulisses. Ils sont en train d'en finir avec le pauvre type de tout à l'heure qui agonise au sol, le visage figé dans une expression de douleur effrayante. Ses yeux sont écarquillés par la peur et sa bouche est ouverte sans pour autant laisser passer le moindre son. Royce est baissé vers lui et le tient par le col de sa chemise pour l'empêcher de s'effondrer.

Sans plus prêter attention à la victime, je cherche Rip du regard. Mais il n'est pas avec eux.

Maxime croise mon regard et s'avance vers moi, l'air inquiet.

— Hey... Kat. Tu ne devrais pas être ici...

Mes yeux se plissent. Maxime... Le gentil Maxime qui se dit être mon ami et qui m'a entraînée dans tout ce merdier !

— Kat... Ça ne va pas ?

Si, si. Tout baigne ! Je viens de découvrir que j'ai été manipulée par une bande de démons cruels et complètement barrés, mais à part ça, tout va bien !

Max s'arrête dans son élan. Le regard que je lui lance semble en dire bien plus que mes paroles muettes et acerbes.

— Où est ton frère ? Où est Rip ?

Ma voix est rauque et pleine de ressentiments. Maxime se fige.

— Euh... Il est retourné dans la salle de spectacle. Quelque chose ne va pas ?

Alors là, c'en est trop. Mes poings se serrent.

— Tu crois vraiment que ça a l'air d'aller, Maxime ?

Ma voix se met à trembler. Je sens que mes nerfs lâchent petit à petit. Mais je ravale ma rancœur. Ce n'est pas le moment de craquer. Enfin, pas tout de suite.

Je n'attends pas sa réponse et je fais volte-face pour me diriger tout droit vers les portes battantes menant à la salle principale.

J'entends Maxime et les autres se précipiter sur mes talons, alors je presse le pas.

— Hey, Kataline ! Attends !

Ignorant la voix de Royce, je pénètre en trombe dans la salle.

***

La musique bat son plein et le son endiablé d'Arctic Monkey envahit l'espace. Mais bizarrement, il sonne comme un bruit sourd et lointain à mes oreilles. Comme si j'étais dans une bulle protectrice qui me gardait prisonnière de mon objectif. Pourtant, quelque chose attire mon attention lorsque je balaye la pièce des yeux.

Il y a beaucoup moins de monde que tout à l'heure. Et ceux qui restent sont immobiles, les bras le long du corps et semblent attendre je ne sais quoi. Plus personne ne se trémousse sur la piste de danse. C'est étonnant et ça donne une atmosphère plutôt glauque qui me donne des frissons.

Mon regard parcourt la salle et j'oublie l'étrange spectacle qui se déroule sous mes yeux lorsque j'aperçois Rip, entouré de plusieurs filles. Les voir baver devant lui comme s'il s'agissait d'un gâteau à la crème ravive ma rancœur. Je me renfrogne et Rip se tourne brusquement vers moi, comme s'il avait senti le poids de mon regard.

Ses yeux s'accrochent aux miens... et s'assombrissent instantanément. Il sait que quelque chose ne va pas. Me retrouver face à lui me fait mal. Je me fige, immobile, incapable de faire un pas de plus dans sa direction. Ma détermination s'effrite, balayée par la douleur de sa trahison.

Sentant mon malaise, Rip délaisse ses groupies et avance dans ma direction, ignorant leurs mains qui s'accrochent à lui en signe de protestation.

Voir son magnifique visage rongé par l'inquiétude me donne le coup de grâce. Mon cœur s'emballe, mes épaules s'affaissent et les larmes perlent à mes yeux.

Douleur, déception, amertume... Tous ces sentiments s'emmêlent dans mon esprit torturé. L'amour fait mal. Mais la trahison encore plus.

Lorsqu'il n'est qu'à quelques mètres de moi, Rip s'arrête. Comme s'il n'osait pas aller plus loin. Comme s'il appréhendait la confrontation. Pourtant, il est temps d'en finir.

Ma voix n'est qu'un murmure lorsque je lui demande :

— Est-ce que c'est vrai, Raphaël ?

Il lit sur mes lèvres plus qu'il ne m'entend. Et son regard s'assombrit encore. Il ne répond pas, se contentant de m'observer avec intensité, comme s'il cherchait à lire en moi et qu'il n'y parvenait pas. Son absence de réponse est un signe. Presque un aveu.

Mon sang quitte mes joues et une sueur froide glisse le long de ma colonne vertébrale. Un sentiment de panique m'envahit. J'aimerais tellement qu'il nie. Qu'il me dise que non, ce n'est pas vrai. Que tout ce qu'a raconté Mégane n'est qu'un vaste mensonge.

Mais il reste muet. Et son silence est pire que tout.

Une larme s'échappe de mes cils et roule sur ma joue laissant derrière elle une traînée amère. La douleur monte en moi comme une houle dévastatrice, balayant d'une vague mes derniers doutes.

Mes poings se serrent et je rejette la tête en arrière. Sans que je ne puisse réagir, un courant électrique me transperce de part en part. Et alors que je me demande ce qui m'arrive, un court-circuit fait exploser les installations électriques dans la pièce. Plusieurs enceintes grillent et la musique s'arrête d'un coup.

Un silence pesant envahit la pièce, transformant l'atmosphère en enfer glacé. Tout le monde se tourne vers nous et des dizaines d'yeux brillants se posent sur moi. Je réalise, dans un état second, que Rip a terminé la transformation et que tous sont devenus ses disciples. Son armée...

Rip fait un pas vers moi.

— Bébé...

Sans lui laisser le temps de terminer, je laisse libre cours à ma douleur et tombe les barrières. D'une voix brisée par l'émotion, je lui demande :

— Est-ce que tu avais réellement l'intention de me livrer au boss, Rip ?

Il me fixe comme s'il me voyait pour la première fois. Pendant de longues minutes, j'attends une réponse qui ne vient pas. Seuls les battements de mon cœur affolé résonnent à mes oreilles. Je respire un grand coup pour ne pas éclater en sanglots. Mais pourquoi est-ce qu'il ne répond pas ?

Machinalement, je me tourne vers Maxime, Royce et Parker.

— Est-ce que c'est le sort que vous me réserviez ?

La douleur que je lis dans les yeux de Maxime est une réponse à elle seule. Je me brise de l'intérieur. J'ai l'impression qu'ils ont pris mon cœur et qu'ils sont en train de le piétiner à tour de rôle.

— Royce ?

C'est lui qui finit par briser le silence.

— Qui te l'a dit ?

Je ferme les yeux quelques secondes, anéantie par le poids énorme qui m'écrase la poitrine. Lorsque je rouvre les paupières, mon regard tombe sur Mégane, qui s'efface discrètement derrière un disciple, un petit sourire aux lèvres.

— Alors, c'est vrai... Vous vouliez m'échanger contre votre liberté...

Je secoue la tête et reporte mon attention sur Rip.

— Mais je ne comprends pas... Vous êtes des démons. Alors pourquoi tout ce cinéma pour en arriver là ? Pourquoi ne pas m'avoir kidnappée, tout simplement ? Tu ne crois pas que ça aurait été plus simple que tout ce cirque ? Tu es si cruel au point que tu voulais me voir souffrir le martyre ?

La mâchoire de Rip se crispe.

— Il fallait que tu fusionnes avec ta muse...

Sa voix neutre me fait l'effet d'une gifle. Je frissonne en accusant le coup.

— Et tu vas me faire croire qu'il fallait me mettre dans ton lit pour ça ? Qu'il fallait que je tombe amoureuse de toi pour que ça fonctionne, c'est ça ?

Rip continue de me fixer avec un air torturé. Il ouvre la bouche quelques secondes, puis semble se raviser.

— Eh bien, tu peux te féliciter, Rip. Tu as réussi. S'il fallait que je souffre pour fusionner, tu peux être rassuré. C'est chose faite. Parce que là, je te jure que je...

Ma voix se brise dans un sanglot.

Rip fait un nouveau pas vers moi. Et je recule aussitôt en levant les mains.

— Non... N'approche pas. Je t'interdis de me toucher ou de t'approcher de moi.

Les larmes roulent maintenant sur mes joues sans que je ne puisse les arrêter.

596

J'ai honte de craquer de la sorte. J'ai honte parce qu'ils ne méritent pas que je souffre à cause d'eux. Raphaël Saveli ne mérite pas mes larmes.

Je me mords la lèvre inférieure. Alors, c'est la colère qui reprend le dessus. Je sens monter en moi un liquide chaud qui me procure une sensation de puissance inédite.

Volontairement, je la laisse me submerger. Sans aucune retenue.

— Je ne veux plus te voir, Rip. Jamais !

Je fais demi-tour et je le plante là. Mais arrivée à hauteur de Royce, celui-ci tente de me retenir.

— Kat...

Je lève la main pour l'arrêter, mais au lieu de le stopper dans son élan, mon geste le projette à plusieurs mètres. Et avec lui, le mobilier. Les tables autour de nous volent en éclats, comme s'il ne s'agissait que de vulgaires meubles en carton.

Je m'arrête, surprise par ce que je viens de faire.

Royce est étalé par terre et ses gémissements témoignent des dégâts. J'observe mes mains quelques secondes. Des fourmillements courent dans mes paumes et l'énergie que je sens couler dans mes veines semble intarissable. Je sais maintenant de quoi une muse est capable. Je me sens habitée par une force incroyable. La force dont j'avais besoin pour affronter le boss et sauver ma mère.

Avec détermination, je me dirige vers la sortie, sans même un dernier regard vers Rip.

***

Une fois à l'extérieur, je me retrouve seule dans la nuit. Je reste un instant sur le seuil du bâtiment, sans vraiment savoir où aller. Rip

597

n'a pas cherché à me retenir. Et c'est mieux comme ça. Je n'aurais pas supporté de l'entendre me mentir encore.

Les larmes brouillent ma vue de leur amertume. Je suis brisée. À l'intérieur, j'ai comme un trou béant qui me semble impossible à combler. Je me sens orpheline. Abandonnée. Je laisse derrière moi ma famille, mes amis, mon amant... Mon amour...

Mais je ne dois pas m'appesantir sur mon sort. Maintenant, je dois me concentrer sur mon objectif. Car désormais, je n'ai qu'un seul but : délivrer ma mère.

Je sèche mes yeux du revers de la main et, avec une détermination nouvelle, je me dirige vers la pénombre de la rue.

Au moment où je m'enfonce dans la nuit, un courant d'air passe près de moi et Marcus apparaît à mes côtés, son arc à la main.

— Kataline ! Attends ! Je viens avec toi...

56

Épilogue : Rip

L'intégration des disciples est terminée. Tout s'est passé comme prévu et j'ai maintenant une véritable armée prête à combattre pour moi.

À présent, je m'affaire autour des trois filles pour savoir laquelle fera l'affaire. Mais je sais qu'il sera difficile de remplacer Kataline. Aucune d'elles ne lui arrive à la cheville. Ni mentalement ni physiquement. Kat est la perfection incarnée.

Rien qu'à l'idée d'évoquer mon âme sœur, mon corps réagit. Putain, c'est incroyable l'effet que cette fille a sur moi. Je l'ai dans la peau, dans le cœur et dans l'âme.

Je me mords la lèvre pour empêcher mon cerveau de faire défiler les images de son corps de déesse sur mon lit. Savoir qu'elle m'appartient me donne encore plus envie d'elle. Et elle me comble littéralement. Elle et son petit cul !

Non, mais, merde ! Qu'est-ce qui m'arrive ? Je suis un démon, Putain ! Je ne devrais pas éprouver ces sentiments pour une humaine, même si c'est une moitié de muse !

Pourtant, au départ, le plan était simple :

Trouver la muse, la marquer et l'échanger contre ma liberté !

À aucun moment, il n'était écrit que je devais la mettre dans mon lit et encore moins succomber à son charme. Le grand démon tombeur de filles vient de trouver son maître.

Je reporte mon attention sur ces filles trop fades qui redoublent d'efforts pour gagner mes faveurs. Je vais devoir me décider rapidement. Mais au moment où j'arrête enfin mon choix, mon plan tombe à l'eau.

***

Lorsqu'elle entre dans la pièce, un frisson me parcourt l'échine.

Je sais qu'elle est là. Je la sens. Son odeur sucrée vient chatouiller mes narines et éveille mes sens. Je me sens comme un junkie en manque et réprime l'envie de me jeter sur elle.

Mais quelque chose refroidit mes ardeurs. Son aura me semble étrange. Comme si elle était contrariée.

Je la sens qui me cherche. Alors j'attends patiemment qu'elle s'approche. Mais lorsque je perçois sur moi la chaleur de son regard, je me tourne vers elle, ignorant les avances des filles qui continuent de se ridiculiser devant moi.

Je plonge les yeux dans ceux de Kataline et mon sang se glace. Quelque chose cloche dans son attitude. Dans sa manière de me regarder. Elle a l'air... blessée.

Je ne peux pas savoir ce qu'elle pense. Parce que je n'arrive pas à lire en elle. C'est une des particularités pour lesquelles elle m'attire autant. Elle arrive à garder un jardin secret et ça me donne encore plus envie de le découvrir. Et là, plus que jamais, j'aimerais pouvoir explorer son esprit pour voir ce qui la tourmente autant.

Elle se fige. Alors, sans plus prêter attention aux vamps qui me tournent autour, je me dirige vers elle.

Douleur, déception, amertume... Tous ces sentiments se dessinent sur son visage et finissent par m'inquiéter.

600

— *Qu'est-ce qui ne va pas, bébé ?*

Merde ! Son esprit est complètement bloqué.

Lorsque j'arrive près d'elle, mon cœur manque un battement. Quelque chose en elle a changé. Son apparence est différente, comme le démontre la longue mèche blanche qui tombe sur son épaule. Elle est encore plus magnifique avec ses grands yeux dans lesquels brille une lueur nouvelle. Apparemment, la muse fait maintenant partie d'elle. Elles ont fusionné.

Pourtant, dans son regard, je décèle une tristesse qui semble l'anéantir complètement. Et lorsque je vois ses épaules s'affaisser et que j'entends les battements effrénés de son cœur, une angoisse sourde s'empare de moi.

— Est-ce que c'est vrai, Raphaël ?

Sa voix tremblante est à peine audible et démontre son émoi. Mon sang se glace. Il s'est passé quelque chose. Quelque chose qui l'a blessée. Un vent de panique me transperce de part en part et une petite voix se fait entendre au fin fond de ma conscience.

Elle sait...

Je ne réponds pas. Je ne peux pas répondre.

Une larme roule sur sa joue et mon cœur se déchire à mesure qu'elle glisse sur sa peau veloutée. La voir souffrir me paralyse littéralement. J'aimerais la rassurer, la consoler, mais je suis incapable de parler. De lui mentir... encore.

Lorsqu'elle ferme les poings, un court-circuit fait exploser les installations électriques. La musique s'éteint et laisse un silence pesant s'abattre sur la pièce.

Je fais un pas vers elle.

— Bébé...

Mais elle me coupe.

— Est-ce que tu avais réellement l'intention de me livrer au boss, Rip ?

Elle sait !

Et c'est comme si on m'enfonçait un couteau en plein cœur. À cet instant précis, je sais que je l'ai perdue... La peur que je ressens à cet instant est pire que tout. Parce que je sais que je ne m'en remettrai pas. Parce que je suis tombé amoureux fou de cette fille.

Oui. Cette humaine doublée d'une muse a transformé ma vie. Depuis le premier jour où je l'ai rencontrée, avec ses guenilles et son air de chat pris dans des phares de voiture. J'ai su qu'elle était faite pour moi. Mon âme sœur...

Et là, je viens de la perdre. Et mon monde s'écroule.

Elle s'adresse maintenant aux autres, mais je n'entends pas ce qu'elle dit. Je reste plongé dans mes sombres pensées. C'est la voix de Royce qui me sort de ma léthargie.

— Qui te l'a dit ?

Kataline ne répond pas, mais son regard se fige l'espace d'un quart de seconde sur un coin de la salle.

J'aperçois Mégane qui se faufile comme une anguille entre les disciples.

La garce ! Elle a osé...

— Alors c'est vrai... Vous vouliez m'échanger contre votre liberté...

Kat me regarde, ses yeux sont comme des milliers de poignards qui viennent se planter dans ma poitrine.

— Mais je ne comprends pas... Vous êtes des démons. Alors pourquoi tout ce cinéma pour en arriver là ? Pourquoi ne pas m'avoir kidnappée, tout simplement ? Tu ne crois pas que ça aurait été plus simple que tout ce cirque ? Tu es si cruel au point que tu voulais me voir souffrir le martyre ?

Ma mâchoire se crispe. J'aimerais tellement lui dire que tout ceci n'est que mensonge et calomnie. Mais ce serait lui mentir. Et je n'en ai plus la force. Alors je lui avoue la seule chose que je peux.

— Il fallait que tu fusionnes avec ta muse...

Elle n'est pas dupe.

— Et tu vas me faire croire qu'il fallait me mettre dans ton lit ? Qu'il fallait que je tombe amoureuse de toi pour que ça fonctionne, c'est ça ?

Son aveu me serre le cœur. Elle m'avoue son amour en même temps que je le détruis. J'ai envie de lui répondre que je l'aime à en crever. Que je ne pourrai pas vivre sans elle. J'ouvre la bouche quelques secondes, puis je me ravise.

Je dois la laisser partir.

— Eh bien, tu peux te féliciter, Rip. Tu as réussi. S'il fallait que je souffre pour fusionner, tu peux être rassuré. C'est chose faite. Parce que là, je te jure que je...

Sa voix se brise dans un sanglot.

Instinctivement, je m'avance vers elle. La voir souffrir m'est insupportable. Mais elle recule en levant les mains.

— Non... N'approche pas. Je t'interdis de me toucher ou de t'approcher de moi.

Voir ses larmes couler me fait l'effet d'un tsunami. J'ai l'impression qu'on me coule de la lave en fusion sur le cœur. Je dois lutter pour ne pas me précipiter vers elle pour la prendre dans mes bras et tout lui avouer.

Mais un geste de Maxime m'en empêche. Il a raison. Je ne peux pas la retenir. Je n'en ai pas le droit.

Elle me donne alors le coup de grâce.

— Je ne veux plus te voir, Rip. Jamais !

Puis elle fait demi-tour et s'éloigne. Mais lorsque Royce tente de la retenir, elle le repousse avec une telle force qu'il se trouve projeté à plusieurs mètres.

Les meubles qui explosent en mille morceaux sont le signe qu'elle a terminé la fusion avec la muse. Kataline quitte alors la salle de spectacle. Sans un regard en arrière.

Le plan a fonctionné parfaitement. Même si l'issue de la soirée est différente de ce qui était prévu, on a réussi à faire renaître la muse. Maintenant, on a une chance de gagner la guerre contre nos ennemis.

Pourtant, cette maigre victoire me laisse un goût amer. À quel prix va-t-on réussir ?

Aujourd'hui, j'ai sacrifié mon amour... Mais il est hors de question que je sacrifie Kataline. Je donne un léger signe de tête en direction de Marcus et celui-ci se précipite à la poursuite de la femme que j'aime. Il sait ce qu'il a à faire...

***

Je reste de longues minutes à observer la porte qui vient de se fermer sur mon ami. Royce est toujours à terre et gémit comme un bébé. Les disciples sont au garde-à-vous et attendent que je leur donne des ordres. Maxime me regarde avec compassion.

— Laisse le temps faire son œuvre, Rip. Elle te reviendra...

Jess pose sa main sur mon bras. Je ne réponds pas. Ça ne devait pas se passer comme ça. Le plan avait changé. Mais Mégane s'est bien gardée de lui dire...

À cette pensée, mes poings se serrent et mes canines s'allongent, la douleur faisant place à la colère.

Avec la détermination froide d'un prédateur fonçant sur proie, je me dirige vers Mégane, avec des envies de meurtre plein la tête.

Je sens peser sur moi le regard des disciples qui s'écartent instinctivement pour me laisser passer.

Mais ce que je ne perçois pas, c'est le couple qui m'observe depuis un coin reculé dans la salle, un sourire mauvais aux lèvres.

À SUIVRE....

Remerciements

Parce qu'un roman s'écrit rarement seul, je tiens ici à remercier toutes les personnes qui, par leurs commentaires, leurs retours ou leurs encouragements, m'ont permis de mettre un point final à ce premier tome de « La dernière Muse ».

Tout d'abord, l'équipe de Cherry Publishing qui m'a accordée sa confiance, prodigué ses conseils et fourni un énorme travail ces derniers jours.

Ensuite mes lecteurs Wattpad, pour leur fidélité. C'est leur engouement, parfois leur impatience, qui m'ont poussée à poursuivre la grande aventure de l'édition.

Enfin, je tiens à remercier particulièrement mes amies, mes âmes sœurs, sans qui je n'aurais jamais osé franchir le pas. Leurs encouragements et leur soutien sans faille ont été les piliers de ma motivation. Un grand merci à vous ! Je vous aime.

Vous avez aimé La Dernière Muse ?

♡

Laissez 5 étoiles et un joli commentaire pour motiver d'autres lecteurs !

Vous n'avez pas aimé ?

♠

Écrivez-nous pour nous proposer le scénario que vous rêveriez de lire !
https://cherry-publishing.com/contact

Pour recevoir une nouvelle gratuite et toutes nos parutions, inscrivez-vous à notre Newsletter !
https://mailchi.mp/cherry-publishing/newsletter

Lightning Source UK Ltd.
Milton Keynes UK
UKHW021403151021
392260UK00014B/1028

9 781801 160247